LES BOUFFONS DE DIEU

Né en 1916 à Melbourne (Australie), Morris West passe dans l'ordre sévère des Frères Chrétiens onze ans (1931-1942), dont sept seront consacrés à l'enseignement. Renonçant à prononcer ses vœux, il quitte le couvent et sert de lieutenant dans le Pacifique (1942-1943). Il est chef de publicité et producteur de radio quand une paralysie interrompt sa brillante carrière. Guéri, il se marie et, pour vivre, devient auteur dramatique et romancier; (Fille du silence, Toute la vérité, Les Enfants du soleil, Les Souliers de Saint Pierre, Le Loup rouge, Arlequin, La Salamandre, La Tour de Babel). Parmi ces best-sellers, L'Avocat du diable a atteint seize millions d'exemplaires dans le monde. Traduites en 27 langues ses œuvres connaissent un succès considérable car elles dénoncent la violence de notre époque, dans la rue, dans les milieux d'affaires comme dans les milieux politiques. Morris West décrit, avec un sens rare du suspense, la civilisation, la générosité et la sainteté aux prises avec la barbarie, la corruption et la lâcheté humaine.

Le pape Grégoire XVII est contraint d'abdiquer, on le croit fou. Cet homme de foi a reçu une terrible révélation : la fin du monde, une fin brutale, est imminente. Il sait tout de la politique internationale et il sait que le monde va mal, des peuples s'affrontent, les armes atomiques se répandent et les Russes affamés provoqueront un conflit mondial s'ils ne trouvent pas de blé. Mais comment briser la loi du silence imposée par les dirigeants, comment informer ceux qui dansent sur un volcan ? L'encyclique interdite de Jean-Marie Baratte sort tout de même du Vatican, portée par une femme de ménage à Carl Mendélius, un savant de Tubingen, renommé et croyant.
Cet ami doute mais un attentat commis sous ses yeux l'ébranle; Mendélius aidera l'ex-pape dans sa mission. Ils alertent l'opinion publique par des lettres et des cassettes adressées à Dieu et signées Jeannot le bouffon. Qui peut s'adresser à Dieu si ce n'est un enfant ou un bouffon ? Ils deviennent alors, ainsi que leurs familles, la cible de la CIA et des services de renseignements européens. Mais qu'importe puisque ces bouffons convertissent les sceptiques : Anne Liesse Meissner, la scientifique allemande, la banquière italienne, Roberta, amoureuse de Jean-Marie, deux ministres russes et français.

(Suite au verso.)

Les questions de Jeannot le bouffon dans ses lettres à Dieu, chacun se les pose : pourquoi Dieu a-t-il créé des êtres difformes ? Pourquoi des innocents sont-ils tués par les terroristes ? Pourquoi les gouvernements promettent-ils tant de choses qui ne se réalisent jamais ?

Cette aventure humaine, passionnée et sanglante est aussi une méditation sur le sort du monde en cette fin de siècle. Et quel immense espoir fait naître Morris West dans les dernières pages !

ŒUVRES DE MORRIS WEST

Dans Le Livre de Poche :

MORRIS WEST

Les Bouffons de Dieu

de Dieu

TRADUIT DE L'AMÉRICAIN
PAR MARTINE LEROY

HACHETTE

LE PRÉSENT OUVRAGE
EST LA TRADUCTION FRANÇAISE DE :
THE CLOWNS OF GOD
PUBLIÉ PAR HODDER AND STOUGHTON

A ceux que j'aime
avec toute ma gratitude

Qui peut savoir si le monde ne va pas finir ce soir?
Robert BROWNING : *The Last Ride Together*.

Une fois qu'on a accepté l'existence de Dieu, quelle que soit la manière dont on Le définit et de quelque manière qu'on explique sa relation avec Lui, on est définitivement confronté à sa présence au centre de toute chose. On se trouve également devant le fait que l'homme est une créature qui se situe dans deux mondes à la fois et qui dessine sur les parois de sa caverne les émerveillements et les cauchemars de son pèlerinage spirituel.

PROLOGUE

DANS la septième année de son règne, deux jours avant son soixante-cinquième anniversaire, en présence d'un consistoire de cardinaux au grand complet, Jean-Marie Barette, le pape Grégoire XVII, signa son abdication, ôta l'anneau de saint Pierre, remit son sceau au cardinal camerlingue et prononça une brève allocution d'adieu.

« Voilà, mes frères ! Ce que vous avez demandé est accompli. Je suis certain que vous saurez l'expliquer convenablement à l'Eglise et au monde. J'espère que vous élirez un homme bon. Dieu sait si nous en avons besoin ! »

Trois heures plus tard, accompagné par un colonel de la garde suisse, il se présentait au monastère du Mont-Cassin et se plaçait sous l'autorité de l'abbé. Le colonel rentra immédiatement à Rome pour rendre compte au cardinal camerlingue que sa mission était accomplie.

Le camerlingue poussa un long soupir de soulagement et se mit en devoir d'annoncer que le Saint-Siège était vacant et qu'une élection aurait lieu le plus rapidement possible.

LIVRE PREMIER

J'entrai en extase un dimanche et
j'entendis une voix claironnant derrière moi :
« Ecris dans un livre ce que tu vois
et adresse-le aux sept Églises. »

Révélation de saint Jean l'Apôtre (i, 10 et 11)

1

ELLE avait l'air d'une paysanne, avec sa silhouette trapue, ses joues rondes, ses vêtements de gros lainage et les boucles de cheveux gris qui s'échappaient de son chapeau de paille. Elle se tenait toute droite sur sa chaise, les mains croisées sur un grand sac démodé en cuir marron. Elle semblait méfiante, mais non intimidée, comme quelqu'un qui inspecterait les étals d'un marché inconnu.

Carl Mendelius, professeur d'études bibliques et patristiques au Wilhelmsstift, jadis appelé l'Illustre Collège de l'Université de Tübingen, allongea les jambes sous son bureau et lui sourit par-dessus l'arche de ses doigts joints. Il lui demanda avec gentillesse :

« Vous avez demandé à me voir, madame ?

— On m'a dit que vous parliez français. » Elle avait un fort accent du Midi.

« Oui.

— Je m'appelle Thérèse Mathieu. En religion, je suis... j'étais... sœur Mechtilde.

— Dois-je comprendre que vous avez quitté les ordres ?

— J'ai été relevée de mes vœux, mais il m'a dit

que je pouvais continuer à porter mon anneau, parce que j'étais toujours au service de Dieu.

— Il? Qui il?

— Sa Sainteté, le pape Grégoire XVII. J'étais à son service. Je faisais le ménage de son bureau et de ses appartements privés. C'est moi qui lui apportais son café. Parfois, les jours de fête, quand les autres sœurs se reposaient, je lui préparais son repas. Il disait qu'il aimait ma cuisine : elle lui rappelait son pays. Alors, il me parlait. Il connaît très bien l'endroit où je suis née; sa famille possédait des vignobles dans le Var. Quand ma nièce est restée veuve, avec cinq jeunes enfants et le restaurant à faire marcher, je lui en ai parlé. Il s'est montré très compréhensif et il m'a dit que ma nièce avait sans doute davantage besoin de moi qu'un pape qui avait déjà bien trop de domestiques à son service. Il m'a aidée à réfléchir en toute liberté et à comprendre que la charité est la première de toutes les vertus. J'ai pris la décision de retourner dans le monde au moment où tout le Vatican a commencé à parler de ces terribles choses — que le Saint-Père avait l'esprit dérangé, qu'il risquait d'être dangereux, tout ça. Avant de quitter Rome, je suis allée lui demander sa bénédiction et il m'a priée instamment de me rendre à Tübingen pour vous remettre cette lettre en mains propres. Il m'a fait promettre de n'en parler à personne. Voilà pourquoi je suis là. »

Elle fouilla dans son sac et en sortit une épaisse enveloppe qu'elle posa sur le bureau. Carl Mendelius la prit et la soupesa, puis il la mit de côté et demanda :

« Vous êtes venue directement de Rome ?

— Non. J'ai d'abord passé une semaine chez ma sœur. C'est le Saint-Père qui me l'a conseillé.

Il m'a donné de l'argent pour le voyage et un secours pour ma sœur.

— Vous a-t-il confié un autre message pour moi ?

— Seulement de vous transmettre son affection. Il m'a dit aussi de répondre à toutes vos questions.

— Il a trouvé en vous un fidèle messager. Voulez-vous du café ? demanda Carl Mendelius avec une gravité bienveillante.

— Non merci. »

Elle croisa les mains sur son sac et attendit, nonne parfaite dans son costume de campagnarde. Mendelius s'enquit sur un ton détaché :

« Ces problèmes, ces rumeurs au Vatican, quand cela a-t-il commencé ? Quelle en a été la cause ?

— Je sais très exactement quand. » Il n'y avait aucune hésitation dans sa voix. « Quand il est rentré de son voyage en Amérique du Sud et aux Etats-Unis, il avait l'air fatigué et malade. Ensuite, il y a eu les visites des Chinois, des Russes et des pays africains qui ont paru beaucoup le préoccuper. Quand ces gens sont partis, il a décidé de faire une retraite de deux semaines au Mont-Cassin. C'est à son retour que les ennuis ont commencé.

— Quelle sorte d'ennuis ?

— Je ne l'ai jamais très bien compris. Vous savez, je ne suis rien du tout, seulement une sœur qui fait le ménage. On nous a appris à ne pas parler des choses qui ne nous regardent pas. La mère supérieure n'aime pas les bavardages ; mais moi, je m'étais bien rendu compte que le Saint-Père n'était pas bien, qu'il passait de longues heures à la chapelle et qu'il y avait de nombreuses réunions de la curie après lesquelles ils semblaient tous de mauvaise humeur et marmonnaient entre eux. Je ne me souviens même plus de ce qu'ils disaient, sauf qu'un jour j'ai entendu le cardinal Arnaldo déclarer : « Dieu du ciel, nous « avons affaire à un fou ! »

— Et le Saint-Père, comment le trouviez-vous ?

— Avec moi, il était toujours le même, bon et courtois. Pourtant, on voyait bien qu'il se faisait beaucoup de souci. Un jour, il m'a dit de lui apporter de l'aspirine avec son café. Je lui ai demandé s'il voulait que je fasse venir le médecin. Alors, il m'a souri d'une drôle de façon et il m'a dit : « Sœur Mechtilde, je n'ai pas besoin d'un « médecin, mais du don des langues. Parfois, j'ai « l'impression que j'enseigne la musique à des « sourds et la peinture à des aveugles. » A la fin, bien sûr, son médecin est venu le voir ainsi que plusieurs autres. Ensuite, le cardinal Drexel lui a rendu visite — c'est le doyen du Sacré Collège, un homme très austère. Il est resté toute la journée avec le Saint-Père. J'ai aidé à les servir à table. C'est après cela que... que tout a commencé.

— Avez-vous compris ce qu'il se passait ?

— Non. On nous a seulement dit que pour des raisons de santé et pour le salut des âmes, le Saint-Père avait décidé d'abdiquer et de consacrer le reste de sa vie à Dieu dans un monastère. On nous a demandé de prier pour lui et pour l'Eglise.

— Et il ne vous a donné aucune autre explication ?

— A moi ? » Elle le considéra avec une surprise pleine d'innocence. « Pourquoi donc ? Je ne suis rien. Pourtant, après m'avoir donné sa bénédiction pour le voyage, il m'a pris la figure dans ses mains et il m'a dit : « Petite sœur, nous avons « peut-être eu de la chance de nous rencontrer

« tous les deux. » C'est la dernière fois que je l'ai vu.

— Et maintenant, qu'est-ce que vous allez faire ?

— Je vais partir chez ma sœur pour l'aider à s'occuper de ses enfants et de son restaurant. C'est une petite affaire, mais à nous deux, on devrait pouvoir s'en tirer.

— J'en suis certain », lui répondit Mendelius avec beaucoup de déférence. Il se leva et lui tendit la main. « Merci d'être venue me voir et de tout ce que vous avez fait pour lui.

— Ce n'est rien du tout. C'est un homme très bon. Il comprend les petites gens. »

La paume de sa main était sèche et gercée par les vaisselles et les lessives. Il se sentit honteux de ses mains fines d'intellectuel dans lesquelles Grégoire XVII, successeur du prince des apôtres, venait de remettre en grand secret son dernier mémorial.

Ce soir-là, il resta très longtemps dans le grand grenier qui lui servait de bureau et dont les fenêtres aux carreaux enchâssés de plomb donnaient sur la masse grise de l'église collégiale Saint-Georges. Les seuls témoins de sa méditation furent les bustes en marbre de Melanchton et d'Hegel. L'un avait été lecteur et l'autre élève de la vieille université, mais ils étaient morts depuis longtemps et ils ne se posaient plus de questions.

Il avait étalé devant lui la lettre de Jean-Marie Barette, Grégoire dix-septième du nom dans la lignée des papes : trente pages d'une écriture fine, dans un français impeccable, qui constituaient le récit d'une tragédie personnelle et d'une crise politique de dimension mondiale.

« Mon cher Carl,

« Dans cette longue et sombre nuit de mon âme, quand la raison vacille et que la foi de toute une vie semble sur le point de se perdre, c'est vers vous que je me tourne pour vous demander la grâce de me comprendre.

« Nous sommes amis de longue date. Vos livres et vos lettres, bagages plus indispensables que mes chemises et mes chaussures, m'ont toujours accompagné partout. Vos conseils m'ont apaisé dans bien des moments d'angoisse. Votre sagesse a éclairé mes pas dans le noir labyrinthe du pouvoir. Bien que les directions de nos deux vies aient divergé, j'aime à croire que nos esprits ont suivi le même chemin.

« Si j'ai gardé le silence dans ces derniers mois de purgation, c'est parce que je n'ai pas voulu vous compromettre. Depuis quelque temps je suis étroitement surveillé et je n'ai même pas pu mettre à l'abri mes papiers les plus personnels. Je dois vous dire que si cette lettre tombait en certaines mains, vous pourriez être exposé à de grands risques et vous le serez encore davantage si vous décidez d'exécuter la mission que je vous confie.

« Je vais commencer par la fin de l'histoire. Le mois dernier, les cardinaux du Sacré Collège, dont certains étaient, pensais-je, des amis, ont déclaré à une large majorité que j'étais, sinon fou, du moins incapable de continuer à assumer la charge du pontificat. Pour des raisons que je vous expliquerai plus tard, cette décision les a jetés dans un dilemme à la fois comique et tragique.

« Ils n'avaient que deux solutions pour se débarrasser de moi : la déposition ou l'abdication. Pour me déposer, ils auraient dû donner une raison et je ne pense pas qu'ils l'auraient osé. L'odeur de conspiration aurait été trop forte et le risque de schisme trop grand. D'autre part, l'abdication est un acte légal que je ne pouvais convenablement accomplir si j'avais perdu la raison.

« Pour moi, le problème était tout autre. Je n'avais pas demandé à être élu. J'avais accepté, rempli de crainte, en espérant que le Saint-Esprit m'accorderait force et lumière. Je croyais — et j'essaie toujours désespérément de croire — que la lumière me serait envoyée d'une manière tout à fait spéciale et qu'il était de mon devoir de la révéler à un monde déjà plongé dans les ténèbres d'une dernière heure imminente. Mais sans le soutien de mes principaux collaborateurs, les piliers de l'Eglise, j'étais impuissant. Mes déclarations pouvaient être déformées, mes directives annihilées et les enfants de Dieu jetés dans la confusion ou entraînés dans la rébellion.

« C'est alors que Drexel est venu me voir. Vous savez qu'il est doyen du Sacré Collège et que c'est moi-même qui l'ai nommé préfet de la Congrégation sacrée pour la doctrine de la Foi. Vous êtes bien placé pour savoir que c'est un formidable chien de garde, mais dans le privé, c'est un homme charitable et compréhensif. Il a eu beaucoup de mal à en venir au fait. Il était l'envoyé de ses frères cardinaux; il ne partageait pas leur opinion, mais on l'avait chargé de me faire part de leur décision. Ils me demandaient d'abdiquer et de me retirer dans un monastère. Si je refusais, ils se verraient obligés, en dépit de tous les risques possibles, de me déclarer légalement fou et de me faire interner sous surveillance médicale.

« Comme vous l'imaginez, ce fut pour moi un coup très rude. Je n'aurais pas cru qu'ils iraient si loin. Ensuite, j'ai ressenti un moment de véritable terreur. Je connaissais suffisamment l'histoire de cette charge et de ses titulaires pour savoir que cette menace n'était pas vaine. La Cité du Vatican est un Etat indépendant et rien ne transpire de ce qui se passe à l'intérieur de ses murs.

« Une fois cette terreur passée, j'ai demandé assez calmement à Drexel ce qu'il pensait personnellement de la situation et il m'a répondu sans hésiter qu'il était certain que ses collègues avaient la possibilité de mettre leur menace à exécution et qu'ils le feraient. Dans une période aussi critique, les conséquences seraient graves mais non irréparables. L'Eglise avait survécu aux Théophylactes, aux Borgia et aux débauchés d'Avignon, elle survivrait bien à la folie de Jean-Marie Barette. Drexel me dit en toute amitié qu'il pensait que je devais m'incliner devant l'inévitable et abdiquer pour raison de santé. Il ajouta ensuite une phrase que je vous répète mot pour mot : « Faites ce qu'ils vous demandent, Très Saint-« Père, mais pas davantage. Partez, retirez-vous « et je me charge d'empêcher toute tentative de « vous lier encore plus. Quant à cette lumière que « vous proclamez avoir reçue, je ne puis juger si « elle vient de Dieu ou d'une illusion de votre « esprit surmené. Si c'est une illusion, j'espère « que vous ne l'entretiendrez pas trop longtemps. « Si elle vient de Dieu, il vous permettra de la « faire éclater quand il le jugera bon. Par contre, « si on vous déclare fou, personne ne vous croira « plus et cette lumière sera à jamais éteinte. « L'Histoire et en particulier l'Histoire de l'Eglise « a toujours été écrite pour justifier les « survivants. »

« Je comprenais très bien tout ce qu'il me disait, sans arriver à accepter une solution aussi radicale. Nous avons discuté toute la journée en

20

examinant toutes les solutions possibles. J'ai prié seul très tard dans la nuit et à la fin, épuisé, je me suis rendu. A neuf heures, le lendemain matin, j'ai fait appeler Drexel et je lui ai dit que j'étais prêt à abdiquer.

« Voilà, mon cher Carl, *comment* cela s'est passé. Le pourquoi sera beaucoup plus long à expliquer, après quoi, vous serez, vous aussi, obligé de me juger. Tout en écrivant ces mots, je crains que votre verdict ne se retourne contre moi. Autant pour la faiblesse humaine ! Je n'ai pas encore appris à faire confiance au Seigneur dont je proclame l'Evangile !... »

Cette poignante supplique émut profondément Mendelius. Les mots dansaient devant ses yeux fatigués. Il se renversa contre le dossier de son fauteuil et se plongea dans ses souvenirs. Ils s'étaient connus à Rome, plus de vingt ans auparavant, alors que Jean-Marie Barette était cardinal-diacre, le plus jeune membre de la curie romaine et que le père Carl Mendelius de la Compagnie de Jésus faisait ses premiers cours sur les éléments de l'interprétation des Ecritures à l'Université grégorienne. Le jeune cardinal était venu assister à sa conférence sur les communautés judaïques dans l'Eglise primitive. Ensuite, ils avaient dîné ensemble et discuté jusqu'à une heure très avancée de la nuit. Quand ils s'étaient quittés, ils étaient amis.

Pendant les jours sombres, après que Mendelius eut été dénoncé pour hérésie par la congrégation pour la doctrine de la Foi, Jean-Marie Barette l'avait soutenu pendant de longs mois d'inquisition. Lorsque sa vocation de prêtre l'avait abandonné, il avait demandé la permission de retourner à la vie civile et de se marier.

Barette avait alors plaidé sa cause auprès d'un pape réticent et irascible. Quand il avait postulé pour une chaire à Tübingen, sa plus prestigieuse recommandation avait été signée « Gregorius XVII, Pont. Max. »

Maintenant, les rôles étaient inversés. Jean-Marie Barette était en disgrâce alors que Carl Mendelius était comblé par un mariage heureux et une carrière réussie. Il devait payer ses dettes d'amitié, quel qu'en soit le prix. Il se replongea dans la lecture de la lettre.

« Vous êtes au courant des circonstances de mon élection. Mon prédécesseur, notre pape populiste, avait rempli sa mission. Il avait recentralisé l'Eglise. Il avait raffermi la discipline. Il avait réinstallé la ligne dogmatique traditionnelle. Son immense charme personnel — le charme d'un grand acteur — avait longtemps masqué ses choix essentiellement rigoristes. En vieillissant, il était devenu de plus en plus intolérant et de moins en moins ouvert à la discussion. Il se voyait comme le marteau de Dieu, destiné à écraser les puissances de l'incroyance. Il était difficile de le convaincre qu'à moins d'un miracle, il risquait de n'y avoir bientôt plus d'hommes sur la terre, croyants ou incroyants. Nous étions dans la dernière décennie du siècle, au bord d'une guerre mondiale. Lorsque je me suis trouvé investi de cette charge, après un conclave de six jours d'où avait résulté ce compromis sur mon nom, j'étais épouvanté.

« Je n'ai pas besoin de vous citer tout le texte de l'Apocalypse; le tiers monde menacé de famine, le risque quotidien d'une catastrophe économique en Occident, le prix toujours croissant de l'énergie, la course sauvage aux armements et la tentation pour les militaristes de faire un dernier pari insensé pendant qu'on pouvait encore calculer les retombées atomiques. Pour moi, le phénomène le plus terrifiant, c'était l'atmosphère de désespoir insidieux qui envahissait les chefs d'Etat en même temps que le sentiment de leur impuissance officielle et cette étrange régression vers une conception magique de l'univers.

« Nous avons souvent parlé tous les deux de la prolifération des nouveaux cultes et leur exploitation à des fins de lucre ou de puissance. Le fanatisme avait également envahi les vieilles religions. Chez nous, certains extrémistes auraient voulu que j'institue une année mariale et que j'appelle à de grands pèlerinages dans tous les sanctuaires mondiaux de la Vierge. Je leur ai dit qu'il n'en était pas question. Un débordement de dévotion était justement la dernière chose dont nous avions besoin.

« J'étais persuadé que le meilleur service que je pouvais rendre à l'Eglise, c'était de réfléchir sur tout avec bon sens et esprit de charité. En tant que pontife, j'étais le mieux placé pour accomplir cette tâche. Je fis savoir que j'irais partout et que je recevrais tout le monde pour la cause de la paix. Je me suis efforcé de faire comprendre que je n'avais pas de formule magique et aucune illusion sur mon pouvoir. Je connaissais trop bien l'inertie mortelle des institutions, la folie mathématique qui fait se battre les hommes à propos du plus élémentaire compromis. Je m'étais dit que j'essaierais de convaincre les chefs des nations que repousser d'une année seulement l'Armageddon serait déjà une victoire. Néanmoins, la hantise d'un holocauste imminent me poursuivait nuit et jour et sapait tout mon courage et toute ma confiance.

« Finalement, afin de conserver une vision claire de la situation, je décidai d'aller me reposer un moment pour renouveler mes ressources spirituelles. Je partis donc au monastère du Mont-Cassin pour y faire une retraite de quinze jours. Vous connaissez bien cet endroit. Il a été fondé au VIᵉ siècle par saint Benoît. C'est là que Paul le diacre à écrit ses histoires. Mon homonyme, Grégoire IX, y a conclu la paix avec Frédéric de Hohenstaufen et, par-dessus tout, c'est un lieu serein et solitaire. L'abbé André est un homme d'une piété et d'un discernement particuliers; j'irais donc me mettre sous sa direction spirituelle et me plonger dans une courte période de silence, de méditation et de renouvellement intérieur.

« Voilà ce que j'avais projeté, mon cher Carl, et j'avais commencé à le faire. J'étais là depuis trois jours quand l'événement eut lieu... »

La phrase se terminait au bas de la page. Mendelius hésita avant de la tourner. Il ressentait une légère réticence, comme si on lui avait demandé d'assister à une chose intime et il dut se forcer pour continuer sa lecture.

« ... J'ai parlé d'événement, parce que je ne veux pas influencer votre jugement et aussi parce que, pour moi, cela reste un fait de caractère concret. Il est survenu; je ne l'ai pas imaginé. Ce fut une expérience aussi réelle que le petit déjeuner que je venais de prendre dans le réfectoire.

« Il était neuf heures du matin et c'était une journée claire et ensoleillée. J'étais assis sur un banc de pierre dans le jardin du cloître. A quelques pas de moi, un moine bêchait un parterre de fleurs. Je me sentais calme et détendu. Je m'étais mis à lire le xive chapitre de l'Evangile selon saint Jean que l'abbé avait proposé comme sujet de méditation du jour. Vous savez qu'il commence par l'allocution du Christ à son dernier repas : « Que votre cœur ne se trouble point. Vous croyez « en Dieu; croyez aussi en moi. » Ce texte, plein de réconfort et d'apaisement, convenait parfaitement à mon humeur. Lorsque j'arrivai au verset : « Et celui qui m'aime sera aimé de mon Père », je refermai le livre et levai les yeux.

« Autour de moi, tout avait changé. Il n'y avait plus de monastère, plus de jardin, plus de moine. J'étais seul sur un pic dénudé. J'étais environné de montagnes noires et déchiquetées qui se détachaient sur un ciel blafard. Ce lieu était immobile et silencieux comme une tombe. Je n'avais pas peur, je ressentais seulement un vide terrible et sinistre, comme si j'avais été un haricot dont il ne restait plus que la cosse. Je savais que je voyais le résultat de l'ultime folie de l'homme, une planète morte. Pour vous décrire ce qui s'est passé ensuite, je ne saurais trouver les mots justes. Ce fut comme si j'avais soudain été investi par les flammes, emporté par un tourbillon puissant et projeté hors de toute dimension humaine, dans le cœur d'une immense lumière insupportable. La lumière était voix et la voix était lumière et je fus comme imprégné par son message. Je me trouvais à la fin de tout, au début de tout, au point oméga du temps, au point alpha de l'éternité. Il n'y avait plus de symboles, mais seulement la Réalité toute simple. La prophétie était accomplie. L'ordre se dégageait du chaos en proclamant l'ultime vérité. En cet instant d'exquise souffrance, je compris que je devais annoncer cet événement et y préparer le monde. J'avais été choisi pour faire savoir que les Derniers jours étaient proches et que l'humanité devait se préparer à la parousie, le second avènement du Christ.

« Au moment même où je croyais que cette souffrance allait m'anéantir, elle cessa. Je me suis retrouvé dans le jardin du cloître. Le moine bêchait ses rosiers. Le Nouveau Testament était ouvert sur mes genoux au chapitre XXIV de saint Matthieu : « Car tel l'éclair qui jaillit du levant et « brille jusqu'au couchant, tel sera le retour du « Fils de l'homme. » Hasard ou présage ? Cela n'avait plus d'importance.

« Voilà, Carl, je vous ai tout dit, aussi bien qu'on puisse le faire avec des mots au plus cher ami de son cœur. A mon retour à Rome, quand j'ai voulu l'expliquer à mes collaborateurs, j'ai lu la stupeur sur leur visage. Un pape frappé d'une révélation, annonciateur du second avènement ? Folie ! Ultime déraison ! J'étais une bombe à retardement ambulante qu'on devait désamorcer le plus rapidement possible. Et pourtant, je ne pouvais pas davantage cacher ce qui m'était arrivé que changer la couleur de mes yeux. Cette expérience s'était gravée dans chaque fibre de mon être comme un gène héréditaire. J'étais obligé d'en parler, condamné à l'annoncer à un univers qui se précipitait, tête baissée, vers son extinction.

« Je me mis à préparer une encyclique, une lettre à l'Eglise universelle. Elle commençait par ces mots : « *In his ultimis annis fatalibus...* Dans ces « dernières et fatales années du millénaire... » Mon secrétaire trouva le brouillon sur mon bureau, le photographia à mon insu et en distribua des copies à la curie. Ils en furent tous horrifiés. Ensemble et séparément, ils me pressèrent de supprimer ce document. Comme je refusai, ils mirent pratiquement mes appartements en état de siège et m'empêchèrent de communiquer avec le monde extérieur. Ensuite, ils convoquèrent une réunion d'urgence du Sacré Collège, firent venir une équipe de médecins et de psychiatres pour examiner mon état mental et mirent en route le processus qui devait conduire à mon abdication.

« Dans l'adversité, c'est vers vous que je me tourne, non seulement parce que vous êtes mon ami, mais parce que vous avez été, vous-même, soumis à l'inquisition et que vous pouvez comprendre que la raison chavire sous le feu roulant des interrogatoires. Si vous jugez que je suis fou, je vous acquitte à l'avance de tout blâme et je vous remercie pour cette amitié que nous avons eu le privilège de partager.

« Si vous pensez pouvoir croire que ce que je viens de vous dire est la vérité simple et terrible, alors, lisez les deux documents joints à ma lettre : une copie de mon encyclique non publiée à l'Eglise universelle et une liste de personnes avec lesquelles j'ai entretenu des relations amicales dans différents pays au cours de mon pontificat et qui seront peut-être disposées à me faire confiance, à moi ou à mon envoyé. Essayez de les contacter et de leur faire prendre conscience du rôle qu'elles peuvent jouer pendant ces années fatales. Je ne pense pas que nous puissions empêcher l'inévitable catastrophe, mais j'ai pour mission de continuer à porter jusqu'à la fin la bonne parole de l'amour et du salut.

« Si vous acceptez ce rôle, vous allez courir de grands dangers, vous risquez même d'y perdre la vie. Souvenez-vous de l'Evangile selon saint Matthieu : « Alors, on vous livrera aux tourments et « on vous tuera... Beaucoup vont succomber, se « dénoncer mutuellement, se haïr mutuel- « lement. »

« Je vais bientôt quitter ce lieu pour la solitude du Mont-Cassin. Je pense que j'y arriverai sain et sauf. Sinon, je me recommande, ainsi que vous-même et votre famille, à l'amour attentif de Dieu.

« Il est très tard. Il y a longtemps que je n'ai pas connu le répit du sommeil, mais maintenant que j'ai écrit cette lettre, peut-être me sera-t-il accordé.

« Je demeure toujours vôtre dans le Christ »
                    « Jean-Marie BARETTE »

Sous la signature un bref post-scriptum ironique avait été griffonné : *Feu le Pape...*

Carl Mendelius était anéanti par le choc et la fatigue. Il ne parvint pas à s'astreindre à lire le texte jusqu'au bout et l'interminable liste de noms aurait tout aussi bien pu être écrite en sanscrit. Il replia la lettre et les documents et les enferma dans le vieux coffre-fort noir où il conservait les actes de propriété de sa maison, ses polices d'assurance et les éléments les plus précieux de ses matériaux de recherche.

Lotte devait l'attendre en bas en tricotant tranquillement au coin du feu. Il ne pouvait pas aller la rejoindre avant de s'être ressaisi et d'avoir ébauché des semblants de réponses à ses inévitables questions : « Que dit cette lettre, Carl ? Qu'est-il arrivé à notre cher Jean-Marie ? »

Et que lui répondre ? Quels que fussent les autres aspects de sa personnalité — prêtre raté, époux aimant, père déconcerté, croyant sceptique —, il était un historien compétent, un homme scrupuleux dans l'application des preuves internes et externes. Il flairait à un kilomètre l'odeur d'une interprétation dans un texte et remontait à la source avec une précision méticuleuse, qu'elle soit gnostique, manichéenne ou essénienne.

Il savait que la doctrine de la parousie — le second avènement du Rédempteur — qui devait marquer la fin des choses temporelles, était une des plus anciennes et des plus authentiques de la tradition. Elle était mentionnée dans les Evangiles synoptiques, enfermée dans le Credo et rappelée chaque jour dans la liturgie : « Christ est mort, Christ est ressuscité, Christ reviendra. » Pour les croyants, elle représentait la plus ferme espérance de la justification finale du projet divin, la victoire ultime de l'ordre sur le chaos, du bien sur le mal. Que Jean-Marie Barette y crût et le proclamât comme un article de foi, c'était une chose aussi naturelle et nécessaire que la respiration. Par contre, qu'il adhérât à la forme la plus primitive de cette croyance — un cataclysme universel imminent, suivi par le Jugement dernier auquel les élus devaient se préparer — voilà qui était pour le moins déroutant. La tradition millénariste avait connu plusieurs formes qui n'étaient pas toutes de nature religieuse. Elle était implicite dans l'idée hitlérienne d'un Reich de mille ans, dans la promesse marxiste que le capitalisme disparaîtrait pour laisser la place à une fraternité socialiste universelle. Jean-Marie Barette n'aurait pas eu besoin d'une révélation pour bâtir sa propre version millénariste; il pouvait la tirer toute faite d'une centaine de sources, du Livre de Daniel aux prophètes cévenols du XVIIᵉ siècle.

Cette prétendue révélation était elle-même un élément à la fois familier et inquiétant dans le tableau. Un ministre d'une religion organisée est appelé et ordonné pour répandre, sous contrôle, une doctrine établie depuis longtemps. S'il outrepasse les limites de sa mission, l'autorité même qui l'a nommé peut le réduire au silence ou l'excommunier.

Quant aux prophètes, ce sont des êtres d'une nature différente. Ils prétendent être en communication directe avec le Tout-Puissant et par conséquent, aucun pouvoir humain ne peut leur retirer leur mission. Ils ont le droit de contester le passé le plus sacré grâce à cette phrase bien connue prononcée par le Christ lui-même : « C'est écrit... mais en vérité je vous le dis... » Aussi, les prophètes sont-ils toujours des étrangers, des hérauts du changement, ceux qui défient l'ordre établi.

Pour les cardinaux, le problème n'était pas la folie de Jean-Marie Barette, mais qu'il ait accepté la fonction officielle de Grand prêtre et de Professeur suprême, puis qu'il ait voulu assumer un rôle différent et peut-être contradictoire. En théorie, il n'y avait pas vraiment de contradiction. La doctrine de la révélation personnelle, d'une communication directe entre le Créateur et la créature, était aussi ancienne que celle de la parousie, du Saint-Esprit descendant sur les apôtres le jour de la Pentecôte, de Saul renversé sur le chemin de Damas ou de Jean frappé par une révélation apocalyptique à Patmos. Tout ceci était consacré par la tradition. Etait-il donc si incroyable que dans la dernière décade de ce millénaire, alors que la possibilité d'une destruction universelle était un fait prouvé et un péril aveuglant, Dieu ait choisi un nouveau prophète pour renouveler son appel au repentir et au salut ?

Sous l'aspect théologique, c'était une proposition parfaitement orthodoxe. Pour Carl Mendelius, l'historien appelé à juger de la raison de son ami, c'était une spéculation extrêmement dangereuse. Cependant, pour le moment, il était trop las pour se fier à son jugement, même sur des problèmes élémentaires. Aussi, il ferma la porte de son bureau et descendit les escaliers.

Lotte, blonde, rondelette, dévouée et satisfaite comme une chatte dans son rôle de mère et d'épouse du professeur Mendelius, lui sourit en lui tendant sa joue. Pris d'une soudaine vague de passion, il l'attira dans ses bras et l'étreignit pendant un long moment. Elle lui lança un regard moqueur en lui disant :

« Et pourquoi ça ?

— Je t'aime.

— Moi aussi, je t'aime.

— Allons nous coucher.

— Pas encore. Johann a téléphoné pour dire qu'il avait oublié ses clefs. Il faut que je l'attende. Veux-tu un cognac ?

— Tiens, ce n'est pas une mauvaise idée. »

Tout en lui remplissant un verre, elle lui posa exactement les questions qu'il redoutait. Il savait qu'il ne pourrait pas se dérober; elle était trop fine pour accepter les demi-vérités, aussi, il lui dit carrément :

« Les cardinaux l'ont forcé à abdiquer parce qu'ils le croient fou.

— Fou ! Juste Ciel ! Personne n'est plus sain d'esprit que lui. » Elle lui apporta le verre et vint s'asseoir sur le tapis près de lui en posant sa tête sur ses genoux. Ils trinquèrent et Mendelius lui caressa les cheveux. Elle demanda encore :

« Pourquoi pensent-ils qu'il est fou ?

— Parce qu'il affirme qu'il a eu la révélation que la fin du monde était proche et qu'il était l'annonciateur du second avènement.

— Quoi ? » Elle renversa son verre. Mendelius épongea le liquide avec son mouchoir sur son corsage.

« C'est la vérité, ma chérie. Il me raconte son

expérience dans sa lettre. Il y croit fermement et maintenant qu'il est réduit au silence, il veut que je répande la nouvelle.

— Je ne peux pas y croire. Il a toujours été si... si français, si raisonnable. Il a peut-être perdu la raison...

— Un fou n'aurait jamais pu écrire une pareille lettre. Une illusion, une idée fixe, oui, je veux bien l'admettre. Ça peut arriver, à cause du surmenage ou du mauvais fonctionnement du raisonnement. Des hommes parfaitement sensés croyaient jadis que la terre était plate. Des gens sains d'esprit règlent leur vie d'après les horoscopes des journaux du soir. Des millions d'êtres comme toi et moi croient en un Dieu dont ils ne peuvent pas prouver l'existence.

— Oui, mais nous n'allons pas en proclamant partout que le monde finira demain.

— Bien sûr. Mais nous savons que cela peut arriver si les Russes ou les Américains pressent le bouton rouge. Nous vivons tous à l'ombre de cette éventualité et nos enfants en sont aussi conscients que nous.

— Je t'en prie, Carl.

— Excuse-moi. »

Il se pencha pour l'embrasser et elle lui prit la main pour l'appuyer contre sa joue. Quelques instants après, elle lui demanda très calmement :

« Est-ce que tu vas faire ce qu'il te demande ?

— Je ne sais pas, Lotte, sincèrement. Il faut que j'y réfléchisse soigneusement et que je parle avec des gens qui ont été proches de lui. Après, j'irai le voir. Je lui dois beaucoup. Nous lui devons beaucoup tous les deux.

— C'est-à-dire que tu vas partir ?

— Pas pour longtemps.

— J'ai horreur que tu t'en ailles. Tu me manques tant.

— Alors, viens avec moi. Il y a des siècles que tu n'es pas allée à Rome. Tu as plein d'amis à voir.

— Ce n'est pas possible, Carl, tu le sais bien. Les enfants ont besoin de moi. C'est une année capitale pour Johann et je préfère garder un œil sur Katrin et son petit ami. »

C'était un léger sujet de discorde entre eux que son comportement de mère-poule et la jalousie qu'il en ressentait. Pourtant, ce soir-là, il était trop fatigué pour en discuter et il remit la chose à plus tard.

« Nous en parlerons une autre fois. Il faut que je prenne l'avis d'un professionnel avant de faire un seul pas en dehors de Tübingen. »

A cinquante-trois ans, Anneliese Meissner avait récolté toute une gamme d'honneurs académiques dont le moindre n'était pas d'avoir été reconnue à l'unanimité la femme la plus laide de toute l'université. Grosse, courte sur pattes, le teint olivâtre, elle avait une bouche de grenouille et ses prunelles étaient à peine visibles derrière ses épais verres de myope. Sa chevelure, hérissée comme celle de la Méduse, faisait un fouillis jaunâtre, et elle avait une voix de scie enrouée. Elle était toujours mal fagotée dans des vêtements masculins. Ajoutez à cela un humour cinglant et un mépris impitoyable pour la médiocrité et vous aurez, comme l'avait déclaré un de ses collègues, le profil parfait d'une personnalité vouée à l'aliénation.

Et pourtant, elle avait échappé par miracle à ce destin et elle avait réussi à se faire admettre comme une sorte de déesse tutélaire dans l'ombre du vieux château d'Hohentübingen. Son appartement tenait plus du club que d'une demeure particulière et les étudiants, juchés sur des tabourets et des caisses venaient y boire du vin et discuter avec passion jusqu'au petit matin. Ses cours sur la psychologie clinique et ses articles paraissaient dans des revues savantes, traduits dans une bonne dizaine de langues. La rumeur estudiantine l'avait même créditée d'un amant, une espèce de gnome qui vivait dans les montagnes du Harz et qui venait la voir en secret le dimanche et pendant les vacances universitaires.

Le lendemain du jour où il avait reçu la lettre de Jean-Marie Barette, Carl Mendelius l'invita à déjeuner dans un salon particulier de la Weinstube Forelle. Anneliese Meissner mangea et but copieusement, tout en réussissant à placer des diatribes cinglantes contre l'administration des fonds de l'université, la politique régionale de l'Etat du Bade-Wurtemberg, l'article d'un collègue au sujet de la dépression endogène qu'elle balaya sous prétexte de « puérile idiotie » et la vie sexuelle des travailleurs turcs dans une usine de papier locale. Ce n'est qu'au café que Mendelius jugea bon de lui poser sa question.

« Si je vous montrais une lettre, vous serait-il possible de me donner votre avis de clinicien sur la personne qui l'a écrite ? »

Elle le fixa de son regard myope et sourit. Son sourire était terrifiant. On aurait dit qu'elle allait l'engloutir en même temps que les miettes de sa tarte.

« Vous allez me montrer une lettre, Carl ?

— Oui, si vous voulez bien la prendre comme une communication personnelle et privilégiée.

— De votre part, Carl, je veux bien. Mais avant de me la faire voir, il faut que je vous explique un certain nombre d'axiomes de la spécialité que je pratique. Je ne veux pas que vous me montriez un document qui semble être important pour vous et qu'ensuite vous vous plaigniez de l'imperfection de mes commentaires. Compris ?

— Compris.

— Premier point : l'écriture, quand on en possède un échantillonnage, est un indicateur très valable de l'état cérébral. Une simple hypoxie — la mauvaise alimentation en oxygène du cerveau — amène une détérioration rapide de l'écriture. Deuxièmement, même dans les maladies psychiques les plus graves, le sujet peut avoir des moments de lucidité et ses écrits et ses paroles sont alors parfaitement sensés. Hölderlin est mort dans cette ville dans un état de schizophrénie désespéré, pourtant le devinerait-on en lisant *Pain et Vin* ou *Empedocle sur l'Etna* ? Nietzsche a succombé à la paralysie générale des fous due sans doute à la syphilis. Pourrait-on la diagnostiquer sur le seul témoignage d'*Ainsi parlait Zarathoustra* ? Troisième point : toute lettre personnelle contient des indications d'états émotionnels ou même de tendances psychiques; mais ce ne sont que des indications. Ces états peuvent être très peu marqués et ces tendances tout à fait dans la limite de la normalité. Me suis-je bien fait comprendre ?

— Admirablement, professeur ! » Carl Mendelius fit comiquement le geste de se rendre. « Je remets ma lettre en mains sûres. » Il la poussa sur la table devant elle.

« J'ai d'autres documents, mais je n'ai pas encore eu le temps de les étudier. L'auteur est le pape Grégoire XVII qui a abdiqué la semaine dernière. » Anneliese Meissner pinça ses lèvres épaisses dans un sifflement de surprise, mais elle ne dit rien. Elle se mit à lire la lettre, lentement, sans faire un seul commentaire, pendant que Mendelius buvait son café à petites gorgées en grignotant des petits fours. C'était mauvais pour sa ligne, mais moins nocif que la cigarette dont il essayait désespérément de se passer. Anneliese avait enfin terminé sa lecture. Elle posa la lettre sur la table et la couvrit de ses grosses mains boudinées. Elle choisit ses premières paroles avec une précaution toute médicale.

« Carl, je ne suis pas certaine d'être qualifiée pour juger de cela. Je ne suis pas croyante et je ne l'ai jamais été. Quelle que soit la faculté qui permet de sauter de la raison à la foi, je ne l'ai jamais possédée. Certains sont sourds aux harmonies, d'autres sont aveugles aux couleurs, moi je suis une athée incurable. Je l'ai souvent regretté. Dans mon travail je me suis parfois sentie handicapée quand j'ai eu affaire à des patients profondément croyants. Voyez-vous, Carl — elle poussa un long gloussement — d'après moi, vous et vos pareils, vous vivez dans un état d'illusion totale qui par définition est la folie. D'autre part, comme je ne peux pas prouver votre erreur, je suis obligée d'admettre que c'est peut-être moi qui déraisonne. »

Mendelius lui sourit et lui glissa le dernier petit four dans la bouche.

« Nous sommes déjà convenus que vos conclusions seraient sujettes à caution. Avec moi, votre réputation ne risque rien.

— Alors, voici mon diagnostic. » Elle prit la lettre et se mit à la commenter. « Ecriture : aucun signe de dérangement mental. C'est une belle écriture régulière. La lettre en elle-même est précise et logique. Les parties de la narration sont d'une classique simplicité. L'auteur a le contrôle de ses émotions. Même quand il déclare être surveillé, il n'y a pas cette insistance qui permet de dénoter un état paranoïaque. Le passage qui touche à son expérience visionnaire est aussi clair que possible. Il ne contient pas d'images pathologiques à connotation sexuelle. Par conséquent, à première vue, l'homme qui a écrit cette lettre était sain d'esprit au moment où il l'a rédigée.

— Cependant, il exprime des doutes sur sa propre raison.

— Pas vraiment. Il reconnaît que les autres peuvent en avoir mais il est absolument convaincu de la réalité de son expérience visionnaire.

— Et vous, que pensez-vous de cette expérience ?

— Je suis persuadée qu'elle est réelle. L'interprétation que j'en donne est une autre affaire. Je suis également certaine que Martin Luther a cru qu'il avait vu le diable dans sa cellule et qu'il lui avait jeté son encrier à la figure. Cela ne veut pas dire que je crois au diable, mais simplement à la réalité de l'expérience de Luther. » Elle se mit à rire de nouveau et poursuivit sur un ton plus détendu. « Vous êtes un ancien jésuite, Carl. Vous savez bien de quoi je veux parler. Je passe mon temps à m'occuper de malades hallucinés, je suis donc obligée de commencer en me disant que, pour eux, ces hallucinations sont réelles.

— Vous voulez dire que Jean-Marie est un halluciné ?

— Ne parlez pas à ma place, Carl ! » Sa réplique avait été violente et instantanée. Elle poussa la lettre vers lui. « Relisez le passage où il parle de sa vision ainsi que ce qui l'a précédée et suivie. Il colle parfaitement à la structure du rêve éveillé. Il lit et médite dans un jardin ensoleillé. Toute méditation exige un certain degré d'autosuggestion. Son rêve a deux parties : le lendemain du cataclysme sur un monde désolé, puis le passage tourbillonnant dans l'espace. Ces deux images sont fortes, mais très banales. On les trouverait dans n'importe quel bon film de science-fiction. Il y avait souvent pensé auparavant et là, il les rêve. Quand il se réveille, il se retrouve dans le jardin; c'est un phénomène très commun.

— Oui, mais qu'il croit dû à une intervention divine.

— C'est ce qu'il *prétend*.

— Que diable voulez-vous dire?

— Je veux dire, repartit carrément Anneliese Meissner, qu'il se peut qu'il mente.

— Non. C'est impossible. Je le connais. Nous sommes aussi proches que des frères.

— Voilà une comparaison bien malheureuse, répondit calmement Anneliese Meissner. Les relations fraternelles sont parfois d'une complication infernale. Calmez-vous, Carl! Vous vouliez l'opinion d'un spécialiste, vous l'avez. Prenez au moins le temps de réfléchir à une hypothèse raisonnable.

— C'est de la pure fantaisie!

— Vraiment? Vous êtes historien. Faites un retour en arrière. Combien de miracles commodes pouvez-vous dénombrer? Combien de révélations opportunes? Toutes les sectes du monde doivent en fournir pour leurs adeptes. Les Mormons ont Joseph Smith et ses incroyables tablettes d'or; le révérend Sun Myung Moon a prétendu qu'il était le Seigneur du Second Avènement et que Jésus, lui-même, s'était prosterné devant lui pour l'adorer. Alors, supposez, Carl, supposez seulement, que votre Grégoire XVII ait décidé que c'était un moment crucial pour l'institution et que l'heure était venue d'une nouvelle manifestation divine.

— Il aurait fait là un pari insensé.

— Et il l'a perdu. Il essaie peut-être de sauver quelque chose du naufrage en se servant de vous.

— C'est une idée monstrueuse !

— Pas pour moi. Je vais vous dire pourquoi elle vous scandalise. C'est parce que tout en croyant être un libre penseur, vous faites toujours partie de la famille catholique romaine et que pour votre propre salut, vous devez protéger ce mythe. J'ai remarqué que vous n'aviez pas tiqué quand j'ai parlé des Mormons et de Moon. Allons, mon ami, où avez-vous la tête ?

— Je crois bien que je l'ai perdue. » Carl Mendelius avait l'air consterné.

« Si vous voulez mon avis, vous devriez laisser tomber tout ça.

— Pourquoi ?

— Vous êtes un historien de réputation mondiale. Ne vous compromettez pas avec la folie et la magie populaire.

— Jean-Marie est mon ami. Je lui dois au moins une enquête honnête.

— Alors, il va falloir un *Beisitzer* — un assesseur pour vous aider à examiner les pièces à conviction.

— Ce travail vous plairait-il, Anneliese ? Vous en tirerez peut-être de nouvelles conclusions médicales. »

Il avait dit cela en manière de plaisanterie, pour désamorcer la discussion. Sa boutade tomba à plat.

Anneliese réfléchit un long moment, puis elle annonça d'une voix ferme : « Très bien. Je suis d'accord. Ce sera pour moi une expérience nouvelle de jouer les inquisiteurs d'un pape. Mais, cher collègue — elle avança sa grosse main pour la poser sur le poignet de Mendelius — ce qui m'intéresse bien davantage, c'est de vous aider à rester honnête. »

Quand il eut terminé sa dernière conférence, tard dans l'après-midi, Carl Mendelius descendit vers la rivière et alla s'asseoir sur la berge pour regarder les cygnes glisser majestueusement sur l'eau grise.

Anneliese Meissner l'avait laissé dans un trouble profond. Elle avait mis en question, non seulement ses relations avec Jean-Marie Barette, mais aussi son intégrité de chercheur et sa position morale en tant que dépisteur de la réalité. Avec beaucoup de finesse, elle l'avait attaqué au point le plus faible de son armure intellectuelle : sa tendance à rendre des jugements plus tendres envers les membres de sa famille religieuse qu'envers les autres. Malgré son esprit sceptique, il était constamment hanté par Dieu et soumis à des réflexes conditionnés par son passé de jésuite. Il préférait adapter ses découvertes d'historien à la tradition orthodoxe plutôt que d'en faire ressortir les contradictions. Il se sentait mieux dans la chaleur d'un foyer familier que dans la solitude du novateur. Jusqu'à présent, il ne s'était jamais trahi. Il pouvait encore se regarder dans une glace sans avoir honte de l'image qu'il y voyait. Mais, le danger était là, comme l'étincelle du désir prête à s'enflammer quand se présente la femme rêvée.

Dans l'affaire de Jean-Marie Barette, le risque d'autotrahison pouvait être mortel. L'issue était évidente et il ne pouvait ni biaiser, ni truquer. Trois possibilités s'offraient à lui qui s'excluaient l'une l'autre. Jean-Marie était fou. Jean-Marie mentait. Jean-Marie avait été choisi par Dieu pour annoncer une révélation stupéfiante.

Il avait deux solutions : refuser de s'en mêler — ce qui était le droit de tout honnête homme qui se sentirait incompétent — ou bien étudier toute l'affaire avec la plus grande rigueur et agir ensuite sans crainte et sans partialité. Avec une Anneliese Meissner, carrée et sans compromission, comme assesseur, il ne pourrait pas faire autrement.

Et Jean-Marie Barette, son vieil ami de cœur, comment réagirait-il quand on lui présenterait ces rudes conditions ? Que ressentirait-il quand il verrait l'ami qu'il avait choisi comme avocat se transformer en Grand Inquisiteur ? Cette fois encore, Carl Mendelius recula devant cette pensée.

Au loin, vers le Klinikum, on entendait la sirène d'une ambulance, une longue plainte étrange qui se répétait dans la pénombre naissante. Mendelius frissonna sous le coup d'un souvenir d'enfance : le bruit des sirènes des raids aériens, puis le vrombissement des avions et l'explosion fracassante des bombes qui pleuvaient sur Dresde.

Quand il rentra chez lui, il trouva toute sa famille groupée autour de la télévision. Un nouveau pape avait été élu pendant la session d'après-midi du conclave, sous le nom de Léon XIV. Aucune magie n'entourait l'événement. Les commentaires manquaient d'enthousiasme.

La foule des Romains eux-mêmes semblait indifférente et les acclamations sonnaient creux.

Leur pontife était un homme de soixante-neuf ans, vigoureux, au nez en bec d'aigle, au regard froid, avec un rocailleux accent d'Emilie et vingt-cinq ans de pratique des affaires de la curie derrière lui. Son élection était l'aboutissement de tractations subtiles mais laborieuses.

Après deux étrangers, il fallait un Italien qui comprît les règles du jeu papal. Après un acteur devenu fanatique et un diplomate tombé dans le mysticisme, le choix le plus sûr était Roberto Arnaldo, un bureaucrate aux veines glacées. Il ne susciterait pas de passions, il ne prétendrait pas avoir de révélations, il ne ferait que les déclarations nécessaires et elles seraient si bien enveloppées dans la rhétorique italienne que libéraux et conservateurs les goberaient avec une égale satisfaction. Mieux encore, il souffrait de la goutte et d'un taux élevé de cholestérol et d'après les actuaires, son règne ne serait ni trop long, ni trop court.

La nouvelle alimenta la conversation pendant tout le dîner. Mendelius était heureux de cette diversion car Johann était de mauvaise humeur à cause d'un essai qui venait mal, Katrin semblait hargneuse et Lotte était dans le creux d'une de ses dépressions causées par la ménopause. C'est dans des soirées de ce genre qu'il se demandait avec un humour amer si le célibat n'avait pas ses avantages, mais il avait du mariage une expérience suffisante pour garder cette pensée pour lui.

Après le dîner, il se retira dans son bureau pour téléphoner à Herman Frank, le directeur de l'Académie allemande des Beaux-Arts à Rome.

« Herman ? C'est Carl Mendelius. Je vous

appelle pour vous demander un service. Je vais venir à Rome à la fin du mois pour une semaine ou dix jours. Pouvez-vous m'héberger ?

— J'en serais ravi ! » Frank était un homme raffiné, aux cheveux argentés, un spécialiste de l'histoire des peintures du Cinquecento, qui tenait l'une des meilleures tables de Rome. « Lotte vous accompagnera-t-elle ? Nous avons une place folle.

— Peut-être. Ce n'est pas encore certain.

— Amenez-la, Hilde sera enchantée. Elle manque un peu de compagnie féminine.

— Merci Herman. Vous êtes très gentil.

— Pas du tout. Vous pourrez peut-être me rendre un service, vous aussi.

— Dites-moi quoi.

— Pendant que vous serez chez moi, l'Académie sera l'hôte d'un groupe de pasteurs protestants. Toujours le même scénario — des conférences quotidiennes, des discussions le soir et des promenades en car l'après-midi. Je serais très fier si je pouvais leur annoncer que le grand Carl Mendelius leur fera une ou deux conférences et animera peut-être un débat.

— Avec plaisir, mon ami.

— Magnifique ! Magnifique ! Faites-moi savoir quand vous arriverez et j'irai vous chercher à l'aéroport. »

Mendelius reposa le récepteur avec un petit soupir de satisfaction. Les conférences que Frank venait de lui demander de faire tombaient à pic. L'Académie allemande était l'une des plus anciennes et des plus prestigieuses académies de Rome. Fondée en 1910 sous le règne de Wiehelm II de Prusse, elle avait survécu à deux guerres, aux idéologues sans esprit du Troisième Reich et elle avait réussi à maintenir une solide réputation d'érudition germaniste. C'était donc pour Mendelius une

base d'opérations idéale et une couverture hautement respectable pour sa délicate enquête.

La colonie allemande du Vatican accepterait
volontiers une invitation à dîner de la part d'Herman Frank. Son livre d'or s'enorgueillissait de
titres ronflants tels que « Recteur Magnifique de
l'Institut Biblique Pontifical » et « Grand Chance-
lier de l'Institut d'Archéologie Biblique ». Comment Lotte accueillerait-elle cette idée, c'était une
autre affaire. Il lui faudrait attendre un moment
plus propice pour déballer sa pochette-surprise.

Ensuite, il devrait préparer une liste de personnes à qui écrire pour annoncer sa visite. Il avait
été assez longtemps citoyen de cette ville pour s'y
être fait toute une collection d'amis et de relations, depuis le vieux cardinal bourru qui avait
désapprouvé sa défection, mais qui avait l'esprit
assez ouvert pour apprécier son érudition, jusqu'au conservateur des incunables à la Bibliothèque vaticane, en passant par la dernière des
douairières Pierleoni qui orchestrait tous les
potins de Rome de sa chaise roulante. Il était
toujours en train d'aligner des noms quand Lotte
entra avec du café. Elle avait une mine repentante
et désolée, incertaine de l'accueil qu'elle allait
recevoir.

« Les enfants sont sortis. C'est triste en bas. Ça
ne t'ennuie pas si je reste ici avec toi ? »

Il la prit dans ses bras et l'embrassa.

« En haut aussi, c'est triste, ma chérie.
Assieds-toi et détends-toi. Je vais servir le café.

— Qu'est-ce que tu fais ?

— Je prépare nos vacances. »

Il lui raconta sa conversation avec Herman
Frank et lui fit miroiter les plaisirs de la ville en
été, l'occasion de revoir de vieux amis et de faire

44

un peu de tourisme. Elle prit tout cela avec un calme surprenant, puis elle lui demanda :

« C'est à cause de Jean-Marie, n'est-ce pas ?

— Oui, mais aussi à cause de nous. Je veux que tu viennes avec moi, Lotte. Si les enfants veulent nous accompagner, je leur réserverai des chambres à l'hôtel.

— Ils ont d'autres projets, Carl. Nous en parlions justement avant que tu rentres. Katrin veut aller à Paris avec son petit ami. Johann va faire de l'auto-stop en Autriche. C'est parfait pour lui, mais Katrin...

— Katrin est une femme maintenant, chérie. Elle fera ce qu'elle voudra, que nous l'approuvions ou non. Après tout... » Il se pencha pour l'embrasser à nouveau. « On nous les a seulement prêtés et quand ils quitteront la maison, nous nous retrouverons seuls, comme au début. Nous ferions mieux de réapprendre à vivre en amoureux.

— Tu as sans doute raison. » Elle haussa légèrement les épaules en signe d'abdication. « Mais, Carl... » Elle s'arrêta, comme si elle avait peur d'exprimer sa pensée.

Mendelius la pressa gentiment. « Mais quoi, chérie ?

— Je sais bien que les enfants nous quitteront. Je me suis habituée à cette idée, je t'assure. Mais si Jean-Marie allait t'enlever à moi. Cette... cette chose qu'il te demande est si bizarre et si terrifiante. » Tout à coup, elle éclata en sanglots convulsifs. « J'ai peur, Carl... j'ai affreusement peur ! »

2

« En ces dernières et fatales années du millénaire... » Ainsi commençait l'encyclique non publiée de Jean-Marie Barette. « Dans cette sombre époque de chaos, de violence et de terreur, moi, Grégoire, votre frère de chair, votre serviteur en Jésus-Christ, j'ai reçu l'ordre de l'Esprit saint de vous adresser ces paroles d'avertissement et de réconfort. »

Mendelius avait peine à en croire ses yeux. En général, malgré toute leur solennité, les encycliques papales étaient des documents de routine, affirmant des positions traditionnelles sur des questions de foi et de morale. Tout bon théologien était capable d'en construire le plan et tout bon latiniste savait les rendre éloquentes.

Le schéma était toujours celui des vieux rhétoriciens. Le sujet était exposé. Les Écritures et les Pères de l'Eglise étaient cités à l'appui. On y donnait des directives qui liaient la conscience des croyants. On y trouvait l'exhortation finale à la foi, à l'espérance et à la charité. Le « nous » formel était utilisé du début à la fin, non seulement pour exprimer la dignité du souverain pontife, mais également pour montrer la similitude et la continuité de la charge et de l'enseignement. Le sous-entendu était évident : le pape ne disait rien de nouveau; il ne faisait qu'énoncer une antique et inébranlable vérité en l'adaptant aux besoins de son temps.

D'un coup, Jean-Marie Barette avait fait éclater ce schéma. Il avait renoncé à son rôle d'exégète pour endosser le manteau du prophète. « Moi, Grégoire, j'ai reçu l'ordre de l'Esprit saint... » Même en latin traditionnel, ces mots avaient un impact très violent. Il ne fallait pas s'étonner que les membres de la curie aient pâli en les lisant pour la première fois. Ce qui suivait était encore plus tendancieux :

« ... Le réconfort que je vous apporte, c'est la promesse immuable de Notre Seigneur Jésus-Christ : « Je ne vous laisse pas orphelins. Je « serai avec vous chaque jour, même jusqu'à la « fin du monde. » L'avertissement que je vous donne, c'est que cette fin est proche, cette génération ne passera pas avant que ces choses ne s'accomplissent. Je ne vous dis pas cela de moi-même, ni parce que je le prédis par un raisonnement humain, mais parce que j'ai eu une vision que je ne peux cacher et que j'ai l'ordre de faire savoir au monde. Pourtant, cette révélation n'est pas un fait nouveau en elle-même. C'est une affirmation claire comme de l'eau de roche de ce qui a été annoncé dans les Saintes Ecritures... »

Suivaient de longs extraits de textes des Evangiles synoptiques et une série de comparaisons éloquentes entre les « signes » bibliques et les événements de la dernière décennie du XXe siècle : guerres et menaces de guerre, épidémies, faux Christs et faux prophètes.

Pour Carl Mendelius, hautement spécialisé dans la littérature apocalyptique des temps les plus anciens jusqu'à nos jours, ces déclarations étaient inquiétantes et dangereuses. Venant de si haut, elles ne pouvaient manquer de semer l'alarme et la panique. Dans le milieu militant, elles risqueraient de servir de cri de ralliement pour une dernière croisade des élus contre les injustes. Elles pouvaient inciter les faibles et les craintifs à se suicider pour ne pas connaître l'horreur de l'anéantissement final. Il se demanda quelle aurait été sa réaction s'il avait découvert le document sur le bureau du souverain pontife à la place de son secrétaire. Il aurait sans doute tout fait pour qu'il soit supprimé. C'est précisément la décision qu'avaient prise les cardinaux : ils l'avaient escamoté et réduit son auteur au silence.

C'est alors qu'une autre pensée se présenta à son esprit. N'était-ce pas le sort de tous les prophètes que de payer du sceau sanglant de la vérité sur leurs prédictions le don terrible qu'ils ont reçu ? Surgissant du torrent de l'éloquence biblique, un autre texte, l'ultime lamentation du Christ sur la Ville sainte, lui revint en mémoire.

« Jérusalem, Jérusalem, toi qui as tué les prophètes et lancé des pierres à ceux qui t'ont été envoyés ! Combien de fois aurai-je rassemblé tes enfants, comme la poule rassemble ses poussins sous son aile, mais tu n'as pas voulu !... Aussi, des jours viendront pour toi où tes ennemis t'encercleront dans des tranchées, t'investiront et te serreront de tout côté; ils te détruiront, toi et tes enfants en ton sein; ils ne laisseront pas pierre sur pierre parce que tu n'as pas su reconnaître le temps où tu as été visitée! » C'était une pensée bien troublante à minuit, sous le clair de lune filtrant par les petits carreaux des fenêtres alors que le vent froid s'engouffrait dans la vallée du Neckar, envahissant les ruelles de la vieille ville où le pauvre Hölderlin était mort fou et où

Melanchthon, l'homme le plus équilibré qui fût enseignait que « Dieu nous guide, mais il ne guide que ceux qui le veulent bien ».

Il était bien placé pour savoir que Jean-Marie Barette était de ceux qui souhaitaient le plus être guidés et le moins susceptible d'être la victime d'une illusion de fanatique.

C'est vrai, il avait écrit un document terriblement imprudent. Cependant, peut-être était-ce ce qu'il fallait faire. En cette heure tragique, seule une telle folie était capable d'attirer l'attention universelle.

Mais l'attirer sur quoi ? Si la catastrophe finale était imminente et que sa date était irrémédiablement fixée par le mécanisme de la création, à quoi bon l'annoncer ? Quels conseils pourraient prévaloir contre cette horrible certitude ? Quelles prières viendraient ébranler une sentence écrite de toute éternité ? La réponse de Jean-Marie Barette était profondément pathétique :

« Mes chers frères et sœurs, mes petits enfants, nous craignons tous la mort et nous reculons devant la souffrance qui parfois la précède. Nous redoutons le mystère du saut final que nous devons faire dans l'éternité. Pourtant, nous sommes les émules de Notre Seigneur, le Fils de Dieu qui a souffert et qui est mort comme un homme. Nous sommes les héritiers de la bonne nouvelle qu'Il nous a annoncée, à savoir que la mort est le seuil de la vie, que c'est un saut, non pas dans les ténèbres, mais dans les mains du Pardon Eternel. C'est un acte de foi, un acte d'amour, par lequel nous nous abandonnons, comme le font les amants, pour ne faire qu'un avec le Bien-Aimé. »

Un coup frappé à la porte fit sursauter Mendelius. Sa fille, Katrin, entra, timide et hésitante.

Elle était en robe de chambre; ses cheveux blonds étaient retenus par un ruban rose, son visage était démaquillé et ses yeux étaient rougis par les larmes.

« Est-ce que je peux te parler, papa ? demanda-t-elle.

— Bien sûr, ma chérie. » Il devint immédiatement attentif. « Que se passe-t-il ? Tu as pleuré ? » Il l'embrassa tendrement et la fit asseoir. « Et maintenant, raconte-moi ce qui te tracasse.

— C'est ce voyage à Paris. Maman est toujours furieuse. Elle m'a dit de t'en parler. Elle ne réalise pas, papa, je t'assure. J'ai dix-neuf ans, je suis une femme maintenant, tout comme elle et...

— Calme-toi, mon enfant ! Reprends depuis le début. Tu veux aller à Paris cet été. Avec qui ?

— Avec Franz, bien sûr. Tu sais bien que nous sommes ensemble depuis des siècles. Tu as même dit que tu l'aimais beaucoup.

— C'est vrai. C'est un garçon très sympathique et un peintre de talent. Est-ce que tu es amoureuse de lui ?

— Oui. » Il y avait du défi dans sa voix. « Et il est amoureux de moi.

— Alors, je suis très heureux pour vous deux, mon enfant. » Il lui sourit et lui caressa la main. « C'est la plus belle chose qui existe. Et alors, vous avez parlé de mariage ? Vous voudriez vous fiancer, c'est ça ?

— Non, papa. » Son ton était catégorique. « Pas encore, en tout cas. C'est justement ça que maman refuse d'admettre.

— As-tu essayé de le lui expliquer ?

— Je n'arrête pas, mais elle ne veut même pas m'écouter.

— Alors, essaie avec moi, lui dit-il doucement.

— Ce n'est pas facile. Je ne manie pas les mots

aussi bien que toi. A vrai dire, j'ai peur. Nous avons peur tous les deux.

— Peur de quoi ?

— De toujours... simplement. De se marier, d'avoir des enfants, d'essayer de fonder une famille alors qu'autour de nous le monde peut basculer d'un jour à l'autre. » Soudain, elle était devenue éloquente et passionnée. « Vous autres, les vieux, vous ne comprenez pas. Vous avez survécu à la guerre. Vous nous avez abandonnés ! Tout le long des frontières, il y a des rampes de lancement avec des réserves de missiles. Le pétrole s'épuise et on se sert de l'énergie atomique en entassant les déchets qui empoisonneront un jour nos enfants. Vous nous avez tout donné, sauf l'avenir. Je ne veux pas que mon enfant naisse dans un abri atomique et qu'il meure à cause des radiations. Le présent est la seule chose qui nous reste et je pense qu'on a au moins le droit de s'aimer ! »

Sa véhémence lui faisait l'effet d'un seau d'eau en pleine figure. La petite fillette blonde qu'il faisait sauter sur ses genoux avait disparu à tout jamais. A la place, il découvrait une jeune femme en colère, en proie à un vif ressentiment contre lui et contre toute sa génération. Il pensa avec amertume que c'était peut-être pour elle et ses pareils que Jean-Marie Barette avait rédigé ses prescriptions. Ce n'était certainement pas les plus jeunes qui les avaient supprimées, mais les hommes de son âge, les soi-disant sages, les éternels pragmatistes qui vivaient sur du temps d'emprunt. Il murmura une prière silencieuse pour qu'on lui accorde de savoir parler et il se mit doucement et tendrement à la raisonner.

« Crois-moi, mon enfant, je comprends parfaitement ce que vous ressentez tous les deux. Ta

mère aussi le comprend, mais d'une façon différente, parce qu'elle sait qu'une femme peut être
blessée et qu'elle en supporte les conséquences
souvent plus longtemps qu'un homme. Elle se dispute avec toi parce qu'elle t'aime et qu'elle a peur
pour toi. Vois-tu, bien que notre monde soit en
pleine débandade et je suis d'ailleurs en train de
lire que le risque est de plus en plus grand, tu as
fait l'expérience d'aimer et d'être aimée. Pas
entièrement, mais partiellement, du moins et tu
sais ce que signifie l'amour : donner, prendre, se
préoccuper de l'autre et ne pas garder tout le
gâteau pour soi. Tu vas maintenant commencer
avec ton Franz le second chapitre et seuls, vous
deux, pouvez l'écrire. Si vous le loupez, tout ce
que ta mère et moi pourrons faire, c'est de sécher
tes larmes et te tenir la main jusqu'à ce que tu
sois prête à repartir dans une vie nouvelle. Nous
sommes incapables de vous dire comment organiser votre vie sentimentale et même votre vie
sexuelle. Nous pouvons seulement vous conseiller
de ne pas gaspiller votre cœur et cette joie particulière qui rend le plaisir si merveilleux, car c'est
une chose que vous ne pourrez pas retrouver.
Vous connaîtrez peut-être d'autres expériences,
d'autres joies, mais jamais plus cette première et
unique extase qui justifie la vie et la mort. Que
puis-je te dire d'autre, mon petit ? Va à Paris avec
ton Franz. Apprenez à vivre ensemble. Et maintenant, parlons un peu de demain. Comment va ton
latin ?

— Il est épouvantable, comme toujours, lui
répondit-elle avec un sourire mouillé.

— Ecoute ça : " *Quid sit futurum cras, fuge
quaerere.* " C'est ce vieil Horace qui l'a dit.

— Je n'y comprends absolument rien.

— C'est très simple, pourtant : « Evite de te

« demander ce que demain apportera. » Si tu passes ta vie à attendre la tempête, tu ne profiteras jamais du beau temps.

— Oh! papa. » Elle se jeta à son cou et l'embrassa. « Je t'aime tant. Tu m'as rendu très heureuse.

— Va te coucher, mon enfant, lui dit doucement Carl Mendelius. J'en ai encore pour une bonne heure de travail.

— Tu travailles trop, papa. »

Il lui donna une petite tape sur la joue et cita d'un ton badin : « Un père sans travail, c'est une fille sans dot. Bonne nuit, ma chérie. Fais de beaux rêves. »

Quand la porte se referma, il sentit le picotement des larmes refoulées, des larmes pour tout cet espoir juvénile et cette innocence menacée. Il se moucha énergiquement, remit ses lunettes et se replongea dans la lecture de l'apocalypse de Jean-Marie.

« Il est évident que dans ces temps de malheur universel, les structures traditionnelles de la société ne subsisteront pas. Il se fera une lutte acharnée à propos des besoins les plus élémentaires de la vie : la nourriture, le combustible et l'abri. Les forts et les cruels usurperont l'autorité. Les grandes communautés urbaines se fragmenteront en groupes tribaux, hostiles les uns aux autres. Les zones rurales seront soumises au pillage. La personne humaine deviendra une proie, comme les animaux que nous abattons pour nous nourrir. La raison sera tellement obscurcie que pour trouver une consolation l'homme aura recours aux formes de magie les plus grossières et les plus violentes. Même les êtres les plus enracinés dans la Promesse du Seigneur auront du mal à conserver leur foi et à continuer à porter témoignage, comme ils devront le faire, jusqu'à la fin. Comment faudra-t-il que les chrétiens se comportent dans ces derniers jours d'épreuve et d'épouvante ? Etant donné qu'ils ne pourront plus continuer à former des groupes importants, ils devront se diviser en petites communautés capables de se soutenir elles-mêmes dans l'exercice d'une foi commune et d'une véritable charité mutuelle. Il leur faudra témoigner de leur christianisme en étendant cette charité à ceux qui ne participent pas de leur foi, en secourant les malheureux, en partageant jusqu'à leurs maigres ressources avec ceux qui en sont le plus dépourvus. Quand la hiérarchie ecclésiastique ne sera plus en mesure de fonctionner, ils devront choisir entre eux des ministres et des professeurs qui préserveront l'intégrité du Verbe et continueront à donner l'Eucharistie. »

« Dieu Tout-Puissant ! C'est complet ! » Mendelius entendit sa propre voix résonner dans le grenier. Fiction ou réalité future, ces mots, de la plume d'un pape, étaient absolument impubliables. Si la presse mondiale s'en emparait, elle aurait tôt fait de faire passer Jean-Marie Barette pour le plus fou des mollahs fous, le plus détraqué des prophètes du malheur. Pourtant, dans le contexte d'une catastrophe atomique, c'était une question de simple logique. Ce scénario, tous les chefs d'Etat le gardaient enfermé sous une forme ou sous une autre dans leurs dossiers secrets. C'était celui du lendemain de l'Armaggedon.

Mendelius en vint ensuite au troisième document : la liste des personnes qui étaient prêtes, d'après Jean-Marie, à croire son message et son messager. C'était peut-être le témoignage le plus surprenant. Contrairement à la lettre et à l'encyclique, il était tapé à la machine, comme s'il avait été tiré d'un dossier officiel. Cette liste comprenait des noms, des adresses, des titres, des numéros de téléphone, des indications pour entrer en contact et des notes télégraphiques très concises sur chaque personne. On y trouvait des politiciens, des industriels, des hommes d'Eglise, des chefs de groupes dissidents, des rédacteurs en chef de grands journaux, plus d'une centaine de noms en tout. Deux fiches donnaient le ton de l'ensemble.

U.S.A.
Nom :   Michael Grant Morrow
Titre :   Secrétaire d'Etat
Adresse
personnelle : 593 Park Avenue, New York
Téléphone :   (212) 689-7611
Religion :   Episcopalienne

Rencontré à un dîner présidentiel. Solides convictions religieuses. Parle russe, français et allemand. Respecté en Russie, mais peu de relations en Asie. Profondément conscient de la situation explosive sur les frontières européennes. A écrit une monographie personnelle sur le rôle des groupements religieux au sein d'une société en désintégration.

U.R.S.S.
Nom :   Sergei Andrevich Petrov
Titre :   Ministre de la Production
                                    agricole
Adresse
personnelle : Inconnue
Téléphone :   Moscou 53871

Visite privée au Vatican avec le neveu du Président. Conscient du besoin de tolérance religieuse et ethnique en U.R.S.S. et dans les pays satellites, mais incapable de contrer les dogmatistes du Parti. Réalise que les problèmes de nourriture et de pétrole de l'U.R.S.S. peuvent précipiter le conflit. Proches amis dans le commandement de l'armée. Ennemis au K.G.B. Vulnérable en cas de mauvaises récoltes et de crise économique.

Sur la dernière page figurait une note écrite de la main de Jean-Marie :

« Je connais tous ces gens personnellement. Ils sont, chacun à leur manière, conscients de la crise et prêts à l'affronter dans un esprit de charité humaine, sinon d'un point de vue de croyant. Changeront-ils sous la pression des événements à venir, je ne sais. Toutefois, ils m'ont tous témoigné leur confiance et j'ai tenté de la leur rendre. Au début, ils se méfieront de vous personnellement et se montreront très réservés. Les dangers dont je vous ai parlé commenceront dès votre premier contact, car vous n'avez aucune couverture diplomatique et le langage politique est fait pour dissimuler la vérité. » J.-M. B.

Carl Mendelius ôta ses lunettes et se frotta les yeux pour chasser le sommeil. Il avait lu ce rapport avec le dévouement d'un ami et l'attention d'un intellectuel honnête. Maintenant, en cette heure solitaire, bien après minuit, il lui fallait émettre un jugement sur le texte, sinon sur l'homme qui l'avait écrit. Une terreur soudaine et glacée s'empara de lui, comme si la pénombre de la pièce était hantée par de vieux fantômes accusateurs : les spectres des hommes brûlés comme hérétiques, des femmes noyées pour sorcellerie et des martyrs innombrables gémissant sur l'inutilité de leur sacrifice.

En ces années de mise en question, il avait du mal à prier. Il en sentait le besoin, mais les mots ne lui venaient pas. Il était semblable à un homme enfermé dans le noir depuis si longtemps qu'il en avait oublié le son de la voix humaine.

« On nage en plein délire ! » Anneliese Meissner mâchonna un cornichon qu'elle arrosa avec du vin rouge. Cette prétendue encyclique est une aberration, un méli-mélo de folklore et de faux mysticisme !

Ils étaient tous les deux dans son appartement en désordre, les papiers étalés devant eux sur la table, avec une bouteille d'Assmanshausen. Mendelius avait refusé de se défaire des documents et Anneliese avait revendiqué, avec une égale véhémence, le droit de l'assesseur de lire chaque ligne des pièces à conviction. Devant son jugement péremptoire, Mendelius protesta :

« N'allons pas plus loin. Si nous devons débattre de ce problème, faisons-le de façon scientifique. D'abord, on a tout le corpus de la littérature millénariste depuis le Livre de Daniel dans l'Ancien Testament, jusqu'à Jakob Boehme au XVIIe siècle et Teilhard de Chardin au XXe. On y trouve des divagations, c'est certain ! Il y a également de la grande poésie, comme chez l'Anglais William Blake et aussi des interprétations critiques d'une des plus anciennes traditions du monde. Ensuite, tous les scientifiques dignes de ce nom vous diront que l'existence de l'homme telle qu'elle se déroule sur cette planète peut très bien se terminer par suite d'une évolution ou d'une catastrophe. Ce qu'a écrit Jean-Marie Barette entre parfaitement dans les limites raisonnables de ce contexte. Le scénario de la catastrophe est déjà un sujet de spéculation de la part des scientifiques et des stratèges.

— D'accord. Mais votre homme fait un vrai salmigondis de tous ces éléments. Foi, espérance et charité, alors que les enfants-loups montrent les dents devant la porte! Un Dieu aimant qui s'afflige sur un chaos qu'il a lui-même engendré. Foutaises, Professeur.!

— Qu'arriverait-il si ce texte venait à être publié?

— La moitié du monde en rirait et l'autre moitié attraperait la danse de Saint-Guy et irait valser à la rencontre du rédempteur dans son « nuage de gloire ». Sérieusement, Carl, m'est avis que vous devriez brûler toutes ces sottises et les oublier.

— Je peux les brûler, mais je ne pourrais pas les oublier.

— C'est parce que vous êtes victime de cette même folie de Dieu!

— Et que dites-vous du troisième document, la liste des noms?

— Je n'y vois aucune signification. C'est un aide-mémoire tiré d'un classeur. Tous les politiciens du monde en ont de semblables. Que croit-il que vous allez en faire? Courir le monde pour aller voir tous ces gens? Que leur direz-vous? « Mon ami, Grégoire XVII, celui qu'on a fichu à la « porte du Vatican, croit que la fin du monde est « proche. Il en a eu la vision et il a pensé que « vous deviez en avoir la primeur. » Allons, Carl, ils vous passeront la camisole de force avant la fin de votre premier entretien! »

Tout à coup, le comique de la situation lui

apparut et il partit d'un grand éclat de rire qui se termina par des gloussements irrépressibles. Anneliese remplit les verres et leva le sien.

« J'aime mieux ça ! J'ai cru que j'allais perdre un bon collègue.

— Merci, Frau Beisitzer. » Mendelius avala une longue gorgée de vin et reposa son verre. « Et maintenant, remettons-nous au travail. Je pars pour Rome dans quinze jours.

— Allez au diable ! » Elle fixa sur lui un regard incrédule. « A quoi cela vous servira-t-il ?

— A prendre des vacances. A donner deux conférences à l'Académie allemande et à parler avec Jean-Marie Barette et avec ceux qui l'ont bien connu. J'enregistrerai des bandes pendant ou après chaque entretien et je vous les enverrai. Ensuite, je verrai si je laisse tomber ou non. J'aurai au moins fait mon devoir d'ami et protégé l'honnêteté de mon assesseur, par-dessus le marché !

— J'espère, mon ami, que vous réalisez que même quand vous aurez fait tout ça, votre dossier sera encore incomplet.

— Je ne vois pas pourquoi.

— Réfléchissez. » Anneliese Meissner piqua un autre cornichon et le fit danser sous son nez. « Comment allez-vous faire pour parler avec Dieu ? Est-ce que vous allez l'enregistrer, lui aussi ? »

Il était par nature un homme méticuleux et il prépara son voyage à Rome avec un soin extrême. Il téléphona à ses amis, écrivit à ses relations, se munit de lettres d'introduction pour les officiels du Vatican et prit des rendez-vous à l'avance pour les déjeuners, les dîners et les entrevues. Il insista soigneusement sur l'objet avoué de sa visite, c'est-à-dire des recherches à la Bibliothèque vaticane à l'Institut biblique sur des fragments de littérature ébionite, ainsi qu'une courte série de conférences à l'Académie sur la tradition apocalyptique.

Il avait choisi ce thème non seulement parce qu'il lui fournissait un prétexte pour commencer son enquête au sujet de Jean-Marie, mais aussi parce qu'il risquait de susciter une réaction émotionnelle de la part de son public protestant sur le problème millénariste. Dans sa jeunesse, il avait été profondément troublé par l'idée jungienne du « grand rêve », persistance de l'expérience tribale dans le subconscient et de son influence permanente dans le groupe et dans l'individu. Il voyait une similitude frappante entre cette théorie et ce que les théologiens appellent « infusion » ou « personnalisation de l'esprit ». Ce sujet mettait également en jeu le refus catégorique d'Anneliese Meissner, son assesseur, de toute expérience transcendantale quelle qu'elle soit. Les sarcasmes qu'elle lui avait lancés à propos de ses conversations avec Dieu le tracassaient encore, d'autant plus qu'il n'avait rien trouvé à lui répondre.

La lettre à l'abbé du Mont-Cassin qui était désormais le supérieur de Jean-Marie lui demanda beaucoup de temps. C'était la plus élémentaire des politesses. Jean-Marie s'était placé sous son autorité et celle-ci pouvait s'étendre jusqu'à ses actions physiques et même jusqu'à sa correspondance privée. Mendelius avait été jadis soumis à ce système et il avait un sens très aigu du protocole ecclésiastique. Dans sa lettre, il évoquait son amitié de longue date avec Jean-Marie Barette et sa répugnance à empiéter sur son actuelle retraite. Toutefois, si l'abbé n'y voyait pas d'objection et si l'ancien pontife voulait bien le recevoir, le professeur Mendelius serait heureux de lui rendre visite au monastère à une date qui leur conviendrait à tous les deux.

Il y joignit un mot qu'il pria l'abbé de remettre à Jean-Marie Barette, rédigé avec une discrétion étudiée.

« Mon cher ami,

« Veuillez excuser cette familiarité, mais j'ignore quelles sont les règles à respecter pour correspondre avec un ancien pape devenu, de son plein gré, un humble fils de saint Benoît.

« J'ai toujours regretté de n'avoir pu partager le fardeau de vos derniers jours au Vatican, mais des professeurs allemands, il y en a treize à la douzaine et leur sphère d'influence s'étend rarement en dehors de la salle de conférences.

« Je vais venir à Rome prochainement, pour faire des recherches sur les Ebionites et pour y donner quelques conférences sur la doctrine de la parousie à l'Académie allemande et j'aurai ainsi le grand plaisir de vous revoir ne serait-ce que pour un court moment. J'ai écrit au père abbé pour lui demander la permission de vous rendre visite, si vous êtes toujours disposé à me recevoir. Si nous pouvons nous rencontrer, j'en serais heureux et reconnaissant. Si le moment ne vous convient pas, n'hésitez pas à me le dire.

« J'espère que vous êtes en bonne santé. Le monde étant dans une telle pagaille, je crois que vous avez été sage de vous en retirer. Lotte vous envoie ses amitiés et mes enfants leurs respectueuses salutations. Quant à moi, je reste toujours dans l'amour du Seigneur, votre

« Carl Mendelius. »

La réponse arriva dix jours plus tard par l'intermédiaire d'un message ecclésiastique du cardinal-archevêque de Munich : le Révérend Abbé André serait heureux de le recevoir au Mont-Cassin et si sa santé le lui permettait, le Révérend Jean-Marie Barette, bénédictin, serait ravi de revoir son vieil ami. Il devrait téléphoner à l'abbé dès son arrivée à Rome pour fixer le rendez-vous.

Il n'y avait aucune réponse de Jean-Marie.

La veille de son départ pour Rome avec Lotte, il demanda à son fils Johann de venir prendre le café avec lui dans son bureau. Depuis longtemps, un malaise s'était installé entre eux. Le jeune homme, brillant étudiant en sciences économiques, se sentait mal à l'aise dans l'ombre d'un père qui était aussi un des membres les plus importants de la faculté. Quant au père, il était souvent maladroit dans son impatience à encourager des dons si évidents. Il en résultait de la réserve d'un côté et du ressentiment de l'autre, avec quelques rares démonstrations de l'affection qui existait toujours entre eux. Cette fois, Carl Mendelius était bien déterminé à agir avec tact et, comme d'habitude, il ne réussit qu'à chausser ses gros sabots.

« Quand pars-tu en voyage, fils ? lui demanda-t-il.

— Dans deux jours.

— As-tu fait ton itinéraire ?

— Plus ou moins. Nous irons en train jusqu'à Munich et de là nous ferons de l'auto-stop pour traverser l'Obersalzburg et le Tauern jusqu'en Carinthie.

« — C'est une belle région. J'aimerais bien t'accompagner. Au fait... » Il fouilla dans sa poche et en tira une enveloppe scellée. « Voilà pour tes frais de voyage.

— Mais tu m'as déjà donné de l'argent pour mes vacances.

— C'est un petit supplément. Tu as travaillé dur cette année. Ta mère et moi, nous voulons te montrer que nous sommes contents de toi.

— Bon... merci. » Il était visiblement gêné. « Mais ce n'était pas la peine. Vous avez toujours été très généreux avec moi.

— Je voudrais te dire quelque chose, fils. » Il vit le garçon se raidir immédiatement. Sa tête de mule reprenait le dessus.

« C'est une question personnelle. J'aimerais mieux que tu n'en parles pas à ta mère. Je vais à Rome en grande partie pour savoir ce qui a amené Grégoire XVII à abdiquer. Comme tu le sais, c'est un ami très cher. » Il eut un petit sourire. « Le tien aussi, je suppose, car sans son aide, ta mère et moi, nous n'aurions peut-être jamais pu nous marier et tu ne serais pas là. Cependant, l'enquête risque d'être longue et d'entraîner de nombreux déplacements. Elle pourra aussi présenter certains dangers. S'il m'arrivait quelque chose, je veux que tu saches que mes affaires sont en ordre. C'est le docteur Mahler, notre homme de loi, qui détient la plupart de mes papiers. Le reste est dans ce coffre-fort. Tu es un homme maintenant. Tu devras alors prendre ma place et t'occuper de ta mère et de ta sœur.

— Je ne comprends pas. De quel danger veux-tu parler ? Et pourquoi t'y exposes-tu ?

— C'est difficile à expliquer.

— Je suis ton fils. » Il y avait un accent de

ressentiment dans sa voix. « Donne-moi au moins une chance de comprendre.

— Je t'en prie ! Laisse-toi un peu aller. J'ai énormément besoin de toi.

— Excuse-moi, c'est seulement parce que...

— Je sais. Nous nous prenons toujours à rebrousse-poil. Mais je t'aime, fils, à un point que je ne saurais dire. » L'émotion l'envahissait et il aurait voulu s'avancer pour étreindre le jeune homme, mais il craignait une rebuffade. Il poursuivit calmement : « Pour te l'expliquer, il faut que je te dévoile un secret que je te demande sur l'honneur de ne révéler à personne.

— Tu as ma parole, père.

— Merci. » Mendelius s'approcha du coffre, y prit le dossier Barette et le tendit à son fils. « Lis ces papiers. Ils te donneront toutes les explications et quand tu auras terminé, nous parlerons. J'ai quelques notes à écrire. »

Il alla s'installer derrière son bureau et Johann s'assit dans un fauteuil pour se plonger dans sa lecture. Dans la douce clarté de la lampe, il faisait penser à un jeune modèle de Raphaël, obéissant et immobile, pendant que le maître l'immortalisait sur la toile. Mendelius ressentit une pointe de regret pour toutes ces années gâchées. C'est ainsi qu'ils auraient dû être depuis longtemps : un père et son fils en bonne entente, ayant balayé toutes leurs puériles disputes.

Mendelius se leva pour verser du café dans la tasse de Johann et du cognac dans son verre. Celui-ci le remercia d'un hochement de tête et reprit sa lecture. Ce ne fut qu'au bout d'une quarantaine de minutes qu'il tourna la dernière page. Ensuite, il resta un long moment silencieux, replia les feuillets, se leva et les posa sur le bureau de son père en lui disant d'une voix posée :

« J'ai compris, père. Il me semble que c'est une dangereuse absurdité et je regrette beaucoup que tu y sois mêlé, mais je comprends.

— Merci, fils. Pourrais-tu me dire pourquoi tu penses que c'est une absurdité ?

— Oui. » Son ton était assuré mais respectueux. Il se tenait très droit, comme un subalterne s'adressant à son chef. « Depuis longtemps, j'ai quelque chose à te dire. Je crois que le moment est venu.

— Tu pourrais peut-être me servir d'abord un peu de cognac, lui dit en souriant Mendelius.

— Bien sûr. » Il remplit le verre et le posa sur le bureau. « Pour te dire la vérité, père, je ne crois plus.

— En Dieu ou à l'Eglise catholique romaine ?

— Les deux.

— Je suis bien triste de l'apprendre, fils, répondit calmement Mendelius. J'ai toujours pensé que notre monde devait paraître bien sinistre sans l'espoir d'un au-delà. Cependant, je suis heureux que tu me l'aies dit. Ta mère le sait-elle ?

— Pas encore.

— Je le lui dirai, si tu veux. Mais plus tard. J'aimerais qu'elle profite de ses vacances.

— Est-ce que tu m'en veux ?

— Juste Ciel, non ! » Mendelius se leva et prit son fils par les épaules. « Ecoute-moi. Je n'ai cessé d'écrire et de dire qu'un homme ne pouvait suivre que le chemin qu'il voyait sous ses pas. Si on ne peut adhérer sincèrement à la foi, mieux vaut s'abstenir. Plutôt périr sur le bûcher, comme Giordano Bruno. Quant à ta mère et moi, nous n'avons aucun droit à diriger ta conscience. Mais souviens-toi d'une chose, mon garçon : garde toujours l'esprit bien ouvert pour que la lumière puisse y entrer et aussi ton cœur pour que l'amour ne reste pas devant la porte.

— Je... je n'aurais jamais cru que tu le prendrais si bien. ». Pour la première fois, il perdit le contrôle de lui-même et sembla sur le point de fondre en larmes. Mendelius l'attira contre lui et l'embrassa.

« Je t'aime, mon garçon. Rien ne pourra changer ça. De plus... te voilà dans un nouveau pays. Tu ne pourras être sûr qu'il te plaît vraiment avant d'y avoir passé un hiver. On ne se disputera plus, hein ?

— D'accord. » Johann se dégagea de son étreinte pour prendre son verre de cognac.

« Je bois à cette proposition.

— *Prosit,* dit Carl Mendelius.

— Pour l'autre chose, père.

— Oui ?

— Je vois où est le danger. Je sais ce que l'amitié de Jean-Marie Barette signifie pour toi. Mais tu devrais penser aux priorités. Maman doit passer avant et Katrin et moi, nous avons besoin de toi, nous aussi.

— J'essaie de classer les choses par ordre, mon garçon. » Mendelius eut un petit rire triste. « Tu ne crois certainement pas au second avènement, mais s'il arrive, les priorités risquent d'être tant soit peu bousculées... ce n'est pas ton avis ? »

Vu d'avion, le paysage italien semblait un vrai paradis pastoral. Les vergers étaient en pleine floraison, les prairies étaient parsemées de fleurs sauvages, les pâturages reverdissaient et les vieilles villes-forteresses ressemblaient à des images de contes de fées.

Par contre, à l'aéroport de Fiumicino, on avait l'impression d'assister à une répétition du cataclysme final. Les contrôleurs aériens faisaient la grève du zèle; les bagagistes avaient cessé le travail; de longues files d'attente stationnaient devant les guichets des passeports; l'air était empli d'un tohu-bohu de voix hurlant dans toutes les langues et des policiers tenant des chiens en laisse circulaient au milieu de la foule inquiète, à la recherche de passeurs de drogue, tandis que de jeunes soldats aux aguêts et armés de mitraillettes surveillaient toutes les issues.

Lotte était au bord des larmes et Mendelius transpirait de colère et d'énervement. Il leur fallut une heure et demie pour arriver à sortir de la douane et à pénétrer dans le hall d'arrivée où Herman Frank les attendait, tiré à quatre épingles, comme à l'accoutumée. Il avait emprunté une grande limousine Mercedes à l'ambassade d'Allemagne. Il offrit des fleurs à Lotte, accueillit chaleureusement Herr Professor et leur servit du champagne pendant le long trajet pour arriver en ville. La circulation serait, bien sûr, infernale, mais il voulait leur donner un avant-goût d'une paix paradisiaque.

La paix leur fut enfin accordée dans l'appartement des Frank qui était situé au dernier étage d'un palais du xviiᵉ siècle, avec des plafonds très hauts décorés de fresques, des sols de marbre, des salles de bain assez vastes pour des flottes entières et une vue époustouflante sur les toits de la vieille Rome. Deux heures plus tard, lavés, changés et ayant retrouvé leur calme, ils buvaient des cocktails sur la terrasse en écoutant les derniers tintements des cloches et en regardant les martinets tournoyer autour des coupoles et des greniers, tout rouges dans le coucher du soleil.

« En bas, c'est le carnage. » Hilde Franck désignait les artères emboutreillées de voitures et de piétons. « Parfois, c'est au sens propre, car les terroristes sont très audacieux et le vernis de la loi et de l'ordre est devenu bien mince. L'enlèvement est maintenant l'industrie principale. Nous ne sortons plus le soir comme autrefois, parce que nous craignons les vols à la tire et les bandes de motards. Mais en haut — d'un geste, elle engloba tout le ciel — tout est resté comme dans les siècles passés : le linge qui sèche, les oiseaux, la musique qui va et vient et les femmes qui s'interpellent d'une fenêtre à l'autre. Sans cela, je ne crois pas que nous pourrions rester ici. »

C'était une petite brune, bavarde, élégante comme un mannequin et de vingt ans plus jeune que son mari aux tempes argentées qui suivait tous ses gestes avec adoration. En outre, elle était affectueuse et câline comme un chaton. Mendelius surprit une lueur de jalousie dans les yeux de Lotte quand Hilde le prit par la main et le conduisit au bord de la terrasse pour lui montrer le dôme de Saint-Pierre et le château Saint-Ange dans le lointain. Elle chuchotait tout fort, comme au théâtre :

« Herman est si heureux que vous ayez accepté de faire ces conférences. Il approche de la retraite et cette idée lui fait horreur. Il a consacré toute sa vie à l'Académie — nos deux vies, du reste — puisque nous n'avons pas d'enfants. Lotte a l'air très en forme. Je pense que demain je l'emmènerai via dei Condotti pendant que vous irez à l'Académie avec Herman. Les pasteurs ne sont pas encore arrivés, mais il meurt d'envie de vous faire visiter les lieux.

— C'est que nous avons de bien belles choses à montrer cette année! » Herman Frank, tenant

Lotte par le bras, vint se mêler à la conversation. « Nous avons organisé la première exposition complète sur Van Wittel qui se soit jamais tenue dans ce pays et Piero Falcone nous a prêté sa collection de bijoux florentins anciens. Cela nous coûte fort cher, car il nous faut des gardiens armés en permanence. Et maintenant, je vais vous dire qui vient dîner ce soir. Il y aura Bill Utley et sa femme Sonia. C'est l'ambassadeur britannique auprès du Saint-Siège. Bill est une vieille baderne, mais il est au courant de tout et il parle bien l'allemand, ce qui n'est pas négligeable. Sonia est une joyeuse commère qui n'a aucun complexe. Elle vous plaira, Lotte. Nous aurons aussi Georg Rainer, qui est le correspondant de *Die Welt* à Rome. C'est un type décontracté qui parle très bien. C'est Hilde qui a eu l'idée de l'inviter parce qu'il a une nouvelle petite amie que personne ne connaît. Il paraît que c'est une riche mexicaine. Nous nous mettrons à table vers neuf heures et demie. Au fait, Carl, il y a toute une pile de courrier pour vous. J'ai dit à la bonne de le déposer dans votre chambre. »

Cette réception était des plus chaleureuses, comme aux temps bénis d'avant la guerre du pétrole, quand le miracle italien n'avait pas encore tourné à l'aigre et que les brillantes espérances de l'unité européenne ne s'étaient pas encore évanouies en fumée. Lorsque les invités arrivèrent, Lotte était parfaitement détendue et bavardait gaiement avec Hilde au sujet d'une excursion à Florence et à Ischia, pendant que Carl Mendelius brossait les grandes lignes de ses conférences devant un Herman enthousiaste.

Le dîner fut excellent. La femme d'Utley avait une conversation scandaleusement intéressante. Pia Menendez, l'amie de Georg Rainer, connut un succès immédiat. C'était une fille ravissante qui savait aussi se gagner les bonnes grâces des matrones. Georg Rainer voulait du neuf; Utley aimait les souvenirs; aussi Mendelius n'eut pas de mal à aiguiller la conversation sur les derniers événements du Vatican. Utley, cet Anglais qui, dans sa langue maternelle, avait su se faire un art de l'obscurité, était très précis quand il parlait allemand.

« ... Il est clair, même pour une personne non avertie, que Grégoire XVII a plongé tout le monde dans la stupeur. L'organisation est trop importante, et par conséquent trop fragile pour admettre à sa tête un novateur ou même un homme trop souple. C'est comme les Russes avec leurs satellites et les gouvernements socialistes d'Afrique et d'Amérique du Sud. Ils doivent préserver à tout prix l'illusion de l'unanimité et de la stabilité. C'est pourquoi Grégoire XVII a dû s'en aller.

— J'aimerais bien savoir exactement pourquoi ils l'ont obligé à abdiquer, dit Carl Mendelius.

— Personne ne veut aborder ce problème, répondit Utley. C'est la première fois dans toute ma carrière que je ne décèle aucune fuite au Vatican. La discussion a été manifestement très âpre et j'ai eu l'impression que certains ont eu ensuite mauvaise conscience.

— Ils l'ont fait chanter! s'exclama l'homme du *Welt*. J'ai un témoignage, mais je ne peux pas le publier.

— Et pourquoi? » C'est Utley qui avait posé la question.

« Parce que je le tiens d'un médecin, un de ceux à qui on a demandé de l'examiner. Il n'était manifestement pas en position de faire une déclaration publique.

— Vous a-t-il révélé ses conclusions ?

— Il m'a dit ce que la curie voulait de lui : que Grégoire XVII soit déclaré mentalement irresponsable.

— Est-ce qu'on le lui a demandé aussi carrément ? » Mendelius paraissait surpris et incrédule.

« Non et c'est bien le problème. La curie a agi très finement. Elle a prié les médecins — ils étaient sept en tout — d'établir sans doute possible que le Saint-Père était physiquement et psychiquement hors d'état d'assumer les devoirs de sa charge pendant cette période critique.

— Elle est bien bonne, dit Utley. Comment se fait-il que Grégoire se soit laissé prendre ?

— Il a été pris au piège. S'il refusait, il devenait suspect et s'il acceptait, il devait se soumettre à l'avis des médecins.

— Et quel a été cet avis ? demanda Mendelius.

— Il n'a pas pu me le dire. Voyez-vous, ils ont employé une autre astuce. Ils ont demandé à chaque médecin de donner séparément leur opinion par écrit.

— Ce qui a laissé à la curie la liberté d'établir ensuite sa propre appréciation, ricana sèchement Bill Utley. Très astucieux, en effet ! Et alors, quel a été le diagnostic de votre ami ?

— Honnête, je pense. Mais il n'a pas été d'une grande aide au patient. Il souffrait d'une très grande fatigue, d'insomnie permanente et d'une tension très élevée. Il manifestait des signes très nets d'anxiété et une alternance de moments d'enjouement et de dépression. Chez un homme de soixante-cinq ans, quand ces symptômes persistent, on a toutes les raisons de craindre de graves complications.

— Si les autres rapports ont été du même genre...

— Ou bien, s'ils ont été moins honnêtes et un peu plus tendancieux... suggéra Mendelius.

— Les cardinaux ont fait échec et mat, répliqua Georg Rainer. Ils ont pris ce qui leur convenait le mieux dans les rapports, ont établi eux-mêmes le verdict final et ont mis Grégoire devant un ultimatum : partir ou être chassé !

— Bon Dieu ! sacra Mendelius à voix basse. Quel choix lui restait-il ?

— En tout cas, c'est de la haute stratégie ! s'exclama aigrement Bill Utley. On ne peut radier un pape. A moins de l'assassiner, comment faire pour se débarrasser de lui ? Vous avez raison, Georg, c'est du pur chantage ! Je me demande qui a manigancé ce guet-apens.

— Arnaldo, évidemment. Je sais que c'est lui qui a donné les consignes aux médecins.

— Et maintenant, c'est lui qui est pape, remarqua Carl Mendelius.

— Il tiendra son rôle à la perfection, j'en suis certain, dit Utley. Il connaît toutes les règles du jeu. »

Bien à regret, Carl Mendelius, l'ancien jésuite, fut obligé d'en convenir. Il se dit également que Georg Rainer était un journaliste très habile et qu'il serait intéressant de parfaire sa connaissance.

Cette nuit-là, il fit l'amour avec Lotte dans un immense lit baroque qui, d'après Herman, avait appartenu à l'élégant cardinal de Bernis. Que cela fût vrai ou non, peu importait, mais leur union fut la plus allègre qu'ils eussent connue depuis longtemps. Ensuite, Lotte vint se blottir contre lui et lui dit d'une voix béate et somnolente :

« Quelle belle soirée ! Les invités étaient si brillants et si sympathiques ! Je suis bien contente que tu m'aies forcée à venir. Tübingen est une ville agréable, mais j'avais oublié qu'il y avait autre chose dans le monde.

— Alors, il faut que nous nous mettions à le visiter ensemble.

— On le fera, c'est promis. Je suis plus rassurée au sujet des enfants. Katrin a été très gentille. Elle m'a raconté votre conversation et comment Franz avait réagi.

— Je n'en ai pas entendu parler.

— Il paraît qu'il a dit : « Ton père est un type « formidable. Il faudra que je lui ramène une « bonne toile de Paris. »

— Je suis heureux de l'apprendre.

— Il me semble que Johann est mieux dans sa peau, lui aussi, bien qu'il ne m'ait pas beaucoup parlé.

— Il a vidé son sac. Entre autres choses, il m'a avoué qu'il ne croyait plus.

— Oh ! mon Dieu.

— Ça lui passera. » Mendelius avait pris un ton détaché. « Il veut trouver lui-même son chemin vers la vérité.

— J'espère que tu lui as fait comprendre que tu respectais sa décision.

— Evidemment ! Ne t'inquiète pas pour nous. C'est l'histoire des deux taureaux qui s'affrontent. Le jeune et le vieux.

— Pour le taureau, je suis d'accord ! » Lotte se mit à rire gaiement dans le noir. « Ça me fait penser que si je prends Hilde à te tourner autour, je lui arracherai les yeux.

— Je suis bien aise de voir que tu es toujours jalouse.

— Je t'aime, Carl. Je t'aime tant.

— Et moi, je t'aime aussi, ma chérie.

— Voilà ce qu'il me faut pour terminer la journée en beauté. Bonne nuit, mon cher amour ! »

Elle s'écarta de lui, se pelotonna sous les couvertures et sombra rapidement dans le sommeil. Carl Mendelius croisa les mains sous sa nuque et resta longtemps ainsi à regarder le plafond où des nymphes amoureuses et des demi-dieux égrillards s'en donnaient à cœur joie dans l'obscurité. Malgré le doux réconfort de l'amour, il était toujours hanté par les conversations du dîner et par la dernière lettre de la pile de courrier que la femme de chambre avait déposée sur la coiffeuse.

Elle était écrite à la main, en italien et sur un épais papier à lettre portant l'en-tête officiel de la Sacrée Congrégation pour la Doctrine de la Foi.

« Cher Professeur Mendelius,

« J'ai appris par notre ami commun, le recteur de l'Institut biblique pontifical, que vous deviez bientôt venir à Rome pour faire des recherches et donner des conférences à l'Académie allemande des Beaux-Arts.

« J'ai cru comprendre également que vous aviez l'intention de rendre visite à l'ex-pape au monastère du Mont-Cassin.

« Etant donné que j'ai toujours eu la plus grande admiration pour vos travaux, je serais très heureux de vous offrir le café, un matin, dans mon appartement de la Cité du Vatican.

« Pourriez-vous avoir la bonté de m'appeler à la Congrégation, l'après-midi entre quatre et sept heures, pour que nous puissions convenir d'un jour, de préférence avant que vous n'alliez au Mont-Cassin.

« Recevez mes salutations et mes meilleurs vœux pour un agréable séjour,

« Vôtre en Jésus-Christ
Anton Drexel
Cardinal-Préfet. »

C'était merveilleusement formulé, comme toujours : une invitation polie et un rappel mordant que rien de ce qui se passait dans l'enceinte sacrée n'échappait aux chiens de garde du Seigneur. Jadis, les Etats pontificaux lui avaient envoyé une convocation avec un détachement de gardes pour la rendre plus éloquente. Aujourd'hui, c'était le café et les petits fours chez le cardinal qui seraient accompagnés de paroles persuasives.

Bien, bien! *Tempora mutantur!* Il se demanda ce que le cardinal souhaitait le plus : des informations ou l'assurance de sa discrétion. Il se demandait aussi quelles conditions on lui imposerait avant de l'autoriser à rendre visite à Jean-Marie Barette.

3

HERMAN FRANK avait bien raison d'être fier de son exposition. La presse ne lui avait pas ménagé les articles élogieux et les photos. Les visiteurs, touristes et Romains, se pressaient dans les salles de l'Académie et parmi eux, un nombre impressionnant de jeunes. Les œuvres de Gaspar Van Wittel, un Hollandais d'Amersfoort, du XVIIᵉ siècle, étaient très peu connues du public italien. La plupart d'entre elles étaient jalousement conservées dans les collections particulières des Colonna, des Sacchetti, des Pallavicini et autres familles nobles. Pour les rassembler, il avait fallu deux années de recherche patiente et des mois de délicates tractations. La provenance d'un grand nombre de toiles n'avait pas été révélée, ce que prouvaient les œuvres étiquetées « *raccolta privata* ». L'ensemble constituait une fresque architecturale et picturale extraordinairement parlante de l'Italie du XVIIᵉ siècle. L'enthousiasme de Frank avait la spontanéité rare et touchante de l'enfance.

« Regardez ça ! C'est si fin et si précis ! Presque japonais dans la qualité de la couleur. Quel superbe dessinateur, il maîtrise parfaitement la perspective la plus complexe... Examinez ces esquisses. Voyez avec quelle patience il construit sa composition. Comme c'est étrange! Cet homme qui vivait dans une petite villa toute sombre sur la via Appia Antica. Elle est toujours là. Il était terriblement claustrophobe. Rappelez-vous qu'à cette époque, c'était la campagne et il avait toute la lumière et l'espace qu'il lui fallait. » Il s'arrêta net, subitement gêné.

« Excusez-moi, je parle trop. C'est parce que j'aime tant ses œuvres! »

Mendelius lui posa amicalement la main sur l'épaule.

« C'est un plaisir de vous écouter, mon ami. Regardez ces jeunes. Vous les avez élevés au-dessus de leur ressentiment et de leur trouble pour les amener vers un monde différent, plus simple, plus beau, où toute laideur est absente. Il y a de quoi en être fier.

— Je le sais, Carl, je l'avoue. Mais j'appréhende aussi le jour où l'on décrochera toutes ces toiles, où les emballeurs viendront pour les ramener à leurs propriétaires. Je vieillis et je ne sais pas si j'aurai encore le temps, le courage ou l'occasion de refaire une chose pareille.

— En tout cas, vous essaierez et c'est ça le plus important.

— Pas pour longtemps, je le crains. Je dois prendre ma retraite l'année prochaine et je ne sais pas ce que je vais faire. Nous ne pouvons pas nous permettre de continuer à vivre ici, et l'idée de rentrer en Allemagne me fait horreur.

— Vous pourrez vous mettre à écrire à temps complet. Vous possédez déjà une réputation bien établie d'historien d'art. Je suis persuadé que vous pourriez être mieux publié que vous l'êtes. Voulez-vous que j'en parle à mon éditeur pour qu'il voie ce qu'il peut faire pour vous?

— Vraiment? » Sa reconnaissance était presque pathétique. « Je ne connais pas grand-chose aux affaires et je me fais du souci pour Hilde.

— Je l'appellerai dès que je serai rentré chez moi. Au fait, puis-je me servir de votre téléphone. J'ai un coup de fil à donner avant midi.

— Venez dans mon bureau. Je vais faire monter du café. Oh! avant de partir, vous devez jeter un coup d'œil à cette vue du Tibre. Il en existe trois versions : une dans la collection Pallavicini, une à la National Gallery et celle-ci qui vient d'un vieil ingénieur qui l'a achetée pour une bouchée de pain au marché aux puces... »

Ce n'est qu'un quart d'heure plus tard que Mendelius put téléphoner au monastère du Mont-Cassin. Il fallut un temps incroyable avant qu'on trouve l'abbé et qu'il vienne au bout du fil. Mendelius commençait à s'énerver et à s'impatienter, puis il se souvint que les monastères étaient faits pour séparer les hommes du monde et non pour les garder en contact avec lui.

L'abbé se montra cordial, sinon vraiment chaleureux. « Professeur Mendelius ? Ici, l'abbé André. C'est gentil d'appeler si vite. Pourriez-vous venir mercredi prochain ? C'est un jours gras chez nous et nous pourrons vous offrir une hospitalité un peu plus généreuse. Je vous propose d'arriver vers trois heures et demie et de rester pour dîner. C'est loin de Rome et si vous préférez passer la nuit chez nous, nous nous ferons un plaisir de vous héberger.

— Vous êtes très aimable. Dans ces conditions, je ne repartirai que jeudi matin. Comment va mon ami Jean ?

— Il a été souffrant, mais j'espère qu'il sera rétabli quand vous viendrez. Il a hâte de vous voir.

— Faites-lui mes amitiés et dites-lui que ma femme se rappelle à son bon souvenir.

— Avec plaisir. Alors, à mardi, Professeur.

— Merci, Père abbé. »

Mendelius reposa l'appareil et demeura un moment perdu dans ses pensées. Toujours la même tactique : une réponse courtoise et un avertissement voilé. Il y avait encore une semaine avant mercredi et bien assez de temps pour annuler l'invitation si les circonstances évoluaient ou si les autorités voulaient intervenir. La maladie de Jean-Marie, réelle ou diplomatique, faisait une excuse toute trouvée.

« Des ennuis, Carl ? » Herman posa le plateau et versa le café dans les tasses.

« Je ne sais pas. J'ai l'impression que le Vatican s'intéresse beaucoup à mes activités.

— C'est assez normal. Vous leur avez donné bien du fil à retordre dans un temps et chacun de vos ouvrages cause beaucoup d'émoi dans le pigeonnier. Du lait et du sucre ?

— Pas de sucre. J'essaie de maigrir.

— Je l'ai remarqué et j'ai eu aussi l'impression que vous y alliez un peu fort hier soir pour avoir des renseignements au sujet de Grégoire XVII.

— Ça se voyait tant ?

— Pour moi seulement, je pense. Vous avez des raisons particulières ?

— Vous savez que c'est mon ami. Je voudrais savoir ce qu'il s'est passé exactement.

— Il ne vous l'a pas dit ?

— J'ai été sans nouvelles de lui pendant des mois. J'imagine qu'il n'a guère eu le temps de s'occuper de sa correspondance privée, ajouta Mendelius qui cherchait un faux-fuyant.

— Vous avez l'intention d'aller le voir ?

— Oui. Tout est arrangé. « La réponse était un

peu sèche et Herman avait trop de tact pour insister. Il y eut un moment de silence embarrassé, puis il dit d'un ton posé :

« Il y a une chose qui m'intrigue, Carl. J'aimerais avoir votre opinion.

— De quoi s'agit-il, Herman ?

— Le mois dernier, on m'a convoqué à l'ambassade. L'ambassadeur voulait me voir. Il m'a montré une lettre de Bonn : une circulaire à toutes les académies et les instituts à l'étranger. Comme vous le savez, ceux-ci ont en dépôt beaucoup d'objets de valeur prêtés par la République : des sculptures, des peintures, des manuscrits historiques, par exemple. Tous les directeurs ont reçu l'ordre de prévoir des abris secrets dans les pays hôtes pour pouvoir y déposer toutes ces œuvres en cas de désordres intérieurs ou de conflit international. On nous a attribué à tous des fonds immédiatement disponibles pour acheter ou louer des locaux adéquats.

— Je trouve que c'est une sage précaution, remarqua Mendelius. D'autant plus qu'il est impossible de s'assurer contre les dommages de guerre et de troubles civils.

— La question n'est pas là. » Herman Frank était devenu emphatique. « C'est le ton de la circulaire qui m'a inquiété. On y sentait une réelle urgence et une menace de sanctions rigoureuses en cas de négligence. J'ai eu l'impression que notre gouvernement craignait vraiment qu'une chose terrible survienne très bientôt.

— Possédez-vous une copie de ces instructions ?

— Non. L'ambassadeur a affirmé qu'elles ne devaient pas quitter son bureau. Ah ! encore autre chose. Seuls les fonctionnaires haut placés devaient être mis au courant. J'ai trouvé ça plutôt alarmant. Je sais que je suis soucieux de nature, mais je pense tout le temps à Hilde et à ce qui pourrait lui arriver si nous étions séparés par une circonstance imprévisible. J'aimerais savoir ce que vous en pensez, Carl. »

Mendelius fut tenté d'éluder la question en lui prodiguant des apaisements faciles, mais en définitive, il en décida autrement. Herman Frank généreux, trop tendre pour ce monde impitoyable... Il méritait une réponse sincère.

« Ça va mal, Frank. L'heure n'est pas encore à la panique, mais elle risque bien de venir. Tout nous l'indique : les troubles internes, l'effondrement de la confiance politique, l'énorme récession et ces imbéciles haut placés qui s'imaginent pouvoir résoudre le problème par une guerre bien calculée mais limitée. Vous avez raison de vous faire du souci. Par contre, je ne vois pas très bien comment se protéger. Une fois que les premiers missiles seront partis, il n'existera plus nulle part aucun lieu sûr. En avez-vous parlé avec Hilde ?

— Oui. Elle ne veut pas retourner en Allemagne, mais elle est d'accord pour que nous envisagions de quitter Rome. Nous possédons une petite ferme dans les collines de Toscane. C'est un endroit isolé, mais le terrain est fertile. Je pense qu'on devrait pouvoir vivre de ce qu'on cultivera. Cependant, le seul fait d'y songer me semble un acte de désespoir.

— Un acte d'espoir, au contraire, rétorqua doucement Mendelius. Je crois que votre Hilde est une personne très sage et que vous ne devriez pas vous faire tant de souci pour elle. Les femmes savent se débrouiller bien mieux que nous.

— Vous avez sans doute raison. Je n'avais pas considéré la chose sous cet angle. Ne vous est-il jamais arrivé de souhaiter que survienne un

82

grand homme qui prendrait les rênes en main et qui nous sortirait de ce pétrin ?

— Jamais ! s'exclama Mendelius d'un air sombre. Les grands hommes sont dangereux. Quand leurs rêves s'écroulent, ils les enterrent sous les gravats des cités où des gens vivaient en paix ! »

« Je serai franc avec vous, Mendelius, et je voudrais que vous soyez franc avec moi.

— Comment ça, franc, Eminence ? A propos de quoi ? »

Les politesses étaient terminées. Il ne restait plus de petits gâteaux. Le café était froid. Son Eminence, le Cardinal Anton Drexel, les cheveux gris, raide comme un grenadier, tourna le dos à son visiteur pour regarder les jardins du Vatican éclairés par le soleil. Il resta un moment dans cette position, silhouette sans visage dans la lumière. Mendelius lui dit :

« Eminence, pourquoi ne vous asseyez-vous pas ? J'aimerais bien que vous me regardiez quand vous parlez.

— Excusez-moi. » Drexel émit un grognement narquois. « C'est une vieille ruse, pas très polie, je l'admets. Préférez-vous que nous parlions en allemand ? »

Malgré son nom, Drexel était un Italien né à Bolzano, territoire qui avait été longtemps un sujet de discorde entre l'Autriche et la République italienne. Mendelius haussa les épaules. « Comme il plaira à Votre Excellence.

— Alors, parlons italien. Je parle allemand comme un Tyrolien et vous risqueriez de me trouver comique.

— Rien ne vaut sa langue maternelle quand on veut dire la vérité, répliqua Mendelius sur un ton acide. Si mon italien me trahit, je parlerai allemand. »

Drexel s'éloigna de la fenêtre et vint s'asseoir en face de Mendelius. Il disposa soigneusement les plis de sa soutane sur ses genoux. Son visage, raviné mais toujours beau, aurait pu être sculpté dans le bois. Seuls ses yeux, d'un bleu éclatant, amusés et appréciateurs, étaient en mouvement. « Vous avez toujours été un individu coriace », avait-il dit. Il avait employé l'expression familière : « *Un tipo robusto.* » Ce compliment équivoque avait fait sourire Mendelius.

« Et maintenant, dites-moi, que savez-vous de ce qui vient de se passer ici ?

— Avant de vous répondre, Eminence, j'aimerais vous poser une question. Avez-vous l'intention de m'empêcher d'entrer en contact avec Jean-Marie ?

— Moi ? Pas du tout.

— Ni personne d'autre, à votre connaissance ?

— Non, pas à ma connaissance. Il est évident que cette rencontre présente un intérêt.

— Merci, Eminence. Et maintenant, voici ma réponse à votre question. Je sais qu'on a obligé le pape Grégoire a abdiquer et je connais les moyens dont on s'est servi pour lui arracher son consentement.

— Et qui étaient ?

— Une série de sept rapports médicaux indépendants qui ont été réunis par la curie en un seul dossier destiné à jeter de graves soupçons sur la santé mentale de Sa Sainteté. Est-ce bien exact ? »

Drexel marqua un instant d'hésitation, puis il hocha la tête. « Oui, c'est exact. Que savez-vous du rôle que j'ai joué dans cette affaire ?

— J'ai cru comprendre, Excellence, que tout en

84

désapprouvant la décision du Sacré Collège, vous avez accepté de l'annoncer au Saint-Père.

— Et savez-vous pourquoi ils ont pris cette décision ?

— Oui. »

Une lueur d'incrédulité s'alluma dans les yeux de Drexel, mais il poursuivit sans hésiter. « L'approuvez-vous, oui ou non ?

— J'estime que les moyens utilisés pour le contraindre ont été ignobles : du pur chantage. Quant à la décision elle-même, je me trouve en face d'un dilemme.

— Et quel est ce dilemme, mon ami ?

— Le pape est élu comme Pasteur suprême et comme Gardien de la Foi. Cette fonction est-elle conciliable avec le rôle d'un prophète qui proclame avoir reçu une révélation, même si cette révélation dit la vérité ?

— Ainsi, vous savez, fit le cardinal-préfet d'un ton calme. Et heureusement, vous comprenez.

— Où cela nous amène-t-il, Eminence ? demanda Mendelius.

— Au second dilemme. Comment prouver la véracité ou la fausseté de la révélation ?

— Vos collègues ont déjà résolu ce problème, ricana Mendelius. Ils l'ont déclaré fou.

— Pas moi, répliqua fermement le cardinal Anton Drexel. Je croyais, je crois toujours, que sa position en tant que pape était intenable. Il lui était impossible de faire quoi que ce fût en face d'une telle opposition. Mais fou ? Ça jamais !

— Un prophète qui ment, alors ? »

Pour la première fois, l'émotion fit tressaillir le visage impassible de Drexel.

« Quelle affreuse pensée !

— Il me demande de le juger, Eminence. Il faut que j'envisage tous les verdicts possibles.

— Ce n'est pas un menteur.

— Pensez-vous qu'il se trompe?

— J'aimerais pouvoir le croire. Tout serait si simple. Mais je ne peux pas, non je ne le peux pas! »

Soudain, il se montra sous son vrai jour : un vieux lion doué d'une vitalité débordante. Mendelius éprouva pour lui une bouffée de sympathie à cause du déchirement qui se lisait sur son visage. Cependant, il ne pouvait pas relâcher sa pression. Il lui demanda :

« Sur quoi vous êtes-vous basé pour le juger, Eminence, sur quels critères?

— Les seuls que je connaisse : ses paroles, son comportement, ses écrits, sa vie spirituelle.

— J'entends la voix du limier de Dieu », ironisa Mendelius.

Drexel sourit tristement. « La blessure vous fait toujours mal, hein? Je reconnais que nous vous en avons fait voir de toutes les couleurs. Du moins, vous avez appris à comprendre notre méthode. Que voulez-vous savoir en premier?

— En définitive, c'est par ses écrits qu'il s'est condamné. J'ai une copie de son encyclique. Comment l'avez-vous lue?

— Avec beaucoup d'inquiétude, évidemment. Je n'ai pas douté une seconde qu'il fallait la supprimer, mais je reconnais qu'elle ne contient rien, absolument rien, qui soit contraire à la doctrine traditionnelle. Certaines interprétations peuvent paraître un peu poussées, mais elles ne sont certainement pas hétérodoxes. Même sa proposition de ministres élus le jour où il deviendra impossible d'ordonner des évêques est tout à fait légitime, bien qu'elle sonne curieusement pour des oreilles romaines.

— Et ceci nous amène à sa vie spirituelle. » Le

ton de Mendelius était légèrement ironique. « Comment avez-vous fait pour en juger, Eminence ? »

Pour la première fois, le visage sévère de Drexel s'adoucit dans un sourire.

« Elle s'est avérée bien meilleure que la vôtre, mon cher Mendelius. Il est resté fidèle à sa vocation de prêtre. J'ai découvert que c'était un homme totalement dépourvu d'égoïsme et que ses pensées étaient entièrement tournées vers le bien de l'Eglise et des âmes. Il contrôlait ses sentiments. Dans sa haute fonction, il était humble et bon. Il se mettait toujours en colère contre la méchanceté et jamais contre la faiblesse. Il ne s'est jamais emporté contre ses accusateurs, même à la fin, et il s'est retiré avec dignité en acceptant son sort sans une plainte. L'abbé m'a dit que la vie qu'il menait au Mont-Cassin était un modèle de simplicité religieuse.

— Et il garde le silence. Comment ce fait peut-il s'accorder avec l'obligation qu'il dit avoir de répandre la nouvelle de la parousie.

— Avant de vous répondre, je crois qu'il nous faut éclaircir une question de fait. Apparemment, il vous a écrit et vous a envoyé une copie de son encyclique. Exact ?

— Exact.

— Avant ou après son abdication ?

— Il me l'a écrite avant, mais je ne l'ai reçue qu'après.

— Bien. Alors, laissez-moi vous apprendre une chose que vous ignorez. Après que mes frères cardinaux lui eurent arraché son acceptation, ils n'eurent plus de doute de l'avoir brisé et de pouvoir lui imposer toutes leurs volontés. D'abord, ils ont essayé d'inclure dans la lettre d'abdication une promesse de silence perpétuel sur tous les problèmes concernant la vie publique de l'Eglise. Je leur ai dit qu'ils n'avaient pas le droit, ni moralement, ni légalement de faire une chose pareille et que s'ils s'entêtaient, je m'opposerais à eux jusqu'à la mort. Je démissionnerais de ma fonction et je ferais une déclaration publique et intégrale sur toute cette triste affaire. Alors, ils ont changé de tactique. Sa Sainteté avait accepté d'entrer dans l'ordre de saint Benoît et de vivre la vie d'un simple moine. Il serait donc obligé d'obéir à son Supérieur. Par conséquent, mes astucieux collègues avaient décidé de donner des instructions au Père abbé pour qu'il lui fasse jurer le silence.

— Je connais ça, répliqua Carl Mendelius avec une colère froide. La soumission de l'esprit! La pire souffrance qu'on puisse imposer à un honnête homme. Nous avons enseigné cette méthode à toutes les tyrannies du monde.

— Et c'est pourquoi, reprit tranquillement Drexel, je me suis promis qu'ils ne l'imposeraient pas à votre ami. Je leur ai démontré que c'était une usurpation intolérable du droit de l'homme à agir librement selon sa conscience et qu'aucun serment, même le plus rigoureux, ne pourrait le contraindre à accomplir une mauvaise action et ne pourrait étouffer sa conscience au nom du bien. A nouveau, j'ai menacé de tout révéler; j'ai marchandé mon vote dans le prochain conclave et j'ai averti l'abbé André qu'il se devait moralement de garantir le libre arbitre de sa nouvelle recrue.

— Je suis heureux d'apprendre tout cela, Eminence. » Le ton de Mendelius était grave et plein de déférence. « C'est la première lumière que j'aperçois dans cette ténébreuse affaire. Cependant, ce n'est pas une réponse à ma question. Pourquoi Jean-Marie garde-t-il toujours le silence ? Tant dans la lettre qu'il m'a adressée que dans son encyclique, il parle de l'obligation qu'il a de révéler la nouvelle. »

Drexel ne répondit pas tout de suite. Lentement, douloureusement, presque, il se leva et alla vers la fenêtre pour contempler à nouveau le jardin. Quand enfin, il se retourna, son visage était encore dans l'ombre, mais, cette fois, Mendelius ne protesta pas. La détresse de sa voix était par trop évidente.

« Je crois qu'il est en train de subir cette expérience de tous les grands mystiques qu'on appelle " la sombre nuit de l'âme ". C'est un moment d'extrême obscurité, d'intense confusion, de désespoir presque, pendant lequel l'esprit semble être privé de toute aide humaine ou divine. C'est une réplique de cet instant terrible où le Christ lui-même s'est écrié : " Père, pourquoi m'avez-vous abandonné ? "... Voilà ce que m'a dit l'abbé André. Voilà pourquoi nous voulions tous deux vous parler avant que vous n'alliez voir Jean-Marie. A dire vrai, Mendelius, j'ai l'impression de l'avoir trahi, parce que j'ai tenté de trouver un compromis entre les sollicitations de l'Esprit et les exigences du Système auquel j'ai consacré ma vie. J'espère de tout mon cœur que vous serez un ami meilleur que je ne l'ai été.

— Vous parlez de lui comme d'un mystique, Eminence. C'est donc que vous croyez à la réalité de son expérience, dit Carl Mendelius. Je ne suis pas encore prêt à en faire autant, malgré tout l'amour que j'ai pour lui.

— J'espère que vous le lui direz avant de lui poser vos questions. Pourrez-vous revenir me trouver quand vous l'aurez vu ?

— Je vous le promets, Eminence. » Mendelius se leva. « Merci de votre invitation. J'espère que vous m'avez pardonné d'avoir été aussi grossier au début.

— Pas grossier. Ferme, simplement. »

Le cardinal sourit et lui tendit la main. « Vous étiez beaucoup moins raisonnable dans le temps. Le mariage vous a réussi. »

Lotte et Hilde étaient parties déjeuner à Tivoli, aussi, pensait-il s'offrir un repas solitaire sur la piazza Navona. Quand il quitta le Vatican, il était midi moins le quart et il décida d'aller à pied. Arrivé au milieu de la via della Conciliazione, il s'arrêta et se retourna pour contempler la grande basilique Saint-Pierre, encerclée par la colonnade qui symbolisait la mission protectrice de l'Eglise.

Pour un demi-milliard de croyants, ce lieu était le centre du monde, la demeure du vicaire du Christ, le tombeau de Pierre le Pêcheur. Lorsque les missiles seraient lancés des bases soviétiques, il serait anéanti du premier coup. Qu'adviendrait-il de ce demi-milliard de fidèles, une fois qu'aurait disparu le symbole visible de l'autorité, de l'unité et de la permanence ?

Ils étaient habitués depuis si longtemps à considérer cet édifice vieilli par le temps comme le nombril du monde et son chef comme l'unique et authentique envoyé de Dieu; vers qui se tourneraient-ils quand l'homme et sa demeure ne seraient plus qu'un amas de décombres ?

Ces interrogations n'étaient pas futiles. Pour Jean-Marie Barette, pour Anton Drexel et pour Carl Mendelius qui tous connaissaient par cœur la littérature apocalyptique et qui la voyaient quotidiennement reproduite dans la presse, ce danger était effroyablement imminent. Il se sentait triste pour le vieux Drexel, toujours plein de vigueur, mais dépouillé de ses certitudes. Il était triste pour tous les autres : cardinaux, évêques, membres de la curie, tous ceux qui essayaient d'adapter le *Codex Juris Canonicus* à une planète en folie qui se dirigeait en tourbillonnant vers son extinction.

Il reprit sa marche et, se frayant un passage au milieu de la foule des pèlerins, il franchit sans se presser le pont Victor-Emmanuel et s'engagea dans le Corso. Au milieu de l'avenue, il trouva un café avec des tables installées sur le trottoir. Il s'assit, commanda un Campari et se mit à regarder les gens qui passaient.

C'était la saison idéale. L'air était encore doux, les fleurs aux étals des marchands encore fraîches, les filles avaient sorti leurs robes d'été et les vitrines étaient remplies de scintillantes babioles pour touristes. Son attention fut attirée par une jeune femme debout au bord du trottoir à quelques pas de lui. Elle portait un pantalon bleu foncé et un chemisier qui soulignait une poitrine provocante. Ses cheveux noirs étaient retenus par un foulard rouge. Elle avait le type méridional, mince, le teint olivâtre et elle avait un visage paisible de madone, étonnamment beau. D'une main, elle tenait un journal plié et de l'autre, un petit sac de cuir bleu. Elle paraissait attendre quelqu'un.

Soudain, une petite Alfa rouge recula devant elle. Le conducteur gara maladroitement son véhicule en sortant la tête de la portière qu'il ouvrit ensuite et il se pencha pour parler à la fille. L'espace d'un instant, Mendelius crut qu'il s'agissait d'un enlèvement, mais la fille répondit sans protester. Elle tendit son sac au chauffeur et, tenant toujours le journal à la main, elle se retourna face au trottoir. L'homme attendait, la portière ouverte et le moteur en marche.

Quelques secondes plus tard, un homme d'âge moyen, élégamment vêtu, une serviette de cuir à la main, arriva sur le Corso d'un pas rapide. La fille s'avança et s'adressa à lui en souriant. Il parut surpris, puis hocha la tête et dit quelque chose que Mendelius ne pouvait pas entendre. La fille lui tira alors trois coups de revolver dans l'aine et sauta dans la voiture qui démarra en trombe.

Saisi de stupeur, Mendelius resta immobile un court instant, puis il se précipita vers l'homme tombé à terre et pressa son poing sur l'aine pour arrêter le sang qui jaillissait de l'artère fémorale. Il était toujours dans cette position quand les policiers et les ambulanciers arrivèrent, écartant la foule pour s'occuper de la victime. L'un des policiers dispersa les badauds et les photographes. Un balayeur vint nettoyer le sang sur la chaussée. Un homme en civil poussa Mendelius à l'intérieur du café et un garçon apporta de l'eau chaude et des serviettes pour essuyer ses vêtements ensanglantés. Le patron lui offrit un grand verre de whisky avec les compliments de la maison. Mendelius le but avec reconnaissance et fit sa première déposition que le policier, un jeune Milanais au visage impassible, transmit immédiatement au Q.G. par téléphone. Ensuite, il vint s'asseoir près de Mendelius et se commanda un whisky.

« Vous nous avez été d'un grand secours, Professeur. Le signalement détaillé et minutieusement observé de l'agresseur nous est très utile pour commencer l'enquête. Cependant, je crains d'être obligé de vous demander de venir dans nos bureaux pour regarder des photographies et

92

peut-être pour collaborer avec un dessinateur afin d'établir un portrait-robot.

— Bien sûr. Mais j'aimerais pouvoir le faire cet après-midi, si possible. Comme je vous l'ai dit, j'ai des rendez-vous.

— Parfait. Je vous y emmène dès que nous aurons terminé nos consommations.

— Qui est la victime ? demanda Mendelius.

— Malagordo, un sénateur socialiste juif. Une sale affaire et nous en avons chaque semaine davantage.

— C'est de la barbarie inutile et gratuite.

— Gratuite, sans doute, mais certainement pas inutile. Ces gens se sont voués à l'anarchie. Ils veulent briser totalement le système en détruisant la confiance publique. Et on y arrive. Vous aurez du mal à le croire, Professeur, une vingtaine de personnes ont assisté à l'agression, mais je vous parie un mois de salaire que seule votre déposition nous apprendra quelque chose de positif, et vous êtes étranger ! Les autres vivent dans cette pétaudière, mais ils ne lèveront pas le petit doigt pour essayer de remettre un peu d'ordre. En somme, poursuivit-il en haussant les épaules d'un air résigné, ils ont le pays qu'ils méritent. A propos, attendez-vous à voir votre photo s'étaler dans tous les journaux.

— J'avais bien besoin de ça, remarqua Mendelius d'un ton maussade.

— De plus, c'est dangereux. On va vous présenter comme le témoin principal.

— Et comme la cible éventuelle. C'est bien ce que vous voulez dire ?

— J'en ai peur, Professeur. Voyez-vous, c'est un coup de propagande. Du grand-guignol, en somme. Il faut qu'ils tirent sur le chef de file. La fille qui vend les billets n'a aucune valeur publicitaire. A mon avis, vous devriez quitter Rome et même l'Italie.

— Impossible avant la semaine prochaine.

— Alors, aussitôt que vous le pourrez. En attendant, changez de résidence. Installez-vous dans un de ces hôtels pour touristes. Prenez un autre nom. J'arrangerai les problèmes de passeports avec la direction.

— Ça ne servira pas à grand-chose. Je dois faire des conférences à l'Académie allemande. Par conséquent, je serai toujours aux premières loges.

— Dans ce cas, que puis-je vous dire, sinon de faire attention à vous, de varier votre emploi du temps et de ne pas parler aux jolies filles sur le Corso.

— Aucun espoir d'une protection de la police, même pour ma femme ?

— Aucun. Nous manquons tragiquement de personnel. Je peux vous donner le nom d'une agence qui loue des gardes du corps, mais elle demande des prix astronomiques.

— Alors, qu'elle aille au diable ! Allons voir ces photos. »

Dans la voiture, au milieu des embouteillages de midi, il sentait encore l'odeur du sang sur ses vêtements. Il se prit à espérer que Lotte faisait un bon déjeuner à Tivoli. Il voulait qu'elle profite de ses vacances ; ce seraient peut-être les dernières.

En fin d'après-midi, tout en attendant le retour de Lotte et d'Hilde, il alla s'installer sur la terrasse pour taper son rapport à Anneliese Meissner. Il y mit les informations nouvelles qu'il avait apprises de Georg Rainer et du cardinal Drexel et après seulement, il ajouta ses commentaires personnels.

« Rainer est un journaliste sérieux et objectif. Le témoignage du médecin, bien qu'il ne soit pas de première main, s'est avéré digne de foi. Jean-Marie Barette était en proie à une très grande fatigue physique et psychique, mais il n'y a pas eu de verdict général sur son incapacité mentale. Comme l'a dit Rainer : « S'ils avaient voulu le « garder, il leur aurait suffi de lui faire prendre « un peu de repos et de le décharger d'une partie « de son travail. »

« Le point de vue du cardinal Drexel m'a surpris. Rappelez-vous que j'ai été soumis longtemps à l'inquisition et que je l'ai connu comme un dialecticien impitoyable et prodigieux. Cependant, même dans les pires moments, je n'ai jamais eu le moindre doute sur son honnêteté intellectuelle. J'aimerais bien vous voir tous les deux face à face dans un débat public. Quel spectacle ce serait ! Il rejette absolument toute idée de folie ou de tromperie de la part de Jean-Marie Barette. Il va même plus loin ; il le classe dans la catégorie des mystiques comme Thérèse d'Avila, Jean de la Croix ou Catherine de Sienne. En somme, Drexel croit, sans l'avoir encore clairement analysée, à l'authenticité de l'expérience visionnaire de Jean-Marie. C'est donc moi, maintenant, qui suis le sceptique, ou du moins, l'agnostique.

« J'irai voir Jean-Marie Barette mercredi prochain et jeudi, je rendrai compte de cette entrevue à mon assesseur. Demain, je donne ma première conférence à l'Académie. J'en attends beaucoup. Ces pasteurs évangéliques sont très intéressants. J'admire leur façon de vivre. Tübingen a toujours été un des pôles de la tradition piétiste qui a eu tant d'influence en Angleterre et aux États-Unis. C'est vrai, j'oubliais que vous étiez sourde à cette musique. Néanmoins, j'ai confiance en vous et je suis heureux de vous avoir comme assesseur. Recevez mes affectueuses salutations de cette merveilleuse ville qui est devenue si terrifiante. *Auf Wiedersehen.* »

Quand il pénétra dans l'amphithéâtre, l'assistance était déjà installée; une vingtaine de pasteurs évangéliques qui avaient dans les trente ans, pour la plupart; une douzaine d'épouses; trois diaconesses et une demi-douzaine de personnes qu'Herman Frank avait invitées dans la communauté vaudoise de Rome. Carl Mendelius se sentait à l'aise au milieu d'eux. La faculté théologique de Tübingen avait été l'une des premières pépinières du mouvement piétiste et de l'Eglise luthérienne. Mendelius était attiré par l'accent qu'ils mettaient sur le dévouement personnel et les œuvres de charité. Il avait jadis écrit un long article sur l'influence de Philipp Jakob Spener et du Collège de la Piété que celui-ci avait fondé à Francfort au XVIIᵉ siècle.

Lorsque Herman Frank eut terminé les présentations et que les applaudissements eurent cessé, Mendelius posa ses feuillets sur le lutrin et se mit à parler sur un ton simple et détendu.

« Je ne veux pas faire une conférence. Si vous êtes d'accord, je préférerais que nous explorions notre sujet dans un dialogue socratique, afin de voir ce que nous pouvons nous apprendre mutuellement et ce que les faits historiques nous enseignent. En gros, nous discuterons d'eschatologie, la doctrine des fins dernières : la destinée ultime de l'homme, de l'organisation sociale et de l'ordre cosmique tout entier. Nous considérerons ces problèmes à la lumière de l'Ancien et du Nouveau

Testament, ainsi que des traditions chrétiennes primitives.

« Il y a deux manières d'appréhender la doctrine des fins dernières. Elles sont radicalement opposées l'une à l'autre. La première est ce que j'appellerai " l'optique de l'extinction ". L'histoire de l'homme prendra fin et le Christ reviendra une deuxième fois pour juger les vivants et les morts. La seconde, je la nommerai " l'optique de la modification ". La Création continue, mais elle est modifiée par l'homme travaillant de concert avec le Créateur en vue de l'accomplissement ou de la perfection, ce qui ne peut s'exprimer que par des symboles et des analogies. Dans cette optique, le Christ est toujours présent et la parousie constitue la révélation ultime de Sa présence créatrice. Et maintenant, j'aimerais connaître votre position. Que dites-vous à vos ouailles au sujet de la doctrine des fins dernières ? Si vous voulez répondre, levez la main et annoncez votre nom et l'endroit d'où vous venez Vous, monsieur, au deuxième rang...

— Alfred Kessler de Cologne... » C'était un homme petit et râblé, avec une barbe taillée au carré, qui avait demandé la parole. « Je crois à la continuité et non à l'extinction du cosmos. Pour l'individu, l'extinction, c'est la mort et l'union avec le Créateur.

— Dans ce cas, dites-moi, monsieur le pasteur, comment vous interprétez les Ecritures pour vos fidèles ? Vous les enseignez comme étant la Parole de Dieu, du moins, je pense que c'est ce que vous faites. Comment expliquez-vous la Parole sur ce sujet ?

— Comme un mystère, Herr Professor : un mystère qui, sous l'influence de la grâce divine, laisse deviner peu à peu sa signification à l'âme de chacun de nous.

— Pourriez-vous préciser votre pensée ? Comme vous le feriez devant votre congrégation.

— En général, voici ce que je leur dis : le langage est un instrument humain et par conséquent, imparfait. Là où le langage s'arrête, la musique, par exemple, peut prendre le relais. Une pression de la main en dit parfois plus long que des volumes entiers. Je prends l'exemple de la fin individuelle de chaque être. Instinctivement, nous redoutons la mort. Pourtant, comme nous le savons tous par notre expérience pastorale, l'homme se familiarise avec cette idée ; il s'y prépare inconsciemment et la comprend à travers l'univers qui l'entoure, par la disparition d'une fleur, la dispersion de ses graines dans le vent et la renaissance du printemps. Dans ce contexte, la doctrine des fins dernières est, sinon explicable, du moins conforme à l'expérience physique et psychique.

— Merci, monsieur le pasteur. Ensuite...

— Petrus Allmann, de Darmstadt. » Cette fois, c'était un homme plus âgé. « Je suis totalement en désaccord avec mon collègue. C'est vrai, le langage humain est imparfait, mais Notre Seigneur Jésus-Christ s'en est servi. Je pense qu'on se trompe en voulant découvrir un sens caché dans ses paroles. Les Saintes Ecritures sont tout à fait claires sur ce sujet. » Il se mit alors à citer d'un ton solennel : « Aussitôt après ces jours de « détresse, le soleil s'obscurcira, la lune perdra « de son éclat, les étoiles tomberont du ciel, et les « puissances des cieux seront ébranlées. Alors, « paraîtra dans le ciel le signe du Fils de « l'homme. » Cela peut-il signifier autre chose que l'extinction, la fin des choses temporelles ?

A ces mots, une partie de l'auditoire se mit à applaudir frénétiquement. Mendelius attendit un moment, puis il leva la main pour demander le silence avec un grand sourire de bonne humeur.

« Et maintenant, mesdames et messieurs, qui veut départager ces deux hommes de bonne volonté? »

Cette fois, ce fut une femme aux cheveux gris qui leva la main.

« Je m'appelle Alicia Herschel; je suis diaconesse à Heidelberg. A mon avis, peu importe qui a raison. J'ai travaillé comme missionnaire dans les pays musulmans et j'ai appris à dire *Inch Allah.* Quelle que soit la volonté du Seigneur, elle s'accomplira. Le pasteur Allmann a cité saint Matthieu, mais il y a autre chose dans ce chapitre XXIV : « Pour ce qui est du jour et de « l'heure, personne n'en sait rien, pas même les « anges du ciel, mais le Père, seul. »

Son intervention, qui avait fait une grosse impression, fut très applaudie. Elle fut suivie par celle d'un jeune homme de Francfort qui posa une question à Mendelius.

« Quelle est votre opinion à ce sujet, Herr professor? » Comme il s'y attendait, Mendelius était coincé, mais du moins, il était forcé de donner un semblant de définition. Il rassembla rapidement ses idées et déclara :

« Comme vous le savez, j'ai été ordonné prêtre dans l'Eglise catholique romaine, mais ensuite, j'ai quitté les ordres et je me suis consacré aux travaux universitaires. Par conséquent, depuis longtemps, je ne suis plus obligé de donner une interprétation pastorale des Ecritures. Tout en continuant à être un chrétien pratiquant, je suis devenu un historien adonné à l'examen purement historique des textes bibliques et patristiques.

Autrement dit, j'étudie ce qui a été écrit dans le passé à la lumière de ce que nous savons de ce passé lui-même. Donc, professionnellement parlant, je ne dois pas faire de commentaires sur la véracité des écrits prophétiques, mais seulement sur leur provenance et leur authenticité. »

Les assistants restèrent silencieux. Ils acceptaient sa renonciation, mais s'il cherchait à noyer le poisson, ils le sanctionneraient sur-le-champ. La connaissance ne leur suffisait pas. En vrais évangélistes qu'ils étaient, ils exigeaient qu'elle soit porteuse de paroles et d'actions. Mendelius poursuivit.

« De tempérament et de formation, j'ai toujours été porté à interpréter l'avenir en termes de continuité et de changement et je ne pouvais pas accepter l'idée de l'extinction. Cependant, maintenant, je me demande si cette extinction n'est pas une chose possible. C'est un fait certain que l'humanité possède tous les moyens de déclencher une catastrophe mondiale d'une ampleur telle que la vie pourrait disparaître de la surface de notre planète. Etant donné le penchant de l'homme pour la destruction, nous nous trouvons placés devant la perspective effrayante de l'imminence d'une disparition. »

L'auditoire en eut visiblement le souffle coupé. Mendelius ajouta une remarque à sa déclaration.

« Est-il sage de prêcher un tel message, c'est un autre problème et j'avoue que pour le moment, je ne me sens pas qualifié pour y répondre. »

Après un court silence, une petite forêt de mains surgit. Avant de demander quelles étaient les questions, Mendelius prit son verre d'eau et but une longue gorgée. Il eut soudain la vision incongrue d'Anneliese Meissner l'épiant derrière ses grosses lunettes et lui souriant de tout son visage ingrat. Il entendait presque son verdict moqueur : « Je vous l'avais bien dit, Carl. La folie de Dieu ! Vous n'en guérirez jamais ! »

La séance aurait dû se terminer à midi, mais le débat avait été si animé qu'il était une heure moins le quart quand Mendelius put enfin s'échapper pour aller prendre l'apéritif dans le bureau d'Herman Frank. Celui-ci l'accabla de félicitations, mais Mendelius fut très ennuyé quand il vit les titres des journaux empilés sur son bureau.

Ils allaient de l'extravagant à l'ironique : « Le héros du Corso. Un éminent professeur pris dans un coup de main. Un ancien jésuite, témoin principal contre les brigades terroristes. » Les photos étaient dramatiques : Mendelius éclaboussé de sang, agenouillé devant la victime; Malagordo enfourné dans l'ambulance; Mendelius et le policier en grande conversation devant leur whisky. Il y avait aussi une description de la meurtrière avec cet en-tête prudent : « Aperçu de la meurtrière par le professeur Carl Mendelius de l'université de Tübingen ». Le texte était rédigé dans le grand style tragique italien : horreur grandiloquente, emphase épique et pesante ironie. « Le fait qu'un sénateur juif doive la vie à un historien allemand ne va sans doute pas sans une certaine justice poétique. »

« Dieu Tout-Puissant ! » Mendelius était pâle de colère. « Ils ont fait de moi un véritable appeau ! »

Herman Frank hocha tristement la tête.

« C'est très ennuyeux, Carl. L'ambassade a téléphoné pour vous prévenir qu'il existe des liens étroits entre ces terroristes et des groupes semblables en Allemagne.

— Je sais. Nous ne pouvons plus rester chez vous, Herman. Rappelez l'ambassade pour lui demander d'user de son influence pour nous retenir une chambre dans un des meilleurs hôtels, l'Hassler ou le Grand Hôtel, par exemple. Je refuse catégoriquement de vous exposer à un danger quelconque, Hilde et vous.

— Non, Carl! Je ne me laisserai pas influencer par la menace et Hilde non plus.

— Herman, je vous en prie, ce n'est pas le moment de jouer les héros.

— Il ne s'agit pas d'héroïsme. » Herman était d'une surprenante résolution.

« C'est une question de simple bon sens. Je refuse de vivre sous terre comme une taupe. C'est ce qu'ils veulent, les salauds! Et puis, ce n'est que pour une semaine. Les femmes n'auront qu'à partir pour Florence, comme elles l'avaient projeté. Deux vieux boucs comme nous devraient pouvoir se prendre en charge.

— Mais...

— Il n'y a pas de mais, Carl. Allons déjeuner avec nos femmes et voir ce qu'elles en pensent.

— Très bien. Merci, Herman.

— Merci à vous, mon ami. Cette matinée a été un véritable triomphe pour moi. Dans toutes les années que j'ai passées à l'Académie, je n'ai jamais vu une discussion aussi passionnée. Ils brûlent tous d'impatience d'assister à votre seconde conférence. Ah! j'allais oublier. Il y a eu deux communications pour vous. Une du cardinal Drexel. Il sera à son bureau à partir d'une heure et demie. L'autre, de la femme du sénateur Malagordo. Elle aimerait que vous la rappeliez à l'hôpital Salvator Mundi. Voici les numéros. Téléphonez-leur tout de suite et vous aurez l'esprit libre pour faire un bon déjeuner. »

Tout en composant le numéro de Drexel, Mendelius se sentit envahi par l'inquiétude. Le Vatican tenait beaucoup à la discrétion. Drexel pouvait voir dans la menace qui pesait sur lui, une menace contre la retraite de Jean-Marie Barette. Il fut surpris de trouver le vieux combattant cordial et plein de sollicitude.

« Mendelius ? Je suppose que vous avez lu les journaux du matin.

— Oui, Eminence. J'étais justement en train d'en parler avec mon hôte. C'est contrariant, pour ne pas dire plus.

— J'ai une proposition à vous faire. J'espère que vous l'accepterez.

— Dites toujours, Eminence.

— Je voudrais mettre à votre disposition ma voiture et mon chauffeur pour tout le restant de votre séjour. Il s'appelle Francone. C'est un ancien carabinier. Il connaît bien tous les problèmes de sécurité. Il est vif et compétent.

— C'est très aimable, Eminence, mais, vraiment, je ne peux pas accepter.

— Mais si, vous pouvez et vous devez. J'ai des droits sur votre sécurité et j'entends les faire respecter. Où êtes-vous en ce moment ?

— A l'Académie. Ensuite, je vais déjeuner chez les Frank. Voici l'adresse...

— Je l'ai. Francone viendra vous trouver à quatre heures et il restera à votre disposition pendant tout votre séjour. Pas de discussion ! On ne peut pas se permettre de perdre le héros du Corso, n'est-ce pas ? »

C'est d'un cœur plus léger que Mendelius appela l'hôpital Salvator Mundi et demanda à parler à la femme du sénateur Malagordo. On lui passa d'abord une sœur revêche, puis un garde du corps autoritaire. Après un long silence, la femme de Malagordo arriva au bout du fil. Elle voulait le remercier d'avoir sauvé la vie de son mari. Il était gravement blessé, mais son état était stationnaire. Dès qu'il serait en mesure de recevoir des visites, il aimerait voir le professeur pour le remercier personnellement. Mendelius promit de rappeler dans le courant de la semaine, la remercia de son amabilité et raccrocha. Quand il fut au courant de la nouvelle, Herman Frank retrouva sa bonne humeur.

« Vous voyez, Carl! C'est l'autre face de la médaille. Les gens sont gentils et reconnaissants et ce cardinal est un vieux renard. Peut-être l'ignorez-vous, mais le Vatican a toute une équipe de gardes du corps endurcis. Ils n'hésitent pas à fracasser des crânes au service de Dieu. Ce Francone est l'un d'eux, sans aucun doute. Je me sens mieux maintenant, beaucoup mieux! Allons déjeuner. »

Pendant tout le repas, Lotte resta très calme, mais ensuite, quand les Frank furent partis faire la sieste, elle annonça clairement ses intentions.

« Je n'irai pas à Florence, Carl. Ni à Ischia, ni autre part sans toi. Si tu cours un danger, je veux le partager avec toi; sinon c'est que je ne suis qu'un meuble dans ta vie.

— Je t'en prie, chérie, sois raisonnable. Tu n'as rien à me prouver.

— N'as-tu jamais pensé que je pouvais avoir des choses à me prouver à moi-même?

— Et pourquoi, juste Ciel?

— Parce que depuis que nous sommes mariés, j'ai toujours eu le côté confortable du lit. D'abord, l'épouse d'un historien remarquable et ensuite Frau Professor à Tübingen. Je n'ai jamais eu beaucoup de soucis en dehors de faire des enfants et de tenir la maison. Tu as toujours été là, un mur solide contre la tempête. Je n'ai jamais été mise à l'épreuve. Je n'ai jamais eu de rivale. C'était merveilleux, tout ça. Mais maintenant, quand je me compare aux autres femmes de mon âge, je ne me sens pas à la hauteur.

— Pour quelle raison ? Crois-tu que j'aurais pu faire cette carrière sans toi, sans le foyer que tu m'as apporté, sans l'amour que j'y ai trouvé ?

— Je pense que oui. Pas de la même manière, sans doute, mais tu y serais arrivé sans moi. Tu n'es pas un intellectuel ratatiné. Il y a de l'aventurier en toi. Oh ! si, il m'est arrivé de lui voir pointer la tête, mais je lui ai claqué la porte au nez parce qu'il me faisait peur. Maintenant, j'ai envie de le voir, de le connaître mieux, de profiter de lui avant qu'il ne soit trop tard. »

Elle s'était mise à pleurer en versant des larmes silencieuses et tendres. Mendelius l'attira contre lui et la consola doucement.

« Il n'y a pas de quoi être triste, ma chérie. Nous sommes ici ensemble. Je ne cherche pas à me débarrasser de toi, mais c'est parce que hier j'ai vu soudain le visage du mal, du vrai mal. Cette fille — elle ne devait pas être beaucoup plus vieille que Katrin — ressemblait à une madone de Dolci et pourtant, elle a tiré sur un homme de sang-froid, pas pour le tuer, mais pour le mutiler dans sa virilité. Je ne veux pas que tu sois exposée à de telles cruautés.

— Mais j'y suis exposée, Carl ! J'en fais partie, autant que toi. Quand Katrin est partie à Paris avec son Franz, j'ai souhaité pouvoir retrouver ma jeunesse et y aller à sa place. J'étais jalouse parce qu'elle allait connaître une chose que je n'avais jamais eue. Quand tu te disputais avec Johann, une partie de mon être était heureuse, parce que je savais qu'ensuite, il se tournerait vers moi. Il était comme un jeune amant grâce auquel je pouvais te rendre jaloux. Voilà ! je te l'ai dit et tant pis si tu me détestes.

— Je ne peux pas te détester, ma chérie. Je n'ai jamais pu t'en vouloir bien longtemps.

— Cela fait partie du problème. Je le sais et je pense que j'ai besoin que tu t'opposes à moi.

— Je ne m'opposerai pas à toi, Lotte. » Il devint soudain sombre et pensif. « Sais-tu pourquoi ? Parce que pendant toute ma jeunesse j'ai été prisonnier — de mon plein gré, je le reconnais — mais tout de même prisonnier. Quand j'ai acquis ma liberté, je l'ai tant appréciée que je ne pouvais supporter d'imposer une servitude à quiconque. J'ai voulu une partenaire, pas une marionnette. Je voyais bien ce qui se passait, mais tant que tu ne t'en apercevais pas toi-même et tant que tu ne voulais pas que cela change, je ne voulais pas et je ne pouvais pas te contraindre. Que j'aie eu tort ou raison, tel était mon sentiment.

— Et maintenant, Carl, quel est ton sentiment ?

— Je suis épouvanté ! Epouvanté de ce qui nous attend peut-être au coin de la rue et bien davantage encore de ce qui va se produire quand j'irai voir Jean-Marie.

— C'est de nous que je voulais parler, de toi et de moi.

— Moi aussi, ma chérie. Où que nous allions, nous serons en danger. Je veux que tu restes avec moi, mais pas pour que tu prouves quelque chose, à toi-même ou à moi. Ce serait comme de faire l'amour uniquement pour montrer qu'on en est capable. C'est bien beau, mais cela n'a rien à voir avec le véritable amour. En somme, c'est à toi de décider, ma chérie.

— Comment faut-il te le dire, Carl. Je t'aime. A

partir d'aujourd'hui, où que tu ailles, je t'accompagnerai.

— Je ne pense pas que les moines t'offrent un lit au Mont-Cassin, mais en dehors de ça, d'accord, nous resterons ensemble.

— Parfait, dit Lotte en souriant. Et maintenant, allons au lit. C'est l'endroit le plus sûr de Rome. »

En théorie, l'idée était excellente, mais avant qu'ils aient pu la mettre en pratique, la femme de chambre vint frapper à la porte pour dire à Mendelius que Georg Rainer le demandait au téléphone de son bureau du *Welt*.

Le ton de Rainer était empreint de bonne humeur, mais net et précis.

« Vous voilà devenu une célébrité, Carl. J'ai besoin d'une interview pour mon journal.

— Quand ça ?

— Tout de suite, par téléphone.

— Allez-y.

— Pas si vite, Carl. Nous sommes des amis d'amis et il faut que je vous donne la règle du jeu une fois pour toutes. Vous pouvez refuser de répondre, mais ne me dites rien que vous ne vouliez voir enregistré. J'imprimerai toutes vos paroles. Compris ?

— Compris.

— Notre conversation est enregistrée avec votre autorisation. D'accord ?

— D'accord.

— On y va. Professeur Mendelius, votre rapide intervention a sauvé la vie du sénateur Malagordo. Que ressentez-vous maintenant que vous êtes devenu une célébrité internationale ?

— Un malaise.

— Certains journaux ont imprimé des titres un

peu provocateurs. On vous appelle " le héros du Corso ". Quelle a été votre réaction à ce sujet ?

— Embarrassée. Je n'ai rien fait d'héroïque. J'ai simplement porté assistance à une personne en danger.

— Et cet autre titre : « Un ancien jésuite, « témoin principal contre les brigades ter- « roristes » ?

— C'est de l'exagération. J'ai assisté à l'agression et j'ai raconté ce que j'avais vu à la police. Je suppose qu'elle a dû recueillir bien d'autres témoignages.

— Vous leur avez également donné le signalement de la fille qui a tiré.

— Oui.

— Un signalement précis et détaillé ?

— Oui.

— Ne pensez-vous pas que vous avez pris un grand risque en apportant ce témoignage.

— J'aurais pris un risque beaucoup plus grand si je m'étais tu.

— Comment cela ?

— Parce que la violence ne prospère que lorsque les hommes ont peur de parler et d'agir contre elle.

— Vous n'avez pas peur des représailles ?

— Je n'en ai pas peur, mais j'y suis préparé.

— Comment vous y êtes-vous préparé ?

— Je ne répondrai pas.

— Avez-vous quelque chose à dire sur le fait que vous soyez allemand et que l'homme auquel vous avez sauvé la vie soit juif ?

— Notre Seigneur Jésus-Christ était juif. Je suis heureux d'avoir été utile à quelqu'un de son peuple.

— D'autre part, Herr Professor, j'ai appris que

108

vous aviez fait une conférence dramatique ce matin à l'Académie allemande.

— Elle a été très bien reçue, mais je n'irai pas jusqu'à dire qu'elle était dramatique.

— Je vous cite le compte rendu : « A la question suivante : s'il croyait que la fin du monde comme elle est annoncée dans la Bible était une chose possible, le professeur Mendelius a répondu qu'il considérait que non seulement c'était une possibilité, mais que de plus, elle était imminente. »

— Où diable avez-vous pêché ça ?

— Nous avons des sources sûres. Est-ce exact ou non ?

— C'est exact, mais j'aimerais mieux que vous ne le publiiez pas.

— Je vous ai donné la règle du jeu, mon ami. Cependant, si vous souhaitez développer votre déclaration, je serais heureux de reproduire vos paroles mot pour mot.

— C'est impossible, Georg. Pour le moment, en tout cas.

— Qu'est-ce que cela veut dire, Professeur ? Vous prenez-vous tant au sérieux ?

— Dans ce cas, oui.

— Alors, raison de plus pour publier ce compte rendu.

— Dites-moi, Georg, vous réussissez bien dans le journalisme ?

— Jusqu'à présent, je ne me suis pas trop mal débrouillé ! » Le rire de Rainer crépita dans l'appareil.

« Je vous propose un marché, Georg.

— Je n'en conclus jamais, enfin, presque jamais. De quoi s'agit-il ?

— Supprimez cette histoire de fin du monde et

je vous apporterai quelque chose de bien plus sensationnel.

— Sur le même sujet ?

— Je ne répondrai pas.

— Quand ça ?

— Demain en huit.

— Ce sera vendredi. Que pensez-vous me donner, la date du Second Avènement ?

— Vous aurez un déjeuner chez Ernesto.

— Et une histoire exclusive ?

— C'est promis.

— Marché conclu.

— Merci, Georg.

— Je garde la bande pour vous le rappeler. *Auf Wiedersehen,* Herr Professor.

— *Auf Wiedersehen,* Georg. »

Mendelius reposa le récepteur et resta songeur un long moment, sous le regard indifférent des faunes et des bergères peints au plafond. Sans y prendre garde, il s'était aventuré dans un champ de mines. Encore un pas imprudent et tout exploserait autour de lui.

4

DOMENICO GIULIANO FRANCONE, chauffeur et homme de confiance de Son Eminence, était un original, tant par son apparence que par son caractère. Il mesurait plus d'un mètre quatre-vingts, il avait une carrure d'athlète, un sourire de chèvre et une tignasse rousse qu'il teignait soigneusement. Il prétendait avoir quarante-deux ans, mais il devait plutôt pencher vers la cinquantaine. Il avait appris l'allemand avec les gardes suisses; il parlait français comme à Genève, anglais avec l'accent américain et italien avec l'intonation chantante de Sorrente.

L'histoire de sa vie était un véritable roman-feuilleton. Il avait été catcheur amateur, champion cycliste, sergent chez les carabiniers, mécanicien dans l'écurie de course Alfa et aussi poivrot notoire et coureur de jupons jusqu'au jour où, après la mort prématurée de sa femme, il avait découvert la religion et s'était fait embaucher comme sacristain dans la paroisse de Son Eminence.

Son Eminence, impressionnée par son savoir-faire et peut-être aussi par sa gaieté bravache, l'avait pris à son service. Etant donné sa formation de policier, son adresse de conducteur, sa science des armes et son expérience du corps à corps, il assumait, par une sorte de droit naturel, les fonctions de garde du corps.

Dans cette rude époque sans Dieu, même un prince de l'Eglise n'était pas à l'abri des menaces sacrilèges des terroristes. Les ecclésiastiques n'osaient pas montrer qu'ils avaient peur, mais le gouvernement italien ne faisait pas mystère de ses craintes et exigeait qu'on prît les précautions élémentaires.

C'est tout cela et bien d'autres choses encore que Domenico Francone avait exposé avec éloquence aux Mendelius et aux Frank tout en les conduisant aux tombes étrusques de Tarquinia. Une fois qu'il eut bien établi son autorité, il leur donna toutes les consignes :

« Je suis responsable de votre sécurité devant Son Eminence. Aussi je vous prierai de faire tout ce que je vous dirai et sans poser de question. Si je vous dis de plonger, baissez immédiatement la tête. Si je me mets à conduire comme un fou, accrochez-vous et ne me demandez pas pourquoi. Au restaurant, vous me laisserez choisir votre table. Vous, professeur, si vous devez aller à pied quelque part dans Rome, attendez que j'aie garé la voiture et que je sois prêt à vous suivre. Vous aurez ainsi l'esprit libre pour penser à vos affaires, c'est moi qui me charge des ennuis. Je connais les méthodes de ces *mascalzoni.*

— Nous avons entièrement confiance en vous, lui répondit aimablement Mendelius. Y a-t-il quelqu'un qui nous suit en ce moment ?

— Non, professeur.

— Alors, vous pourriez peut-être aller plus doucement. Ces dames aimeraient bien admirer le paysage.

— Mais certainement ! Excusez-moi !... C'est

une région historique... beaucoup de tombes étrusques. Vous savez qu'il est interdit de faire des fouilles sans autorisation, mais il y a tout de même du pillage sur certains sites. Quand j'étais dans les carabinieri... »

Il recommença à déverser sur eux le flot de son éloquence. Ils s'adressèrent des sourires résignés et somnolèrent pendant le reste du trajet. Ce fut avec soulagement qu'ils le laissèrent en sentinelle devant la voiture pour suivre un guide à la voix suave dans les collines couvertes de champs de blé et rendre visite au peuple des tombes peintes.

C'était un lieu paisible empli du chant de l'alouette et du bruissement du vent dans les épis mûrissants. Le panorama qu'on y découvrait était un enchantement : le vert des champs se fondant dans le brun des villages, le bleu de la mer parsemée de yachts, dans le lointain, les spinnakers gonflés par le vent de terre qui avaient mis le cap à l'ouest, vers la Sardaigne. Lotte était transportée et Mendelius tenta d'évoquer pour elle la vie de ce peuple depuis longtemps disparu.

« C'étaient des marchands et des marins. Ils ont donné leur nom, les Tyrrhéniens, à cette partie de la Méditerranée. Ils extrayaient le cuivre et le fer et savaient fondre le bronze. Ils cultivaient des terres fertiles qui s'étendaient jusqu'à la vallée du Pô, au nord et jusqu'à Capoue, au sud. Ils aimaient la musique, la danse et organisaient de grands festins. Quands ils mouraient, on les enterrait avec de la nourriture, du vin, leurs plus beaux atours et on peignait des scènes de leur vie sur les murs de leur tombe.

— Et maintenant, ils ont disparu, dit Lotte à voix basse. Que leur est-il arrivé ?

— Ils devinrent riches et paresseux. Ils se cachaient derrière leurs rites et croyaient en des dieux qui étaient déjà démodés. Les esclaves et les gens du peuple se révoltèrent. Les riches prirent la fuite en emportant leurs biens pour aller acheter la protection des Romains. Les Grecs et les Phéniciens s'emparèrent de leurs routes de commerce, et leur langue même disparut. » Mendelius se mit alors à citer cette épitaphe : « O « antique Véies, tu fus jadis un royaume et il y « avait un trône d'or sur ton forum. Maintenant, « le berger oisif joue du pipeau entre tes murs et « ils moissonnent le produit de tes champs ! »

— C'est joli. Qui a écrit ça ?

— Un poète latin, Properce.

— Je me demande ce qu'on écrira sur notre civilisation.

— Il ne restera peut-être plus personne pour écrire des vers, répondit Mendelius d'un air sombre. Et de toute façon, nous n'aurons pas de scènes champêtres peintes sur les parois de nos tombeaux. Ces gens, du moins, croyaient dans la continuité. Nous, nous attendons l'holocauste avec impatience. Il faut être chrétien pour écrire le *Dies Irae*.

— Je refuse de penser à des choses aussi sinistres, dit Lotte avec fermeté. Cet endroit est magnifique et je veux profiter de ma journée.

— Excuse-moi. » Mendelius lui sourit et l'embrassa. « Prépare-toi à rougir. Les Etrusques étaient friands des plaisirs de la chair et ils en ont laissé de jolis témoignages.

— Très bien ! répliqua Lotte. Montre-moi d'abord les plus polissons et assure-toi bien que c'est ma main que tu tiens et non celle de Hilde.

— Pour une femme vertueuse, tu as l'esprit bien mal tourné !

— Tu devrais t'en réjouir. » Lotte se mit à rire gaiement. « Mais surtout, je t'en supplie, n'en parle pas aux enfants. » Elle le prit par la main et l'entraîna jusqu'au sommet de la colline où le guide les attendait. C'était un jeune homme agréable, fraîchement diplômé en archéologie et plein d'enthousiasme pour son sujet. Impressionné par les deux éminents savants, ils prodiguait toute son attention aux femmes, pendant que Mendelius et Herman Frank bavardaient tranquillement derrière. Herman était en veine de confidences.

« J'ai parlé avec Hilde. Nous avons décidé de suivre vos conseils. Nous irons nous installer dans notre ferme, progressivement bien sûr, et j'établirai un programme pour mes ouvrages. Si je pouvais obtenir un contrat pour une série de plusieurs volumes, cela me permettrait de faire un travail suivi et d'avoir une impression de sécurité financière.

— C'est exactement ce que recommande mon homme d'affaires, remarqua Mendelius pour l'encourager. Il dit que les éditeurs aiment ce genre de projet parce que cela leur donne du temps pour rassembler des lecteurs. Quand nous serons rentrés à Rome, je lui téléphonerai pour savoir où il en est. Il passe tous ses week-ends chez lui.

— Il n'y a qu'une chose qui m'ennuie, Carl.

— Oui ?

— Euh... je suis un peu gêné.

— Allons, nous sommes de vieux amis. Qu'est-ce qui vous tracasse ?

— C'est Hilde. Je suis beaucoup plus âgé qu'elle et, au lit, je ne suis plus ce que j'étais. Elle prétend qu'elle n'y attache aucune importance et je la crois, sans doute parce que ça m'arrange. A Rome, nous menons une vie très agréable. Nous avons beaucoup d'amis et nous recevons des visites intéressantes. En somme... c'est une compensation. Quand nous partirons, moi, j'aurai mon travail, mais elle, elle va se trouver reléguée dans une maison perdue au milieu des collines, comme la femme d'un agriculteur. Je ne sais pas comment elle réagira. Ce serait plus facile si nous avions des enfants ou des petits-enfants. En tout cas, je ne pourrais pas supporter de la perdre.

— Qu'est-ce qui vous fait croire que vous pourriez la perdre?

— Ça! » Il désigna les deux femmes et le guide qui était en train d'ouvrir la tombe suivante. Hilde plaisantait avec le jeune homme et son rire cascadant résonnait dans le calme des collines. « Oh! je sais, je suis un vieil idiot, mais je suis jaloux et j'ai très peur.

— Allons, allons, mon vieux, taisez-vous et cessez de vous plaindre. Profitez de la vie au jour le jour. Personne n'a de certitude éternelle et personne n'y a droit. En outre, plus vous vous ferez du mauvais sang, moins vous serez bon au lit. Tous les médecins vous le diront.

— Je sais, Carl, mais c'est dur parfois...

— C'est toujours dur. » Mendelius refusait de se laisser attendrir. « C'est dur quand votre femme s'occupe plus de ses enfants que de vous. C'est dur, quand les enfants revendiquent le droit de ne pas être comme vous. C'est dur, quand un homme comme Malagordo, qui s'en va tranquillement déjeuner, se fait tirer une balle dans les couilles par une jolie fille! Voyons, Herman, vous en demandez trop!

— Excusez-moi.

— Non, non. Vous avez vidé votre sac et maintenant, n'y pensez plus. »

Il se mit à feuilleter son guide. « Nous voici à la tombe des Léopards, avec les joueurs de flûte et de luth. Allons rejoindre nos femmes. »

Pendant qu'ils étaient dans l'antique caveau, à écouter le guide leur expliquer la signification des fresques, Mendelius partit dans d'autres pensées. Jean-Marie Barette, anciennement pape, avait été appelé pour annoncer la parousie. Mais les gens avaient-ils envie qu'on le leur dise? Etaient-ils disposés à écouter ce lugubre prophète crier du haut de sa montagne? La nature humaine n'avait guère changé depuis l'an 500 av. J.-C., quand les anciens Etrusques enterraient leurs morts au son des luths et des pipeaux et qu'ils les enfermaient dans un éternel présent avec de la nourriture, du vin et un léopard apprivoisé pour leur tenir compagnie, à l'ombre des cyprès peints.

Ce soir-là, Mendelius et Lotte étaient allés dîner dans une trattoria de l'antique voie Appienne. Francone, toujours aussi volubile, les y avait conduits et comme ils s'inquiétaient de lui faire faire de trop longues journées, il leur avait imposé silence avec sa phrase habituelle : « Je suis responsable devant Son Eminence. » Il leur avait donné l'ordre de s'asseoir le dos au mur, puis il était allé manger dans la cuisine, d'où il pouvait surveiller la cour et s'assurer que personne ne viendrait loger une bombe sous la limousine du cardinal.

Ils étaient invités par Enrico Salamone, qui éditait les œuvres de Mendelius en Italie. C'était un célibataire d'âge mûr qui avait un penchant pour les femmes exotiques et intelligentes de préférence. Ce soir-là, il avait pour compagne une certaine Mme Barakat, l'ex-épouse d'un diplomate indonésien. Salamone était un éditeur avisé et heureux en affaires qui avait de l'admiration pour les ouvrages savants sans toutefois dédaigner les sujets d'actualité à sensation.

« Abdiquer, Mendelius ! Pensez, un pape intelligent et plein de santé qui avait à peine soixante-cinq ans, se retirer dans la septième année de son pontificat ! Il y a quelque chose là-dessous.

— Peut-être. » Mendelius avait pris un air soigneusement détaché. « Mais votre auteur se cassera les dents en essayant de découvrir le pot aux roses. Les meilleurs journalistes du monde entier n'ont trouvé que des ragots moisis.

— J'avais pensé à vous, Carl.

— Alors, oubliez-moi, Enrico ! J'ai déjà trop de pain sur la planche.

— J'ai essayé de lui faire comprendre, dit Mme Barakat, qu'il devrait tourner les yeux vers l'extérieur. L'Occident est un monde étriqué et incestueux. Les éditeurs devraient ouvrir des fenêtres sur l'Islam, sur le bouddhisme, sur l'Inde. Ces nouvelles révolutions ont toutes un caractère religieux. »

Salamone l'approuva à regret.

« Je sais bien. Mais où sont les écrivains qui pourraient interpréter l'Orient pour nous ? Le journalisme ne suffit pas. La propagande est un métier de prostituée. Nous avons besoin de poètes et de conteurs enracinés dans les traditions ancestrales.

— A mon avis, remarqua Lotte, tout le monde crie trop fort et trop souvent. On ne peut pas raconter des histoires dans le brouhaha. On ne peut pas écrire des poèmes quand la télévision hurle à côté de vous.

— Bravo, ma chérie ! dit Mendelius en lui pressant la main.

— C'est vrai ! » Elle était lancée et prête à entrer dans l'arène. « Je ne suis pas très intelligente, mais je sais que Carl a toujours donné le meilleur de lui-même dans le calme d'une vie provinciale. Ne m'as-tu pas dit, Carl, que bien des gens tuaient leur œuvre à force de parler ? Vous aussi, Enrico, vous avez avoué que vous aimeriez pouvoir enfermer vos auteurs et ne les laisser sortir que lorsqu'ils auraient achevé leur manuscrit ?

— Je l'ai dit, Lotte et je le pense, lui répondit-il avec un fugitif sourire en coin. Mais votre mari, lui-même, n'est pas l'ermite qu'il prétend être. Pourquoi, au juste, êtes-vous venu à Rome, Carl ?

— Je vous l'ai déjà dit : pour faire des recherches, donner des conférences et prendre des vacances avec Lotte.

— Le bruit court, intervint Mme Barakat d'une voix suave, qu'on vous aurait donné une sorte de mission auprès de l'ex-pape.

— D'où mon idée de livre, dit Enrico Salamone.

— Où diable avez-vous pêché ces balivernes ? » Mendelius était furieux.

« C'est une longue histoire. Je vous jure qu'elle est authentique. Vous savez que je suis juif et il est naturel que je reçoive l'ambassadeur d'Israël à Rome et les visiteurs qu'il souhaite me présenter. Il est également normal que nous parlions de problèmes qui nous intéressent tous les deux. Alors, voilà !... Le Vatican a toujours refusé de reconnaître officiellement l'Etat d'Israël. Ce refus est purement politique. Il ne veut pas se quereller avec les pays arabes. S'il le pouvait, il aimerait bien s'assurer une sorte de souveraineté sur les Lieux saints de Jérusalem. Des relents de croisade ! Sous Grégoire XVII, un espoir est apparu de voir changer la position du Vatican. On pensait que ce pape était personnellement favorable à des relations diplomatiques avec Israël.

Aussi, au début du printemps, un entretien privé a eu lieu entre l'ambassadeur d'Israël et le souverain pontife. Le pape a exposé franchement les problèmes qu'il avait à l'intérieur avec sa Secrétairerie d'Etat et, à l'extérieur avec les leaders arabes. Il souhaitait continuer à étudier la question et il a demandé à l'ambassadeur si Israël était prêt à recevoir un envoyé officieux. Bien entendu, la réponse a été positive. Votre nom était l'un de ceux proposés par le souverain pontife.

— Quoi ! » Mendelius était sincèrement stupéfait. « Vous devez me croire, Enrico, je n'en savais absolument rien.

— C'est vrai ! » Lotte avait immédiatement volé à son secours. « Je l'aurais su. Jamais, jamais, une pareille chose n'a été mentionnée. Même dans sa dernière...

— Lotte, je t'en prie !

— Excuse-moi, Carl.

— Ainsi, il n'y a pas eu de mission. » La voix de Mme Barakat était douce comme du miel. « Mais il y a eu une communication ?

— Privée, madame, répliqua sèchement Mendelius. Une affaire de vieille amitié... Et j'aimerais bien qu'on change de sujet. »

Salamone haussa les épaules et fit un geste de résignation.

« Très bien ! Mais il ne faut pas m'en vouloir d'avoir essayé. C'est pour cela que je suis un bon éditeur. Et maintenant, dites-moi, comment se présente votre nouveau livre ?

— Doucement.

— Quand pouvons-nous espérer avoir le manuscrit ?

— Dans six ou sept mois.

— Espérons que nous serons toujours dans la course !

— Et pourquoi pas ?

— Cher professeur, si vous lisez les journaux, vous avez dû vous rendre compte que les grandes puissances sont en train de nous jeter dans la guerre.

— Il leur faut encore un an, affirma Mme Barakat. Je ne cesse de te le répéter, Enrico, il ne se passera rien avant un an. Ensuite...

— Ensuite, plus jamais rien, dit Salamone. Versez-moi ce qui reste dans la bouteille, Carl ! Je pense qu'on pourrait en demander une autre ! »

Le charme de la soirée était rompu, mais il fallut bien attendre jusqu'à la fin du dîner.

Dans la voiture, comme ils traversaient la ville endormie, ils se serrèrent l'un contre l'autre en se parlant à voix basse de crainte de provoquer de nouvelles péroraisons de la part de Francone.

« Que veut dire tout cela, Carl ? demanda Lotte.

— Je ne sais pas. Salamone a essayé de m'avoir.

— Et cette Mme Barakat est une garce.

— Je me demande où il va les chercher.

— Les vieux amis et les nouvelles maîtresses font rarement bon ménage.

— Tu as raison. Enrico aurait dû s'en douter.

— Crois-tu que ce soit vrai, cette histoire de Jean-Marie et des Israéliens ?

— Probablement. Mais qui peut le savoir ? Rome est toujours remplie de chuchotements. Le plus difficile, c'est d'arriver à mettre un nom sur toutes ces voix.

— J'ai horreur de tous ces faiseurs de mystères.

— Moi aussi, ma chérie. »

Il était trop fatigué pour lui dire qu'en réalité il

avait l'impression d'être pris dans les mailles d'un filet, dans les détours d'un cauchemar duquel il ne pouvait ni s'éveiller, ni s'échapper.

« Quel est le programme pour demain ? lui demanda Lotte d'une voix ensommeillée.

— Si tu es d'accord, nous irons à la messe aux catacombes et ensuite, nous déjeunerons à Frascati tous les deux.

— Ne pourrait-on pas louer une voiture pour y aller seuls ? »

Mendelius émit un ricanement lugubre et secoua la tête.

« Je crains que ce soit impossible. C'est encore une chose qu'on apprend à Rome : on ne peut échapper aux limiers du Seigneur. »

Tout bavard qu'il fût, Domenico Francone n'en était pas moins un excellent garde du corps. Il fit deux fois le tour du pâté de maisons avant de les déposer devant l'immeuble des Frank et il attendit que le vieux portail se soit refermé sur eux, écartant les dangers de la nuit, pour repartir.

Dans le jardin de San Callisto, les bougainvillées étaient en feu, la roseraie jetait son premier éclat et les colombes voletaient dans leur pigeonnier, exactement comme à sa première visite, bien des années auparavant. Même les guides semblaient ne pas avoir changé. C'étaient de vieux fidèles originaires d'une douzaine de pays, qui offraient leurs services comme interprètes aux groupes de pèlerins venus rendre hommage à la tombe des anciens martyrs.

Il n'y avait pas de fantôme dans la minuscule chapelle, seulement une paix extraordinaire. Pas d'horreur baroque, pas de grotesque médiéval, les symboles eux-mêmes étaient simples et pleins de grâce : l'ancre de la foi, la colombe portant le rameau d'olivier de la délivrance, le poisson avec les pains de l'eucharistie gravés sur son dos. Toutes les inscriptions parlaient d'espoir et de paix : *Vivas in Christo. In pace Christi.* Le mot *Vale* — adieu — n'apparaissait jamais. Même le sombre labyrinthe qui était dessous n'inspirait aucune terreur. Les *loculi*, ces niches murales où l'on déposait les morts, ne contenaient plus que des tessons et des fragments poussiéreux.

Dans la chapelle des Papes, ils assistèrent à une messe célébrée par un prêtre allemand pour un groupe de pèlerins bavarois. La chapelle était une grande salle voûtée où, en 1854, le comte de Rossi avait découvert les tombes de cinq des premiers pontifes. L'un d'eux avait été déporté comme esclave dans les mines de Sardaigne et il mourut en captivité. Son corps avait été ramené et enterré en ce lieu. Un autre avait été exécuté pendant les persécutions de Decius et un autre encore, passé au fil de l'épée à l'entrée même du cimetière. La violence par laquelle ils avaient péri était maintenant presque oubliée. Ils dormaient en paix et on célébrait leur souvenir dans une langue qu'ils n'avaient jamais connue.

Agenouillé près de Lotte sur le sol de tuf et reprenant les répons familiers, Mendelius se rappelait le temps où il était prêtre et il éprouva soudain une pointe de ressentiment d'avoir été privé de cet exercice. Il n'en était pas ainsi dans l'Eglise primitive et même aujourd'hui, le clergé uniate avait droit au mariage, alors que Rome s'accrochait toujours obstinément à la règle du célibat en la renforçant par le mythe, la légende historique et la législation canonique. Il avait rédigé une argumentation fournie à ce sujet et il ne cessait de défendre son point de vue dans les débats publics, mais étant lui-même marié, il s'était discrédité et les faiseurs de loi l'ignoraient.

Mais qu'allait-il se passer dans l'avenir — un avenir très proche — quand le flot des candidats à la prêtrise se serait tari et que les fidèles réclameraient des ministres à grands cris, hommes ou femmes, mariés ou célibataires, peu importerait, pourvu qu'ils puissent entendre la Parole et partager le Pain de Vie dans la charité ? Au Vatican, Leurs Eminences éludaient toujours ce problème en se cachant derrière une tradition soigneusement établie. Drexel lui-même s'esquivait parce qu'il était trop vieux pour se battre et trop discipliné pour défier le haut commandement. Dans son encyclique, Jean-Marie avait abordé ce problème, ce qui avait été une raison supplémentaire pour la supprimer. Les jours sombres allaient revenir. Le berger serait terrassé et ses brebis dispersées. Qui serait capable de les rassembler à nouveau et de les diriger dans l'amour, alors que les rosiers du monde se flétrissaient autour d'elles ?

Après la consécration, quand l'officiant éleva l'hostie et le calice, Mendelius inclina la tête et murmura une prière silencieuse qui lui venait du fond du cœur : « Ô Dieu, accorde-moi la lumière pour que je reconnaisse la vérité, et le courage de faire ce que l'on attend de moi ! » Soudain, il éclata en sanglots incontrôlables. Lotte lui prit la main et il s'accrocha à elle, muet et désespéré, jusqu'à la fin de la messe, quand ils sortirent dans la roseraie inondée de soleil.

Le lundi matin, de bonne heure, pendant que Lotte prenait son bain, il téléphona à l'hôpital

Salvator Mundi pour demander des nouvelles du sénateur Malagordo. Comme la première fois, on lui passa la surveillante, puis l'agent de sécurité et on finit par lui dire que le sénateur allait beaucoup mieux et qu'il aimerait le voir le plus rapidement possible. Il prit rendez-vous pour trois heures ce même après-midi.

Il devenait nerveux, de plus en plus convaincu que sa rencontre de mercredi avec Jean-Marie Barette serait un tournant décisif dans son existence. S'il n'acceptait pas la révélation de Jean-Marie, leurs relations se transformeraient irrévocablement. S'il l'acceptait, il lui faudrait accepter aussi sa mission, sous quelque forme qu'elle se présentât. D'une façon ou d'une autre, il devrait bientôt partir et il voulait se débarrasser de ses obligations sociales.

Il avait effectué quelques recherches, mais il était trop préoccupé pour se concentrer sur ces nouveaux matériaux qui, de toute façon, étaient anodins et fragmentaires. Mardi, une sortie était prévue avec les évangéliques. Il était toujours irrité à cause des fuites qu'il y avait eu pendant sa première conférence, mais il avait besoin de tester la réaction d'un auditoire protestant au sujet de certaines propositions de Jean-Marie. Il lui fallait aussi tenir la promesse faite à Georg Rainer et il n'avait pas la moindre idée de ce qu'il allait lui raconter.

Lotte était toujours dans son bain, aussi il rassembla ses notes et sortit sur la terrasse pour prendre son petit déjeuner. Herman était parti à l'Académie de bonne heure et Hilde était seule à table. Elle lui versa son café puis elle lui annonça sur un ton décidé :

« Ah ! nous allons pouvoir parler un peu tous

les deux. Il y a quelque chose qui vous tracasse, *Carlo mio,* qu'est-ce que c'est ?

— Rien d'insoluble.

— Herman lit dans les tableaux et moi je sais lire dans les êtres; je vois des soucis écrits sur votre visage. Tout va bien entre Lotte et vous ?

— Naturellement.

— Alors, de quoi s'agit-il ?

— C'est une longue histoire, Hilde.

— Je sais très bien écouter. Racontez-moi tout. »

Hésitant d'abord, puis dans un grand élan de mots, il lui raconta l'histoire de son amitié avec Jean-Marie Barette et l'étrange situation dans laquelle il se trouvait. Elle l'écouta sans rien dire et il fut soulagé de pouvoir s'exprimer sans être contraint de donner des raisons ou de polémiquer. A la fin, il dit simplement : « Et voilà, ma chère, je n'en saurai pas davantage avant d'avoir rencontré Jean-Marie mercredi. »

Hilde lui caressa doucement la joue et lui dit :

« Quel fichu poids à porter, même pour le grand Mendelius ! Ça m'aide aussi à comprendre certaines choses.

— Quelles choses ?

— Cette idée romantique d'Herman d'aller vivre de haricots, de broccoli et de fromage de chèvre dans les montagnes.

— Herman ignore tout ce que je viens de vous dire.

— Alors, qu'est-ce qui lui prend !

— Il a peur d'une nouvelle guerre; nous en avons tous peur et il s'inquiète pour vous.

— Je le sais bien. Vous connaissez la dernière ? Il veut se précipiter à Zurich pour se faire implanter une hormone qui améliorerait notre vie sexuelle. Je lui ai dit de ne pas se faire de souci. Je suis parfaitement heureuse comme ça.

— C'est vrai, Hilde ?

— Mais bien sûr ! Herman est formidable et je l'aime. Quant au sexe, je dois dire que je ne suis pas très forte, moi non plus, dans ce domaine et je ne l'ai jamais été. Oh ! oui, j'en aime la chaleur et le bien-être, mais pour le reste... je ne suis pas frigide, mais je suis lente et difficile à éveiller et le résultat final ne vaut guère la peine de se donner tant de mal. Alors, vous voyez bien qu'Herman a tort de se mettre martel en tête.

— Dans ces conditions, vous feriez bien de le lui répéter le plus souvent possible. » Mendelius essayait de prendre un ton détaché. « Il est très mal dans sa peau en ce moment.

— Ne vous inquiétez pas pour nous, Carl. On s'en sortira. J'ai toujours fait d'Herman ce que j'ai voulu. Revenons à notre histoire.

— J'aimerais avoir votre opinion, Hilde.

— Eh bien, d'abord, il y a trop longtemps que je vis en Italie pour ne pas être sceptique au sujet des saints, des miracles, des vierges qui pleurent et des moines qui entrent en lévitation pendant la messe. Ensuite, je suis une femme comblée et je n'ai jamais été attirée par les diseuses de bonne aventure ou les séances de spiritisme. Je préfère m'amuser autrement. Enfin, j'ai les pieds sur la terre et tant que mon petit coin de monde aura un sens, je ne m'occuperai pas du reste. De toute façon, je ne peux rien y changer.

— Alors, posons le problème différemment. Supposez que jeudi je revienne du Mont-Cassin en vous disant : " Hilde, je viens de voir Jean-« Marie. Je crois que sa révélation est vraie, que « le monde va bientôt prendre fin et que le

127

« Second Avènement du Christ va bientôt se
« produire. » Que ferez-vous?

— C'est difficile à dire. Je ne pense pas que je
me précipiterai dans une église, que je ferai des
provisions ou que je grimperai sur les Apennins
pour attendre le Sauveur ou admirer le dernier
lever du soleil. Et vous, Carl, quelle serait votre
réaction?

— Je ne sais pas, Hilde, ma belle. J'y pense
chaque jour et chaque nuit depuis que j'ai reçu la
lettre de Jean-Marie et ne je le sais toujours pas.

— Sans doute, il y a bien une façon d'envisager
le problème.

— Laquelle?

— Eh bien, si quelqu'un est réellement prêt à
supprimer le monde, plus rien n'a d'importance.
Plutôt que d'attendre le grand chambardement,
pourquoi ne pas acheter une bouteille de whisky
et un grand flacon de barbituriques et s'endor-
mir? A mon avis, c'est ce que feraient beaucoup
de gens.

— Et vous, lui demanda-t-il doucement, le
feriez-vous? »

Elle versa à nouveau du café dans les tasses et
se mit tranquillement à beurrer un croissant.

« Et comment que je le ferais, Carl! Et je ne
voudrais pas me réveiller pour me trouver en face
d'un Dieu qui jette au feu ses propres enfants. »

Elle avait souri en disant cela, mais Carl savait
qu'elle pensait chacune de ses paroles.

Pendant qu'il le conduisait à l'hôpital Salvator
Mundi, Domenico Francone, d'ordinaire si expansif, semblait hargneux et taciturne. Quand Mendelius lui fit remarquer qu'il prenait un chemin

bien compliqué, Francone lui répliqua vertement :

« Je sais ce que j'ai à faire, Professeur. Je vous promets que vous ne serez pas en retard. »

Mendelius digéra la rebuffade sans rien dire; il ne se sentait pas de très bonne humeur, lui non plus. Sa conversation avec Hilde Frank avait soulevé de nouvelles questions sur l'authenticité de l'expérience de Jean-Marie et sur l'opportunité de son encyclique. Elle avait également éclairé d'un jour nouveau l'attitude des cardinaux qui l'avaient déposé.

Dans toute la littérature apocalyptique, dans le Nouveau Testament comme dans l'Ancien, dans les écrits esséniens ou gnostiques, on retrouvait toujours cette idée : les élus, les choisis, les enfants de la lumière, le bon grain, les brebis aimées du berger seraient à jamais séparés des mauvais sujets. Le salut n'appartiendrait qu'à eux seuls. Ils devraient seulement endurer les horreurs jusqu'à la dernière minute pour se rendre dignes d'un jugement favorable.

C'était une doctrine dangereuse, pleine de contradictions, de chausse-trappes et facilement prise en compte par les fanatiques, les charlatans et les sectes les plus folles. Un millier de ces élus s'était livré à un suicide collectif en Guyane. Au Japon, dix millions d'entre eux avaient inventé le Soka Gakkai. Trois autres millions avaient été choisis pour être sauvés dans l'Eglise Unifiée du Révérend Moon. Tous ces gens et bien d'autres encore, qui croyaient être les élus, pratiquaient un endoctrinement massif.

Dans le cas d'une panique universelle, comme pourrait en provoquer l'encyclique de Jean-Marie, comment se comporteraient les adeptes de ces sectes? L'histoire des grandes religions en proposait le plus sinistre des avant-goûts. Il n'y avait pas bien longtemps que des Musulmans madhistes avaient occupé la Kaaba de La Mecque, pris des otages et répandu le sang dans le lieu le plus sacré de l'Islam. La parousie risquait d'être précédée par une vaste et sanglante croisade. Pour éviter un tel cauchemar, beaucoup pourraient envisager un suicide rapide et sans douleur comme la solution la plus rationnelle.

C'est de cet aspect du problème qu'il devait discuter à fond avec Jean-Marie. Une fois qu'on a invoqué une révélation particulière, il n'est plus question de raison. A cela, un rationaliste rétorquerait que dès qu'on met en jeu n'importe quelle espèce de révélation — même consacrée par la tradition — on se trouve en butte à la plus extrême aberration.

Francone s'engagea dans l'allée circulaire de l'hôpital et s'arrêta juste devant la porte. Il ne descendit pas et dit simplement à Mendelius :

« Entrez tout de suite, Professeur. Dépêchez-vous. ».

Après avoir hésité une fraction de seconde, Mendelius ouvrit la portière et pénétra directement dans le hall de réception. Il jeta un coup d'œil derrière lui et vit Francone garer la voiture dans l'endroit réservé au personnel médical, sortir et se diriger vers l'entrée d'un pas rapide. Mendelius l'attendit et lui demanda : « Pourquoi tout cela ? »

Francone haussa les épaules. « Une simple précaution. Nous sommes dans un espace clos et sans issue. Montez voir le sénateur. J'ai un coup de téléphone à donner. »

Une sœur d'un certain âge qui parlait avec un accent souabe le conduisit jusqu'à l'ascenseur. Au cinquième étage, un officier de sécurité contrôla ses papiers et le confia à la sœur surveillante, une femme très revêche qui devait manifestement penser que les malades se rétablissaient plus vite sous la férule de l'autorité. Elle l'avertit qu'il avait un quart d'heure, pas davantage, pour parler avec le patient, auquel on ne devait causer d'émotion sous aucun prétexte. Mendelius opina d'un air soumis. Il avait dû, lui aussi, supporter les servantes du Seigneur et il savait qu'il était inutile de se rebeller devant leur vertu obstinée.

Malagordo était appuyé sur des oreillers avec un tuyau de goutte à goutte fixé à son bras gauche. Son beau visage émacié s'éclaira quand il vit entrer son visiteur.

« Cher Professeur, merci d'être venu. J'avais tellement envie de vous voir.

— Vous paraissez bien vous remettre. » Mendelius approcha une chaise du lit.

« Comment vous sentez-vous ?

— Mieux de jour en jour. Dieu merci. Je vous dois la vie. Je sais que maintenant vous êtes en danger à cause de moi. Que puis-je faire ? Les journalistes se conduisent comme des irresponsables. Voulez-vous du café ?

— Non merci. J'ai déjeuné tard.

— Que pensez-vous de mon pays, professeur ?

— J'y ai vécu pendant de nombreuses années, monsieur le sénateur. Je le comprends mieux que la plupart des étrangers.

— Nous sommes revenus quatre siècles en arrière, au temps des bandits et des *condottieri* ! Je vois peu de chance d'amélioration. Comme tous les autres peuples méditerranéens, nous sommes des tribus perdues qui se chamaillent sur les bords d'un lac putride. »

Ce chant funèbre résonnait familièrement aux oreilles de Mendelius. Les Latins se sont toujours

131

complu à pleurer un passé qui n'avait jamais existé. Il tenta d'égayer un peu la conversation.

« Vous avez sans doute raison, monsieur le sénateur, mais il faut dire aussi que le vin est toujours bon chez Castelli et que les spaghetti alla carbonara de zia Rosa sont meilleurs que jamais. J'y ai déjeuné avec ma femme dimanche dernier. Ce qui m'a fait plaisir, c'est qu'elle se souvenait de moi, du temps où j'étais prêtre et qu'elle a paru approuver ma transformation. »

Le sénateur s'illumina. « Il paraît que c'était une beauté.

— Plus maintenant. Mais c'est une grande cuisinière et elle mène son établissement d'une main de fer.

— Etes-vous allé au Pappagallo ?

— Non.

— C'est très bien aussi. »

Après un moment de silence, Malagordo déclara avec un humour acide :

« Nous parlons de banalités. Je me demande pourquoi nous leur consacrons toujours tant de temps.

— Par précaution, répondit Mendelius en souriant. Le vin et les femmes sont des sujets sans danger. Avec l'argent et la politique, on risque d'en venir aux mains.

— Je vais me retirer de la politique, dit Malagordo. Dès que je sortirai d'ici, j'émigrerai en Australie avec ma femme. Nos deux fils se sont installés là-bas et leurs affaires marchent très bien. De plus, c'est l'endroit du globe le plus éloigné. Je ne veux pas être en Europe quand tout sautera.

— Vous pensez que nous allons sauter ? demanda Mendelius.

— J'en suis persuadé. Les armements sont pratiquement prêts. Les tout derniers prototypes seront opérationnels dans un an. Nous n'avons plus assez de pétrole. Les gouvernements tombent au fur et à mesure entre les mains de joueurs et de fanatiques. C'est un vieux truc : si vous êtes en butte à des émeutes chez vous, lancez une croisade à l'extérieur. L'homme est un animal fou et sa folie est incurable. Savez-vous où j'allais quand on m'a tiré dessus? Plaider pour qu'on libère une terroriste qui est en train de mourir dans une prison de Palerme!

— Bon Dieu! jura Mendelius à voix basse.

— Je pense qu'il est heureux de voir cette race d'imbéciles s'éliminer toute seule. »

Malagordo fit une grimace tandis qu'une douleur soudaine s'emparait de lui.

« Oh! je sais. De la part d'un juif, c'est du blasphème. Mais je ne crois plus au Messie. Il est trop long à venir. Et de toute façon, à quoi sert ce monde pourri?

— Calmez-vous, lui dit Mendelius. Si vous vous énervez, on va me jeter dehors. La sœur est un vrai dragon.

— Elle a raté sa vocation. » Malagordo avait retrouvé sa bonne humeur. « Elle n'est pas mal roulée sous toutes ses draperies. Avant que vous ne partiez... » Il glissa la main sous son oreiller et ramena un petit paquet enveloppé dans du papier brillant et attaché avec un ruban doré. « J'ai un cadeau pour vous.

— Ce n'était pas la peine. » Mendelius était gêné. « Merci quand même. Puis-je l'ouvrir?

— Faites, je vous en prie! »

C'était une petite boîte dorée avec un couvercle de verre. A l'intérieur, il y avait un tesson de poterie gravé de caractères hébraïques. Mendelius le prit et l'examina attentivement.

« Savez-vous ce que c'est, Professeur ?

— On dirait un *ostracon*.

— C'est bien ça. Est-ce que vous arrivez à lire ce qui est écrit ? »

Mendelius passa lentement le bout de son doigt sur les caractères. « Je crois que cela veut dire : Aharon ben Ezra.

— Exactement. Il provient de Massada. On m'a dit que c'était probablement un de ces tessons qui servirent à tirer au sort quand la garnison juive préféra s'entre-tuer plutôt que de tomber aux mains des Romains. »

Mendelius était très ému. « Je ne peux pas l'accepter. Sincèrement, c'est impossible, dit-il en secouant la tête.

— Si, si, rétorqua Malagordo. C'est ce qui peut le mieux exprimer ma reconnaissance. Ce qu'il reste d'un héros juif pour la vie d'un minable sénateur juif qui n'est même plus un homme. Allons, partez maintenant, Professeur, avant que je me rende ridicule ! »

Quand il se retrouva au rez-de-chaussée, il vit Francone qui l'attendait. Il voulut se diriger vers la porte, mais le chauffeur le retint par le bras.

« Attendons ici quelques minutes, Professeur.

— Pourquoi ? »

Francone fit un geste en direction des portes de verre. Deux voitures de police étaient arrêtées dans l'allée et quatre autres sur la route. Deux infirmiers étaient en train de monter une civière dans une ambulance sous les regards curieux de la foule. Mendelius poussa une exclamation de surprise et Francone lui donna quelques explications très concises.

« On nous a suivis, Professeur. Une voiture, puis une deuxième qui se sont garées juste devant les grilles. Elles gardaient les deux entrées. Heureusement, je m'en suis aperçu dès que nous sommes sortis de la ville. J'ai téléphoné à la *squadra mobile* quand nous sommes arrivés ici. Ils ont bouclé les deux extrémités de la rue et ils ont attrapé quatre de ces salopards. L'un deux est mort.

— Juste Ciel! Pourquoi ne m'avez-vous rien dit?

— Ça vous aurait gâché votre visite. Et puis, qu'auriez-vous pu y faire? Je vous l'ai dit Professeur, je connais les méthodes de ces *mascalzoni*!

— Merci! » Mendelius lui tendit une main droite et tremblante. « J'espère que vous ne direz rien à ma femme.

— Quand on travaille pour un cardinal, déclara Francone avec une gravité condescendante, on apprend à la fermer. »

« Chers collègues... » Souriant et affable, Carl Mendelius chaussa ses lunettes pour regarder son auditoire. « Aujourd'hui, je commencerai par adresser une petite critique à la ou les personnes inconnues... Je sais que les voyages coûtent cher. Je sais que les ministres du culte sont très mal payés. Je sais que c'est une pratique courante d'arrondir ses revenus ou son allocation de voyage en fournissant des comptes rendus de conférences à la presse. Je n'ai rien à redire à cette pratique, pourvu qu'elle se fasse ouvertement. Par contre, je trouve que c'est un manque de courtoisie de donner en secret des renseignements aux journaux, sans en avertir ses collègues. L'un de vous m'a jeté dans un profond embarras en révélant à un journaliste important que je croyais que la fin du monde était imminente. C'est vrai, je l'ai déclaré ici même. Mais, en dehors du contexte de cette assemblée et de nos discussions de spécialistes, mes paroles peuvent être jugées comme irréfléchies ou tendancieuses. Je ne demande pas à cette personne de se faire connaître, mais par contre, je voudrais avoir l'assurance que ce qui sera dit aujourd'hui ne sera pas rapporté sans que nous en ayons tous connaissance. Que ceux qui sont d'accord avec moi lèvent la main. Merci. Pas d'objection ? Il semble que vous m'ayez compris. Et maintenant, commençons.

« Nous avons parlé de la doctrine des fins dernières : extinction ou continuité. Nous avons exprimé des points de vue différents sur ce sujet. Maintenant, acceptons comme hypothèse que l'extinction est possible et imminente et que le monde va bientôt prendre fin. Comment les chrétiens réagiront-ils à cet événement ? Vous, monsieur, au troisième rang.

— Wilhelm Adler, Rosenheim. Je répondrai qu'un chrétien — ou n'importe qui d'autre — ne peut réagir devant une hypothèse, mais seulement devant un événement. C'est l'erreur qu'ont faite les professeurs de scholastique et les casuistes. Ils ont essayé d'établir des formules de morale pour chaque situation. C'est impossible ! L'homme vit dans l'ici et le maintenant et non dans le peut-être.

— Très bien ! Cependant, la prudence ne nous recommande-t-elle pas de se préparer au peut-être ?

— Pouvez-vous nous donner un exemple, Professeur ?

— Certainement. Les premiers adeptes du Christ étaient des juifs. Ils continuèrent à vivre comme des juifs. Ils pratiquaient la circoncision; ils observaient les prescriptions alimentaires; ils fréquentaient les synagogues et lisaient les Ecritures... Un jour, Paul — ou plutôt Saul — de Tarse part en mission chez les Gentils, les nonjuifs, pour qui la circoncision est inacceptable et qui ne voient aucun sens dans les prescriptions alimentaires. Ils ne trouvent aucune utilité à mutiler leur corps et ils mangent ce qu'ils trouvent. Et voilà que tout à coup, on passe de la théorie à la pratique. Le problème se simplifie de lui-même. Le salut d'un homme ne peut dépendre de son prépuce, ni du fait qu'il se laisse mourir de faim. »

Tout le monde se mit à rire et applaudit ce témoignage d'humour rabbinique. Mendelius poursuivit :

« Paul était préparé à l'événement. Pierre ne l'était pas. En l'absence de préceptes écrits, il lui fallut justifier sa nouvelle position par une vision. " Prends et mange. " Vous vous souvenez ? »

Ils se souvenaient, et il y eut une rumeur d'approbation.

« Voyons donc maintenant notre " peut-être ". Les derniers jours approchent. Y sommes-nous préparés ? »

Ils se dérobaient et Mendelius leur donna un autre exemple.

« Certains de vous sont assez âgés pour se rappeler les derniers jours du Troisième Reich; un pays en ruine, des crimes monstrueux mis au jour, toute une génération d'hommes anéantie, la morale entièrement bouleversée, un seul but : survivre ! Pour ceux qui s'en souviennent, n'est-ce pas une bonne comparaison avec la catastrophe millénariste ? Pourtant, vous êtes ici aujourd'hui, parce que quelque part, d'une certaine façon, la foi, l'espérance et la charité ont survécu et recommencé à porter leurs fruits. Me suis-je bien fait comprendre ?

— Oui. » La réponse lui était revenue, unanime.

« Alors comment... » Il leur lançait un défi. « Comment assurer la survie de la foi et de la charité quand les derniers jours seront là ? Ne parlons plus de derniers jours si vous préférez. Supposons que, comme beaucoup le prédisent, nous ayons une guerre atomique dans un an. Que pensez-vous faire ?

— Mourir ! » dit une voix sépulcrale qui venait du fond de la salle et toute l'assistance éclata de rire.

« Mesdames et messieurs ! » Mendelius n'arrivait pas à réprimer son hilarité. « Voilà un prophète authentique ! Voudrait-il venir ici et prendre ma place ? »

Personne ne bougea. Au bout de quelques instants, les rires s'éteignirent et Mendelius poursuivit plus calmement :

« J'aimerais vous lire un extrait d'un document rédigé par un ami très cher. Je ne peux pas vous dire son nom mais je vous demande de croire que c'est un homme d'une grande sainteté et d'une intelligence remarquable et qui, surtout, comprend l'usage que l'on peut faire de la force dans le monde moderne. Ensuite, je vous demanderai de me poser des questions. »

Il s'arrêta pour essuyer ses lunettes et se mit à lire l'encyclique de Jean-Marie :

« Il est évident que dans ces temps de malheur universel, les structures traditionnelles de la société ne subsisteront pas. Il se fera une lutte acharnée à propos des besoins les plus élémentaires de la vie : la nourriture, le combustible et l'abri. Les forts et les cruels usurperont l'autorité.

138

Les grandes communautés urbaines se fragmenteront en groupes tribaux. »

Il sentait que son auditoire était pris par les mots et que la tension recommençait à monter. Quand il eut terminé sa lecture, le silence s'élevait devant lui comme un mur. Il recula d'un pas et demanda : « Des questions ? »

Il y eut un long silence, puis une jeune femme se leva.

« Henni Korkheim de Berlin. Mon mari est pasteur. Nous avons deux jeunes enfants. J'ai une question à poser. Comment faire preuve de charité envers un homme qui vient avec un revolver pour vous voler et prendre à vos enfants la dernière nourriture qui leur reste ?

— Et j'en ai une autre ! » Le jeune homme qui était assis à côté d'elle se leva à son tour. « Comment peut-on continuer à croire en un Dieu qui organise ou permet une catastrophe universelle et qui ensuite passe ses propres victimes en jugement ?

— Dans ce cas, peut-être devrions-nous tous nous poser une question plus fondamentale, dit Mendelius avec beaucoup de gravité. Nous savons que le mal existe, que la souffrance et la cruauté existent et qu'elles peuvent se propager comme un cancer. Est-il tout simplement possible de croire en Dieu ?

— Y croyez-vous, Professeur ? »

Henni Korkheim s'était levée à nouveau.

« Oui, j'y crois.

— Alors, voulez-vous répondre à ma question !

— On y a répondu il y a deux mille ans. « Père, « pardonne-leur, car ils ne savent pas ce qu'ils « font ! »

— C'est aussi la réponse que vous donneriez ?

— Je ne sais pas, chère madame. » Il était sur

le point d'ajouter qu'on ne l'avait pas encore cru-
cifié, mais il se retint. Il descendit de l'estrade et
passa dans les rangs de l'assistance jusqu'à l'endroit où la femme était assise avec son mari. Il
adopta un ton calme et persuasif.

« Vous voyez à quels problèmes on se heurte
dès qu'on demande des témoignages sur une
question ? Nous ne savons pas, nous ne pourrons
jamais savoir ce que nous ferons. Ce que nous
devrions faire, ça oui ! Mais ce que nous ferions
dans une situation donnée, il n'y a aucun moyen
de le savoir à l'avance. Un jour, à Dresde, quand
j'étais enfant, ma mère parlait avec ma tante de
l'arrivée des Russes. Je n'étais pas censé écouter,
mais j'avais entendu. Ma mère lui donna un pot
de crème lubrifiante en lui disant : « Il vaut
« mieux se laisser faire et survivre, plutôt que
« résister et se faire tuer. De toute manière, c'est
« le viol et on n'a promis aucun miracle pour
« l'empêcher, aucune législation pour nous proté-
« ger en période de chaos. » Il tendit la main à la
jeune femme en souriant. « Ne nous querellons
pas. Discutons calmement. »

Un murmure d'approbation s'éleva quand ils
joignirent leurs mains et Mendelius posa une
autre question :

« Dans ce monde multiple, qui sont les élus ?
Nous, les catholiques romains, vous, les luthé-
riens, les sunnites ou les chiites de l'Islam, les
mormons de Salt Lake City ou bien les animistes
de Thaïlande ?

— En ce qui concerne l'individu, ce n'est pas à
nous de faire un choix. »

Un pasteur aux cheveux gris venait péniblement de se lever. Ses mains étaient nouées par
l'arthrite et il parlait avec difficulté mais avec
conviction.

« Nous ne sommes pas habilités à juger les autres d'après nos propres critères. On nous a simplement ordonné d'aimer l'image de Dieu à travers nos frères.

— Oui, mais on nous a également enjoint de sauvegarder la pureté de la foi et de répandre la parole du Christ.

— Si vous venez manger à ma table, reprit patiemment le vieil homme, je vous offrirai ce que j'ai. Si vous ne pouvez pas l'avaler, que devrai-je faire ? Vous l'enfourner de force dans la bouche ?

— Allons, allons, mes amis ! » Mendelius reprit la direction des débats. « Quand la nuit noire descendra dans le grand désert, où il n'y aura ni clair de lune, ni étincelle de feu pour éclairer notre route, quand la voix de l'autorité se sera tue, quand nous n'entendrons plus que la rumeur des vieilles discussions, quand Dieu semblera avoir abandonné son propre univers, vers quoi nous tournerons-nous ? A qui pourrons-nous raisonnablement faire confiance ? »

Il remonta lentement sur l'estrade et, dans le long silence, il attendit que quelqu'un lui réponde.

« J'ai peur, ma chérie ! Si tu savais comme j'ai peur ! J'aimerais pouvoir partir d'ici et prendre le premier avion pour l'Allemagne ! »

Il était midi et demie et ils déjeunaient dans un restaurant tranquille près du Panthéon, avant que Mendelius n'aille au Mont-Cassin. A deux tables d'eux, Francone enfournait des spaghetti dans sa bouche tout en gardant un œil vigilant sur la porte. Lotte se pencha vers Mendelius pour lui essuyer un peu de sauce qui avait coulé au coin de ses lèvres. Elle le gronda sévèrement :

« Enfin, Carl, à quoi riment toutes ces histoires ! Tu es libre. Tu vas voir un vieil ami et tu n'as ni commission, ni obligation à accepter en dehors de cette visite.

— Il m'a demandé de le juger.

— Il n'a aucun droit d'exiger une pareille chose.

— Il n'a pas exigé, il a demandé, supplié ! Vois-tu, j'ai tourné le problème dans tous les sens ; je n'ai cessé d'y penser et je n'ai toujours pas trouvé de réponse. Jean-Marie me demande un acte de foi aussi énorme que... que d'accepter la Résurrection ! Je ne peux pas m'y résoudre.

— Alors, dis-le-lui !

— Et dois-je aussi lui dire pourquoi ! « Jean, « vous n'êtes pas fou ; vous n'êtes pas un men- « teur ; vous ne vous trompez pas ; je vous aime « comme un frère, mais Dieu ne vient pas conver- « ser de la fin du monde dans les jardins et je ne « peux pas y croire, même si vous vous présentiez « devant moi avec les stigmates et la couronne « d'épines ! »

— Si c'est ce que tu penses, tu dois le lui dire.

— L'ennui, c'est que je pense aussi autre chose. Je commence à croire que les cardinaux ont eu raison de se débarrasser de lui.

— Qu'est-ce qui te fait dire ça ?

— La question a été soulevée au cours des débats à l'Académie et même pendant une conversation que j'ai eue avec Hilde Frank. La seule fin contre laquelle les hommes puissent lutter, c'est leur fin personnelle. Une catastrophe généralisée dépasse leur entendement et sans doute leur capacité à réagir. C'est une invitation au désespoir. Jean-Marie voit cela comme un appel à la

142

charité évangélique, mais pour ma part, je crois que cela nous conduirait à un anéantissement presque total de la communication sociale. Qui a dit : « Le voile qui cache le visage du futur a été « tissé par les mains de la pitié ? »

— Moi, je pense que tu dois te montrer aussi honnête envers Jean-Marie que tu essaies de l'être avec toi-même, dit Lotte avec fermeté. Il te demande un jugement. Donne-le-lui.

— Je voudrais te poser une question très directe, ma chérie. Crois-tu que je sois honnête ? »

Elle ne lui répondit pas tout de suite. Elle posa son menton dans ses mains et le contempla un long moment sans parler, puis elle lui dit d'un ton très calme :

« Je me souviens du jour où je t'ai rencontré, Carl. J'étais avec Fredirika Ullman. Nous descendions les escaliers de la Trinité-des-Monts, deux petites Allemandes qui visitaient Rome pour la première fois. Tu étais là, assis sur les marches à côté d'un garçon qui peignait un horrible tableau. Tu avais un pantalon noir et un pull à col roulé noir également. Nous nous sommes arrêtées pour regarder le tableau. Tu nous as entendues parler allemand et tu nous as adressé la parole. Nous nous sommes assises à côté de toi, toutes heureuses d'avoir trouvé quelqu'un pour bavarder. Tu nous as offert du thé et des gâteaux au salon de thé anglais et puis, tu nous as invitées à faire un tour en *carrozza*. Nous sommes partis en bringuebalant jusqu'au Campo dei Fiori et là, tu nous as montré la merveilleuse statue de Giordano Bruno perdu dans ses pensées. Tu nous as raconté comment on l'avait jugé, puis brûlé comme hérétique, à cet endroit même. Ensuite, tu as dit : « Ils voudraient faire la même chose avec « moi ! » J'ai cru que tu avais bu ou que tu étais un peu dérangé, jusqu'au moment où tu nous as expliqué que tu étais un prêtre soupçonné d'hérésie. Tu avais l'air si seul, si tourmenté, que mon cœur a bondi vers toi. Tu as cité les dernières paroles de Giordano Bruno à ses juges : « Messieurs, je crois que vous avez plus peur de moi « que moi de vous. » Je te regarde et je vois le même homme que j'ai vu ce jour-là, l'homme qui avait dit : « Bruno était un imposteur, un charlatan, un penseur confus, mais je suis sûr d'une « chose : il est mort en honnête homme ! » Je t'ai aimé alors, Carl et je t'aime toujours aujourd'hui. Quoi que tu fasses, que tu aies raison ou que tu aies tort, je sais que tu mourras en honnête homme.

— Je l'espère, répliqua gravement Mendelius. Je prie le Ciel de rester honnête envers l'homme qui nous a mariés ! »

5

A TROIS heures trente précises, Francone le déposa
devant le portail du grand monastère du Mont-
Cassin. Le père hôtelier vint à sa rencontre et le
conduisit dans sa chambre, une pièce toute simple, blanchie à la chaux et meublée d'un lit, d'un
bureau, d'une chaise, d'une armoire et d'un prie-
Dieu au-dessus duquel était accroché un crucifix
en olivier. Il poussa les volets, découvrant une
vue magnifique sur la vallée du Rapido et les collines ondoyantes du Latium. Il sourit de la surprise de Mendelius et lui dit :

« Vous voyez, nous sommes à mi-chemin du
paradis. Je vous souhaite un agréable séjour
parmi nous. »

Il attendit que Mendelius ait sorti ses affaires
et le mena par des corridors nus et sonores, jusqu'au bureau de l'abbé. C'était un homme petit et
sec, avec un visage raviné, des cheveux gris et un
sourire d'enfant heureux qui se leva pour l'accueillir.

« Professeur Mendelius ! Quel plaisir de vous
voir ! Asseyez-vous, je vous prie. Voulez-vous du
café et une liqueur, peut-être ?

— Non merci. Nous avons déjà pris un café sur

l'autoroute. C'est très aimable à vous de me recevoir.

— Vous aviez les meilleures recommandations possibles, Professeur. » Son sourire innocent se teinta d'une légère ironie. « Je ne veux pas vous enlever trop longtemps à votre ami, mais je crois qu'il faut d'abord que je vous parle.

— Certainement. Vous m'avez dit au téléphone qu'il avait été souffrant.

— Vous allez le trouver changé. » L'abbé choisissait ses mots avec soin. « Il a survécu à une expérience qui aurait brisé un homme moins robuste. En ce moment, il en traverse une autre plus difficile et plus intense, parce que c'est un combat intérieur. Je le conseille du mieux que je peux. Le reste de notre communauté le soutient de ses prières et de ses attentions, mais il est comme consumé par un feu intérieur. Il s'ouvrira peut-être à vous, sinon, laissez-lui voir que vous le comprenez. N'insistez pas. Je sais qu'il vous a écrit. Je sais ce qu'il vous a demandé. Je suis son confesseur et je ne peux pas discuter de ce problème avec vous parce qu'il ne m'en a pas donné la permission. D'autre part, vous n'êtes pas sous mon autorité et je ne peux pas prétendre, non plus, diriger votre conscience.

— Nous pourrions peut-être nous confier l'un à l'autre ce que nous pensons.

— Peut-être. » L'abbé avait un sourire énigmatique. « Mais je crois que vous devriez d'abord parler à votre ami Jean.

— Je me pose des questions. Veut-il réellement me voir ?

— Oh ! oui, certainement.

— Alors, pourquoi ne m'a-t-il pas répondu quand je lui ai écrit ? Pourquoi ne lui avez-vous

146

pas demandé de venir me parler quand je vous ai téléphoné ?

— Pas par impolitesse, je vous assure.

— Alors, pourquoi ? »

L'abbé resta un moment silencieux à examiner la paume de ses longues mains. Enfin, il déclara lentement : « A certains moments, il est incapable de communiquer avec qui que ce soit.

— Vous m'épouvantez.

— Au contraire, Professeur. D'après mes observations personnelles, j'en suis venu à croire que notre ami Jean a atteint un stade très élevé de contemplation, que l'on appelle " Vie illuminative ", au cours duquel, par moments, l'esprit est entièrement absorbé par la communication avec le Créateur. C'est un phénomène très rare qui se produit dans la vie des grands mystiques. Pendant ces périodes, le sujet ne répond plus à aucune sollicitation extérieure. Quand ce moment est passé, il redevient tout à fait normal. Enfin, je ne vous apprends rien que vous ne sachiez déjà par vos lectures.

— Je sais aussi que les états catatoniques et cataleptiques sont bien connus en médecine psychiatrique, répondit sèchement Mendelius.

— Moi aussi, je le sais, Professeur. Nous ne sommes plus au Moyen Age. Saint Benoît, notre fondateur, était un législateur sage et tolérant. Vous serez peut-être surpris d'apprendre qu'un de nos pères est un médecin éminent, diplômé de Padoue, de Zurich et de Londres. Il est entré chez nous il y a seulement dix ans, après la mort de sa femme. Il a vu notre ami. Sous ma direction, il s'est entretenu de son cas avec d'autres spécialistes. Il est convaincu, tout comme moi, que nous avons affaire à un mystique et non à un psychotique.

— En avez-vous informé ceux qui le croient fou ?

— J'en ai informé le cardinal Drexel. Quant aux autres... » Il eut un petit ricanement amusé. « Ce sont des hommes très occupés. Je préfère ne pas les déranger. Vous avez d'autres questions à me poser ?

— Une seulement, répondit gravement Mendelius. Vous croyez que Jean-Marie est un mystique illuminé par Dieu. Croyez-vous aussi qu'il a reçu la révélation de la parousie ? »

L'abbé secoua la tête en fronçant les sourcils.

« Après, mon ami. Quand vous l'aurez vu. Alors seulement je vous dirai ce que je crois. Venez, il attend dans le jardin. Je vais vous y conduire. »

Il l'aperçut au milieu du cloître, haute et mince silhouette vêtue de l'habit de saint Benoît, jetant des miettes de pain aux pigeons qui voletaient autour de lui. L'écho des pas de Mendelius le fit se retourner et dès qu'il le vit, il se précipita vers lui, les bras tendus, alors que les pigeons s'envolaient en tournoyant. Mendelius s'avança et le serra longuement dans ses bras, saisi de sentir sa maigreur et sa fragilité à travers l'étoffe grossière de ses vêtements. Ses premières paroles furent une sorte de cri étranglé :

« Jean... Jean, mon ami ! »

Jean-Marie Barette s'accrochait à lui en lui donnant des petites tapes sur l'épaule et en répétant sans cesse :

« *Grâce à Dieu... Grâce à Dieu !* »

Ensuite, ils s'écartèrent l'un de l'autre pour se regarder mutuellement. « Jean ! Jean ! Que vous ont-ils fait ? Vous êtes maigre comme un clou.

— Eux ? Rien. » Il tira un mouchoir de sa manche et tamponna les joues de Mendelius.

« Ils ont tous été d'une extrême gentillesse. Comment se porte votre famille ?

— Bien. Dieu merci. Lotte est à Rome. Elle vous envoie toute son affection.

— Je la remercie de vous avoir prêté à moi. J'ai prié pour que vous veniez vite, Carl !

— J'aurais voulu venir plus vite, mais je ne pouvais pas quitter Tübingen avant la fin du trimestre.

— Je sais... Je sais ! J'ai appris que vous aviez été pris dans une fusillade terroriste. Cela m'ennuie beaucoup.

— Mais non, Jean ! C'est sans aucun intérêt. Parlez-moi de vous.

— Nous pourrions faire quelques pas. Cet endroit est très agréable. On bénéficie de la brise fraîche et pure des montagnes, même par les plus chaudes journées. »

Il prit Mendelius par le bras et ils se mirent à marcher à pas lents dans le cloître, sans chercher à se parler, tandis que la première vague d'émotion se retirait pour faire place au calme de leur ancienne amitié.

« Je me sens chez moi, ici, dit Jean-Marie. L'abbé André est plein d'égards pour moi. J'aime le rythme des journées, les offices chantés en chœur et le travail paisible. L'un des pères est un excellent sculpteur sur bois; je vais dans son atelier pour le regarder faire. J'aime l'odeur des copeaux. Aujourd'hui, c'est jour de fête et j'ai préparé un dessert en votre honneur que nous vous servirons au dîner. C'est une vieille recette de ma mère. Les fruits viennent de notre verger. A la cuisine, on m'a déclaré que j'étais meilleur comme cuisinier que comme pape. Et vous, Carl, comment ça va ?

— Ça va, Jean. Les enfants commencent à voler de leurs propres ailes. Katrin est folle de son peintre. Johann est un brillant étudiant en sciences économiques. Il vient de décider qu'il ne croyait plus. J'espère qu'il retrouvera un jour le chemin de la foi, mais de toute façon, c'est un brave garçon. Lotte et moi, nous commençons à peine à profiter ensemble de notre âge mûr. Mon livre avance; du moins, il avançait jusqu'à ce que vous me l'ayez fait oublier. Il n'y a guère d'heures où vous soyez absent de mes pensées.

— Et vous n'avez jamais été loin des miennes, non plus, Carl. Vous avez été la dernière planche de salut à laquelle je me suis accroché après le naufrage. J'avais peur de vous lâcher. C'est toujours avec la même terreur profonde que je repense à mes dernières journées au Vatican.

— Et maintenant, Jean ?

— Maintenant, je suis calme, sinon en paix, car je lutte toujours pour me débarrasser des dernières entraves afin d'être en conformité avec la volonté de Dieu. Vous ne pouvez pas savoir comme c'est difficile — alors que cela devrait être si simple — de s'abandonner entièrement à Ses desseins et de dire du fond de son cœur : « Me « voici, je suis un objet entre Vos mains. Servez- « vous de moi à votre guise. » Il faut une confiance absolue et on tente toujours de s'esquiver, sans même s'en rendre compte.

— J'étais un moyen de vous esquiver ? » Mendelius lui pressa la main en souriant pour adoucir sa question.

« Oui, Carl et je pense que vous l'êtes encore, mais je crois également que vous entrez dans le dessein que Dieu a conçu pour moi. Si vous ne m'aviez pas écrit, si vous aviez refusé de venir, j'aurais dû penser différemment. J'ai prié désespérément pour avoir la force de faire face à un refus.

— C'est toujours une possibilité, Jean, répondit Carl avec douceur et gravité. Vous m'avez demandé de vous juger.

— Votre verdict est-il prêt ?

— Non. Il fallait d'abord que je vous parle.

— Allons nous asseoir là-bas, sur le banc de pierre. C'est là que je me trouvais quand c'est arrivé. Mais, d'abord, j'ai d'autres choses à vous raconter. »

Ils s'installèrent sur le banc. Jean-Marie avait ramassé une poignée de cailloux dans l'allée et il les lançait sur une cible imaginaire.

« D'abord, laissez-moi vous dire, Carl, qu'en dépit des démentis officiels et des actions d'humilité publiques, j'ai toujours voulu être pape. Toute ma vie, j'ai souhaité faire carrière dans l'Eglise. J'utilise ce mot dans son sens français. J'étais fait pour ça. Quand j'étais jeune, j'ai combattu dans le maquis. Je suis entré au séminaire, sûr de ma vocation et de mes motivations. Plus encore, je comprenais d'instinct le fonctionnement du système. C'est comme à Saint-Cyr, à Oxford ou à Harvard... Si vous connaissez les règles du jeu, vous avez toutes vos chances. Il n'y a pas de honte... ce n'est pas ce que je veux dire, je remarque simplement qu'il faut une part d'ambition, une part de calcul. J'avais de l'ambition et je possédais aussi une bonne cervelle française, bien en ordre.

« Par conséquent, j'ai été un bon prêtre, puis un bon évêque de diocèse. C'est vrai ! J'ai travaillé dur ; j'ai prodigué beaucoup d'amour. J'ai rassemblé des gens, même des jeunes. J'ai lancé des expériences sociales. J'ai suscité des vocations de prêtres, alors que d'autres les perdaient. Mes ouailles disaient qu'elles avaient un sentiment d'unité et d'idéal religieux. En somme, je devrais être, tôt ou tard, candidat à la pourpre. Finalement, on me l'offrit, à condition que j'aille à Rome et que j'entre dans la curie. Naturellement, j'acceptai et on me nomma préfet du Secrétariat pour l'unité des chrétiens et sous-préfet du Secrétariat pour les non-croyants. Comme vous le savez, ce sont des charges subalternes. Le véritable pouvoir réside au sein des grandes congrégations : Doctrine de la foi, Affaires épiscopales et ecclésiastiques.

« Cependant, j'étais très content. J'avais de fréquents contacts avec le souverain pontife. J'avais toute latitude de rédiger des brefs. On me donnait l'occasion de voyager et de nouer des contacts en dehors de l'enclave romaine. C'est à cette époque que nous nous sommes connus, Carl. Vous vous souvenez de notre passion. C'était comme d'avoir une loge à l'Opéra !... Il y avait tant de grandes choses à accomplir...

« Et puis, j'ai réalisé lentement le peu que j'avais fait et le peu que je pouvais faire. Dans mon pays, j'avais créé une école et un hôpital. Les résultats étaient devant moi, tangibles et concrets. Je voyais les mourants réconfortés par les sœurs. Je voyais les enfants élevés dans la tradition religieuse. Mais, être cardinal à Rome, à quoi cela sert-il ? A faire des plans, à discuter, tandis qu'entre les fidèles et moi un véritable mur s'était élevé. Je n'étais plus un apôtre, mais un diplomate, un politicien, un émissaire et ce personnage ne me plaisait pas. J'aimais encore moins le système : lourd, archaïque, coûteux, rempli de douillettes sinécures où les fainéants pouvaient se la couler douce et fleurir comme des plantes exotiques dans une serre.

« Pourtant, si je voulais changer cela — et je le voulais, croyez-moi — il fallait que je reste à l'intérieur de la curie et que j'œuvre selon mon tempérament. Je suis un persuasif et non un dictateur. Je hais la violence et je n'ai jamais tapé sur la table. Aussi, après la mort de mon prédécesseur, le conclave, se trouvant dans une impasse, m'a choisi, moi, Jean-Marie Barette, Grégoire XVII, successeur du Prince des Apôtres ! »

Il jeta ses derniers cailloux dans l'allée et se mit péniblement debout.

« Carl, voulez-vous que nous allions dans l'atelier de frère Edmond ? Il y fait plus chaud et nous y serons tranquilles. Quand le soir tombe, je sens la fraîcheur. »

Dans l'atelier, parmi le joyeux désordre des rondins, des copeaux, des outils et d'un saint Jean-Baptiste à moitié dégagé d'un morceau de bois, ils se juchèrent sur un banc, comme des écoliers, tandis que Jean-Marie poursuivait son récit.

« Et voilà, mon cher Carl, comment je me suis soudain trouvé propulsé aussi haut qu'on peut monter dans la Cité de Dieu. Mes titres m'assuraient de mon éminence et de mon pouvoir : souverain pontife de l'Eglise universelle, Patriarche d'Occident, Primat d'Italie... *et patati et patata* ! »
Il se mit à rire avec un amusement sincère.

« Je vous assure, Carl, quand on arrive pour la première fois sur ce balcon, qu'on regarde la place Saint-Pierre et qu'on entend les applaudissements de la foule, on se croit vraiment quelqu'un ! C'est très facile alors d'oublier que le Christ était un prophète errant qui dormait dans les grottes, que Pierre était un pêcheur de Galilée et que Jean le Précurseur fut assassiné dans sa prison.

« Evidemment, ensuite, on apprend très vite. Le système tout entier est destiné à vous entourer d'une auréole d'autorité absolue et à vous empêcher résolument de vous en servir. Les interminables cérémonies liturgiques et les apparitions en public sont les pièces de théâtre dans lesquelles on vous met en scène comme un acteur. Les audiences privées sont des entrevues diplomatiques. On y parle de banalités. On y bénit des médailles. On vous photographie pour la postérité des visiteurs.

« Pendant ce temps, les bureaucrates font leur travail, filtrant tout ce qui arrive sur votre bureau, publiant en le dénaturant ce que vous écrivez. Vous êtes assiégé par des conseillers dont le seul objectif est de retarder vos décisions. Il est impossible d'agir sans intermédiaires. Il n'y a pas suffisamment d'heures dans la journée pour digérer le dixième des informations qu'on vous soumet et le langage des documents de la curie est aussi soigneusement étudié que le jargon administratif américain ou les propos à double sens des marxistes.

« Je me souviens d'avoir évoqué ce problème avec le Président des Etats-Unis et plus tard, avec le Président de la République populaire de Chine. Ils m'ont répondu tous les deux la même chose, avec des mots différents. Le président américain, un homme très leste m'a dit : « Ils nous châtrent « et après, ils s'attendent à nous voir remporter « le derby du Kentucky. » Le Chinois, lui, avait tourné la chose moins crûment : « Vous avez cinq « cents millions de sujets. J'en ai presque le dou- « ble. C'est pourquoi nous avons besoin, vous des

« feux de l'enfer, et moi des camps de travail.
« Mais la mort nous emportera avant que nous
« ayons fait la moitié de notre tâche. » Voilà l'autre problème, Carl. La mort nous réduit aux
abois, et les chefs aux abois sont vulnérables. Ou
bien, nous nous entourons de sycophantes, ou
bien nous nous épuisons en combats quotidiens
contre des hommes aussi déterminés que nous.

— Ou encore, nous sommes tentés de les
inventer. »

Jean-Marie lui lança un coup d'œil aigu. « Les
hommes politiques ont leurs moyens de propagande. Le pape a ses faiseurs de miracles. C'est
bien ce que vous voulez dire, Carl ?

— C'est une des questions, Jean. Il fallait que
je vous la pose.

— La réponse est simple. Bien sûr, on souhaite
des miracles. On prie Dieu de montrer de temps
en temps sa présence sur cette cruelle planète.
Mais les inventer pour son propre usage, se transformer soi-même en mage ou en tirer un de la
récolte annuelle des soi-disant saints. Non, Carl.
Pas moi ! Ce qui m'est arrivé est authentique et je
ne l'ai pas recherché. Ç'a été une souffrance et
non un cadeau.

— Pourtant, vous avez tenté de l'exploiter.

— Vous le croyez, vous, mon vieil ami ?

— Je vous pose la question parce que certains
le croient et que d'autres pourront le prétendre
dans l'avenir.

— Je ne peux apporter aucune preuve du
contraire.

— Précisément, Jean ! Si l'on se réfère à l'analyse biblique, vous prétendez avoir eu une révélation personnelle, mais vous ne pouvez exiger
qu'on vous croie sans preuve. Par conséquent, il
faut un signe qui vous légitime. Les cardinaux ont

eu peur que vous invoquiez le dogme de l'infailli-bilité. Ils ont tout fait pour se débarrasser de vous avant que vous puissiez le faire. »

Jean-Marie fronça les sourcils, puis il acquiesça d'un signe de tête.

« Oui, j'accepte vos conclusions. Je revendique la révélation personnelle et je manque de la légiti-mation qui m'autoriserait à la proclamer.

— Objection : qui vous autoriserait à la procla-mer comme Pontife de l'Eglise universelle.

— Et pourtant, pensez à notre Jean Baptiste, rétorqua Jean-Marie en passant la main sur la statue inachevée. Il est sorti du désert en prê-chant que le royaume de Dieu était proche et que les hommes devaient se repentir et se faire bapti-ser. De quelle autorité pouvait-il se réclamer ? Je cite : « La Parole du Seigneur s'est fait entendre à « Jean, fils de Zacharie, dans la solitude. » Il haussa les épaules en souriant. « Vous voyez qu'il y a eu des précédents, Carl ! Mais, je continue. Nous étions en train de parler du pouvoir et de ses limites. En tant que pape, j'ai eu accès à l'in-formation au niveau le plus élevé. J'ai discuté avec des chefs d'Etat. Ils m'envoyaient des émis-saires.

« Ils sont tous, sans exception, confrontés à un affreux dilemme. Ils ont la tâche de servir l'intérêt national et s'ils n'y parviennent pas, ils sont évin-cés. Cependant, ils savent qu'à un moment donné, il leur faut trouver un compromis entre l'intérêt national et d'autres intérêts, tout aussi impératifs et que si ce compromis échoue, le monde risque de sombrer dans un conflit atomique. Ils en savent bien davantage que ce qu'ils osent dire en public, Carl, c'est-à-dire, que les moyens de des-truction sont si importants, si meurtriers et si définitifs, qu'ils peuvent anéantir l'humanité et

156

rendre notre planète inhabitable. Ce que me disaient ces hautes personnalités était un vrai tissu de cauchemars qui me hantaient jour et nuit. A côté, tout le reste devenait insignifiant et sans intérêt : les querelles dogmatiques, les histoires de prêtres qui couchent avec leur bonne, savoir si les femmes doivent prendre la pilule ou inscrire les périodes de leur cycle sur une carte pour éviter de fabriquer de la chair à canon. Est-ce que vous comprenez, mon ami ? Est-ce que vous me comprenez vraiment ?

— Je comprends, Jean, répondit Mendelius avec conviction. Et même mieux que vous, peut-être, parce que j'ai des enfants. Sur ce point, nous sommes d'accord. Mais ce que je veux vous dire, c'est que vous n'aviez pas besoin d'une vision pour voir le désastre final. Il était déjà imprimé dans votre esprit. Vous avez vous-même parlé d'un tissu de cauchemars; on peut en faire éveillé ou en dormant !

— Et le reste, Carl ? La délivrance finale, l'ultime justification du projet divin, la parousie ? Est-ce que je l'ai rêvé, ça aussi ?

— C'est possible. » Mendelius composa lentement sa réponse. « Je vous parle en historien. Je vous parle en homme et en spécialiste des croyances humaines; ce rêve des fins dernières a hanté la mémoire de toutes les races qui ont vécu sous le soleil. On le retrouve dans toutes les littératures, dans tous les arts, dans tous les rites funéraires. Ses forment varient, mais le rêve demeure, visitant notre sommeil, la nuit, et surgissant des nuées et des éclairs, le jour. Je partage ce rêve avec vous, mais quand vous déclarez, comme vous l'avez fait dans votre encyclique : « J'ai reçu l'ordre de l'Esprit saint d'écrire ces mots », alors, je vous demande, comme l'ont fait vos collègues, si vous parlez d'un symbole ou d'un fait. Si c'est un fait, montrez-moi le sceau et le rescrit. Prouvez-moi que ce message est authentique.

— Vous savez bien que je ne peux pas, dit Jean-Marie Barette.

— Exactement, dit Carl Mendelius.

— Puisque vous admettez que la doctrine des fins dernières est un rêve authentique de l'humanité tout entière — et une tradition établie de la religion chrétienne — pourquoi ne dois-je pas le dire, vision ou pas ?

— Parce que vous l'avez fixé ! » Mendelius était inflexible. « Vous l'avez fixé en fonction des circonstances et à une date approximative. Vous exigez des préparatifs immédiats et appropriés. Vous fermez la porte à tout espoir de continuité et vous vous enfermez dans une doctrine d'élection si étroite qu'elle sera refusée par la plus grande partie de l'humanité et même par la moitié de l'Eglise. Pour ceux qui l'accepteraient, les conséquences risqueraient d'être désastreuses — panique généralisée, troubles publics et, très certainement, une vague de suicides.

— Mes compliments, Carl ! » Jean-Marie le considéra avec un sourire d'approbation ironique. « Vous venez de faire un magnifique plaidoyer, meilleur encore que celui des cardinaux.

— Il est terminé, dit Mendelius.

— Vous attendez que j'y réponde ?

— Dans votre lettre, vous m'avez demandé de répandre le message que vous ne pouvez plus proclamer. Vous devez me donner la preuve qu'il est authentique.

— Mais comment, Carl ? Quelle preuve pourrait vous convaincre ? Un buisson ardent ? Un roseau qui se transforme en serpent ? Cette statue de saint Jean-Baptiste prenant soudain vie ? »

Avant que Mendelius ait eu le temps de formuler une réponse, la cloche du monastère se mit à tinter. Jean-Marie Barette se glissa en dehors du banc et épousseta la sciure tombée sur ses vêtements.

« C'est jour de fête. Les vêpres sont avancées d'une demi-heure. Est-ce que vous voulez venir avec nous à la chapelle ?

— Volontiers, répondit Mendelius d'un ton calme. Je suis à cours de réponses humaines.

— Il n'y en a pas, dit Jean-Marie Barette et il se mit à citer doucement : *Nisi dominus aedificaverit domum...* Si le Seigneur ne construit pas la maison, les ouvriers travaillent en vain ! »

Dans la chapelle, le vieil ordre hiérarchique prévalait toujours. L'abbé était assis à la place d'honneur entouré de son conseil. Jean-Marie, l'ex-pape, était avec les simples moines. On mit Mendelius avec les novices et on lui prêta un bréviaire. Ce fut une expérience étrange et poignante, comme s'il revenait trente ans en arrière, au temps de sa vie monastique. Chaque intonation des chants grégoriens lui était familière ; les mots des psaumes évoquaient pour lui des images très vives de l'époque où il était étudiant ; les cours, les discussions et les pénibles controverses qui avaient précédé son départ.

« *Ad te domine, clamabo...*, entonna le chœur. Je t'implore, Ô Seigneur. Ô mon Dieu, ne reste pas silencieux, car quand tu restes silencieux, je deviens semblable à celui qui descend au fond d'un puits. Entends, Ô Seigneur, la voix de ma supplication, quand je te prie, quand j'élève mes mains vers ton temple sacré. »

Ces invocations prenaient pour lui une signification nouvelle. Un silence sinistre s'était instauré entre Jean-Marie et lui. Soudain, ils étaient devenus des étrangers se rencontrant sur une terre inconnue et parlant des langages différents. Ce Dieu qui s'était adressé à Jean-Marie se taisait pour Carl Mendelius.

« Selon les œuvres de leurs mains... », le chant résonnait sous la nef voûtée, « accorde-leur ta récompense ». Puis, le répons se fit entendre, lugubre et menaçant : « Parce qu'ils n'ont pas compris les œuvres du Seigneur... tu les détruiras et tu ne les reconstruiras pas. »

Mais... mais — en contrepoint de ces psalmodies, Mendelius essayait de réfléchir à ce problème — laquelle de ces deux positions était la bonne ? Si le saut dans la foi n'était pas un acte raisonné, il devenait une aberration qu'il ne pouvait pas commettre, même si ce refus le menait à une rupture avec Jean-Marie. Quelle tristesse d'envisager une telle éventualité, si tard dans sa vie, alors que la simple érosion du temps défaisait déjà tant de liens d'amitié.

Il fut heureux que le service se termine et il se joignit à la communauté pour un repas de fête dans le réfectoire. Il rit des plaisanteries des moines, applaudit le dessert de Jean-Marie, parla des ressources de la bibliothèque avec le père archiviste et de la qualité des vins des Abruzzes avec l'abbé. A la fin du dîner, quand les moines eurent gagné la pièce commune pour la récréation du soir, Jean-Marie s'approcha de l'abbé et lui demanda :

« Pourriez-vous nous en dispenser, père abbé ? Carl et moi avons à parler. Ensuite, nous dirons ensemble les complies dans ma cellule.

— Bien sûr... Mais ne le faites pas veiller trop tard, Professeur ! Il faut qu'il se ménage. »

La cellule de Jean-Marie était aussi dépouillée que la chambre d'hôte. A part le crucifix, il n'y avait aucun ornement. Les seuls livres étaient la Bible, un exemplaire de la Règle, un livre d'heures et une édition française de l'Imitation de Jésus-Christ. Jean-Marie ôta son habit, le baisa et le rangea dans le placard. Il passa un gilet de laine sur sa chemise et s'assit sur le lit en face de Mendelius, puis il déclara avec une pointe d'ironie.

« Et voilà, Carl. Plus de pape, plus de moine, simplement deux hommes qui essaient d'être honnêtes l'un envers l'autre. Permettez-moi de vous poser quelques questions. Maintenant. Croyez-vous que je sois sain d'esprit ?

— Oui, Jean.

— Suis-je un menteur ?

— Non.

— Et la vision ?

— Je crois que l'expérience que vous m'avez décrite a été réelle pour vous. Je crois que vous êtes entièrement sincère dans votre interprétation.

— Mais vous n'adhérerez pas à cette interprétation.

— Je ne le peux pas. Tout ce que je peux faire, c'est de conserver un esprit ouvert.

— Et ce service que je vous ai demandé ?

— De répandre l'annonce de la catastrophe et de l'Avènement ? Je ne peux pas le faire, Jean. Je ne le ferai pas. Je vous ai déjà donné plusieurs raisons, mais il y en a d'autres. Vous avez abdiqué à cause de ce problème. Vous portiez l'anneau du Pêcheur. Vous déteniez le sceau du Professeur suprême. Vous les avez rendus. Si, en tant que pape, vous ne pouvez proclamer ce que vous croyez, que voulez-vous de moi ? J'ai quitté les ordres. Je n'ai plus aucune autorité pour enseigner dans l'Eglise. Que pensez-vous que je vais faire ? Aller fonder partout des petites sectes de chrétiens millénaristes ? On a déjà vu ça du temps de Montanus et de Tertullien et les conséquences ont été désastreuses.

— Ce n'est pas ce que je veux, Carl.

— C'est ce qui se produirait ! Que cela vous plaise ou non, on en viendrait à une anarchie charismatique.

— De toute façon, ce sera l'anarchie.

— Alors, je refuse d'y contribuer.

— Je vais vous dire une autre chose, Carl. Cette mission que vous refusez aujourd'hui, un jour, vous l'accepterez. La lumière que vous ne pouvez pas voir vous sera révélée. Un jour, vous sentirez la main de Dieu sur votre épaule et vous irez là où il vous conduira.

— Jean, pour l'amour de Dieu, qui êtes-vous ? Une espèce d'oracle ? On ne peut entasser prophétie sur prophétie sans s'égarer. Et maintenant, écoutez-moi ! Je suis Carl Mendelius, souvenez-vous, vous m'avez demandé un jugement. Je vous le donne ! Je juge que vous en avez trop dit et pas assez ! Vous étiez le pape. Vous dites que vous avez eu une vision. Dans cette vision, vous avez été appelé par Dieu pour annoncer l'imminence de la parousie. Maintenant, regardez les choses en face. Vous ne l'avez pas annoncée ! Vous vous êtes incliné devant la force. Pourquoi vous êtes-vous laissé réduire au silence, Jean ? Pourquoi ne parlez-vous pas maintenant ? De la chaire que vous avez quittée, vous pouviez vous adresser au monde entier ! Qu'est-ce qui vous fait penser qu'un professeur souabe entre deux âges, peut réussir là où vous avez échoué ? » Dans une ultime et amère tirade, Mendelius donna libre cours à sa colère et à sa rancune. « Drexel m'a dit que vous étiez devenu mystique. C'est parfait et bien dans la tradition; de plus, cela épargne bien des ennuis au pouvoir établi parce que même la presse recule devant la folie de Dieu. Pourtant, ce que vous avez écrit dans votre encyclique signifie la vie ou la mort pour des millions de gens. Est-ce une réalité ou de la fiction ? Il nous faut des preuves ! Nous ne pouvons pas attendre ainsi pendant que Jean-Marie Barette joue à cache-cache avec Dieu dans le jardin d'un monastère. »

Au moment même où il prononçait ces mots, il eut honte de sa brutalité. Jean-Marie resta long-temps sans rien dire, les yeux fixés sur le dos de ses mains. Enfin, il déclara avec une expression de découragement.

« Vous m'avez demandé pourquoi j'avais abdi-qué. Ma lutte avec la curie a été plus acharnée que vous ne l'imaginez. Si j'avais décidé de rester, il y aurait certainement eu un schisme. Le Sacré Collège m'aurait déposé et élu un opposant. On n'en aurait jamais fini. La vieille histoire des papes et des anti-papes aurait pu se répéter. Mais vivre et mourir avec ce poids sur la conscience... ça non ! Vous vous êtes servi d'une terrible méta-phore tout à l'heure : « Jean-Marie joue à cache-« cache avec Dieu dans le jardin d'un « monastère. »

— Je regrette, Jean. Je ne voulais pas...

— Au contraire, Carl. Vous avez dit exactement ce que vous pensez, seulement, vous n'avez pas compris. Je ne joue pas à cache-cache. Je me tiens bien tranquille à attendre que Dieu revienne me parler et me dise ce que je dois faire. Je sais l'im-portance d'un signe de légitimation, mais je ne peux pas donner ce signe moi-même, alors, j'at-tends. Nous avons parlé de miracles, Carl —

signes et merveilles ! Mais, bien sûr ! Quand les cardinaux venaient parlementer avec moi, jour après jour, quand les médecins me questionnaient, doctes et graves, je priais : « Envoyez-moi « quelque chose pour leur prouver que je ne suis « ni un fou, ni un menteur. » Avant votre arrivée, j'ai prié et supplié : « Faites au moins que Carl me « croie. »

Il sourit d'un air résigné. « On dirait qu'il va falloir que j'attende encore pour être reconnu. Voulez-vous que nous récitions les complies maintenant ?

— Avant, Jean, laissez-moi vous dire ceci : je suis venu en ami et je veux repartir en ami.

— Mais bien sûr. Pour quoi allons-nous prier ?

— Pour le dernier souhait de Gœthe — *Mehr Licht,* un peu plus de lumière !

— Amen ! »

Jean-Marie prit son bréviaire. Mendelius s'assit près de lui sur le lit étroit et ensemble ils se mirent à réciter les psaumes de la dernière heure canonique de la journée.

Le lendemain matin, ils parlèrent plus facilement. Les mots les plus durs avaient déjà été prononcés. Il n'y avait plus de sujet de dispute, ni de crainte de malentendu. Dans le jardin de la vision, le jardinier bêchait la terre ; le père sacristain cueillait des roses pour orner l'autel ; Jean-Marie Barette, anciennement pape, jetait des miettes de pain à des pigeons plastronnant et Carl Mendelius expliquait sa position.

« En ce qui concerne votre révélation, Jean, je suis agnostique. Je ne sais pas et par conséquent, je ne peux agir. Mais en ce qui nous concerne tous les deux, nous, des vieux amis de cœur, si j'ai peu de foi, j'ai toujours beaucoup d'affection. Croyez-moi, je vous en prie.

— Je vous crois.

— Je ne peux pas accepter une mission en laquelle je ne crois pas et que vous n'avez aucune autorité pour me confier, mais je pense pouvoir faire quelque chose pour mettre vos idées à l'épreuve devant un auditoire international.

— Comment pensez-vous pouvoir le faire, Carl ?

— Par deux moyens. D'abord, je pourrais m'arranger avec Georg Rainer, un journaliste de premier plan, pour qu'il publie un compte rendu détaillé de votre abdication. Ensuite, je pourrais écrire moi-même, pour la presse internationale, un mémoire personnel sur mon ami, l'ancien Grégoire XVII. Dans ce mémoire, j'attirerais l'attention sur les idées que vous exprimez dans votre encyclique. Enfin, je pourrais m'assurer que ces deux documents soient portés à la connaissance des personnes qui figurent sur votre liste. Comprenez bien ce que je vous propose, Jean ; ce n'est ni un plaidoyer, ni une croisade, mais un récit honnête, un portrait sympathique, une exposition très claire de vos idées telles que je les ai comprises avec la possibilité de tout désavouer si vous n'aimez pas ce que j'ai écrit.

— C'est une proposition généreuse, Carl. » Jean-Marie était ému. Mendelius le prévint : « Ce n'est pas ce que vous m'avez demandé. On y verra aussi les trous et les faiblesses de votre position. Par exemple, vous avez très peu parlé de votre état spirituel, même à moi.

— Que puis-je vous dire, Carl ? » Ce défi implicite sembla le surprendre. « Parfois, je suis plongé dans des ténèbres si profonds que j'ai l'impression d'avoir perdu toute forme humaine et pression d'avoir perdu toute forme humaine et d'être condamné à une solitude éternelle. A d'autres moments, je baigne dans un calme lumineux, je suis parfaitement en paix et je fonctionne harmonieusement comme un instrument dans les mains d'un grand maître. Je ne peux pas déchiffrer la partition; je ne ressens pas le besoin de l'interpréter, j'ai simplement la certitude sereine que le rêve du compositeur se réalise en moi à chaque instant. L'ennui, c'est que terreur et calme me prennent toujours à l'improviste et s'en vont aussi soudainement qu'ils sont venus en me laissant des journées pleines de trous comme du gruyère. Parfois, je me retrouve dans le jardin ou dans la chapelle ou à la bibliothèque sans savoir comment j'y suis arrivé. Si c'est du mysticisme, Carl, alors que Dieu vienne à mon aide. J'aimerais mieux piétiner sur un chemin pénible comme le commun des mortels. Comment expliquer tout cela à vos lecteurs, c'est votre affaire.

— Alors vous êtes d'accord sur ce que je vous propose ?

— Mettons bien les choses au clair. » Il y avait de la malice dans son regard. « Soyons romains et diplomates. Un journaliste n'a pas besoin de ma permission pour écrire un article sur l'Histoire présente. Si mon savant ami veut faire un mémoire sur ma personne ou sur mes idées, je ne peux pas l'en empêcher. Est-ce que cela vous convient ?

— Parfaitement ! répondit Mendelius en riant de bon cœur. Et maintenant, encore une question. Voudriez-vous et pourriez-vous venir passer des vacances chez moi à Tübingen ? Lotte aimerait tant vous avoir. Quant à moi, ce serait comme d'avoir mon frère avec moi.

— Merci, mon cher ami, mais si je demande la permission à l'abbé, je le mettrai dans l'embarras. Il y aurait trop de délicates questions à régler. En outre, nous ne pourrons jamais être plus proches que nous le sommes en ce moment. Voyez-vous, Carl, quand j'étais au Vatican, j'avais du monde une vue panoramique : une immense planète peuplée de millions d'êtres grouillant et peinant sous la menace du champignon atomique. Ici, je vois le monde en petit. Tout mon amour et toute mon attention se concentrent sur le visage de la personne qui est devant moi. En ce moment, c'est le vôtre, Carl. Vous dans tout et tout en vous. Ce n'est pas facile à exprimer, mais c'est cela, la souffrance que j'ai ressentie pendant ma vision : l'implacable simplicité des choses, la splendide et terrifiante unicité du Tout-Puissant et de Ses desseins. »

Mendelius secoua la tête en fronçant les sourcils.

« J'aimerais pouvoir partager cette vision avec vous, Jean, mais je ne peux pas. Je crois que nous avons déjà suffisamment de sujets de terreur sans ce Dieu de l'holocauste final. J'ai rencontré des gens de bien qui préféreraient les ténèbres éternels à ce Çiva destructeur.

— C'est ainsi que vous le voyez, Carl ?

— A Rome, il y a des assassins qui m'attendent pour me tuer, dit Mendelius d'un ton calme. J'ai moins peur d'eux que d'un Dieu qui peut claquer le couvercle de son coffre à jouets et le jeter dans le feu. Voilà pourquoi je ne veux pas annoncer votre catastrophe millénariste, Jean... pas si cette horreur décrétée de toute éternité est inévitable.

— Ce n'est pas Dieu qui sera l'assassin, Carl. Ce n'est pas lui qui appuiera sur le bouton rouge. »

Carl Mendelius resta longtemps silencieux. Il prit des miettes de pain dans les mains de Jean-

Marie et se mit à les jeter aux oiseaux. Quand il reprit la parole, ce fut pour dire une banalité.

« Le cardinal Drexel m'a demandé de passer le voir. Que voulez-vous que je lui dise ?

— Que je suis bien; que je n'en veux à personne et que je prie chaque jour pour eux tous.

— Priez aussi pour moi, Jean. Je suis un homme assoiffé dans un désert enténébré.

— Les ténèbres passeront. Ensuite, vous verrez le lever du jour et un puits d'eau fraîche.

— Je l'espère. » Mendelius se leva et tendit la main à Jean-Marie pour l'aider à se mettre debout. « Ne prolongeons pas nos adieux.

— Ecrivez-moi de temps en temps, Carl.

— Toutes les semaines, je vous le promets.

— Que Dieu vous garde, mon ami. »

Ils s'étreignirent en silence, puis Jean-Marie s'en alla, silhouette sombre et frêle dont les pas résonnaient sur les dalles du cloître.

« Vous m'avez posé une question, Professeur. » Le père abbé le raccompagna jusqu'au portail du monastère. « Je vous avais dit que je vous donnerais ma réponse aujourd'hui.

— Je suis curieux de l'entendre, père abbé.

— Je crois sincèrement que votre ami a reçu la vision de la parousie.

— Une autre question, alors. Vous sentez-vous obligé de faire quelque chose de particulier ?

— Non, répondit l'abbé. Après tout, un monastère est un lieu où les hommes sont confrontés aux fins dernières. Nous regardons; nous prions; nous nous tenons prêts, selon le commandement; nous pratiquons la charité à l'égard de la communauté et envers le voyageur.

— Tout cela paraît fort simple.

— Trop simple, trop facile, dit l'abbé en lui jetant un regard en coin. C'est bien ce que vous voulez dire, n'est-ce pas ? Que me conseillez-vous de faire, mon ami ? Envoyer des moines dans les villages de montagne pour prêcher l'Apocalypse ? Pensez-vous qu'il y aura beaucoup de monde pour venir les écouter ? Je suis sûr qu'ils seront tous en train de regarder un match de football quand retentiront les trompettes du jugement dernier. Qu'allez-vous faire maintenant ?

— Terminer mes vacances. Rentrer chez moi pour préparer mes cours pour l'année prochaine... Prenez bien soin de Jean.

— Comptez sur moi.

— Avec votre permission, je lui écrirai régulièrement.

— Soyez certain que cette correspondance restera entre vous.

— Merci. Puis-je remettre une offrande au père hôtelier ?

— Elle sera la bienvenue.

— Je vous remercie de votre hospitalité.

— Juste un conseil, mon ami.

— Oui.

— On ne peut lutter avec Dieu. C'est un adversaire trop fort. On ne peut pas non plus régenter Son univers, mais seulement le petit bout de jardin qu'il nous a donné. Profitez-en tant que c'est possible. »

« Cette visite a dû être bien pénible pour vous. »

Drexel versa les dernières gouttes de café dans la tasse de Mendelius et lui offrit le dernier biscuit.

« Oui, Eminence.

— Et maintenant que c'est fini ?

— C'est bien le problème. » Mendelius se leva et se dirigea vers la fenêtre. « Ce n'est pas fini du tout. Pour Jean-Marie, oui ! Il a accompli les actes ultimes d'un croyant : un acte de soumission à sa propre mort et un acte de foi dans l'intervention bienfaisante et permanente de l'Esprit dans les affaires des hommes. Je n'en suis pas là et Dieu seul sait si j'y parviendrai un jour. J'ai détesté revenir au Vatican aujourd'hui. Je déteste la pompe, la puissance, l'attirail historique des Congrégations, des tribunaux et des secrétariats, toutes ces choses qui sont au service de quoi ? De l'abstraction la plus insaisissable : la relation de l'homme avec un Créateur inconnaissable. Je suis bien heureux que Jean se soit débarrassé de tout ça.

— Et vous, mon ami, demanda le cardinal avec une grande douceur. Aimeriez-vous aussi vous en débarrasser ?

— Oh ! oui. » Mendelius s'était retourné vers lui. « Mais c'est impossible, de même que je ne peux pas échapper à mon père, à ma mère et à mes lointains ancêtres. Je ne peux pas rejeter les traditions qui m'ont fabriqué. Je ne peux pas quitter tout ça et je ne veux pas le dénigrer. Aussi j'attends. »

Il haussa les épaules avec un air résigné et resta sans rien dire, le dos courbé, à contempler le paisible jardin.

« Vous attendez, le pressa Drexel. Vous attendez quoi, Mendelius ?

— Que sais-je ! La dernière aube avant l'holocauste, le doigt de feu écrivant sur le mur. J'attends, c'est tout. Vous ai-je dit — non, j'ai dû oublier — que Jean-Marie a fait une prophétie à mon sujet ?

— Qu'a-t-il dit?

— Il m'a dit, énonça Mendelius d'une voix neutre : « Cette mission que vous refusez aujourd'« hui, un jour, vous l'accepterez. La lumière « que vous ne pouvez pas voir vous sera révélée. « Un jour, vous sentirez la main de Dieu sur « votre épaule et vous irez là où il vous « conduira. »

— Et vous l'avez cru?

— J'aurais voulu le croire, mais je n'ai pas pu.

— Moi, je le crois. »

Soudain, Mendelius perdit le contrôle de lui-même et il s'attaqua directement à Drexel. « Alors, pourquoi ne croyez-vous pas aussi à tout le reste? Pourquoi n'avez-vous pas empêché les autres de le détruire?

— Parce que je ne pouvais pas courir de risque, fit-il avec un accent pathétique. Comme vous, plus encore, peut-être, j'avais besoin de la certitude d'être ce que je suis, un homme important dans un vieux système qui a résisté à l'épreuve des siècles. J'avais peur de l'obscurité. Il me fallait la fraîche et calme lumière de la tradition. Je ne voulais pas de mystères, seulement un Dieu avec qui je puisse composer, une autorité à laquelle je puisse me soumettre, en toute conscience. Quand le moment est arrivé, je n'étais pas prêt. Je ne pouvais ni renier le passé, ni renoncer à mes fonctions présentes. Ne me jugez pas trop sévèrement, Mendelius. Ne jugez aucun de nous. Vous êtes plus libre, vous avez de la chance. »

Mendelius accepta ces reproches et reconnut avec humilité :

« J'ai été grossier et injuste, Eminence. Je n'avais pas le droit de...

— S'il vous plaît, ne vous excusez pas. » Drexel l'avait fait taire d'un geste. « Au moins, nous nous sommes parlé franchement. Permettez-moi de vous expliquer encore une chose. Dans l'ancien temps, quand le monde était plein de mystères, c'était facile de croire : aux esprits qui hantaient les futaies, au Dieu qui lançait des coups de tonnerre. De nos jours, nous sommes tous conditionnés par l'illusion visuelle. Ce qui ne se voit pas n'existe pas. Supprimez les symboles visibles d'une organisation établie : les cathédrales, les églises paroissiales, les évêques avec leur mitre et, pour beaucoup, la communauté chrétienne cessera d'exister. On peut parler jusqu'à épuisement de l'Esprit immuable et du Corps mystique, on s'adresse à des sourds, même au sein du clergé. Inconsciemment, on associe toutes ces choses au cultisme et au charisme. Discipline, voilà le mot de passe. Discipline, autorité doctrinale et la grand-messe du cardinal le dimanche! Il n'y a plus de place pour les saints errants. La plupart des gens préfèrent une religion simple. On apporte son offrande au temple et on en ressort avec le salut dans sa poche. Croyez-vous qu'un prêtre sain d'esprit ira prêcher une église charismatique ou une diaspora chrétienne ?

— Non, sans doute. » Mendelius sourit à contrecœur. « Cependant, il faudra qu'ils tiennent compte d'une chose.

— Laquelle ?

— Nous appartenons tous à une espèce en danger : l'homme du millénium. »

Après avoir médité un moment, Drexel l'approuva d'un signe de tête.

« C'est une pensée dégrisante, Mendelius. Elle mérite réflexion.

— Je suis heureux de vous l'entendre dire, Eminence. Je propose de l'inclure dans mon essai sur Grégoire XVII. »

172

Drexel ne manifesta aucune surprise et demanda, comme si c'était un sujet parfaitement académique :

« Pensez-vous qu'un tel essai soit très opportun en ce moment ?

— Même s'il ne l'était pas, Eminence, je pense que c'est une question de simple justice. Le moindre fonctionnaire qui prend sa retraite a droit à un article, ne serait-ce que cinq lignes, dans la Gazette du Gouvernement. J'espère que je pourrai consulter votre Eminence sur des points d'ordre pratique et même, peut-être, lui faire donner son opinion sur certains aspects de l'histoire récente.

— Pour les questions pratiques, je serai heureux de vous venir en aide et de vous diriger vers les sources appropriées. Quant à mes opinions, je crains qu'on ne puisse les publier. Mon maître actuel ne les apprécierait pas. Merci tout de même et bonne chance pour votre essai.

— Je suis content que mon idée vous plaise, dit Mendelius avec un air affable.

— Je n'ai jamais dit qu'elle me plaisait. » La figure ravinée de Drexel s'éclaira d'un sourire fugitif. « Je reconnais que c'est une pieuse action que je suis moralement obligé d'approuver.

— Merci Eminence, et merci aussi pour la protection que vous nous avez assurée, à ma femme et à moi.

— J'aimerais pouvoir la prolonger, dit gravement Drexel. Mais mon pouvoir ne s'étend pas là où vous allez. Que Dieu vous protège, Professeur ! »

Il était cinq heures de l'après-midi quand Francone le déposa devant l'appartement des Frank. Lotte et Hilde étaient chez le coiffeur et Herman n'était pas encore rentré de l'Académie. Il eut donc le temps de prendre un bain, de se reposer et de mettre de l'ordre dans ses pensées avant de leur raconter son séjour au Mont-Cassin. Une chose le réjouissait : il n'était plus tenu au secret. Il avait le droit de discuter des problèmes en question, de confronter ses opinions aussi bien à celles des dévots qu'à celles des sceptiques et de dire ce qu'il avait sur le cœur dans le langage courant et non plus dans le jargon ampoulé des théologiens.

Les explications de Jean-Marie Barette étaient loin de l'avoir satisfait. La description de ses états mystiques, que d'autres avaient apparemment observés, paraissait trop simple, trop familière, trop — il cherchait le mot — trop influencée par l'énorme masse des écrits pieux. Jean-Marie avait été précis au sujet de l'éventualité d'un conflit catastrophique. Par contre, il était resté vague sur la nature de la parousie en elle-même. Les écrits apocalyptiques étaient, pour la plupart, imagés et détaillés. La révélation de Jean-Marie était trop générale et trop claire pour être crédible.

Du point de vue psychologique également, on relevait une contradiction entre l'opinion que Jean-Marie avait de lui-même comme arriviste de nature et son échec tragique à exercer le pouvoir pendant cette période de crise. Son acceptation, pour ne pas dire son empressement, à accepter une défense, même partielle, dans la presse à grande diffusion était triste, voire sinistre, de la part d'un homme qui se réclamait d'un dialogue personnel avec Dieu.

Et pourtant, et pourtant... en arrivant sur la terrasse inondée par le soleil couchant, Mendelius fut obligé d'admettre qu'il était plus facile de critiquer Jean-Marie Barette quand il était loin, que de le lui dire en face. Il n'avait pas cédé un pouce de terrain concernant son expérience visionnaire et sa conviction tranquille qu'un signe de légitimation lui serait accordé. A côté de lui, Mendelius était un bien petit personnage, un courrier qui transportait des secrets d'Etat dans sa ceinture, mais qui n'avait pas d'opinions personnelles en dehors de ce qui touchait à la qualité des lits et au prix des vins dans les relais de poste.

C'est de tout cela, et de bien d'autres choses, que Mendelius discuta passionnément avec Lotte et avec les Frank, tout en buvant un cocktail. Il fut surpris d'être soumis à une rude inquisition. Herman Frank se montra le plus acharné dans ses questions.

« Carl, est-ce que vous voulez vraiment dire que vous croyez au moins une moitié de cette histoire. Ne parlons pas de la vision, ni du Second Avènement, qui est un mythe primitif, de toute façon, mais de cette guerre mondiale catastrophique et imminente.

— C'est à peu près ça, Herman.

— Je ne le crois pas. » Le sourire d'Hilde était plus que teinté d'ironie. « Vous êtes toujours croyant, Carl. Par conséquent, vous êtes harcelé par la présence de Dieu, en toutes circonstances. Depuis que je vous connais, vous avez toujours été ainsi : moitié rationaliste et moitié poète. N'est-ce pas vrai ?

— Sans doute. Mais le rationaliste dit qu'on manque de preuves et le poète qu'il n'est plus temps de faire des vers quand les assassins attendent derrière la porte.

— Il y a encore autre chose, dit Lotte en lui caressant le poignet. Tu aimes Jean-Marie comme un frère et plutôt que de le repousser carrément, tu préfères te couper en deux. Ne lui as-tu pas dit que tu allais écrire un mémoire sur lui ? Es-tu sûr que tu pourras le faire avec un esprit aussi partagé ?

— Non, je n'en suis pas sûr, ma chérie. De son côté, Rainer fera du bon travail. C'est un vrai filon pour un journaliste, une exclusivité qui va faire le tour du monde. Pour ce qui me concerne — le portrait personnel, l'interprétation des pensées de Jean-Marie — je ne suis pas du tout certain d'en être capable.

— Où donc allez-vous travailler ? demanda Hilde. Vous pouvez rester chez nous aussi longtemps qu'il vous plaira.

— Il faut que nous rentrions à Tübingen, dit Lotte un peu précipitamment. Les enfants reviennent au début de la semaine prochaine.

— Carl pourrait rester encore un peu. »

Carl Mendelius était inébranlable. « Ce n'est pas nécessaire. Merci de votre offre, Hilde, mais je travaillerai mieux chez moi. Je dois voir Georg Rainer vendredi. Nous partirons dimanche ; cette ville est trop séduisante, j'ai besoin d'une bonne dose de bon sens protestant.

— Avec l'accent souabe ! s'exclama Herman en souriant. Dès la fin de l'été, j'irai en Toscane avec Hilde pour mettre notre maison en état.

— Doucement, Herman. » Hilde semblait un peu agacée. « Rien ne presse, n'est-ce pas, Carl ? »

Mendelius refusa d'entrer dans le jeu. « Moi aussi, je suis un mari, ma chère. Il faut que les hommes se serrent les coudes. Je serais tenté de vous conseiller de faire les travaux le plus vite possible. A la moindre rumeur de crise, les prix des matériaux et de la main-d'œuvre doubleront en une seule nuit. Et puis, il faut semer en hiver pour récolter en été.

— Et vous, Carl, quels sont vos projets ? ironisa Hilde. Votre ami Jean-Marie est bien tranquille dans son monastère. S'il se passe quelque chose, l'Allemagne sera aux premières loges. Qu'avez-vous prévu pour Lotte et pour vos enfants ?

— J'avoue que je n'y ai guère songé.

— Tübingen n'est qu'à 180 kilomètres de la frontière suisse, remarqua Herman. Vous auriez intérêt à placer une partie de vos droits d'auteur dans ce pays.

— Je refuse de continuer sur ce sujet. » Lotte était au bord de la colère. « Ce sont nos dernières journées à Rome. Je veux qu'elles soient heureuses.

— Elles le seront, dit Herman d'un air repentant. Nous allons dîner ici et ensuite nous irons écouter de la musique folklorique à l'Archiliuto. C'est un curieux endroit. On dit que Raphaël y avait installé une de ses maîtresses. C'est possible et en tout cas, c'est une preuve que les Romains ont le don de survivre. »

Il lui restait certaines choses à régler avant de faire ses valises et de partir. Il passa toute la matinée du vendredi à enregistrer sa dernière bande pour Anneliese Meissner : le récit de sa visite au Mont-Cassin, accompagné d'un aveu sincère de ses interrogations personnelles et d'une note rapide :

« Je vous ai rendu compte de tout le plus honnêtement que j'ai pu. Etudiez le dossier avec soin avant que nous nous revoyions à Tübingen... J'ai bien d'autres choses à vous raconter, mais ça peut attendre. A bientôt... Je ne peux plus supporter cette ville agitée et brouillon. Carl. »

Il empaqueta soigneusement les bandes et chargea Francone de les apporter au service postal qui reliait quotidiennement Rome aux diverses villes d'Allemagne. Ensuite, Francone le conduisit à son rendez-vous avec Georg Rainer. A une heure, dans un cabinet particulier chez Ernesto, ils engagèrent les rituelles passes d'armes. Georg Rainer était un duelliste très entraîné.

« Vous êtes un homme très occupé, Mendelius. Ce n'est pas facile de vous suivre. Cette affaire au Salvator Mundi, quand la police a abattu un homme et en a arrêté trois autres. Vous étiez bien à l'hôpital ?

— Oui, j'étais allé rendre visite au sénateur Malagordo.

— C'est ce que j'ai pensé. Je n'ai rien publié parce que je me suis dit qu'il valait mieux ne pas vous exposer davantage.

— C'est très généreux de votre part et je l'apprécie.

— En plus, je ne voulais pas compromettre l'histoire d'aujourd'hui... Vous en avez bien une pour moi, j'espère.

— Oui, Georg. Mais avant de vous la livrer, je souhaiterais que nous nous mettions d'accord sur quelques règles de base. »

Rainer secoua la tête.

« Les règles sont déjà établies, mon ami. Je vérifie d'abord ce que vous me dites et je le passe au télex. Je garantis un compte rendu exact des faits et des citations et je me réserve le droit de faire des observations pour guider mes rédacteurs. Je ne peux pas empêcher l'emphase journalistique, les titres dramatiques ou tendancieux ou les versions déformées que d'autres tireront de cette histoire. Une fois que cette interview aura commencé, vous serez à la barre des témoins et tout ce que vous direz sera consigné par le tribunal.

— Dans ce cas, rétorqua froidement Mendelius, j'aimerais qu'on s'entende sur la manière dont l'histoire va être présentée.

— Non, dit carrément Georg Rainer. Parce que je ne peux rien vous promettre au sujet de ce qui se passera quand la copie quittera mon bureau. Je vous montrerai volontiers ce que j'aurai écrit et je suis prêt à changer ce qui vous semblera inexact. Mais si vous vous figurez qu'il existe un moyen de maîtriser les conséquences d'un communiqué de presse, détrompez-vous. C'est une vraie boîte à malices. Quand on l'ouvre, tout s'échappe. Mais au fait, pourquoi me donnez-vous cette histoire?

— Primo, vous avez tenu votre parole et j'essaie de tenir la mienne. Secundo, je veux qu'on publie la vérité sur un de mes amis avant que les faiseurs de légendes entrent en action. Tertio, je voudrais écrire un pendant à votre article sous forme de mémoire personnel et ce serait impossible si votre version des faits sortait trop des rails. Aussi, laissez-moi formuler ma question autrement. Comment allons-nous faire pour que nous y trouvions tous les deux notre compte?

— Dites-moi d'abord le titre de votre histoire.

— L'abdication de Grégoire XVII. »

Georg Rainer ne chercha pas à dissimuler sa stupéfaction.

« L'histoire vraie?

— Oui.

— Avez-vous des documents à l'appui?

— Oui, étant entendu que nous trouverons un accord sur l'usage ou le non-usage de ces documents... mais, je ne veux pas vous faire languir davantage, Georg. Je viens de passer vingt-quatre heures au Mont-Cassin avec Grégoire XVII.

— Il accepte la publication ?

— Il n'y met aucune entrave et il se fie à mon jugement pour le choix du journaliste. Nous sommes depuis longtemps des amis très intimes, par conséquent, vous comprendrez que je doive être bien sûr des conditions avant de commencer. »

Le maître d'hôtel se précipita en brandissant un carnet et un crayon.

« Et si nous commandions d'abord, dit Georg Rainer. Je ne supporte pas que les serveurs me tournent autour quand je fais une interview. »

Ils demandèrent un plat de pâtes, des saltimbocca et une carafe de Bardolino. Ensuite, Georg Rainer posa son magnétophone de poche sur la table et le poussa vers Mendelius en disant :

« C'est vous qui dirigez l'enregistrement. Vous garderez la bande jusqu'à ce que nous nous soyons mis d'accord sur le texte. Nous travaillerons dessus ensemble. Toutes les coupures seront immédiatement détruites. Ça vous va ?

— Parfait ! s'exclama Mendelius. Commençons par deux documents écrits de la main de Grégoire XVII qui m'ont été envoyés par un émissaire personnel. Le premier est une lettre où il me raconte tous les événements qui l'ont conduit à abdiquer et l'autre est une encyclique non publiée qui a été supprimée par la curie.

— Pouvez-vous me les montrer ?

— Oui, en temps utile. Vous pensez bien que je ne les ai pas sur moi.

— Quelle en est la substance ?

— Grégoire XVII a dû abdiquer parce qu'il a déclaré avoir reçu une vision de la fin du monde — l'holocauste et le Second Avènement. Il croit qu'il a été choisi pour être l'annonciateur de cet

180

événement. » Mendelius fit une petite grimace et ajouta : « Vous comprenez maintenant pourquoi je voulais éviter qu'on parle de cette conférence sur la fin du monde. J'avais soumis cette thèse à un auditoire de ministres évangéliques avant d'aller au Mont-Cassin. »

Georg Rainer avala une gorgée de vin en mâchonnant une croûte de pain sec. Puis, il haussa les épaules comme quelqu'un qui vient de perdre au poker et dit : « Maintenant, je comprends tout. La curie a été obligée de s'en débarrasser. Cet homme est cinglé.

— Voilà le problème, Georg. » Mendelius remplit les verres et fit signe au garçon d'enlever les assiettes. « Il est aussi sensé que vous et moi.

— Qui dit ça ? » Rainer lui enfonça un doigt dans la poitrine. « Vous, son ami.

— Oui, moi et aussi le cardinal Drexel et l'abbé André qui est son supérieur au Mont-Cassin. Ils le tiennent tous deux pour un mystique comme Jean de la Croix. En ce moment, Drexel traverse une crise de conscience parce qu'il ne l'a pas défendu contre la curie et le Sacré Collège.

— Vous avez vu Drexel ?

— Deux fois et deux fois aussi l'abbé André. Le plus drôle, c'est que ce sont eux qui croient et c'est moi qui suis sceptique.

— C'est exactement ce qu'ils souhaitent, répliqua Rainer avec un humour acide. Ils ont mis à la porte un pape gênant et maintenant, ils peuvent se permettre de faire l'éloge de sa vertu et de son obéissance. Il me semble, Mendelius, que pour un savant aussi remarquable, vous êtes parfois bien naïf. Vous avez même accepté d'être balladé dans la voiture du cardinal par le chauffeur de celui-ci et ainsi, Drexel est au courant du moindre de vos gestes, y compris ce déjeuner avec moi.

— A dire vrai, Georg, je m'en soucie comme d'une guigne.

— Sait-il aussi que vous avez ces documents ?

— Oui, je le lui ai dit.

— Et alors ?

— Alors rien.

— Vous ne pensez pas qu'il va essayer de les récupérer ou de les aiguiller vers des mains plus orthodoxes ?

— Franchement, je ne peux me représenter le cardinal Drexel sous les traits d'un espion ou d'un collecteur de manuscrits volés.

— C'est que vous êtes plus crédule que moi. Moi aussi, j'ai étudié l'histoire, et les façons d'agir du pouvoir sont partout les mêmes, dans l'Eglise ou ailleurs. Bon... parlons un peu de Grégoire XVII. Quelle est votre opinion sur lui ?

— Je le crois sain d'esprit et sincère dans ses convictions.

— Rien n'est plus dangereux qu'un visionnaire sincère.

— Jean-Marie lui-même le reconnaît. Il a abdiqué pour éviter un schisme. Il se tait parce qu'il n'a reçu aucun signe de légitimation pour prouver l'authenticité de sa vision.

— Un signe de légitimation ? Je ne connaissais pas cette expression.

— C'est un terme qui est devenu impopulaire dans l'analyse biblique moderne. Cela veut dire que lorsqu'un prophète ou un réformateur prétend parler au nom de Dieu, il faut qu'il montre un témoignage de son autorité.

— Ce n'est ni vous ni moi qui pourrons le lui donner.

— Non, mais ce que nous pouvons faire, c'est lui assurer une publication honnête des faits et une interprétation intelligente de son message.

Nous pouvons exposer les circonstances qui ont conduit à son abdication. Les documents expliqueront le pourquoi de cette affaire. On peut aussi rappeler ce que Jean-Marie m'a dit à propos de sa prétendue révélation.

— Jusque-là, c'est parfait. Mais cette vision touche à des problèmes de taille : la fin du monde, le Second Avènement, le Jugement dernier. Qu'allons-nous dire à nos lecteurs à ce sujet ?

— Je pourrais leur raconter ce que les gens croyaient et écrivaient dans le passé. J'attirerai leur attention sur l'existence des sectes millénaristes dans le monde d'aujourd'hui.

— C'est tout ?

— Ensuite, mon cher ami, ce sera à vous de jouer. Vous êtes celui qui rédige des bulletins sur l'état des nations. Sommes-nous proches de l'Armageddon ? Le monde fourmille de prophètes. L'un d'eux ne serait-il pas Celui qui doit venir ? Si vous l'examinez à la lumière de tous ces invraisemblables phénomènes sociaux, la prédiction de Jean-Marie est loin d'être insensée.

— Je suis d'accord. » Georg Rainer avait l'air pensif. « Rendre cette histoire lisible va demander un travail gigantesque. Pouvez-vous rester à Rome ?

— Je crains que non. Je dois préparer ma rentrée universitaire. Pourquoi ne viendriez-vous pas passer quelques jours à Tübingen ? Je vous invite. Nous travaillerons bien mieux là-bas. J'ai tous mes ouvrages et mon fichier.

— J'ai besoin de travailler vite. Ma profession m'oblige à saisir les faits, à les vérifier et à en faire le compte rendu par télex, le jour même.

— Je suis sans doute beaucoup plus lent, mais par contre, je connais le sujet. De toute façon, je pars dimanche et je me mettrai au travail dès lundi.

— Je pense être chez vous mercredi. Je vais chercher un reporter pour me remplacer ici. Cependant, je ne veux pas parler de cette histoire à mon rédacteur en chef avant que nous ne l'ayons écrite tous les deux et que nous ayons vérifié chaque phrase. Il va donc falloir que je trouve un prétexte pour m'absenter quelques jours.

— Nous avons une chose à régler, déclara Mendelius. Nous devons agir conjointement tous les deux. Il faudrait établir un accord entre nous et j'aimerais demander à mon homme d'affaires de New York de préparer des contrats conjoints avec des éditeurs.

— Très bien.

— Je vais lui téléphoner ce soir pour lui demander de venir nous voir tous les deux à Tübingen.

— Puis-je vous donner un conseil, Mendelius ? Pour l'amour du Ciel, faites bien attention à ces documents. Déposez-les dans une banque. Je connais des gens qui seraient capables de vous assassiner pour les avoir.

— Jean-Marie m'a dit la même chose dans sa lettre, mais je crains bien ne pas l'avoir pris très au sérieux.

— A partir de maintenant, il vaudrait mieux agir sérieusement. Cette affaire va vous rendre aussi célèbre que la fusillade du Corso. Même quand vous serez à Tübingen, continuez à être vigilant. Vous êtes toujours le témoin principal contre la fille et vous avez coûté à cette organisation quatre de ses hommes. Ces gens-là ont de la mémoire et le bras long.

— Pour les terroristes, je comprends. » Mendelius était réellement intrigué. « Mais les documents, la lettre et l'encyclique, je vois bien leur valeur en tant que pièces d'information, mais ils ne valent pas la vie d'un homme.

— Ah non ? Examinez la chose sous un autre angle. L'encyclique a causé l'abdication d'un pape. Elle aurait pu aussi provoquer un schisme ou faire que Grégoire XVII soit déclaré fou.

— C'est vrai, mais... »

Rainer l'interrompit brusquement. « Pour l'instant, vous n'avez pensé qu'à votre réaction personnelle devant ce problème et à votre inquiétude pour votre ami. Et les milliers de personnes avec qui Grégoire XVII a eu affaire pendant son pontificat, comment ont-elles réagi ? Quelle serait leur réaction si elles connaissaient la vérité ? Certaines d'entre elles ont dû avoir des relations très étroites avec lui.

— Oui. Il m'a envoyé une liste.

— Quelle liste ? » Rainer se trouva instantanément en alerte.

« Des gens haut placés dans le monde entier qui, d'après lui, seraient sensibles à son message.

— Pouvez-vous me citer quelques noms ? »

Mendelius réfléchit un moment puis il lui donna une demi-douzaine de noms que Rainer inscrivit sur son calepin avant de demander :

« Est-ce que l'une de ces personnes a essayé d'entrer en contact avec lui au Mont-Cassin ?

— Je ne sais pas. Je ne lui ai pas demandé. De toute façon, elles seraient sérieusement filtrées avant de pouvoir le joindre. Je l'ai été moi-même et en fait, je n'ai jamais parlé à Jean-Marie au téléphone. À un moment, j'ai cru qu'on allait tout faire pour m'empêcher de le voir. Mais Drexel a été catégorique. On ne mettrait pas d'entraves à ma visite ; on s'y intéressait seulement beaucoup.

— Intérêt qui n'est pas près de faiblir maintenant qu'ils savent que nous nous sommes vus.

— Soyons justes, Georg. Drexel ne m'a pas demandé ce que j'allais faire. Il ne m'a pas reparlé des documents, ce qui m'a enlevé une belle épine du pied.

— Et qu'est-ce que ça prouve ? Rien, si ce n'est qu'il est patient. Souvenez-vous que les cardinaux l'ont choisi pour être leur émissaire. Pensez-y. En ce qui concerne les amis et les relations de Grégoire XVII, je vais faire des recherches dans mon fichier personnel avant de partir à Tübingen... Non ! Non ! C'est moi qui paie. Je vais faire une fortune sur votre dos ; c'en est presque obscène !

— Il va falloir travailler pour l'avoir, mon cher. » Mendelius se mit à rire. « J'ai appris deux choses chez les jésuites : les règles de la preuve et le respect du beau style. Je veux que ce soit le meilleur article que vous ayez jamais écrit ! »

Dès qu'il fut rentré, il appela prudemment son homme d'affaires à New York, Lars Larsen. La première réaction de celui-ci fut un sifflement excité, puis un cri de consternation. Quelle idée merveilleuse ! Une vraie mine d'or ; mais pourquoi diable Mendelius devrait-il la partager avec ce journaliste ? Rainer n'avait rien d'autre à apporter que ses relations avec un grand empire de presse allemand. Cette affaire devrait se faire à partir des Etats-Unis.

Et ainsi de suite pendant dix minutes d'une plaidoirie véhémente, après quoi Mendelius lui expliqua patiemment que tout le but de l'opération consistait à présenter un récit sobre des derniers événements et à diriger l'attention vers l'essentiel du dernier message de Jean-Marie. Par conséquent, Lars voudrait-il bien venir à Tübingen pour discuter de ce problème avec tout le sérieux nécessaire ?

Lotte qui n'entendait qu'un côté de la conversation trépignait d'impatience.

« Je te préviens, Carl. Tous ces gens ont des intérêts qui risquent d'entrer en conflit avec les tiens. Ton homme d'affaires a flairé l'odeur des gros sous. Georg Rainer verra sa réputation de journaliste considérablement renforcée. Mais toi... tu vas écrire sur un ami, tu vas traiter d'un sujet qui, tu le sais, a hanté les hommes depuis toujours. Tu ne peux pas te laisser traiter comme la vedette d'un soir. C'est toi qui as tous les atouts en main : les documents. Surtout, ne les montre pas tant que tu n'auras pas obtenu toutes les garanties pour vous protéger, Jean-Marie et toi. »

Un peu plus tard, blottie entre ses bras, dans le grand lit baroque, elle murmura d'une voix ensommeillée :

« Quelle ironie ! Malgré ton scepticisme, tu vas faire exactement ce que Jean-Marie t'a demandé. Comme c'est ton ami, tu ne manqueras pas de le présenter sous un jour sympathique. Etant donné que tu es un spécialiste de renommée internationale, tes commentaires le mettront à l'abri des bouffons. Si Anneliese Meissner accepte d'être publiée avec toi, elle sera, au moins, médicalement honnête. Tout bien considéré, mon amour, tu t'acquittes fort bien de nos dettes envers Jean-Marie. Au fait, j'ai acheté un cadeau pour Herman et Hilde. Je l'ai payé assez cher, mais j'étais sûre que tu n'y verrais pas d'inconvénient. Ils se sont montrés d'une telle générosité envers nous.

— Qu'est-ce que c'est ?

— Une porcelaine ancienne de Capo di Monte,

Cupidon et Psyché. Le marchand m'a dit que c'était une pièce rare. Je te la montrerai demain. J'espère que ça leur plaira.

— Je n'en doute pas. » Il était heureux de ces propos qui faisaient diversion.

« Ah! j'ai oublié de te dire que Katrin nous avait envoyé une carte de Paris. Elle n'en écrit pas long : « L'amour est merveilleux. Merci à vous « deux de la part de nous deux. » Il y a aussi une lettre de Johann avec des photos en couleur.

— C'est inattendu. Je pensais que ce serait plutôt lui qui enverrait la carte postale.

— Oui, c'est drôle. Il est très lyrique sur ses vacances. Pourtant, ils ne sont pas allés bien loin, même pas jusqu'en Autriche. Ils ont découvert une petite vallée perchée dans les Alpes bavaroises avec un lac, des baraques en ruine et pas âme qui vive sur des kilomètres. Ils campent là et ils ne vont en ville que pour faire leurs courses.

— C'est formidable. Je prendrais bien sa place. Je n'ai pas envie de revenir à Rome avant très, très longtemps. J'écrirai à Jean-Marie dès que nous serons rentrés à Tübingen. Au fait, il faudra faire quelque chose pour Francone. A mon avis, le mieux sera de lui donner de l'argent. Je ne pense pas qu'il soit très bien payé. Tu me le rappelleras, s'il te plaît.

— Oui et maintenant ferme les yeux et essaie de dormir.

— Oui, dans un moment. Ah! autre chose. Il faut que j'envoie un mot de remerciement à Drexel pour la voiture et le chauffeur.

— Je te le rappellerai aussi. Dors maintenant. Tu avais l'air complètement épuisé ce soir. J'ai envie de te garder encore longtemps.

— Je me sens très bien, je t'assure. Ne te fais pas de souci pour moi.

188

— Je me fais du souci, Carl. Je ne peux pas m'en empêcher. Si Jean-Marie avait raison, si une dernière grande guerre éclatait, que ferions-nous ? Que deviendraient les enfants ? Ce ne sont pas des paroles en l'air. Je voudrais savoir ce que tu en penses. »

Cette fois, il n'y avait plus moyen de se dérober et il le savait. Il se mit sur le coude et la regarda, heureux que l'obscurité cache l'anxiété de son regard.

« Cette fois, ma chérie, il n'y aura pas de drapeaux ni de trompettes. La campagne sera brève et terrible et ensuite personne ne se préoccupera plus des anciennes frontières. Si nous en réchappons, il faudra essayer de rester tous ensemble, mais tu ne dois pas oublier qu'on ne peut pas imposer notre volonté aux enfants. Si nous sommes séparés d'eux, nous rassemblerons quelques âmes de bonne volonté pour résister aux assassins des rues ! C'est tout ce que je peux te dire.

— C'est bizarre, remarque Lotte en lui caressant la joue. La première fois qu'on a parlé de ça, avant de venir ici, j'ai eu très peur. Parfois, j'avais envie de m'asseoir dans un coin et de pleurer sans raison. Et puis, quand tu étais au Mont-Cassin, j'ai sorti le petit morceau de poterie que t'a offert le sénateur et je l'ai pris dans mes mains. J'ai déchiffré le nom qui y est inscrit et je me suis rappelée comment ils tiraient au sort, à Massada, pour savoir qui allait mourir et qui accomplirait l'exécution et soudain, j'ai senti un grand calme. J'ai compris que lorsqu'on tient trop à une chose, même à la vie, on devient prisonnier. Tu vois, il ne faut pas, non plus, que tu t'inquiètes pour moi. Embrasse-moi et dormons. »

Eveillé aux premières heures froides de l'aube, il se mit à méditer sur le changement qui était survenu en elle : cet air nouveau de confiance, ce calme étrange avec lequel elle paraissait accepter une aussi détestable perspective. Aharon ben Ezra avait-il conféré un pouvoir magique au tesson qui portait son nom ? Ou bien était-ce le doux vent de la grâce qui soufflait du désert où Jean-Marie Barette communiait avec son Créateur ?

6

Quel plaisir de se retrouver chez soi ! Dans la campagne, on avait rentré les moissons; les merles picoraient le chaume bruni et le Neckar argenté coulait sous le ciel de l'été. Il y avait peu de circulation dans la ville, car les vacanciers n'étaient pas encore rentrés de leur séjour au soleil. Les halls et les couloirs de l'université étaient pratiquement déserts et seuls, parfois, les pas d'un gardien ou d'un professeur résonnaient dans le silence. Quelqu'un qui n'aurait pas lu les journaux et qui aurait tourné le bouton de la radio et de la télévision, aurait pu croire que rien ne changerait jamais dans ce trou paisible et que les anciens ducs de Würtemberg reposeraient pour l'éternité sous les dalles de l'église collégiale.

Cependant, cette paix n'était qu'une illusion, comme le décor peint d'une comédie pastorale. De Pilsen à Rostock, les armées du Pacte de Varsovie se déployaient en profondeur ; des troupes de choc et de lourdes formations de tanks et derrière tout cela les lance-missiles à tête nucléaire. En face, les rangs disséminés des forces de l'O.T.A.N. étaient prêts à se replier à la première attaque, croyant sans trop se faire d'illusions que leurs propres ogives nucléaires contiendraient l'avance de l'ennemi jusqu'à ce que les grands bombardiers arrivent des îles Britanniques et que les fusées quittent leurs silos de lancement situés sur le territoire des Etats-Unis.

On n'avait pas encore procédé à la mobilisation, ni rappelé les réservistes, parce que la crise n'avait pas encore assez mûri pour que les gouvernements démocratiques puissent compter sur des populations assez déprimées et assez inquiètes pour répondre à l'appel aux armes. L'industrie allemande dépendait toujours des travailleurs immigrés qui, dépourvus de stabilité et de droits civiques n'étaient guère susceptibles de se mettre au service d'une cause perdue. A l'autre bout du monde, un nouvel axe s'était formé : le Japon industriel déversait des infrastructures et des techniciens qualifiés en Chine, en échange du pétrole des champs du Nord et des nouveaux puits des îles Spratly. L'Islam était en ébullition, depuis le Maroc jusqu'aux grands cols de l'Afghanistan. L'Afrique du Sud était un camp retranché assiégé par les républiques noires. Aucun chef, aucune junte, aucune assemblée parlementaire n'était en mesure de contrôler la situation géopolitique d'un monde hanté par l'épuisement des ressources et la dégradation des rapports humains. La raison se heurtait à un véritable mur de contradictions. Les corps constitués apparaîtraient figés dans l'impuissance.

Après avoir été un moment soulagé d'être rentré chez lui, Carl Mendelius faillit se laisser aller au désespoir. Qui entendrait cette petite voix au milieu des vociférations qui montaient en toutes langues ? A quoi servirait-il de lancer des idées qui seraient immédiatement balayées comme des châteaux de sable par la tempête ? A quoi servirait-il de faire connaître un passé qui deviendrait bientôt aussi étranger que les animaux fantastiques des hommes des cavernes ?

Il se rendait très bien compte que tout ceci formait exactement le syndrome qui engendrait les espions; les traîtres, les fanatiques et les destructeurs professionnels. La société est un taudis puant; faisons-la sauter! Le Parlement est une pépinière d'incapables et d'hypocrites; détruisons cet immonde nid! Dieu est mort; adorons Baal et Astarté, rappelons la pythonisse d'Endor pour faire les prédictions qui nous conviennent.

Son meilleur remède, c'était de contempler Lotte, active, enjouée, astiquant, frottant, bavardant avec ses amies au téléphone ou tricotant un pull-over pour Katrin. Il n'avait pas le droit de l'ennuyer avec ses sombres pensées. Il alla donc s'enfermer dans son bureau pour s'attaquer au travail qui s'était accumulé pendant son absence. Il trouva une pile de livres qu'on lui demandait de lire et de recommander, des rapports d'étudiants à examiner, des corrections à faire dans le texte de ses conférences et les inévitables factures à payer.

Il trouva aussi un mot du président de l'université l'invitant à une réunion amicale avec quelques collègues, mardi après-midi. Les « réunions amicales » du président étaient célèbres. Elles avaient pour but d'étudier tous les problèmes avant qu'ils ne soient posés à l'assemblée générale des facultés à la mi-août. Elles étaient également destinées à faire croire aux jobards qu'ils étaient les membres privilégiés d'un conseil officieux. Tout en ne l'appréciant guère, Mendelius était forcé d'admirer malgré lui le talent du président pour les intrigues académiques.

La lettre suivante était une communication du

Bundeskriminalamt, le Bureau criminel fédéral de Wiesbaden.

« Nous avons été informés par nos collègues italiens que, suite à de récents incidents à Rome, vous risquiez de devenir la cible d'une attaque, soit de la part de terroristes étrangers, soit de la part de groupes locaux affiliés à ceux-ci.

« Par conséquent, nous vous conseillons d'observer les précautions énumérées dans la note ci-jointe et que nous adressons généralement aux officiels du gouvernement et aux principaux responsables de l'industrie. En outre, nous vous conseillons de vous tenir spécialement sur vos gardes à l'intérieur des locaux de l'université où des activistes politiques peuvent facilement se dissimuler parmi la foule des étudiants. Si vous remarquez des mouvements suspects, soit dans votre voisinage, soit à l'université, veuillez contacter sans délai le *Landeskriminalamt* de Tübingen. Il a déjà été mis au courant de votre situation. »

Mendelius lut la note avec la plus grande attention. Elle ne lui apprit rien qu'il ne sût déjà; cependant le dernier paragraphe lui rappela de façon sinistre que la violence est aussi contagieuse que la Mort noire.

« Toutes ces précautions devront être scrupuleusement observées, non seulement par le sujet, mais par tous les membres de sa famille. Ils sont menacés, eux aussi, parce qu'on peut atteindre le sujet à travers eux. Une vigilance commune et concertée réduira les risques. »

Une ironie brutale se dégageait du fait qu'un simple acte de charité dans une rue de Rome exposât une famille entière à la menace de la violence dans une ville de province allemande. Pourtant, certains événements avaient des conséquences encore plus sinistres : un coup de feu tiré en Chine sur le fleuve Amour pouvait faire basculer toute la planète dans la guerre.

Heureusement, des pensées plus agréables vinrent le distraire. Les pasteurs évangéliques lui avaient écrit une lettre le remerciant de son « ouverture d'esprit dans la discussion et de votre affirmation catégorique que la charité chrétienne est l'élément qui relie nos vies ». Il y avait aussi une seconde lettre de Johann qui lui était adressée personnellement.

« Avant de partir en vacances, j'étais profondément déprimé. La compréhension que tu as manifestée à l'égard de mes problèmes religieux m'a beaucoup aidé; mais je ne parvenais pas à définir le reste. Je me faisais du souci pour ma carrière. Je ne savais plus quoi faire. Je ne voulais pas entrer dans une de ces grandes sociétés qui dirigent l'économie d'un monde qui risque de nous sauter dans la figure. J'avais peur d'être appelé à servir dans une guerre qui ne produirait rien d'autre qu'un cataclysme universel. Fritz, mon ami, pensait exactement comme moi. Nous étions en colère contre toi et les gens de ta génération, parce que vous, vous avez un passé vers lequel vous pouvez vous retourner, alors que nous n'avons devant nous qu'un point d'interrogation. C'est alors que nous avons découvert cet endroit — Fritz, moi et deux Américaines que nous avons rencontrées dans une « cave » à bière de Munich.

« C'est une petite vallée dans laquelle on ne peut accéder que par un chemin. Elle est entièrement cernée par de hautes falaises couvertes de pins jusqu'à la ligne des arbres. Il y a un vieux pavillon de chasse et quelques cabanes groupées autour d'un lac entouré de prairies luxuriantes. Il y a des cerfs dans les bois et le lac est très poissonneux. Il y a un ancien tunnel de mine qui s'enfonce profondément dans la montagne. Fritz qui est archéologue amateur, prétend qu'il a été creusé au Moyen Age pour extraire le jaspe. Nous y avons trouvé des outils, un pourpoint de cuir, une cruche en étain et un couteau de chasse rouillé.

« La dernière fois que nous sommes allés en ville, je me suis renseigné et j'ai appris que cette vallée appartenait à une très vieille dame, la comtesse von Eckstein. Son mari en avait fait une réserve de chasse. Nous avons retrouvé sa trace à Tegernsee et nous sommes allés la voir.

« C'est une petite vieille pleine de vie et quand elle est revenue de la surprise d'avoir été envahie par quatre jeunes qu'elle n'avait jamais vus, elle nous a offert du thé avec des biscuits anglais et elle nous a déclaré qu'elle était très heureuse que nous aimions cet endroit.

« Alors, sans réfléchir, je lui ai demandé si elle avait l'intention de le vendre. Elle a voulu savoir pourquoi et je lui ai dit qu'il ferait un merveilleux camp de vacances pour des étudiants comme nous. C'était simplement pour dire quelque chose, mais elle m'a pris très au sérieux.

« En effet, en conclusion, elle nous a donné un prix : 250 000 deutschmarks. Je lui ai répondu qu'il nous était impossible de réunir une telle somme. Alors, elle m'a dit que si nous étions vraiment intéressés, elle pourrait envisager de nous le louer. Je lui ai dit que nous allions y réfléchir et que nous reviendrions la voir ensuite.

« J'aimerais tant que cela se fasse. C'est un

endroit si tranquille, si loin du présent et on pourrait facilement l'amortir. C'est un problème dont nous avons souvent débattu en classe : une petite communauté auto-suffisante où l'on peut préserver la qualité de la vie. A mon retour, j'aimerais en parler avec toi et voir ce que tu en penses.

« Je passe mes nuits à la lumière de la lampe à essayer d'établir un projet. Je trouve que c'est un exercice bien plus satisfaisant que d'étudier les problèmes monétaires de la communauté européenne ou les relations entre producteurs de pétrole, pays industriels et nations agricoles. En somme, comme le dit Fritz, il faut ramener les problèmes à une échelle humaine, sinon nous allons tous devenir fous ou nous transformer en robots indifférents dans un système que nous ne pourrons plus contrôler. Je sais que je m'emballe, mais c'est la première fois que je me sens libre de me confier à un père que j'aime sincèrement. C'est une impression bien agréable. »

Un peu plus tard, pendant le dîner, Mendelius lut la lettre à Lotte. Elle approuva en souriant :

« C'est très bien ! Il sort enfin de cette sombre forêt. Ce n'est pas facile d'être jeune de nos jours. Vois-tu, Carl, j'encouragerais cette idée, même si en définitive rien ne devait en sortir. Nous ne pouvons pas disposer de tant d'argent, mais...

— Nous le pourrions, répondit pensivement Mendelius. Nous le pourrions justement. En septembre, je vais toucher des droits d'auteur importants et une fois que j'aurais donné mon dernier livre... Johann n'est pas le seul à rêver.

— Tu pourrais peut-être partager les tiens avec ta femme », lui dit Lotte en lui lançant un regard plein de reproches.

Mendelius se mit à rire.

« Allons, ma chérie, tu sais bien que je déteste parler de mes idées avant d'y avoir bien réfléchi. En voici une qui mijote depuis longtemps dans ma tête : que deviennent les vieux professeurs une fois qu'ils ont abandonné leur chaire ? Je sais que je pourrais continuer à écrire, mais j'aimerais bien aussi enseigner à de petits groupes d'étudiants sélectionnés. J'ai pensé à créer une académie privée qui donnerait des cours de spécialisation à des étudiants déjà diplômés. Les musiciens le font couramment — des violonistes, des chefs d'orchestre, des compositeurs. L'endroit dont parle Johann me semble idéal. »

Lotte avait une expression dubitative.

« Peut-être, mais comprends-moi bien, Carl. Ton idée me plaît beaucoup, mais ce serait une erreur de la mêler aux projets de Johann. Montre-lui que tu t'intéresses à ce qu'il veut faire, mais n'interviens pas. Laisse-le suivre son étoile.

— Tu as raison, bien sûr. » Mendelius se pencha vers elle et l'embrassa sur la joue. « Ne t'inquiète pas. Je ne mettrai pas mes grosses pattes dans le plat et, de plus, un autre problème se pose. »

Il lui parla alors de la lettre qu'il avait reçue de la police de Wiesbaden. Lotte fronça les sourcils en soupirant.

« Combien de temps nous faudra-t-il vivre ainsi, à regarder sans cesse par-dessus notre épaule ?

— Dieu seul le sait, ma chérie, mais il ne faut pas s'affoler. On en prendra l'habitude, tout comme on s'est accoutumé à regarder les feux de signalisation, à fermer sa porte à clef le soir et à respecter les limitations de vitesse. Au bout d'un moment, cela deviendra automatique. » Il changea brusquement de sujet. « Georg Rainer a appelé. Il sera ici mercredi soir. Lars Larsen viendra de Francfort le matin, ce qui nous permettra de discuter avant l'entrée de Rainer. »

Lotte hocha vigoureusement la tête.

« Parfait ! Il faut que tu t'assures que les conditions sont équitables avant de faire un pas de plus avec Rainer.

— J'y veillerai, je te le promets. Est-ce que tu as besoin d'une autre personne pour t'aider à la maison ?

— J'ai déjà trouvé quelqu'un. Gudrun Schild viendra tous les jours.

— Bien. Je me demande ce que notre vénéré président nous réserve pour la réunion de mardi.

— Il m'inquiète, celui-là, remarqua Lotte sur un ton catégorique. C'est un prestidigitateur. Il fait croire aux gens qu'il va tirer du vin de son chapeau et en réalité tout ce qu'on a, c'est...

— Je sais ce qu'on a, ma chérie. Le tout, c'est de ne jamais boire de ce qu'il propose », dit Mendelius en souriant.

Le président avait des réunions amicales une conception très Ancien Régime. Chacun de ses collaborateurs avait droit à une vigoureuse poignée de main, une question pleine de sollicitude au sujet de sa femme et de ses enfants, une tasse de café et un morceau de gâteau aux pommes confectionné par la femme du président et servi par une bonne en tablier amidonné.

Le cérémonial était soigneusement organisé. Leur tasse de café dans une main et une assiette dans l'autre, les invités étaient priés de s'asseoir. Les sièges flanqués d'un petit guéridon étaient disposés en demi-cercle face au bureau du président. Le président, lui, ne s'asseyait pas. Il se perchait sur le coin de son bureau dans une attitude destinée à suggérer la décontraction, la camaraderie et la franchise entre collègues. Le fait qu'il les surplombait de près d'un mètre et qu'il avait les mains libres pour faire des gestes et ponctuer ses paroles était néanmoins un rappel subtil de sa supériorité. Ses propos étaient onctueux et généralement insignifiants.

« J'ai besoin de vos avis autorisés. Les — euh — responsabilités de ma charge m'éloignent des rapports au jour le jour que j'aimerais avoir avec les jeunes membres de la faculté et les étudiants. Par conséquent, c'est vers vous que je me tourne pour que vous serviez d'interprètes. »

Brandt qui enseignait le latin se pencha vers Mendelius en chuchotant :

« Lui, c'est la *fons et origo* et nous des misérables porteurs d'eau. »

Mendelius réprima un sourire derrière sa serviette en papier.

Le président poursuivait : « La semaine dernière, avec plusieurs autres directeurs d'université, j'ai été invité à Bonn à une réunion avec le ministre de l'Intérieur et le ministre de l'Education. Le sujet de cette rencontre était de discuter de — euh — des conséquences de l'actuelle crise internationale sur l'université. »

Il marqua un temps de silence afin que chacun se pénétrât bien de la solennité de cette réunion de Bonn et réfléchît à ce que — euh — pouvaient en être les conséquences. Elles étaient assez surprenantes pour chasser tout ennui parmi l'auditoire.

« Cette année, en septembre, le Bundestag va autoriser la mobilisation générale des hommes et des femmes pour le service militaire. On nous demande d'établir des propositions pour exempter certaines catégories d'étudiants et de dresser des listes de ceux qui possèdent des qualifications en physique, en chimie, dans les métiers d'ingénieurs, en médecine et dans les disciplines paramédicales. On nous a également demandé d'étudier les moyens d'accélérer la formation dans ces matières afin de répondre aux besoins de l'industrie et de l'armée. Nous devrons aussi faire face à la diminution du nombre des étudiants et du personnel jeune en raison de la mobilisation.

Une vague de surprise monta de l'assistance.

« S'il vous plaît, mesdames et messieurs, laissez-moi terminer. » D'un geste, le président imposa le silence. « Nous aurons tout notre temps pour discuter ensuite. En l'occurrence, nous n'avons pas le choix. Nous devons, comme tout le monde, nous soumettre au règlement. Toutefois, il y a deux problèmes encore plus ennuyeux. » Il s'arrêta à nouveau. Cette fois, il semblait réellement embarrassé et il cherchait le mot juste. « C'est au sujet de la sécurité interne, de la protection contre la subversion, l'espionnage et – euh – les activités des éléments indésirables dans le corps estudiantin. »

Un silence hostile lui répondit. Il respira profondément et se hâta de poursuivre.

« Bref, on nous demande de coopérer avec les services de sécurité en leur fournissant des photocopies des dossiers des étudiants et toute information qui pourrait leur être utile dans l'intérêt de la sécurité publique.

— Non! » L'exclamation avait fusé de l'assistance. Quelqu'un laissa tomber une tasse qui se brisa sur le parquet.

« Je vous en prie, je vous en prie! » Le président descendit de son bureau et leva les mains dans un geste de supplication. « Je vous ai fait part de la requête du ministre. Maintenant, place au débat. »

Dahlmeyer, professeur de physique expérimentale, fut le premier à se lever. C'était un grand gaillard hirsute avec une mâchoire proéminente. Il attaqua durement le président.

« Je pense, monsieur, que nous avons le droit de savoir ce que vous avez répondu au ministre. »

Un concert d'approbations se fit entendre. Le président, visiblement mal à l'aise, tenta de louvoyer.

« J'ai dit au ministre que tout en étant parfaitement conscients de — euh — de la nécessité des mesures de sécurité efficaces par ces temps critiques, nous étions également — euh — soucieux de préserver les — euh — les principes de la liberté de l'université.

— Bon Dieu ! » explosa Dahlmeyer.

Brandt poussa un grognement sonore. Mendelius se leva. Il était blanc de colère, mais il se mit à parler avec calme et courtoisie.

« Je voudrais faire une déclaration personnelle, monsieur. J'ai reçu mandat d'enseigner dans cette université, je n'ai pas pour mission d'enquêter sur la vie privée de mes étudiants et je n'ai pas l'intention de le faire. J'aimerais mieux démissionner.

— Professeur Mendelius, répliqua froidement le président, je vous ferai remarquer que je vous ai simplement transmis une requête et non un ordre ministériel qui serait, du moins dans les circonstances présentes, parfaitement illégal. Cependant, vous devez comprendre que dans des conditions de péril national, la situation peut changer radicalement. »

Hellman, professeur de chimie organique, se leva. « En d'autres termes, on nous adresse des menaces en même temps qu'une requête.

— Nous sommes tous soumis à la menace, professeur Hellman, à la menace d'un conflit armé dans lequel les libertés individuelles seront inévitablement restreintes en fonction de l'intérêt national.

— Il existe aussi une autre menace que vous devriez prendre en considération, dit Anneliese Meissner. C'est la révolte des étudiants exprimant la perte totale de leur confiance dans l'intégrité de l'université. Rappelez-vous ce qui s'est passé pendant les années 30 et 40, quand les nazis dirigeaient le pays. Avez-vous envie de revoir cela ?

— Croyez-vous que nous ne le reverrons pas quand les Russes seront chez nous ?

— Ah ! Vous avez donc donné votre accord, monsieur.

— Non ! » Le président fulminait. « J'ai dit au ministre que je transmettrais sa requête à mes collaborateurs et qu'ensuite, je lui ferais part de leurs réactions.

— Ce qui nous mettra tous sur le fichier électronique des services de sécurité. Dans ce cas, je suis avec Mendelius. Si on m'oblige à espionner mes étudiants, je m'en vais !

— Avec tout le respect que je dois à notre président et à mes estimés collègues. » Un petit bonhomme qui faisait penser à une souris se leva. C'était Kollwitz qui enseignait la médecine légale. « Je pense qu'il est très facile d'éviter une pareille situation. Le président n'a qu'à dire que tous les titulaires de chaire de la faculté sont unanimement hostiles à la mesure proposée. Il n'a pas besoin de donner des noms.

— C'est une bonne idée, déclara Brandt. Si le président lui-même fait corps avec nous, nous serons dans une position de force et d'autres universités seront peut-être encouragées à suivre notre exemple.

« — Mesdames et messieurs, je vous remercie, dit le président, manifestement soulagé. Comme d'habitude, vous m'avez été d'un grand secours. Je vais réfléchir à — euh — la réponse qu'il convient de donner au ministre. »

Personne n'avait plus grand-chose à dire et le président avait hâte de se débarrasser d'eux. Ils laissèrent quelques gouttes de café dans les tasses avec les dernières tranches de gâteau et ils se retrouvèrent dehors, dans la lumière du soleil. Anneliese Meissner s'approcha de Mendelius. Elle écumait de rage.

« Bon Dieu ! Quel vieux faux-jeton ! La réponse qu'il convient de donner au ministre !... Quelle merde !

— Ça, c'est bien vrai, ironisa aigrement Mendelius. Il sera à la retraite dans deux ans. On ne peut pas le critiquer parce qu'il cherche un compromis. En tout cas, il a derrière lui une faculté unie. Ça devrait lui donner du courage.

— Unie ! » Anneliese Meissner se déchaîna à nouveau. « Allons Mendelius ! Comme vous êtes naïf ! Ce n'est que notre belle chorale qui chante en chœur « Notre Dieu est une puissante « forteresse » » ! Combien d'entre nous resteront sur leurs positions quand les types de la sécurité feront vraiment pression sur nous ? « N'est-il pas « vrai, professeur Brandt, que vous avez couché « avec la petite Mary Toller ? Et vous, Dahlmeyer, « votre femme est-elle au courant de vos samedis « à l'Hôtel de l'Amour à Francfort ? Et vous, « Heinzl, Willi, Traudl, si vous refusez de coopé- « rer, nous avons certains petits boulots répu- « gnants à votre disposition, dans les services « sanitaires ou les maisons de fous, par « exemple. » Ne vous faites pas d'illusions, mon ami. Si au bout du compte, nous nous retrouvons à trois sur dix, nous serons drôlement veinards.

— Vous oubliez les étudiants. Aussitôt qu'ils entendront parler de toutes ces histoires, les étudiants vont se mobiliser.

— Certains, sans doute. Mais combien se relèveront après la première bastonnade, les gaz lacrymogènes ou les lances à incendie ? Pas beaucoup, Carl et ils seront encore moins nombreux quand les forces de l'ordre les chargeront avec des munitions actives.

— Ils ne le feront pas !

— Qu'ont-ils à perdre ? Une fois que la machine à propagande aura commencé à vociférer, qui entendra le tir des balles ? De toute façon, une seule petite bombe atomique de rien du tout sur Tübingen, et il n'existera plus rien. Voulez-vous déjeuner avec moi ? Si je reste seule, je vais probablement me soûler.

— Non, non, pas de ça ! » Mendelius passa son bras sous le sien et attira vers lui son corps épais. « Nous n'avons qu'une seule consolation, ma fille : toutes les universités du monde sont certainement dans le même cas que nous, en ce moment.

— Je sais ! Philistins de tous les pays, unissez-vous ! On va enfin aplatir les grosses têtes ! Bon Dieu, Carl, votre Jean-Marie n'était pas loin de la vérité !

— Vous avez écouté les bandes que je vous ai envoyées ?

— Plusieurs fois, et j'ai fait aussi de nombreuses lectures.

— Et alors ?

— Et alors, je ne vous dirai rien avant d'avoir bu quelque chose. Je suis une garce, Carl, cynique, vieille et trop moche pour croire en un Dieu qui fabrique des monstres comme moi. Pourtant, en ce moment, j'ai tellement peur que je serais capable de me mettre à pleurer.

— Où voulez-vous manger?

— N'importe où. Dans la première brasserie venue. Des saucisses avec de la choucroute, de la bière et un double schnaps! Allons nous joindre à l'heureux prolétariat! »

Jamais il ne l'avait vue si énervée. Elle mangea comme un ogre et but avec une farouche détermination. Pourtant, même après avoir ingurgité un litre de bière et deux grands verres de schnaps, elle avait encore toute sa lucidité. Elle appela la serveuse pour qu'elle débarrasse la table et qu'elle lui apporte un autre schnaps, puis elle déclara qu'elle était prête à discuter raisonnablement.

« D'abord vous, Carl...

— Comment, d'abord moi?

— Je vous comprends mieux maintenant. Je vous aime davantage.

— Merci, lui répondit Mendelius. Moi aussi, je vous aime.

— Ne vous moquez pas de moi. Je ne suis guère d'humeur à plaisanter. Ces enregistrements m'ont bouleversée. Vous paraissiez si terriblement désespéré en essayant de vous arranger avec l'impossible.

— Et pour Jean-Marie?

— Eh bien, j'ai eu une autre surprise. Le portrait que vous faites de lui est trop vivant pour être un faux. Je suis obligée de l'accepter comme authentique. Je l'ai vu. Je l'ai senti.

— Que pensez-vous de lui?

— Que c'est un homme heureux.

— Heureux?

— Oui. J'ai passé la moitié de ma vie à m'occuper de cerveaux malades. Si on laisse de côté les malformations organiques, la plupart des cas relèvent de la désintégration de la personnalité et de la perte de l'identité. La vie — tant intérieure qu'extérieure — ressemble à un vrai puzzle dont toutes les pièces sont éparpillées sur la table. Le médecin passe son temps à essayer de créer les conditions de la reconnaissance du moi, des conditions dans lesquelles la confusion elle-même prend un sens. Le malade doit comprendre que notre rôle est de rassembler les morceaux du puzzle. Ce qui est arrivé à votre Jean-Marie a eu exactement cet effet bénéfique. Son expérience a donné un sens à tout — les conflits, les échecs, votre refus, et même l'obscurité dans laquelle il est actuellement plongé. Ciel! Si je pouvais en faire autant pour mes malades, je serais le plus grand médecin du monde. Et si je pouvais en faire autant pour moi, je serais bien plus heureuse que je ne le suis.

— J'avais l'impression que vous aviez une personnalité très cohérente.

— Vraiment, Carl? Regardez-moi bien — à moitié soûle d'alcool bon marché parce que j'ai la terreur du lendemain et que je déteste la grenouille obèse que ma mère a mise au monde. J'ai appris à vivre avec moi, mais pas à m'aimer, ça jamais!

— Je suis fier de vous connaître, Anneliese, répliqua doucement Carl. Vous êtes une amie très chère et une grande dame.

— Merci. » Elle se referma instantanément. « Je vous ai dit que j'avais fait de nombreuses lectures, sur les religions comparées, sur le fondement de l'expérience mystique dans les différents cultes. C'est toujours une terre étrangère pour moi, mais je commence à comprendre la notion de salut. Nous faisons tous l'expérience de la peur, de l'injustice, de la confusion et de la mort. Même si nous échouons, nous essayons de sauver notre moi du naufrage. Nous ne pouvons pas y arriver seuls. Nous avons besoin d'aide et de davantage encore, d'un modèle, d'un exemple qui nous montre à quoi ressemble un être humain dans son intégralité. D'où les prophètes, le Messie et le Christ. Cela s'applique aussi à toutes les communautés de croyants. L'Eglise — quelle qu'elle soit — dit : « Là est la vérité. Là est la « lumière. Nous sommes les élus; venez vous « joindre à nous ! » Oui ou non, Professeur ?

— Oui, répondit Mendelius. L'important, c'est de savoir quel modèle choisir et pourquoi.

— Je n'en suis pas encore sûre. Mais je sais que l'acceptation finale est simple, comme cela a été le cas pour votre Jean-Marie. Le problème, c'est qu'il faut vraiment être à la dernière extrémité pour consentir à se soumettre. Les malades avec qui je réussis le mieux sont les plus désespérés, ceux qui savent qu'ils sont malades. Le meilleur candidat à la religion est celui qui est au bout du rouleau.

— Ce qui nous amène au problème suivant, fit Mendelius en posant sa main sur celle d'Anneliese. Qu'allons-nous faire, vous et moi, dans la situation actuelle de l'université ? Si le président nous vend aux hommes politiques et si la moitié de nos collègues consent à se livrer à la chasse aux sorcières, que ferons-nous ?

— Nous nous réfugierons dans la clandestinité. » Le ton d'Anneliese Meissner était sans appel. « Nous allons commencer à nous organiser dès maintenant.

— Vous voyez ! » Mendelius se mit à rire et leva son verre. « Même vous, Frau Professor, vous êtes prête à enterrer les manuscrits sacrés et à vous retirer sur la montagne.

— N'y comptez pas, Carl. Ce sont des serments d'ivrogne.

— *In vino veritas*, remarqua Mendelius en souriant.

— Ah ! Je vous en prie. » Anneliese le foudroya du regard. « Assez de lieux communs pour aujourd'hui ! Allons faire quelques pas dehors. On étouffe ici. »

Tandis qu'il rentrait chez lui par les rues paisibles de la vieille ville, Mendelius se trouvait confronté à un nouveau dilemme. Dans un conflit aussi absurde, une guerre poursuivie jusqu'à l'anéantissement total, envers quoi devrait-il se montrer fidèle ? A la terre dévastée et stérile qui avait été son pays natal ? Aux hommes qui conduiraient le char des Argonautes, sans souci des victimes écrasées sous les roues ? A l'Etat-Nation qui ne signifierait bientôt plus rien, ni pour les vivants, ni pour les morts ? A la race, au sang, à la tribu, à la tradition, *Gott und Vaterland* (Dieu et la Patrie) ? Et sinon, à quoi d'autre ? Et à quel moment Carl Mendelius commencerait-il à se dégager d'un système dont il avait si longtemps profité ?

Katrin et Johann seraient appelés sous les drapeaux avant la fin de l'année. Qu'allait-il leur conseiller de répondre ? Oui, à un impératif insensé, ou non, nous ne servirons pas parce qu'il n'y a pas d'autre issue que la catastrophe ? Une fois encore, des souvenirs d'enfance vinrent l'assaillir : les corps des jeunes soldats pendus aux lampadaires, à Dresde, parce qu'ils avaient abandonné une cause désespérée, aux derniers jours d'une folle tyrannie.

Il sentait maintenant le monde prédéterminé de Jean-Marie se refermer étroitement sur lui. Tant qu'il reste encore une chance sur deux d'être sauvé en tirant à pile ou face, on peut toujours espérer. Mais une fois que l'on s'est rendu compte que la pièce de monnaie a deux côtés face et que le créateur ne vous laisse aucune alternative, on se trouve pris dans un marché de dupes et plus vite on s'en dégage, mieux c'est. Alors, à votre avis, Herr Professor, ce sera la continuité ou le chaos ? Et si vous parvenez à vous échapper de ce chaos, sur quelle planète lointaine, et avec quels survivants, édifierez-vous votre nouvelle Utopia ?

Il se fatigua vite de ces pensées ingrates. Il lui fallait de la distraction. Il s'engagea dans une allée étroite, poussa une porte vermoulue et grimpa trois étages pour arriver dans l'atelier d'Alvin Dolman, ex-sergent-chef dans l'armée américaine du Rhin, ex-époux de la fille du Bürgermeister, maintenant heureux divorcé et travaillant comme illustrateur pour un éditeur local. C'était un grand type hilare, avec des mains comme des battoirs et une jambe estropiée, résultat d'un accident sur l'autoroute. Il avait un œil très sûr pour les gravures anciennes et Mendelius était un de ses fidèles clients à qui il offrait volontiers un verre de vin du Rhin, des petites saucisses et des avis gratuits sur les femmes, la politique et le marché de l'art.

« Vous tombez bien, Professeur. Les affaires vont si mal que j'envisage de me reconvertir dans le porno. Regardez ça ! Je les ai récupérés chez un brocanteur de Manheim — trois dessins à l'encre de Julius Schnorr von Carolsfeld. Voyez, c'est signé et daté, 1821. Quel magnifique dessinateur !

Et les modèles sont bien jolis. Que diriez-vous de cinq cents marks pour le tout ?

— Et que diriez-vous de trois cents, Alvin ? demanda Mendelius en mordant joyeusement dans sa saucisse.

— Quatre cents, et c'est pour rien !

— Trois cent cinquante. En plus, elles sont piquées.

— Vous m'ôtez le pain de la bouche, Professeur !

— J'ajouterai une miche de seigle.

— Vous faites une affaire. Je vous les encadre ?

— Au prix habituel ?

— Me croyez-vous capable de voler un ami ?

— De lui voler sa femme, peut-être, dit Mendelius en riant. Mais pas sa montre. Comment ça va pour vous, Alvin ?

— Pas trop mal, Professeur, pas trop mal ! » Il lui versa une grande rasade de vin. « Et votre famille ?

— Ça va.

— Ce jeune gars — le petit ami de votre fille — il a l'étoffe d'un bon artiste. Je lui ai donné des leçons de pointe sèche. Il apprend vite. C'est malheureux, tout de même, ce qui va arriver à ces gosses.

— Que va-t-il leur arriver, Alvin ?

— Je ne sais que ce que j'entends, Professeur. Je reste toujours en contact avec des militaires à Francfort, je leur vends une ou deux gravures de temps en temps, quand ils sont bien soûls. On parle beaucoup de guerre. On fait rentrer des troupes fraîches et du nouveau matériel. Là-bas, à Detroit, ils se reconvertissent dans les véhicules militaires. J'ai envie de ficher le camp et de rentrer chez moi. C'est bien joli d'être un artiste-résident dans une ville universitaire, mais, bon sang, je n'ai pas envie de me faire trouer la peau pour les beaux yeux des demoiselles ! En cas de conflit, Tübingen deviendra zone de combat en moins d'une semaine et Detroit aussi, probablement. Servez-vous du vin. Je voudrais vous faire voir quelque chose. » Il alla farfouiller dans un placard et revint avec un petit paquet carré enveloppé dans de la toile cirée. Il le défit avec précaution et dévoila un petit portrait représentant un gentilhomme du XVIe siècle avec sa femme. Il le posa sur le chevalet et dirigea la lumière dessus.

« Alors, Professeur, que dites-vous de ça ?

— On dirait un Cranach.

— C'en est un. Lucas Cranach l'Ancien. Il l'a peint à Wittenberg en 1508.

— Où diable l'avez-vous déniché ? »

Dolman sourit en se tapotant le bout du nez.

« Je l'ai senti, Professeur. Dans la chambre d'une femme, si vous voulez savoir. Elle a tellement apprécié ma compagnie qu'elle me l'a donné. Je l'ai nettoyé et... vite !... une bonne petite police d'assurance ! Je ne veux pas le vendre en Allemagne. Je l'emmène avec moi.

— Et la dame ? Est-ce qu'elle va partager les bénéfices ?

— Fichtre non ! Elle est belle, mais idiote, et son mari a de l'argent plein les mains. Et puis, c'est un marché honnête ; je l'ai rendue très heureuse.

— Quel escroc vous faites, Alvin ! s'exclama Mendelius en riant.

— Vous trouvez ? Avec cette inflation galopante, ma pension de militaire me permet tout juste de m'acheter des bretzels !

— Si les choses tournent mal, ils vont peut-être vous réintégrer dans l'active.

— Pas question, Professeur ! » Dolman se mit à

remballer son trésor. « J'en suis sorti et on ne m'y fera pas rentrer ! La prochaine fois, ce ne sera pas une guerre, rien qu'une grande tempête de feu et hop !... je me retrouverai à dessiner des bisons sur les murs d'une grotte ! »

Mendelius écrivait, assis à son bureau et Lotte tricotait tranquillement dans un coin en écoutant un concerto de Brahms retransmis depuis Berlin.

« ... La peur est partout, Jean. On dirait une brume sombre qui monte des marécages, envahit les rues et s'infiltre dans chaque maison. Elle imprègne les conversations les plus banales. Elle s'insinue dans les actes les plus simples de la vie quotidienne.

« On a demandé aux membres de la faculté de rendre compte aux services de sécurité des affiliations politiques des étudiants, et par conséquent, les rapports les plus fondamentaux se trouvent viciés et sont en passe d'être entièrement démantelés. J'ai déjà fait savoir que je donnerais ma démission si cette requête se transformait en ordre. Mais vous comprenez bien la subtilité de la pression exercée sur moi : si je compte sur la police pour protéger ma personne, comment pourrais-je raisonnablement lui refuser ma coopération en cas de péril national ? Pour moi, la réponse est claire. Cependant, elle ne le sera pas pour beaucoup quand les propagandistes lèveront ce que Churchill appelait " les gardes du corps du mensonge. "

« Mais si la peur est une maladie, le désespoir est un fléau. Votre vision de la fin des choses temporelles nous obsède tous ; mais le reste — la rédemption finale, l'ultime démonstration de la pitié et de la justice divines — comment peut-on l'exprimer de façon à garder vivant l'espoir de l'homme ? Sans lui, mon cher ami, votre univers en liquidation sera un lieu effroyable. »

Le téléphone se mit à sonner et Lotte posa son tricot pour aller répondre. C'était Georg Rainer. Dès que Mendelius eut pris l'appareil, Rainer se lança dans un monologue.

« Je suis à Zurich. J'ai pris l'avion uniquement pour vous téléphoner, car je me méfie du réseau italien. Maintenant, écoutez-moi bien sans me poser de questions. La dernière fois que nous nous sommes vus, nous avons parlé d'une liste, vous vous en souvenez ?

— Oui.

— Est-ce que vous l'avez sous la main ?

— Elle est en haut. Attendez une minute. »

Mendelius se précipita dans son bureau, ouvrit le vieux coffre-fort et y prit la liste de Jean-Marie. Il reprit l'appareil.

« Ça y est ; je l'ai sous les yeux.

— Elle est classée par pays ?

— Oui.

— Je vais vous citer quatre noms dans quatre pays différents. Vous me direz s'ils figurent sur votre liste. D'accord ?

— Allez-y.

— U.R.S.S. Pétrov ?

— Oui.

— Royaume-Uni. Pearson ?

— Oui.

— U.S.A. Morrow ?

— Oui.

— France. Duhamel ?

— Oui.

— Parfait. C'est donc que je peux faire confiance à mon informateur.

— Vous parlez par énigmes, Georg.

— Je vous ai envoyé une lettre de la Grande Poste de Zurich. Vous y trouverez l'explication de ces énigmes.

— Mais vous arrivez bien mercredi ?

— Oui, mais je suis un pessimiste. J'espère toujours le meilleur, mais je me prépare au pire. On me suit depuis samedi. Pia pense avoir détecté une relève à l'aéroport, ce qui veut dire que nous sommes peut-être également surveillés à Zurich. Nous allons tenter une petite manœuvre de diversion et nous viendrons par la route, plutôt que par avion. Pouvez-vous nous recevoir tous les deux ? Je ne peux absolument pas laisser Pia seule à Rome.

— Bien sûr, mais tout cela me semble bien sinistre, Georg.

— Je vous avais prévenu. Soyez prudent et faites brûler un cierge pour nous. *Auf Wiedersehen.* »

Mendelius raccrocha et se mit à tourner machinalement les pages dactylographiées de la liste de Jean-Marie. Depuis le début, il avait adopté l'opinion commode d'Anneliese Meissner que « ce n'était qu'un aide-mémoire tiré d'un fichier ». Il n'avait pas du tout réfléchi à la force et à la puissance de l'amitié entre des hautes personnalités. Rainer, lui, avait compris son importance. Rainer s'était lancé sur un nouveau terrain d'investigation et à cause de cela, il se trouvait en danger.

Lotte passa la tête dans l'entrebâillement de la porte et demanda : « Que voulait Rainer ? »

— Il a été assez énigmatique. Il voulait que je lui confirme quatre noms sur la liste de Jean-

Marie. Il m'a dit aussi qu'il arriverait à Tübingen par la route et que Pia serait avec lui. »

Il faillit ajouter que Rainer était surveillé, mais il se retint.

« Oh! zut. » La maîtresse de maison avait aussitôt pris le dessus. « Quelle complication! Il va falloir que je change les chambres. Crois-tu qu'on pourrait installer Lars Larsen dans ton bureau?

— Comme tu voudras, chérie. Tu n'aurais pas un peu de café pour moi?

— Du chocolat, répliqua Lotte d'un ton ferme. Je n'ai pas envie que tu t'agites toute la nuit. » Elle l'embrassa et sortit.

Mendelius retourna à sa lettre. Il aurait voulu parler du coup de fil de Rainer et demander des éclaircissements sur la signification de la liste, mais il pensa qu'il valait mieux s'abstenir. La poste italienne n'était jamais sûre et il préféra ne pas donner trop de précisions.

« ... C'est pourquoi je reviens sans cesse à votre lettre et à ses annexes, et je suis tourmenté par le problème qui consistera à exposer vos idées dans un débat public. Je me demande comment vous aimeriez qu'on les présente aux personnes qui figurent sur votre liste, par exemple...

« En quels termes peut-on parler de la parousie, au XXᵉ siècle, devant un auditoire de croyants et d'incroyants? Je me demande, mon cher Jean, si nous n'avons pas complètement déformé sa signification. Il est question de triomphe, de jugement, du " fils de l'homme arrivant sur les nuées des cieux, dans toute sa puissance et dans toute sa gloire ".

« Je me demande si sa puissance, sa majesté et sa gloire ne vont pas se manifester bien autrement que nous l'imaginons. Je me souviens d'une phrase de votre lettre : " un moment d'exquise souffrance " que vous avez expliqué comme étant la perception soudaine de l'unicité de toutes choses. Tout comme Goethe mourant, je réclame plus de lumière. Je suis un sensuel, accablé par trop de savoir et par trop peu de réelle compréhension. A la fin d'une longue journée, ce qui me réconforte le. plus, c'est une tasse de chocolat chaud et les bras de Lotte autour de moi dans le noir. »

Lars Larsen, vif, volubile et tiré à quatre épingles, arriva une heure avant midi, après une nuit d'avion depuis New York et une course à tombeau ouvert depuis Francfort. Moins d'un quart d'heure plus tard, il s'était enfermé avec Mendelius pour lui exposer les principes de base du système littéraire.

« D'accord. Je vous représenterai, Rainer et vous. Mais pas avant d'avoir mis au point un contrat satisfaisant entre vous deux — et il faudra qu'il y ait au moins soixante pour cent en votre faveur. Avant même d'en arriver là, Rainer devra nous mettre au courant de ses arrangements avec le *Welt.* S'il n'est qu'un employé pur et simple, le groupe Springer a le droit de lui réclamer la propriété intégrale de tout ce qu'il apportera dans cette affaire. Je parlerai d'abord à Rainer, seul à seul. Vous resterez en dehors jusqu'à ce que je sois prêt. Et maintenant, Carl, ne discutez pas. Vous ne pouvez accepter d'être seulement à part égale avec lui. C'est à vous de diriger l'affaire et vous ne serez pas en mesure de le faire si vous n'avez pas la majorité. Et de plus, c'est vous que les clients veulent acheter. J'ai déjà eu trois propositions pour les droits de reproduction dans le monde entier pour la publication dans les journaux et en livres contre un million et demi de dollars — et tout ça sur votre nom associé à celui de Grégoire XVII, et pas sur celui de Rainer. Quand j'aurai vu ce qui est en votre possession, je pourrai certainement relever le plancher à deux millions, plus toute une série de petits bénéfices juteux. Alors, soyons clairs, Carl ! Vous allez faire de Rainer un homme riche. Vous n'avez pas à vous excuser sur les conditions.

— Je ne pensais pas à Rainer. » Mendelius était devenu subitement maussade. « C'est à moi que je pensais. Quand ce récit sera publié, beaucoup de gens essaieront de jeter le discrédit sur moi, comme ils l'ont fait avec Jean-Marie. Avec deux millions de dollars à la clef, je vais faire figure de Judas pas très bon marché.

— Et si vous le faites pour rien, vous passerez pour un imbécile — trop cinglé pour être crédible. L'argent a toujours une bonne odeur de propre. Enfin, si cela vous tracasse tant, parlez-en à votre avocat. Peut-être vous conseillera-t-il de fonder une œuvre pour les femmes en perdition ! Ce n'est pas mon problème. L'argent que je vous apporte est la garantie que vos éditeurs vous fourniront un grand nombre de lecteurs, et, en définitive, c'est bien ce que vous voulez. Bon, maintenant, pouvez-vous me montrer ces documents, s'il vous plaît ? »

Mendelius alla ouvrir le vieux coffre-fort et en sortit une enveloppe contenant la lettre et l'encyclique de Jean-Marie. Larsen jeta un coup d'œil sur les papiers et demanda à brûle-pourpoint :

« Ils sont authentiques ?

— Oui.

— Vous pouvez en certifier l'écriture ?

— Bien sûr et je les ai vérifiés en en discutant personnellement avec leur auteur.

— Bon. Il me faudra un témoignage par devant notaire à ce sujet. J'aimerais bien aussi pouvoir en photographier certains passages... pas forcément les plus importants. Pour une telle somme, les clients exigent le maximum de garanties et ils ne voudraient surtout pas avoir d'ennuis avec le Vatican à cause de tuyaux tocards.

— Je ne vous ai jamais vu si prudent, Lars.

— Ce n'est que le commencement, Carl, dit Larsen avec un air très grave. Une fois que cette histoire sera rendue publique, votre passé et votre présent vont être examinés au microscope. De même pour Rainer et il a intérêt à se conduire de façon impeccable, professionnellement, du moins. Maintenant, vous pourriez peut-être m'offrir une autre tasse de café et me laisser seul pour que j'étudie ces papiers.

— Profitez-en pour faire quelques remarques sur les preuves intrinsèques, dit Mendelius en souriant : l'élégance de son style français, la qualité du raisonnement et le rendu de ses émotions personnelles.

— Je m'y connais en preuves intrinsèques, répliqua aigrement Larsen. Un de mes premiers clients était un plagiaire de génie. On lui a intenté un procès pour un million de dollars et il a perdu. J'ai été obligé de rendre toutes mes commissions. Bon, et ce café ? »

Quand il redescendit pour déjeuner, vers une heure et demie, Larsen était un autre homme, ébranlé et préoccupé. Il mangeait du bout des lèvres et parlait de façon décousue.

« En général, je reste indifférent à ce que je lis. Il le faut bien. Sinon, je ne pourrais pas résister à l'influence de toutes ces savantes personnalités qui s'adressent à moi par leurs manuscrits. Mais cette lettre, Lotte! J'en ai eu les larmes aux yeux. Je ne vais jamais à l'église, sauf pour les mariages et les enterrements. Par mon grand-père maternel, je suis un luthérien suédois à l'ancienne mode. Quand j'étais petit, il m'installait sur ses genoux pour me lire la Bible. Tout à l'heure, j'ai eu l'impression de l'entendre à nouveau.

— Je comprends très bien ce que vous voulez dire. » Lotte entra dans la conversation avec passion. « C'est la raison pour laquelle je ne cesse de dire à Carl que cet essai sur Jean-Marie doit être fait avec amour et loyauté. Personne n'a le droit d'en faire quelque chose d'ordinaire et de bon marché.

— Et alors, que pensez-vous de Georg Rainer?

— Je ne le connais pas bien. Il semble avoir beaucoup de charme et d'humour. Je crois qu'il sait beaucoup de choses sur le Vatican et sur l'Italie. Quoi qu'il en soit, il faut absolument que Carl contrôle son travail.

— Mettons les choses au clair. » Mendelius avait pris soudain un ton tranchant et irrité. « Georg Rainer arrive cet après-midi. Il est notre hôte. L'important, c'est que notre collaboration soit heureuse et fructueuse. Je ne veux pas que des histoires d'argent viennent tout gâcher et je ne veux pas non plus qu'on lui fasse un accueil mi-figue mi-raisin.

— *Jawohl*, Herr Professor! dit Lotte en faisant une petite grimace pour se moquer de sa grandiloquence.

— Faites-moi confiance, Carl, assura Larsen avec un sourire. Je suis un excellent chirurgien. Je tranche net et tous mes patients guérissent. Maintenant, je voudrais pouvoir monopoliser votre téléphone pendant deux heures environ. On travaille à New York en ce moment et après ce que je vais leur annoncer, ah, là là,! Ce n'est pas le travail qui va leur manquer! »

Un peu plus tard, dans la cuisine, Lotte ne parvenait pas à s'arrêter de rire.

« Lars est si comique! Dès qu'il se met à parler d'argent, on sent de l'électricité. Ses yeux étincellent et on a l'impression que ses cheveux vont se dresser sur sa tête. Je suis sûr qu'il serait stupéfait si on le lui disait. Il est comme ce gros bonhomme à l'entrée du cirque qui hurle à tue-tête pour vendre des billets pour le jugement dernier! »

La campagne de vente de Lars Larsen se poursuivit tout l'après-midi. A cinq heures et demie, il clôtura le marché sur une enchère de deux millions un quart. Comme il l'avait expliqué à Mendelius, il avait maintenant une jolie garantie pour entreprendre ses négociations avec Georg Rainer. Mais Georg Rainer tardait. A sept heures, il téléphona d'un relais routier à une trentaine de kilomètres de Tübingen. Il expliqua qu'il avait été suivi à la sortie de Zurich, qu'il avait réussi à semer l'équipe de filature avant la frontière et qu'ensuite il avait pris des petites routes en Souabe pour être sûr de ne pas être à nouveau repéré. Il arriva à huit heures et demie, en compagnie de Pia, échevelé et épuisé. Une heure plus tard, remis de ses émotions et attablé devant le copieux repas préparé par Lotte, il leur expliqua toute l'affaire.

« Le plus extraordinaire de tout, dans cette abdication, c'est le secret qui l'a entourée. Personne, absolument personne, n'a voulu en parler et c'est pourquoi la presse, dans son ensemble, a eu tendance à penser que non seulement Grégoire XVII s'était fait de très puissants ennemis, mais que de plus, il s'était aliéné la plupart des amis qu'il pouvait avoir tant à l'intérieur qu'à l'extérieur du Vatican. Tout comme vous, Carl, nous connaissons son charme extraordinaire. Où donc étaient passés ses amis? C'est à ce moment que vous m'avez parlé de la liste et je me suis dit qu'elle avait certainement une très grande importance. Vous disiez qu'elle était dactylographiée et que, par conséquent, elle devait provenir d'un fichier. Je me suis demandé qui pouvait être au courant des dossiers personnels de Grégoire XVII, et j'ai pris contact avec son secrétaire particulier, Mgr Bernard Logue qui, en dépit de son nom irlandais est un Français, descendant de ces émigrés qui ont fui en France pour combattre les Anglais. Je lui ai demandé ce qu'il lui était advenu après l'abdication.

— Très habile de votre part, Georg. C'est Logue qui a remis l'encyclique à la curie et il est à l'origine de toute l'affaire. Je ne me suis jamais demandé quelle avait été sa récompense.

— Pas merveilleuse, apparemment. On l'a muté de la Maison papale au secrétariat des Communications publiques. On m'avait dit qu'il était très mécontent et qu'il était prêt à donner libre cours à son ressentiment. Mais bien au contraire, il s'est comporté comme un parfait fonctionnaire ecclésiastique, précis, condescendant et absolument convaincu que le doigt de Dieu guide le moindre gratte-papier du Vatican. J'ai vu tout de suite qu'il n'était pas disposé à cracher le morceau et je lui ai raconté que je travaillais sur un article au sujet des derniers jours de Grégoire XVII, au cours desquels, lui, Mgr Logue, avait joué un rôle capital. Il parut troublé et il m'a demandé de préciser le rôle qu'il était censé avoir joué. Je lui ai dit alors que je savais qu'il avait informé la curie de la dernière encyclique de Grégoire XVII. Mes paroles l'ont profondément indisposé. Il a nié avoir fait une pareille chose. Il a prétendu n'avoir aucune connaissance d'une quelconque encyclique. Alors, j'ai parlé de la liste et je lui ai cité les noms que vous m'avez confirmés. Il voulait savoir à tout prix où j'avais vu ces documents, mais je lui ai rétorqué que je devais protéger mes sources, en lui faisant comprendre qu'éventuellement j'étais prêt à négocier des informations avec lui. Il m'a alors avoué qu'il connaissait l'existence de cette liste, mais qu'il ne l'avait jamais eue sous les yeux et il m'a ensuite expliqué que Grégoire XVII croyait beaucoup à la diplomatie personnelle. De même, il était beaucoup trop sensible aux gestes d'amitié et le Secrétariat d'Etat voyait un grand danger dans son attitude vis-à-vis des Amis du Silence.

— Les quoi ? » Mendelius avait presque crié. Rainer renversa la tête en arrière et se mit à rire.

« J'étais sûr que vous seriez saisi, Carl ! Je l'ai été moi aussi. Qui sont ces Amis du Silence ? ai-je demandé. Mais notre petit monseigneur s'était rendu compte qu'il venait de faire une grosse gaffe et il m'a pressé d'oublier ce qu'il m'avait dit. J'ai fait tout mon possible pour le rassurer, mais il a refusé de se laisser apaiser. L'entretien s'est terminé là. Je suis resté avec mes quatre noms : Petrov et les autres, et quelque chose qui s'appelle les Amis du Silence. Le soir, on était samedi, je suis allé avec Pia au Piccolo Roma, puis nous avons terminé la nuit dans une discothèque. Nous en sommes sortis à deux heures du matin. Les rues étaient pratiquement désertes et c'est alors que je me suis aperçu qu'on nous suivait. Depuis, nous avons été constamment sous surveillance.

— Vous n'avez été victime d'aucune malveil-

lance ? demanda Larsen. D'aucun acte de violence ?

— Pas encore, fit Rainer avec une moue dubitative. Mais une fois qu'ils sauront où est la liste...

— Qui ça, ils ? demanda Lotte.

— Je n'en sais rien. » Rainer fit un geste de
perplexité résignée. « Contrairement à vous, Carl,
rien ne me surprend de la part du Vatican. Mais
dans ce cas, on a affaire à un simple ecclésiastique, un fanatique, un mouchard reconnu, qui a
voulu faire déposer son maître. Il est possible
qu'il serve d'autres intérêts que ceux du Vatican.
Pia a son opinion là-dessus.

— Parlez ! » Mendelius l'invita à prendre part à
la discussion. « Vous nous apporterez peut-être
des idées nouvelles. »

Après avoir hésité un moment, Pia Menendez se
mit à parler d'un ton calme. « Mon père était
diplomate et il avait coutume de dire qu'on ne
pouvait pratiquer la diplomatie qu'entre institutions établies, qu'elles soient bonnes ou mauvaises. Dans une conjoncture révolutionnaire, il est
impossible de négocier, on ne peut que faire
des paris. D'après ce que Georg m'a dit,
Grégoire XVII croit qu'une situation révolutionnaire universelle suivra le cataclysme atomique et
que lui, ou d'autres, devront miser sur des hommes de bonne volonté, à l'intérieur et à l'extérieur
de l'Eglise. Pour le moment, ils restent dans l'ombre, de façon à conserver une position de force.

— Ils restent dans l'ombre, répéta Larsen. Ou
peut-être sont-ils mis à l'écart et même considérés
comme un danger par les régimes actuels. Ce
serait une raison supplémentaire pour avoir
chassé Grégoire XVII.

— Tout ça ne nous dit pas qui nous fait suivre,
remarqua Rainer.

— Raisonnons un peu, intervint à nouveau Mendelius. Mgr Logue a déclaré n'avoir jamais vu cette liste. C'est possible. Jean-Marie, sachant que c'était un mouchard, a dû essayer de protéger ses secrets. Mais Logue connaissait l'existence de la liste. Une fois qu'il a su que vous y aviez accès, Georg, qui devait-il avertir ? Ses maîtres actuels du Vatican, ou bien d'autres intéressés indéterminés ? Le Vatican ne pratique guère la politique de la filature permanente. Comme Pia l'a fait remarquer, il joue avant tout le jeu des institutions. Par conséquent, je penche pour des intérêts extérieurs. Quel est votre avis là-dessus, Georg ?

— Je n'en aurai pas avant d'avoir vu tous les documents. J'aimerais bien les emporter dans ma chambre.

— Avant que vous alliez vous coucher, se hâta de dire Larsen, j'aimerais que nous parlions un peu du contrat.

— Je vous épargnerai cette peine, répliqua Rainer en souriant. C'est Mendelius qui est le jésuite. Si votre contrat satisfait son sens de l'équité, je le signerai.

— Je vais chercher les papiers, dit Mendelius. Vous n'allez pas dormir de la nuit, je vous préviens.

— Pour une fois, je serai contente de dormir seule ! » fit Pia, la fille du diplomate.

Cette nuit-là, Mendelius resta éveillé longtemps après minuit, en s'efforçant, comme doit le faire tout bon historien, de se reporter par la pensée aux vieilles batailles de la Chrétienté : le combat pour instituer une doctrine des croyances, une constitution pour mettre l'assemblée des fidèles à l'abri des déviations des imaginatifs et des faussaires.

Toutes ces batailles avaient été rudes et même

parfois violentes. On avait sacrifié sans pitié des hommes de bonne volonté. Des fourbes complaisants avaient proliféré derrière le paravent de l'orthodoxie. On avait procédé à des mariages de raison entre l'Eglise et l'Etat et il y avait eu de douloureux divorces entre les nations et les communautés et l'union des élus.

Et le combat se poursuivait toujours. Jean-Marie Barette, ex-pape, en était la preuve. Il avait invoqué l'Esprit : les cardinaux avaient invoqué l'Assemblée et, comme toujours, l'Assemblée l'avait emporté grâce à la loi du nombre et à la puissance de l'organisation. Voici la leçon que Rome avait enseignée aux marxistes : conserver la pureté de la doctrine et la prééminence de la hiérarchie. Avec l'une on enfume l'hérétique, et avec l'autre, on l'écrase.

Par une rapide association d'idées, Mendelius en vint à se poser cette question : qui étaient les Amis du Silence ? Il était tenté d'adopter la théorie de Pia Menendez qui pensait que c'étaient des hommes qui attendaient dans l'ombre le moment où ils seraient appelés à sauver une situation révolutionnaire ou cataclysmique. Mais il lui revint en mémoire une ancienne lettre que Jean-Marie lui avait écrite alors qu'il n'était encore que cardinal, contre les mouvements élitistes à l'intérieur de l'Eglise.

« ... Je me méfie d'eux, Carl ! Si j'étais le pape, je découragerais activement tout ce qui ressemble de près ou de loin à une société secrète, à une association fermée, à un cadre privilégié à l'intérieur de l'Eglise. Parmi toutes les sociétés, l'assemblée du peuple de Dieu doit être la plus ouverte et la plus généreuse. Il y a bien assez de mystères dans le monde sans qu'on en fabrique de nouveaux. Mais les Romains aiment les chuchotements et les commérages dans les couloirs ainsi que les archives secrètes ! »

Il était difficile d'admettre que l'homme qui avait écrit ces lignes eût institué lui-même une assemblée d'élite en lui donnant un nom si évident. N'était-il pas plus vraisemblable que les Amis du Silence fussent en réalité un groupe dissident dont le nom français était destiné à donner l'impression qu'il était approuvé par un pape français ? Bien des années auparavant, les Espagnols avaient donné l'exemple en créant une élite de commandement qu'ils avaient appelée Opus Dei — l'Œuvre de Dieu.

En proie à une certaine agitation, Mendelius se mit à fouiller dans sa mémoire pour essayer de trouver des associations avec ces Amis du Silence. Le mot « amis » avait d'étranges corrélations, depuis la Société des Amis à l'*amicus curiae*, en passant par l'Ami de l'Homme du marquis de Mirabeau. Le mot « silence » comportait une plus grande variété d'associations. A Rome, dans la prison Mamertime, une lampe poussiéreuse brûlait en souvenir de l'Eglise du Silence : les fidèles auxquels on avait refusé la liberté de culte ou qu'on avait persécutés pour leur adhésion à l'ancienne foi. Il y avait aussi le silence amycléen qui avait interdit aux citoyens d'Amyclée de parler de la menace spartiate, si bien que lorsque vinrent les envahisseurs, la ville tomba facilement. Il y avait ce lugubre proverbe italien : « Une noble vengeance est fille d'un silence profond. »

Alors que le sommeil commençait enfin à venir, Mendelius se dit que ce serait là une bonne occasion de mettre à l'épreuve la promesse que lui avait faite Drexel de lui fournir des renseignements sur des faits concrets. Lotte se retourna et étendit la main dans le noir pour s'assurer de sa présence. Il s'enveloppa dans sa chaleur et sombra rapidement dans le sommeil.

Des problèmes inattendus s'étant présentés à cause du contrat de Georg Rainer avec le *Welt*, Lars Larsen partit aussitôt après le petit déjeuner à Bonn et à Berlin pour discuter avec les dirigeants du groupe Springer. Comme toujours, il était désinvolte et confiant.

« Il faudra bien qu'ils coopèrent. Pas d'accord, pas d'articles à sensation — et Georg donnera sa démission ! Laissez-moi faire. Vous, les enfants, mettez-vous au travail et écrivez-moi cette histoire. Je veux la ramener avec moi à New York. »

Mendelius et Rainer s'enfermèrent dans le cabinet de travail pour classer leurs matériaux : les fiches de Rainer sur le pontificat de Grégoire XVII, la correspondance privée de Mendelius avec celui-ci avant et durant son règne, des notes de lecture, une bibliographie sur la tradition millénariste et, comme pierre d'angle de l'édifice, les trois derniers documents : la lettre, l'encyclique et la liste des noms. Sur ces derniers, Rainer émit un jugement assez sec :

« Pour un incroyant — et je suis tout au plus un luthérien atrophié — la lettre et l'encyclique peuvent se comparer à de la poésie et on ne peut pas en discuter de façon rationnelle. Ou bien, on le sent, ou bien on ne le sent pas. Je comprends la souffrance de cet homme, mais pour moi, c'est comme s'il marchait sur la lune, complètement hors de portée. Mais pour la liste des noms, c'est une autre affaire. Je connais la plupart d'entre eux et j'en sais assez pour avoir pu déceler un certain nombre de facteurs communs et je suppose qu'un ordinateur en trouverait encore bien davantage. Je voudrais travailler un peu sur cette liste ce matin avant d'avancer la moindre conclusion.

— Vous voyez en eux les Amis du Silence ?

— Pas du tout. Ce sont tous des gens qui parlent beaucoup. Certains ont connu des échecs dans leur carrière et risquent de ne jamais s'en relever.

— Je vais essayer avec Drexel. »

Mendelius prit le téléphone, composa le numéro du Vatican et demanda à être mis en communication avec le cardinal Drexel. Son Excellence parut surprise et vaguement méfiante.

« Mendelius ? Vous êtes bien matinal. Que puis-je faire pour vous ?

— Je suis en train de travailler à mon mémoire. Vous avez eu l'amabilité de me proposer votre aide sur des problèmes concrets.

— Oui.

— Qui sont les Amis du Silence ?

— Je regrette, répliqua sèchement Drexel. Je ne peux vous donner aucun renseignement à ce sujet.

— Pourriez-vous m'adresser à une autre source, comme vous me l'aviez promis ?

— Ce serait inopportun.

— Certaines personnes m'ont dit que ce sujet risquait d'être dangereux.

— Je n'ai aucune opinion sur la question.

— Merci d'avoir accepté de me parler, Eminence.

— Le plaisir est pour moi, Mendelius. Au revoir. »

Rainer n'avait pas l'air surpris.

« Ça n'a pas marché ? »

Mendelius bougonna : « Le sujet est inopportun ! »

— J'adore ce terme ! Ils s'en servent pour enterrer toutes sortes de cadavres. Pourquoi n'appelez-vous pas le Mont-Cassin pour demander des éclaircissements à votre ami ?

— Parce que je veux qu'il n'ait aucune responsabilité dans ce que nous allons écrire. C'est vous le journaliste. Que pourrions-nous faire ?

— Je propose que nous laissions tomber cela pour le moment et que nous ébauchions un plan d'ensemble. Nous devrions commencer par l'abdication elle-même, un acte important et rempli de conséquences dont la raison est toujours un mystère. Nous avons accumulé suffisamment de preuves pour affirmer que les membres du Sacré Collège ont manigancé toute l'affaire. Nous montrerons comment ils ont procédé et ensuite, nous en viendrons au pourquoi, ce qui relève de votre témoignage, des trois derniers documents et de vos entretiens avec Drexel, à Rome et avec Grégoire XVII au Mont-Cassin. Je relaterai le tout en donnant des preuves. Nos lecteurs se feront aussitôt un jugement. Les cyniques diront que cet homme était fou et que les cardinaux ont eu raison de s'en débarrasser. Les dévots adopteront tranquillement la thèse officielle selon laquelle quoi qu'il arrive, le Saint-Esprit remettra les choses en ordre, en fin de compte. Les esprits curieux et critiques voudront en savoir davantage. C'est là que vous reprendrez le récit avec un portrait de l'homme et un examen de ce qu'il a dit et écrit. Je sais que vous êtes un écrivain très clair, mais cette fois, il faudra vraiment dire les choses le plus simplement possible — même pour nos secrétaires de rédaction. Voilà. Vous êtes d'accord sur la forme ?

— Oui, pour commencer. Nous verrons à quoi ça ressemble une fois dactylographié. Mettez-vous à l'aise. Je vais aller faire un petit tour avant de commencer mon travail. »

Au moment où il traversait le salon, le téléphone se mit à sonner. C'était Dieter Lorenz, inspecteur principal au Landeskriminalamt. Il s'agissait d'une affaire assez importante et il désirait en parler avec Herr Professor.

Il se présenta dix minutes plus tard. C'était un homme dégingandé, d'allure assez minable et vêtu d'un blue-jean et d'une veste de cuir. Pendant que Lotte faisait du café, il montra à Mendelius un stencil crasseux sur lequel figuraient son portrait avec son nom, son adresse et son numéro de téléphone. Le papier était plié plusieurs fois comme si on l'avait mis dans une sacoche. Lorenz lui expliqua d'où il provenait.

« Il y a une brasserie fréquentée par des ouvriers turcs qui travaillent à l'usine de papier. C'est un des centres du trafic de la drogue dans la ville et parmi les étudiants. La nuit dernière, il y a eu une bagarre entre des Turcs et une poignée de jeunes Allemands. Un homme a été poignardé. Il est mort avant d'arriver à l'hôpital. Nous l'avons identifié comme étant Albrecht Metzger, un ancien employé de l'usine, renvoyé il y a six mois pour un vol mineur. Nous avons trouvé ce papier dans sa sacoche.

— Qu'est-ce que ça veut dire ?

— En bref, Professeur, cela veut dire que vous êtes surveillé par les terroristes. Le dessin est ronéotypé, ce qui indique qu'il a été distribué à plusieurs personnes. Le papier est de fabrication allemande, mais le dessin a dû être exécuté à

Rome d'après une des photographies de vous qui ont paru dans la presse italienne. Le reste de l'affaire n'est pas encore très clair. Nous savons que certains groupes clandestins se financent en faisant du trafic de drogue en provenance de Turquie. Il y a vingt mille étudiants à l'université; c'est un marché important pour les trafiquants. Le mort ne figure sur aucune des listes d'individus recherchés, mais les terroristes utilisent des agents occasionnels, payés en liquide, afin de ne pas compromettre leur organisation centrale. Avec la situation actuelle, le chômage et l'instabilité sociale, c'est facile de recruter de la main-d'œuvre pour ce genre de boulot. »

Lotte revint avec le café, et pendant qu'elle le servait, Mendelius lui expliqua la situation. Elle prit la chose assez calmement, mais son visage devint pâle et sa main tremblait quand elle reposa la cafetière. Lorenz poursuivit son exposé :

« Il faut que vous compreniez comment fonctionne le système terroriste. Ils se servent d'individus comme feu notre ami Metzger — nous les appelons des " observateurs " — qui font un tableau des habitudes et des allées et venues de la victime virtuelle. Dans une grande ville, c'est plus difficile, mais dans une petite agglomération comme Tübingen et pour un homme comme vous, c'est relativement simple. Vous allez travailler toujours au même endroit. Vous faites vos courses dans les mêmes magasins et vous ne pouvez pas introduire beaucoup de variations dans votre emploi du temps. Par conséquent, vous avez tendance à faire moins attention, à être moins prudent. Alors, un jour, ils sortent leur équipe de choc — trois ou quatre types, un ou deux véhicules et... hop !... l'affaire est faite.

— Ce n'est pas un tableau bien réjouissant, dit Lotte d'une voix mal assurée.

— C'est vrai, chère madame. » Lorenz n'essayait pas du tout de la rassurer. « Nous pourrions donner à votre mari un permis de port d'armes; mais à moins qu'il ne s'entraîne à tirer, cela ne lui servira pas à grand-chose. Vous pourriez engager des gardes du corps, mais c'est ruineux — à moins, bien sûr, que vos étudiants ne veuillent vous aider.

— Non ! » Le refus de Mendelius était catégorique.

« Alors, la seule solution, c'est la vigilance personnelle et un contact permanent avec nous. Vous devrez nous signaler le moindre incident qui vous paraîtra bizarre ou inhabituel. Je vais vous donner ma carte. Vous pouvez appeler ce numéro à n'importe quelle heure du jour et de la nuit. Il y a toujours un service de garde.

— Il y a quelque chose que je ne comprends pas, dit Lotte. Pourquoi en ont-ils après Carl ? Il a fait sa déposition à Rome. Elle a été enregistrée. Qu'il soit mort ou vivant n'y changera rien.

— La question n'est pas là, chère madame, expliqua patiemment Lorenz. Le but essentiel de la terreur est de provoquer la peur et la méfiance. Si les terroristes ne pratiquaient pas la vengeance, ils perdraient de leur influence. C'est la vieille notion de la vendetta qui ne cesse pas tant qu'une des parties n'est pas complètement liquidée. Dans une société stable, notre travail de policier est plus facile, mais, en ce moment, il devient de plus en plus dur — et de plus en plus sale.

— C'est justement ce qui m'ennuie, remarqua Mendelius d'un air maussade. Je pense que vous savez qu'on va peut-être demander aux membres de l'université de donner des renseignements sur les étudiants. »

Lorenz lui jeta un bref regard en coulisse et hocha la tête.

« Je sais. J'imagine que cette idée ne vous plaît pas beaucoup.

— Elle me fait horreur.

— C'est une question de priorités, voyez-vous. Combien êtes-vous disposé à payer pour la sécurité dans la rue ?

— Pas ce prix-là. Merci pour votre aide. Nous resterons en contact. »

Il lui rendit le dessin. Lorenz le replia soigneusement et le rangea dans sa serviette. Il tendit sa carte à Mendelius en lui répétant :

« Souvenez-vous. De jour et de nuit, à n'importe quel moment. Merci pour le café, madame.

— Je vais vous raccompagner jusqu'à votre voiture, dit Mendelius. Je reviens tout de suite, chérie. J'ai envie de marcher un peu avant de commencer à travailler avec Georg.

— Qui est Georg ? demanda le policier, devenu instantanément soupçonneux.

— Georg Rainer. Le correspondant du *Welt* à Rome. Nous écrivons ensemble une série d'articles sur le Vatican.

— Alors, ne les laissez pas paraître. Vous avez déjà trop attiré l'attention. »

Tout en remontant la Kirchgasse en direction du Vieux Marché, Dieter Lorenz lança brusquement cette remarque :

« Je n'ai pas voulu en parler devant votre femme. Vous avez deux enfants. Pour les terroristes, l'enlèvement paie davantage encore que le meurtre. Ils en tirent une grosse publicité ainsi que des fonds. Quand vos gosses seront rentrés de vacances, vous aurez intérêt à leur apprendre la manœuvre, à eux aussi.

— On en revient vraiment à la jungle.

— Nous y sommes jusqu'au cou, répondit aigrement Lorenz. C'était une petite ville bien tranquille, dans le temps; mais si vous pouviez voir tout ce qui défile sur mon bureau, vous en auriez la chair de poule.

— Et que faire?

— Dieu seul le sait. Peut-être une bonne guerre pour éliminer quelques-uns de ces salopards et nous permettre de repartir du bon pied! »

C'était là une idée triste et horrible sortie du cerveau d'un homme débordé de travail, peu propice à apaiser la peur qui venait assaillir Mendelius quand il passait devant les kiosques à journaux, qui le faisait sursauter quand une brave mère de famille le bousculait dans la rue, ou qu'un garçon à mobylette le dépassait en faisant ronfler son pot d'échappement. Francone n'était plus là pour le protéger. De face, de dos et de profil, il était exposé aux chasseurs silencieux qui portaient son image comme un grigri, partout où ils allaient.

7

RAINER travaillait vite, entraîné qu'il était à rendre chaque jour des copies claires et précises. Mendelius était accoutumé à l'amble de l'écrivain universitaire. Il fignolait son style et argumentait avec raffinement sur les définitions. Il se refusait à écrire en abrégé et il lui fallait deux ou trois brouillons dactylographiés pour ses corrections.

En dépit de cette apparente incompatibilité, ils parvinrent, en quatre jours, à la première étape de leur travail — un récit de vingt mille mots pour la publication immédiate en feuilleton dans les journaux et dans les périodiques. Avant de le remettre au traducteur — la version en anglais était exigée par le contrat — ils le firent lire tour à tour par Lotte, Pia Menendez et Anneliese Meissner. Ces lectures suscitèrent des commentaires francs et inattendus.

Tout en essayant de se montrer indulgente, Lotte ne réussit qu'à les accabler.

« Il y a quelque chose qui cloche. Je ne pourrais pas dire quoi exactement... enfin si. Je connais Jean-Marie; c'est un homme chaleureux, complexe et intéressant pour une femme. Je ne le sens pas du tout dans ce que vous avez écrit. C'est trop froid, peut-être. Le personnage que vous avez décrit ne me passionne pas du tout ! Je ne suis absolument pas touchée par ce qui lui arrive. »

Pia Menendez se joignit à la discussion en donnant un avis et une explication autorisés.

« Je crois comprendre ce qui s'est passé. Je sais comment fonctionne le cerveau de Georg. Tu as toujours dit, chéri, que tu transmettais les nouvelles de Rome pour les croyants comme pour les incroyants. Tu ne peux pas faire plaisir aux uns de peur d'indisposer les autres. Tu es donc obligé de te montrer un peu cynique. Il me semble que le professeur Mendelius est tombé dans le même piège. Il a tellement voulu paraître détaché de son ami qu'il a pris le ton d'un censeur de moralité et il a tant cherché à expliquer la doctrine des fins dernières qu'on dirait un problème de mathématiques supérieures. Je ne voudrais pas être méchante, mais...

— Ne vous excusez pas ! s'exclama Anneliese Meissner avec sa brusquerie habituelle. Je suis d'accord avec vous et avec Lotte. Nous avons perdu de vue l'homme qui est, en définitive, le centre, le pivot de toute cette affaire. En évoquant le prophète, Carl a abandonné la poésie pour la pédanterie. J'ai un autre reproche à vous adresser, Carl et je crois qu'il est très important. Dans votre explication des fins dernières, vous avez esquivé deux questions capitales : la nature du mal, la présence du mal dans le cataclysme provoqué par l'homme, ainsi que le caractère de la parousie elle-même. Qu'est-ce que nous allons voir ? Ou plus exactement, que nous promettent les prophètes apocalyptiques, dont Jean-Marie ? Qu'est-ce qui va distinguer le Christ de l'Antéchrist ? Je suis votre lectrice maintenant, même si je ne suis pas croyante ! Vous avez ouvert la boîte et je suis aussi impatiente que tout le monde de voir ce qu'il y a à l'intérieur. »

Mendelius et Rainer se regardèrent avec un air consterné. Rainer fit en souriant un geste de défaite.

« Si les lecteurs ne nous aiment pas, Carl, nous sommes morts. Si nous ne sommes pas capables de leur inspirer la pitié et la frayeur avec un tel sujet, nous méritons la mort.

— Alors, au travail ! » Mendelius se mit à rassembler le manuscrit.

« Pas ce soir ! s'écria Lotte sur un ton décidé. J'ai retenu une table pour cinq à l'Hölderlinhaus. On y mange bien et l'atmosphère semble agir sur Carl. C'est le seul endroit où je l'ai vu assez gris pour réciter *Empedocle sur l'Etna* au rôti et chanter du Schubert au dessert. Et les deux, très bien, dois-je dire !

— Il est possible que je m'enivre ce soir encore, prévint Mendelius. Je suis profondément découragé. Heureusement que Lars Larsen n'a pas vu notre travail.

— Un petit conseil, dit Anneliese Meissner. Effacez tout ce que vous avez écrit. Reprenez du début. Laissez parler votre cœur comme dans les enregistrements que vous m'avez envoyés de Rome.

— Bravo ! s'exclama Lotte. Et si un peu de vin aide le cœur à s'exprimer, je suis pour !

— Et pour moi, demanda Rainer, quelles sont vos prescriptions ?

— Pour vous, c'est plus difficile, dit franchement Anneliese Meissner. A mon avis, vous devriez vous en tenir au récit des faits en laissant l'interprétation à Carl, puis revenir seulement à la fin avec une question directe pour laisser le lecteur juge. »

Georg réfléchit un moment, puis approuva d'un signe de tête.

« Vous avez peut-être raison. Je vais essayer... Mais, dites-moi, docteur Meissner, vous n'êtes pas croyante. Vous vous occupez de malades et d'hallucinés. Pourquoi prenez-vous tant d'intérêt à cet épisode de l'histoire religieuse ?

— Parce que j'ai peur, répondit sèchement Anneliese. Je lis des présages dans tous les journaux. J'entends l'écho lointain des tambours et des trompettes. Je crois que nous aurons notre Armageddon. J'en rêve toutes les nuits et j'aimerais bien trouver une foi pour me réconforter dans le noir. »

La douceur de l'été imprégnait encore l'atmosphère. Le Neckar coulait paisiblement entre les saules, tandis que les amoureux glissaient paresseusement sur des périssoires ou des canots, sous les fenêtres de la Bursa et de l'ancienne faculté où Melanchton enseigna et où le grand Johannes Stöffler fit des conférences sur l'astronomie et les mathématiques et dressa les plans de l'horloge de l'hôtel de ville.

L'Hölderlinhaus était une petite maison très ancienne flanquée d'une tour ronde qui surplombait le fleuve vers le jardin botanique. Friedrich Hölderlin était mort là en 1843, génie triste et fou éclipsé par son contemporain Uhland, dans lequel, comme Gœthe l'avait prophétisé, le politicien avait étouffé le poète.

Les allées étaient tranquilles car l'université était encore en vacances. Pourtant, le restaurant était très animé à cause d'une réunion des membres de l'Institut évangélique et d'une autre table occupée par un groupe de comédiens qui répétaient au théâtre de l'université. Mendelius présenta Georg Rainer et Pia à ses collègues et des conversations s'échangèrent pendant tout le repas entre les trois tables.

En tant que correspondant d'un journal célèbre, Rainer était le centre de l'attention et Mendelius remarqua avec admiration sa façon habile de faire parler les gens en les appâtant avec des bribes d'informations sur la vie romaine. A la fin, il demanda avec un détachement très étudié :

« Quelqu'un d'entre vous a-t-il entendu parler d'une association qui s'appelle les Amis du Silence ? » Il n'avait pas cité le nom en français, mais en allemand : « Die Freunde des Schweigens. »

Il s'était adressé aux universitaires, mais la réponse vint inopinément de la table des comédiens. Un grand jeune homme exsangue s'était levé et il se présenta ainsi que toute la troupe d'une façon très cérémonieuse.

« Nous sommes, dit-il, nous sommes les Amis du Silence. Pour nous comprendre, il faut que vous gardiez le silence, vous aussi et, toujours en silence, nous vous conterons une histoire d'amour, de peur et de pitié. »

Et là, dans la vieille maison où le malheureux Hölderlin avait tenté de rassembler les derniers lambeaux de ses rêves, ils se mirent à jouer une version mimée de l'histoire d'un homme qui avait perdu son ombre et de la femme qui la lui avait rendue.

C'était un de ces incidents étranges et spontanés qui transforment une soirée banale en événement magique. Elle se poursuivit avec du vin, des chansons et des récits jusqu'au moment où l'horloge de maître Stöffler sonna deux heures à la tour de l'hôtel de ville. Pendant que tout le monde se disait adieu, un vieux collègue de l'Institut vint tirer Mendelius par la manche pour lui faire cette remarque :

« Votre ami Rainer n'a pas reçu de réponse à sa question. Nous avons tous été distraits par ces talentueux jeunes gens. Vous recevez la *Revue d'Etudes patristiques,* n'est-ce pas ? Dans le numéro d'avril, il y avait un article sur la Discipline du Secret. Il contient deux références qui pourraient l'aider dans son enquête.

— Merci. Je verrai ça demain.

— Ah ! autre chose, Mendelius...

— Oui ? » Il avait hâte de prendre congé car les autres se préparaient déjà à partir.

« Je connais votre position au sujet de la surveillance des étudiants. Je suis d'accord avec vous, mais je dois vous avertir que le président est loin d'en être heureux. Il prétend que vous l'avez attaqué. A mon avis, il craint une révolte dans la faculté et c'est bien la dernière chose qu'il lui faut avant de prendre sa retraite. Bon... bonne nuit, cher ami. Faites attention en marchant. On risque toujours de se fouler une cheville sur ces maudits pavés. »

A quatre heures du matin, Mendelius, pris entre le sommeil et la veille, ne cessait de se tourner dans son lit. A cinq heures, il se leva, se fit du café et alla s'installer derrière son bureau avec l'édition d'avril de la *Revue d'Etudes patristiques.* Le numéro avait été publié avant l'abdication et de toute évidence il avait été préparé plusieurs mois auparavant.

L'article sur la Discipline du Secret avait pour en-tête « Paris » et il était signé par un certain Jacques Mandel. Il traitait d'une pratique en vigueur dans les communautés chrétiennes primitives, appelée *disciplina arcani.* Le terme lui-même n'avait été inventé qu'au XVIIe siècle, mais cette discipline était l'une des plus anciennes dans les communautés chrétiennes et elle consistait en la dissimulation obligatoire des rites et des doctrines les plus secrètes de l'Eglise. On ne devait jamais les dévoiler aux incroyants et même aux novices qu'on initiait. Toute référence nécessaire devait être faite en termes occultes, sibyllins et même trompeurs. L'exemple le plus célèbre de ce langage était une inscription découverte à Autun en 1839 : « *Prenez la nourriture douce comme du miel du Sauveur des bienheureux; mangez et buvez en tenant le poisson entre vos mains.* » Le mot « poisson » était mis pour Jésus-Christ Fils du Sauveur. La « nourriture douce comme du miel » symbolisait l'eucharistie.

La première partie de l'article de Mandel était un inventaire savant de tout ce qu'on savait sur cette pratique et la constatation de la rareté naturelle des témoignages patristiques primitifs sur les questions de doctrine et de sacrements. Cependant, il n'y avait rien de neuf dans tout cela, en dehors d'une ou deux remarques curieuses sur le synode d'Antioche, au moment où les orthodoxes avaient condamné les Ariens pour avoir admis des catéchumènes et même des païens dans une discussion sur les « mystères ». Mendelius se demandait pourquoi l'auteur s'était donné le mal d'écrire cette nouvelle mouture de matériaux anciens. Mais, soudain, le ton de l'article changea. Jacques Mandel se servait de la discipline du secret comme support d'un problème très actuel.

Il prétendait qu'à l'intérieur de la hiérarchie de l'Eglise catholique romaine il existait un groupe puissant qui souhaitait étouffer toute discussion sur les questions de doctrine et imposer une version XXe siècle de la discipline du secret. Il soulignait l'action répressive menée contre certains théologiens catholiques dans les années 70 et au début des années 80 ainsi que l'attitude rigoriste de certains évêques contemporains en France et ailleurs. Voici ce qu'il écrivait :

« Il paraît qu'il existe une confrérie clandestine de ces évêques qui ont des amis haut placés à la curie et qui sont à même d'exercer de fortes pressions sur le souverain pontife lui-même...

« Pour l'instant, Grégoire XVII, étant lui-même français, a réussi à naviguer entre les rigoristes et les novateurs, mais il ne fait pas un secret de sa désapprobation de ce qu'il appelle une " franc-maçonnerie " des grands ecclésiastiques, des amis du silence et des ténèbres. L'auteur a vu la copie d'une lettre adressée par le Saint-Père à un archevêque, dans laquelle il emploie ces mots de désaveu. »

Ces paroles étaient bien crues pour un journal aussi sévère et aussi spécialisé, mais Mendelius en comprit le but. Jacques Mandel avait lancé un ballon-sonde pour voir qui allait tirer dessus ou le saluer. Il était clair qu'il possédait des informations qui devaient expliquer une grande partie des coulisses de l'abdication.

Bien avant sa vision et son abdication, Jean-Marie avait été soumis à des pressions incroyables. L'éventualité d'un schisme était bien réelle. Les évêques étaient des personnages puissants, tant dans le domaine séculier que religieux. D'une part, ils étaient à la tête de vastes congrégations et d'autre part, ils constituaient une force discrète, mais efficace, en contrôlant le vote confessionnel sur des questions litigieuses. En définitive, étant donné que les cardinaux n'auraient pas bougé sans le soutien de la majorité des évêques,

244

ils s'étaient révélés assez puissants pour renverser un pape.

Vues sous cet angle, la surveillance et la filature de Georg Rainer prenaient une signification lugubre. Les ecclésiastiques ne faisaient pas tous fi de la politique. Ils n'étaient pas tous hostiles à ses pratiques violentes. L'Histoire était riche en mauvaises actions accomplies par de grands personnages pour de nobles causes. De la place élevée qu'il occupait, Jean-Marie voyait les méfaits que l'on pouvait cacher ou excuser grâce à la discipline du secret ou à l'intérieur de la confraternité du silence.

Mendelius souligna les passages importants de l'article et griffonna une note à l'intention de Georg Rainer.

« Ce ne sont pas des preuves, mais ceci ajouté à l'indiscrétion de Logue, nous apporte une bonne indication quant à la nature des Amis du Silence. A mon avis, nous devrions y faire allusion dans notre récit, comme l'a fait Mandel, pour voir quelles seront les réactions. Je vais esquisser un petit paragraphe sur un autre aspect du problème, à savoir que dans des périodes de crise grave, les peuples se tournent toujours vers des dictateurs ou des juntes, comme les malades qui vont toujours vers les médecins qui les rassurent, aussi incompétents soient-ils. Si je ne suis pas là quand vous vous mettrez au travail, vous trouverez ces nouveaux documents sur mon bureau. »

Il épingla la note au brouillon de Rainer, puis il prit son propre manuscrit et sous le titre : « Portrait de l'époque de Grégoire XVII », il écrivit :

« Les épidémies psychiques ne sont pas une nouveauté dans l'histoire des hommes. Les germes qui les provoquent restent immobiles comme la bactérie du charbon, jusqu'à ce que toutes les conditions soient réunies pour leur renaissance. Ces conditions sont la peur, l'incertitude, l'éclatement d'un système social trop fragile pour les charges qu'on lui fait supporter. Les symptômes sont aussi variés que les illusions de l'humanité : automutilation des flagellants, castration des prêtres, furie meurtrière des *sicarii,* perversion sexuelle des chasseurs de sorcières, folie méthodique des inquisiteurs qui s'imaginent pouvoir enfermer la vérité dans une phrase et qui brûlent tous ceux qui osent s'écarter de leur définition. Cependant, les effets de la maladie sont toujours les mêmes. Le patient est victime de la peur et de la déraison; il est sujet à des cauchemars nocturnes et se livre à des illusions agréables, devenant ainsi une proie facile pour les charlatans, les formules magiques et les folies collectives de tous ceux qui sont affligés par ce mal.

« Repérer l'origine et l'évolution de la maladie est une chose; la soigner en est une autre. Le remède le plus draconien, c'est l'extermination. Le seul ennui c'est qu'on ne sait jamais à l'avance qui en réchappera : les fous ou les autres. La propagande est un autre puissant médicament. On injecte aux malades des pensées curatives du matin au soir et même pendant leur sommeil. On ne cesse de leur répéter que tout est pour le mieux dans le meilleur des mondes. Et ils vous croient — avec joie et reconnaissance — jusqu'au jour où ils sentent de la fumée dans le vent et où ils voient du sang sur la pierre du sacrifice. Alors, ils font volte-face et vous taillent en pièces avec la furie maniaque du ressentiment.

« C'est pour cette raison que les membres du Sacré Collège ont décidé de réduire Jean-Marie au silence et de supprimer le récit de sa vision. Ils savaient que le contrecoup d'une proclamation millénariste serait terrible. Pourtant, c'est exactement pour la même raison que, dans son encyclique, Jean-Marie avait proposé une préparation des esprits en vue d'une inévitable période de folie sociale. Il aurait voulu qu'on prévoie des médecins et des asiles avant que l'épidémie s'installe. Et sur le principe, du moins, je pense qu'il avait raison.

« Même dans l'ancien temps, le mot asile avait une connotation mystique. Il comportait une idée d'endroit sacré, de temple, d'autel, de bosquet, où un criminel ou un esclave en fuite pouvait trouver refuge sous la protection du dieu tutélaire. L'important, ce n'était pas uniquement le refuge en lui-même, mais aussi l'idée qui s'en dégageait, l'idée de force, d'espoir et d'élan vital qui soutenait le fugitif pantelant, pendant le dernier kilomètre, alors que les chiens aboyaient de plus en plus près sur ses talons. »

Une autre pensée vint à l'esprit de Mendelius. Il posa sa plume pour y réfléchir. Tout ce qu'il venait d'écrire sur les causes et les symptômes de cette épidémie psychique pouvait tout aussi bien s'appliquer à Jean-Marie. Il avait abdiqué la raison pour la plus fantastique des révélations. Il avait abdiqué la seule place d'où il aurait pu exercer le pouvoir. Il ne proposait aucun espoir, mais uniquement une catastrophe et un ultime jugement pour les survivants. Ses adversaires, quels qu'ils fussent, avaient au moins le bon sens de leur côté. Les organismes traditionnels avaient été mis à l'épreuve du temps et ils avaient résisté à la terrible usure des siècles. Les interprétations traditionnelles imposaient le respect, ne serait-ce que par leur longévité et leur ancienneté. Quand un toit s'effondre, c'est d'un couvreur qu'on a besoin et non d'un prophète.

C'est bien là que résidait la faiblesse que Lotte, Anneliese et Pia avaient sentie dans son portrait de Jean-Marie. Il n'emportait pas la conviction parce que l'auteur lui-même n'en avait pas. Il ne suscitait pas la passion parce qu'il baignait dans la lumière plate et blanche de la raison. Ou alors, comme Anneliese Meissner le lui avait dit autrefois, il était encore trop jésuite pour jeter la famille de la foi dans l'embarras avec une vérité impopulaire! Allons, assez! Il prit un crayon rouge et se mit à trancher dans son manuscrit avec méthode et sauvagerie. Puis, il posa devant lui un bloc de papier vierge et recommença le tout par une déclaration d'une rigide simplicité.

« J'écris sur un homme que j'aime. Par conséquent, je suis un commentateur suspect. Pour cette raison, sinon pour d'autres, je présenterai uniquement des témoignages qui peuvent être prouvés de la façon la plus stricte. Lorsque j'exprimerai une opinion personnelle, je le dirai. Je ferai part de mes doutes aussi honnêtement que de mes certitudes. Mais, je répète qu'il s'agit de quelqu'un que j'aime, auquel je dois certaines des plus belles choses de ma vie, qui est plus proche de moi qu'un frère et dont je suis incapable de partager complètement la souffrance présente. »

Soudain, il se sentit investi par la grâce de l'éloquence. Il sut exactement ce qu'il fallait dire sur Jean-Marie et comment le dire pour toucher le cœur des simples. Quand il en vint à exposer la doctrine des fins dernières et à montrer combien Jean-Marie y avait adhéré, il se fit clair et persuasif. Jean-Marie avait été condamné sans avoir été entendu; maintenant, déclarait Mendelius, son avocat malgré lui, il allait être jugé ouvertement.

Cependant, quand il dut répondre aux questions posées par Anneliese Meissner sur la nature du mal et le caractère du Second Avènement, il se vit contraint de faire un aveu émouvant :

« ... Je sais que le mal existe. Je suis moi-même désigné comme victime de son pouvoir destructeur. Je prie tous les jours pour en être délivré, mais j'ignore pourquoi le mal et la souffrance existent dans un monde créé par un Dieu bienveillant. La vision de Grégoire XVII ne fait apparaître que les effets du mal; il n'éclaire aucunement le mystère de son existence. Il en va de même pour le Second Avènement. Sa vision ne nous dit rien du comment, du quand ou de l'endroit d'un événement qui, pour les chrétiens, est implicite dans la doctrine de la résurrection et certifié par elle de façon irrévocable. Il serait donc parfaitement juste de dire que la vision de Grégoire XVII ne nous apprend rien que nous ne sachions. Mais ceci ne discrédite ni la vision, ni le visionnaire, pas plus que le peintre qui nous montre sous un jour nouveau un paysage et une lumière que nous connaissons déjà. J'aimerais pouvoir interpréter la signification du moment d'extase de mon ami, mais ce n'est pas possible. Tout ce que je peux faire, c'est montrer pour quelles raisons, bonnes ou mauvaises, Jean-Marie Barette, le pape Grégoire XVII, a été empêché de donner sa propre interprétation au monde. En sommes-nous plus riches ou plus pauvres ? L'Histoire le dira. »

Trois jours plus tard, avec l'aide de quatre dactylos et de deux traducteurs, tout était terminé. Les versions anglaise et allemande étaient prêtes à être envoyées. Les attestations et les photographies des documents étaient en règle. Avant de partir en voiture pour Francfort d'où il devait prendre l'avion pour New York, Lars Larsen porta un toast d'adieu.

« Quand je viens de conclure une affaire aussi importante, je suis toujours terrorisé. Je suis sur des charbons ardents. Si je me suis trompé, je me retrouve au chômage. Si l'auteur me remet un navet, que dire aux éditeurs ? Mais cette fois, je pourrai déposer le paquet sur leur bureau en jurant sur la mémoire de ma mère qu'ils y trouveront leur compte. Nous avons un contrat pour le monde entier. Les articles paraîtront dimanche prochain. Ensuite, accrochez-vous bien en vue du choc en retour. Vous êtes de solides gaillards; vous tiendrez le coup. Si l'attaque est trop rude, souvenez-vous que chaque interview à la télévision équivaut à des dollars, des deutsche Mark et des yens sur votre compte en banque. Georg, Carl, je vous salue. Très chère Lotte, je vous remercie de votre hospitalité. Pia, j'espère que votre homme vous amènera à New York. Quant à vous, professeur Meissner, j'ai eu beaucoup de plaisir à faire votre connaissance. Si je craque sous la tâche, j'espère que vous voudrez bien me soigner.

— Vous ne craquerez jamais, répliqua Anneliese avec un sourire méchant. Pas avant qu'on n'ait aboli l'argent pour revenir au troc !

— Heureusement pour moi ! s'exclama joyeusement Larsen. C'est un jeu qui me plaît et j'y joue bien. Je vous souhaite à tous de prendre autant de plaisir à dépenser votre argent que j'en prends à vous le faire gagner. A votre santé ! »

La conclusion était bonne et Mendelius lui donna son approbation. Anneliese elle-même fit amende honorable et demanda à Larsen s'il consentirait à présenter ses ouvrages sur le marché américain. Georg Rainer reconnut que le sentiment de la richesse était une expérience nouvelle et agréable, mais il manifesta peu d'empressement quand Pia déclara qu'il n'y avait plus d'obstacle à ce qu'il se marie — avec elle de préférence. Il changea très rapidement de conversation.

« Il y a deux choses qui me tracassent encore, Carl. Nous avons parlé des Amis du Silence. Nous avons présenté la liste des hommes politiques qui sympathisent avec Jean-Marie, mais nous n'avons proposé aucune conclusion définitive sur ces sujets. Tôt ou tard, on va nous poser des questions là-dessus. Je vais donc continuer à faire des recherches à Rome et si j'ai du nouveau, je vous téléphonerai.

— Ce qui m'intéressera encore davantage, ce sera de savoir si on vous surveille toujours quand vous serez rentré à Rome.

— Moi aussi. L'espion le plus borné aurait eu le temps de me retrouver ici. Mais maintenant que notre histoire est écrite et qu'il y a tant de copies en circulation, je ne vois pas ce qu'on pourrait y faire. J'emmène Pia à Bonn pour y déposer une copie de sûreté. Même si on la vole, la nouvelle éclatera. Je ne suis pas inquiet... seulement curieux. Je déteste attendre. »

Ensuite, ce fut l'émotion des adieux et l'inévitable retombée. Anneliese partit pour ses rendez-vous à la clinique. Lotte avait hâte de retourner à son ménage pour que la maison reluise de propreté pour le retour de sa progéniture. Mendelius jeta un coup d'œil sur son bureau en désordre et décida d'aller faire un tour au jardin botanique pour donner à manger aux canards et aux cygnes.

Le lendemain, les enfants rentrèrent à la maison. Katrin, rayonnante de bonheur, arriva dans la matinée. Elle offrit à sa mère un foulard de prix et à Mendelius le tableau promis par Franz — une toile de la place du Tertre. Puis, après avoir respiré un grand coup, elle leur annonça la nouvelle : Franz et elle avaient décidé de s'installer à Paris. Ils seraient indépendants et jouiraient d'une modeste aisance. Franz venait d'être pris en main par un célèbre marchand de tableaux, quant à elle, elle avait trouvé un emploi dans une maison allemande d'importation à Paris. Oui, ils avaient parlé de mariage, mais ils étaient tous les deux d'avis qu'il serait plus sage d'attendre un peu, et je vous en prie, Mutti et Papa, tâchez de comprendre !

Lotte était secouée, mais elle essaya de garder son calme et ce fut Carl qui tenta de discuter avec Katrin des problèmes qui se poseraient à un couple non marié dans un pays étranger et en des temps si troublés. Pourtant, d'une certaine façon, ses arguments manquaient de conviction. Au fond de lui-même il était heureux de la voir échapper à la menace qui planait sur eux tous à Tübingen. Il souhaitait qu'elle profite le plus possible de son bonheur avant la période sombre et l'éclatement du monde.

En définitive, il fut décidé que Lotte irait à Paris avec elle pour l'aider à trouver un appartement et à s'installer et aussi que Mendelius mettrait un capital personnel à sa disposition pour le cas où cette histoire d'amour tournerait mal. Ils étaient tous trois conscients — bien qu'aucun d'eux n'ait osé le dire — que, dans le fond, il était tout simplement question de survivre et de voir de quelle façon ils pourraient le mieux préserver l'unité de leur famille en laissant le levain des vieilles habitudes continuer à agir dans une situation insatisfaisante.

Ensuite, pendant que Katrin défaisait ses valises, Lotte se mit à pleurer doucement et Mendelius chercha des mots pour la consoler.

« Je sais que tu es déçue, ma chérie. Mais au moins, notre famille restera unie et Katrin se tournera toujours vers nous dans les moments difficiles. Je sais bien que tu aurais aimé un mariage en blanc et un petit-fils l'année suivante. Ce n'est pas mon cas. Je suis heureux de la voir rester libre et d'avoir suffisamment d'argent pour la rendre indépendante.

— Mais, Carl, elle est si jeune et Paris semble si loin.

— Pour le moment, le plus loin sera le mieux, remarqua amèrement Mendelius. Toi et moi nous pouvons veiller l'un sur l'autre, mais je ne voudrais pas qu'on prenne nos enfants en otages. Allons, sèche tes larmes et monte parler avec elle. Elle a autant besoin de toi que toi d'elle. »

Quand Johann arriva à son tour, tout était rentré dans l'ordre et ils étaient prêts à s'intéresser à la description de sa retraite alpestre. Il leur montra des photos et s'enthousiasma sur les possibilités d'exploitation.

« L'accès se cache au bout d'un chemin de bûcherons. C'est un défilé long et étroit qui débouche sur cette étrange vallée taillée comme à la hache en plein milieu de la montagne. Autour du lac, il y a des prairies qui ont un mètre de bonne terre en profondeur. Les bois sont pleins de cerfs, mais il faudrait les élaguer. C'est là que se trouve la chute d'eau, avec à sa gauche, l'entrée du tunnel de l'ancienne mine qui fait presque huit cents mètres de longueur, avec une quantité de couloirs naturels que nous n'avons pas explorés,

faute d'entraînement et d'équipement nécessaire. »

Mendelius le laissa parler tout son soûl, puis il
lui posa sa question tout de go.

« Est-ce que tu es toujours intéressé par l'achat
et la mise en exploitation de ce terrain ?

— Intéressé, bien sûr ! Mais il faudrait un
argent fou pour l'exploiter. Il faudrait de la main-
d'œuvre pour les travaux agricoles et les constructions et les conseils d'experts sur les aménage-
ments et l'agriculture alpine. J'ai fait quelques
calculs. Même en louant simplement, trois cent
mille deutsche Mark seraient nécessaires pour la
mise en valeur. Je sais très bien que nous ne
pourrons jamais réunir une telle somme.

— Suppose que ce soit possible. Que ferais-tu ? »

Johann réfléchit un moment à la question, puis
il en posa une autre :

« Il s'est passé quelque chose pendant mon
absence ?

— Pas mal de choses, lui répondit Katrin sur
un ton lugubre. Nos parents que voici se sont
trouvés mêlés à des affaires plutôt retentissantes.
Papa, tu devrais tout lui raconter depuis le
début. »

C'est ce que fit Mendelius. Johann l'écouta avec
attention, posant peu de questions et dissimulant
ses sentiments comme il le faisait toujours. Mendelius en arriva enfin à la conclusion de son récit.

« En retour de ce que j'ai écrit sur l'abdication
de Grégoire XVII, j'ai reçu beaucoup d'argent.
Par conséquent, nous pouvons nous permettre de
penser plus librement à notre avenir immédiat.
Malgré tout, certaines choses ne dépendent pas
de nous. La guerre risque bien d'éclater avant un
an et Katrin et toi, vous pourriez être mobilisés
en septembre.

— Dans ce cas, rétorqua sombrement Johann, ce n'est pas la peine de parler de l'avenir.

— Pourquoi pas, dit Mendelius avec un humour froid, si tu envisages de devenir fermier dans les Alpes. Les propriétaires et les ouvriers agricoles sont exemptés de service militaire. Si tu veux vraiment acheter ce terrain en Bavière, il faut le faire maintenant, et commencer tout de suite à le mettre en exploitation. Il pourrait devenir un refuge en même temps qu'un bien productif.

— Ça fait cher pour un abri antiatomique, dit pensivement Johann, mais c'est une chose à envisager. Maman pourrait venir avec Katrin et Franz. De toute façon, on aura besoin de main-d'œuvre.

— Dis-lui l'autre chose, intervint Lotte. Le reste peut attendre.

— Quelle autre chose, papa ?

— Des gens cherchent à me tuer, fils. Tant que nous restons ensemble à Tübingen, nous sommes tous en danger. C'est pour cela que je crois que nous devrions nous séparer pendant un certain temps. Ta mère va aller à Paris pour installer Katrin. Si tu acceptes ma proposition d'acheter ce domaine, tu seras, toi aussi, en dehors du chemin.

— Et toi, papa, qui veillera sur toi ?

— Moi, dit Lotte. J'ai changé d'avis pour Paris. Si Katrin est assez grande pour prendre un amant plutôt qu'un mari, elle est assez grande également pour se trouver un logement. Nous resterons ici tous les deux, Carl... Johann n'aura qu'à prendre sa décision.

— Franchement, fils, je préférerais que tu quittes l'université. » Mendelius s'acharna soudain à le persuader. « On va traverser une période difficile. Il est question d'établir des dossiers sur tous les étudiants. On va demander aux membres de la faculté de fournir des renseignements. J'ai déjà refusé ma participation, ce qui veut dire que tôt ou tard — si j'échappe à mes assassins — je serai dans la ligne de mire des services de sécurité.

— Il me semble que tout cela repose sur la conviction qu'une guerre est inévitable, une guerre mondiale.

— C'est vrai. C'est bien cela.

— Tu crois vraiment que l'humanité pourrait commettre une telle monstruosité ?

— L'humanité aura très peu de chose à dire ou à faire dans cette histoire, répondit Mendelius. D'après la vision de Jean-Marie, la guerre est déjà inscrite dans notre avenir. C'est pour cette raison que je me suis trouvé en désaccord avec lui à Rome. D'autre part, tout ce que je vois et tout ce que j'entends me dit que les nations sont tout à fait favorables à un conflit à propos du pétrole et des sources d'énergie et que le risque de guerre grandit chaque jour. Dans ces conditions, que puis-je conseiller à mes enfants ? Votre mère et moi, nous avons déjà vécu la plus grande partie de notre vie. Nous voudrions vous offrir le libre choix pour disposer de la vôtre.

— Vous faites partie de notre vie. On ne peut pas faire comme si vous n'existiez pas. Je te remercie beaucoup de ta proposition, papa, mais il faut que j'y réfléchisse avec soin. Je voudrais aussi parler avec toi, petite sœur. J'ai des choses à régler avec Franz.

— Franz, c'est mon affaire. » Katrin s'était mise immédiatement sur la défensive. « Je ne veux pas de disputes, entre vous deux.

— Il n'y aura pas de disputes répondit calmement Johann. Je veux seulement être sûr que Franz sait où il va et ce qui lui incombera en fait

256

de responsabilité familiale. Par exemple, ce serait bien que nous puissions recruter des gardes du corps pour papa et maman parmi les étudiants.

— Il n'en est pas question ! s'exclama Mendelius avec un accent emphatique. Ce serait une victoire pour le terrorisme. Il a bouleversé notre vie en nous forçant à prendre des précautions. Donc il est important, puissant et redoutable. Non, non et non ! Ta mère et moi — et vous aussi tant que vous serez ici — nous nous protégerons l'un l'autre. Le manuel que m'a donné la police est très bien fait. Je veux que vous le lisiez tous les deux et... »

On avait sonné. Mendelius se dirigea vers la porte d'entrée suivi de Johann. Il lui lisait les instructions :

« Regardez toujours par l'œil de la porte. Si vous n'arrivez pas à identifier votre visiteur, mettez la chaîne de sûreté avant d'ouvrir. Si vous recevez un paquet que vous n'attendiez pas ou une lettre particulièrement volumineuse, appelez la Police judiciaire pour demander qu'un spécialiste en explosifs vienne l'examiner. Vous vous sentirez peut-être un peu ridicule si le paquet est inoffensif, mais c'est moins grave que de l'ouvrir et qu'il vous saute à la figure. »

Pour cette fois, paquet et visiteur étaient tous deux bien inoffensifs. Alvin Dolman venait livrer les gravures encadrées. Pendant que Mendelius lui versait à boire, il les montra fièrement à Lotte et aux enfants.

« Elles sont chouettes, hein ? Hier, j'ai eu un type dans mon atelier qui voulait m'en donner trois fois le prix que vous les avez payées. Vous voyez, Professeur, vous bénéficiez d'un traitement de faveur.

— Avec la famille que j'ai, Alvin, j'en ai bien besoin.

— Vous avez de la chance d'avoir une famille, professeur. J'aimerais bien en avoir une moi aussi. Je suis trop vieux maintenant pour me mettre en chasse ! Au fait, hier soir je suis allé à une réception en l'honneur de la troupe de mimes. On a parlé de vous. Leur chef a raconté qu'ils avaient joué pour vous et pour un journaliste à l'Hölderlinhaus.

— C'est vrai et la soirée s'est prolongée fort tard.

— Je leur ai dit que je vous connaissais, vous et votre famille. Tout le monde avait l'air au courant de vos aventures romaines. Une fille m'a accroché et m'a posé un tas de questions.

— Quelle fille ? demanda Mendelius en fronçant les sourcils. Quel genre de questions ?

— Elle s'appelle Alicia Benedictus et elle travaille au *Schwäbisches Tageblatt*. Elle m'a dit qu'elle écrivait un article sur vous pour son journal.

— Elle vous a prouvé son identité ?

— Non ; pour quoi faire ? Nous étions invités tous les deux à la même réception. Je l'ai crue sur sa bonne mine et elle avait une mine splendide, croyez-moi ! »

Malgré ses préoccupations, Mendelius ne put s'empêcher de rire. Une lueur lubrique s'était allumée dans les yeux d'Alvin Dolman. Il revint à la charge.

« Quel genre de questions vous a-t-elle posées ?

— Oh ! toujours la même chanson. Quelle sorte d'homme vous étiez ? Comment on vous considérait dans la ville ? Qui étaient vos principaux amis ?... Ce genre de choses.

— C'est bizarre. Si elle travaille pour le *Tage-*

blatt, elle devrait avoir un dossier complet là-dessus. J'aimerais bien vérifier son identité.

— Mais pourquoi, pour l'amour de Dieu ? » Dolman ne comprenait pas. « Ce n'étaient que de simples bavardages. J'ai pensé que vous seriez intéressé de savoir qu'on allait écrire un article sur vous.

— Je suis très intéressé, Alvin. Nous allons appeler le journal. »

Après avoir cherché le numéro dans l'annuaire, il prit le téléphone devant Dolman et sa famille. La communication fut brève. La réponse était négative. Personne, au journal, ne répondait au nom d'Alicia Benedictus. Personne n'avait été chargé d'écrire un article sur Carl Mendelius. Il raccrocha et leur répéta ce qu'on venait de lui dire. Dolman le regardait, stupéfait.

« Cette histoire ne me plaît pas du tout, Alvin. Je vais appeler l'inspecteur Dieter Lorenz au Kriminalamt. Il voudra certainement nous voir tous les deux.

— La police ? Merde alors ! Je mène une petite vie bien tranquille, j'aimerais bien rester peinard jusqu'à mon départ. Pourquoi appeler la police ?

— Parce que je suis menacé, Alvin. J'ai été le principal témoin au cours d'un attentat à Rome. Je sais que les terroristes ont mis une équipe d'observateurs sur nous. Cette fille en fait peut-être partie. »

Alvin secouait la tête comme s'il essayait de la dégager d'une toile d'araignée. Il jura à voix basse : « Bon dieu ! qui l'aurait cru ? Voilà qu'ils s'en prennent aux universitaires, maintenant... et à Tübingen, par-dessus le marché ! D'accord, Professeur, appelons les flics et voyons de quoi il retourne. »

Un quart d'heure après, ils étaient dans le

bureau de Dieter Lorenz à la Police judiciaire. Lorenz interrogea longuement Dolman, puis il l'installa dans une pièce avec une tasse de café, du papier à dessin et l'ordre de faire le portrait de cette Alicia Benedictus. Ensuite, il revint dans son bureau et demanda à Mendelius :

« Vous êtes très ami avec ce Dolman ?

— Pas vraiment ami, mais je le connais depuis des années. Je l'invite souvent à venir prendre un verre, mais rarement à dîner. Je lui achète des gravures. De temps en temps, je passe à son atelier pour boire un coup et bavarder un peu. C'est un joyeux drille. Pourquoi me posez-vous cette question ? Vous avez quelque chose contre lui ?

— Non, répondit franchement Lorenz. Mais c'est le genre d'individu qui ennuie toujours la police dans une ville de province. On sait comment agir avec les criminels. On peut renvoyer chez eux les étrangers indésirables. Mais son cas est différent. On ne comprend pas très bien pourquoi il reste ici. C'est un Américain. Il a divorcé d'avec une fille de chez nous. Il a un travail régulier, mais aucune chance de se faire une réputation ou une fortune. Et puis, c'est un flambeur; quand il s'ennuie, il va traîner dans les bistrots louches et les boîtes de nuit d'étudiants les plus mal famées. Il donne chez lui des réceptions bruyantes et les voisins viennent se plaindre à nous. Aussi, comme il a beaucoup d'amis, qu'il est un peu chahuteur et très dépensier, nous nous sommes demandé s'il ne se faisait pas des à-côtés en trafiquant avec du hachisch, de l'héroïne ou des marchandises volées. Pour le moment, il est blanc comme neige, mais il faudra tâcher de voir s'il n'est pas en relation avec ces mystérieux individus qui, m'avez-vous dit, on fait suivre M. Rainer.

260

« — Vous allez chercher bien loin, dit Mendelius.

— Peut-être, reconnut patiemment Lorenz. Mais dans notre métier, nous avons parfois de mauvaises surprises. Dolman est un artiste et nous avons trouvé un portrait de vous sur un mort. Ne pourrait-il pas avoir été dessiné par Alvin Dolman ?

— Impossible ! Je le connais depuis des années. »

Lorenz écarta l'objection d'un haussement d'épaules.

« L'impossible arrive tous les jours. En tout cas, il est en train de faire un autre dessin. La comparaison entre les deux sera intéressante. »

Mendelius commençait à s'énerver. « Vous me mettez dans une situation intolérable, Inspecteur ! Je ne peux pas continuer à être l'ami de Dolman sans lui raconter ce que vous venez de me dire. »

Lorenz parut légèrement surpris. « Vous pouvez le lui dire; je n'y vois pas d'inconvénient. Ça m'aidera. S'il est innocent, il fera tout pour coopérer avec nous et il connaît beaucoup de gens qui pourront nous être utiles. S'il est coupable, il va s'affoler et commettre des erreurs.

— Vous n'en avez jamais assez de ce jeu, Inspecteur ?

— J'aime ce jeu, Professeur. Je n'aime pas ceux avec qui je dois jouer. Excusez-moi, il faut que j'aille voir comment Dolman s'en tire avec son œuvre d'art. »

Après avoir quitté le poste de police, ils repartirent tous les deux dans la chaude atmosphère de l'été. Dolman paraissait prendre les choses avec philosophie. Il balaya les excuses de Mendelius avec une ironie désabusée.

« Ne vous inquiétez pas, Professeur. Je comprends très bien Lorenz et les gens de son espèce. Je suis un individu un peu marginal. Je l'ai toujours été, même dans l'armée. La seule chose qui me surprend c'est de voir quelqu'un jeter une pièce dans le chapeau d'un aveugle, au lieu de lui cogner dessus. Je n'ai aucun intérêt à ce qu'on vous bute et je n'ai de rapports avec aucun groupement. Je suis un solitaire et je suis sûr que Lorenz est assez malin pour s'en être aperçu. Etant donné que j'ai beaucoup roulé ma bosse, il s'imagine que je connais des milieux douteux et que je risque de tomber sur des tuyaux intéressants. Comme il s'agit de vous, je suis prêt à l'aider et de plus, je n'aime pas qu'on me prenne pour un imbécile, comme l'a fait mademoiselle Alicia Benedictus. En somme, Professeur, voilà une bien sale journée. C'était une petite ville bien douillette autrefois; on pouvait s'y abriter comme dans un chausson aux pommes. Elle ne me plaît plus du tout. Je crois que je ne vais pas tarder à faire mes paquets. Vous rentrez chez vous, Professeur? Je connais une fille qui a toujours une bouteille de cognac de côté uniquement pour Alvin Dolman ! »

Il partit et traversa le pont, grand gaillard décidé qui fendait sans se soucier la foule des promeneurs et des acheteurs. Mendelius prit l'allée qui menait vers les jardins. Il avait besoin d'un moment de calme pour remettre de l'ordre dans ses pensées et il voulait laisser les siens un peu seuls pour qu'ils puissent discuter des propositions radicales qu'il leur avait faites.

C'était une journée chaude et radieuse, et les habitants de Tübingen prenaient le soleil sur les pelouses. Près du lac, une petite foule s'était rassemblée pour regarder la troupe théâtrale travailler avec un groupe de tout jeunes écoliers. C'était un charmant spectacle. Les enfants, les yeux écarquillés, étaient entièrement absorbés par l'histoire d'un clown triste qui faisait des bulles merveilleuses sans jamais parvenir à en garder une seule dans sa main. Le clown était le jeune homme cadavérique qui avait joué pour eux à l'Hölderlinhaus. Les autres membres de la troupe représentaient les bulles qui se dérobaient à tous les efforts qu'il faisait pour les attraper.

Mendelius s'assit dans l'herbe et regarda ce petit opéra innocent, fasciné de voir que les enfants, d'abord intimidés, étaient amenés à participer à la pantomime. Après les sévères et importants débats auxquels il avait été mêlé, cette chose si simple lui procurait une joie étrange. Il se prit inconsciemment à imiter leurs minauderies, leurs courbettes et leurs gestes papillonnants. Le clown s'en aperçut et, quelques instants après, il entreprit de mimer une autre histoire. Il rassembla les autres acteurs et les enfants et leur fit comprendre par gestes qu'une nouvelle et étrange créature s'était glissée parmi eux. Etait-ce un chien ? Non. Un lapin ? Non. Un tigre, un éléphant, un cochon ? Non. Il fallait aller l'examiner, mais très, très discrètement. Un doigt sur les lèvres et sur la pointe des pieds, il les fit mettre en file pour aller inspecter cet animal extraordinaire. Toute l'assistance se mit à rire en s'apercevant que l'objet de la plaisanterie était un monsieur d'âge mûr, légèrement bedonnant. Après une seconde d'hésitation, Mendelius décida de prendre part à la comédie. Tandis que les acteurs et les enfants faisaient cercle autour de lui, il leur renvoya la balle, comme il le faisait quand il jouait aux charades avec ses enfants. En définitive, il se révéla être une grande cigogne, debout sur une patte et les yeux baissés sur son long bec.

L'assistance applaudit. Les enfants, excités par leur succès, riaient. Le clown et sa troupe mimèrent des remerciements et une toute petite fille le tira par la main en lui disant :

« Je l'avais deviné avant tout le monde. Je savais bien que tu étais une cigogne !

— Je n'en doute pas, *Liebchen*. »

Au moment où il se penchait pour parler à la petite gamine, Mendelius fut subitement traversé par une pensée atroce. A quoi ressemblerait-elle après la première explosion atomique ?

Le soir, pendant le dîner, Katrin et Johann monopolisèrent la conversation en donnant à leurs parents une leçon inattendue. Le raisonnement de Katrin était très simple.

« Maman l'a bien dit. Si je suis assez grande pour partir avec un homme, je suis assez grande pour m'occuper de mes affaires. Franz et moi, nous devons approfondir nos relations avant de songer à nous marier. Malgré ses succès avec la galerie, il n'est toujours pas sûr de lui... et j'ai des choses à découvrir en moi-même. J'ai beaucoup de chance. Grâce à papa, j'ai une sécurité financière. Mais pour le reste, je me débrouille toujours mieux quand personne ne me tient par la main.

— Pourtant, Franz veut t'épouser, objecta Lotte. Il m'a dit qu'il te l'avait demandé à plusieurs reprises.

— Je sais bien, mais c'est une *Hausfrau* qu'il voudrait ; quelqu'un qui le sécurise, le nourrisse bien tout en lui assurant qu'il a du génie. Je ne veux pas jouer ce rôle et je ne veux pas, non plus, qu'il renonce à son indépendance. Il faut qu'il apprenne que nous sommes partenaires autant qu'amants.

— Et qu'arrivera-t-il s'il ne l'apprend pas aussi vite que tu le souhaites, petite sœur ? lui demanda Johann en souriant.

— Dans ce cas, grand frère, je trouverai quelqu'un d'autre. »

Lotte et Mendelius, complètement dépassés par la situation, échangèrent des regards attristés.

« Et toi, Johann, dit Mendelius, as-tu réfléchi à ma proposition ?

— Beaucoup, papa. Mais je crains que ton idée ne me convienne pas.

— Tu as une raison particulière ?

— Une et une seule. Tu m'offres de me soustraire à une situation à laquelle je dois faire face moi-même. Je hais toute idée de guerre. Je la considère comme une énorme et horrible stupidité. Je n'ai pas envie de devenir de la chair à canon, mais je ne me suis jamais senti assez différent pour... pour échapper au destin de mes semblables. Je dois rester avec eux, du moins tant que je n'aurai pas décidé si je suis contre eux. C'est difficile à expliquer... J'apprécie ta sollicitude à mon égard, mais dans le cas présent, elle va plus loin qu'il ne le faut et que je n'en ai besoin.

— Je suis heureux de ta franchise, mon garçon. » Mendelius avait du mal à dissimuler son émotion. « Nous ne voulons pas diriger ta vie. Le plus beau cadeau que nous puissions vous faire, c'est de vous donner la liberté et la possibilité de vous en servir. Aussi, je voudrais vous poser à tous une question. Voyez-vous une objection à ce que j'achète la vallée ?

— Pour quoi faire ? » Johann le regardait avec une profonde surprise.

« Votre père aussi a ses rêves. » Lotte posa sa main sur celle de Mendelius. « Quand il aura pris sa retraite, il aimerait créer un institut pour études postuniversitaires — un lieu où les plus grands spécialistes pourraient se rencontrer et partager les connaissances de toute une vie. S'il veut essayer, je suis avec lui.

— C'est une idée formidable ! » Katrin débordait d'enthousiasme. « Je ne cesse de dire à Franz qu'on ne devrait jamais s'arrêter de se mettre en question. Quand on vit dans une trop grande sécurité, on s'encroûte et on s'enlise.

— Je t'approuve entièrement, papa, déclara Johann en regardant Mendelius avec un respect tout neuf. Si tu as besoin d'aide pour le démarrage, compte sur moi. Si les choses allaient trop mal à l'université, tu pourras toujours demander une retraite anticipée.

— Dès demain, je vais contacter des hommes de loi. Ils pourront commencer à négocier avec la comtesse. La semaine prochaine, j'irai voir la propriété. J'aimerais bien que tu viennes avec moi, Johann.

— Naturellement.

— Et toi, Lotte ? Tu viendras aussi ?

— Plus tard, Carl. Pour cette fois, vas-y avec Johann. Katrin et moi, nous avons des choses à faire.

— Je suis tout excité, déclara Mendelius en exposant ses projets. Il faut que je trouve un bon architecte, un homme qui s'intéresse au cadre de vie.

— Nous sommes tous très calmes et très raisonnables, dit subitement Lotte. Mais j'ai l'impression affreuse que les choses ne vont pas tourner comme nous l'espérons.

— C'est possible, ma chérie, mais il faut continuer à agir et à espérer. Malgré les prophéties de Jean-Marie, je persiste à croire que l'homme peut influencer le cours des événements.

— Suffisamment pour empêcher la guerre ? »

La question de Lotte était empreinte d'un secret désespoir, comme si elle s'attendait à ce que ses enfants soient soudain arrachés de la table où ils mangeaient. Mendelius lui jeta un regard inquiet et lui dit, avec plus d'assurance qu'il n'en ressentait réellement :

« Oui, suffisamment. J'ai même l'espoir que la parution de notre article, dimanche, attirera l'attention mondiale sur l'urgence de nouvelles démarches à accomplir en faveur de la paix.

— Oui. Mais la moitié de l'humanité ne lira jamais ce que vous avez écrit, objecta Johann.

— Tous les dirigeants le liront », insista Mendelius, ne serait-ce que pour chasser l'humeur sombre de Lotte. « Tous les services d'espionnage le liront également et en tiendront compte. Il ne faut jamais sous-estimer la diffusion des nouvelles, même les plus insignifiantes. Et maintenant, débarrassons la table et allons faire la vaisselle. On donne *La Flûte enchantée* ce soir à la télévision. Votre mère et moi, nous voudrions la regarder. »

Au milieu de l'émission, le téléphone sonna. Georg Rainer appelait de Berlin.

« Carl ? Je crois avoir identifié nos espions amateurs. Je suis maintenant certain que Mgr Logue a dit que j'allais travailler sur cette affaire. Je pense que la surveillance a été organisée uniquement pour vérifier le fait. Le Vatican a décidé, lui aussi, de publier sa version de l'abdication dans une déclaration officielle de trois mille mots environ qui va paraître dans le numéro de mardi de l'*Osservatore Romano*. Donc, nous sortirons les premiers et il va y avoir des grincements de dents à propos de cette erreur de date ! J'ai cru comprendre que le texte du Vatican serait publié lundi après-midi dans la presse laïque. Je vous appellerai si j'y trouve quelque chose qui puisse affecter notre position.

— Qu'est-ce que vos rédacteurs pensent de nos articles, Georg ?

— Ils sont tous surexcités. Ils font des paris sur le genre de réactions qu'auront les lecteurs.

— Comment formulent-ils leurs paris ?

— Qui en tirera le plus de popularité ? Le Vatican ou l'ancien pape ? A force d'écouter les conversations de bureau, je ne suis plus sûr de rien. Je rentre à Rome lundi matin. Je vous téléphonerai. Mes amitiés à Lotte.

— A Pia également.

— Ah ! j'oubliais de vous dire que nous avons décidé de nous fiancer, ou plutôt, c'est Pia qui l'a décidé et j'ai consenti avec beaucoup de réticence.

— Mes félicitations.

— J'aurais préféré rester pauvre et libre !

— Allez-vous faire fiche ! Merci d'avoir appelé, Georg.

— Voulez-vous que je prenne un pari pour vous dans le tiercé papal ?

— Dix marks sur Grégoire XVII. Il faut soutenir notre candidat ! »

Une semaine plus tard, le verdict était tombé. Le récit Rainer/Mendelius sur l'abdication avait été accueilli avec un vif intérêt par le public et avec une approbation modérée par la critique. On reconnaissait avec une certaine réticence qu'il éclaircissait de nombreux points laissés diplomatiquement dans le vague dans le compte rendu du Vatican. On se demandait si les auteurs « n'avaient pas grossi une simple crise de la bureaucratie religieuse pour lui donner les dimensions d'une tragédie universelle ».

Un résumé très intelligent parut dans le *Times* de Londres sous la plume de son rédacteur en chef catholique.

« ... Chacun selon ses compétences personnelles, les deux auteurs ont écrit un rapport sincère. Leur narration est soigneusement documentée et leurs commentaires s'appuient sur une saine logique. Ils ont éclairé certains détails obscurs de la politique vaticane. S'ils ont eu tendance à exagérer l'importance d'une abdication papale dans l'histoire du xxᵉ siècle, on doit dire, pour leur défense, que la majesté délabrée de Rome est capable de jouer des tours à l'imagination la plus sobre. Cependant, ce qu'ils n'exagèrent pas, c'est le pouvoir éternel d'une idée religieuse quand il s'agit de réveiller les passions des hommes et de les inciter à l'action la plus révolutionnaire. Le fait que les piliers de l'Église catholique étaient prêts à agir avec promptitude et cohésion contre ce qu'ils considéraient comme un réveil de la vieille hérésie gnostique en dit long sur leur sagesse collective. Le fait que le pape Grégoire XVII ait préféré se retirer plutôt que de diviser l'assemblée des croyants en dit encore plus long sur sa profonde spiritualité.

« Le professeur Carl Mendelius est un savant sensé et de réputation internationale. Le tribut qu'il rend à son protecteur et à son ami de longue date prouve qu'il est aussi un homme loyal et ardent qui ne manque pas d'une certaine dose de poésie. Il est assez sage pour reconnaître que les régimes politiques ne peuvent être dirigés par les visions des mystiques. Il est assez humble pour comprendre que les révélations peuvent contenir des vérités que nous ignorons à nos risques et périls.

« C'est la malchance de Grégoire XVII d'avoir voulu écrire prématurément l'épitaphe de l'humanité. C'est sa chance que le mémorial de son règne ait été rédigé avec amour et éloquence. »

Mendelius était bien trop intelligent pour ne pas discerner l'ironie de la situation. Avec l'aide de Georg Rainer, il avait élevé un monument à un vieil ami; mais ce monument était une pierre tombale sous laquelle gisaient, enterrés à jamais, les vestiges d'une influence et d'un pouvoir que Jean-Marie Barette aurait pu exercer. Personne, mieux que Mendelius, n'aurait pu servir les intérêts du nouveau souverain pontife. Il était naturel que ses travaux aient fait de lui un homme riche et qu'ils aient porté sa réputation bien au-delà des mérites de son érudition. Cependant, ce qui lui sembla le plus ironique de tout, ce fut le mot de remerciement qu'il reçut de Jean-Marie.

« Je vous remercie tous deux du fond de mon cœur pour ce que vous avez tenté de faire. Je ne pouvais pas avoir de meilleurs avocats, ni d'amis plus courageux. Vous avez exposé la vérité avec compréhension et compassion. Maintenant, on peut clore ce chapitre et la tâche de l'Eglise peut continuer.

« Il ne faut donc pas dire que tout est perdu. Le levain travaille la pâte; la semence éparpillée au vent germera en son temps. Quant à l'argent, je ne vous en reproche pas le moindre centime et je suis sûr que vous en dépenserez à bon escient une partie pour Lotte et vos enfants.

« Restez calme, cher ami et attendez la parole et le signe.

> « Toujours vôtre en Jésus-Christ,
> Jean-Marie »

Lotte qui lisait par-dessus son épaule, lui ébouriffa les cheveux en lui disant :

« Allons, laisse ça, mon amour ! Tu as fait le maximum et Jean-Marie le sait bien. Nous avons besoin de toi.

— Moi aussi, j'ai besoin de vous, ma chérie. » Il lui prit les mains et l'attira vers lui. « Je me suis suffisamment mêlé aux affaires de ce vaste monde. Je suis un universitaire, pas un journaliste en vadrouille. Je suis content que les cours reprennent demain.

— Tu as tout préparé ?

— Presque tout. » Il se mit à rire en lui montrant une liasse de feuilles dactylographiées. « Voici le premier sujet du trimestre. Regarde ce titre : « La nature de la prophétie. »

— A propos de prophétie, je peux en faire une. Les mauvaises langues vont s'en donner à cœur joie quand Katrin partira à Paris avec Franz. Qu'allons-nous faire ?

— Tu n'auras qu'à dire à toutes les vieilles filles d'aller se jeter dans le Neckar, fit Mendelius en souriant. La plupart d'entre elles y ont perdu leur virginité dans une barque sous les saules ! »

Pendant la période scolaire, Mendelius partait de chez lui tous les jours à huit heures trente du matin et descendait la Kirchgasse jusqu'au marché où il achetait une fleur pour garnir sa boutonnière à la plus ancienne occupante de la place, une grand-mère de Bebenhausen au vocabulaire très cru. De là, il n'y avait plus que deux pâtés de maisons pour arriver à l'Illustre Collège où il pénétrait toujours par la porte sud-est, au-dessus de laquelle étaient gravées les armes du duc Christophe et sa devise : « *Nach Gottes Willen* — Selon la volonté de Dieu.* » Ensuite, il montait directement dans son bureau où il passait une demi-heure à revoir ses notes et à examiner la livraison quotidienne des circulaires de l'administration universitaire. A neuf heures trente précises, il était sur la chaire de l'*aula*, avec ses papiers disposés bien en ordre sur le pupitre.

Le premier lundi du trimestre, avant qu'il quitte la maison, Lotte lui rappela le conseil de la police de varier son chemin et ses habitudes. Mendelius fit un geste d'impatience. Il avait le choix entre trois rues et il commençait toujours à neuf heures trente. Il ne pouvait pas faire de bien grands changements. De toute façon, au moins pour le premier jour, il voulait accrocher une fleur à sa boutonnière. Lotte l'embrassa et le poussa hors de la maison.

Le rituel de l'arrivée s'accomplit sans incident. Il passa dix minutes à bavarder avec le recteur du Collège, puis il monta dans son bureau qui, grâce aux bons soins de l'économe, était d'une propreté impeccable et sentait bon le bois ciré. Sa robe était accrochée derrière la porte. Son courrier était empilé sur son bureau. L'emploi du temps du trimestre avait été déposé dans son casier. Il éprouva soudain un sentiment de soulagement, de libération presque, il était chez lui; il pouvait aller partout les yeux fermés.

Il ouvrit sa serviette, vérifia le texte de ses cours, puis regarda son courrier. C'étaient essentiellement des lettres de routine, mais il vit aussi une enveloppe assez volumineuse marquée du sceau du président et d'une inscription quelque peu inquiétante : « Personnel et Confidentiel — Urgent — Remis par Messager ».

Depuis la réunion de la faculté, le président avait gardé un silence étudié sur tous les problèmes en litige et il n'était pas du tout impossible qu'il ait voulu organiser une attaque en règle en mettant toutes ses instructions par écrit. Mendelius hésitait à ouvrir le pli. Il ne voulait pas avoir de sujet de préoccupation juste avant son premier cours de l'année. Finalement, honteux de son appréhension, il prit un coupe-papier et le glissa sous le rabat de l'enveloppe.

Quand les étudiants accoururent, tout de suite après l'explosion, ils le trouvèrent gisant sur le sol, la main déchiquetée et le visage complètement ensanglanté.

LIVRE DEUXIÈME

Une voix crie : « Frayez dans le désert une route pour le Seigneur,
« Tracez droite dans la steppe une piste pour notre Dieu. »

Isaïe (xl, 3)

8

Sᴀ Sainteté le pape Léon XIV carra son corps massif tout au fond de son fauteuil, posa son pied goutteux sur le tabouret placé sous son bureau et considéra son visiteur avec l'air d'un vieil aigle de mauvaise humeur. Avec son accent rauque d'Emilie, il lui déclara :

« Franchement, mon ami, vous m'ennuyez énormément. »

Jean-Marie Barette se permit un sourire désabusé et reconnut :

« Malheureusement, Très Saint-Père, il est plus facile de se débarrasser des rois en surnombre que des papes surnuméraires.

— Votre idée d'aller à Tübingen ne me plaît pas et j'aime encore moins votre intention de courir le monde comme un intellectuel jésuite dans le vent. Nous avons conclu un marché à propos de votre abdication.

— Objection, répliqua sèchement Jean-Marie. Il n'y a pas eu de marché. J'ai signé sous la contrainte. Je me suis placé volontairement sous l'autorité de l'abbé André qui m'a dit que par charité je devais faire une visite à Carl Mendelius et à sa famille. Mendelius est dans un état très critique. Il peut mourir d'un moment à l'autre.

— Bien! Bien! » Sa Sainteté était un bureaucrate trop aguerri pour rechercher la discussion. « Je n'interviendrai pas dans les décisions de votre abbé, mais je vous rappelle que vous n'avez aucune mission canonique. Il vous est formellement interdit de prêcher et d'enseigner. Votre pouvoir d'ordonner des prêtres a été suspendu mais, bien sûr, vous avez l'autorisation de célébrer la messe et de donner les sacrements.

— Pourquoi avez-vous si peur de moi, Très Saint-Père?

— Peur? C'est absurde!

— Alors pourquoi ne m'a-t-on jamais proposé de me réinstaller dans mes fonctions d'évêque et de prêtre?

— Parce que cela ne semblait pas convenir au bien de l'Eglise.

— Vous comprenez bien qu'en ce qui concerne ma vocation apostolique, je suis réduit à l'impuissance. Je pense que j'ai le droit de savoir quand et dans quelles conditions on me rendra mes droits et on m'accordera une mission canonique.

— Je ne peux pas vous le dire. Aucune décision n'a été prise à ce sujet.

— Quelle est la raison de cette lenteur?

— Nous avons des soucis plus pressants.

— Avec tout le respect que je vous dois, Très Saint-Père, quels que soient vos soucis, ils ne vous dispensent pas de vous comporter avec justice.

— Vous me faites des reproches? Ici, chez moi?

— Moi aussi, j'étais chez moi ici. Je n'ai jamais eu l'impression d'être le propriétaire, mais plutôt un locataire, comme l'a prouvé la suite des événements, d'ailleurs.

— Venons-en au but de votre visite. Que voulez-vous de moi ?

— L'autorisation de revenir à l'état séculier, de voyager librement et d'exercer mes fonctions de prêtre en privé.

— Impossible.

— Y a-t-il une autre possibilité, Très Saint-Père ? Je suis certain que vous seriez bien plus embarrassé de devoir me garder prisonnier sur parole au Mont-Cassin.

— C'est une solution impossible ! » Sa Sainteté grimaça en déplaçant son pied goutteux sur le tabouret.

« Je vous offre une occasion d'en sortir. Rainer et Mendelius ont publié un compte rendu scrupuleux de mon abdication. Ils ont cru me défendre, mais en définitive, quel est le résultat ? Tout continue comme par le passé dans l'Eglise et vous êtes installé hors d'atteinte sur le trône de saint Pierre. Si j'essayais de changer cet état de fait — ce que, croyez-moi, je n'ai aucune intention de faire — je me ridiculiserais publiquement. Voyons ! Ne comprenez-vous pas que loin d'être une menace ou un gêneur, je peux éventuellement vous être utile.

— Vous ne m'êtes d'aucune utilité si vous allez répandre ces idées insensées sur les Derniers Jours et le Second Avènement.

— Vous semblent-elles toujours aussi insensées de l'endroit où vous siégez actuellement ? »

Sa Sainteté changea de position dans son fauteuil, s'éclaircit bruyamment la voix et se tamponna les joues avec un mouchoir de soie.

« Bon ! J'admets que nous allons vers une situation extrêmement critique, mais je n'en fais pas des cauchemars. Je continue à accomplir mon travail de chaque jour et... »

Il se tut, gêné par la froide attention de l'homme qu'il avait mis à la porte. Jean-Marie ne disait rien. Sa Sainteté retrouva enfin la parole.

« Alors, voyons, où en étions-nous? Ah! oui, votre requête! Si votre état au Mont-Cassin ne vous satisfait pas, si vous souhaitez retourner à la vie séculière, pourquoi ne pas conclure un arrangement provisoire entre nous, une sorte d'accord tacite, sans papiers ni formalités? De cette façon, si c'est un échec, nous aurons un recours tous les deux. Vous me comprenez?

— Parfaitement, Très Saint-Père. » Jean-Marie semblait profondément reconnaissant. « Je ferai en sorte que vous n'ayez pas lieu de le regretter. Je pense que cet accord prend effet dès maintenant?

— Naturellement.

— Dans ce cas, je partirai à Tübingen demain matin. Je me suis procuré un passeport français et j'ai renvoyé mes papiers du Vatican au Secrétariat d'Etat.

— Ce n'était pas la peine. » Sa Sainteté était suffisamment soulagée pour se montrer magnanime.

« C'était préférable, remarqua Jean-Marie. N'étant pas investi d'une mission canonique, je ne voudrais pas donner l'impression que j'en ai une.

— Qu'avez-vous l'intention de faire?

— Je ne le sais pas encore très bien. » Son sourire était aussi transparent que celui d'un enfant. « Je finirai sans doute par aller aux carrefours annoncer la Bonne Nouvelle aux enfants. Mais, avant tout, il faut que j'aille voir mon ami Carl.

— Pensez-vous... » Sa Sainteté paraissait étrangement embarrassée. « Pensez-vous que Mendelius et sa famille aimeraient que je leur envoie une bénédiction papale?

— Mendelius est dans un état très critique, mais je suis certain que sa femme appréciera votre geste.

— Je vais signer le parchemin et je le ferai expédier par mon secrétaire dès demain matin.

— Merci. Sa Sainteté permet-elle que je me retire?

— Vous avez notre permission. »

Il avait machinalement utilisé la vieille formule. Puis, comme pour atténuer un peu ce formalisme inutile, il se mit péniblement debout et tendit la main. Jean-Marie s'inclina sur l'anneau qu'il avait lui-même porté. Pour la première fois, Léon XIV parut éprouver un regret sincère. Il déclara maladroitement :

« Peut-être... peut-être, si nous nous étions mieux connus, tout cela ne serait pas arrivé.

— Si cela n'était pas arrivé, Très Saint-Père, si je n'avais pas appelé à l'aide dans ma solitude, Carl Mendelius serait entier et en pleine santé chez lui ! »

Le soir du même jour, le cardinal Anton Drexel le reçut à dîner et leur conversation fut toute différente. Jean-Marie lui exposa avec passion ce qu'il avait pris tant de peine à cacher pendant son entretien avec le souverain pontife.

« Quand j'ai su ce qui était arrivé à Carl, j'ai compris sans l'ombre d'un doute que c'était le signe, l'avertissement que j'attendais. C'est terrible, Anton, mais c'est toujours un signe contradictoire : un homme à l'agonie suppliant d'être délivré. Pauvre Carl ! Pauvre Lotte ! C'est leur fils qui m'a envoyé le télégramme. Il a senti que son père souhaiterait m'avoir près de lui et sa mère m'a demandé de venir. Je redoutais que le Saint-Père me refuse l'autorisation. Après avoir été si loin dans la docilité, je ne voulais pas avoir à me battre.

— Vous avez eu de la chance, répliqua sèchement Drexel. Il n'a pas encore vu ça. Georg Rainer l'a fait apporter cet après-midi par coursier. »

Il se retourna vers le guéridon qui était derrière lui et y prit une grande enveloppe de papier bulle pleine de photographies de presse brillantes. Elles venaient toutes de Tübingen et montraient une ville en proie à une hystérie moyenâgeuse de cortèges, de piété et carrément d'émeutes.

On voyait Mendelius à l'hôpital, ficelé dans des bandages comme une momie, sauf le nez et la bouche, avec une infirmière à son chevet et un policier en armes devant sa porte. Dans l'église collégiale et la Jacobkirche, des hommes, des femmes et des enfants étaient agenouillés en prière. Des étudiants défilaient sur le campus brandissant des pancartes vengeresses : « Non aux immigrés assassins ! » « Travailleurs étrangers, étrangers assassins ! » « Qui a réduit Mendelius au silence ? Pourquoi la police garde-t-elle aussi le silence ? »

Dans les faubourgs industriels, de jeunes Allemands se battaient avec des ouvriers turcs. Sur la place du marché, un homme politique s'adressait à la foule. Derrière lui une affiche en quatre couleurs hurlait ce slogan : « Si vous voulez la sécurité dans la rue, votez Müller. » Jean-Marie Barette examina les photos en silence. Drexel lui dit :

« Incroyable, n'est-ce pas ? On dirait presque qu'ils attendaient un martyr ! Des manifestations semblables se déroulent dans toutes les villes d'Allemagne. »

Jean-Marie frissonna comme s'il avait été frôlé par un reptile.

« Carl Mendelius dans le rôle d'un Horst Wessel ! C'est affreux. Je me demande ce qu'en pense sa famille.

— J'ai posé la question à Georg Rainer. Il m'a dit que sa femme était profondément choquée. On ne la voit presque pas et sa fille reste auprès d'elle. Son fils a donné une interview dans laquelle il déclare que son père serait horrifié s'il savait tout cela. Il prétend que ce drame a été monté de toutes pièces pour créer les conditions d'une vengeance sociale.

— Monté par qui ?

— Par les extrémistes de droite et de gauche.

— Ce n'est pas très précis.

— Mais ça, par contre. » Il tapa du doigt sur les photos étalées sur la table. « Ça, c'est terriblement et dangereusement précis. C'est l'antique magie noire des prestidigitateurs et des démagogues.

— C'est encore bien pire. » Jean-Marie s'était brusquement assombri. « C'est comme si le mal qui sommeille dans l'homme avait soudain trouvé un exutoire dans cette petite ville de province. Mendelius est un homme de bien, et pourtant c'est lui qui dans son malheur est devenu le héros de ce... ce sabbat de sorcières. C'est de l'humour noir, Anton. Je suis affolé. »

Drexel lui lança un regard oblique et perçant, puis il rangea les photos dans l'enveloppe. Il demanda d'un ton détaché :

« Maintenant que vous voilà libre et anonyme, quels sont vos projets ?

— Aller rendre visite à de vieux amis et voir ce

qu'ils pensent de notre triste monde, en attendant toujours une pression de main et en me tenant à l'écoute de la voix qui me dira ce que je dois faire. Je sais bien que cela vous paraît étrange, mais pour moi, c'est absolument naturel. Je suis le roseau pensant de Pascal qui attend le vent qui va le faire ployer.

— Mais en face de ce mal », Drexel agita le paquet de photographies, « en face des autres maux qui vont suivre, qu'allez-vous faire ? Vous ne pouvez pas ployer sous le vent et laisser tous les cris sans réponse.

— Si Dieu choisit d'emprunter ma voix errante, il saura m'inspirer les mots qu'il faut.

— Vous parlez comme un illuministe ! » Drexel sourit pour atténuer la portée de sa remarque. « Heureusement que nos collègues de la Congrégation ne peuvent pas vous entendre.

— Vous devriez leur dire qu'ils vont bientôt entendre le cri de guerre de l'archange saint Michel, répondit Jean-Marie d'une voix métallique. *Quis sicut Deus* ? Qui est semblable à Dieu ? Malgré tous leurs syllogismes, je me demande combien d'entre eux relèveront le défi et affronteront l'Antéchrist. Les Amis du Silence ont-ils dénoncé les excès qui ont eu lieu à Tübingen et ailleurs ?

— S'ils l'ont fait, je n'en ai pas entendu parler. Mais ce sont des hommes prudents. Ils préfèrent laisser la passion s'apaiser avant de se manifester. De toute façon, nous sommes trop vieux tous les deux pour pleurer sur la folie de nos frères et nous sommes également trop vieux pour les en guérir. Dites-moi, Jean, ma question va peut-être vous paraître impertinente, mais votre réponse a beaucoup d'importance pour moi.

— De quoi s'agit-il ?

— Vous avez soixante-cinq ans. Vous vous êtes élevé aussi haut qu'il est possible. Aujourd'hui, vous repartez à zéro. Vous n'avez ni emploi, ni avenir. Que voulez-vous au juste ?

— Assez de lumière pour donner un sens divin à ce monde fou. Assez de foi pour suivre cette lumière. C'est là tout le problème, n'est-ce pas ? Une foi qui déplace les montagnes et qui dise au paralytique : " Lève-toi et marche. "

— Nous avons également besoin d'amour pour rendre ces ténèbres supportables.

— Amen, dit doucement Jean-Marie. Il faut que je m'en aille, Anton. Je vous ai retenu trop longtemps.

— Avant que vous partiez... Quelle est votre situation financière ?

— Convenable, merci. J'ai un patrimoine que gère mon frère qui est banquier à Paris.

— Où couchez-vous cette nuit ?

— Près de Santa Cecilia, il y a un hôtel pour pèlerins. C'est là que je suis descendu la première fois que je suis venu à Rome.

— Pourquoi ne restez-vous pas ici ? J'ai une chambre d'hôte.

— Merci, Anton, c'est impossible ! Je n'ai plus rien à faire ici. Il faut que je m'acclimate au monde. J'aurai peut-être envie de rester tard sur la piazza et de parler à des solitaires. » Puis il ajouta avec une singulière emphase bouffonne : « A la dernière heure des frimas, juste avant le printemps, Il voudra peut-être me parler. Je vous en prie, comprenez-moi et priez pour moi.

— J'aimerais pouvoir venir avec vous, Jean.

— Vous êtes fait pour une meilleure compagnie, mon ami. Je suis né sous une mauvaise étoile. J'ai presque l'impression de rentrer chez moi. » Il fit un geste en direction des lumières qui indiquaient les appartements pontificaux. « Restez auprès de notre ami. Il tient son nom du lion, mais en réalité, c'est un matou domestiqué. Quand viendront les temps difficiles, il aura besoin d'un homme fort à ses côtés. »

Une poignée de main, un bref adieu et il avait disparu, frêle silhouette décharnée engloutie par l'ombre de l'escalier. Le cardinal Anton Drexel se versa les dernières gouttes de vin et pensa avec amertume à cet aphorisme d'un autre illuministe, Louis Claude de Saint-Martin : « Tous les mystiques parlent le même langage, parce qu'ils viennent du même pays. »

Le voyage pour aller à Tübingen fut pour lui une démonstration de sa propre inadaptation. Pour la première fois depuis quarante ans, il avait revêtu des vêtements civils et il lui fallut une demi-heure pour nouer sa cravate sur sa chemise d'été. Au monastère, il s'était installé dans une routine familière. Au Vatican, on s'occupait de chacun de ses déplacements. Maintenant, il n'avait plus aucun privilège. Il dut crier pour obtenir un taxi qui veuille bien l'emmener à l'aéroport et argumenter avec un Romain querelleur qui prétendait l'avoir appelé avant lui. Il n'avait pas de petites coupures pour donner un pourboire au chauffeur qui le considéra avec mépris. Il n'y avait personne pour le conduire au guichet où il devait prendre son billet pour Stuttgart. L'employée n'avait pas de monnaie à lui rendre et il n'avait jamais possédé de carte de crédit de toute sa vie d'ecclésiastique. Au Vatican, le pape accomplissait ses besoins naturels dans l'intimité la plus sacrée. A l'aéroport, il dut s'aligner devant l'urinoir tandis qu'un ivrogne qui était à côté de lui lui éclaboussait les chaussures et le bas du pantalon. Au bar, on le bouscula et on lui renversa du café sur la manche et, ultime insulte, on avait réservé plus de places dans l'avion qu'il n'y en avait effectivement et il fut obligé de se battre pour avoir un siège.

A bord, il dut faire face à des questions sur son identité. Sa voisine, une femme d'un certain âge originaire de Rhénanie, était nerveuse et volubile. Quand elle s'aperçut qu'il parlait allemand, elle le noya sous un flot de paroles. A la fin, elle lui demanda quel métier il faisait. Il lui fallut une bonne dizaine de secondes pour trouver une réponse adéquate.

« Je suis à la retraite, chère madame.

— Mon mari aussi est à la retraite. Il est devenu tout à fait impossible. Comment fait votre femme pour vous supporter toute la journée à la maison ?

— Je suis célibataire.

— C'est drôle qu'un bel homme comme vous soit resté célibataire.

— Je crois bien que j'ai épousé ma profession.

— Que faisiez-vous ? Médecin ? Avocat ?

— Les deux », affirma solennellement Jean-Marie tout en tranquillisant sa conscience par un raisonnement de casuiste. En effet, il avait été médecin des âmes et il y avait assez de problèmes de droit au Vatican pour coller Justinien lui-même.

A son arrivée à Stuttgart, il fut accueilli par Johann Mendelius, impatient de le voir, mais quelque peu sévère et guindé, comme un jeune officier après sa première bataille. Il appelait Jean-Marie « Monsieur » en évitant tous les titres religieux. Il conduisit prudemment sur les routes sinueuses et prit le chemin le plus long pour arriver à Tübingen, car, comme il l'avait dit, il avait des choses à lui expliquer.

« Mon père va très mal. L'explosif contenu dans la lettre piégée était pris en sandwich entre des feuilles d'aluminium et mélangé avec de minuscules roulements à billes. Certains se sont logés dans l'orbite, tout près du cerveau. On sait qu'il a perdu la vue de cet œil et qu'il risque de perdre l'autre. Nous n'avons pas vu son visage, mais il est évident qu'il est extrêmement défiguré et bien sûr, il n'a plus sa main gauche. Il faudra faire d'autres opérations, mais pas avant qu'il ait repris des forces. Il a toujours une infection inquiétante dans le bras et dans l'orbite, et la gamme des antibiotiques qu'il peut supporter est très réduite. Aussi, nous attendons. Maman, Katrin et moi, nous allons à l'hôpital à tour de rôle. Maman est extraordinaire. Elle a du courage pour nous trois, mais ne soyez pas surpris si elle se met à pleurer en vous voyant. Nous n'avons parlé à personne de votre venue, sauf au professeur Meissner. C'est la meilleure amie de faculté de papa. Dans la situation actuelle, tout le monde à Tübingen colporte des commérages. Dès que mon père sera rétabli — s'il se rétablit — je l'emmènerai loin d'ici. »

L'accent de colère et d'amertume de Johann ne passa pas inaperçu de Jean-Marie.

« J'ai entendu parler des manifestations, lui dit-il. Georg Rainer a envoyé des photos au Vatican. Il semble que les esprits soient bien échauffés.

— Beaucoup trop, répondit brusquement le jeune homme. Mon père était connu et respecté, c'est vrai. Mais il n'a jamais été un homme public. Toutes ces manifestations et ces défilés n'ont pas été spontanés. Ils ont été subtilement et soigneusement organisés.

— En si peu de temps ? demanda Jean-Marie, sceptique. Par qui et pour quelles raisons ?

— Comme moyen de propagande pour cacher les auteurs véritables de l'attentat contre mon père.

— Si vous voulez bien vous arrêter quelque part, dit Jean-Marie d'un ton ferme, nous allons parler de cette question avant d'arriver à Tübingen. Contrairement à votre père, j'ai été un homme public et je ne veux pas avoir de surprises ! »

Un kilomètre plus loin, ils s'arrêtèrent entre un pré et un bois de pins et Johann Mendelius exposa sa version de la tentative d'assassinat.

« Commençons à Rome. Par pur hasard, mon père est témoin d'un attentat terroriste. Gros titres, grands avertissements : il pourrait y avoir des tentatives pour le réduire au silence ou pour exiger des représailles sur lui-même ou sur sa famille. Tout cela est clair, simple et logique. Mon père et ma mère rentrent à Tübingen. La police criminelle leur renouvelle ses avertissements. Un portrait de mon père est trouvé dans la poche d'un homme tué au cours d'une bagarre dans un bistrot. Nouveaux conseils de prudence. Entre-temps, le président de l'université avertit ses principaux collaborateurs de s'attendre à une mobilisation, d'être prêts à former des spécialistes scientifiques pour l'armée et de coopérer à la surveillance des étudiants. Mon père critique violemment cette surveillance. Il menace de démissionner si on l'y contraint et par-dessus tout ça, il écrit le récit de votre abdication et devient soudain célèbre dans le monde entier. Toute cette affaire a une odeur politique qui n'est pas perdue pour les ministères allemands. Mon père n'est plus un simple universitaire; c'est une figure internationale. Dans un moment où les dirigeants sont en train de conditionner le bon peuple à la guerre, mon père pouvait être considéré comme un individu dangereux.

— Et il est déjà menacé par un groupement clandestin. C'est une couverture magnifique pour un assassinat officiellement sanctionné.

— Exactement. Et une fois que l'attentat a eu lieu, on amène la ville entière à protester. On fait d'une pierre deux coups. Des manifestations contre les travailleurs étrangers accéléreront le moment où on les renverra chez eux, à moins qu'on les fasse travailler de force en temps de guerre.

— Vous venez de me soumettre votre théorie, fit calmement Jean-Marie Barette. Maintenant, montrez-moi les preuves.

— Je n'ai pas de preuves, mais seulement des indices très sérieux.

— Par exemple?

— Vous m'avez dit que vous aviez vu des photos des manifestations d'étudiants. J'ai vu les manifestants eux-mêmes et je suis sûr que la plupart d'entre eux n'ont jamais pénétré à l'intérieur d'une salle de cours. Les journaux ont publié un schéma de la lettre piégée, prétendument fourni par la police judiciaire. La vraie bombe était tout à fait différente, un système hautement sophistiqué fabriqué dans un laboratoire de précision.

— Qui vous l'a dit?

— Dieter Lorenz. C'est à lui que mon père a eu affaire à la Police judiciaire. Deux jours après l'attentat, il a reçu une promotion et on l'a muté à Stuttgart. On l'a éloigné, en somme!

— Rien d'autre?

— Une foule de petits faits; mais ils n'ont de

sens que dans le contexte de notre ville. Je ne suis pas le seul de cet avis. Le professeur Meissner est d'accord avec moi et c'est une femme très intelligente. Vous la verrez ce soir à la maison.

— Encore une question. En avez-vous parlé à votre mère ?

— Non. Elle a bien assez de soucis comme ça et la sympathie de la population l'aide beaucoup.

— Votre père n'est au courant de rien, évidemment.

— Il est difficile de se faire une idée de ce qu'il sait. » Le jeune homme eut un geste las. « Il arrive à nous faire comprendre qu'il nous reconnaît. Il nous serre la main quand on lui parle; mais c'est tout. Je pense parfois que la mort serait une délivrance pour lui.

— Il vivra. Sa véritable tâche n'a pas encore commencé.

— J'aimerais pouvoir vous croire, monsieur.

— Croyez-vous en Dieu ?

— Non.

— Ça rend la vie plus difficile.

— Au contraire. Elle en devient beaucoup plus simple. Quelle que soit la brutalité des faits, on ne les complique pas par des considérations religieuses.

— Vous venez de me raconter une histoire qui, si elle est vraie, est aussi proche du mal pur qu'il est possible. Votre père a été mutilé et il risque la mort à cause d'une tentative d'assassinat organisée par des agents de votre propre pays. Quel remède proposez-vous contre ceux qui considèrent le meurtre comme un simple expédient politique ?

— Si vous souhaitez vraiment avoir une réponse, je vous la fournirai demain... Pouvons-nous y aller maintenant ?

« — Oui, mais avant j'aimerais vous demander une faveur, Johann.

— Dites.

— Vous êtes le fils d'un ami très cher. Ne m'appelez pas " monsieur ". Mon prénom est Jean-Marie. »

Pour la première fois, le jeune homme se détendit et son visage fermé s'éclaira d'un sourire. Il secoua la tête.

« Je crains que ce ne soit pas possible. Mes parents seraient choqués que je vous appelle par votre prénom.

— Alors que diriez-vous d'oncle Jean ? Cette formule vous épargnera beaucoup d'explications quand vous me présenterez à vos amis.

— Oncle Jean... » Il répéta ces mots à deux reprises, puis il sourit et approuva d'un signe de tête. « Bien, oncle Jean. Et maintenant, allons à la maison. Nous déjeunerons de bonne heure car maman voudrait vous emmener à l'hôpital à trois heures. »

Jean engagea la voiture sur la route et doubla un gros convoi qui transportait des troncs d'arbres.

« Combien de temps resterez-vous avec nous ?

— Un jour ou deux seulement, mais assez longtemps j'espère pour être utile à vos parents et peut-être aussi pour faire connaissance avec le démon de midi[1] qui est venu habiter cette ville.

— Le démon de midi ! » Johann Mendelius lui lança un petit sourire amusé. « Je n'avais pas

---

1. Démon de midi (*deamonius meridianus*) : tentation de la chair, qui s'empare des humains au milieu de leur vie, selon le sens le plus courant aujourd'hui. Mais, dans l'expression originelle, il s'agissait aussi du démon qui frappe en plein midi, par opposition à la peste, qui se propage au sein des ténèbres.

entendu cette expression depuis mes cours d'instruction religieuse.

— Vous n'en avez pas peur ?

— Je crains que si. » Sa réponse avait été simple et rapide. « Mais pas des démons ou des mauvais esprits. J'ai peur de nous-mêmes — les hommes et les femmes — et de la terrible folie destructrice qui s'empare de nous tous. Si je savais avec certitude qui a fait le coup, je le tuerais sans une seconde d'hésitation.

— Pour quoi faire ?

— La justice. Pour rétablir le fléau de la balance et pour décourager l'ennemi futur.

— C'est votre père qui est la victime. Vous approuverait-il ?

— C'est faux, oncle Jean. Mon père n'est pas la seule victime. Et ma mère, et Katrin et moi ? Et tous les gens de la ville qui ont été contaminés par cet acte ? Rien ne sera plus jamais pareil pour certains d'entre eux.

— Il me semble que vous avez une idée très précise de la nature du mal, répliqua posément Jean-Marie. Mais que dites-vous du bien ? Comment le voyez-vous ?

— C'est très simple. » Son ton était devenu subitement dur et tranchant. « Ma mère est bonne. Elle est courageuse et ce n'est pas facile pour elle. Elle pense à mon père et à nous avant de penser à elle-même. Pour moi, c'est ça le bien. Mon père aussi est bon. Quand on regarde son visage, on voit l'homme, et il a toujours assez d'amour pour vous tirer des mauvaises passes. Vous voyez ce qui arrive aux gens de bien ! Je suis bien content que vous soyez venu tout simplement en tant qu'oncle Jean parce que je ne pense pas que j'aurais aimé vous connaître en tant que pape.

— Voilà bien le pire exemple de logique que j'aie jamais entendu. » Jean-Marie poussa un ricanement amer. « Vous auriez été très flatté de me connaître alors. J'étais un individu bien plus agréable que je ne le suis maintenant. Après mon élection, un journaliste a déclaré que j'étais le plus séduisant des princes modernes. Souvenez-vous que ce ne sont pas toujours les princes qui font le mal. En général, ils ne sont pas assez intelligents pour être démoniaques. Le véritable ennemi, c'est celui qui leur suggère des méchancetés à l'oreille et qui leur propose de faire le sale travail en les mettant à l'abri des calomnies.

— Quelle que soit la personnalité du méchant, on l'a parce qu'on le mérite. » Johann conduisait avec une prudence délibérée, comme s'il craignait que la discussion l'entraîne à des manœuvres dangereuses. « Nous voulons toujours rester innocents et hors d'atteinte de la méchanceté. Mon père prenait les précautions qu'on lui avait conseillées, mais pas plus. Une prudence excessive lui paraissait indigne. Il la voyait comme le triomphe de la terreur. Ce n'est pas mon avis. Je fais attention; je regarde; j'écoute et j'ai sur moi un revolver que je n'hésiterai pas à utiliser. Est-ce que je vous choque, oncle Jean ?

— Non. Je me demande seulement ce que vous ressentirez quand vous aurez tué un être humain pour la première fois.

— J'espère ne jamais avoir à le faire.

— Pourtant, vous y êtes préparé. L'homme qui a voulu tuer votre père l'a fait à distance et mécaniquement, comme on fait sauter des roches dans une carrière. Vous, vous entendrez le cri d'agonie de votre victime. Vous verrez la mort dans ses yeux. Vous sentirez l'odeur du sang. Etes-vous préparé à tout cela ?

— Je vous l'ai dit, répéta Johann avec une sévère simplicité, j'espère que cette occasion ne se présentera jamais, mais j'y suis préparé. »

Jean-Marie Barette ne répondit pas. Le problème était au-delà de toute discussion. Il espéra qu'il ne serait pas au-delà du pouvoir salvateur de la grâce. Il se souvint du paysage désolé de sa vision, de cette planète d'où l'humanité s'était elle-même rayée, si bien qu'il n'y avait plus rien, ni plus personne à aimer.

Sa rencontre avec Lotte se déroula de façon étrange. Elle eut un moment de choc, de déception, presque, quand elle le vit dans ses vêtements laïques. Une gêne subite l'empêcha même de lui tendre la main. Il dut la prendre par le bras et l'attirer vers lui. Pendant une fraction de seconde, on aurait dit qu'elle allait repousser son étreinte, puis elle perdit le contrôle d'elle-même, s'agrippa à lui et se mit à sangloter en silence tandis qu'il la consolait comme une enfant avec des paroles simples et tendres.

Katrin arriva juste à ce moment. Johann lui présenta l'oncle Jean et après quelques mots embarrassés, ils se parlèrent calmement. Katrin leur fit part du bulletin de santé du matin de son père.

« J'ai vu le docteur Pelzer. Il n'est pas très satisfait. La fièvre a remonté. Papa ne répond pas aussi bien qu'hier à ce qu'on lui dit. Vous savez qu'il nous serre la main quand il comprend quelque chose. Eh bien, ce matin, il n'a réagi qu'une seule fois. Le reste du temps, il m'a semblé inconscient. Le docteur Pelzer m'a dit que je pouvais partir. Si un changement soudain se produit, on nous fera appeler. »

Lotte hocha la tête et partit s'occuper des préparatifs du déjeuner. Katrin la suivit dans la cuisine. Johann déclara brusquement :

« Voilà comment nous vivons. Toujours en dents de scie. Un moment d'espoir et le moment suivant, en baisse. C'est pourquoi je ne veux pas que maman et Katrin se bercent d'espoirs. Je ne veux pas qu'elles s'accrochent à des chimères.

— Vous craignez que je tente de leur donner de faux espoirs ?

— Vous avez dit que mon père vivrait.

— J'en suis certain.

— Pas moi; aussi je préfère que maman et Katrin apprennent à vivre dans l'incertitude. Ce sera bien assez dur, que papa vive ou non.

— Je suis votre hôte. Je respecterai votre désir. »

A cet instant, Lotte revint avec une nappe et des serviettes. Elle les donna à Johann et lui demanda de mettre la table. Elle prit Jean-Marie par le bras et l'entraîna dans la pièce voisine.

« Katrin prépare le déjeuner. Nous avons quelques minutes de tranquillité. C'est drôle, je ne peux pas me faire à vous voir dans cette tenue. A Rome, vous m'avez toujours paru si majestueux. C'est étrange d'entendre les enfants vous appeler oncle Jean.

— J'ai peur que Johann ne m'apprécie pas beaucoup.

— Il fait tant d'efforts pour être l'homme de la maison que parfois il est un peu perdu. Il n'arrive pas à s'ôter de l'idée que vous êtes responsable, en quelque sorte, de ce qui est arrivé à son père.

— Il a raison. J'en suis responsable.

— D'un autre côté, il sait combien Carl vous aime et vous respecte, mais il n'ose pas s'aventurer sur ce terrain sacré sans que vous ou Carl l'y invitiez. C'est difficile. Je le comprends, parce que moi aussi j'ai eu des difficultés au début. Ajoutez à cela la peur de la guerre et le ressentiment qu'il éprouve, comme tant de millions d'autres, d'être appelé à combattre pour une cause perdue d'avance. Soyez patient avec lui. Soyez patient avec nous tous. Notre petit monde s'écroule autour de nous et nous recherchons à tâtons quelque chose de solide pour nous raccrocher.

— Regardez-moi, Lotte !

— Je vous regarde.

— Maintenant, fermez bien les yeux et ne les rouvrez pas avant que je vous le dise. »

Il fouilla dans la poche de son veston et en sortit un petit coffret à bijoux en cuir rouge. Il le posa ouvert sur la petite table qui était à côté de Lotte. Il contenait trois objets en or ciselé dans le style du XVIIᵉ siècle florentin : une petite boîte ronde ; un flacon minuscule et une coupe guère plus grande qu'un dé à coudre.

« Ouvrez les yeux.

— Qu'y a-t-il à voir ? »

Il lui montra le coffret.

« C'est magnifique, Jean. Qu'est-ce que c'est ?

— L'un des privilèges des papes était de pouvoir transporter constamment l'eucharistie sur eux. C'est avec ceci qu'ils le faisaient. La boîte était destinée à l'hostie consacrée ; le flacon et la coupe au vin. Il y a un tout petit mouchoir damassé plié dans le couvercle pour essuyer les récipients. Les fidèles de ma première paroisse m'ont fait cadeau de cet ensemble le jour de mon élection. En quittant Rome pour venir chez vous, j'ai eu honte. Je n'avais rien à vous offrir, vous qui avez tant souffert à cause de moi. Je suis donc allé à Fiumicino de bonne heure, j'ai dit une messe dans la chapelle de l'aéroport et j'ai apporté l'eucharistie pour Carl et pour vous. Je vous donnerai à tous deux la communion à l'hôpital. »

Lotte était profondément émue. Elle referma le coffret et le rendit à Jean-Marie.

« Cela veut tout dire, Jean. Merci. J'espère seulement que Carl sera suffisamment conscient pour réaliser.

— Endormi ou éveillé, Dieu le tient dans le creux de sa main.

— Le déjeuner est servi », annonça Katrin de la salle à manger. Pendant qu'ils prenaient place autour de la table, Lotte parla à ses enfants du cadeau que Jean-Marie avait apporté.

« Je croyais que papa avait déjà reçu les derniers sacrements, dit Johann, visiblement surpris.

— Bien sûr, répondit Lotte. Mais l'eucharistie est un acte quotidien — un partage de nourriture; un partage de vie, n'est-ce pas Jean ?

— Oui, c'est exact. Un partage de vie avec la source de vie.

— Merci. ». Johann accueillit cette information sans faire de commentaire et il demanda avec une politesse étudiée : « Pourriez-vous nous donner votre bénédiction, oncle Jean ? »

A l'hôpital, Lotte lui présenta le docteur Pelzer. Elle pria le brave médecin d'expliquer l'état du malade à ce vieil ami de la famille. Il advint donc que Jean-Marie Barette vit d'abord Carl Mendelius à travers une série de photos aux rayons X. Cette tête qui avait renfermé l'histoire de vingt siècles n'était plus qu'une boîte crânienne avec des mâchoires brisées, un nez écrasé et une pluie de billes opaques logées dans l'armature osseuse, dans la pellicule de chair et dans les muqueuses environnantes. Le docteur Pelzer, un homme grand et puissant, doté d'une chevelure gris-fer et d'un diagnostic toujours prudent, lui fit ses commentaires :

« Un vrai carnage, comme vous pouvez le voir. Mais on ne peut pas extraire tous ces corps étrangers avant que l'état de ce pauvre diable se soit stabilisé. Il a d'autres saloperies du même genre dans la cage thoracique et dans la partie supérieure de l'abdomen. Une ou deux prières ne lui feraient pas de mal, mais ne laissez pas trop d'espoir à la famille, hein ? Même si nous parvenons à le sauver, il lui faudra de nombreux traitements de soutien. »

Ensuite, il vit l'homme en chair et en os, rattaché à des tuyaux de goutte à goutte, à une bouteille d'oxygène et à un détecteur cardiaque. Sa tête était entourée de bandages. Ses yeux endommagés étaient heureusement dissimulés. Les cavités du nez et de la bouche étaient ouvertes et immobiles. Le moignon de la main coupée était posé comme un gourdin de tissu sur la couverture. La main valide tortillait faiblement les plis du drap.

Lotte la souleva, l'embrassa et dit : « Carl, mon chéri, c'est Lotte. »

La main se referma sur la sienne et un gargouillis s'échappa du masque de bandages.

« Jean-Marie est avec moi. Il va te parler pendant que j'irai porter un petit cadeau de remerciement à la sœur de service. Je reviens tout de suite. »

Elle sortit de la chambre sur la pointe des pieds et referma la porte sur eux. Jean-Marie prit la main de Mendelius. Elle était douce comme du satin et si affaiblie qu'on avait l'impression que les os se casseraient si on la serrait trop fort.

« Carl, c'est Jean. M'entendez-vous ? »

Il sentit une pression sur sa main et d'autres misérables gargouillis s'échappèrent tandis que Carl Mendelius s'efforçait vainement de répondre.

« N'essayez pas de parler, Carl. Vous et moi, nous n'avons pas besoin de mots. Ne bougez pas et tenez-moi la main. Je vais prier pour nous deux. »

Il ne prononça pas une seule parole et ne fit aucun geste rituel. Il s'assit tout simplement près du lit en serrant la main de Mendelius dans la sienne et ce fut comme s'ils avaient été un même corps, l'homme intact et le mutilé, l'aveugle et le voyant. Il ferma les yeux et ouvrit son âme, coupe prête à recevoir le flux de l'Esprit, chenal par lequel celui-ci pourrait pénétrer dans la conscience de Carl Mendelius.

C'était la seule façon qu'il connaissait pour exprimer la parenté entre le créateur et la créature. Il ne pouvait pas présenter des suppliques; elles se résumaient toutes dans le *fiat* originel : que votre volonté soit faite. Il ne pouvait pas marchander une vie contre une autre vie, un service contre un autre service, parce qu'il ne restait plus rien de lui-même auquel il attachât quelque importance. L'important, c'était le corps et l'esprit agonisants de Carl Mendelius pour qui il constituait maintenant le fil de vie.

Quand enfin le flux arriva, ce fut simple et extraordinairement doux comme une bouffée parfumée dans un jardin en été. Il se fit une lumière et une harmonie étrange comme si la musique n'était pas jouée, mais inscrite dans les méandres du cerveau. Il y eut un calme si intense qu'il sentit le pouls enfiévré du malade se calmer, comme la mer après la tempête. Quand il ouvrit les yeux,

Lotte était à nouveau là, le fixant avec crainte et stupéfaction. Elle déclara maladroitement :

« Je ne voulais pas vous interrompre, mais il est presque cinq heures.

— Déjà ? Voulez-vous recevoir la communion, maintenant ?

— Oui, je veux bien. Mais je ne crois pas que Carl pourra avaler l'hostie.

— Je sais. Mais il pourra boire une petite gorgée dans le calice. Etes-vous prêt, Carl ? »

Une pression sur sa main lui fit savoir que Carl avait entendu et compris. Pendant que Lotte s'installait près du lit, Jean-Marie sortit les petits récipients d'or et passa une étole autour de son cou. Après une courte prière, il tendit l'hostie consacrée à Lotte, puis approcha le minuscule calice des lèvres de Mendelius. Tandis qu'il prononçait les paroles rituelles : « *Corpus domini* », Lotte dit : « *Amen* » et Mendelius leva la main dans un pauvre salut.

Jean-Marie Barette essuya le ciboire et le calice avec le mouchoir damassé, replia son étole, remit le coffret et l'étole dans sa poche et sortit de la chambre sur la pointe des pieds.

Dans le couloir, alors qu'il passait devant des gardes armés, il fut accosté par une femme laide, courtaude et sans âge qui se présenta de façon brusque comme étant le professeur Meissner.

« Nous dînons ensemble ce soir chez les Mendelius, mais j'ai dit à Lotte que j'aimerais d'abord vous voir seul. Voudriez-vous venir prendre un verre chez moi ?

— Avec plaisir.

— Parfait ! Nous avons beaucoup de choses à nous dire. »

Elle le prit par le bras, le poussa dans l'ascenseur sans prononcer un seul mot pendant toute la descente, puis le propulsa dehors dans les derniers rayons du soleil. Une fois hors de l'enceinte de la clinique, et seulement alors, elle ralentit le pas et adopta une allure tranquille pour descendre la colline en direction de la vieille ville. Elle paraissait un peu plus détendue, mais son ton était toujours direct et rauque.

« Vous savez que Carl m'a demandé un avis clinique sur votre lettre et votre encyclique ?

— Ce n'est pas exactement ce qu'il m'a dit, mais je savais que vous étiez au courant.

— Vous avez vu mes commentaires dans son article ?

— Oui.

— J'ai dit une chose dont ils n'ont pas parlé. Je vais vous l'apprendre maintenant : je pense que vous êtes un homme très dangereux. Les ennuis vous suivront partout où vous irez et je comprends pourquoi vos collègues de l'Eglise ont dû se débarrasser de vous. »

La brutalité de cette attaque le laissa sans voix un moment. Quand il retrouva la parole, il ne sut que dire : « Très bien... et que dois-je vous répondre ?

— Vous pourriez me dire que je suis une garce — et c'est vrai — mais ça ne me ferait pas changer d'avis. Vous êtes un homme très dangereux !

— J'ai déjà entendu cette accusation, fit calmement Jean-Marie Barette. Mes frères du Vatican m'ont traité de bombe à retardement ambulante. Cependant, j'aimerais savoir sous quelle forme vous voyez le danger que je représente.

— J'y ai beaucoup réfléchi. » Anneliese Meissner devint un peu plus aimable. « J'ai beaucoup lu ; j'ai écouté de nombreux enregistrements de collègues qui ont l'expérience des manies religieuses et des influences cultistes. En fin de compte, j'ai été obligée de conclure que vous étiez un homme doué de cette perception spéciale que Jung appelle l'inconscient collectif. Par conséquent, vous avez un pouvoir magique sur les gens. C'est comme si vous aviez connaissance de leurs pensées, de leurs désirs et de leurs craintes les plus secrets, comme c'est le cas pour cette question des fins dernières. Ce thème est enraciné au plus profond de la mémoire humaine, aussi quand vous écrivez sur ce sujet ou que vous en parlez, les gens vous sentent à l'intérieur d'eux-mêmes, presque comme une composante de leur propre ego. Il en résulte que tout ce que vous dites ou faites a des conséquences profondes et parfois terribles. Vous êtes un géant qui rêve sous un volcan. Quand vous vous retournez dans votre sommeil, la terre tremble.

— Que pensez-vous que je doive faire à propos de ce dangereux pouvoir?

— Vous ne pouvez rien faire, répondit sèchement Anneliese Meissner. C'est l'erreur qu'ont commise vos cardinaux. S'ils vous avaient laissé le pouvoir, le poids même de cette charge et ses méthodes traditionnelles auraient amorti les manifestations magiques. Vous seriez resté à distance respectueuse des autres hommes. Maintenant, il n'y a plus rien pour amortir le choc, plus de distance; vous avez un impact direct qui risque de devenir catastrophique.

— Vous ne voyez aucun bien dans ce pouvoir et en moi-même?

— Du bien? Oh! si, mais c'est le bien qui résulte du désastre, comme l'héroïsme sur le champ de bataille ou le dévouement des infirmières pour les pestiférés.

— Vous l'avez qualifié de magique. Vous ne pouvez pas trouver un autre terme?

— Prenez le terme qui vous plaira. Quel que soit le nom que vous lui donnerez, prêtre, chaman, gourou, qui que soit celui que vous prétendez servir — l'esprit des bois, l'homme-Dieu ou l'Eternel — vous vous trouverez toujours à l'épicentre du tremblement de terre... C'est là que je vis. »

Ils étaient presque arrivés au sommet du Burgsteige, devant une vieille maison du XVIᵉ siècle, bâtie avec des poutres de chêne et des briques faites à la main. Anneliese Meissner ouvrit la porte et lui fit monter les deux étages qui conduisaient à son appartement dont les fenêtres donnaient sur les tourelles de l'Hohentubïngen et sur les sapins des montagnes de la Souabe. D'un geste, elle balaya une pile de livres qui étaient posés sur un fauteuil et fit signe à Jean-Marie de s'y asseoir.

« Que voulez-vous boire ? Vin, schnaps ou scotch ?

— Du vin, s'il vous plaît. »

En la regardant essuyer deux verres poussiéreux, déboucher une bouteille de vin de Moselle et ouvrir un paquet de cacahuètes, il se sentit ému par ce mélange d'intelligence et de tendresse cachée enfermées dans un corps aussi laid. Elle lui tendit un verre de vin et porta ce toast :

« Au rétablissement de Carl.

— *Prosit.* »

D'une seule gorgée, elle avala la moitié de son verre de vin et elle le posa. Puis elle fit une remarque sèche et apparemment insignifiante :

« A la clinique, nous avons un système de surveillance centralisé pour les malades sous soins intensifs.

— Ah ! oui ? fit Jean-Marie avec un intérêt poli.

— Oui. Le moindre signe est transmis en permanence à la salle de contrôle où il y a toujours une infirmière qualifiée de service. Pendant que vous étiez avec Carl, j'étais dans cette salle avec le docteur Pelzer. »

Jean-Marie ne disait rien. Il ne savait pas si elle était embarrassée ou si elle hésitait à continuer. Il finit par lui demander :

« Continuez. Vous étiez dans la salle de contrôle. Alors ?

— Quand vous êtes arrivé, Carl avait quarante de fièvre ; son pouls battait à cent vingt avec une arythmie cardiaque prononcée. Vous êtes resté près de deux heures avec lui. Pendant tout ce temps, sauf à votre arrivée, vous n'avez pas prononcé une seule parole jusqu'au moment où Lotte est revenue dans la chambre. Pendant ce temps, la température de Carl est tombée, son pouls est redevenu presque normal et son rythme cardiaque s'est régularisé. Qu'est-ce que vous avez fait ?

— J'ai prié, d'une certaine manière.

— Quelle manière ?

— Je pense qu'on pourrait appeler cela une méditation. Mais si vous essayez de m'attribuer une espèce de miracle... ah ! non, je vous en prie !

— Je ne crois pas aux miracles. Cependant je suis curieuse des phénomènes qui sortent de la normale. En outre... » Elle lui lança un regard en coin comme si elle craignait subitement de se livrer, puis elle se jeta en avant. « Je peux aussi bien vous le dire ; tout ce qui touche Carl me touche. Je suis amoureuse de lui depuis dix ans. Il ne le sait pas et il ne le saura jamais. Mais pour le moment, j'ai besoin de pleurer sur l'épaule de quelqu'un et c'est vous que j'ai choisi parce que c'est vous qui l'avez mis dans le pétrin ! Carl disait toujours que vous possédiez la grâce de la compréhension, alors, peut-être comprendrez-vous

305

que dans ce cas, c'est un conte de fées à l'envers. Il ne s'agit pas d'une belle princesse et d'une grenouille-prince, c'est la grenouille-fille qui attend que le prince vienne l'embrasser pour la rendre belle. Je sais que c'est sans espoir et j'ai appris à ne pas trop m'en préoccuper. Je ne suis une menace pour personne et certainement pas pour Lotte. Pourtant quand je vois ce pauvre Carl ligoté à tous ces dispositifs pour le maintenir en vie et quand je sais tout ce qu'on lui injecte uniquement pour le calmer et pour que son corps fonctionne, alors je souhaiterais croire aux miracles.

— Moi, j'y crois, dit doucement Jean-Marie. Et ils commencent tous par un acte d'amour.

— Pourtant, l'amour est une chose terrible — tout comme vous êtes vous-même terrible. Si vous le tenez enfermé trop longtemps, il peut vous faire sauter le crâne. Passons ! Je ne vous ai pas fait venir ici pour vous dire des vacheries ou pour vous raconter ma vie sentimentale. » Elle remplit à nouveau les verres. « Johann Mendelius s'est mis dans une sale affaire.

— Quel genre d'affaire ?

— Il est en train d'organiser un groupement d'étudiants clandestin pour s'opposer à la mobilisation, empêcher la surveillance et prévoir des voies de repli pour les déserteurs de l'armée.

— Qui vous a dit ça ?

— Lui-même. Son père lui avait dit que j'étais prête à soutenir une organisation clandestine au sein de la faculté. Mais ces gosses sont tellement naïfs ! Ils ne se rendent pas compte qu'ils sont surveillés et qu'il est facile d'introduire des espions et des provocateurs dans leurs rangs. Ils achètent et entreposent des armes, ce qui est formellement interdit. Un jour la police aura vent de ce qui se passe, ce n'est qu'une question de temps. Elle est peut-être déjà au courant et attend simplement que l'émotion causée par l'attentat contre Carl soit retombée.

— Johann m'a promis qu'il me dirait quelle forme prendrait son action. Il a peut-être l'intention de m'emmener à une réunion de son groupe.

— C'est possible. C'est parce que vous êtes français qu'ils ont baptisé leur association la « jacquerie », en souvenir de la révolte des paysans français pendant la guerre de Cent Ans... Mais si vous voulez mon avis, vous feriez mieux de rester en dehors de tout ça.

— J'aimerais bien me faire une opinion moi-même. J'arriverais peut-être à mettre un peu de plomb dans la cervelle de Johann et de ses amis.

— N'oubliez pas ce que je vous ai dit. Vous êtes un homme très particulier. Sans savoir ni pourquoi ni comment, vous exercez un pouvoir magique et la jeunesse est très sensible aux sortilèges... Maintenant, je voudrais vous faire écouter un enregistrement.

— A propos de quoi ?

— C'est une partie d'un entretien avec une de mes malades. Je vous la communique sous le secret professionnel, comme Carl m'a communiqué vos écrits. D'accord ?

— D'accord.

— C'est une femme de vingt-huit ans, divorcée sans enfant et fille aînée d'une famille bien connue dans la ville. Le mariage a duré trois ans. Elle est divorcée depuis un an. Elle manifeste des symptômes dépressifs aigus avec quelques moments d'hallucination probablement dus à des séquelles d'expériences de L.S.D. auxquelles elle a reconnu avoir participé avant son mariage. La bande a été enregistrée hier pendant une séance qui a duré une heure vingt minutes.

— Et que devrais-je en conclure ?

— C'est ce que j'aimerais savoir. J'y ai trouvé une signification. Vous en verrez peut-être une autre.

— Cher Professeur. » Il se mit à rire avec une sincère bonne humeur. « Si vous souhaitez avoir un psychogramme de ma personnalité, pourquoi ne pas commencer avec des procédés simples, comme les tests de Rorschach, par exemple ?

— Parce que j'ai déjà votre psychogramme. » La réponse était partie, sèche et irritée. « Je vous ai sur mes tablettes depuis des semaines. Vous êtes un phénomène terrifiant : un homme résolument simple. Vous dites ce que vous croyez et vous croyez ce que vous dites. Vous vivez dans un univers imprégné par un Dieu immanent avec lequel vous avez des contacts personnels et directs. Je ne vis pas dans cette sorte d'univers, mais nous sommes tous les deux dans cette pièce avec cet enregistrement. Je voudrais connaître votre réaction. Vous voulez bien me faire plaisir ?

— A votre service.

— La scène se passe dans mon cabinet. Il est quatre heures de l'après-midi. Ce passage se situe après quarante minutes de propos décousus en vue de se justifier. »

Elle mit l'appareil en marche. Une voix féminine au timbre sourd et au fort accent souabe embraya sur ce qui semblait être un nouveau sujet :

« Un matin, je l'ai rencontré sur la place du marché. J'achetais du raisin. Il a pris des grains sur l'étal et me les a fourrés dans la bouche. Tout en sachant combien il pouvait être épouvantable, son geste m'a fait rire. Il m'a demandé si je voulais prendre une tasse de thé. J'ai dit oui et il m'a emmenée dans ce salon de thé près du monastère... vous savez... cet endroit où on trouve du thé du monde entier et même du maté d'Argentine. Il était très gentil et je n'avais pas du tout peur. Dans la boutique, les gens n'arrêtaient pas d'entrer et de sortir. J'ai accepté de goûter à quelque chose que je ne connaissais pas : une infusion spéciale de Ceylan. J'ai trouvé que c'était bon, mais il n'y avait pas de quoi s'extasier. Nous avons parlé de choses et d'autres, son travail, ma famille et du fait qu'il ne voyait pas de femmes en ce moment. Je me suis alors demandé s'il n'avait pas attrapé quelque chose avec la dernière qui était une petite poule de Francfort, très ordinaire. Je ne disais rien, mais je savais qu'il lisait dans mes pensées. Il m'a jeté sa tasse à la figure et le thé s'est répandu sur mon corsage. Il me l'a arraché et les clients du salon de thé nous regardaient en riant. Ensuite, nous nous sommes tous pris par la main et nous avons commencé à danser en chantant : " Boum... boum... boum ", tandis que les boîtes de thé se mettaient à exploser dans tous les coins. Mais ce n'était pas du thé; c'étaient des feux de bengale, bleus, verts et beaucoup, beaucoup de rouges ! Ensuite, nous nous sommes retrouvés dans la rue. J'étais toute nue et il me traînait derrière lui en disant à tout le monde : « « Regardez ce que les Turcs ont fait à ma « femme. Monstres ! Sales violeurs ! » Mais quand on est arrivés à l'hôpital, on a vu des policiers devant la porte et ils ne voulaient pas me laisser entrer parce qu'ils disaient que j'avais la chaude-pisse et que les services secrets n'employaient jamais des gens qui avaient des maladies honteuses. Ils disaient aussi qu'il pouvait bien me tuer si ça lui faisait plaisir, mais il leur a répondu que je n'en valais pas la peine et je me suis mise à pleurer.

« Ensuite, il m'a ramenée chez moi et il m'a dit de me laver. J'ai pris un long bain chaud, je me suis poudrée et parfumée, puis je me suis allongée toute nue sur le lit pour l'attendre. Mais, en fait, ce n'était pas mon lit; c'était un magnifique lit rond, doux et confortable et qui sentait la lavande. Au bout d'un moment, il est arrivé. Il est allé dans la salle de bain et il en est ressorti nu et propre comme moi. Il m'a embrassé les seins, m'a caressée et quand il m'a pénétrée, nous avons eu un orgasme énorme qui faisait penser à ces boîtes qui avaient explosé dans le salon de thé. Je ferme toujours les yeux quand j'ai un orgasme. Cette fois, quand je les ai rouverts, il était allongé près de moi, tout ensanglanté. Sa main était posée sur ma poitrine, mais ce n'était rien qu'une main, sans bras et sans corps. Je voulais crier, mais je n'y parvenais pas. Alors, j'ai vu son visage. Il était complètement vidé, comme une grande soucoupe rouge et puis, le lit n'a plus été un lit, mais une immense bête noire avec nous deux à l'intérieur. »

Anneliese Meissner arrêta le magnétophone et dit :

« Bien, voilà ! »

Jean-Marie Barette resta un long moment sans rien dire, puis il demanda :

« Qui est cet homme, dans le rêve ?

— Son ancien mari. Il habite toujours ici.

— Vous le connaissez ?

— Pas très bien. Mais, oui, je le connais. »

Jean-Marie se taisait. Il tendit son verre et elle le lui remplit, puis elle s'enquit ;

« Aucun commentaire sur ce que vous venez d'entendre ?

— Je ne suis pas un spécialiste de l'interprétation des rêves, mais cet enregistrement m'apprend quelque chose. Cette femme est obsédée par la culpabilité. Elle sait une chose qu'elle a peur d'avouer. Aussi, elle le rêve, ou plutôt elle construit un rêve autour et vous le raconte à vous. Ce qu'elle sait a un rapport avec l'affaire Mendelius. Est-ce que je suis dans la bonne voie, Frau Professor ?

— Tout à fait. Continuez, je vous en prie.

— Je pense, dit Jean-Marie d'un ton ferme. Je pense que vous avez le même problème que votre patiente. Vous savez quelque chose que vous ne voulez pas ou ne pouvez pas dire.

— Je ne le veux pas parce que je ne suis pas certaine de mes conclusions. Je ne le peux pas parce que mon honnêteté professionnelle est en jeu. Vous avez le même problème avec le secret de la confession.

— Tout ça constitue de bonnes raisons pour se taire, fit sèchement Jean-Marie.

— J'en ai d'autres. » Elle avait pris un ton irrité et agressif. Jean-Marie leva la main en signe d'avertissement.

« Ne vous fâchez pas. Vous m'avez invité à venir chez vous. Je vous ai promis le secret. Si vous voulez me confier ce que vous avez sur le cœur, je vous écoute. Sinon, buvons notre vin tranquillement.

— Excusez-moi. » C'était dur pour elle d'exprimer des regrets quelconques. « Je suis tellement habituée à jouer les seigneurs dans mon cabinet de consultation que j'en oublie les bonnes manières. Vous avez raison; je suis terriblement inquiète. Je ne vois pas ce que je pourrais faire sans mettre à jour un véritable nid de vipères. En tout cas, voici le premier point : cette femme est à la fois vulnérable et avide. Comme jeune divorcée dans une ville universitaire, elle a eu plus d'aventures qu'elle ne peut en assumer. C'est avec Johann Mendelius qu'elle a eu une de ses plus sérieuses liaisons. Elle s'est terminée cet été seulement, juste avant qu'il ne parte en vacances. Heureusement, ni Carl, ni Lotte n'ont eu vent de cette histoire. Moi je le sais parce que je la soigne et que j'ai dû écouter tout le récit de ce grand drame. C'est sur le second point que je bute. Son ex-mari est un homme... comment dire... un homme si incroyable qu'il est forcément authentique. J'ai toute une série d'enregistrements sur leurs relations. C'est lui qui fournit des armes à Johann et à son groupe. Si cet enregistrement veut bien dire ce que je crois, c'est lui qui a envoyé la lettre piégée à Carl. Je sais que cela peut paraître absurde, mais...

— Le mal est l'absurdité suprême, dit Jean-Marie Barette. C'est la plus sinistre et l'ultime bouffonnerie : l'homme assis sur les ruines de son univers, se barbouillant lui-même de ses excréments. »

Il était presque six heures trente quand il partit de chez Anneliese. En fermant le portail derrière lui, son attention fut attirée par une plaque sur la maison d'en face, un solide bâtiment construit dans la première moitié du XVIe siècle, où les habitants de Tübingen continuaient à venir boire et manger. La plaque annonçait, en caractères gothiques : « Ancienne Maison Keller. Ici vécut le Professeur Michael Maestlin de Goppingen, qui enseigna l'astronomie à Johannes Kepler. »

Cette inscription lui plut parce qu'elle rendait hommage au maître obscur avant son illustre élève. Elle lui rappela aussi la peur qui avait hanté son prédécesseur, à savoir que Tübingen puisse devenir le centre d'une seconde révolte anti-romaine. Pour sa part, il n'avait jamais eu de telles craintes. Il avait toujours considéré qu'il était aussi vain de condamner un savant pour hérésie que d'étendre des draps ensanglantés après une nuit de noces. Ensuite, il lui vint à l'esprit qu'il devrait acheter du vin pour le repas du soir, aussi il poussa la lourde porte cloutée et entra dans l'établissement.

La moitié des tables était occupée par des étudiants et une douzaine de robustes paysans étaient accoudés au comptoir. Jean-Marie s'expliquait parfaitement en allemand, mais il ne comprit rien aux noms des crus inconnus que le barman lui débita en dialecte. Il finit par se décider pour un agréable vin sec de l'Ammertal, en acheta deux bouteilles et se dirigea vers la sortie. Un appel qui venait d'un coin du café l'arrêta.

« Oncle Jean ! Par ici ! Venez avec nous ! » Johann le débarrassa de ses bouteilles et poussa ses camarades pour lui faire de la place sur le banc. Il fit de rapides présentations : « Franz, Alexis, Norbert, Alvin Dolman. Voici mon oncle Jean. Franz est l'ami de ma sœur. Alvin est américain et un grand ami de mon père.

— Heureux de faire votre connaissance, messieurs. » Jean-Marie était la cordialité personnifiée. « Puis-je vous offrir un verre ? »

Il fit signe à la serveuse et commanda une tournée pour les autres et de l'eau minérale pour lui.

« Qu'est-ce que vous faites par ici, oncle Jean ? lui demanda Johann.

— Je viens de chez le professeur Meissner. Nous nous sommes rencontrés à la clinique et je l'ai raccompagnée chez elle.

— Comment allait mon père cet après-midi ?

— Le docteur a dit que son état s'était amélioré. La température a baissé et son pouls est plus régulier.

— Voilà une grande nouvelle ! Magnifique ! » Alvin Dolman semblait avoir un peu trop bu. « Vous me direz quand je pourrai aller le voir, Johann. J'ai trouvé quelque chose qui lui plaira, une statue de saint Christophe, gothique primitif. Celle-là, il l'aura pour rien dès qu'il pourra s'asseoir et manger un peu. »

La curiosité de Jean-Marie Barette s'éveilla aussitôt.

« Vous êtes un collectionneur, monsieur Dolman ?

— Non, monsieur, marchand ! Mais j'ai du flair. Il faut avoir du flair !

— Oui, c'est vrai. Vous habitez ici ?

— J'habite ici. Je travaille ici. Je me suis même marié ici. Oui, j'étais le gendre du maire ; mais ça n'a pas duré. Un vieux troufion comme moi ne devrait jamais se marier ; on est tous des bons à rien, en somme. Votre professeur Meissner est justement une grande amie de ma femme. Elle l'a aidée à remonter la pente après notre divorce.

— Je suis heureux de l'apprendre, dit Jean-Marie. Dans quoi travaillez-vous, monsieur Dolman ?

— Je suis un artiste — illustrateur, si vous voulez des précisions. Je travaille pour des éditions éducatives sur toute la vallée du Rhin. En plus, je m'occupe d'antiquités... sur une petite échelle, évidemment. Je n'ai pas assez d'argent pour les grosses affaires.

— Je croyais que l'organisation vous procurait des fonds.

— Comment ? »

314

Sa réaction avait été presque invisible, à peine un battement de paupières; mais Jean-Marie avait trop souvent eu affaire à des ecclésiastiques et à des personnes d'une grande subtilité pour ne pas le remarquer. Alvin Dolman secoua la tête en souriant.

« L'organisation ? Vous ne m'avez pas compris. Je travaille absolument seul. Non, monsieur, la seule organisation pour laquelle j'aie jamais travaillé, c'est celle du brave Oncle Sam.

— Excusez-moi. » Jean-Marie eut un sourire contrit. « On a beau savoir parler une langue étrangère, on fait des erreurs pour les choses les plus simples. A quelle heure devons-nous dîner, Johann ?

— Pas plus tard que huit heures. Finissons nos verres et allons-y. Nous sommes à cinq minutes de la maison.

— Il faut que je rentre, moi aussi, dit Alvin Dolman. J'ai un rendez-vous à Stuttgart. Je vais en profiter pour voir ce que je peux faire pour vous, les gars. Mais souvenez-vous qu'il faudra tout payer comptant. *Auf Wiedersehen* à tous ! »

Il se mit debout avec difficulté et Jean-Marie dut se lever pour le laisser passer. Tandis que Dolman se dirigeait vers la porte, Jean-Marie le suivit et quand ils furent sortis dans la rue déserte, il lui dit en anglais :

« Je voudrais vous dire un mot, monsieur Dolman. »

Dolman se retourna brusquement vers lui. Son sourire avait disparu et son regard était hostile.

« Oui ?

— Je vous connais, dit Jean-Marie Barette. Je sais qui vous êtes, qui vous emploie et de quel mauvais esprit vous êtes habité. Si je le leur dis, ils vous tueront avec ces mêmes pistolets que vous leur avez vendus. Aussi, partez d'ici si vous voulez rester en vie. Partez sur-le-champ. »

Dolman le regarda fixement et se mit à rire.

« Qui donc pensez-vous être ? Dieu Tout-Puissant ?

— Vous savez très bien qui je suis, Alvin Dolman. Vous connaissez tout ce qui a été dit et écrit à mon sujet et vous savez que c'est vrai. Et maintenant, pour l'amour de Dieu, allez-vous-en ! »

Dolman lui cracha au visage, puis il pivota sur ses talons et partit en boitillant précipitamment sur les pavés de la rue en pente. Jean-Marie s'essuya la joue et rentra dans la Schloss Keller.

« Débarrassez-vous de ces armes ! Chacune d'elles porte une marque pour vous confondre. Il faut dissoudre la Jacquerie. De toute façon, vous êtes repérés. Dolman a fait de vous les victimes d'un complot classique : rassembler tous les opposants en un seul groupe, puis les expédier tranquillement un par un. En même temps, il se servait de vous pour se couvrir en tant qu'assassin. »

Il était une heure du matin et ils étaient seuls dans le bureau de Mendelius sous les toits. Dehors, le vent frisquet de ce début d'automne sifflait autour du beffroi de la Stiftkirche. A l'étage au-dessous, Lotte et Katrin dormaient paisiblement, ignorantes du mystère qui se jouait tout près d'elles. Malgré son dépit et sa fatigue, Johann ne pouvait se résoudre à abandonner la partie.

« Mais ça ne tient pas debout. Dolman est un trafiquant prêt à vendre n'importe quoi. C'est un bouffon qui rit quand une vieille dame tombe de l'autobus en montrant ses dessous. Mais un assassin, jamais !

316

— Dolman est l'agent parfait, lui expliqua patiemment Jean-Marie. Comme me l'a dit le professeur Meissner, il est si incroyable qu'il est forcément authentique. Bien plus! En tant qu'agent d'une puissance amie intéressée par l'Allemagne à cause de sa frontière orientale, il est l'instrument idéal pour accomplir les sales besognes, comme cet attentat contre votre père. Et ce n'est pas tout! Je connais des hommes qui se livrent aux plus extrêmes violences mais qui, en réalité, valent mieux que leurs actes. Ils sont conditionnés, courbés comme une branche, à tel point qu'ils ne peuvent plus se redresser. Chez certains, il manque un facteur clef, par conséquent ils ne peuvent pas être autre chose que ce qu'ils sont. Ce n'est pas le cas d'Alvin Dolman. Dolman sait qui il est, ce qu'il est et il ne veut pas être différent. Selon l'antique formule, il est réellement l'incarnation du mal.

— Comment pouvez-vous en être aussi sûr? Vous ne l'avez vu qu'une seule fois. Je comprends que le professeur Meissner ait une opinion sur lui, car elle a entendu toutes les histoires racontées par sa femme. Moi aussi, je les ai entendues plus d'une fois dans son lit, mais je ne les ai pas crues parce que Dolman savait que je couchais avec elle, qu'il m'a encouragé à en profiter et qu'il m'a même aidé à m'en dépêtrer quand j'en ai eu assez. Mais vous? Après une seule rencontre? Je suis désolé, oncle Jean, votre position n'a pas de sens, à moins que vous n'en sachiez davantage que ce que vous m'avez dit.

— J'en sais moins que vous sur Alvin Dolman, mais beaucoup plus sur le démon de midi. » Il croisa les mains derrière sa nuque et se renversa contre le dossier du fauteuil de Mendelius. « Dans les hautes sphères ou j'ai vécu, c'était un visiteur assidu et une compagnie très séduisante !

— C'est trop facile, oncle Jean. Je ne marche pas.

— Très bien. Dans ce cas, je vais tourner la chose autrement. Pendant que vous vous adonniez aux jeux de l'amour avec la femme de Dolman, auriez-vous invité un enfant à y assister ?

— Bien sûr que non !

— Pourquoi ?

— Eh bien, parce que...

— Parce que vous reconnaissez l'innocence, même si vous ne pouvez pas la définir. Vous reconnaissez aussi le mal ; mais vous fermez les yeux devant lui. Pourquoi ?

— Sans doute... sans doute parce que je ne veux pas non plus reconnaître le mal en moi-même.

— Enfin nous y voilà. Et maintenant allez-vous suivre les conseils de votre oncle Jean ?

— J'essaierai.

— Dès que votre père sera en état de voyager, partez d'ici. Si vous pouvez conclure l'achat de ce domaine dans les Alpes et le rendre habitable, allez-y. Tâchez de rester ensemble, votre père, votre mère, Katrin et même son ami s'il veut venir avec vous. Dolman est parti. Il ne reviendra plus. L'organisation ne l'emploiera plus dans cette région, mais elle est toujours à l'œuvre et toujours en association avec le démon de midi !

— Et vous, oncle Jean, où irez-vous ?

— Demain, à Paris, pour voir ma famille et mettre mes affaires financières en ordre. Ensuite... qui sait ? J'attends les ordres ! »

Johann se sentait toujours irrité et mal à l'aise. Il objecta : « Nous voici donc revenus aux révélations, aux prophéties et à toutes ces histoires.

318

« — Et alors ?

— Je n'y crois pas, tout simplement !

— Pourtant vous avez cru un homme qui a tenté d'assassiner votre père. Vous n'avez pas cru les vérités que sa femme vous a dites au lit. Vous ne savez pas reconnaître le bien du mal. Cela ne vous enseigne-t-il rien sur vous-même, Johann ?

— Vous frappez directement à la tête, on dirait.

— Il faut grandir, mon garçon ! » Le ton de Jean-Marie s'était fait implacable. « Il s'agit de la vie, de la mort et de l'au-delà. Personne ne peut échapper à la réalité ! »

Cette nuit-là, Jean-Marie Barette fit un rêve. Il se trouvait sur la place du marché de Tübingen. Il s'arrêtait devant un étal où l'on vendait de magnifiques raisins noirs. Il en goûtait un grain; il était sucré et délicieux. Il demandait alors à la marchande de lui en donner un kilo. Elle le regardait bouche bée, frappée d'épouvante, se couvrait le visage de ses mains en reculant. Sur le marché, tout le monde faisait la même chose et il se trouvait isolé au milieu d'un cercle d'individus hostiles, avec sa grappe de raisin à la main. Il leur parlait calmement en leur demandant la raison de leur attitude, mais personne ne lui répondait. Il voulait s'avancer vers la personne la plus proche, mais un grand gaillard armé d'un couteau de boucher lui barrait le passage. Il s'arrêtait alors et se mettait à crier :

« Que se passe-t-il ? Pourquoi avez-vous peur de moi ? »

Le grand type lui répondait : « Parce que vous êtes un *Pestträger* — un porteur de peste ! Allez-vous-en d'ici avant qu'on ne vous tue ! »

Alors, la foule se mettait à avancer sur lui, le repoussant inexorablement vers la rue au bout de laquelle, il le savait, il devrait se retourner et fuir pour sauver sa vie...

Le lendemain matin, fatigué et les yeux rouges, il prit son petit déjeuner de bonne heure avec Lotte et il l'accompagna à l'hôpital pour dire adieu à Carl Mendelius. Là, dans ce dernier instant de calme, il leur déclara à tous les deux :

« Nous nous reverrons, j'en ai la certitude. Mais où et quand, Dieu seul le sait. Ma chère Lotte, ne cherchez pas à rester ici. Dès que Carl le pourra, faites vos valises et partez. Promettez-le-moi.

— Je vous le promets, Jean. Ce ne sera pas dur de quitter cet endroit.

— Très bien. Quand l'appel viendra, Carl, vous serez prêt. Pour l'instant, il faut vous résigner à une longue convalescence. Aidez Lotte à vous aider. Dites-lui que vous le ferez. »

Carl Mendelius leva sa main valide pour caresser la joue de Lotte. Elle attira cette main vers ses lèvres et en baisa la paume. Jean-Marie se leva. Avec son pouce, il traça le signe de croix sur le front de Mendelius, puis sur celui de Lotte. Sa voix tremblait.

« Je déteste les adieux. Je vous aime tous les deux. Priez pour moi. »

Mendelius le saisit par le poignet pour le retenir. Il faisait des efforts désespérés pour parler. Cette fois, avec beaucoup de difficulté, mais très clairement, il réussit à articuler ces mots :

« Le figuier, Jean. Je sais maintenant. Le figuier !

— Je t'en prie, mon amour, supplia Lotte, n'essaie pas de parler.

— Cher Carl, lui dit Jean-Marie, en cherchant à

l'apaiser, souvenez-vous de notre accord. Pas de mots, pas de discussions. Dieu fera pousser les arbres en temps voulu. »

Mendelius se calma peu à peu. Lotte lui tenait la main. Jean-Marie l'embrassa et, sans un mot, il sortit de la chambre.

Il était à mi-chemin de Paris, dans l'avion qui filait aveuglément dans une mer de nuages orageux quand il comprit le sens des paroles de Mendelius. Elles provenaient du passage de l'évangile selon saint Matthieu qui s'était ouvert sur ses genoux au moment de sa vision :

« Tâchez de saisir la comparaison du figuier : quand ses rameaux deviennent tendres et qu'il y pousse des feuilles, vous sentez l'approche de l'été. De même quand vous verrez tout cela, sachez que le Fils de l'Homme est proche, qu'il est aux portes. »

Il éprouva un étrange sentiment de soulagement, presque de bien-être. Si enfin Carl Mendelius croyait en sa vision, alors, lui, Jean-Marie Barette n'était plus complètement seul.

9

A Paris, le rêve du porteur de peste devint réalité. Son frère, Alain-Hubert Barette, cheveux d'argent, bouche d'argent, pilier d'un établissement bancaire du boulevard Haussmann, fut choqué jusqu'à la pointe de ses chaussures de luxe. Il aimait Jean-Marie de tout son cœur, il s'arrangerait pour lui procurer les liquidités nécessaires, mais dégager un dépôt vieux de quarante années et bouleverser des accords internationaux des plus compliqués — *pas possible* ! Jean arrivaï au plus mauvais moment. Il lui serait très difficile de l'héberger chez eux. Ils avaient les décorateurs à la maison. Odette était dans un état voisin de l'hystérie, et les domestiques... mon Dieu ! Cependant, la banque serait heureuse de lui prêter l'appartement qu'elle avait au Lancaster jusqu'à ce qu'il puisse prendre d'autres dispositions.

Comment allait Odette, son hystérie mise à part ? Assez bien, mais choquée, effondrée vraiment, par son abdication ! Et, bien entendu, depuis que le cardinal Sancerre, archevêque de Paris, était revenu du consistoire et avait commencé à répandre toutes ces étranges rumeurs... toute la famille était plongée dans une profonde détresse.

Des contacts politiques? Des entretiens diplomatiques? En temps normal, Alain-Hubert Barette se serait fait un plaisir de favoriser ces rencontres, mais en ce moment précis... euh... la plus grande discrétion était à conseiller. On ne pouvait pas s'exposer à une rebuffade en s'adressant trop directement au président ou même à de hautes personnalités du Quai d'Orsay. Pourquoi ne viendrait-il pas demain soir dîner avec Odette et les filles et discuter ensuite de tout ça?

En attendant, ce problème d'argent. La banque accorderait un prêt à Jean-Marie sur la garantie des fonds déposés, jusqu'à ce qu'il soit possible de prendre de nouvelles dispositions.

« Et maintenant, allons signer les papiers pour que tu puisses avoir tout de suite de l'argent. Je te conseille — en tant que frère affectueux — d'aller voir un bon tailleur et un bon chemisier. Après tout, tu es toujours un Monseigneur et même tes vêtements laïques doivent témoigner de cette dignité cachée. »

C'en était trop. Jean-Marie sentit monter en lui une froide colère gauloise.

« Alain, tu es un imbécile! Et par-dessus le marché, tu es un petit banquier snob, cupide et vulgaire! Je ne viendrai pas chez toi. Je ne veux pas de ton appartement au Lancaster. Tu vas me donner immédiatement l'argent dont j'ai besoin. Tu convoqueras les administrateurs pour demain matin dix heures et nous examinerons en détail leur gérance passée et leur action future. J'ai très peu de temps et beaucoup de voyages à faire; ce n'est pas la stupidité bureaucratique de ta banque qui va me mettre des bâtons dans les roues. Est-ce que je suis bien clair?

— Jean, tu m'as mal compris. Je n'avais pas l'intention de...

— Calme-toi, Alain ! Moins on en dira, mieux ce sera. Quels papiers dois-je signer pour avoir des fonds tout de suite ? »

Un quart d'heure plus tard, tout était terminé. Alain, tout soumis, venait de téléphoner au dernier administrateur pour la réunion du lendemain. Il s'épousseta les mains avec un mouchoir de soie et se lança dans une justification soigneusement mitigée.

« Voyons ! Nous sommes deux frères. Nous ne devrions pas nous disputer. Il faut que tu comprennes : nous sommes tous en difficulté en ce moment. Le marché de l'argent est en folie. On doit se défendre comme si on avait affaire à des bandits. Nous savons qu'il y aura une guerre, par conséquent, comment protéger nos capitaux personnels et ceux de la banque ? Comment organiser nos vies ? Tu es parti depuis si longtemps, tu as été protégé pendant si longtemps... »

Malgré sa colère, Jean-Marie se mit à rire dans un sincère accès de gaieté.

« Ah ! ah ! ah, petit frère ! je souffre pour toi ! Pour ma part, je ne saurais pas quoi faire avec ces coffres, ces chambres-fortes bourrés de papiers, d'espèces et de lingots. Mais tu as raison, il est trop tard aujourd'hui pour se disputer et il est trop tard aussi pour faire tant de manières ! Pourquoi n'essaierais-tu pas plutôt d'appeler Vauvenargues de ma part...

— Vauvenargues ? Le ministres des Affaires étrangères ?

— Lui-même.

— Comme tu voudras. » Alain soupira avec un air résigné et consulta son répertoire relié de cuir. Il se brancha sur sa ligne privée et composa le numéro. Jean-Marie écouta cette conversation à une seule voix avec un amusement froid.

« Allô ! Alain-Hubert Barette à l'appareil, le directeur de la Banque Halévy Frères et Barette. Pourriez-vous me passer le ministre ? A propos du fait qu'un de ses vieux amis vient d'arriver à Paris et souhaiterait lui parler. Cet ami est Mgr Jean-Marie Barette, autrefois Sa Sainteté le pape Grégoire XVII. Ah ! je comprends ! Dans ce cas ayez l'amabilité de transmettre le message et de demander au ministre de rappeler à ce numéro. Merci. »

Il posa le récepteur et fit une grimace dégoûtée. « Le ministre est en conférence. On lui transmettra le message. Tu es passé par là, Jean ! Tu connais la chanson. Le jour où l'on doit expliquer son identité, c'est qu'on est diplomatiquement mort. Oh ! je suis certain que le ministre va rappeler, mais que feras-tu d'une poignée de main molle et de quelques considérations sur le temps ?

— Je vais appeler la personne suivante moi-même. » Jean-Marie consulta son carnet et fit le numéro personnel du plus important des conseillers du président, avec lequel il avait entretenu des rapports permanents et amicaux pendant son pontificat. La réponse fut immédiate.

« Duhamel à l'appareil.

— Pierre, c'est Jean-Marie Barette. Je suis à Paris pendant quelques jours pour affaires personnelles. J'aimerais vous voir ainsi que votre patron.

— Moi aussi. Mais en privé. Quant à mon patron, je regrette, mais c'est impossible. On a fait passer la consigne. Vous êtes un intouchable.

— D'où vient cette consigne ?

— De votre chef au mien. Les Amis du Silence se sont activés à tous les niveaux inférieurs. Où demeurez-vous ?

— Je ne sais pas encore.

— Vous serez mieux en dehors de la ville. Prenez un taxi et allez à l'Hostellerie des Chevaliers. C'est à trois kilomètres de Versailles environ. Je vais téléphoner pour qu'on vous réserve une chambre. Faites-vous inscrire sous le nom de M. Grégoire. On ne vous demandera pas de papiers. Je passerai vous voir vers huit heures avant de rentrer chez moi. Il faut que je vous quitte maintenant. A bientôt. »

Jean-Marie raccrocha et ce fut son tour de s'excuser.

« Tu avais raison, petit frère. Diplomatiquement, je suis mort et enterré. Bon. Il faut que je parte. Embrasse Odette et tes filles. Nous tâcherons de dîner ensemble avant mon départ.

— Tu n'as pas changé d'avis pour le Lancaster ?

— Non merci. Si je porte la peste, il vaut mieux que je ne la communique pas aux personnes de ma famille. Demain à dix heures, hein ? »

Il fut agréablement surpris par l'Hostellerie des Chevaliers. C'était un groupe d'anciens bâtiments de ferme convertis en une auberge plaisante et discrète. Il y avait des pelouses soignées, des roseraies paisibles et un ruisseau qui serpentait entre des rideaux de saules.

La patronne était une femme avenante, dans la cinquantaine, qui balaya toutes les formalités d'inscription et le conduisit aussitôt dans un bel appartement qui donnait sur un jardinet privé avec du gazon et une pièce d'eau. Elle lui signala qu'il pouvait téléphoner en toute quiétude, que le réfrigérateur était plein de bouteilles d'alcool et qu'en tant qu'ami de M. Duhamel, il n'avait qu'à lever le petit doigt pour avoir tout le personnel de l'Hostellerie à son service.

En défaisant son unique valise, il fut amusé et un tantinet surpris de constater le peu de chose qu'il avait emporté : un costume, un imperméable, une veste et un pantalon sport, un pull-over, deux pyjamas, une demi-douzaine de chemises, des sous-vêtements et des chaussettes constituaient toute sa garde-robe. Ses affaires de toilette, ce qui lui était nécessaire pour dire la messe, son bréviaire, son missel et un carnet formaient le reste de son équipement. Il avait de l'argent liquide pour une journée, un carnet de chèques de voyage et une lettre de crédit circulaire de la banque Halévy Frères et Barette. Pour cela, il était redevable à la banque, jusqu'à ce que les administrateurs aient débloqué une partie de son patrimoine. Au moins, il pourrait agir rapidement dès que viendrait l'appel, comme cela s'était produit des siècles auparavant, dans le désert, pour Jean, fils de Zacharie.

Ce qui le gênait le plus, c'était ce sentiment croissant d'isolement et le fait qu'il dépendait précairement du bon-vouloir de ses amis. Peu importait qu'il ait en lui-même cette grande mer de calme, ce lieu, ce domaine où se réconciliaient les contraires, il n'en était pas moins un homme soumis à la chimie de la chair et à la physique instable de l'esprit.

On avait déjà employé contre lui cette arme de la mise à l'écart pendant les jours amers et sombres qui avaient précédé son abdication. On s'en servait à nouveau pour le rendre impuissant dans l'arène politique. Pierre Duhamel, conseiller de longue date du président de la République, n'était pas homme à exagérer. S'il disait que vous étiez mourant, c'est qu'il était grand temps d'appeler un prêtre. S'il disait que vous étiez mort, les tailleurs de pierre étaient déjà en train de graver votre épitaphe.

Le fait que Pierre Duhamel ait été si prompt à suggérer un rendez-vous était en lui-même un indice inquiétant. Depuis qu'ils se connaissaient, Duhamel avait toujours observé un code d'une spartiate singularité. J'ai une seule femme : celle que j'ai épousée; j'ai une seule maîtresse : la République. Ne me dites jamais une chose que vous ne souhaitez pas qu'on révèle. N'essayez jamais de m'intimider. Ne tentez jamais de m'acheter. Je ne donne mon soutien à personne et mes conseils uniquement à ceux qui m'emploient pour les avoir. Je respecte toutes les croyances et j'exige la discrétion sur les miennes. Si vous me faites confiance, je ne vous mentirai jamais. Si vous me mentez, je le comprendrai, mais je ne vous ferai plus jamais confiance.

Pendant son pontificat, Jean-Marie Barette avait eu de fréquents rapports avec cet homme étrangement attirant qui ressemblait à un boxeur, raisonnait avec autant de brio que Montaigne et rentrait chez lui tous les soirs pour s'occuper d'une femme qui avait été jadis la coqueluche de Paris et qui était maintenant terrassée par la sclérose en plaques.

Ils avaient un fils à Saint-Cyr et une fille un peu plus âgée qui s'était taillé une bonne réputation comme productrice à la télévision. Pour le reste, Jean-Marie ne lui avait jamais posé de questions. Pierre Duhamel était vraiment ce qu'affirmait son président : un bon compagnon pour les longues routes.

Jean-Marie prit son bréviaire et sortit dans le jardin pour lire les vêpres du jour. Il affectionnait cette habitude : la prière d'un homme marchant main dans la main avec Dieu, dans un jardin, à la fin du jour. La psalmodie commençait par ce cantique qu'il avait toujours aimé : « *Quam Dilecta...* Comme tes tabernacles sont beaux, ô Seigneur des armées. Mon âme languit et soupire après tes célestes parvis. Mon cœur et ma chair se réjouissent dans le Dieu vivant. Car l'hirondelle s'est trouvé un abri et la colombe un nid pour y déposer ses œufs... »

C'était une prière idéale pour cette soirée de fin d'été, avec ses ombres allongées et son atmosphère paisible et langoureuse imprégnée du parfum des roses. Au moment où il s'engageait dans une allée de graviers qui menait vers une autre pelouse, il entendit des voix enfantines et un instant après il aperçut un groupe de petites filles toutes vêtues pareillement d'une robe et d'un tablier de guingan, qui jouaient à chat perché avec deux jeunes institutrices. Sur un banc voisin, une femme plus âgée partageait son attention entre les enfants et sa broderie.

Tandis que Jean-Marie passait dans l'allée, l'une des fillettes s'échappa du groupe et courut vers lui. Elle glissa sur les cailloux et tomba presque à ses pieds; elle éclata en sanglots. Jean-Marie la releva et l'amena vers la femme assise sur le banc qui lui tamponna son genou écorché et lui donna une sucette pour la consoler. C'est alors seulement que Jean-Marie s'aperçut qu'elle était mongolienne, comme toutes les autres, du reste. S'étant rendu compte de son saisissement, la femme fit tourner la petite vers lui et dit en souriant :

« Nous venons de l'Institution qui est de l'autre côté de la route. Cette petite vient d'arriver chez nous. Elle regrette sa maison et prend tous les hommes qu'elle voit pour son père.

— Et son père, où est-il ? » La question était

empreinte d'une légère réprobation. La femme secoua la tête. « Oh! non, ce n'est pas ce que vous croyez. Il est veuf depuis peu de temps et il a pensé que sa fille serait mieux avec nous. Nous avons une centaine d'enfants. La patronne nous permet de laisser jouer les petites ici. Son seul enfant était mongolien et il est mort en bas-âge. »

Jean-Marie tendit les bras. La petite fille alla vers lui de son plein gré, l'embrassa, puis s'assit sur ses genoux et se mit à jouer gaiement avec les boutons de sa chemise.

— Elle est très affectueuse, dit-il.

— Ils le sont presque tous. Les parents qui peuvent les garder chez eux disent que c'est comme d'avoir toujours un nouveau bébé dans la maison. Mais c'est au moment où les parents vieillissent et où les enfants atteignent l'adolescence, puis l'âge adulte que le drame commence. Les garçons deviennent parfois violents et brutaux. Les filles sont facilement victimes d'attentats sexuels. L'avenir est sombre, tant pour les parents que pour les enfants. C'est triste; je les aime tant.

— Avec quoi faites-vous fonctionner cet établissement?

— Nous avons une subvention de l'Etat. Nous demandons une participation aux parents qui peuvent payer et nous faisons appel au bon cœur des particuliers. Nous avons heureusement quelques riches bienfaiteurs, comme monsieur Duhamel qui habite près d'ici. Il appelle les enfants " les petites bouffonnes du Bon Dieu ".

— C'est une jolie formule.

— Vous connaissez peut-être M. Duhamel. C'est un homme très important; le bras droit du président, paraît-il.

« — A ce qu'on dit », répondit prudemment Jean-Marie.

L'enfant glissa de ses genoux et le tira par la main pour qu'il vienne avec elle.

« Puis-je l'emmener jusqu'au bassin pour lui montrer les poissons ? demanda-t-il.

— Naturellement. Je viens avec vous. »

Au moment où il se levait, son bréviaire tomba de sa poche sur le banc. La femme le ramassa, jeta un coup d'œil sur la couverture, rangea son ouvrage et le suivit, le livre à la main.

« Vous avez oublié votre bréviaire, mon père.

— Oh ! merci. »

Il le remit dans sa poche. La femme prit l'autre main de la petite fille et régla son pas sur celui de Jean-Marie.

« J'ai l'impression bizarre de vous avoir déjà vu quelque part, remarqua-t-elle.

— Nous n'avons pas pu nous rencontrer. J'ai été absent de France très longtemps.

— Missionnaire, peut-être ?

— Oui, dans un certain sens.

— Où avez-vous exercé ?

— Dans différents pays, mais surtout à Rome. Maintenant, je suis à la retraite. Je suis venu dans mon pays pour les vacances.

— Je croyais que les prêtres ne prenaient jamais leur retraite.

— Disons que c'est une retraite temporaire. Viens, petite, allons voir les poissons. »

Il installa la fillette sur ses épaules et se mit à fredonner une chanson de son enfance, tout en se dirigeant vers la pièce d'eau. La femme le laissa partir et elle le suivit du regard. C'était apparemment un homme très sympathique qui avait l'air d'aimer les enfants; mais quand un prêtre encore en parfaite santé prend si tôt sa retraite, c'est qu'il y a une raison.

A huit heures très précises, Pierre Duhamel frappait à la porte de son appartement. Il fallait qu'il parte à huit heures quarante-cinq, car il ne manquait jamais de dîner avec sa femme. En attendant, il prendrait un campari-soda avec Jean-Marie qu'il semblait considérer avec un amusement sinistre en tant que vestige d'une extrême importance, un peu comme un mammouth à poils longs.

« Mon Dieu! Ils vous ont bien arrangé et passé au rouleau compresseur! Franchement, je suis stupéfait de vous trouver en aussi bonne santé. Que leur avez-vous fait pour qu'ils soient si durs avec vous? Il est certain que ce grand boum dans la presse ne vous a pas fait des amis dans la hiérarchie française. Les Amis du Silence sont très puissants ici. Je sais aussi que votre ami Mendelius a été victime d'un attentat terroriste.

— D'un attentat, oui, mais ce n'était pas une action des terroristes. Tout a été organisé et exécuté par un agent de la C.I.A., Alvin Dolman

— Pourquoi la C.I.A.?

— Et pourquoi pas? Alvin Dolman était leur agent. A mon avis, c'est un joli coup que les Américains ont fait pour la République fédérale, en vue de la débarrasser d'un universitaire influent qui lui aurait causé des ennuis une fois lancée la mobilisation générale.

— Vous avez des preuves?

— Suffisamment pour moi. Pas assez pour élever une protestation officielle.

— Dans très peu de temps... » Pierre Duhamel mélangeait son apéritif avec le doigt. « Dans très peu de temps, on pourra jeter sa propre mère dans l'huile bouillante sur le pont Royal sans que personne ne tourne la tête. Ce qu'on vous a fait n'est qu'un pâle avant-goût de ce qui est prévu pour la répression des personnes et la suppression de la discussion. A côté des nouveaux chefs de la propagande, Goebbels n'était qu'un amateur. Vous n'êtes pas retourné depuis assez longtemps dans le monde pour vous rendre compte de la puissance de leurs méthodes, mais Dieu! je vous jure qu'elles sont efficaces.

— Cela veut-il dire que vous les approuvez?

— C'est triste, mais c'est vrai. Voyez-vous, mon ami, si l'on admet que la guerre atomique est inévitable — et c'est dans les prévisions militaires, comme dans votre prophétie, souvenez-vous! — le seul moyen que nous ayons d'exercer un contrôle et d'offrir une protection aux multitudes, c'est d'établir un programme de conditionnement intensif. On ne peut rien faire pour mettre le peuple de Paris à l'abri des bombes, des radiations, des gaz innervents ou des virus mortels. Si nous annonçons le fait brut, *tout court,* la panique sera immédiate. Il faut donc que les villes continuent à fonctionner à tout prix le plus longtemps possible. S'il faut pour cela ratisser les rues avec des tanks deux fois par jour, nous le ferons. S'il faut pour cela effectuer des descentes chez les opposants et les idéalistes trop bruyants, nous les ferons sortir en chemise de nuit dans la rue et nous en exécuterons quelques-uns à titre d'exemple. Et s'il faut faire diversion — du pain, des jeux et des orgies sur les marches du Sacré-Cœur, par exemple — nous n'hésiterons pas non plus. Il n'y aura aucune discussion. Ce jour-là, nous serons tous des Amis du Silence et que Dieu vienne en aide à celui qui osera ouvrir la bouche à ce moment-là. Voici le scénario, mon ami. Il ne me plaît pas davantage qu'à vous, mais je l'ai tout de même recommandé au président.

— Mais alors, pour l'amour du Ciel, plaida Jean-Marie, ne pensez-vous pas que vous devriez vous pencher sur le scénario que j'ai préparé ? N'importe quoi vaudra mieux que ces brutalités et ces bacchanales primitives que vous vous préparez à nous offrir.

— Nous avons bien fait nos devoirs, lui dit Pierre Duhamel avec un humour glacé. Les plus hautes personnalités de la psychiatrie nous ont assurés que l'oscillation des tactiques entre la violence et l'indulgence bacchique aura pour effet de rendre le peuple à la fois perplexe et docile devant l'autorité, surtout si ces actions ne sont rapportées que par des on-dit et non par des comptes rendus dignes de foi dans la presse et à la télévision.

— C'est monstrueux ! » Jean-Marie Barette était hors de lui.

« Bien sûr que c'est monstrueux. » Pierre Duhamel haussa les épaules de façon significative. « Mais considérons votre proposition. Je l'ai sur moi. » Il prit sa serviette, en sortit une feuille de journal soigneusement pliée et l'étala en la lissant du plat de la main. « Vous voici en tant que Grégoire XVII, cité dans l'article de Carl Mendelius, à supposer, bien sûr, que cette citation soit authentique. En voici les termes :

« ... Il est évident que dans ces temps de mal-
« heur universel, les structures traditionnelles de
« la société ne subsisteront pas. Il se fera une
« lutte acharnée à propos des besoins les plus
« élémentaires de la vie : la nourriture, le com-
« bustible et l'abri. Les forts et les cruels usurpe-
« ront l'autorité. Les grandes communautés

« urbaines se fragmenteront en groupes tribaux
« hostiles les uns aux autres. Les zones rurales
« seront soumises au pillage. La personne
« humaine deviendra une proie comme les ani-
« maux que nous abattons pour nous nourrir. La
« raison sera tellement obscurcie que pour trou-
« ver une consolation, l'homme aura recours aux
« formes de magie les plus grossières et les plus
« violentes. Même les êtres les plus enracinés
« dans la Promesse du Seigneur auront du mal à
« conserver leur foi et à continuer à porter témoi-
« gnage, comme ils devront le faire, jusqu'à la
« fin. Comment faudra-t-il que les chrétiens se
« comportent dans ces derniers jours d'épreuves
« et d'épouvante ? Etant donné qu'ils ne pourront
« plus continuer à former des groupes impor-
« tants, ils devront se diviser en petites commu-
« nautés capables de se soutenir elles-mêmes
« dans l'exercice d'une foi commune et d'une
« véritable charité mutuelle. »

« Et maintenant, voyons ce que contient cette
déclaration. Des troubles sur une grande échelle
et le chaos dans les rapports sociaux, contreba-
lancés par quoi ? Par des petites communautés
d'élus faisant des expériences embryonnaires
dans l'exercice de la charité et des autres vertus
chrétiennes. Mon résumé est-il exact ?

— Pour l'instant, oui.

— Pourtant, quel que soit le gouvernement en
place à ce moment, il faudra qu'il s'occupe
d'abord des barbares. Comment pourra-t-il le
faire sinon en prenant les mesures de violence
dont j'ai parlé ? Après tout, vos élus — sans parler
des élus des autres religions — prendront soin
d'eux-mêmes, ou bien c'est le Tout-Puissant qui y
veillera. Regardons les choses en face, mon cher,
c'est pour cela que vos amis vous ont jeté dehors.

Ils ne pouvaient pas discuter sur votre principe; c'est une très belle idée. Le peuple de Dieu cultivant les jardins de la grâce, comme le faisaient les moines et les nonnes au cours des âges sombres de l'Europe. Mais, dans le fond, vos évêques sont des pragmatistes glacés. Ils savent que si l'on veut la loi et l'ordre, il faut d'abord démontrer l'horreur du chaos. Si l'on veut le retour à la moralité, il faut faire descendre Satan dans la rue, en chair et en os, afin de pouvoir le huer au vu de la populace épouvantée. Dans tous les pays du monde, c'est la même histoire, parce que aucune nation ne peut se lancer dans une guerre sans une population docile et consentante. Votre Eglise elle-même a adopté une mentalité d'état de siège : pas de discussions, retour à la simple morale domestique et que tout le monde aille à la messe le dimanche afin de témoigner publiquement contre les mécréants. Le pire pour elle, c'est le prophète égaré hurlant la ruine parmi les tombes.

— Et pourtant elle sait que la ruine est proche.

— C'est parce qu'elle le sait, justement parce qu'elle le sait. Pas plus que nous, elle n'est capable d'affronter l'intolérable avant qu'il ne soit là. C'est précisément la raison d'être des Amis du Silence et de leur contrepartie dans les gouvernements laïques. » Soudain, il se mit à rire. « Voyons, mon ami, ne soyez pas choqué. Qu'attendiez-vous de la part de Pierre Duhamel ? Un tranquillisant et une cuillerée de sirop sédatif ? Les catholiques ne sont pas les seuls à avoir choisi le conformisme. Toutes les autres grandes religions qui ont des participations ou des intérêts dans la république ont assuré le gouvernement de leur loyauté en cas de péril national. Si elles se raccrochent aux vieux modèles de vie et de culture, c'est parce qu'elles n'ont pas eu le temps d'en expérimenter de nouveaux ou d'habituer leurs fidèles à vivre autrement. »

Jean-Marie se tut pendant un moment, puis il répondit d'un ton calme :

« J'accepte ce que vous venez de me dire, Pierre. Maintenant, répondez à cette question. Quelles dispositions avez-vous prises personnellement pour le jour où seront lancés les premiers missiles ? »

Duhamel ne souriait plus. Il prit tout son temps pour formuler sa réponse.

« Dans notre scénario, ce jour s'appelle le jour R — R comme Rubicon. Si une seule action est engagée par l'une des principales puissances, alors la chimie du conflit deviendra irréversible. La guerre sera déclarée. Le conflit mondial suivra. Le jour R, je rentrerai chez moi, je baignerai ma femme, je lui préparerai son plat préféré, j'ouvrirai les meilleures bouteilles de ma cave et je prendrai tout mon temps pour les boire. Ensuite, je porterai ma femme dans son lit, je m'allongerai à côté d'elle et nous prendrons tous les deux un comprimé de poison. Nous sommes d'accord. Nos enfants sont au courant. Cette idée ne leur plaît pas; ils ont d'autres projets et d'autres raisons, mais ils respectent notre décision. Ma femme a suffisamment souffert; je ne veux pas qu'elle connaisse les horreurs de l'après-guerre et les affronter sans elle serait pour moi du masochisme inutile. »

On lui lançait un défi et il le savait. C'était le même défi que lui avait opposé Carl Mendelius dans les jardins du Mont-Cassin : « Je connais des gens de bien qui préféreront les ténèbres éternels à cette vision de Shiva le Destructeur. » Pierre était un inquisiteur encore plus formidable, parce qu'il n'avait aucune des inhibitions de Mendelius. Il attendait toujours sa réponse. Jean-Marie Barette déclara tranquillement : « Je crois dans le libre arbitre, Pierre. Je crois qu'un homme est jugé d'après la lumière qu'il a reçue. Si vous choisissez une solution stoïcienne à une situation insupportable, je pourrais condamner l'acte, mais je ne peux émettre aucun jugement sur celui qui agit. Cependant, j'ai une question à vous poser.

— Laquelle ?

— Pour votre femme et pour vous, tout se terminera le jour du Rubicon. Mais que se passera-t-il pour les créatures sans défense — vos petites bouffonnes de Dieu, par exemple ? Oui, je les ai vues cet après-midi dans le jardin. J'ai parlé avec leur gouvernante qui m'a appris que vous étiez un de leurs principaux bienfaiteurs. Que ferez-vous donc dans les heures sombres ? Les abandonnerez-vous pour qu'elles périssent comme des poulets dans une grange en feu, ou bien les jetterez-vous en pâture aux barbares ? »

Pierre Duhamel termina son verre et le posa sur la table. Il sortit un mouchoir de sa poche et s'essuya les lèvres, puis il déclara avec une tristesse guindée :

« Vous êtes très intelligent, monseigneur. Mais pourtant, vous ne voyez pas l'avenir tout entier. Tout est déjà prévu pour mes petites bouffonnes. Selon une série de décisions politiques ultra-secrètes, les personnes qui, pour raison de maladies mentales, d'infirmités incurables ou autre grave invalidité, seraient une charge pour un Etat en guerre, seront immédiatement et discrètement éliminées dès l'ouverture des hostilités. Hitler nous a donné l'exemple. Nous l'avons remis à jour pour que leur fin ne soit pas trop brutale. Bien sûr, je vous choque ?

— Ce qui me choque, c'est que vous puissiez vivre avec un tel secret.

— Et que dois-je faire? Si je tente de le rendre public, on me traitera de fou, comme vous avec votre vision de l'Armageddon et du Second Avènement. Voyez-vous, nous sommes tous les deux sur la même galère.

— Dans ce cas, mon ami, cherchons le moyen d'en sortir.

— Examinons d'abord votre cas, dit Pierre Duhamel. Comme je vous l'ai dit, officiellement, vous êtes un intouchable. Vous allez avoir de plus en plus de mal à circuler. Certains pays vont hésiter à vous accorder un visa. On vous fera des ennuis partout. On fouillera vos bagages. Vous allez être surpris de voir combien la vie peut devenir difficile. C'est pourquoi, tout bien considéré, je pense qu'il faut qu'on vous établisse un nouveau passeport sous un autre nom.

— Vous pourriez faire ça?

— Je le fais à longueur de temps pour des personnes qui ont des missions spéciales. Vous n'êtes pas en mission, mais vous êtes incontestablement un cas très spécial. Avez-vous des photos récentes?

— Oui. J'ai une douzaine d'épreuves de celle qui figure sur mon passeport actuel. On m'avait dit que certains pays en demandaient pour des formalités de visa.

— Donnez-m'en trois. Demain, je vous ferai porter votre passeport ici même.

— Pierre, vous êtes un excellent ami. Je vous remercie.

— Je vous en prie. » Pierre Duhamel eut soudain un sourire enfantin.

« Mon patron, le président, souhaite vous voir hors de ce pays. J'ai reçu des instructions pour

340

faire tout ce qui est possible pour vous permettre de partir.

— Comment se fait-il qu'il y tienne tant ?

— Il comprend les lois du théâtre, répondit Duhamel sur un ton sarcastique. Un homme qui marche sur les eaux, c'est un miracle. Deux, c'est tout à fait ridicule. »

Cette image les amusa tous les deux. Ils se mirent à rire et la tension se relâcha. Pierre Duhamel se départit de son ironie défensive et commença à parler plus librement.

« Quand on voit les plans de bataille, c'est comme une vision d'enfer. Il y aura des bombes à neutrons, des gaz toxiques, des invasions de virus mortels. Bien sûr, en théorie, il ne doit s'agir que d'une action limitée, afin que les plus grandes calamités soient gardées en réserve comme armes de dissuasion. Mais en réalité, une fois qu'on aura tiré les premiers coups, l'escalade ne connaîtra plus de limite. Quand on a tué une première fois, le reste est facile parce qu'on n'a qu'une seule vie à offrir au bourreau.

— Ça suffit ! » Jean-Marie Barette l'arrêta brutalement. « Vous avez conclu un pacte de suicide avec votre femme à cause de cette débauche de terreur. Je refuse d'abandonner toute la planète au mal. Si nous pouvons en conserver un petit coin pour l'espoir et l'amour, il faut le faire. Pierre, vous haïssez ces projets. Vous haïssez votre impuissance à faire face à cette énorme déraison. Vous ne voulez pas faire un dernier acte de foi et vous ranger avec moi du côté des défenseurs ?

— Pour quoi faire ? demanda Pierre Duhamel.

— Pour ébranler le monde avec nos paroles. Pour lui parler des petites bouffonnes de Dieu et de ce qui va leur arriver le Jour du Rubicon. Vous

vous emparerez des documents; je contacterai Georg Rainer pour qu'il organise une conférence de presse et nous l'affronterons ensemble.

— Et ensuite ?

— Bon dieu ! Nous réveillerons la conscience du monde ! Les gens s'indignent toujours quand on fait du mal aux enfants.

— Vraiment ? Nous voici presque à la fin du siècle et on fait encore travailler des enfants en Europe, sans parler des autres continents. Il n'y a toujours pas de législation efficace contre le viol des enfants et les femmes ne cessent de se battre entre elles et contre les législateurs au sujet de la suppression du fœtus presque à terme. Non, mon cher Jean, faites confiance à Dieu, si vous voulez, mais jamais, au grand jamais, à l'homme. Si je faisais ce que vous me proposez, la presse jetterait le silence sur nous et la police nous enfermerait dans le cul de basse-fosse le plus profond en moins d'une demi-heure. Je suis désolé. Je suis au service de ce qui existe. Quand la situation sera devenue insupportable, je ferai ma sortie. La comédie est finie. Donnez-moi vos photos. Demain vous aurez un nouveau passeport et une nouvelle identité. »

Jean-Marie sortit les photos de sa serviette et les lui donna. Ce faisant, il saisit la main de Duhamel et la serra fortement.

« Je ne vous laisserai pas partir ainsi. Vous êtes en train de faire une chose terrible. Vous fermez vos oreilles et votre cœur à un appel très clair. C'est peut-être le dernier que vous entendrez. »

Duhamel dégagea sa main.

« Vous faites fausse route, Monseigneur. » Sa voix s'était teintée d'une tristesse mélancolique. « J'ai répondu à l'appel depuis longtemps. Quand ma femme est tombée malade, le médecin m'a fait part de ses pronostics. Je suis allé à Notre-Dame et je suis resté seul devant l'église. Je n'ai pas prié. J'ai lancé un ultimatum au Tout-Puissant. Je lui ai dit : « Eh bien! Puisqu'elle doit « souffrir, je souffrirai aussi. Je la rendrai aussi « heureuse que possible aussi longtemps qu'elle « vivra. Mais, comprenez bien, trop, c'est trop! Si « vous nous poussez davantage, nous vous ren-« drons les clefs de la maison de la vie et nous la « quitterons tous les deux. " Voilà; il l'a fait, n'est-ce pas? Même à vous, il n'a pas dit : « Annonce-leur qu'il faut réformer le monde. » Vous avez reçu le même message qu'on m'apporte tous les jours dans les dépêches présidentielles. Le Jour du Jugement est proche. Il n'y a aucun espoir! Il n'y a aucune porte de sortie! Aussi, pour moi, les jeux sont faits. Je suis désolé pour les " petites bouffonnes ", mais ce n'est pas moi qui les ai conçues et je n'étais pas là le jour de la Création. Ce n'est pas moi qui ai fabriqué ce satané fatras explosif qu'est notre univers. Est-ce que vous me comprenez, Monseigneur?

— Parfaitement, répondit Jean-Marie Barette, sauf sur un seul point. Pourquoi vous donnez-vous tant de mal pour moi?

— Qui sait? Sans doute parce que j'admire le courage d'un homme qui arrive à respecter la vie et toutes ses saletés sans aucune condition. Mes petites bouffonnes sont pareilles, mais uniquement parce qu'elles n'ont pas suffisamment de cervelle pour penser autrement. Du moins, elles mourront heureuses. »

Il griffonna un numéro sur le bloc qui était près du téléphone.

« Voici mon numéro personnel. Si vous avez besoin de moi, appelez-moi. Si vous ne pouvez pas me joindre, demandez Charlot. C'est mon valet de chambre et il est très fort pour improviser des opérations stratégiques. Vous serez en sécurité ici pendant un jour ou deux, mais ensuite faites très attention, je vous en prie. On ne les voit pas, mais les spadassins sont déjà dans les rues ! »

Quand Duhamel fut parti, une peur glacée l'envahit : ces pìcotements de terreur qui s'emparent du voyageur solitaire quand il entend le hurlement des loups montant de la forêt. Il sentit qu'il ne pourrait pas supporter la solitude de sa chambre et il descendit au restaurant où la patronne l'installa à une table dans un coin tranquille d'où il pouvait observer la salle. Il commanda un melon, une petite entrecôte, une demibouteille de vin de la maison et se prépara à faire un bon repas.

Ici, au moins il n'était pas menacé. L'éclairage était reposant; toutes les tables étaient garnies de fleurs fraîches; les nappes étaient impeccables et le service discret. A première vue, les clients semblaient être des hommes d'affaires et des bureaucrates aisés accompagnés de leur femme. Pendant qu'il se faisait ces réflexions, il s'aperçut dans une glace et il réalisa que lui qui avait porté la pourpre des cardinaux et l'habit blanc des papes n'était plus maintenant qu'un individu parmi les autres, avec des cheveux gris et l'uniforme de la bourgeoisie.

La banalité même de sa propre image lui rappela une des premières conférences de Carl Mendelius à l'université grégorienne. Il expliquait la nature des paraboles de l'Evangile. Beaucoup d'entre elles, disait-il, étaient un rappel des propres familiers de Jésus. Les métaphores des maîtres, des serviteurs et des repas étaient inspirées par l'environnement immédiat et ordinaire. Ensuite, Mendelius avait ajouté cette remarque : « Cependant, ces histoires familières sont semblables à un champ de mines, plein de pièges et de traquenards. Elles sont remplies de contradictions, d'éléments opposés qui arrêtent l'auditeur et lui font découvrir de nouvelles interprétations, pour le bien ou pour le mal, dans l'événement le plus banal. »

Au cours de son entretien avec Pierre Duhamel, il avait été entièrement pris de court par le caractère irrévocable de la décision de cet homme. Elle lui paraissait encore plus atroce du fait qu'elle était exempte de passion. Elle affrontait sans trembler la plus monstrueuse des perversités, mais elle ne laissait aucune place à la plus petite lueur d'espoir ou à la joie la plus simple. C'était une folie si raisonnable qu'on ne pouvait ni la soigner, ni argumenter contre elle. Et pourtant pourtant... il y avait plus d'un piège dans ce champ de mines! Pierre Duhamel pouvait désespérer de lui-même, mais Jean-Marie Barette n'avait pas le droit de désespérer de cet homme. Il devait continuer à croire que tant qu'il vivrait, Pierre Duhamel serait toujours à portée de la Pitié éternelle. Il fallait que Jean-Marie persiste à prier pour son âme et à tendre ses mains chaudes pour dégeler ce cœur obstiné.

La viande était tendre et le vin agréable; mais tout en les dégustant, Jean-Marie était préoccupé par le défi qu'on lui présentait. Sa crédibilité était en jeu — non pas en tant que visionnaire, mais en tant que simple porteur de la parole divine aux hommes. Mais n'était-ce pas plutôt Jean-Marie Barette, ancien pape et serviteur des serviteurs de Dieu, qui n'avait pas su l'expliquer avec assez de foi et assez d'amour ? Une fois encore, on le sommait impérativement de s'ouvrir à une nouvelle vague de puissance et d'autorité. Il fut interrompu dans ses réflexions par la patronne qui vint lui demander s'il était satisfait de son dîner. Il lui fit des compliments en souriant.

« J'ai été nourri comme un prince, madame.

— En Gascogne, on dit : nourri comme la mule du pape. »

Une lueur malicieuse passa dans son regard, mais Jean-Marie Barette ne se sentait pas d'humeur à relever la plaisanterie. Il lui demanda :

« Pourriez-vous me dire si M. Duhamel habite loin d'ici ?

— A dix minutes de voiture. Si vous voulez y aller demain matin, je pourrai vous y faire conduire par l'un de mes employés. Cependant, vous feriez mieux de téléphoner d'abord; sa maison est gardée par des agents de la sécurité et par des chiens, comme une véritable forteresse.

— Je suis certain que M. Duhamel me recevra. J'aimerais aller le voir tout de suite après dîner.

— Dans ce cas, je vais vous appeler un taxi. Le chauffeur pourra vous attendre et vous raccompagner ici.

— Merci, madame.

— Il n'y a pas de quoi. » Elle fit semblant d'ôter quelques miettes sur la nappe et lui dit à voix basse : « Il va de soi que je préfère nourrir le pape plutôt que sa mule.

— Je suis sûr qu'il sera heureux de venir chez vous, madame, une fois que j'ourrai l'assurer de votre discrétion absolue.

— Dans ce domaine, répondit la dame d'un ton suave, tous nos clients nous font confiance. M. Duhamel a eu très vite fait de nous enseigner que le silence est d'or !... Comme dessert, je vous

346

recommande nos framboises. Elles viennent du jardin. »

Il termina son repas sans se presser. Il avait l'impression d'être un athlète courant avec un entraîneur qui va, à un moment donné, lui passer le relais. Puis ses pensées dérivèrent sur la femme infirme de Duhamel, comme si elle avait tendu la main pour l'atteindre. Il finit son café et se dirigea vers la cabine pour téléphoner chez Duhamel. Une voix masculine lui répondit.

« Qui est à l'appareil, s'il vous plaît ?

— C'est M. Grégoire. Je voudrais parler à M. Duhamel.

— Je crains que ce soit impossible.

— Alors, dites-lui que je serai chez lui dans un quart d'heure.

— Ce ne sera pas commode. Madame est très malade. Le docteur est auprès d'elle en ce moment et Monsieur est en conférence avec un visiteur étranger.

— Comment vous appelez-vous ?

— Charlot.

— Eh bien, Charlot, M. Duhamel m'a dit il y a à peine deux heures que vous étiez son homme de confiance et que je pouvais m'adresser à vous en cas d'urgence. C'est un cas d'urgence. Aussi soyez aimable de faire ce que je vous demande et laissez M. Duhamel décider si c'est commode ou non. Je serai là dans un quart d'heure. »

Le taxi arriva au beau milieu d'un orage. Le chauffeur était un individu laconique qui lui exposa ses conditions pour ce genre de travail et qui, une fois qu'elles furent acceptées, s'enferma dans son silence. Jean-Marie Barette ferma les yeux afin de se mettre en condition pour ce qu'il allait devoir faire.

La maison de Pierre Duhamel était une grande

demeure dans le style Second Empire, bâtie au milieu d'un petit parc entouré d'une haute grille à pointes de fer. Le portail principal était fermé et une voiture de police avec deux hommes à l'intérieur était stationnée devant. Premier problème! Au téléphone, il avait dit s'appeler Grégoire. Si la police lui demandait ses papiers, on saurait qu'il se nommait Jean-Marie Barette, un visiteur bien compromettant. Il décida d'y aller au culot. Il baissa sa vitre et s'adressa à l'officier de police.

« Je suis monsieur Grégoire. J'ai rendez-vous avec M. Duhamel.

— Un instant. » Le policier prit une radio portative et appela la maison. « Un certain M. Grégoire. Il dit qu'il a un rendez-vous. »

Jean-Marie n'entendit pas la réponse, mais apparemment, elle satisfit le policier qui hocha la tête en disant :

« On vous attend. Vos papiers s'il vous plaît.

— On m'a dit de ne pas les prendre sur moi dans cette circonstance. Vous pouvez en demander vérification à M. Duhamel. »

Le policier lança un nouvel appel et cette fois, il fallut un long moment avant que l'autorisation soit accordée. Enfin, les grilles s'ouvrirent automatiquement, le policier fit entrer la voiture et les portes se refermèrent sur elle. Le taxi venait à peine d'arriver devant la maison quand Pierre Duhamel en personne ouvrit la porte d'entrée. Il tremblait de colère.

« Pour l'amour du Ciel, mon vieux! Que se passe-t-il? Paulette s'est trouvée mal; j'ai ce type de Moscou dans mon salon. Que diable voulez-vous?

— Où est votre femme?

— Là-haut. Le docteur est avec elle.

— Conduisez-moi dans sa chambre.

— Mais voyons! Elle est au plus mal.

— Conduisez-moi dans sa chambre. »

Pierre Duhamel le dévisagea comme s'il ne l'avait jamais vu, puis il fit un geste de résignation. « Très bien, suivez-moi. »

Il monta les escaliers et ouvrit la porte de la chambre. Paulette Duhamel, petite silhouette pâle et rétrécie, était couchée, la tête posée sur des oreillers, dans un grand lit à colonnes. Le médecin qui tenait son poignet flasque était en train de lui prendre le pouls.

« Pas de changement ? » demanda Duhamel.

Le médecin secoua la tête. « La paraplégie s'est étendue. Les réflexes sont plus faibles. Du liquide s'est répandu dans les deux poumons parce que les muscles du système respiratoire commencent à ne plus fonctionner. On pourrait peut-être la soulager un peu mieux à l'hôpital, mais guère. Qui est ce monsieur ?

— Un vieil ami. Un prêtre.

— Ah ! » Le docteur parut surpris, mais il se conduisit avec tact. « Bon. Je vous la laisse un moment. Elle a des instants de conscience. S'il se produisait un changement, appelez-moi. Je reste devant la porte. »

Il sortit.

« Je ne veux pas de sacrements, pas de salamalecs », déclara Pierre Duhamel avec une froide colère. « Si elle pouvait parler, elle refuserait, elle aussi.

— Il n'y aura pas de sacrements, répondit calmement Jean-Marie. Je vais me mettre là et lui tenir la main. Vous pouvez rester si vous voulez, à moins que votre visiteur ne s'impatiente.

— Il patientera, répliqua Duhamel sur un ton cassant. Il a besoin de moi. Il va avoir une famine sur le dos, cet hiver. »

Jean-Marie ne répondit pas. Il tira une chaise

près du lit, s'assit, prit la pauvre main molle et la garda dans la sienne. Pierre Duhamel qui se tenait au pied du lit, assista à une curieuse transformation. Le corps de Jean-Marie se tendit, les muscles de son visage se raidirent, si bien que dans la pénombre de la chambre de malade, ses traits semblaient sculptés dans le bois. Il se passa également un autre phénomène qu'il ne parvenait pas à déterminer. C'était comme si toute la vie qui était à l'intérieur de cet homme se retirait de tout le pourtour de son corps pour affluer en un point mystérieux au centre de son être. Pendant ce temps, Paulette gisait, tragique poupée de cire ratatinée, les yeux clos, la respiration courte et entrecoupée de râles, à tel point que Duhamel souhaitait de tout son cœur qu'elle s'arrêtât et que cette femme — cette femme particulière et essentielle qu'il avait aimée toute sa vie — soit libérée comme un oiseau de sa cage.

Ce souhait était si intense qu'il sembla avoir arrêté le temps. Etait-il resté ainsi quelques secondes, quelques minutes ou plusieurs heures, Duhamel l'ignorait. Son regard se reporta sur Barette. Une nouvelle transformation s'était produite : ses muscles s'étaient relâchés, ses traits tendus s'étaient décontractés dans un sourire fugitif. Enfin, il ouvrit les yeux, se tourna vers la femme allongée sur le lit et lui dit le plus naturellement du monde :

« Maintenant, vous pouvez ouvrir les yeux, madame. »

Paulette Duhamel ouvrit effectivement les yeux et les porta aussitôt sur son mari debout au pied du lit, puis elle prononça des paroles claires, d'une voix faible mais assurée.

« Bonjour, chéri. On dirait que j'ai encore fait des miennes. »

Elle tendit les bras pour l'enlacer et Duhamel remarqua tout de suite que les tremblements constants qui caractérisent le dernier stade de la maladie avaient cessé. Il se pencha pour l'embrasser. Quand il se releva, Jean-Marie était sur le pas de la porte en train de converser à voix basse avec le docteur. Celui-ci s'approcha alors du lit, tâta le pouls de Paulette et l'ausculta à nouveau. Quand il eut terminé, il arbora un sourire incertain.

« Bien. Bien. Je crois que nous pouvons nous détendre un peu, vous en particulier, madame. Cette mauvaise passe semble terminée pour le moment. Cependant, il faut rester bien tranquille. Demain matin, nous nous occuperons du problème respiratoire, mais pour l'instant, grâce à Dieu !, la crise est passée. » Pendant qu'il descendait l'escalier en compagnie de Pierre Duhamel et de Jean-Marie Barette, il se fit plus volubile et plus expansif.

« Avec cette maladie, on ne peut rien prévoir. Les brusques collapsus ne sont pas très fréquents, mais ça arrive, comme vous l'avez vu ce soir. Puis, avec la même soudaineté, survient une rémission. Le malade entre alors dans un état euphorique et les progrès du mal ralentissent. J'ai souvent remarqué qu'une intervention religieuse, comme la vôtre, mon père, ou l'administration des derniers sacrements, apporte parfois un grand calme au malade, ce qui est une thérapie en soi. Rappelons-nous que sur l'antique île de Cos... »

Duhamel le pilota diplomatiquement vers la sortie, puis il revint vers Jean-Marie. Il était comme un somnambule qui se réveille dans un paysage inconnu. De plus, il fit preuve d'une étrange humilité.

351

« Je ne sais pas ce que vous avez fait, ni comment vous l'avez fait, mais je crois que je vous dois une fière chandelle.

— Vous ne me devez rien. » Jean-Marie s'exprimait avec une autorité toute spartiate. « Vous êtes redevable à Dieu, mais puisqu'il semble que vous soyez en froid avec lui, pourquoi ne pas régler votre paiement aux " petites bouffonnes "?

— Pourquoi êtes-vous venu ce soir?

— Comme tous les fous, il m'arrive parfois d'entendre des voix.

— Ne vous moquez pas de moi, Monseigneur. Je suis fatigué et ma nuit est loin d'être achevée.

— Je vais m'en aller.

— Attendez! J'aimerais vous faire connaître mon visiteur.

— Etes-vous certain qu'il a envie de me voir?

— Allons le lui demander », dit Pierre Duhamel en l'emmenant dans la bibliothèque pour lui présenter Sergei Andrevitch Petrov, ministre de la Production agricole de l'U.R.S.S.

C'était un petit homme, rebondi comme une barrique, mi-géorgien, mi-circassien, qui, bien que né dans l'économie de subsistance du Caucase, comprenait comme par instinct naturel le problème qui consiste à nourrir un continent s'étendant de l'Europe à la Chine. Il accueillit Jean-Marie avec une poignée de main à lui écraser les os et une plaisanterie un peu rude.

« Alors, Sa Sainteté est au chômage! Que faites-vous maintenant? Vous jouez les éminences grises auprès de notre ami Duhamel? »

Son sourire annulait la cruauté de la remarque, mais néanmoins Duhamel le remit vertement à sa place.

« Voyons, Sergei, vous perdez la tête!

— C'est une plaisanterie de mauvais goût.

Excusez-moi. Mais il me faut des réponses pour Moscou. Est-ce que nous mangerons cet hiver, ou bien connaîtrons-nous un rationnement sévère ? Notre discussion a été interrompue, c'est pour cela que je suis d'une humeur agressive.

— C'est ma faute, dit Jean-Marie. Je suis venu sans être invité.

— Et il a opéré un miracle, dit Pierre Duhamel. Ma femme a surmonté sa crise.

— Il en fera peut-être un pour moi aussi. Dieu sait si j'en aurais besoin ! »

Petrov se retourna pour faire face à Jean-Marie. « En Russie, deux mauvaises saisons et c'est la catastrophe. Quand il n'y a plus de fourrage, il faut abattre le bétail. Comme nous n'avons pas de réserves de céréales, nous sommes obligés de rationner les civils pour nourrir l'armée. Et voilà que les Américains et les Canadiens nous ont coupé les vivres. Le blé est classé comme matériel de guerre. Les Australiens vendent tous leurs surplus aux Chinois. C'est pourquoi je cours le monde en offrant des lingots d'or contre des céréales et, le croiriez-vous, j'ai du mal à en trouver un boisseau.

— Si nous leur en vendons, ajouta Duhamel avec aigreur, nous devenons la France perfide qui trahit la solidarité de l'Europe occidentale et nous nous exposons à des sanctions économiques de la part des Américains.

— Si je ne parviens pas à en acheter quelque part, l'armée aura le prétexte qu'il lui faut pour précipiter la guerre. » Il partit d'un rire sinistre et leva les bras en l'air dans un geste de désespoir. « Voilà un beau défi pour un faiseur de miracles !

— Il fut un temps où mes bons offices auraient pu avoir un certain poids parmi les nations. Mais plus maintenant. Si j'essayais d'intervenir dans

les affaires des Etats, on me traiterait de détraqué.

— Je n'en suis pas si sûr, répliqua Sergei
Petrov. Le monde entier est un véritable asile de
fous aujourd'hui. Vous êtes suffisamment original
pour faire diversion. Appelez-moi demain à l'ambassade. J'aimerais parler avec vous avant de rentrer à Moscou.

— Encore mieux, intervint Duhamel. Pourquoi
ne lui téléphoneriez-vous pas à l'Hostellerie des
Chevaliers ? Je ne confierais pas une liste de blan-
chisserie au standard de votre ambassade et j'essaie de protéger notre ami du mieux que je peux...
Et maintenant, si vous voulez bien nous excuser,
Jean, nous avons une longue nuit devant nous. »

Il tira sur le cordon de sonnette qui se trouvait
près de la cheminée et un instant plus tard, Charlot était à la porte, prêt à reconduire le visiteur à
son taxi. Jean-Marie serra la main des deux hommes et Petrov lui dit en souriant :

« Si vous savez multiplier les pains, je vous
donne ma place dès demain.

— Cher camarade Petrov, répliqua Jean-Marie
Barette, on ne peut pas payer Dieu du Manifeste
communiste et s'attendre ensuite à ce qu'il
bénisse toutes les récoltes.

— C'est exactement ce que vous demandez,
Sergei », s'exclama Pierre Duhamel en riant. Puis
il dit à Jean-Marie : « Je passerai demain avec les
papiers. D'ici là, j'aurai peut-être trouvé des mots
pour vous remercier.

— J'ai rendez-vous à la banque de mon frère
demain matin. Je pense être rentré en début de
soirée. Bonne nuit, messieurs ! »

L'impassible Charlot le reconduisit à la porte.
Le chauffeur sommeillait dans son taxi. La voiture de police était toujours devant la grille. Au

loin, dans le jardin, il entendit les aboiements des chiens de garde, tandis que les policiers qui faisaient leur ronde levaient un renard dans le bosquet.

Le temps qu'il termine ses prières et qu'il se prépare à se mettre au lit, il était une heure du matin. Il était terriblement fatigué, mais il resta longtemps sans dormir, à essayer de comprendre l'étrange logique surnaturelle des événements de la soirée. Par deux fois — d'abord avec Carl Mendelius et ce soir avec Paulette Duhamel — il avait fait l'expérience de cette transfusion, de cette offrande de son être comme canal par lequel le réconfort était accordé à d'autres.

C'était une sensation toute différente de celle qu'il avait connue pendant son extase et sa révélation. Il avait alors été littéralement projeté hors de lui-même, assujetti à une illumination et investi d'une connaissance qu'il n'avait ni désirée, ni sollicitée en aucune manière. L'effet avait été instantané et durable. Il en était marqué à jamais.

La transfusion, par contre, était un phénomène passager qui commençait par un sentiment de pitié et d'amour ou par une simple compréhension des besoins du prochain. Il s'établissait une correspondance — une espèce d'identification — entre lui-même et l'infortuné. C'était lui qui implorait la pitié du Père invisible par l'entremise de son fils incarné et il offrait son être comme passage par lequel pourraient transiter les bienfaits de l'Esprit. Ce n'était ni un miracle, ni de la magie, ni de la thaumaturgie. C'était un acte d'amour, instinctif et irraisonné, grâce auquel ces dons étaient transmis ou renouvelés.

Pourtant, bien que cet acte fût un don de soi délibéré, l'impulsion qui le suscitait venait d'ailleurs. Il était incapable de dire pourquoi il s'était offert comme médiateur pour Paulette Duhamel et non pour Sergei Petrov de qui dépendaient des problèmes de la plus grande importance : la famine et la guerre. Petrov avait plaisanté à propos des miracles, mais il en avait désespérément besoin. Qu'on lui offre une demi-miche de plus sur la ration de l'hiver et il s'en irait chanter de tout son cœur la doxologie avec le Patriarche de Moscou.

Alors, pourquoi cette différence? Pourquoi cette préférence pour les faibles et ce rejet facile des autres ? Cet acte ne découlait pas de son jugement, mais d'une réaction irraisonnée, comme le roseau qui ploie sous le vent ou l'oie sauvage qui répond à l'appel immémorial qui la pousse à partir avant l'hiver. Un jour, il y avait bien longtemps, alors qu'il n'était encore qu'un jeune membre du Sacré Collège, il était allé se promener avec Carl Mendelius dans le jardin d'une villa qui surplombait le lac Nemi. C'était une de ces journées magiques où l'air vibrait du chant des cigales, où les vignes croulaient sous les grappes de raisin, avec un ciel sans nuages et les pins qui se dressaient comme des lanciers sur le flanc des montagnes. C'est alors que Mendelius avait fait cette étrange et surprenante déclaration :

« L'idolâtrie naît toujours d'un désir d'ordre. Nous aimons que tout soit bien clair, comme chez les animaux. Nous marquons notre territoire avec du musc et des matières fécales. Nous instituons une hiérarchie comme les abeilles et une éthique comme les fourmis, et ensuite nous choisissons des dieux pour qu'ils posent le cachet de leur approbation sur ce que nous avons fait. Mais il y a une chose contre laquelle nous ne pouvons pas lutter, c'est le désordre de l'univers, l'aspect irrationnel d'un cosmos sans origine connue, sans fin prévisible et sans signification apparente dans ses mouvements désorganisés. Nous ne pouvons pas tolérer sa monstrueuse indifférence face à notre peur et à notre souffrance. Les prophètes nous proposent d'espérer, mais seul l'homme-Dieu peut rendre ce paradoxe supportable. C'est pourquoi l'avènement de Jésus nous console et nous sauve. Il n'est pas celui que nous aurions inventé nous-mêmes. Il est réellement le signe de la paix parce qu'il est le signe de la contradiction. Sa carrière a été un bref et tragique échec. Il est mort dans la honte, mais pourtant, très curieusement, Il est vivant. Il n'est pas seulement hier; Il est aujourd'hui et demain. Il est à la disposition des plus humbles comme des plus grands.

« Et pourtant, voyez ce que nous, les humains, nous avons fait de Lui. Nous avons enflé son langage si simple pour en faire un charabia de philosophe. Nous avons alourdi la famille de Ses fidèles pour la transformer en une bureaucratie impériale qui ne se justifie que parce qu'elle existe et que seul un cataclysme pourrait la démanteler. L'homme qui prétend être le gardien de Sa vérité vit dans un immense palais, entouré de célibataires — comme vous et moi, Jean! — qui n'ont jamais gagné leur pain à la sueur de leur front, qui n'ont jamais séché les pleurs d'une femme, ni veillé toute une nuit au chevet d'un enfant malade. Si un jour, ils font de vous un pape, Jean, gardez toujours une petite place en vous pour l'amour personnel. Si vous n'y prenez pas garde, ils vous transformeront en pharaon, momifié et embaumé avant même d'être mort. »

Le paysage estival des collines d'Albe se fondit

dans les contours du pays des rêves. La voix de Mendelius se perdit dans le pépiement des rossignols, dans le jardin de l'Hostellerie. Jean-Marie Barette, dispensateur de mystères qui dépassaient son propre entendement, sombra dans le sommeil.

10

IL se réveilla frais et dispos et regretta immédiatement son rendez-vous avec les hommes d'argent.
Il voulut décrocher le téléphone pour annuler la
réunion des administrateurs, mais il se ravisa.
Nouveau venu dans le monde, déjà mis en quarantaine comme pestiféré, il ne pouvait pas se
permettre de perdre ce moyen de communication.

En cette dernière décennie du siècle, les banquiers étaient mieux équipés que quiconque pour
dresser le bilan des progrès de la maladie mortelle qui affectait l'humanité. A la fin de chaque
journée, leurs ordinateurs faisaient leur rapport
et aucune rhétorique n'était capable de transformer leur verdict sévère et dépassionné : montée
de l'or, chute du dollar; explosion des métaux précieux; les valeurs en dents de scie et la confiance
qui s'amenuisait de semaine en semaine pour laisser la place à la panique.

Jean-Marie Barette se souvint des longues séances avec les financiers du Vatican et du sombre
tableau qui se dégageait de leurs calculs cabalisti-
ques. Ils achetaient de l'or et vendaient des
actions minières, parce que, disaient-ils, c'était la
tendance du marché. La vérité, c'était que les gué-
rilleros d'Afrique du Sud étaient puissants, bien

entraînés et bien armés. S'ils étaient capables de faire sauter une raffinerie de pétrole, ils seraient aussi en mesure de détruire des tunnels de mine. Par conséquent, on achetait du métal et on se débarrassait des valeurs menacées. Un des arguments les plus puissants contre la publication de son encyclique avait été le risque qu'elle sème la panique sur tous les marchés boursiers du monde et qu'elle expose ainsi le Vatican lui-même à une énorme perte financière.

Jean-Marie sortait de chacune de ces réunions en lutte avec sa conscience, parce que les experts ecclésiastiques, comme tous leurs pairs, étaient forcés de spéculer, sans distinction, sur la moralité et l'immoralité de l'humanité. Dans ce domaine, il approuvait la pratique du secret dans les affaires de l'Eglise, ne serait-ce que parce qu'il n'avait aucun moyen de justifier ou même d'expliquer les traces de sang qui salissaient chaque bilan, qu'elles proviennent de l'exploitation des travailleurs, des rudes tractations sur le marché financier où d'un mécréant converti qui s'offrait un voyage en première classe pour le paradis.

Le capital que son père avait institué pour préserver la fortune qu'il avait amassée était très conséquent. La part de Jean-Marie était administrée de façon assez particulière. Le capital restait intact et les intérêts étaient à sa disposition. Du temps où il était prêtre de paroisse, puis évêque, il les avait consacrés à des travaux en rapport avec le bien-être de sa congrégation. Quand il était devenu pape, il les avait utilisés pour secourir des personnes dans le besoin. Il persistait à penser qu'alors que les réformes sociales ne pouvaient s'accomplir que par le biais d'organisations efficaces et solidement financées, il n'existait aucun substitut à la charité; cette affirmation secrète de la fraternité dans le malheur. Aujourd'hui, c'était lui qui demandait assistance. Il avait soixante-cinq ans, il était sans emploi et il avait besoin d'un minimum de liberté pour répandre la bonne nouvelle qui lui avait été annoncée.

Il allait avoir affaire à quatre administrateurs qui avaient tous un poste important dans une grande banque. Alain les lui présenta avec tout le cérémonial voulu : Samson de la Barclays', Winter de la Chase Bank, Lambert du Crédit Lyonnais et Mme Saracini de la Banco Ambrogiano all'Estero.

Leur attitude était respectueuse, mais un peu circonspecte. L'argent habitait dans ces curieuses maisons; le pouvoir était placé en des mains peu sûres. En outre, on les avait réunis pour qu'ils rendent compte de leur gérance et ils se demandaient si cet ancien pape serait capable de lire un bilan et un relevé de profits et pertes.

Mme Saracini joua le rôle de porte-parole. C'était une grande femme au teint olivâtre et qui approchait de la quarantaine. Elle portait un tailleur de toile bleu avec de la dentelle au cou et aux poignets. Pour tout bijou, elle avait une alliance et une broche en or, avec une aigue-marine. Elle parlait français avec un léger accent italien. Elle possédait également le sens de l'humour et semblait vouloir l'exercer. Elle demanda innocemment :

« Excusez-moi, mais comment faut-il vous appeler ? Pas Sa Sainteté, bien sûr. Son Eminence, peut-être, ou Monseigneur ? Certainement pas père Jean. »

Jean-Marie se mit à rire. « Je ne crois pas qu'on ait prévu une formule. Célestin V a été obligé d'abdiquer, mais il a été canonisé après sa mort. Je ne suis pas encore mort, aussi ça ne s'applique pas à mon cas. Je suis moins qu'une Eminence et j'ai toujours pensé que le titre de Monseigneur était une inutile relique de monarchie. Aussi, puisque je suis devenu une personne privée, sans mission canonique, pourquoi ne pas m'appeler Monsieur, tout simplement ?

— Je ne suis pas d'accord, Jean. » Alain était choqué par cette suggestion. « Après tout...

— Après tout, mon cher frère, je dois vivre dans ma peau et j'aime à me sentir à l'aise. Et maintenant, madame, vous allez m'expliquer les mystères de l'argent.

— Je suis sûre que vous savez qu'il n'y a aucun mystère, répondit Mme Saracini en souriant. Le seul problème est de préserver la stabilité du capital et des revenus qui résistent à l'inflation. Pour cela, il faut une administration active et vigilante. Heureusement pour vous, votre frère est un banquier très capable. D'après l'évaluation de la fin de la dernière année financière, vous êtes à la tête d'un capital de huit millions de francs suisses environ. Comme vous le constaterez, ce capital est divisé en parts assez stables : trente pour cent en biens fonciers, en ville ou à la campagne ; vingt pour cent en actions ordinaires, vingt pour cent en obligations ; dix pour cent en objets d'art et antiquités et les vingt pour cent restants en or ou en argent placé à court terme. C'est une répartition judicieuse et qui peut être modifiée assez rapidement. Bien sûr, si vous avez des questions à poser...

— Oui, dit Jean-Marie avec douceur, la guerre menace. Comment allons-nous protéger nos biens ?

— En ce qui concerne les documents commerciaux, dit l'homme de la Chase Bank, nous possédons les moyens de protection et les systèmes de recouvrement les plus modernes; ils sont déposés en triple et même parfois en quadruple exemplaire dans des zones stratégiquement protégées. Nous avons mis au point un code interbanques commun qui nous permet de mettre nos clients à l'abri de la perte de leurs documents. L'or relève évidemment de la chambre-forte. La propriété foncière est éternelle. Les agglomérations urbaines ne seront plus que des décombres, mais une fois de plus, l'assurance contre les dommages de guerre favorisera les gros brasseurs d'affaires. Tout comme l'or, les œuvres d'art et les antiquités doivent être entreposées en lieu sûr. Vous serez peut-être intéressé de savoir que depuis des années nous achetons des mines désaffectées pour les transformer en dépôts pour nos coffres-forts.

— Me voilà rassuré, répliqua Jean-Marie avec une ironie mordante. Je me demande pourquoi on n'a pas investi autant d'argent et autant d'ingéniosité pour la protection des citoyens contre l'écroulement des maisons et les gaz mortels. Je me demande pourquoi on se préoccupe tant de recouvrement des documents commerciaux et si peu de l'assassinat en masse envisagé contre les infirmes et les inutiles. »

Un silence stupéfait s'établit, puis Alain-Hubert répondit à son frère sur un ton de rage froide :

« Je vais te dire pourquoi, Jean. C'est parce que, contrairement à beaucoup d'autres, nous tenons les promesses que nous faisons à nos clients — dont tu es. Il est possible que les autres se conduisent mal, monstrueusement mal, mais tu n'as pas le droit de nous blâmer parce que nous nous conduisons bien. Il me semble que tu nous dois des excuses, à mes confrères et à moi.

— Tu as raison, Alain, répondit gravement

Jean-Marie. Je te demande pardon, à vous aussi, madame et messieurs. Toutefois, j'espère que vous me permettrez de m'expliquer. Hier, j'ai été choqué, choqué au plus profond de mon être, d'apprendre que dans mon pays natal, on avait établi des plans pour éliminer les handicapés dès que la guerre éclatera. L'un de vous est-il au courant de cette affaire ? »

L'homme du Crédit Lyonnais pinça les lèvres comme si on lui avait mis de l'alun sur la langue.

« On entend toutes sortes de bruits. Certains sont basés sur des faits, mais les faits ne sont pas parfaitement compris. Quand on se propose d'exterminer un million de personnes avec une seule explosion atomique, il faut envisager d'achever par charité les survivants qui seront dans un état désespéré. Dans le chaos général, qui prendra la décision ? Il faudra la laisser à l'officier qui commande le secteur, quel qu'il soit. »

L'homme de la Barclays se montra un peu plus subtil et un peu plus courtois.

« Il me semble, cher monsieur, que le scénario du chaos que vous avez évoqué dans vos écrits est à peu près le même que celui qui a été préparé par nos gouvernements. La différence, c'est qu'ils sont là pour trouver des remèdes pratiques et qu'ils ne peuvent pas se payer le luxe de respecter la morale, de même qu'il n'y a pas de morale dans un hôpital sur le front. Le médecin-chef qui inspecte les blessés est seul juge de la vie et de la mort. « Opérez cet homme, il survivra ! Celui-ci est « le second sur ma liste, il a des chances. Donnez « une cigarette à cet autre et faites-lui une piqûre « de morphine. Il va mourir ! » Par conséquent, à moins d'être soumis à l'énorme pression que constitue l'obligation de prendre une décision, je pense qu'on ne peut pas émettre de jugement sur le cas présent. »

Avant que Jean-Marie Barette ait eu le temps de réfuter cet argument, Mme Saracini vint à son secours. Elle déclara avec un humour narquois :

« Voyez-vous, cher monsieur Barette, vous avez connu une existence protégée. Vous devez réaliser que Dieu a cessé de créer la terre depuis des millions d'années, par conséquent, si vous possédez un petit lopin, ne le lâchez pas. Le pétrole s'épuise de même que les autres énergies fossiles. Il faut donc se battre pour avoir sa part. Rembrandt est mort et Gauguin aussi; ils ne peindront plus d'autres toiles. Mais les hommes, bof ! Il y en a déjà beaucoup trop. Nous sommes bons pour un petit génocide et si le massacre est trop important, nous nous remettrons à procréer — avec l'aide des banques du sperme qui sont à l'abri sous nos voûtes. »

Le tableau qu'elle venait de brosser était si sombre que tout le monde se mit à rire. Quand l'atmosphère se fut détendue, elle se lança directement dans le rapport des administrateurs qui montra que Jean-Marie Barette pouvait vivre de ses rentes comme un prince. Il les remercia de leur amabilité, s'excusa de ses mauvaises manières et leur dit qu'il tirerait de l'argent uniquement pour ses besoins personnels et qu'il laisserait le reste prospérer jusqu'au Jugement dernier.

Les hommes de la Barclays, du Crédit Lyonnais et de la Chase Bank prirent congé, mais Mme Saracini resta car Alain l'avait invitée à faire la quatrième à un déjeuner avec Odette, Jean-Marie et lui-même. En attendant Odette, Alain leur servit un verre de sherry et les laissa car on lui téléphonait de Londres. Mme Saracini leva son verre en portant un toast muet, puis elle lui adressa de vifs reproches.

« Vous avez été très désagréable avec nous. Pourquoi donc ?

— Je ne sais pas. Tout à coup, j'ai vu deux images sur un écran double : tous ces ordinateurs ronronnant dans leurs cavernes souterraines et au-dessus, des corps d'enfants brûlant devant un marchand de glaces.

— Mes confrères ne vous le pardonneront pas. Vous leur avez donné un sentiment de culpabilité.

— Et vous ?

— Il se trouve que je suis d'accord avec vous. Mais je ne peux pas les attaquer de front. Je suis de celles qui les font d'abord rire, puis réfléchir — du moment que leur virilité n'est pas menacée.

— Mes informations sont-elles exactes ou fausses ?

— En ce qui concerne l'euthanasie pour les inutiles, c'est vrai, bien sûr. Mais on ne pourra jamais le prouver, car dans son subconscient, toute l'Europe consent à cette conspiration. Quand la situation deviendra trop horrible pour être supportée, il nous faudra une porte de sortie, pour nous et pour nos êtres chers.

— Vous avez des enfants, madame ?

— Non.

— Et votre mari ?

— Il est mort un an après notre mariage.

— Excusez-moi. Je ne voulais pas être indiscret.

— Ce n'est rien. Je suis heureuse que vous vous intéressiez assez à moi pour me poser des questions. Au fait, je crois que vous connaissez mon père.

— Vraiment ?

— Il s'appelle Vittorio Malavolti. Il a été

condamné à vingt ans de prison pour fraude bancaire. Je me rappelle qu'il avait dirigé de nombreuses transactions pour le Vatican — et il vous a coûté beaucoup d'argent !

— Oui, je m'en souviens. J'espère que vous êtes arrivée à oublier.

— Je vous en prie ! Ne soyez pas si complaisant avec moi. Je ne cherche pas à oublier. J'aime mon père. C'est un génie des finances, mais il a été manipulé par beaucoup de personnes qu'il continue à couvrir. J'ai travaillé avec lui. Il m'a appris tout ce que je sais du métier de la banque. Il m'a établie honnêtement avec de l'argent honnête. J'ai acheté la Banco Ambrogiano all'Estero quand elle n'était qu'un trou dans un mur à Chiaso. J'ai tout remis en ordre, je l'ai remontée, j'ai conclu des alliances solides et chaque année je rembourse cinq pour cent des dettes personnelles de mon père, aussi quand il sortira — s'il sort jamais — il pourra marcher dans la rue la tête haute. Au fait, cela me rappelle une chose. Je vous défends de traiter votre frère de la sorte ! Il m'a aidée à débuter. Il m'a procuré des affaires comme l'administration de vos biens. S'il est parfois ridicule, c'est parce qu'il n'a pas la femme qu'il lui faut. Mais pape ou non, il vous a bien remis en place ce matin et vous l'aviez mérité. Ça vous apprendra le respect ! »

Il fut saisi par sa véhémence. Ses mains tremblaient et elle renversa un peu de son sherry. Il tira un mouchoir de sa poche et le lui tendit pour qu'elle s'essuie. « Pourquoi êtes-vous si en colère contre moi ? lui demanda-t-il gentiment.

— Parce que vous ne vous rendez pas compte de l'importance que vous avez, surtout maintenant que vous n'êtes plus pape. Les gens vous aiment à cause de ces articles qu'on a écrits sur vous. Même ceux qui ne sont pas d'accord vous respectent et vous écoutent. Samson, celui de la Barclays' a cité vos écrits ce matin et, croyez-moi, il ne lit pas beaucoup en dehors de ses journaux financiers !... Aussi, quand vous vous conduisez de façon déplaisante, vous décevez beaucoup de monde.

— J'essaierai de m'en souvenir », dit Jean-Marie, puis il ajouta en souriant : « Il y a bien longtemps qu'on ne m'avait pas tapé sur les doigts. »

Elle rougit comme une écolière et murmura des excuses maladroites.

« Je sais que j'ai une langue acérée... mais c'est aussi un intérêt de famille.

— Comment cela ?

— Au XIVe siècle, la famille de mon mari et la mienne étaient des amis et des correspondants des Benincasa et de sainte Catherine elle-même. Elles l'ont aidée dans ses tentatives pour faire revenir d'Avignon votre homonyme, Grégoire XI. C'est très loin, mais nous les Siennois, nous sommes jaloux de notre passé et même un peu mystiques à son sujet. » Elle posa son verre, fouilla dans son sac et en sortit un calepin. « Donnez-moi votre adresse et votre numéro de téléphone. J'ai encore des choses à vous dire.

— Sur un sujet particulier ?

— Mon âme immortelle est-elle un sujet assez important ?

— Certainement. » Il reconnut sa défaite avec le sourire et lui donna les renseignements qu'elle désirait.

Là se termina leur entretien. Alain revint avec Odette, une femme élégante et coûteuse, qui ne cessait de lâcher des noms en vrac. Alain lança un clin d'œil de conspirateur à Jean-Marie et le laissa supporter le monologue d'Odette jusqu'au restaurant. Le déjeuner se déroula dans une atmosphère gênée. Odette dominait la conversation et Alain protestait faiblement devant ses affectations les plus criantes. Mme Saracini s'en alla avant le café. Odette renifla et prononça ce commentaire dédaigneux :

« Quelle femme extraordinaire ! Très séduisante... dans le genre italien. On se demande comment elle vit depuis la mort de son mari.

— Ça ne te regarde pas, dit Alain. Restons en famille, pour le moment. Quels sont tes projets, Jean ? Si tu veux rester en France, il faudra que tu prennes des dispositions... un appartement, une gouvernante.

— C'est encore trop tôt. On me connaît trop et je suis gênant pour mes amis. Il vaut mieux que je prenne un peu le large.

— Tu ferais bien également de te taire pendant un certain temps, remarqua Alain d'un air maussade. Tu avais l'habitude de faire de grandes déclarations du haut de ton estrade, mais ce n'est plus possible maintenant. Ce que tu as dit ce matin aura fait le tour de la ville avant ce soir. C'est pour cela que j'ai contre-attaqué. Je ne peux pas me permettre d'être associé à des propos subversifs. C'est bien plus dangereux que tu ne l'imagines. »

Odette fit chorus, formelle et omnisciente, comme toujours.

« Alain a raison. J'a parlé avec le ministre de la Guerre, hier soir. C'est un homme très séduisant, bien que sa femme soit impossible. Il a dit que ce qu'il fallait maintenant, ce n'étaient pas des controverses, mais une diplomatie sage et efficace et des négociations sans fracas, pendant que les armées se préparent.

— Comprenons-nous bien, dit Jean-Marie, d'un ton ferme. Je me suis fait prêtre pour prêcher la parole et pour répandre la bonne nouvelle du salut. Je ne veux être ni prudent, ni sage, ni même bon. Je dois vous transmettre le même message que celui que je prêche au reste de l'humanité. Le combat entre le bien et le mal est déjà engagé, mais l'homme de bien a l'air d'un imbécile alors que le méchant a les traits d'un sage et justifie le meurtre par d'impeccables statistiques.

— Ce n'est pas ce que dit notre cardinal. » Comme à l'accoutumée, Odette était prête à discuter. « Dimanche dernier, il a fait un sermon à la télévision sur le tribut à César. Il a dit que c'était une question de priorités. Nous obéissons aux lois afin de servir Dieu et même si nous nous trompons de bonne foi, Dieu le comprend.

— J'en suis sûr, ma chère, dit Jean-Marie et je suis sûr aussi que le cardinal a ses raisons pour être aussi débonnaire. Mais ce n'est pas une raison ! Absolument pas !

— Il faut que nous partions, déclara diplomatiquement Alain. J'ai rendez-vous avec le ministre des Finances à deux heures et demie. Il veut notre avis sur la meilleure façon de lancer un emprunt sur la défense ! »

Il s'était promis un après-midi de plaisirs simples et personnels : une heure à fouiner chez les bouquinistes sur les quais et une promenade parmi les peintres de la place du Tertre. Il était parti depuis si longtemps et voilà qu'il se retrouvait chez lui. Même s'il avait des difficultés avec sa famille, il devrait se sentir à l'aise dans sa ville natale.

La chasse aux livres s'avéra fructueuse. Il dénicha une édition originale des *Fêtes Galantes* de Verlaine avec un quatrain autographe collé à l'intérieur de la couverture. Verlaine l'avait toujours hanté, cet ivrogne triste et perdu qui écrivait des complaintes angéliques et qui vivait en enfer avec Rimbaud et qui, s'il existait une justice dans l'univers, devrait être en train de chanter des cantiques de joie aux pieds de l'Eternel.

D'abord, la place du Tertre fut une déception. Il fallait bien que les peintres mangent, les touristes voulaient ramener quelque chose de Paris et les toiles étaient d'une cynique vulgarité. Cependant, dans le coin le plus défavorisé de la place, il tomba sur un sujet plus curieux; une fille chétive et tordue, âgée de vingt ans à peine, vêtue d'un sweat-shirt et d'un jean, qui gravait une plaque de verre avec une pointe de diamant. A côté d'elle, sur une table, étaient posés des spécimens de son art : un gobelet, un miroir et un bol à punch. Jean-Marie prit le gobelet pour l'examiner. La fille lui lança une mise en garde sur un ton revêche :

« Si vous le cassez, vous le paierez.

— Je fais attention. C'est très beau. Qu'est-ce que ça représente ? »

Elle hésita un moment, comme si elle craignait qu'il se moque d'elle, puis elle expliqua : « Je l'ai appelée la coupe du cosmos. Le gobelet est un cercle, ce qui représente la perfection. La partie inférieure est la mer avec les vagues et les poissons et la partie supérieure est la terre avec les épis et les vignes. C'est une représentation du cosmos. »

Cette suffisance lui plut. Il se demanda jusqu'où elle l'embellirait. « Est-ce que Dieu figure dans votre projet ? »

Elle lui jeta un bref regard soupçonneux.
« C'est important ?

— En tout cas, c'est intéressant.

— Vous êtes chrétien ?

— Oui, même si je n'en ai pas l'air, répondit-il avec un petit rire.

— Alors, vous savez que les poissons, la vigne et les épis sont les symboles du Christ et de l'eucharistie.

— Combien coûte cet objet ?

— Six cents francs. » Et elle ajouta comme pour se justifier : « Il y a beaucoup de travail.

— Je le vois bien. Je le prends. Pouvez-vous me faire un emballage sûr ?

— Oui. Il ne sera pas très joli, mais il sera sûr. »

Elle laissa ce qu'elle était en train de faire et se mit à empaqueter le gobelet dans une boîte en carton tachée remplie de petites billes de plastique. En la regardant faire, Jean-Marie se rendit compte combien elle était maigre, comme la sueur lui perlait au front au moindre effort et comme ses mains maniaient maladroitement le fragile objet. Tout en lui donnant l'argent, il lui dit :

« Je suis un collectionneur sentimental. J'aime fêter mes acquisitions avec les artistes. Voulez-vous prendre un verre avec moi en mangeant un sandwich ? »

Cette fois encore, elle lui jeta un regard circonspect et lui répondit sèchement :

« Merci, vous m'avez payé un bon prix. Vous ne me devez aucune faveur.

— C'est moi qui vous en demande une. J'ai eu une matinée pénible et un déjeuner énervant. J'ai envie de parler avec quelqu'un et de plus il n'y a que trois pas à faire pour aller au café.

« — Bon, d'accord. »

Elle lui fourra le paquet dans les mains en demandant au peintre voisin de surveiller sa table, puis elle accompagna Jean-Marie jusqu'au café qui était au coin de la place. Elle avait une curieuse démarche sautillante qui la faisait presque se tordre en demi-cercle à chaque pas. La courbure de sa colonne vertébrale était extrêmement prononcée et sa tête, d'une beauté d'elfe, était comiquement désassortie, comme si elle avait été plantée là par un sculpteur ivre.

Elle commanda du café, un cognac, un croissant au jambon et un œuf dur qu'elle dévora avec avidité pendant que Jean-Marie buvait distraitement son eau de Vichy tout en essayant de soutenir la conversation

« Cet après-midi, j'ai eu un autre coup de chance; j'ai trouvé une édition originale des *Fêtes galantes* de Verlaine.

— Vous collectionnez aussi les livres ?

— J'aime les belles choses, mais cette fois, c'est pour faire des cadeaux. Votre gobelet ira chez une dame de Versailles qui souffre de sclérose en plaques. Je vais lui écrire un mot pour lui en expliquer le symbolisme.

— Je peux vous épargner cette peine. J'ai tapé un petit commentaire; je vous le donnerai. C'est drôle que vous m'ayez parlé de Dieu.

— Pourquoi drôle ?

— La plupart des gens trouvent ce sujet embarrassant.

— Et vous ?

— Il y a longtemps que j'ai décidé de ne plus être embarrassée. J'ai accepté d'être anormale. C'est plus facile pour moi et aussi pour les autres que je considère ma singularité comme naturelle. Pourtant, c'est dur, parfois. Ici, sur la place, on voit de tout. Il y a des types bizarres qui aiment coucher avec des infirmes. C'est pour cela que j'ai été un peu sèche avec vous. Il y en a même qui sont plus vieux que vous. »

Jean-Marie se mit à rire aux larmes, en renversant la tête en arrière. Il parvint enfin à articuler : « Mon Dieu ! Dire qu'il a fallu que je revienne en France pour entendre une chose pareille !

— Je vous en prie, ne vous moquez pas de moi. Je vous assure qu'il m'arrive d'avoir des problèmes. Croyez-moi.

— Je vous crois. » Jean-Marie reprenait peu à peu son sérieux. « Pourriez-vous me dire votre nom ?

— Je l'ai signé sur l'objet. Judith.

— Judith comment ?

— C'est tout. Dans notre communauté, on ne se sert que du prénom.

— Votre communauté ? Vous êtes une sœur ?

— Pas exactement. Nous sommes une douzaine de filles à vivre ensemble. Nous sommes toutes handicapées, d'une façon ou d'une autre et pas toutes physiquement. Nous partageons ce que nous gagnons et nous nous aidons mutuellement. Nous servons aussi de refuge aux jeunes filles du quartier qui ont des ennuis. Notre vie peut sembler primitive et en fait, elle l'est, mais elle nous satisfait parfaitement et nous avons l'impression qu'elle nous rapproche de la pensée des premiers chrétiens. Avec ce que vous avez payé pour la coupe, vous aurez mérité qu'on vous cite dans notre prière du soir. Comment vous appelez-vous ? J'aime bien garder les noms des gens qui m'ont acheté quelque chose.

— Jean-Marie Barette.

— Vous êtes quelqu'un d'important ?

— Rappelez-moi seulement dans votre prière

du soir. Mais dites-moi, comment cette... communauté a-t-elle débuté?

— D'une curieuse manière. Il y a quelque temps, vous vous en souvenez, le pape a abdiqué et un autre a été élu. En principe, ça n'aurait pas dû me préoccuper beaucoup. Je ne connais aucun religieux plus haut placé qu'un simple prêtre de paroisse. J'étais dans une mauvaise passe; tout allait de travers et il m'a semblé qu'il y avait un rapport entre ma vie et cet événement. Vous comprenez ce que je veux dire?

— Très bien, répondit chaleureusement Jean-Marie.

— Quelque temps après, alors que j'étais en train de travailler dans mon atelier — j'avais un petit appartement mansardé en bas de la rue — une fille que je connaissais, un modèle qui travaillait pour les peintres, est arrivée chez moi en titubant. Elle était soûle; on l'avait violée et battue, et sa concierge l'avait mise dehors. Je l'ai dégrisée et conduite à l'hôpital pour qu'on lui fasse des pansements. Ensuite, je l'ai ramenée chez moi. Dans la soirée, elle est devenue bizarre, lointaine, hostile et aussi, comment dire... incohérente. J'avais peur de rester auprès d'elle et pourtant je n'osais pas la laisser. Aussi, pour l'intéresser à quelque chose, je me suis mise à sculpter une petite poupée dans une pince à linge. J'en ai fait trois et puis nous nous sommes assises pour leur faire des robes, comme si j'étais la mère et elle, la petite fille. La nuit, elle a dormi calmement dans mon lit en me tenant la main. Le lendemain, j'ai demandé à deux amies de rester avec elle pendant la journée et nous avons continué ainsi jusqu'à ce qu'elle ait retrouvé son état normal. Seulement, à ce moment, nous avions fini par former un petit groupe et nous avons pensé qu'il serait dommage de le disloquer. Il nous a semblé que nous pourrions faire des économies et vivre confortablement en vivant comme une famille. Le côté religieux ? C'est venu tout naturellement. Une des filles avait été en Inde où elle avait appris des techniques de méditation. Moi, j'ai été élevée dans un couvent et l'idée de se réunir pour prier me plaisait assez. C'est alors que l'une d'entre nous a ramené un prêtre-ouvrier qu'elle avait rencontré dans une brasserie. Il a parlé avec nous et nous a prêté des livres. Il nous a dit aussi que si nous avions des ennuis, le soir, nous n'aurions qu'à lui téléphoner et il viendrait avec deux de ses camarades d'usine. Je vous jure qu'il nous a été d'un grand secours. Bref, au bout d'un moment, nous sommes arrivées à mettre sur pied un genre de vie qui nous convient. Peu d'entre nous sont vierges et pas une n'est sûre d'être prête à engager des relations à long terme avec un homme. Certaines se marieront peut-être. Nous sommes toutes croyantes et nous essayons de vivre selon la Bible. Voilà ! J'imagine que ça n'a pas d'intérêt pour vous, mais nous, nous avons trouvé la paix.

— Je suis heureux de vous avoir connue, dit Jean-Marie Barette. Et très fier d'avoir votre coupe du cosmos. Voulez-vous accepter un cadeau ?

— Quel genre de cadeau ? » Elle avait retrouvé son air circonspect. Il se hâta de dissiper ses craintes.

« Ce Verlaine que j'ai trouvé aujourd'hui. Il y a dedans un vers qui semble avoir été écrit pour vous. Il est de la main même du poète. » Il tira le petit livre de sa poche et lut le quatrain collé à l'intérieur de la couverture... " *Votre âme est un paysage choisi...* " « Voulez-vous l'accepter ? demanda-t-il humblement.

— Oui, si vous me le dédicacez.

— Quel genre de dédicace?

— Le genre habituel. Un petit mot avec votre signature. »

Il réfléchit un moment et enfin il écrivit :

« Pour Judith qui m'a fait voir l'univers
dans une coupe à vin.
Jean-Marie Barette
Feu le pape Grégoire XVII. »

La fille ouvrit de grands yeux incrédules en lisant ces mots. Elle leva la tête, essayant de découvrir une moquerie sur son visage souriant. Elle dit d'une voix mal assurée :

« Je ne comprends pas... Je...

— Moi non plus, je ne comprends pas, répliqua Jean-Marie. Mais il me semble que vous venez de me donner une leçon de foi.

— Je ne vois pas ce que vous voulez dire, lui répondit la pauvre fille tordue.

— Je veux dire que ce que j'ai essayé de dire au monde depuis les hauteurs du Vatican, vous l'avez accompli dans une mansarde de Paris. Je vais tâcher de vous expliquer... »

... Et quand il eut fini de lui raconter sa longue histoire, elle avança sa main émaciée et rugueuse à cause de son travail de graveur et la posa sur la sienne.

« J'espère que je pourrai dire tout ça à mes amies aussi bien que vous venez de le faire. Ce serait une bonne chose si j'y arrivais. Parfois, elles en ont marre, parce que notre petite famille leur semble inutile et désorganisée. Je n'arrête pas de leur dire que l'avantage, quand on a touché le fond, c'est qu'on est obligé de remonter ensuite. » Son sourire s'effaça et elle ajouta d'un ton grave : « Vous aussi, vous êtes au fond en ce moment; vous me comprenez. Voulez-vous venir dîner chez nous ?

— Non merci. » Il prit soin de ne pas la décevoir. « Voyez-vous, Judith, ma chère enfant, vous n'avez pas besoin de moi. Vos propres cœurs ont su vous parler mieux que je ne pourrais le faire. Le Christ est déjà parmi vous. »

Il y avait, ce soir-là, une circulation épouvantable, pourtant, il rentra à l'Hostellerie sur le blanc nuage de la sérénité. Aujourd'hui, mieux que jamais, il comprenait que l'Esprit avait un droit de préemption sur les desseins des puissants. Ce minuscule groupe de femmes estropiées et menacées s'était constitué en famille. Elles n'avaient demandé ni rescrit, ni lettres patentes. Elles avaient de l'amour à partager et elles le partageaient. Elles avaient besoin de penser et elles le faisaient. Quelque chose les poussait à prier et elles priaient. Elles s'étaient trouvé un professeur dans un bar d'ouvriers et des filles en difficulté étaient venues vers elles parce qu'elles avaient senti la chaleur d'un foyer.

Ce groupe pourrait bien ne pas durer. Il n'avait aucune garantie de continuité. Il ne possédait ni constitution, ni autorisation qui puisse lui donner une existence légale. Mais quelle importance ? Il était semblable à un feu qu'on allume le soir dans le désert et qu'on éteint à l'aube, mais en attendant, il témoignait de la présence humaine devant ce Dieu qui venait rendre visite aux hommes dans leurs rêves. Une fois encore, la voix de Carl Mendelius vint se mêler à sa rêverie : « ... Le Royaume de Dieu est le séjour de l'homme. Quelle est sa raison sinon que l'existence de l'homme n'est pas seulement supportable mais heureuse, parce qu'elle débouche sur l'infini... »

Etait-il possible de mieux expliquer le cas de cette pauvre fille tordue qui gravait le cosmos sur un verre à vin et qui créait une famille sous les toits de Paris pour les femmes blessées ?

Quand il arriva à l'Hostellerie, son premier geste fut de téléphoner à Tübingen. Lotte était à l'hôpital, mais il eut Johann qui lui apprit de bonnes nouvelles.

« L'état de mon père est stable. L'infection est contrôlée. On n'a pas encore de certitude en ce qui concerne sa vue, mais on est sûr qu'il vivra. Ah ! autre chose ! La vallée est à nous. On a signé les actes aujourd'hui. J'y vais la semaine prochaine pour discuter avec les géomètres, les architectes et les ingénieurs. Et j'ai été exempté de service militaire pour raisons familiales ! Et vous, oncle Jean, comment allez-vous ?

— Bien ; très bien. Pourriez-vous transmettre un message à votre père ? Ecrivez-le comme un bon petit garçon.

— Allez-y.

— Dites-lui ceci de ma part : « Aujourd'hui, j'ai « reçu un signe. Il m'a été envoyé par une fille « qui m'a fait voir le cosmos sur un verre à vin. » Répétez, je vous prie.

— Aujourd'hui, vous avez reçu un signe. Il vous a été envoyé par une fille qui vous a montré le cosmos sur un verre à vin.

— Si jamais vous recevez un message qui est censé venir de moi, il devra porter cette phrase d'identification.

— Compris. Quels sont vos projets, oncle Jean ?

— Je ne sais pas, mais ils risquent de se précipiter. Souvenez-vous de ce que je vous ai dit.

Emmenez votre famille loin de Tübingen le plus vite possible. Mes amitiés à vous tous.

— Et nous de même. Quel temps fait-il à Paris ?

— Menaçant.

— C'est pareil ici. Nous avons dissous notre association, comme vous nous l'aviez conseillé.

— Vous vous êtes débarrassés de vos équipements ?

— Oui.

— Parfait. Je vous appellerai chaque fois que je le pourrai. Transmettez mon bon souvenir au professeur Meissner. *Auf Wiedersehen.* »

Il venait tout juste de raccrocher quand Pierre Duhamel arriva pour lui apporter son passeport et une nouvelle carte d'identité au nom de J.-M. Grégoire, pasteur en retraite. Il lui expliqua les utilisations et les limites de ces papiers.

« Tout est authentique, puisque vous avez porté autrefois le nom de Grégoire. Vous êtes un ministre du culte à la retraite. Les numéros qui figurent sur les papiers appartiennent à une série qu'on utilise pour des catégories spéciales d'agents du gouvernement. Par conséquent, aucun officier d'immigration ne vous posera de question. Les consulats étrangers ne feront pas trop de difficultés pour accorder un visa à un clergyman qui voyage pour raisons de santé. Toutefois, essayez de ne pas les perdre, tâchez de ne pas vous attirer des ennuis, afin qu'on ne vous les confisque pas, ce qui me mettrait dans une position embarrassante. A propos, cher Monseigneur, vous avez beaucoup parlé ce matin, avec des banquiers. Les téléphones se sont mis à sonner dès qu'ils sont revenus dans leur bureau. Vous voici à nouveau étiqueté comme animal dangereux.

« — Et vous, mon cher Pierre, est-ce que vous avez toujours la même opinion de moi ? »

Duhamel ignora la question. Il se contenta de dire :

« Ma femme vous remercie. Elle se sent mieux qu'elle ne l'a jamais été depuis bien longtemps. Ce qui est curieux, c'est que malgré son apparente inconscience, elle se souvient de votre visite et elle a décrit ce que vous lui avez fait, de façon très parlante, comme une " caresse de vie ". En d'autres circonstances, je serais très jaloux de vous. »

Jean-Marie ignora la pointe. « J'ai un petit cadeau pour vous deux.

— Il ne fallait pas. » Duhamel semblait très touché. « Nous sommes déjà en dette envers vous. »

Jean-Marie lui donna la boîte en carton, tout en s'excusant avec un sourire.

« Je n'ai pas pu avoir de paquet-cadeau. Vous pouvez l'ouvrir si vous voulez. »

Duhamel cassa la ficelle, ouvrit la boîte et en sortit le gobelet. Il l'examina avec toute l'attention d'un connaisseur.

« C'est très joli. Où l'avez-vous trouvé ? »

Jean-Marie lui relata alors sa rencontre avec Judith, l'estropiée, sur la place du Tertre. Il lui remit le papier qui expliquait le symbolisme du dessin, tout en lui parlant de cette communauté de femmes pas ordinaire.

Pierre Duhamel l'écouta sans rien dire et se contenta de faire ce brusque commentaire : « Vous vous donnez beaucoup de mal pour essayer de me convertir.

— Pas du tout, répliqua Jean-Marie d'un ton ferme. J'ai été appelé pour porter témoignage et pour offrir les dons de la foi, de l'espoir et de l'amour. Ce que vous en faites, c'est votre affaire. » Il essayait désespérément d'être persuasif. « Pierre, mon ami, vous m'avez aidé. Je veux vous aider à mon tour. Ce que votre femme a appelé une caresse de vie est une réalité. Je l'ai ressentie aujourd'hui quand cette fille qui est une caricature de la féminité a posé sa main sur la mienne et m'a invité à venir dans son monde particulier. Votre grand courage stoïcien est si... si stérile, si désespérément triste.

— C'est parce que je fais un métier bien triste, répliqua Pierre Duhamel avec un humour glacial. Je suis un entrepreneur des pompes funèbres qui prépare les obsèques d'une civilisation. Il faut y mettre un certain style. Cela me rappelle une chose : demain, on va me demander de signer un papier pour qu'un certain Jean-Marie Barette soit placé sous surveillance A.

— Que signifie cette classification ?

— Agitateur antigouvernemental.

— Et vous allez signer ?

— Bien sûr, mais je retiendrai le dossier quelques heures, le temps que vous preniez vos dispositions.

— Je partirai demain.

— Avant de vous en aller, téléphonez à ce numéro, lui dit Duhamel en lui remettant une petite carte. Petrov voudrait vous parler.

— A quel sujet ?

— Le pain, la politique et des préoccupations personnelles.

— Il m'avait beaucoup plu quand j'ai fait sa connaissance à Rome. Puis-je toujours lui faire confiance ?

— Pas autant qu'à moi, mais par contre, vous le trouverez bien plus agréable. » Pour la première fois, il se laissa un peu aller. Il prit la coupe dans ses mains et la fit tourner à plusieurs reprises en en examinant la gravure en détail. A la fin, il déclara : « Nous boirons dans ce verre, Paulette et moi. Nous penserons à vous et à la petite bossue de la place du Tertre. Qui sait si cela n'ébranlera pas notre incroyance? Mais ce n'est pas le bon moment, comprenez-vous... le jour des bataillons noirs. Si vous tombez entre leurs mains, je ne pourrai rien faire pour vous.

— Et votre président, que pense-t-il de tout ça ?

— Le président? Juste Ciel ! Il est comme tous les présidents, les premiers ministres, les chefs de parti, qu'ils soient duce ou caudillo. Il a un drapeau tatoué sur le dos et le manifeste du parti sur la poitrine. Si on lui demandait pourquoi il faut faire la guerre, il répondrait que c'est un phénomène cyclique et qu'on ne peut pas faire d'omelette sans casser d'œufs ou encore — qu'il aille pourrir en enfer ! — que la guerre est l'archétype de l'orgasme : souffrance, extase et ensuite, un long, très long bien-être. Souvent, je me demande pourquoi je ne le tuerais pas avant de me tuer moi-même.

— Alors, pourquoi restez-vous ?

— Parce que si je n'étais pas là, qui vous donnerait un passeport et qui dirait ce qui se passe dans cette maison de fous? Il faut que je parte. Surtout, ne manquez pas de vous en aller demain avant midi. »

Jean-Marie avança les mains et les planta sur les solides épaules de Pierre Duhamel. « Mon ami, laissez-moi au moins le temps de vous dire merci.

— Ne me remerciez pas. Priez seulement pour moi. Je ne sais pas combien de temps je pourrai continuer à tenir le coup! »

Après son départ, Jean-Marie appela Sergei Petrov. Une voix de femme lui répondit en français et un instant plus tard, il avait Petrov au bout du fil.

« Qui est à l'appareil ?

— Duhamel m'a dit de vous téléphoner.

— Ah ! oui. Je vous remercie d'avoir été si rapide. Il faut que nous nous voyions. Nous avons des intérêts communs.

— C'est bien possible. Où pourrions-nous nous rencontrer ? Je vais sans doute être surveillé. Cela vous ennuie-t-il ?

— Pas vraiment. » Cette nouvelle ne semblait pas le surprendre. « Voyons, disons demain à dix heures, ça vous convient ?

— Oui.

— Alors, à l'hôtel Meurice, chambre 580. Montez directement. Je vous attendrai.

— C'est noté. A demain donc. »

Mais un grand point d'interrogation était inscrit sur le reste de la journée du lendemain et sur les jours suivants. Avant qu'on commence à le surveiller, il fallait qu'il se trouve un refuge, un endroit où il pourrait dormir tranquille et d'où il pourrait communiquer et partir facilement. Alain aurait pu l'aider, mais leurs rapports étaient déjà tendus et de plus, Odette n'était pas un modèle de discrétion. Il était toujours en train de réfléchir au problème quand le téléphone sonna. C'était Mme Saracini. Elle alla droit au fait avec beaucoup de bonne humeur.

« Je vous avais dit que je voulais vous parler. Où et quand pourrions-nous nous voir ? »

Après avoir hésité un instant, Jean-Marie lui dit : « J'ai appris de source autorisée qu'à partir de demain je vais être placé sous surveillance A en tant qu'agitateur antigouvernemental.

— C'est de la folie !

— Peut-être, mais c'est un fait. Je vais donc

avoir besoin d'un endroit où je pourrais rester un moment. Pourriez-vous m'aider ? »

Elle n'hésita pas une seconde. « Bien sûr. Quand serez-vous prêt à partir ?

— Dans dix minutes.

— Il me faut quarante-cinq minutes pour venir chez vous. Faites vos valises, payez la note et attendez-moi devant l'entrée principale. »

Avant qu'il ait eu le temps de la remercier, elle avait déjà raccroché. Il rangea ses affaires dans sa valise, expliqua à la patronne qu'un changement subit dans sa situation personnelle l'obligeait à partir sur-le-champ, paya sa note et s'assit pour lire son bréviaire en attendant l'arrivée de Mme Saracini. Il se sentait calme et confiant. Il se dirigeait pas à pas vers l'épreuve. Par une étrange association d'idées — Saracini, Malavolti, Benincasa, tous des Siennois — il en vint à se rappeler les mots que Catherine, âgée de vingt-cinq ans, avait écrits à Grégoire XI en Avignon : « Il n'est plus temps de dormir, car le Temps ne dort jamais, mais passe comme le vent... Pour reconstruire l'ensemble, il faut détruire l'ancien, à partir des fondations... »

La femme qui vint le chercher à l'Hostellerie paraissait dix ans plus jeune que Mme Saracini de la Banco Ambrogiano all'Estero. Elle était vêtue d'un pantalon et d'un chemisier de soie, elle avait un foulard sur la tête et elle arriva au volant d'une décapotable conçue spécialement par le plus célèbre carrossier italien. Elle rangea la valise dans le coffre et enleva Jean-Marie dans un crissement de pneus avant qu'aucun curieux n'ait eu le temps de remarquer la voiture et son chauf-

feur. Cependant, une fois sur la route, elle conduisit prudemment, restant sur le qui-vive, en cas de
contrôle de la police, tout en lui faisant part de
ses plans avec une grande volubilité.

« Pour vous, l'endroit le plus sûr de Paris, c'est
chez moi. D'abord, parce que c'est une maison
particulière. Il n'y a pas d'autres occupants, pas
de concierge et je peux vous assurer de la loyauté
de mes domestiques. Je reçois beaucoup et il y a
des allées et venues constantes. Vos visiteurs passeront inaperçus. Vous aurez votre appartement
personnel — une chambre, un bureau et une salle
de bain — avec une ligne de téléphone particulière et un escalier privé qui descend dans le jardin. Mes domestiques n'ont pas grand-chose à
faire et ils pourront facilement s'occuper de vous.

— C'est très généreux de votre part, mais...

— Il n'y a pas de mais. Si notre arrangement
ne marche pas, vous n'aurez qu'à partir. C'est
simple! Et je vous prie de m'appeler par mon
prénom, Roberta. »

Jean-Marie sourit pour lui-même, dans l'obscurité, en lui disant : « Alors, Roberta me permettrez-vous de vous faire remarquer que vous cou-
rez certains risques en me donnant l'hospitalité ?

— Je serai heureuse de les assumer. Je sais que
vous avez une tâche à accomplir et je veux y participer. Je peux vous aider plus que vous ne l'imaginez.

— Pourquoi voulez-vous m'aider ?

— C'est une question à laquelle il m'est impossible de répondre en conduisant, mais je vous le
dirai tout à l'heure.

— Autre chose, alors. Ne craignez-vous pas que
le fait d'avoir un homme chez vous nuise à votre
réputation ?

— J'en ai eu d'autres, et bien plus scandaleux,

lui répondit-elle carrément. Mon mari est mort depuis vingt ans et je n'ai pas vécu comme une nonne pendant tout ce temps. Mais les événements m'ont fait changer. Mon père est allé en prison. J'ai eu un coup dur avec un homme que j'aimais beaucoup et qui, un soir, est devenu fou entre mes bras et a failli me tuer. Après, il y a eu vous. Quand vous étiez pape, j'avais à votre égard les mêmes sentiments que mon père avait pour le bon pape Jean. Vous aviez de la classe, vous étiez charitable. Vous n'alliez pas partout en criant à la discipline et à la damnation. Même dans les moments où j'ai mené une vie déréglée, j'ai toujours senti que je pouvais faire machine arrière, comme avec mon père quand j'étais une petite fille pas sage. Et puis, quand vous avez abdiqué, et que j'ai appris certains détails de l'affaire par votre frère Alain, j'ai été hors de moi. Je croyais qu'on vous avait brisé, jusqu'au moment où votre ami — comment s'appelle-t-il ? — a écrit ce merveilleux article sur vous.

— Mendelius ?

— Oui, c'est ça !... Ensuite, il a reçu une lettre piégée et c'est alors que j'ai commencé à comprendre l'enchaînement de toutes ces choses. Je me suis mise à aller à l'église, à lire la Bible et à renouer avec des amis que j'avais laissés tomber dans mes jours de dissipation parce que je les trouvais trop sérieux et remplis de préjugés. Mais je m'égare. Il faut d'abord qu'on vous installe dans votre appartement et qu'on vous donne à manger. Ensuite, nous parlerons de l'avenir et de ce que nous allons faire. »

Il avait envie de la gronder et de lui dire que tout en ayant besoin d'aide, il n'était pas décidé à se laisser diriger. Pourtant, il se ravisa et changea de sujet.

« On m'a procuré un autre passeport et une carte d'identité au nom de Jean-Marie Grégoire. Je pense que c'est ce nom qu'il faudra donner à vos domestiques.

— Vous avez raison. J'en ai trois : un couple et une femme de ménage à la journée. Ils sont chez moi depuis longtemps. Nous sommes presque arrivés. J'habite près du quai d'Orsay. »

Trois minutes plus tard, elle s'arrêta devant une porte cochère fermée par un portail de fer qui s'ouvrit sur un signal radio. Le garage était sur la gauche de l'entrée et un escalier intérieur conduisait aux étages supérieurs. Son appartement était composé de deux pièces : un grand cabinet de travail garni de rayonnages chargés de livres et une chambre-salon, avec une salle de bain entre les deux. Un balcon extérieur donnait sur la cour qui avait été transformée en jardin de rocaille avec une fontaine au milieu.

« Ce n'est pas la Vatican, lui dit Roberta Saracini, mais j'espère que vous vous y sentirez à l'aise. On dîne dans une demi-heure. J'enverrai quelqu'un vous chercher. »

Elle vint en personne, vêtue d'une robe d'intérieur faite dans une riche étoffe brochée, raide comme une mitre d'évêque. Elle le conduisit dans la salle à manger, une petite pièce, mais admirablement proportionnée, avec un plafond à caissons et un mobilier en acajou de style espagnol. Le repas fut simple mais exquis : pâté de campagne, filets de sole et mousse aux myrtilles. Il lui fit remarquer que le vin était beaucoup trop bon pour un pasteur en retraite, ce à quoi elle répondit que le pasteur n'était plus à la retraite et qu'il était temps de discuter de ce qu'il avait l'intention de faire.

« Je sais ce que je dois faire : répandre la nouvelle que les derniers jours sont proches et que les hommes de bonne volonté doivent s'y préparer. Je sais aussi ce que je ne dois pas faire : créer des confusions et des dissensions parmi les croyants sincères, ou miner les principes de l'autorité légitime de la communauté chrétienne. Donc, première question, comment résoudre ce problème ?

— J'ai l'impression que vous y avez déjà répondu : une nouvelle identité. Après tout c'est le message qui importe, pas celui qui l'annonce.

— Pas tout à fait. Comment le messager pourra-t-il établir son autorité ?

— Il ne doit pas essayer de le faire, répliqua Roberta Saracini. Il doit porter la nouvelle, comme l'ont fait les premiers disciples et faire confiance à Dieu pour le reste. »

Il y avait plus que de la piété dans sa façon de parler. Il s'en dégageait une confiance totale, comme si elle venait de faire la preuve de ce qu'elle avait proposé.

« Je suis d'accord sur le principe, mais comment, moi, un homme indésirable dans son propre pays, dépourvu de mission canonique, comment pourrais-je prêcher la parole de Dieu sans enfreindre l'obéissance que je dois à l'Eglise ? »

Roberta versa le café dans les tasses et lui tendit la sienne. Elle lui proposa du cognac, mais il le refusa.

« Je suis banquier, comme vous savez, lui expliqua-t-elle patiemment. En tant que banquier, j'ai des participations dans de nombreuses affaires : mines, constructions, voyages, publicité, loisirs, communications. Par conséquent, une fois que vous serez sûr de ce que vous voulez dire...

— J'en ai toujours été sûr.

— Alors, nous pouvons trouver cent manières, mille voix pour répandre la nouvelle.

— Ça vous coûtera une fortune.

— Quelle importance ? Qui tiendra les comptes après le Jour du Rubicon ?

— Comment se fait-il que vous ayez entendu parler du Jour du Rubicon ?

— J'ai mes sources d'information. Est-ce que vous vous imaginez que je joue à l'aveuglette sur le marché ?

— Non, sans doute. »

Il se sentait mal à l'aise, bien que son explication semblât assez naturelle. Il n'aurait pas voulu, lui aussi, révéler ses sources, même à un ami intime.

« Vous aurez tous les fonds nécessaires pour faire ce que vous voudrez. J'aimerais vous présenter à des amis que j'ai dans l'édition, la publicité et à la télévision. Considérez-les comme vos voix. Dites-leur ce que vous avez à dire. Vous serez surpris des idées qui en sortiront. Vous semblez incrédule. Pourquoi ? Où en serait la papauté actuelle — et aussi le président des Etats-Unis — sans la télévision ? N'est-ce pas un devoir moral que d'utiliser tous les moyens qui sont à notre disposition ? »

Une fois encore, et de la façon la plus intense, il se souvint de la jeune Siennoise du XIVe siècle qui avait écrit à Pierre Roger de Beaufort-Turenne, Grégoire XI... « *Siatemi uomo, virile e non timoroso*... Soyez pour moi un homme, viril et non pas couard ! »

Il se tut un moment pour réfléchir à la décision à prendre.

« Quand pourrai-je rencontrer vos experts ?

— Demain soir.

— Jusqu'où pourrai-je leur faire confiance ?

— Ceux qui s'assoiront à cette table, vous pourrez leur faire confiance autant qu'à moi.

— Bien. Maintenant, répondez à la question que je vous ai posée en venant. Pourquoi voulez-vous aider un homme qui prédit la fin du monde ?

Elle ne tergiversa pas une seconde avant de lui donner sa réponse. Elle la lui assena toute crue.

« Parce que c'est un homme, tout simplement. Toute ma vie j'ai attendu de voir quelqu'un qui se dresserait dans la tempête et hurlerait contre le vent. Je vous ai observé ce matin, à la banque. Vous étiez si ulcéré que j'ai cru que vous alliez exploser. Cependant, vous avez eu l'élégance de vous excuser. Pour moi, c'est une raison suffisante.

— Pas pour moi, rétorqua Jean-Marie Barette. Personne ne peut rester fort en permanence. Personne ne dure si longtemps. L'homme à qui j'ai succédé au Saint-Siège... je me suis trouvé à son lit de mort et je l'ai vu vomir son sang en criant : " Mamma, Mamma, Mamma ! " Les journaux ont prétendu qu'il appelait la Vierge Marie. Ce n'est pas vrai ; c'est sa mère qu'il réclamait dans les ténèbres. Ne comptez pas sur moi, Roberta ! Ne comptez que sur vous-même ! Vous n'êtes pas une de ces dévotes saisies par la ménopause et je ne suis pas un de ces prêtres tourmentés qui se demandent pourquoi ils ont consacré toute leur vie au célibat.

— Alors, dites-moi qui vous êtes ! explosa soudain Roberta Saracini. Soyons de bons jésuites et définissons les termes.

— J'ai reçu l'ordre de proclamer les Fins Dernières et l'Avènement du Seigneur. J'ai répondu à cet appel. Je cherche les moyens de faire cette proclamation. Vous m'avez offert un refuge, des fonds et des spécialistes pour m'aider. J'ai accepté avec reconnaissance, mais je n'ai rien à vous donner en retour.

— Vous ai-je demandé quelque chose ?

— Non, mais je dois vous prévenir — et croyez-moi, c'est un acte d'amour — parce qu'à notre première rencontre, vous m'avez dit que vous étiez très attachée à votre passé et aux relations de votre famille avec Catherine de Sienne. Cette entrée en matière m'a paru très significative. Vous m'offriez le même genre d'aide qu'elle avait apportée à Grégoire XI, pour le faire revenir d'Avignon à Rome. Mais on ne peut pas répéter l'Histoire et on ne peut pas copier les rapports entre les êtres. Ce Grégoire était un homme sans caractère, un hésitant et un couard. J'ai beaucoup de défauts, mais je ne suis pas ce genre d'homme. J'ai été choisi pour marcher sur un chemin solitaire. » Elle voulait protester, mais il l'arrêta d'un geste. « Ce n'est pas tout. Laissez-moi parler. Je n'ignore rien de la vie et des œuvres de votre petite sainte. J'ai fait une thèse de doctorat sur les grands mystiques. J'ai lu le *Dialogo* et l'*Epistolario.* Catherine a écrit de très belles choses sur l'amour, humain et divin. Cependant, il reste des points obscurs dans ses relations qu'aucun de ses biographes n'a pu clairement expliquer. Elle est trop exotique à mon goût ; peut-être parce que je suis français et qu'elle n'aimait pas les Français. Mais il me semble qu'à une ou deux reprises, elle a poussé un peu trop loin les jeunes gens de son *cenacolo.* Elle rêvait à l'amour divin, alors qu'ils en étaient encore à tenter de comprendre la diversité humaine... et c'est à ce moment que les drames se produisent. Voilà... » Il haussa les épaules en souriant. « Nous avons défini les termes, comme de bons jésuites, et énoncé la règle du jeu. Suis-je pardonné ?

— Oui, mais difficilement. » Elle lui porta un toast silencieux et avala son verre d'un seul trait. « Il est tard. Demain, il faut que j'aille travailler de bonne heure.

— Et moi, j'ai un rendez-vous avec le ministre de la Production agricole de l'U.R.S.S.

— Petrov ? J'ai eu affaire à lui pour des problèmes bancaires. Il est dur, mais correct. Il se trouve dans une situation désespérée. S'il n'arrive pas à se procurer du blé pour cet hiver, il est perdu.

— Et notre planète se rapprochera un peu plus de son heure dernière. »

Il se leva pour lui reculer sa chaise. Quand elle fut debout, elle se retourna et lui prit la main pour la baiser, comme on le faisait autrefois.

« Bonne nuit, monsieur Grégoire. »

Il accepta son geste sans faire de commentaire.

« Bonne nuit, madame, et merci de votre hospitalité ! »

11

A L'HÔTEL MEURICE, chambre 580, Jean-Marie
Barette, cet ex-pape, était en conversation avec
Sergei Andrevitch Petrov, ministre soviétique de
la Production agricole. Petrov paraissait fatigué
et chiffonné, comme s'il avait mis ses affaires en
tas, la veille, sur le sol de sa chambre, et qu'il les
avait enfilées, telles quelles, le matin. Il avait les
yeux rouges et chassieux, la voix enrouée et sa
peau exhalait une odeur d'alcool frelaté. Même
son sens de l'humour s'était bien affaibli.

« Vous trouvez que j'ai l'air d'une loque ? C'est
vrai. Depuis des semaines, pendant douze à
quinze heures par jour, je n'ai pas arrêté de voyager, de discuter, de plaider et de piailler comme
un perroquet affamé, pour obtenir des boisseaux
de blé ! Mais personne ne veut m'en vendre. Alors,
je descends un barreau de l'échelle. Qu'est-ce que
je demande maintenant ? Une intervention, une
médiation, ce que dans notre métier, nous appelons des " bons offices ". J'ai pensé que vous pourriez être disposé à m'aider.

— Disposé, oui, répondit Jean-Marie Barette
sans hésiter, mais savoir ce que je peux faire, c'est
une autre affaire. Dans les démocraties, le chef de
l'opposition a voix au chapitre et il a une certaine

influence. Pour moi, c'est différent. Je ne suis qu'un *pasteur en retraite*. Tournons les choses autrement. Comment auriez-vous réagi si j'étais venu à Moscou pour vous demander un service ?

— Mieux que vous le pensez. On vous respecte beaucoup. Voulez-vous essayer de nous aider ? Notre situation est désespérée. La famine est une calamité qu'on ne peut pas imaginer tant qu'elle n'est pas là. Voyez l'Afrique. Il y a eu des signes précurseurs, des années à l'avance, mais personne n'y a prêté attention. Depuis le Sahara jusqu'au Sahel et à la péninsule des Somalis des milliers de personnes sont mortes. Aujourd'hui, la menace plane sur nous — sauf que chez nous, c'est l'hiver que nous connaissons la pénurie ! Il faudra la surmonter et puis, dès que viendra le dégel, je vous promets qu'on lancera des missiles et que nos armées vont prendre, au sud, la direction des champs pétrolifères du Golfe; elles traverseront la grande plaine hongroise à l'ouest et elles prendront la mer vers l'Inde, les Philippines et l'Australie. C'est comme un axiome mathématique. La seule façon de conjurer le désordre chez soi, c'est de marcher sur l'ennemi à l'extérieur. Les puissances occidentales et la Chine jouent à ce jeu dangereux que les Anglais appellent la politique de la corde raide. Ce n'est pas une distraction que l'on apprécie beaucoup quand on a le ventre vide. Alors, je vous pose à nouveau cette question : voulez-vous essayer de nous aider ?

— Oui, bien sûr, j'essaierai. Mais je ne peux pas travailler sur du vent. Il me faut un dossier. J'ai besoin d'avoir la liste des points sur lesquels votre pays est prêt à faire des concessions en échange d'un approvisionnement immédiat. Vous aussi, vous jouez au bord du précipice et vous êtes aussi bornés que les Occidentaux ! Il me faut donc un écrit, aussi simple soit-il, qui me donne autorité pour agir comme intermédiaire.

— Ça risque d'être difficile.

— Sinon, je ne peux rien. Je peux toujours faire des déclarations à la presse, des sermons, des appels. C'est ce que je faisais chaque dimanche, sur la place Saint-Pierre. Dans tous mes voyages, j'ai prononcé des allocutions diplomatiques particulières. Mais c'était comme vos discours du 1er mai sur l'idéologie marxiste-léniniste et sur la solidarité du peuple soviétique! Ça ne met pas de beurre dans les épinards! Par contre, si j'ai en main un papier — que vous pourrez désavouer si j'échoue — je serai au moins reçu avec tout le respect qu'on doit à un émissaire.

— Accepteriez-vous de venir à Moscou?

— Oui. Pourvu que je reçoive une invitation amicale de la part de vos dirigeants et que je ne sois pas suivi pas à pas par le K.G.B.

— Il n'en sera rien, je vous en donne ma parole.

— Quand voulez-vous que je vienne?

— Dès que possible. Toutefois, il faut d'abord que j'aille tremper le bout de mon pied dans l'eau pour voir s'il n'y a pas des crabes qui attendent pour me pincer. Comment pourrai-je vous joindre?

— Par mon frère Alain, à la banque Halévy Frères et Barette. » Il griffonna l'adresse sur une feuille et la donna à Petrov. « Alain ne sait pas où je suis, mais je le contacterai de temps en temps. »

Petrov plia le papier et le mit dans son carnet. « Voulez-vous prendre un verre avec moi? demanda-t-il.

— Merci, c'est un peu tôt pour moi.

— Moi, j'en ai besoin. C'est vrai, je bois sec

depuis quelque temps. Mais qu'est-ce qu'on peut faire d'autre après avoir tendu la main toute la sainte journée ? On ne gagne jamais de médailles dans ce métier; on se contente de vous regarder avec des yeux de merlan frit en vous disant : « Allons, allons, camarade, il y a certainement « quelque chose à faire ! » Je sais bien qu'il n'y a rien à faire et ils le savent aussi. Mais ils sont bien à l'abri dans leur Kremlin à barbouiller du papier pendant que j'use mes semelles et ma patience.

— Je croyais que vous aviez un espoir avec Pierre Duhamel.

— Pour l'instant, c'est tout ce que j'ai, de l'espoir ! Il est en train d'essayer de mettre au point un projet compliqué grâce auquel nous achèterions des cargaisons pendant qu'elles sont en transit et ensuite, nous les détournerions vers les ports de la Baltique. C'est l'importance de l'opération qui pose des problèmes... à moins que Duhamel ne me joue un sale tour. Que pensez-vous de lui ?

— Je crois qu'il essaie de se conduire proprement dans une sale histoire.

— C'est possible. Vous ne voulez toujours rien prendre ?

— J'ai une suggestion à vous faire, dit Jean-Marie Barette.

— Laquelle ?

— Ne pensez plus à boire. Commandez deux cafés. Dites-moi quelle taille vous faites et j'irai vous acheter une chemise neuve et des sous-vêtements. Ensuite, envoyez votre costume au repassage et prenez un très long bain en attendant qu'il revienne. »

Petrov le considéra avec un air ahuri.

« Vous voulez dire que vous me trouvez sale ?

— Je veux vous dire, cher camarade, que si je me trouvais dans votre situation, je me changerais deux fois par jour, je ne boirais rien avant le coucher du soleil et je ferais savoir que si quelqu'un pense pouvoir se débrouiller mieux que moi, je lui laisserais volontiers la place.

— Il n'y a qu'une seule objection à votre idée.

— Quoi ?

— Celui qui voudra ma place voudra aussi ma tête... et je n'ai pas envie de m'en séparer pour le moment. Cependant, pour le reste, vous avez raison. Je fais une taille 40. Allez m'acheter des vêtements. Je vais commander les cafés. En général, le service est assez long.

— Je croyais que vous étiez descendu à l'ambassade, dit Jean-Marie Barette.

— Oui. Mais j'ai pris cette chambre pour mes contacts privés.

— Et vous êtes certain qu'ils sont vraiment privés ?

— Autant qu'on peut l'être. Je sais qu'il n'y a pas de micros cachés. Dans un sens, c'est ce qui m'épouvante le plus.

— Pourquoi ?

— Parce que cela pourrait signifier que tout le monde se fiche complètement de ce qu'il peut m'arriver. Je ferais une belle cible, à attendre ainsi que quelqu'un vienne me descendre. De toute façon, ça n'aurait pas une grande importance. L'espèce humaine n'en a plus pour bien longtemps.

— Combien de temps lui donnez-vous au juste ?

— Voyons. Nous sommes en septembre. Si je n'arrive pas à obtenir du blé avant l'hiver, l'armée se mettra en route tout de suite après le dégel de printemps. Si je parviens à en avoir, on aura un moment de répit, mais pas pour bien longtemps, parce qu'il y aura toujours le problème des sources d'énergie et toutes les grandes nations ont établi des plans d'attaques *a priori* dans le cas où les champs pétrolifères seraient menacés. Au pire, nous avons six à huit mois et au mieux dix-huit. Quelle charmante perspective, n'est-ce pas ?

— Je vais aller vous acheter des vêtements. Vous avez une préférence pour la couleur ? »

Sergei Andrevitch Petrov éclata d'un rire tonitruant.

« J'aimerais que les camarades puissent me voir ! Depuis la Révolution, le Vatican a toujours été un buisson d'épines dans notre jardin, et voilà qu'un pape me propose d'aller m'acheter du linge !

— Qu'est-ce qu'il y a de drôle ? demanda Jean-Marie avec une innocence débonnaire. Le premier de tous les papes parcourait bien la Galilée pour vendre son poisson. »

Au moment où il accomplissait l'élémentaire besogne d'acheter du linge et des chaussettes, il fut frappé non seulement par l'ironie de la situation, mais aussi par sa macabre inconséquence. Né vers le milieu des années 20, il était trop jeune pour le service armé et il avait dû s'enfuir dans les montagnes pour échapper au travail obligatoire imposé par les Allemands. Il avait combattu dans le Maquis, puis un an après la fin des hostilités, il avait commencé ses études au séminaire. La période cauchemardesque qui avait vu le début du repli des Allemands et l'effondrement de l'édifice de la collaboration était un de ses souvenirs les plus vivaces. Ç'avait été comme une *Walpurgisnacht* d'ivrognerie, de cruauté, d'héroïsme et de folie inextricable. Et voilà que ce processus se renouvelait. Les troubles orchestrés à Tübingen, les assassinats sur décret, Pierre Duhamel, ce loyal serviteur de la République, consentant à des atrocités secrètes, dans le vain espoir d'en prévenir d'autres encore plus horribles et maintenant, Sergei Petrov qui essayait de forcer le blocus du blé et qui noyait son découragement dans la vodka. La chose la plus sinistre, c'était cette folie au petit pied. La famine dans la péninsule des Somalis? C'était quoi? Une purge naturelle dans la population excédentaire d'un pays marginal, jusqu'au moment où on ramassait un enfant au ventre gonflé comme un ballon, aux bras gros comme des allumettes et avec un cœur qui battait à peine assez fort pour amener l'air dans ses poumons. C'est alors qu'on se mettait à maudire Dieu et les hommes, ses créatures tombées dans l'erreur, et que l'on amorçait des bombes pour faire sauter tout ce gâchis!

Sur ce, avec une sublime inconséquence, il se dit que son frère avait raison : il avait vraiment besoin de vêtements neufs. Puisqu'il faisait des achats pour Petrov, autant en profiter pour s'occuper un peu de lui-même. Il n'avait aucune raison de ne pas s'habiller correctement pour aller à son propre enterrement.

Ce soir-là, Roberta Saracini avait invité trois personnes à dîner. Ils étaient venus dans leur tenue de travail et ils avaient apporté des porte-documents, du papier à dessin et un magnétoscope. Ils avaient cet air sûr de soi qu'ont les professionnels qui savent exactement ce qu'ils ont à faire et qui n'ont pas besoin de recevoir de conseils de la part des amateurs. Le plus âgé des trois était un grand gars au visage épanoui, au large sourire et à l'œil malin. Roberta le présenta sous le nom d'Adrian Hennessy.

« Aucun rapport avec le cognac. C'est un Américain. Il parle sept langues qu'il manie toutes à la perfection. Il est arrivé de New York ce matin même. Si vous parvenez à vous entendre tous les deux, c'est lui qui dirigera les opérations. »

La seconde personne était une jeune fille d'allure masculine dont les traits lui semblaient vaguement familiers.

« Nathalie Duhamel, notre spécialiste de cinéma et de télévision, dit Roberta. Je crois que vous connaissez son père.

— Oui, je le connais. »

Jean-Marie était interloqué. La jeune femme lui adressa un sourire froid et une explication soigneusement mise au point.

« Mon père et moi, nous nous entendons très bien. Il ne produit pas mes émissions et moi, je n'écris pas ses rapports au président. En ce qui concerne mes affaires personnelles, il ne me pose pas de questions et je ne lui fais pas de confidences — et vice versa.

— Voilà un arrangement sans ambiguïté », remarqua Jean-Marie Barette.

Roberta Saracini lui présenta ensuite le troisième invité, un jouvenceau qui aurait pu servir de modèle pour l'aurige de Delphes.

« Voici Florent de Basil. Il dessine, il peint et il compose de très jolies chansons.

— Bref, c'est un génie. » Il avait le sourire innocent et spontané de l'enfance. Il prit la main de Jean-Marie et la baisa. « Je ne peux vous dire à quel point j'avais envie de vous connaître. J'espère que vous pourrez me consacrer un peu de temps pour que je fasse votre portrait.

— Priorité aux choses importantes, mon cher,

lui dit Roberta Saracini. Nous avons une demi-heure devant nous avant le dîner. Pourquoi ne pas nous mettre tout de suite au travail en prenant l'apéritif ? »

Adrian Hennessy ouvrit son porte-documents et en sortit un magnétophone. Florent de Basil prit son bloc à dessin et Nathalie Duhamel se contenta de les observer sans rien dire. Après avoir bu une gorgée de son verre, Hennessy déclara sur un ton catégorique :

« Pour l'instant, nous n'enregistrerons rien. Si nous ne parvenons pas à trouver un accord, nous aurons fait un dîner agréable et nous n'en parlerons plus. Si nous nous entendons, nous nous mettrons tout de suite au travail. Premier point : quel nom allons-nous donner à notre sujet ? C'est vous, monsieur. N'oubliez pas que certains documents, des notes et des bandes magnétiques, par exemple, vont être promenés un peu partout et que par conséquent, ils risquent d'être perdus. Il ne faudra donc pas utiliser les noms véritables.

— Je m'appelle Jean-Marie...

— Bon. Transformons-le en américain : John Doe. Maintenant, le but de notre projet. Comme l'a expliqué Roberta, vous avez un message à transmettre au monde. Cependant, vous ne voulez pas être considéré comme la voix officielle de l'Eglise catholique.

— Votre résumé est parfaitement exact.

— Oui, mais il est incomplet. Il passe sous silence l'essentiel du problème, à savoir qu'en tant qu'ex-pape, vous portez toujours l'auréole de votre charge. Il vous est impossible de faire des déclarations publiques sans entrer en conflit avec l'actuel titulaire qui, soit dit en passant, est le moins inspiré des orateurs. Aussi, je vous pose cette question : jusqu'à quel point êtes-vous disposé à vous engager dans ce conflit ?

— Je ne ferai pas un seul pas dans cette direction.

— J'aime les hommes qui savent ce qu'ils veulent, dit Hennessy en souriant. Pourtant, il faut quelqu'un pour annoncer un message et ce quelqu'un doit avoir une certaine autorité. Après tout, à l'église, on ne lit pas les lettres de John Doe... On lit saint Paul, saint Pierre, saint Jacques...

— Je ne suis pas d'accord avec vous, répliqua Jean-Marie. Je suis désolé, mais j'ai entendu cet argument à en avoir là nausée et j'ai presque fini par y croire. Plus maintenant, plus jamais ! Ecoutez-moi ! » Soudain, il avait pris feu. Ils étaient tous suspendus à ses lèvres et à ses gestes. Hennessy mit le magnétophone en marche. « Si nous étions enfermés séparément dans une pièce silencieuse et coupée de toute référence sensorielle, nous finirions rapidement par être désorientés et finalement, nous deviendrions fous. Celui qui résisterait le plus longtemps serait celui qui aurait l'habitude de se retirer en lui-même, de méditer et dont l'existence serait en relation avec Dieu. J'ai rencontré de ces êtres pendant mon pontificat : trois hommes et une femme qui avaient été incarcérés comme agitateurs religieux et torturés par privation d'impressions sensorielles. C'est un fait que nous ne pouvons vivre qu'en communion, non seulement avec notre présent, mais aussi avec notre passé et notre avenir. Nous sommes habités par toute une poésie de la vie, par des berceuses à demi-oubliées, par le sifflement d'un train dans la nuit, par l'odeur de la lavande, l'été, dans un jardin. Nous sommes aussi hantés par des chagrins, des images de terreurs enfantines et par la sinistre dégradation de la vieillesse. Pourtant, je suis convaincu que c'est par l'entremise de nos rêveries quotidiennes que l'Esprit saint établit sa communion avec nous. C'est ainsi que ce don que nous appelons la grâce nous est accordé : l'illumination soudaine, le regret cuisant qui conduit à la pénitence et au pardon, le cœur qui veut bien prendre les risques de l'amour. Dans ce domaine, l'autorité n'a aucune signification. L'autorité est le borgne au royaume des aveugles ! Elle peut tout nous commander, sauf l'amour et la compréhension. En somme, que suis-je en train d'essayer de vous dire ? » Il sourit d'un air modeste. « Pierre est mort, ainsi que Paul et aussi Jacques, le frère du Seigneur. La poussière de leurs ossements a été balayée par le vent des siècles. Étaient-ils grands, petits, bruns ou blonds ? Qui le sait ? Qui s'en soucie ? Mais le témoignage que l'Esprit a laissé à travers eux demeure. » Il se mit à réciter à voix basse : « Bien que je parle avec les langues des hommes et des anges, et que je n'aie pas de charité, je suis devenu comme le clairon retentissant ou les cymbales résonnantes. »

Un long silence s'établit. Le regard de Jean-Marie allait de l'un à l'autre, cherchant une réponse. Ils avaient l'air inexpressif et les yeux baissés. Finalement, ce fut Hennessy qui prit la parole. Il arrêta le magnétophone en s'adressant, non pas à Jean-Marie, mais aux autres invités.

« Je n'ai pas besoin de voir l'homme qui a prononcé ces mots. Je peux les lire, les écouter et me forger une image personnelle, Nathalie.

— Je suis entièrement d'accord. Essayons d'imaginer ce discours avec des lumières, des maquillages, des répliques, tout cet appareil. Il aurait l'air d'une putain qui voudrait jouer les vierges — sauf tout le respect que je vous dois, Monseigneur! Qu'en pensez-vous, Florent? »

Le jeune homme paraissait subjugué. « Non, pas d'images, certainement. J'ai eu l'impression d'écouter de la musique — des choses très simples, comme ces vieilles ballades qui parlent d'amour et d'exploits chevaleresques... Je modifierais peut-être une chose. L'image ne devrait pas être celle de l'orateur, mais plutôt de son auditoire. Pourrions-nous réfléchir un peu à cette idée?

— Je suis banquier, déclara Roberta Saracini. Cependant, vous m'avez donné une idée, Adrian. Vous avez dit : « On ne lit pas les lettres de John Doe à l'église. » L'écouteriez-vous s'il vous envoyait un message sur bande magnétique?

— Parbleu, oui, je l'écouterais. » Il se mit à griffonner quelque chose sur son bloc, puis il se tourna vers Jean-Marie et lui dit d'un air repentant :

« Je sais que cela peut paraître très impertinent de vous traiter comme un mannequin qu'on manipule.

— J'ai l'habitude, répondit Jean-Marie d'un ton égal. Au Vatican, nous avons des spécialistes de grand théâtre et certains de nos maîtres des cérémonies sont de véritables tyrans. Ne vous faites pas de souci; quand j'en aurai assez, je vous le dirai.

— Et des lettres! s'écria Nathalie Duhamel. Autrefois, c'était un genre littéraire très à la mode.

Ça l'est toujours, fit remarquer Hennessy. *Les Lettres de Junius, Les Lettres de mon Moulin, les Lettres au Times*! La difficulté, ce sera de trouver un directeur de journal qui aura assez de courage pour les publier malgré la censure, mais nous trouverons certainement des éditeurs pour en faire paraître une série. Pourriez-vous les écrire, Monseigneur ?

— J'en ai écrit toute ma vie d'ecclésiastique. Des lettres pastorales, des encycliques, des lettres au clergé et aux membres des ordres monastiques. J'aimerais bien changer un peu de style.

— Pourriez-vous également les enregistrer au magnétophone ?

— Bien sûr.

— Ça me fait peur, dit Nathalie Duhamel. Qui va écouter ces sermons ?

— Est-ce que c'était un sermon, ça ? » Le jeune homme désigna l'enregistreur avec un air théâtral.

« Non, mais sera-t-il capable de soutenir ce ton ? Pensez-vous en être capable, Monseigneur ?

— Je ne m'occupe pas du ton, répondit Jean-Marie avec vivacité. J'ai des choses à dire sur la vie et la mort. C'est un dialogue de cœur à cœur.

— Si vous écrivez des lettres, intervint hardiment Hennessy, à qui les adresserez-vous ? C'est là qu'on en revient à l'autorité. Les directeurs de journaux vont demander : " Qui est ce type " et les lecteurs diront : " Qu'est-ce qu'il en sait ? "

— On peut très bien ne pas s'adresser aux journaux, dit Nathalie Duhamel. On pourrait revenir au *samizdat*, à la presse parallèle ou même aux affiches murales, comme en Chine ! Pourtant, Adrian a raison. Une lettre commence toujours par « Cher Untel ». Dans notre cas, qui sera ce Untel ?

— Quand on écrit sur la fin de tout, dit Florent de Basil, c'est une question qui peut paraître inutile et contradictoire. Qui pourrait avoir une influence sur la conjoncture finale ?

— Vous avez raison, reconnut Jean-Marie avec une apparente bonne humeur.

— Alors, avec qui allez-vous correspondre ? Dieu ?

— Pourquoi pas ? » Jean savoura cette idée pendant un moment. « Vers qui d'autre nous tournerons-nous à la fin du monde ? C'est ce que ferait un enfant, il écrirait à Dieu et posterait ses lettres dans un arbre creux. On pourrait les appeler : *Dernières Lettres d'une Petite Planète* !

— Arrêtez ! » L'ordre d'Hennessy avait claqué comme un coup de fouet. Il parcourut du regard la petite assemblée. « Que personne ne parle avant que je le dise. Ce titre est magnifique. Je l'aime beaucoup. » Il se tourna vers Jean-Marie et lui demanda : « Pourriez-vous écrire ce genre de lettres ?

— Bien sûr. Ce n'est pas difficile. Après tout, ajouta-t-il en plaisantant, je converse tous les jours avec le Tout-Puissant et je n'aurai pas besoin d'apprendre une nouvelle langue.

— Quand serez-vous prêt à les mettre noir sur blanc ?

— Ce soir, demain matin, n'importe quand.

— Alors, s'il vous plaît, une lettre par jour — de mille ou douze cents mots — jusqu'à nouvel ordre. Laissez-moi le soin de trouver l'arbre creux et même un service de distribution international.

— Une petite question. » C'est Nathalie Duhamel qui venait de prendre la parole. « Qui sera l'auteur de ces lettres. Quelle personnalité et quel nom aura-t-il ? C'est essentiel pour notre promotion. »

Jean-Marie émit une suggestion en riant à moitié : « Je ne peux pas redevenir enfant, mais je me sens souvent un enfant. Pourquoi ne signerais-je pas *Jeannot le Bouffon* !

— Pourquoi vous rabaisser ? » Roberta n'était toujours pas satisfaite. « Pourquoi sortir de votre personnalité au point que personne ne saura véritablement qui vous êtes ?

— Parce que de cette manière, personne ne pourra m'accuser d'être un ambitieux ou un rebelle. En outre, qui donc pourrait écrire au Tout-Puissant en dehors d'un enfant ou d'un bouffon ?

— Je suis d'accord avec lui, déclara Hennessy. Et si nous ne sommes pas capables de rendre ce nom de " Jeannot le Bouffon " populaire dans le monde entier, je me tirerai une balle dans la tête ! Qu'en dites-vous, Nathalie ?

— Je vois un moyen de donner un visage à tout cela, si Florent pouvait nous faire un texte.

— Un texte et de la musique, ma chère... et même un thème en contrepoint : « Jeannot le « Bouffon est si simple; pourquoi sommes-nous « tous aussi compliqués ? »

— Ne parlons pas dans le vide, dit Hennessy. Ne distrayons pas l'auteur. C'est lui qui est inspiré. Nous ne sommes que des techniciens... Quand dîne-t-on, Roberta ? Je meurs de faim ! »

Il n'aurait pas cru qu'il lui serait aussi facile d'écrire ces lettres. En tant que souverain pontife, il était obligé de peser chaque mot, de peur de s'écarter d'un cheveu des définitions des conciles du passé : Chalcédoine, Nicée, Trente. Il ne pouvait pas désapprouver les décrets de ses prédécesseurs, même s'il n'était pas d'accord avec eux. Il n'avait pas le droit d'émettre une spéculation. Il pouvait seulement espérer éclairer les formules traditionnelles de la foi. Il était la source d'autorité, l'arbitre de l'orthodoxie, celui qui nouait et dénouait les liens, tout en étant lui-même plus solidement enchaîné que personne, comme un esclave, gardien du Dépôt de la Foi.

Soudain, il se sentait libéré. Il n'était plus le *Doctor et Magister*, mais Jeannot le Bouffon, regardant les mystères, les yeux grands ouverts. Maintenant, il avait le droit de sentir les fleurs, de contempler l'eau jaillissante et lui, le fou de Dieu, à l'abri dans son costume de bouffon, il pouvait enfin argumenter avec son Créateur.

« Mon cher Dieu.

« J'aime bien ce drôle de monde, mais je viens d'entendre dire que vous allez le détruire et que, pis encore, du haut du ciel, vous allez nous regarder le détruire, comme des histrions qui démoliraient un piano de qualité sur lequel des grands maîtres auraient joué du Beethoven.

« Je ne peux pas contester ce que vous faites. C'est votre univers. Vous jonglez avec les étoiles et vous parvenez à les intégrer toutes dans l'espace. Mais, je vous en prie, avant le grand bang final, pourriez-vous m'expliquer certaines choses ? Je sais bien qu'il ne s'agit que d'une planète minuscule, mais c'est là que je vis et avant de la quitter, j'aimerais bien la comprendre un peu mieux. J'aimerais vous comprendre, vous aussi — autant que vous me le permettrez — mais pour Jeannot le Bouffon, il faudra beaucoup simplifier les choses.

« ... Je ne suis jamais arrivé à voir très clairement quel était votre rôle. Ce n'est pas un manque de respect, croyez-moi. Mais voyez-vous, dans le cirque où je travaille, il y a le public, il y a ceux qui font les numéros et il y a aussi les animaux. On ne peut pas les ignorer, car nous dépendons d'eux, comme ils dépendent de nous.

410

« Le public est merveilleux. La plupart du temps, il est si heureux et si innocent qu'on sent la joie qui monte de lui. Mais parfois, on flaire aussi sa cruauté, comme s'il avait envie que les tigres s'attaquent au dompteur ou que l'acrobate tombe du grand trapèze. C'est pourquoi je n'arrive pas à croire que vous êtes le public !

« Et puis, il y a nous, les artistes. On trouve un peu de tout : des clowns, comme moi, des acrobates, de jolies écuyères, des funambules, des femmes qui font travailler des chiens, des éléphants ou des lions dressés... et encore bien d'autres ! C'est un ramassis bien grotesque en vérité ; des gens au bon cœur, certes, mais assez fous parfois pour s'entretuer. Je pourrais vous en raconter de belles... mais vous savez tout, n'est-ce pas ? Vous nous connaissez comme le potier connaît le vase qu'il a façonné.

« Certains prétendent que vous êtes le propriétaire du cirque et que vous avez monté le spectacle pour votre divertissement personnel. Je pourrais l'accepter ; j'aime mon métier de clown. Je m'amuse autant que j'amuse les autres. Par contre, je n'arrive pas à comprendre pourquoi le propriétaire voudrait couper les cordes du grand chapiteau et nous ensevelir tous en-dessous. Seul un fou pourrait faire une chose pareille, ou encore un barbare rancunier. Je ne crois pas qu'on puisse être fou et fabriquer une rose, ou être plein de rancune et créer un dauphin. Par conséquent, vous voyez bien qu'il me faut des explications. »

Plus il écrivait, plus il avait envie d'écrire. Ce n'était pas un exercice littéraire. Il n'enseignait rien à personne. Il s'était plongé dans le divertissement le plus élémentaire qui soit : la réflexion sur le paradoxe, la méditation de l'homme face à l'ultime Mystère. Il s'exprimait avec un vocabulaire de paysan, bien différent de celui des philosophes et des théologiens. Il n'avait pas besoin d'inventer de nouveaux symboles ou une nouvelle cosmogonie, comme les Valentiniens et les Marciens. Il était amoureux des choses simples et anciennes — le grain mur qu'on frotte entre ses mains, les pommes qu'on cueille sur l'arbre, le premier parfum velouté du printemps — d'autant plus précieuses qu'elles allaient bientôt disparaître dans le chaos de la fin du monde. Quand il était pape, il s'était souvent adressé aux femmes pour leur donner des consignes, des prescriptions ou des conseils. Mais jamais auparavant, il n'avait écrit aussi tendrement à leur sujet.

« ... Elles me confient leurs secrets parce que je suis un clown avec de grandes bottes, des pantalons trop larges et que j'ai peur de tout. Alors, elles n'ont pas honte d'avouer qu'elles ont peur, elles aussi. Elles ne se sentent pas ridicules, même lorsqu'elles se sont conduites stupidement avec un homme, parce que je suis bien plus grotesque qu'elles ne le seront jamais avec ma grande bouche et mes yeux de bébé qui pleure. Tout ce qu'elles veulent, c'est aimer, être aimées, se nicher comme des oiseaux et faire de beaux enfants. Mais elles entendent les cavaliers fantômes chevaucher dans la nuit — la guerre, les épidémies, la famine — alors elles se demandent pourquoi mettre au monde des enfants qui mourront sur un sein aride ou qui seront emportés dans un bombardement. Elles ne sont plus en sécurité dans les rues, aussi elles ont appris à se battre comme des hommes et à porter des armes pour ne pas être violées. Elles regardent les hommes exécuter leurs danses de guerre et elles les méprisent. Quand ils se mettent en colère, elles les méprisent encore davantage et l'amour devient amer et lointain.

« Elles voudraient savoir ce qui ne va pas dans le monde et pourquoi on ne vous voit plus jamais au coin de la rue, comme au temps où votre fils venait parler aux passants pour leur révéler la vérité sous forme de conte de fées. Que puis-je leur dire, moi, Jeannot le Bouffon ? Tout ce que je peux faire, c'est les amuser en m'étalant à plat ventre par terre ou en mettant mes grands pieds en plein dans une tarte à la crème.

« Pourriez-vous réfléchir à tout cela et essayer de me donner une réponse quelconque ? Nous bavardons souvent; parfois, je vous comprends et parfois, je ne vous comprends pas. Mais en ce moment, je me sens terrorisé et je voudrais pouvoir chausser mes bottes de sept lieues et courir me mettre à l'abri.

« Je vais poster cette lettre dans le chêne creux qui est au bas du pré, à côté de l'endroit où l'on a installé les chevaux du cirque.

« Je continuerai à vous écrire, parce que j'ai encore plein de questions à vous poser. Mes lettres seront peut-être les dernières que vous recevrez de notre petite planète, aussi, je vous en prie, ne laissez pas tomber le rideau sur notre monde avant que j'aie pu y comprendre quelque chose.

　　　　　　　　　　« Votre ami perplexe,
　　　　　　　　« Jeannot le Bouffon »

A la fin de la journée, il avait déjà écrit cinq lettres, en tout, vingt pages manuscrites, et ce fut uniquement la fatigue physique qui le fit s'arrêter. Il aurait bien aimé aller se promener sur les quais, mais il se souvint, avec un petit frisson d'inquiétude, qu'il était désormais placé sous surveillance A et qu'on avait dû lancer des hommes pour essayer de le repérer. Il n'avait pas le droit de compromettre Roberta Saracini, simplement pour s'accorder un petit plaisir personnel. Au lieu de cela, il téléphona à Adrian Hennessy.

« Si vous aviez un moment dans la soirée, j'aimerais vous montrer ce que j'ai écrit.

— Combien en avez-vous fait ?

— Cinq lettres. Un peu plus de six mille mots.

— Grand Dieu ! Vous n'avez pas perdu de temps. Je serai là dans vingt minutes.

— Pourriez-vous me rendre un service ? En venant, achetez des fleurs pour Roberta et joignez-y une carte. Je l'aurais bien fait moi-même, mais je ne peux pas quitter la maison.

— Encore mieux, je peux les faire porter directement par le fleuriste. Que voulez-vous que je mette sur la carte ?

— Simplement ceci : Avec mes remerciements, Jeannot le Bouffon.

— Compris ! Je pars. »

Dix-huit minutes plus tard, il sonnait à la porte, vif, carré et affairé comme à l'accoutumée. Avant de commencer à lire le manuscrit, il expliqua à Jean-Marie quelques règles de base :

« Il s'agit d'une affaire importante. Pas de compliments, pas de concessions. Si c'est bon, je vous le dirai. Si c'est mauvais, on brûle tout. Si c'est entre les deux, eh bien, nous y réfléchirons.

— C'est parfait, répondit Jean-Marie sur un ton placide. Sauf que vous ne pouvez pas brûler quelque chose qui ne vous appartient pas. »

Hennessy jeta un rapide coup d'œil sur le manuscrit.

« Très bien ! En tout cas, c'est lisible. Pourquoi

n'apprend-on plus à écrire comme ça ? Je voudrais rester seul pendant une demi-heure. Vous avez le temps d'aller lire les vêpres dans le jardin. Ayez une pensée pour moi quand vous serez au *Domine Exaudi*.

— Avec plaisir. »

Il était à peine sorti de la pièce que déjà Hennessy était plongé dans sa lecture. Jean-Marie se mit à rire doucement en lui-même. Il avait l'impression d'être un machiniste dans une pièce de théâtre japonais. Il était vêtu de noir et par conséquent, on était censé ne pas le voir. Toutefois, il se souvint d'Hennessy en lisant le *Domine Exaudi*. « Je vous en prie, dit-il, faites que je puisse avoir confiance en lui. Je ne suis plus sûr de mon propre jugement. »

Le jugement qu'Hennessy porta sur le manuscrit fut bref et définitif.

« C'est bien ce que vous nous aviez promis. Vous m'avez ému et j'ai le cœur au bord des lèvres.

— Et maintenant, que fait-on ?

— Je vais emporter vos lettres pour les faire taper et je vous en enverrai deux exemplaires. Je garderai le manuscrit original au cas où nous aurions à prouver son authenticité. Nathalie et Florent les liront et ils nous donneront des idées pour l'adaptation audiovisuelle. En attendant, je vais chercher des moyens de les faire publier dans les journaux, dans les magazines et en librairie — et dans toutes les langues. Continuez à écrire et que Dieu inspire votre plume ! Dès que nous aurons des solutions concrètes, nous les soumettrons à votre approbation. J'ai commandé vos fleurs. Y a-t-il autre chose que je puisse faire pour vous ?

— Je suis placé sour surveillance A, comme

agitateur politique; du moins je le serai dès qu'on m'aura repéré. Pourtant, j'aimerais bien pouvoir sortir pour me dégourdir les jambes et manger au restaurant. Malheureusement, je suis trop connu. Auriez-vous une idée?

— Rien de plus facile. » Hennessy consulta son carnet d'adresses et prit le téléphone. « Allô! Rolf? Ici, Adrian Hennessy. J'ai du travail pour vous. Tout de suite. Extrêmement bien payé. Voyons... Je vais vous le décrire. Age: soixante-cinq ans. Chevelure grise assez fournie. Teint clair. Visage maigre et finement charpenté. Yeux bleus. Très mince. Son problème, c'est d'être cloué à la maison. Il ne va pas tarder à tourner en rond comme un ours en cage. Oui, il est très connu. Donc, il faut une transformation complète... mais pas le bossu de Notre-Dame, tout de même! Il voudrait bien pouvoir manger dans un lieu public. Vous avez de quoi écrire? Je vais vous donner son adresse. Combien de temps vous faut-il pour venir ici? Très bien, je vais vous attendre. C'est ça; c'est un de mes amis... très, très cher! » Il raccrocha et se tourna vers Jean-Marie. « C'est Rolf Levandow, un juif russe, le meilleur maquilleur au monde. Il sera ici dans une demi-heure avec sa boîte à malices. Quand il aura terminé son œuvre, votre mère elle-même ne vous reconnaîtra plus qu'au son de votre voix.

— Adrian Hennessy, vous m'émerveillez.

— Je suis tel que vous me voyez. Je fournis ce pourquoi on me paie: un service intégral. Je trace une ligne à la craie et personne n'a le droit de la franchir sans mon autorisation... pas même vous, Jeannot le Bouffon!

— Je vous en prie, protesta Jean-Marie en levant les mains. Je ne vous ai pas demandé une confession.

416

— Vous l'avez tout de même entendue. »
Adrian Hennessy prit soudain un air bizarre et
lointain. « Je fais tout ce qu'on me demande,
depuis la promotion pour rouge à lèvres au règlement d'une faillite. Je m'aventure parfois sur des
terrains peu sûrs, mais je ne trompe jamais mes
clients, et personne n'a suffisamment d'emprise
sur moi pour que je ne puisse pas jeter le contrat
sur la table et tourner les talons. Mais parlons un
peu de vous. Il y a deux mois, vous étiez l'une des
personnalités les plus en vue, le chef spirituel
d'un demi-milliard d'individus, le souverain
absolu de l'enclave la plus petite, mais la plus
importante du monde. C'était un puissant trem-
plin. Vous étiez à la tête d'une organisation internationale de prêtres, de moines, de nonnes et de
laïcs. Pourtant, vous avez renoncé à tout ça !... Et
maintenant, regardez-vous. Vous êtes obligé de
vous déguiser pour aller vous promener. Vous
êtes l'hôte d'une dame qui pratique la chasse au
lion. Vous dépendez d'elle pour qu'on publie vos
écrits et pour respirer l'air du temps que vous
aviez gratis autrefois. Je suis obligé de me demander ce que vous pensez de tout cela. »

Jean-Marie réfléchit un moment au problème,
puis il secoua la tête.

« Ne jouons pas au jeu de la dialectique, monsieur Hennessy. Un aigle peut discuter avec un
canari, mais un canari ne peut pas converser avec
un poisson rouge. C'est impossible ! Ils vivent de
façon différente dans un élément différent. J'ai
vécu une expérience qui m'a transformé radicalement — en mieux ou en pire, la question n'est pas
là. Je suis simplement différent...

— Comment ? En quoi, exactement ? » Le
regard froid, Hennessy insista : « J'ai besoin de
connaître l'homme pour qui je travaille.

— Je ne peux vous l'expliquer que par une comparaison. Vous vous rappelez cet épisode de l'Evangile où Jésus ressuscite son ami Lazare.

— Oui, je m'en souviens.

— Repensez à tous les détails; les sœurs dans l'affliction, craignant ce qui sera révélé quand on ouvrira la tombe. *Iam foetet*, disent-elles. " Il sent déjà ". Puis, on tire la dalle. Jésus l'appelle et Lazare sort de son tombeau, encore enveloppé dans son suaire. N'avez-vous jamais pensé à ce qu'il a dû ressentir au moment où il s'est dressé, les yeux aveuglés par la lumière du jour, jetant un regard neuf sur un monde auquel il avait déjà dit adieu?... Après mon expérience dans le jardin du Mont-Cassin, j'ai été comme Lazare. Depuis, rien n'a plus jamais été pareil à autrefois.

— Je crois comprendre, fit Hennessy avec un air dubitatif. Mais si vous avez changé, le monde est resté le même! Ne l'oubliez jamais!

— Pourquoi avez-vous dit que Roberta Saracini pratiquait la chasse au lion?

— Parce que j'essaie de rester poli, répliqua Hennessy, avec une aigreur soudaine. Dans mon pays, on a un mot plus cru pour les femmes qui poursuivent les célébrités masculines. Comprenez-moi bien. C'est une bonne cliente et vous avez besoin d'elle! Cependant, je suis toujours resté un Irlandais à l'ancienne mode, malgré tout, et je déteste voir une femme attacher un prêtre avec les cordons de son tablier.

— Vous êtes mal élevé et mal embouché! s'écria Jean-Marie avec colère. Je suppose que vous avez dit tout ça à Mme Saracini avant d'accepter de prendre son argent?

— Bien sûr, répondit Hennessy, imperturbable. C'est mon travail de vous montrer les mines avant que vous marchiez dessus, tous les deux.

Roberta a de la religion. Elle s'y applique, comme elle s'applique en toutes choses. Elle en tire un réconfort et j'en suis très heureux. Mais autrefois — et ça, je le sais! — prendre l'apéritif avec Roberta voulait dire aussi prendre le petit déjeuner dans son lit. Vous voyez, Monseigneur, vous risquez de vous aventurer sur le terrain glissant de son passé. On vous a placé sous surveillance A, parce que le gouvernement cherche des clous à planter dans votre cercueil. Puisque vous me trouvez mal embouché, attendez de voir comment le gouvernement manie l'obscénité quand il veut flétrir quelqu'un!... Un petit exemple : vous avez fait envoyer des fleurs à Roberta. Simple geste d'un monsieur bien élevé envers son hôtesse; rien de mal à cela! Mais que diriez-vous si quelqu'un y ajoutait cette remarque insidieuse : « Qui est le « haut dignitaire catholique qui a envoyé des « fleurs à une dame dont le papa a jadis escroqué « le Vatican d'une bonne quinzaine de « millions? » C'est un risque, parmi d'autres.

— Je vous sais gré de tant vous inquiéter pour moi, dit Jean-Marie avec une légère ironie. Mais je pense qu'il n'existe aucun recours contre la méchanceté et la médisance.

— Ne prenez pas cet air protecteur! Oui, je m'inquiète! Je crois en ce que vous dites! Je veux qu'on vous entende! Mais je ne veux pas que mon Église soit traînée dans la boue.

— Pardonnez-moi, dit Jean-Marie d'un air repentant. Je vous avais prévenu; je n'ai pas changé en mieux.

— Vous prenez facilement la mouche, remarqua Hennessy avec un sourire amer. La prochaine fois, je choisirai mes paroles avec plus de soin. »

Le maquilleur arriva sur ces entrefaites. C'était un grand gaillard barbu, au teint basané, qui faisait penser à un prophète de l'Ancien Testament, dont il avait d'ailleurs l'éloquence et l'autorité. Il expliqua en long et en large que le déguisement était une affaire d'illusion. Les maquillages compliqués étaient bons pour la scène et pour l'écran. Rares étaient les femmes qui savaient utiliser les fards correctement, même quand elles s'en servaient tous les jours. Rolf Levandow savait pertinemment qu'un monsieur de soixante-cinq ans était incapable d'exécuter un maquillage réussi. Alors, voyons! Tournez la tête de ce côté, de l'autre! Ce serait malheureux de changer les cheveux, presque une mutilation! Assurément, Jean-Marie n'allait pas se présenter à un concours de beauté. D'autre part, il ne pourrait jamais se faire passer pour un ouvrier — pas avec ces épaules étroites, ce ventre plat et ces mains si fines. Alors quoi? Un professeur en retraite, un critique littéraire, quelque chose dans le domaine artistique! Il était d'avis de lui créer une sorte d'identité locale pour que le barman derrière son comptoir, la marchande de journaux ou le garçon de restaurant puissent jurer que son visage leur était familier. A la fin, quand Jean-Marie se regarda dans la glace, il y découvrit un intellectuel légèrement souffreteux coiffé d'un béret basque, affublé d'un pince-nez cerclé d'or à ruban de moire et de fausses gencives qui le faisaient ressembler à un lapin. Le maquilleur ajouta qu'un journal littéraire sous le bras ferait très bien dans le tableau, qu'une canne bon marché était à envisager et qu'une certaine touche de parcimonie était recommandée, comme par exemple, de compter ses sous dans une petite bourse en cuir. L'usage lui suggérerait des améliorations. Il fallait qu'il y prenne plaisir, comme à un jeu. Si pour une raison quelconque, il désirait un changement, on s'arrangerait. Les clients finissaient souvent par se fatiguer de n'avoir qu'une seule identité. Il lui laissait sa carte...

« Ça suffit comme ça! déclara Adrian Hennessy. Nous avons du travail à faire, mon ami et moi. Je vous accompagne jusqu'à la station de taxis. »

Quand il revint, Jean-Marie était toujours en train de s'examiner dans la glace. Hennessy se mit à rire.

« C'est bien, n'est-ce pas? Je vous avais bien dit que c'était le meilleur. Vous auriez intérêt à rester en contact avec lui et pas seulement pour le maquillage.

— Ah?

— C'est un agent israélien, un membre du Shin Beth. Ce métier est pour lui une couverture très utile. Il part souvent en voyage pour le cinéma et il travaille régulièrement pour la télévision française. Il vous a reconnu immédiatement et il prétend que les Israéliens sont très bien disposés à votre égard. Ce sont des gens qui comprennent les prophètes exilés! Il peut vous être utile, qui sait? Maintenant, il faut que je m'en aille.

— Quand vous reverrai-je?

— Dès que j'aurai quelque chose à vous communiquer. Continuez à travailler sur vos lettres.

— Bien sûr. Puis-je vous demander un petit service?

— Evidemment!

— Je voudrais aller avec vous jusqu'au quai. Il faut que je m'habitue à cet individu qui porte un béret basque et un pince-nez! »

C'était bien le plus simple de tous les plaisirs que de flâner au bord du fleuve, en regardant les pêcheurs à la ligne remplis d'espoir, les amoureux main dans la main et l'éclat splendide du soleil couchant qui inondait la masse grise de Notre-Dame. Pour quelques francs, il fit l'acquisition d'un exemplaire des *Trophées* en fort piteux état et d'une canne au pommeau en tête de chien. Ainsi protégé, comme par un manteau d'invisibilité, il poursuivit sa promenade, aussi heureux que peut l'être, malgré l'inflation, un vieil érudit qui tire le meilleur parti de l'automne de sa vie.

Ces agréables pérégrinations le conduisirent jusqu'à la dernière cérémonie de l'après-midi. Il s'installa à une terrasse de café, demanda un café et une pâtisserie et partagea son attention entre les promeneurs et la poésie lapidaire de José-Maria de Heredia. Il trouva que le vieux parnassien avait bien vieilli et que lui-même était toujours ému par l'ultime et poignante entrevue entre Antoine et Cléopâtre, à la veille de la bataille d'Actium.

> *Et sur elle courbé, l'ardent impérator*
> *Vit dans ses larges yeux étoilés de points d'or,*
> *Toute une mer immense où fuyaient des galères.*

La beauté grave et fatale de cette image s'accordait avec son humeur élégiaque. Il lui semblait que c'était un blasphème d'imaginer les ruines de Paris, cette ville si humaine, et la fin de toutes ces paisibles beautés. Et pourtant, que vienne le jour du Rubicon et la sentence serait irrévocable. Tous ceux qui avaient vécu à Rome savaient combien était fragile la structure de ce grand empire et à quel point les morts étaient silencieux dans leurs urnes et dans leurs catacombes. Soudain, il entendit qu'on parlait à côté de lui, sur sa gauche.

C'était un Américain doué d'une vigoureuse voix de baryton qui discourait sur l'art du bouquineur :

« Il ne s'agit pas de faire comme si on retournait le grenier de sa grand-mère. Il faut se fixer sur une série d'estampes dont on a vraiment envie. Peu importe qu'elles soient aussi rares qu'un mouton à cinq pattes. C'est une simple entrée en matière qui indique au marchand que vous êtes sérieux, que vous avez de l'argent à dépenser et qu'il sera récompensé de prendre son temps et de vous montrer ce qu'il a derrière son comptoir. C'est comme ça que je travaille en Allemagne et... »

Tandis que le monologue se poursuivait, Jean-Marie prit sa serviette pour y chercher de l'argent et tourna lentement la tête comme pour appeler le garçon. Il se souvint de la phrase de Rolf Levandow : le déguisement est une illusion. Même si une personne croit vous reconnaître, elle est déroutée par des traits inconnus. Il faut jouer là-dessus, lui faire baisser les yeux et la rembarrer si elle vous salue.

Alvin Dolman était assis à la table voisine, en grande conversation avec une jeune femme vêtue d'une robe d'été aux couleurs vives. Au moment où Jean-Marie leva la main pour faire signe au serveur, Dolman leva les yeux. Leurs regards se rencontrèrent. Jean-Marie se rappela qu'il portait un pince-nez et que, très probablement, Dolman ne pouvait pas voir ses yeux. Il détourna tranquillement la tête, puis, comme s'il était pressé de partir, il glissa un billet de dix francs sous la soucoupe, ramassa son livre et sa canne et regagna la rue en passant devant la table où était assis Dolman. Fort heureusement, celui-ci ne s'était pas arrêté de monologuer.

« Il faut savoir quel genre de choses on trouve chez les bouquinistes. Aujourd'hui, j'ai rencontré un type — celui qui était à côté de vous — qui est spécialisé dans les décors de ballets. Je n'y connais rien, mais... »

... Mais le démon de midi était à Paris et Jean-Marie pouvait faire des suppositions inquiétantes sur ce qu'il était venu y faire. Quand il se trouva à une dizaine de pas du café, il laissa tomber son livre par terre et, tout en se baissant pour le ramasser, il jeta un coup d'œil derrière lui. Alvin Dolman était toujours en grande conversation avec la fille. Ses affaires paraissaient avoir progressé, car il lui tenait la main. Jean-Marie Barette se prit à espérer qu'elle serait suffisamment sensible à ses égards pour le garder occupé, le temps, du moins, qu'il puisse aller se remettre à l'abri dans son terrier.

Un message l'y attendait. Madame rentrerait tard. Il pouvait demander tout ce qui lui ferait plaisir pour le dîner. Il choisit de prendre un café et un sandwich au poulet dans sa chambre. Ensuite, il prit un bain, enfila son pyjama et sa robe de chambre, et se mit à écrire une autre lettre. Le sujet était des plus litigieux : les différences sur les problèmes de la foi entre les hommes et les femmes de bonne volonté.

« Mon cher Dieu,

« Si vous êtes le commencement et la fin de tout, pourquoi ne pas nous avoir donné à tous une chance égale ? Vous savez qu'au cirque notre vie en dépend. Si le machiniste fait une erreur, le trapéziste se tue. Si l'homme qui manipule les pétards fait mal son travail, je perds la vue.

« Mais il ne semble pas que vous voyiez les choses sous cet angle. Le cirque voyage et par conséquent, nous sommes amenés à regarder les gens vivre — je parle des bonnes gens, des gens qui s'aiment, qui aiment leurs enfants et qui méritent une petite tape amicale sur la tête de votre part.

« Et maintenant, voici ce que je n'arrive pas à comprendre. Vous savez tout. Vous avez tout créé. Pourtant chacun de nous vous voit différemment. Vous laissez même vos enfants s'entretuer, uniquement parce qu'ils ont de vous une conception différente. Pourquoi avons-nous tant de signes pour dire que nous sommes vos enfants ? Moi, j'ai été aspergé avec de l'eau, parce que mes parents étaient chrétiens. Louis, le dompteur de lions, on lui a coupé un petit morceau du pénis parce qu'il est juif. Leila, la Noire qui charme les serpents, porte une ammonite autour du cou, parce que c'est une pierre magique. Et pourtant, quand le spectacle est terminé et que nous nous asseyons tous autour de la table, fatigués et affamés, voyez-vous de grandes différences entre nous ? Quelle importance pour vous ? Etes-vous réellement fâché quand Louis qui a peur et qui commence à se faire vieux, se faufile dans le lit de Leila pour y chercher un peu de réconfort et que Leila, qui est bien laide, est heureuse de l'accueillir ?

« Je crois me souvenir que votre Fils se plaisait à manger, à boire et à bavarder avec des gens comme nous. Il aimait les enfants. Il semblait comprendre les femmes. C'est bien dommage que personne ne se soit soucié de rapporter ces conversations — seulement quelques mots à sa mère et le reste, principalement avec des filles qui se trouvaient là, d'une façon ou d'une autre.

« Ce que j'essaie de vous dire, c'est que vous allez tirer le rideau sur le monde sans nous avoir laissé véritablement la possibilité de surmonter les handicaps que vous nous avez imposés. Je suis obligé de le dire. Ce ne serait pas honnête de ma part de passer cette chose sous silence. Quelque part, près du pôle nord, une vieille femme est assise sur la banquise. Elle ne souffre pas. Elle se meurt doucement. Sa famille l'a amenée là. Elle est heureuse, parce que c'est toujours de cette façon que meurent les vieux. Vous savez qu'elle est là et je suis sûr que vous lui facilitez la chose, davantage, peut-être, que vous ne le faites pour cette autre vieille qui rend son dernier soupir dans une clinique de luxe. Vous ne nous avez jamais clairement dit laquelle des deux situations avait votre préférence. J'aime à croire que c'est celle qui contient le plus d'amour !

« D'autre part — il faut absolument que je vous en parle — aujourd'hui, je suis allé au café. A côté de moi était assis un homme qui est véritablement habité par l'esprit du mal. C'est un traître. C'est un destructeur. C'est un assassin. Comment allez-vous le juger ? Comment allez-vous nous faire connaître votre jugement ? Nous avons le droit de savoir. Je n'ai pas d'enfants, mais si j'en avais, ils ne seraient pas de simples jouets, n'est-ce pas ? La vie leur conférerait des droits, en accord avec nos petites normes, du moins. Je me refuse à croire que les vôtres puissent être inférieures.

« Aussi, je vous en prie — je sais que j'y vais un peu fort, ce soir, mais je suis fatigué et terrorisé par ce méchant homme qui a une voix joyeuse et un doux sourire — donc, je vous en prie, dites-moi quand vous allez entendre le procès du Créateur contre la Créature, à moins que ce soit l'inverse ? Ou alors, pourquoi ne pas tout annuler et tout transformer en une fête d'amour ?

426

« C'est curieux, je n'avais jamais pensé à vous le demander. O Dieu, pourriez-vous changer d'avis ? Si vous en avez la possibilité, pourquoi ne pas l'avoir fait avant que nous nous soyons mis dans cet affreux pétrin ? Excusez-moi si je vous semble impoli; ce n'était pas mon intention. »

A nouveau, sans aucun signe précurseur, il se trouva propulsé sur un pic élevé, au milieu des noires montagnes de la planète morte. A nouveau, il était vidé, seul, en proie à une tristesse intolérable et à la honte, comme s'il était l'auteur de la désolation qui l'environnait. Il n'existait aucun sursis, aucun recours, aucun pardon. Il n'y avait pas d'extase, pas de tourbillon, ni cette exquise souffrance de l'union avec l'Autre. Il était au centre d'un cosmos mort. Il ne pouvait pas pleurer. Il ne pouvait pas se mettre en colère. Il savait seulement cela : il était ancré sur une roche aride au milieu du désert de l'éternité.

Soudain, il sentit qu'on le touchait et qu'on tirait sa main pendante. Il baissa les yeux et vit la petite fille de l'Institution, la petite bouffonne de Dieu, avec son sourire vide et confiant. Il sentit son cœur fondre. Il l'attira contre lui et la serra très fort. Elle était son étincelle de vie et lui était son ultime protection contre le vide de cette planète glacée.

Ils ne pouvaient pas rester sur ce pic. Il devait y avoir des grottes pour s'abriter. Il se mit en marche en trébuchant sur la pente pierreuse et obscure. Il sentait la joue de l'enfant contre la sienne et son souffle tiède qui lui caressait les cheveux comme une brise légère. Tandis qu'il marchait, le flot de son émotion se remit à jaillir. Il se sentit envahi par la pitié, la terreur et la tendresse et aussi par une sombre colère contre l'Autre qui avait osé abandonner cette petite créature sans défense dans cet endroit de nulle part.

Enfin, il arriva devant l'entrée d'une grotte, à l'intérieur de laquelle il aperçut, très curieusement, une petite lueur semblable à une étoile se réfléchissant dans les eaux noires d'un lac. Il serra l'enfant encore plus fort, comme pour la protéger du bouclier de son propre corps et il avança vers la lumière. Elle grandissait et elle brillait de plus en plus fort, à tel point qu'il en fut ébloui et qu'il dut fermer les yeux et s'arrêter comme un aveugle arrivant dans un lieu inconnu. Alors, il entendit une voix puissante, calme et douce.

« Ouvre les yeux. »

Il s'exécuta et vit, assis sur un rocher en surplomb, près d'un petit feu, un jeune homme d'une extraordinaire beauté. Il était nu, mis à part un pagne et des sandales. Sa chevelure dorée et abondante, était nouée par un ruban de tissu. Près de lui, sur la roche, étaient posés un morceau de pain et un verre d'eau. Il lui tendit les bras en disant :

« Je vais prendre l'enfant.

— Non ! » Jean-Marie fut saisi d'une frayeur soudaine et recula contre la paroi. Il s'assit par terre et enferma la petite dans ses bras comme dans un berceau. Le jeune homme se leva pour lui offrir du pain et de l'eau. Comme Jean-Marie refusait, il fit manger l'enfant et lui donna à boire par petites gorgées. De temps à autre, il lui caressait la joue et écartait les cheveux qui venaient devant ses yeux. Il demanda à nouveau :

« Je t'en prie, laisse-la-moi. Je ne lui ferai pas de mal. »

Il prit l'enfant et se mit à danser avec elle. Elle

finit par rire, par lui caresser le visage, l'embrasser et, soudain, elle ne fut plus une mongolienne, mais une petite princesse d'une beauté parfaite. Le jeune homme l'éleva en l'air pour la faire admirer à Jean-Marie et il lui dit en souriant :

« Tu vois ! Je remets tout à neuf !

— Où est passé tout le reste ? Les fleurs, les animaux, les hommes ?

— Là ! »

Il hissa la petite au-dessus de sa tête. Elle étendit les bras. Les parois de la caverne se fondirent dans un paysage de prairies, de vergers et de rivières qui scintillaient sous le soleil. Le jeune homme déclara sur un ton grondeur :

« Il faut que tu comprennes. Le commencement et la fin font une seule et même chose. Vivre et mourir constituent un seul acte, car la vie est renouvelée par la mort.

— Mais alors, pourquoi est-il si terrible de mourir ?

— C'est l'homme qui fabrique ses propres terreurs, pas moi.

— Qui êtes-vous ?

— Je suis qui je suis.

— C'est une chose que je n'ai jamais pu comprendre.

— Ce n'est pas la peine d'essayer. Est-ce que la fleur discute avec le soleil, ou le poisson avec la mer ? C'est pour cela que tu es un clown, que tu casses des choses et qu'ensuite je dois les réparer.

— Je m'excuse. Je sais bien que je fais des bêtises. Maintenant, je vais m'en aller.

— Tu ne veux pas embrasser ta fille ?

— Oh ! oui. Je peux ? »

Mais quand il avança les bras pour saisir la belle enfant, elle avait disparu. L'homme, la fillette, la grotte et les prairies magiques, tout avait disparu. Il se retrouva dans sa chambre et Roberta Saracini était debout près de son bureau, un plateau à la main.

« J'ai vu de la lumière sous la porte et j'ai pensé que vous aimeriez boire un chocolat chaud avant de vous coucher. Quand je suis entrée, vous étiez endormi à votre bureau.

— J'ai eu une journée importante — d'une façon ou d'une autre. Quelle heure est-il ?

— Plus de dix heures.

— Merci pour le chocolat. Avez-vous passé une bonne soirée ?

— Oui. C'était très intéressant. On nous a demandé de participer au financement d'un nouveau complexe industriel à Shanghai. La délégation financière chinoise nous a reçus à l'ambassade. Il y avait de tout : des Anglais, des Suisses, des Américains et, bien sûr, un consortium de banquiers de la Communauté Economique Européenne. Les Chinois sont très malins. Ils veulent un rayon d'investissement aussi large que possible. Ils sont également persuadés que la guerre est inévitable et ils ont établi des programmes accélérés pour les usines qui peuvent fabriquer du matériel militaire. Votre nom est venu dans la conversation.

— Comment ça ?

— Attendez que je me souvienne des termes exacts. Ah ! oui. Les Américains étaient en train de parler des périodes dangereuses et des incidents susceptibles de déclencher une guerre — du jour du Rubicon, en somme ! Ils n'ont pas caché qu'ils considéraient que les Chinois étaient leurs alliés naturels. En fait, je suis sûre qu'une ou deux personnes de leur délégation font partie des services secrets. Quoi qu'il en soit, un certain Morrow, qui était dans un temps secrétaire d'Etat, mais qui fait maintenant partie de la Morgan Guaranty, a parlé de vos prophéties et des articles écrits sur votre abdication. Il a demandé aux Chinois ce qu'ils pensaient de votre exactitude et l'un d'eux — un directeur de la Banque de la Chine — s'est mis à rire en disant : « Si c'est un ami des jésui-« tes, il est certainement très exact. » Sur ce, il nous a rappelé que c'était le jésuite Matteo Ricci qui avait pour la première fois introduit en Chine le calendrier solaire, l'astrolabe et la méthode d'extraction des racines carrées et cubiques à partir des nombres et des fractions. Il a paru très intéressé quand je lui ai appris que je vous connaissais et que j'étais administrateur de vos biens. »

Jean-Marie se lamenta en silence sur cette indiscrétion. Il aurait voulu dire quelque chose, mais il était fatigué et de toute façon, le vin était tiré. Roberta Saracini poursuivit : « Morrow a dit qu'il aimerait bien vous revoir. J'ai cru comprendre que vous aviez eu affaire ensemble au Vatican, aussi je lui ai confié que j'étais en contact avec vous de temps en temps et que je vous transmettrais le message.

— Ma chère Roberta ! » Cette fois, il fallait qu'il dise quelque chose et il ne pouvait pas modérer ses paroles. « Je vous suis extrêmement reconnaissant de votre aide, mais vous avez commis une bêtise monumentale. La France essaie de me repérer. Cet après-midi, je me suis trouvé assis à côté de l'agent de la C.I.A. qui a tenté d'assassiner Mendelius. Je ne sais pas encore s'il m'a reconnu. Et voilà que vous allez raconter dans une réunion diplomatique, que vous êtes mon administrateur et que — je vous cite — vous êtes en contact avec moi de temps en temps. Dès demain, votre téléphone sera sur table d'écoute et votre maison sera surveillée. Je dois partir cette nuit. Combien de temps faut-il pour aller à l'aéroport ?

— A cette heure-ci, environ quarante minutes. Mais pour aller où ?

— Je n'en sais rien et de toute façon, il vaut mieux que vous n'en sachiez rien, non plus. Demain appelez tout de suite Hennessy et mon frère Alain. Dites-leur que je les contacterai dès que je le pourrai. Je vais faire ma valise.

— Mais les lettres, tout notre projet...

— Il dépend de moi ! J'ai donc besoin d'une retraite sûre et de pouvoir communiquer en toute tranquillité. Pourriez-vous me conduire à l'aéroport ? On risque de me repérer si j'appelle un taxi.

— Permettez-moi au moins de vous dire combien je suis désolée. »

Elle était au bord des larmes. Il lui prit le visage dans ses mains et l'embrassa légèrement sur la joue.

« Je sais bien que vous ne l'avez pas fait exprès. Je vous ai engagée dans un jeu dangereux et vous n'êtes pas censée en connaître les règles. Quand je serai installé quelque part, nous trouverons un moyen de communiquer. J'ai encore besoin de vous.

— Je vais sortir la voiture. Dépêchez-vous de faire votre valise ; les derniers avions partent à minuit. »

En y réfléchissant bien, partir pour Londres par un vol de nuit était une folie désespérée. Mais s'il y arrivait sans se faire repérer, il y serait tranquille pour travailler à ses lettres et pour chercher, parmi ses anciens amis, ceux qui seraient susceptibles de croire en sa mission et de coopérer avec lui.

Toujours, il avait admiré les Anglais, sans toutefois les comprendre totalement. La subtilité de leur humour lui échappait souvent. Leur affectation l'irritait. La lenteur de leurs mœurs commerciales ne manquait jamais de le surprendre. Cependant, ils étaient fidèles en amitié; ils avaient le sens de l'histoire et ils jetaient un regard tolérant sur le ridicule et l'excentricité. Il leur arrivait d'être possessifs, cupides et capables d'incroyables cruautés sociales et pourtant, ils avaient institué de grandes œuvres de bienfaisance. Ils étaient humains envers les fugitifs et pour eux, la vie privée était un droit et non un privilège. Donnez-leur une cause qu'ils comprennent, mettez en danger les libertés qu'ils chérissent et ils descendront dans la rue par milliers, ou bien, ils marcheront, dignes et solitaires, à la rencontre du bourreau.

Malgré tout — et il le reconnaissait avec une ironie amère — en tant que Grégoire XVII, il n'avait jamais eu de succès auprès des Anglais. Au fil des siècles, ils avaient établi des relations suivies avec les Italiens auxquels ils achetaient des œuvres d'art, dont ils singeaient les modes et dont le talent pour la grande rhétorique et les sombres compromis était apparenté au leur. D'autre part, ils considéraient les Français comme des gens difficiles, collet monté, suffisants, politiquement immoraux, trop voisins à leur goût et dotés d'un penchant malencontreux pour la grandeur, en même temps que d'une habileté démoniaque pour y parvenir.

Par conséquent, Jean-Marie Barette s'était fait de bons amis dans les îles Britanniques, mais, à son grand regret, il y avait exercé peu d'influence. En définitive, il avait été heureux de laisser la conduite de l'Eglise en Angleterre au cardinal

Matthew Hewlett qui, comme l'avait déclaré un de ses collègues de la curie « est sans doute l'homme qui convient le mieux à ce poste. Il est zélé, sans passion; intelligent, sans génie; il ne s'engage jamais dans une discussion s'il peut l'éviter et il n'a aucun défaut compensatoire. » Hewlett n'avait jamais fait partie des Amis du Silence, mais au cours du fatal consistoire, il avait voté pour l'abdication en justifiant sa position par une repartie caractéristique. « Si notre souverain pontife est fou, nous ferons bien de nous en débarrasser. Si c'est un saint, nous ne le perdrons pas. Je ne vois pas où est le problème. Plus tôt il sera parti, mieux ce sera ! »

Tout bien considéré, le cardinal Matthew Hewlett n'était vraiment pas l'homme qu'il fallait déranger à deux heures du matin pour lui demander le vivre et le couvert. Aussi, avec l'aide du chauffeur de taxi, Jean-Marie Barette trouva une chambre pour un prix raisonnable dans un hôtel de Knightsbridge où il dormit d'un sommeil sans rêves jusqu'à midi.

12

Iʟ y avait des paons sur les pelouses, des cygnes dans le lac et les bois avaient pris la couleur dorée du début de l'automne. Jean-Marie Barette se promenait dans le parc du manoir en compagnie d'un homme auquel il avait accordé beaucoup de confiance pendant son pontificat et qui allait être son premier éditeur en langue anglaise : Waldo Pearson, vieux catholique, ancien ministre des Affaires étrangères dans le cabinet conservateur et actuellement président de la Greenwood Press.

Adrian Hennessy était également présent, avec un dossier d'illustrations, des copies des *Lettres* en français et en anglais et des enregistrements parfaitement orchestrés composés par Florent de Basil sur le thème de Jeannot le Bouffon. Il avait amené aussi un document authentifié de la Banco Ambrogiano all'Estero, garantissant une somme initiale d'un demi-million de livres sterling pour la promotion et l'exploitation des *Dernières Lettres d'une Petite Planète*. Comme Jean-Marie faisait ironiquement remarquer que l'argent serait peut-être plus éloquent que l'auteur lui-même, Waldo Pearson protesta froidement :

« Nous approchons d'une époque où l'argent

n'aura plus aucune signification. En cas de conflit nucléaire, ces îles perdront les deux tiers de leur population. Aucun gouvernement ne sera capable de faire face à une telle situation — et l'Eglise, pas davantage, comme vous pouvez le constater ! Par conséquent, on a choisi de l'ignorer. Dans vos lettres, vous avez trouvé un moyen de parler de la terreur à laquelle nous sommes confrontés, sans susciter de panique ou de querelle. Vous serez jugé en tant que prophète et non en tant que banquier.

— Et je suis heureux de vous l'entendre dire, Waldo ! s'exclama Hennessy en arborant son air le plus doucereux. En effet, c'est moi qui représente la banque et vous n'obtiendrez pas un seul malheureux dollar tant que vous n'aurez pas fait la preuve de la qualité de votre publication et de votre promotion !

— Je vous l'ai déjà dit, nous sommes certains de bénéficier d'une distribution exceptionnelle, répliqua Pearson sur un ton décidé. Les fonds que nous avançons le prouvent. La publication en feuilleton dans les journaux nous aidera beaucoup, ainsi, bien sûr, que l'argent que vous allez consacrer à la publicité. Cependant, vous persistez à me demander de me battre en gardant une main derrière le dos ! Pas de télévision, pas d'interviews à la presse et le silence sur l'identité de l'auteur ! Je ne comprends pas pourquoi. »

Avant qu'Hennessy ait eu le temps de répondre, Jean-Marie entra dans le débat.

« Je vous en prie ! J'ai d'excellentes raisons pour ça. Si on dévoile mon identité, les gens risquent de penser que je cherche à entrer en conflit avec le pape actuel. Je ne veux pas de ça. Autre chose : j'écris en réponse à ce que je crois être un ordre divin. Je dois m'en tenir à faire un acte de foi et me réjouir si l'on reconnaît l'arbre à ses fruits. En définitive, la seule chose que je puisse contrôler, c'est l'authenticité du texte publié. Je ne peux pas me mettre à la merci de journalistes qui risqueraient de déformer mon message par des comptes rendus erronés, dénaturés ou maladroits.

— En somme, Waldo, rien à faire ! » s'exclama Hennessy avec un sourire de lutin facétieux.

Waldo Pearson haussa les épaules. « Ça valait la peine d'essayer ! Quand pensez-vous pouvoir nous donner le manuscrit définitif ?

— Dans quinze jours.

— Très bien ! L'auteur est-il satisfait de la traduction anglaise ?

— Oui, elle est à la fois coulante et exacte. Pourrions-nous parler un peu d'autre chose. J'aimerais avoir votre avis sur un certain problème.

— Je vous en prie.

— Pendant mon pontificat, j'ai eu l'occasion de recevoir un certain nombre d'Anglais. Pourriez-vous me les faire rencontrer et me permettez-vous de les voir chez vous ? » Avant même que Pearson ait pu répondre, il poursuivit : « Je me suis installé dans un petit hôtel sous un nom d'emprunt. Je ne peux pas y recevoir de personnalités importantes. Cependant, je continue à croire que je peux être utile dans la crise qui nous menace tous. Par exemple, Sergei Petrov m'a demandé de servir de médiateur dans l'embargo des céréales. Toutefois, j'ignore si je serai accepté par les autres parties. Vous avez occupé des fonctions ministérielles monsieur Pearson, comment réagiriez-vous à mon égard ?

— C'est difficile à dire. » Pearson le politicien était un animal moins commode que Pearson l'éditeur. Il se mit à raisonner tout haut. « Voyons cela en termes de débit et de crédit. Vous êtes un chef vaincu, un ecclésiastique catholique, un Français, un soi-disant prophète. Voilà bien des handicaps pour un négociateur politique, dans la situation actuelle. »

Jean-Marie se mit à rire, mais il ne dit rien. Pearson poursuivit sa comptabilité.

— Côté crédit, que trouvons-nous ? Vous êtes un diplomate chevronné. Vous ne pouvez pas avoir d'ambitions personnelles. Votre bonne conduite après votre abdication n'est pas passée inaperçue. Vous êtes un agent libre. Les articles que Mendelius et Rainer ont écrit à votre sujet ont quelque peu éclairé le mystère qui enveloppait votre mysticisme. » Le calembour d'écolier qu'il venait de faire parut beaucoup l'amuser et il ajouta : « Résumons-nous. Si j'étais ministre des Affaires étrangères, il est fort probable que je vous recevrais. Si vous me disiez que les Russes vous ont demandé d'intervenir auprès de nous, je serais très réservé. Voici comment je raisonnerais : vous êtes, à première vue, un intermédiaire honnête. Inversement, je me demanderais si les Russes ne vous auraient pas converti et pourquoi ils ont choisi quelqu'un qui a si peu de poids. Enfin, je me dirais que s'ils en sont arrivés au point d'avoir recours à un profane tel que vous, nous devrions pouvoir conclure un marché rentable. Dans le fond, tout bien considéré, oui !... Je vous recevrais avec intérêt, en vous mettant, dès que possible, hors circuit.

— J'ai parfaitement compris, dit Jean-Marie. Et maintenant, revenons à ma première question. Etes-vous disposé à me faire rencontrer des gens ici, dans votre maison ?

— Bien sûr. Dites-moi qui vous voulez voir et je les inviterai, et rappelez-vous aussi que vous êtes le bienvenu chez moi, à n'importe quel moment.

— Il y a autre chose que vous devez vous rappeler. » Hennessy semblait mal à l'aise. « Si vous ne voulez pas révéler que vous êtes l'auteur des *Lettres,* comment allez-vous expliquer votre présence dans la maison d'un grand éditeur anglais ?

— Nous n'expliquerons rien du tout, coupa sèchement Pearson. Je laisserai penser que nous discutons au sujet d'un livre éventuel. Une auto- biographie me plairait beaucoup.

— Je crains que ce soit un travail pour lequel je n'ai ni le goût, ni le temps.

— Il en est d'autres qui pourraient peut-être vous intéresser. Depuis des années, je cherche une personne capable d'écrire un ouvrage clair et simple sur la nature de l'expérience religieuse. Nous assistons en Angleterre, à un phénomène qui mériterait plus d'attention qu'on lui en accorde. Alors que les églises traditionnelles per- dent des ministres et des fidèles à une allure inquiétante, les sectes fleurissent. Je vais vous montrer quelque chose. « Il les conduisit jusqu'au coin de la maison, à l'endroit où les bois s'ou- vraient sur une colline couverte de prairies, au bout de laquelle, perchée sur une butte ronde s'élevait une grande maison dans le style palla- dien. Pearson leur donna une explication pleine de verve, mais un peu mélancolique.

« Tenez, cette maison ! Elle appartenait autre- fois à un de mes amis, Aujourd'hui, elle est deve- nue le quartier général d'un groupe qui s'est donné le nom de Famille des Saints. C'est une secte comme Moon, Soka Gakkai ou Hare Krishna. Ses membres se livrent à un ardent pro- sélytisme. Ils subissent un régime de conditionnement très rude, basé sur un travail excessif et sur la surveillance incessante des néophytes. Nombreux sont les jeunes qu'ils attirent. Ils sont très riches. Comme beaucoup d'autres groupements, ils sont en train de s'armer et d'amasser des vivres et des médicaments en vue du jour de l'Armageddon. S'ils en réchappent, eux et leurs pareils seront les chevaliers de l'ère post-nucléaire. C'est cela que craignait la hiérarchie catholique quand vous avez voulu publier votre encyclique. Matt Hewlett en avait ramené une copie de Rome et il était venu me voir, uniquement pour m'en parler. Il était exactement à l'endroit où vous vous trouvez en ce moment et il m'a dit : « Voilà où va nous mener Grégoire XVII, « qu'il le veuille ou non. Un christianisme à la « Cromwell, avec des lances, des mousquets et « tout le tremblement ! »

— Et vous l'avez cru ? demanda calmement Jean-Marie.

— A ce moment-là, oui.

— Qu'est-ce qui vous a fait changer d'avis ?

— Plusieurs choses. Ayant fait de la politique et m'étant rendu compte combien il était difficile de faire fonctionner la démocratie, j'ai souvent été tenté par l'idée de la dictature, sous une forme ou sous une autre. En tant qu'éditeur, j'ai vu qu'on pouvait conditionner les populations à des manières de vivre et de penser. A mon grand regret, j'ai souvent été amené à exécuter des manœuvres de manipulation dans la politique et dans les affaires. Et puis, Hennessy m'a montré vos premières lettres. Dans la quatrième, il y a un passage que j'ai appris par cœur... « Quand un « homme devient un clown, il fait don de lui- « même au public, pour lui offrir la grâce salva- « trice du rire, il consent à être moqué, aspergé, à

« porter des habits rapiécés et à être trompé
« dans ses amours. Votre Fils a fait de même
« quand on l'a couronné avec des épines et que
« les soldats lui ont craché du vin et de l'eau au
« visage... Mon espoir, c'est que lorsqu'il revien-
« dra, Il sera encore suffisamment humain pour
« verser les douces larmes d'un clown sur ces
« jouets brisés que seront les femmes et les
« enfants. »

Pearson se tut, apparemment gêné, et il
regarda longuement les replis verdoyants du terrain en direction de la maison palladienne. A la
fin, il déclara avec une étrange émotion :

« Je pense qu'on peut dire que ce fut le
moment de ma conversion. J'ai toujours été un
chrétien pratiquant, mais uniquement parce que
je me fermais résolument à certaines des plus
terrifiantes conséquences de la foi, comme par
exemple, un univers où les animaux s'entre-dévo-
rent pour vivre, où les tortionnaires sont
employés par les services publics et où tout ce
qu'on peut dire à l'humanité agonisante, c'est :
" Portez votre croix ! "... Mais vos paroles ont
réussi à me délivrer de ce désespoir; elles m'ont
forcé à me poser de nouvelles questions et à
regarder d'un œil neuf ce monde sens dessus
dessous ! »

Adrian Hennessy se taisait. Il sortit son mouchoir et se mit en devoir d'essuyer vigoureusement ses lunettes.

« Je sais ce que vous ressentez, dit Jean-Marie
sur un ton de douceur grave. Mais c'est une joie
fragile. Ne vous appuyez pas trop dessus, sinon
elle risque de céder sous votre poids. »

Pearson lui lança un bref regard interrogateur.
« Vous me surprenez. J'aurais cru que vous aimeriez partager cette joie, aussi fragile soit-elle. »

Jean-Marie leva la main dans un geste de désaveu. « Vous m'avez mal compris ! Je suis sincèrement heureux quand quelqu'un reçoit cette sorte
de lumière qui donne un sens nouveau à sa profession de foi. Je voulais seulement vous avertir,
d'après mon expérience personnelle, que le bien-
être que vous ressentez actuellement risque de ne
pas durer. La foi n'est pas affaire de logique et
l'instant d'intuition ne se répète pas toujours. Il
faut s'attendre à de longues périodes d'obscurité
et de pernicieuse confusion. »

Après un long moment de silence, Waldo Pearson s'adressa à Hennessy avec une surprenante
brusquerie : « Adrian, il faut que je parle seul à
seul avec notre ami. Pourriez-vous nous laisser un
instant ?

— Certainement. » Hennessy demeura imperturbable. « Je vais prendre la voiture pour aller
au Nag's Head boire un verre avec les gens du
pays ! Parlez de tout ce que vous voudrez, sauf de
contrats. Ça, c'est mon affaire ! »

Waldo Pearson amena Jean-Marie au bord du
lac où un couple de cygnes nageait paisiblement
parmi les roseaux. Il se mit à parler de façon
haletante :

« Nous sommes au début de... euh... d'une relation très intime. Un auteur et un éditeur ne peuvent se contenter de rester à distance... du moins,
pas un auteur comme vous et un éditeur comme
moi. J'ai eu tout à coup l'impression — à tort ou
à raison — que quelque chose d'important était
passé sous silence entre nous. J'ai trouvé curieux
que vous ayez senti le besoin de me mettre en
garde à propos de... de ma santé spirituelle.

— Je pensais également à la mienne, dit Jean-
Marie. Il n'en faudrait pas beaucoup, en ce

moment, pour me convaincre que je suis victime d'une monstrueuse illusion.

— J'ai du mal à vous croire. Vous êtes tellement inébranlable dans vos convictions. Vous avez renoncé à tant de choses. Vous écrivez avec une émotion si profonde.

— Quoi qu'il en soit, c'est la vérité. » Jean-Marie arracha un roseau sur le bord du lac et tout en parlant, il se mit à le déchiqueter nerveusement. « Voilà trois semaines que je suis en Angleterre. J'habite un hôtel confortable qui donne sur une petite place vieillotte, avec un jardin au milieu, où les enfants jouent et où les mères amènent leurs bébés. Le matin, je travaille. L'après-midi, je me promène. Le soir, je lis, je prie et je me couche de bonne heure. Je suis parfaitement libre et détendu. Je me suis même fait des amis. Je connais un vieux monsieur juif qui vient là pour que son petit-fils joue au ballon. Il est très érudit dans la tradition rabbinique. Quand il a su que je connaissais l'hébreu, il en a presque dansé de joie. Vendredi dernier, je suis allé chez lui pour le dîner du sabbat. Et puis, il y a aussi la concierge; c'est une Italienne très bavarde qui est toujours prête à papoter. Vous voyez, j'ai une vie agréable et je suis presque converti à cette extraordinaire sérénité des Britanniques... dont certains croient sincèrement que Dieu est un Anglais au goût parfait, qui garde toujours la haute main sur notre fatras. Mais soudain j'ai réalisé que c'était une tentation bien insidieuse. Je risque d'être réduit au silence, non pas par mes ennemis ou par le pouvoir, mais par une indifférence commode. Je pourrais finir par croire que le simple fait d'avoir écrit quelques pages qui seront largement publiées, m'aura suffi pour porter un témoignage total et m'aura gagné le droit de rêvasser jusqu'au jour du Jugement. C'est une face de la médaille; l'autre est également sinistre, mais d'une façon différente. Quand j'écris les *Dernières Lettres d'une Petite Planète,* je parle de moi et de mes relations avec Dieu et avec ma famille humaine. Je n'enseigne aucune doctrine. Je ne propose pas de débat théologique. Je ne suis pas un pasteur qui se préoccupe du bien-être de ses ouailles. Je n'ai plus aucune fonction, voyez-vous, je suis à demi laïc. Je célèbre l'eucharistie pour moi seul, ce qui ne donne pas beaucoup de sens à ce sacrement... Et maintenant, sans avertissement, un gouffre s'ouvre sous mes pas. Même lorsque j'écrivais ces lignes qui vous ont tant ému, je me demandais : « Est-ce « bien vrai ? Est-ce vraiment ce que je crois ? »... La fin de notre civilisation, oui, je la vois comme proche et probable, mais la parousie, le Second Avènement qui renouvellera tout ? Je ne sais pas comment m'arranger avec ce concept d'un homme-Dieu ressuscité et glorifié, présidant, dans une sérénité éternelle, à la désintégration de notre séjour terrestre. A chaque fois que je tente d'y réfléchir, je sens l'odeur du sang et je vois des figures de démons sorties des fresques de nos anciennes églises. Parfois, j'aimerais pouvoir oublier tout ça et bavarder avec mon vieux rabbin en regardant jouer les enfants...

— Et pourtant, objecta tranquillement Waldo Pearson, ce n'est pas ce que vous avez écrit. Ce qui apparaît dans vos lettres, c'est la conversation d'un enfant confiant et d'un père aimant.

— Alors, qui suis-je ? demanda Jean-Marie sur un ton pathétique curieusement mêlé d'ironie. Un Anglais flegmatique ? Un Thomas incrédule ? Un prophète déçu, ou encore un clown qui a gardé un cœur d'enfant?... A moins que je sois autre chose de tout différent.

— Quoi, par exemple? »

Jean-Marie écrasa les derniers morceaux de roseau dans son poing, les jeta dans l'eau et les regarda filer dans le sillage des cygnes majestueux. Il mit longtemps avant de répondre à la question.

« Je m'efforce d'être un roseau pensant qui ploie sous le vent de l'Esprit. Mais un roseau est aussi un tube creux par lequel d'autres peuvent jouer une musique qui m'est étrangère. »

Waldo Pearson le prit par le bras et ils quittèrent le lac pour se diriger vers une vieille serre installée contre le mur de brique délabré qui entourait le jardin.

« Le raisin est mûr. J'en suis très fier. J'aimerais vous en faire goûter une grappe.

— Est-ce que vous faites du vin?

— Non. C'est du raisin de table. » Aussi naturellement qu'il avait laissé tomber son sujet, Pearson y revint. « J'ai l'impression que ce que vous essayez d'expliquer, ce sont les symptômes d'une crise d'identité. Je le comprends très bien. Je suis passé par là. Après douze années au Parlement, dont cinq au gouvernement, je me suis senti perdu, désorienté, vidé et aussi, je suppose, à la merci des manipulations. C'est un peu effrayant, mais je n'ai pas eu l'impression, contrairement à vous, d'être dans une situation corrompue par le mal.

— Ai-je dit cela? » Jean-Marie se retourna pour lui faire face. » Il semblait perplexe et soucieux. Toutefois, Pearson ne fit pas machine arrière.

« Pas de façon aussi précise, mais c'est ce que vous avez paru sous-entendre. Vous avez dit " une musique qui m'est étrangère ".

— C'est vrai, j'ai dit ça. C'est le cœur du problème. La littérature apocalyptique parle constamment de faux prophètes qui trompent les élus. Imaginez-vous l'horreur de cette idée?... Et si j'étais l'un d'eux?

— Je n'y crois pas une seconde, répondit fermement Waldo Pearson. Sinon, je ne publierais pas votre livre.

— Moi non plus, je n'y crois pas. Mais j'ai l'impression d'être un champ de bataille perpétuel. Je suis attiré par une commode indifférence. Je suis tenté d'abandonner toute foi dans une divinité aimante. J'ai peur que ma nouvelle et fragile identité n'éclate soudain en morceaux.

— Je me demande, déclara Waldo Pearson en ouvrant la porte de verre de l'orangerie, je me demande si cette si stricte soumission n'est pas une erreur. La contestation est saine et nécessaire — même dans l'Eglise où le silence volontaire peut être extrêmement démoralisant. C'est une chose que j'ai découverte quand j'étais au gouvernement. Il faut s'exprimer ou se laisser tuer.

— La différence, c'est qu'au conseil des ministres, vous n'avez pas affaire à Dieu, répliqua Jean-Marie qui avait retrouvé son entrain.

— Vous croyez ça! s'exclama Pearson. Il est assis tout à côté, dans le fauteuil du Premier ministre. »

Ils se mirent à rire tous les deux. Pearson cueillit une grappe de gros raisins noirs, la partagea et en offrit une poignée à Jean-Marie qui goûta et hocha la tête d'un air appréciateur.

« J'ai une proposition à vous faire. » Pearson avait l'art de changer de sujet de manière très brusque..« Il vous faut une tribune et des contacts avec les personnalités dirigeantes de ce pays. Je vais avoir besoin d'un conférencier remplaçant pour un dîner au Carlton Club. Je devais faire venir le Premier ministre, mais il faut qu'il se rende à une réunion au sommet à Washington. Je cherche quelqu'un qui ait du poids et des choses à dire. C'est dans trois semaines. Vous aurez probablement terminé les *Lettres.* Ce sera une réunion privée. Rien ne doit être répété et on n'enfreint jamais ce règlement. Les membres appartiennent à ce qu'en France vous appelez le Pouvoir, bien qu'ils soient beaucoup moins draconiens dans son exercice. Je vous en prie, vous me rendrez service et vous pourrez répandre votre message.

— De quoi devrai-je parler ?

— De votre abdication et de ses suites. Je veux voir la tête de mes collègues quand vous leur direz que Dieu vous a parlé ! Je ne plaisante pas. Ils l'invoquent tous, mais vous êtes la seule personne que je connaisse qui se soit targuée d'une révélation personnelle et qui ait posé sa tête sur le billot pour appuyer ses dires. Ils vont s'attendre à voir une sorte de fanatique égaré. Dites-moi que vous viendrez.

— Bon, mais si je dois parler en anglais, il faudra que j'écrive mon texte. Pourrez-vous le superviser ?

— Bien sûr. Je ne saurais vous dire combien je suis heureux. Est-ce que nous pourrons dire aussi que vous êtes là parce que nous envisageons de publier un livre et même plusieurs livres ?

— D'accord.

— Magnifique ! Maintenant, parlons un peu de ce raisin. Les plants ont été greffés avec des sarments qui viennent de la grande treille d'Hampton Court. »

Ses façons étaient si britanniques et si discrètes que Jean-Marie ne comprit pas toute la signification de cette invitation. Comme il était davantage intéressé par la propriété de Waldo Pearson, il ne pensa pas à parler du Carlton Club à Adrian Hennessy avant d'avoir fait la moitié du chemin du retour sur Londres. Hennessy en fut si stupéfait qu'il faillit faire sortir la voiture de la route.

« Mon Dieu ! Quel innocent vous faites ! Vous ne comprenez pas ce qui vous arrive ?

— On m'a invité à prononcer une allocution au cours d'un déjeuner du club, dit tranquillement Jean-Marie. Je vous jure que je serai à la hauteur. Ce sera beaucoup moins impressionnant qu'une audience publique à Saint-Pierre ou une visite pontificale à Washington.

— Oui, mais ce sera bien plus important pour vous, répliqua Hennessy, irrité. Pearson est un vieux renard. Il vous invite au Carlton Club, la place forte des conservateurs. Il vous fait venir comme orateur remplaçant du Premier ministre à l'un des trois plus importants déjeuners politiques de l'année. Pour les Anglais, c'est presque une canonisation. Si vous faites un bon discours, si vous ne tombez pas ivre mort et si vous ne jetez pas des os de poulet à la tête du président, vous êtes sauvé ! Vous n'aurez qu'à prendre le téléphone quand vous voudrez pour parler à n'importe qui et n'importe quand, à Whitehall ou à Westminster, et vous serez beaucoup moins vulnérable que vous l'êtes en ce moment. La nouvelle que vous faites partie, en Angleterre, des espèces protégées, se répandra dans toutes les chancelleries. En France, cela aura un effet immédiat, parce que tout ce qui se passe au Carlton Club est suivi de près de l'autre côté de la Manche. Petrov en entendra parler et les Américains aussi. Les membres du Carlton Club font venir des invités qu'ils veulent éduquer.

— Hennessy, mon ami, si jamais je suis réélu un jour, vous serez mon cardinal camerlingue!

— Pas avant qu'on ait changé le règlement sur le célibat! Pendant la Renaissance, j'aurais pu me débrouiller, mais par les temps qui courent... Au fait, comment allez-vous vous habiller pour ce déjeuner? »

La question surprit énormément Jean-Marie. « M'habiller?

— Oui. Tout le monde sera en smoking et cravate noire. Comment allez-vous vous présenter? Comme un ecclésiastique ou comme un laïc? Si vous optez pour l'ecclésiastique, porterez-vous un signe de votre rang? Un plastron rouge, une croix pectorale? Si vous y allez en tant que laïc, vous ne pouvez pas vous habiller avec un vêtement en location. Je vous fais rire, Monseigneur, mais c'est une question d'importance. Le protocole français est clair et net : on a immédiatement une idée du rang social. Mais pour les Anglais — que Dieu bénisse leurs chaussettes de coton! — c'est autre chose. On peut être élégant et méprisé, mal fagoté et admiré, excentrique et respecté. Si on est un génie, on a le droit d'enduire de crème moisie les revers de son veston! Ils vous observeront avec un œil d'aigle pour voir comment vous vous comportez dans ce drame historique. » Il déboita pour doubler un énorme poids lourd. « Le destin des nations repose peut-être sur la coupe de votre smoking.

— Alors, il faut lui accorder tout le soin qu'il mérite, dit gaiement Jean-Marie. Pouvez-vous me trouver un tailleur italien? Je voudrais quelqu'un qui ait le sens du théâtre.

— Le meilleur. Angelo Vittuci. Il est capable de faire ressembler un gros Bacchus à un Mercure en collant! Je vous y accompagnerai demain.

Savez-vous, Monseigneur... » Il s'engagea sur l'autoroute et appuya à fond sur l'accélérateur. « Savez-vous que je commence à vous apprécier énormément ? Pour un homme de Dieu, vous avez un sens de l'humour très solide.

— Vous vous souvenez de ce que disait Pascal : " Diseur de bons mots, mauvais caractère. "

— Pourquoi les mauvais caractères feraient-ils les bons compagnons ? demanda gravement Hennessy.

— Parce qu'ils sont comme la moutarde sur la viande, répondit Jean-Marie en souriant. Le monde serait bien triste si rien n'avait besoin d'être amendé et si personne ne devait être sauvé. Nous serions tous les deux au chômage !

— Pardonnez-moi... » Ayant devant lui une route bien dégagée, Hennessy se préparait à s'amuser. « C'est vous qui êtes au chômage et moi, j'essaie de vous trouver en emploi intéressant. Maintenant, détendez-vous et écoutons encore cette chanson. Je crois vraiment qu'elle pourra faire un tube ! » Il glissa une cassette dans l'appareil et une seconde plus tard, on entendit la chanson-thème de Florent de Basil, *Jeannot le Bouffon.* L'enregistrement était destiné à montrer plusieurs traitements différents de la chanson. Les paroles étaient simples et le rythme entraînant, mais la mélodie avait une étrange résonance plaintive qui touchait la sensibilité.

Grosses bottes, habits avachis,
Figure peinte, gros nez rond,
Voici Jeannot le Bouffon.

Jeannot, Jeannot, semoncé, méprisé,
Jeannot, Jeannot, houspillé, culbuté,
Jeannot rossé et Jeannot rapiécé,

Jeannot poursuivi et Jeannot chassé,
Qui te dit merci pour toute cette gaieté?
Qui vient ensuite t'étreindre et t'embras-
ser?
Jeannot, es-tu seul, toi aussi?

Sourire comique, yeux écarquillés,
Qui sait s'il rit ou s'il va pleurer?
Seulement Jeannot, Jeannot le Bouffon!

Une fois la chanson terminée, Hennessy arrêta l'appareil et demanda : « Alors, qu'en pensez-vous cette fois-ci?

— C'est charmant et obsédant, à la fois, répondit Jean-Marie. Comment pensez-vous l'utiliser?

— Nous discutons en ce moment d'un contrat avec l'une des plus grandes sociétés d'enregistrement. Ils la feront chanter par une de leurs vedettes et la lanceront juste avant la sortie du livre. Alors, si je ne me trompe pas, elle sera reprise par d'autres chanteurs et elle fera un malheur. Elle nous fournira un relais sonore immédiat de la publicité visuelle sur le livre.

— Notre jeune ami Florent a beaucoup de talent. On pourrait peut-être l'envoyer au Carlton Club à ma place pour qu'il leur chante une chanson.

— Première leçon dans le show business, lui fit remarquer Hennessy, ne jamais refuser un engagement sérieux. On pourrait ne jamais vous refaire de proposition! »

Deux jours plus tard, prévenu par téléphone des changements survenus dans l'existence de Jean-Marie, Alain arriva à Londres. Comme à l'ordinaire, il s'inquiéta de problèmes insignifiants.

L'hôtel de Jean-Marie n'était-il pas un peu trop modeste? Ne devrait-il pas inviter la vieille noblesse catholique, comme les Howard d'Arundel et de Norfolk? Si on pouvait s'arranger pour faire venir l'ambassadeur de France au déjeuner du Carlton Club, le climat parisien changerait immédiatement.

Jean-Marie l'écouta patiemment et déclara qu'il allait réfléchir à tous ces problèmes si importants. Il était désolé d'apprendre qu'Odette était terrassée par la grippe; ravie que l'une de ses nièces fût sur le point d'annoncer ses fiançailles et que l'autre fréquentât un jeune homme plein d'avenir. Ce ne fut qu'au milieu du dîner, Chez Sophie, un petit restaurant dans une impasse donnant sur Sloane street, qu'Alain aborda enfin ses préoccupations personnelles.

« Je t'assure, Jean, les marchés financiers sont en pleine folie. Il y a des montagnes d'or sous les voûtes suisses et son prix a atteint des sommets vertigineux. Nous couvrons les marchés de matières premières dans le monde entier — métaux de base, métaux précieux, huiles minérales, huiles végétales, betteraves à sucre, cannes à sucre, bois de construction, et charbon cokéfiable. Nous n'avons pas suffisamment de bateaux pour transporter toutes ces marchandises, aussi nous faisons des emprunts sur des choses qui doivent rouiller depuis des années et les compagnies d'assurances exigent des primes démentielles pour garantir les navires et leurs cargaisons. De plus, comment régler les paiements avec de l'argent qui varie de dix pour cent tous les jours?... J'espère que Dieu ne m'écoute pas, Jean, mais il nous faudrait une bonne guerre, uniquement pour stopper cette folie.

— Ne t'en fais pas, petit frère, répliqua Jean-

Marie d'un air sombre. On va en avoir une et Paris sera une cible prioritaire. As-tu pris des dispositions pour Odette et pour tes filles ? »

La question surprit beaucoup Alain. « Non. Nous continuons à mener une vie normale.

— Bravo ! s'écria Jean-Marie. Je suis sûr que vous finirez avec le cœur pur et l'esprit vide, en persistant à croire que l'explosion qui vous a frappés n'était que de l'air chaud soufflé par un séchoir à cheveux ! Pour l'amour du Ciel, quittez Paris, même s'il vous faut pour cela louer une cabane en Haute-Savoie ! »

Alain était l'image même de la dignité offensée. « Nous n'allons pas céder à la panique comme les cochons de Gadara ! »

Cette fois encore, Jean-Marie se fit des reproches pour son vieil antagonisme fraternel. « Je sais, je sais. Mais je t'aime et je me fais du souci pour toi et pour les tiens.

— Dans ce cas, tu dois essayer de comprendre quels sont nos soucis, à nous. Odette et moi, nous avons connu des années difficiles. A un moment donné, nous avons même envisagé de nous séparer.

— Je ne savais pas.

— J'ai bien pris soin que tu ne l'apprennes pas. En définitive, nous avons réussi à tenir le coup. Maintenant, nous sommes forts. Nos filles sont grandes et elles ont trouvé des garçons valables. Si ce n'est pas un triomphe, c'est au moins une satisfaction. En ce qui nous concerne, Odette et moi, nous ne sommes guère attirés par une vie de réfugiés dans les montagnes. Nous préférons profiter du moment présent et tenter notre chance à Paris avec les autres.

— Tu as raison, approuva Jean-Marie. Je ne devrais pas essayer de diriger la vie d'autrui.

— Je crois plutôt que tu devrais t'intéresser au sort de Roberta. » Il avait parlé sur un ton si net et si péremptoire que Jean-Marie en fut saisi.

« Quel genre d'intérêt ?

— D'abord, de la compassion. Son père est mort en prison il y a trois jours.

— Je l'ignorais. Comment se fait-il que personne ne m'ait prévenu ?

— Je ne l'ai appris moi-même que deux heures avant de quitter Paris. Je n'ai pas voulu te l'annoncer tout de suite. Le plus horrible, c'est qu'il a été assassiné par un autre prisonnier. On suppose que le crime a été organisé de l'extérieur, sans doute par des complices de l'escroquerie bancaire.

— Mon Dieu ! Et comment a-t-elle réagi ?

— Très mal, d'après ses collaborateurs. Elle avait tout misé sur le fait qu'elle allait payer les dettes de son père afin de lui donner une chance de mener une vie honorable par la suite. Je pense que tu devrais lui téléphoner et si tu peux, la persuader de venir passer quelques jours à Londres.

— J'ai peur que ce ne soit pas convenable !

— Va au diable avec tes convenances ! » Alain était fort en colère. « Tu as une dette envers elle. Elle t'a hébergé chez elle. Elle finance ton entreprise de ses propres deniers. Elle adore la terre sur laquelle tu marches !... Si tu n'es pas capable d'aller à son secours, de sécher ses larmes et de la raisonner pendant quelques jours, alors, franchement, mon cher Jean, tu es un imposteur ! Je t'ai entendu dire des centaines de fois que la charité n'était pas une affaire collective. C'est toi et moi... de l'un à l'autre ! Et si à soixante-cinq ans, tu t'inquiètes encore pour des cancans, tout ce que je peux te dire, c'est que tu as plus de chance que moi ! »

Jean-Marie considéra son frère avec la plus grande stupéfaction. Puis, sans un mot, il se leva et se dirigea vers la caisse. Il posa un billet de dix livres sur le comptoir et demanda s'il pouvait téléphoner tout de suite à Paris. La fille lui passa l'appareil. Il composa le numéro de Roberta et quelques instants plus tard, un domestique lui répondit. Il était profondément désolé, mais madame était souffrante et elle ne pouvait pas répondre au téléphone.

« Je vous en prie, insista Jean-Marie. C'est M. Grégoire. J'appelle de Londres. Pourriez-vous lui demander de venir me parler ?

Il y eut un long silence angoissant et enfin, Roberta Saracini se fit entendre au bout du fil. Sa voix était faible et lointaine.

« Alain est avec moi, lui dit Jean-Marie. Il vient de m'apprendre la nouvelle. Il est possible que votre ligne soit sur table d'écoute, mais ça m'est égal. Je comprends ce que vous ressentez. Je voudrais que vous veniez à Londres. Tout de suite. Ce soir, si vous pouvez. Je vais vous réserver une chambre dans mon hôtel. Oui, à l'adresse que vous a donnée Hennessy. Non, je ne suis pas d'accord. Ce n'est pas le moment de rester seule, et avec moi, vous n'aurez pas besoin de fournir des tas d'explications. Bon. Je vous attends... A tout à l'heure ! »

Il posa le récepteur, puis il téléphona à son hôtel pour réserver une chambre. La caissière lui rendit la monnaie. Il revint vers la table et répondit à la question muette d'Alain.

« Elle arrive ce soir. Je lui ai pris une chambre à mon hôtel.

— Très bien, fit brusquement Alain. Et ne perds pas trop de temps en condoléances. Fais-lui visiter la ville ; elle adore la peinture. J'ai l'impression qu'il y a aussi quelques bonnes pièces de théâtre.

— Que dirais-tu de me laisser organiser moi-même mon petit programme ? »

Soudain, l'humeur d'Alain sembla tourner à la gaieté. Il leva son verre dans un salut ironique. « C'est que tu n'as pas l'habitude de te promener sans chaperon, n'est-ce pas ? »

Jean-Marie éclata de rire. « Nous avons beaucoup de choses à apprendre l'un sur l'autre !

— Et pas beaucoup de temps pour le faire. » Alain retomba dans sa mélancolie. « Je voulais te dire aussi que Petrov était venu me voir. Il voulait te parler. Je lui ai dit que tu avais quitté la France et qu'il devrait te rencontrer à l'étranger. Je lui ai proposé de te transmettre un message et voici ce qu'il m'a dit : le projet de ta visite à Moscou est à l'étude au plus haut niveau. Pour l'instant, les réactions sont favorables. Dès qu'une décision sera prise, il me contactera et je te tiendrai au courant.

— Comment l'as-tu trouvé ?

— Épuisé. Il semble extrêmement tendu.

— Je me demande combien de temps il tiendra, observa pensivement Jean-Marie.

— Quand tu seras rentré, tâche de le voir seul. Parle-lui du discours que je vais faire au Carlton Club. Explique-lui qu'il me fournira l'occasion d'étudier la situation sur l'embargo des céréales avec des gens qui ont une position influente. Ils me diront au moins s'il y a une possibilité de renouer le dialogue. A-t-il pu obtenir quelque chose de Duhamel ?

— Il pense que Duhamel pourra détourner une cargaison canadienne de 250 000 boisseaux de blé dur environ, initialement destinés à la France. Mais c'est une goutte d'eau dans la mer et le bateau est encore au milieu de l'Atlantique. Par conséquent, comment savoir s'il ne s'agit pas d'une manœuvre dilatoire ? Duhamel est champion à ce jeu.

— As-tu parlé avec Duhamel ?

— Très brièvement, pour lui faire savoir que j'allais te voir. Il m'a fait parvenir une lettre que je dois te remettre en mains propres. »

Il posa une enveloppe sur la table. Jean-Marie l'ouvrit. La missive était rédigée d'une main hâtive.

Mon ami,

« Chaque jour nous rapproche du Rubicon. Nos plans pour le grand saut sont inchangés, bien que Paulette continue à aller mieux, ce qui nous permet d'avoir ensemble une vie plus agréable. Je ne saurais vous dire combien nous vous sommes reconnaissants de ce privilège. Toutefois, cela ne nous fera pas accomplir un acte de soumission pour lequel nous ne sommes pas encore prêts.

« Vous figurez toujours sur la liste de surveillance A, en France. Les Américains commencent également à s'intéresser à vous. Nos services ont reçu une demande de renseignements de la part d'un agent de la C.I.A. nommé Alvin Dolman. Il est parti la semaine dernière pour le Royaume-Uni. Officiellement, il est le collaborateur personnel de l'ancien secrétaire d'Etat Morrow qui travaille maintenant pour la Morgan Guaranty.

« J'ai demandé à un de mes amis des services secrets anglais de faire une enquête sur ce Dolman, comme si je pensais que c'était un agent double. Je sais bien qu'il n'en est rien, mais cela aidera à brouiller les pistes.

« Paulette vous envoie ses amitiés. Prenez garde à vous,

« Pierre »

Jean-Marie plia la lettre et la glissa dans la poche intérieure de son veston. Alain le regardait d'un air sombre et inquiet.

« Mauvaises nouvelles ?

— Oui. L'homme qui a tenté d'assassiner Mendelius est à Londres. C'est un agent de la C.I.A. qui s'appelle Alvin Dolman. Ils l'ont mis auprès de Morrow à la Morgan Guaranty.

— Je vais téléphoner à la Morgan Guaranty pour les prévenir. » Il avait fait cette déclaration si pompeusement qu'elle sonna comme une mauvaise réplique de comédie. Jean-Marie s'aperçut, non sans surprise, que son frère était un peu gris. Il lui dit en riant : « Sincèrement, petit frère, je ne te le conseille pas. »

Alain se sentit blessé dans son amour-propre. « Je ne veux pas me trouver assis à côté d'un assassin dans une réunion bancaire.

— Je me demande combien de fois cela t'est déjà arrivé sans que tu le saches.

— Touché. » Alain encaissa le coup avec un petit salut et fit signe au garçon de rapporter du vin. « Qu'est-ce que tu vas faire pour ce Dolman, Jean ?

— Je vais en parler à Waldo Pearson et à Hennessy, et puis, je l'oublierai.

— En espérant que l'un ou l'autre te protégera d'une façon quelconque, ou fera sortir Dolman de la scène.

— Oui, en quelque sorte.

— Quand on le découvrira mort chez lui ou écrasé par une voiture, quelle part de responsabilité accepteras-tu ? A moins que tu ne fasses comme Ponce Pilate et que tu t'en laves les mains ?

— Tu es bien dur avec moi, ce soir.

458

— J'essaie de voir de quel bois tu es fait. Après tout, nous ne nous sommes guère fréquentés ces trente dernières années. »

Ce fut une nouvelle surprise pour Jean-Marie que de constater que son frère avait le vin triste. « Toi, tu as toujours été un personnage important — prêtre de paroisse, évêque, cardinal, pape ! Aujourd'hui encore, on s'incline devant toi à cause de ce que tu as été. Je m'en rends compte tous les jours dans mon travail. Un marquis de Carabas qui n'a jamais rien fait de ses dix doigts est mieux considéré qu'un homme d'affaires arrivé qui a un demi-million de francs sur son compte en banque. » Il commençait à avoir des difficultés à s'exprimer. « C'est comme le culte des ancêtres. Grand-papa était un sage. Il est mort ! Toi, tu n'es pas mort, mais tu te prononces sur un tas de choses que tu ne comprends pas vraiment.

— Je vais prononcer un jugement sur toi, mon cher frère ! Tu es soûl comme une grive ! Je vais te ramener à l'hôtel. »

Alain titubait presque. Jean-Marie paya l'addition et le fit sortir hâtivement. Ils durent parcourir une bonne centaine de mètres avant qu'Alain parvienne à accorder ses pas. Arrivés à l'hôtel, Jean-Marie l'aida à regagner sa chambre, le déshabilla, le coucha sur le lit et le couvrit avec un édredon. Alain se laissa faire sans dire un mot, mais au moment où Jean-Marie se préparait à sortir, il ouvrit les yeux et déclara à brûle-pourpoint :

« Je suis soûl, donc je suis. Les seules fois que je peux le prouver, c'est quand je suis loin d'Odette. Tu ne trouves pas ça curieux, Jean ?

— Bien trop curieux pour en discuter à minuit. Dors; nous en parlerons demain.

— Une chose seulement...

— Quoi?

— Tu dois comprendre le problème de Roberta.

— Je le comprends.

— Non. Il lui a fallu croire que son père était une sorte de saint qui payait pour les fautes des autres. En fait, c'était un vrai salaud. Il n'a jamais pensé qu'à lui. Il a causé la perte de nombreuses personnes. Ne le laisse pas lui nuire par-delà la tombe.

— J'y veillerai. Bonne nuit, petit frère. Demain, tu auras une magnifique gueule de bois. »

Il sortit de la chambre sur la pointe des pieds et descendit pour attendre Roberta Saracini.

Il eut un choc en la voyant. Elle avait le teint desséché et terne, les yeux rouges et les traits tirés. Ses gestes étaient saccadés et elle parlait avec volubilité et précipitation, comme si le silence était un piège qu'elle voulait éviter à tout prix.

Il lui avait retenu un petit appartement au même étage que le sien. Il commanda du café et attendit un moment dans le salon pendant qu'elle se rafraîchissait un peu après les fatigues du voyage. Elle réapparut, portée par un nouveau flux de paroles.

« Vous aviez raison, naturellement. C'est de la folie de rester enfermée dans cette grande maison. Incroyable le nombre de gens qui prennent ces vols de nuit. Où est Alain? Comme nous tous, il est inquiet à cause de l'instabilité du marché monétaire. Je suppose qu'il vous l'a dit.

— Il m'a dit que vous étiez dans une profonde détresse, lui répondit gravement Jean-Marie. Et je vois que c'est la vérité. Je voudrais vous aider. Me le permettrez-vous ? Je vous en prie !

— Mon père est mort... assassiné ! Vous ne pouvez rien changer à ça. Personne. Il faut que je m'habitue à cette idée, c'est tout ! »

Elle avait prononcé ces mots avec un accent de provocation, comme si elle le mettait au défi de la prendre en pitié. Elle était tendue comme une corde de violon prête à se rompre au premier coup d'archet. Il se mit à lui parler en tâchant de la calmer et de la faire sortir de cet état quasi hystérique.

« Je suis si heureux que vous ayez accepté de venir. J'en ai conclu que vous étiez disposée à me faire confiance. J'ai ainsi l'occasion de vous dire merci pour tout ce que vous faites et aussi de partager avec vous des choses très excitantes : la dernière phase des *Lettres*, le discours que je vais prononcer au Carlton Club et les nouveaux amis que je me suis faits à Londres. J'ai envie d'aller à la Tate Gallery, à la Royal Academy, à la Tour de Londres et au palais du cardinal Wolsey à Hampton Court, et encore dans bien d'autres endroits. Nous irons ensemble. »

Elle lui lança un regard étrangement circonspect.

« Vous me parlez comme si j'étais une petite fille. Je n'en suis plus une. Je suis une adulte dont le père a été poignardé dans un couloir de prison, ce qui fait de moi une très mauvaise compagnie pour bêtes et gens.

— Vous êtes seule et blessée, rétorqua fermement Jean-Marie. Je n'ai pas l'habitude des femmes, c'est pourquoi je m'y prends si mal. Je ne vais pas vous tapoter la tête, comme un évêque, ni vous donner une bénédiction pontificale — ce que je ne suis pas habilité à faire, de toute manière. Je vous propose simplement un bras pour vous soutenir quand vous traversez la rue et une épaule pour pleurer quand vous en aurez envie.

— Je n'ai pas pleuré une seule fois depuis que j'ai appris la nouvelle. Est-ce que cela veut dire que je suis une fille dénaturée ?

— Non, cela ne veut rien dire.

— Pourtant, je suis heureuse qu'il soit mort et j'espère qu'il est en train de rôtir en enfer !

— C'est que vous l'avez déjà jugé, repartit Jean-Marie sur un ton de tranchante fermeté. Et vous n'avez pas le droit de le faire ! Quant à rôtir en enfer, c'est un problème qui m'a toujours tracassé, comme un caillou dans une chaussure. Il m'arrive de lire dans les journaux que des parents maltraitent leurs enfants en leur brisant les os ou en les brûlant en les mettant sur des poêles chauds, pour quelque bêtise réelle ou imaginaire. Je n'ai jamais pu me représenter Dieu le Père ou son Fils si humain, condamnant ses enfants à brûler dans le feu éternel. Si votre père était présent, en ce moment et si son sort était entre vos mains, quelle décision prendriez-vous à son égard ? »

Roberta Saracini ne répondit pas. Elle était assise, les yeux baissés et serrait très fort ses deux mains l'une contre l'autre pour en arrêter le tremblement. Jean-Marie insista :

« Pensez aux crimes les plus atroces qui aient jamais été commis — les massacres de l'holocauste, les génocides au Cambodge et au Brésil. Croyez-vous qu'on puisse les faire expier, même par une infinité de supplices semblables ? Non, ce n'est pas possible. Les prisons de ce bas monde et de l'autre ne pourraient pas recevoir tant de cri-

462

minels. Je suis persuadé — et je n'ai reçu qu'une faible lueur de ce qui va se passer — que l'ultime Avènement et le jugement dernier lui-même seront des actes d'amour. Sinon, c'est que nous vivons dans un chaos engendré par un esprit malade et plus tôt nous en serons délivrés pour gagner le néant, mieux ce sera. »

Elle ne disait toujours rien. Il s'approcha et vint s'asseoir auprès d'elle, sur le sol. Il lui prit la main et la serra très fort dans la sienne en lui disant :

« Vous dormez très mal en ce moment, n'est-ce pas ?

— Oui.

— Vous devriez aller vous coucher. Nous nous verrons au petit déjeuner et nous commencerons nos vacances tout de suite après.

— Je ne sais pas si je vais rester.

— Voulez-vous dire une petite prière avec moi ?

— Je vais essayer. » Elle avait une voix faible et tremblante.

Jean-Marie se recueillit un moment, puis, sans cesser de lui tenir la main, il entonna la prière pour les défunts.

« Dieu, notre Père,
Nous croyons que ton Fils est mort et ressuscité.
Nous prions pour notre frère, Vittorio Malavolti,
Qui est mort dans le Christ.
Ressuscite-le au dernier jour
Pour qu'il partage la gloire du Christ ressuscité.
Accorde-lui le repos éternel, ô Seigneur,
Et fais que la lumière perpétuelle règne toujours sur lui. »

« Amen », fit Roberta Saracini en se mettant à verser des larmes silencieuses et bienfaisantes.

Les cinq jours qui suivirent, ils jouèrent les touristes en se rassasiant des plaisirs les plus simples que peut offrir Londres. Ils flânèrent le long de la Serpentine, allèrent assister à la relève de la garde à Buckingham Palace, passèrent une matinée à la Tate Gallery, un après-midi au British Museum et une soirée à entendre un concert Beethoven à l'Albert Hall. Ils partirent en bateau à Greenwich et à Hampton Court. Ils firent du lèche-vitrines dans Bond Street et passèrent toute une matinée chez Angelo Vittucci qui promit à Jean-Marie de lui exécuter un costume « si discret que même un chérubin ne pourrait s'en scandaliser et si merveilleusement coupé qu'il aurait l'air d'être une seconde peau ! »

Au début, Roberta Saracini se montra d'une humeur désespérément changeante — gaie comme une enfant par moments, et en proie à un accablement profond l'instant d'après. Il s'aperçut très rapidement qu'un discours logique n'avait aucune influence sur elle et que la gentillesse, les distractions et quelques sèches réprimandes de temps à autre, constituaient de bien meilleurs remèdes. Il fit également des découvertes sur lui-même : comme il était loin de la colline du Vatican et combien de petites joies lui avaient échappé quand il était le pasteur déconcerté d'un troupeau sans visage ! Ses *Lettres* sur lesquelles il travaillait tard dans la nuit, se firent plus poignantes, comme si ces journées de bonheur et d'innocence donnaient plus de prix au temps, à la tendresse et aux larmes.

Roberta Saracini avait décidé de rester jusqu'à la fin de la semaine. Elle quitterait Londres le dimanche soir pour être à son bureau le lundi matin. La météo prévoyait du beau temps, brève prolongation de l'été indien avant les premiers frimas. Roberta proposa de faire un pique-nique. Elle louerait une voiture et mettrait ses bagages dans le coffre. Ils pourraient donc passer toute la journée à la campagne et Jean-Marie la déposerait à l'aéroport avant de rentrer à Londres. Il en fut décidé ainsi.

Le dimanche matin, de bonne heure, Jean-Marie alla dire la messe dans une chapelle latérale de l'église de l'Oratoire, dont le sacristain le connaissait comme étant tout simplement le père Grégoire, un prêtre français d'un certain âge, qui portait un béret et ressemblait à un lapin bienveillant. Ensuite, l'hôtel leur ayant préparé un panier-repas, Roberta prit le volant et ils partirent en direction d'Oxford, Woodstock et la campagne des Costwolds.

Il était encore tôt et les encombrements dominicaux n'avaient pas commencé. Ils quittèrent l'autoroute et partirent à l'aventure parmi les petits villages encore ensommeillés et la campagne ondoyante brunie par l'ombre du chaume des premiers labours. Ils prenaient du plaisir aux plus infimes prodiges : un ruban de brume accroché au flanc d'un coteau, la tour grise d'une église normande émergeant d'un minuscule hameau, un pommier sur le bord de la route, chargé de fruits rouges et mûrs, à la disposition du passant, une petite fille berçant sa poupée, perchée sur une vieille borne kilométrique.

D'une certaine manière, il leur était plus facile de se parler en roulant. Ils n'avaient pas besoin de se regarder et un nouveau spectacle venait toujours à point nommé pour rompre les silences révélateurs. Roberta Saracini lui toucha le bras en disant :

« Je me sens tellement mieux qu'à mon arrivée. J'y vois plus clair et je domine mieux la situation. C'est à vous que je le dois.

— Vous aussi, vous avez été bonne pour moi.

— Je ne sais pas comment, mais en tout cas, j'en suis heureuse.

— Quels sentiments éprouvez-vous pour votre père, en ce moment ?

— C'est difficile à dire. Je suis dans une triste confusion; mais je suis certaine de ne pas le haïr.

— Qu'est-ce qui vous retient ? insista-t-il avec fermeté. Vous l'aimez; peu importe ce qu'il a été et ce qu'il a fait, il a payé le prix. Dites-le! Dites que vous l'aimez!

— Je l'aime. » Elle se résigna à faire cet aveu avec un sourire et un soupir qui pouvait exprimer tant le soulagement que le regret. Puis, elle ajouta : « Je vous aime également, monsieur Grégoire.

— Moi aussi, je vous aime, répondit doucement Jean-Marie. C'est très bien; tout le problème est là. " Mes petits enfants, aimez-vous les uns les autres. "

— J'espère qu'il n'est pas nécessaire de vous l'ordonner.

— Au contraire, fit Jean-Marie en laissant le reste de sa pensée inexprimé.

— Que pensez-vous des femmes ? Je ne parle pas de moi en particulier, mais vous avez toujours été célibataire et...

— J'ai une grande expérience dans ce domaine. » Jean-Marie avait adopté un ton doux mais ferme. « Cette expérience m'a appris qu'il ne faut pas se conduire légèrement, ne pas jouer

466

avec le feu et, par-dessus tout, ne pas se mentir à soi-même. Mes sentiments à votre égard sont ceux qu'éprouve tout homme pour une femme attirante. Je suis heureux en votre compagnie et flatté de vous avoir à mon bras. Il pourrait y avoir autre chose, mais justement parce que je vous aime, cela ne sera pas. Nous sommes destinés à suivre des routes différentes. Nous nous sommes rencontrés à la croisée des chemins et nous nous quitterons, un peu plus riches tous les deux.

— C'est presque un sermon, Monseigneur, observa Roberta Saracini. J'aimerais pouvoir y croire, ne serait-ce qu'à moitié. »

Il lui jeta un bref regard. Elle conduisait d'une main ferme, les yeux fixés sur la route, mais des larmes coulaient sur ses joues. Elle se tourna vers lui et lui demanda brusquement :

« Qu'est-ce qui vous a poussé à devenir prêtre ?

— C'est une longue histoire.

— Nous avons toute la journée devant nous.

— C'est vrai !... » Il prit immédiatement un air fermé et réticent. « Le seul être à qui j'en aie jamais parlé a été mon confesseur. C'est encore un sujet pénible pour moi.

— J'ai manqué de tact en vous posant cette question. Excusez-moi. »

Ils roulèrent en silence pendant un bon kilomètre puis, sans la moindre entrée en matière, Jean-Marie se mit à parler, lentement, pensivement, comme s'il assemblait mentalement les morceaux d'un puzzle.

« Quand je me suis engagé dans le maquis, j'étais très jeune. J'avais à peine l'âge du service militaire. Je n'étais pas pratiquant. J'étais baptisé, j'avais fait ma communion et ma confirmation, mais c'était tout. La guerre éclata ; la vie se transforma en un vrai sauve-qui-peut. Avec le maquis, je suis devenu un homme en un seul jour. On me donna un fusil, un pistolet et un couteau. Contrairement aux hommes plus âgés qui arrivaient parfois à se faufiler en ville, j'étais obligé de rester dans la montagne ou dans la campagne, car si j'avais été ramassé dans une rafle, on m'aurait envoyé en Allemagne dans les camps de travail. La nuit, je faisais le messager, parce que j'étais jeune, que je courais vite et que je pouvais ainsi distancer les patrouilles du couvre-feu. Auparavant, j'avais eu des petites amies et une certaine expérience sexuelle — suffisamment du moins, pour me donner envie d'en connaître davantage. Là, je n'avais pas de femme et mes camarades se moquaient de moi, comme le font les hommes plus âgés, en m'appelant la petite vierge ou l'enfant de chœur. Ils me disaient des obscénités usées et bien inoffensives, mais elles étaient dures à supporter pour un garçon qui sait qu'il risque de ne jamais connaître les plaisirs de la virilité.

« J'allais régulièrement chercher des messages dans une ferme située près de la grande route. Toutes les troupes qui manœuvraient dans la région étaient obligées de passer par là; aussi la femme du fermier tenait-elle une liste que nous allions chercher tous les trois jours pour la passer aux services secrets alliés. Je ne pénétrais jamais dans la maison. Il y avait une cabane de berger et un enclos à moutons à un kilomètre environ, sur le flanc de la colline. Après le coucher du soleil, la femme y montait avec les messages et des vivres pour mes camarades et moi. Elle s'appelait Adèle, elle avait une trentaine d'années et était sans enfant. Son mari avait disparu aux premiers jours de la guerre-éclair... Elle faisait marcher la ferme avec deux vieux et deux vigoureuses filles des environs.

« Ce soir-là, j'étais arrivé tard. J'étais tremblant et terrorisé. De nombreuses patrouilles allemandes circulaient dans la région et par deux fois, j'avais failli me faire prendre. Pour couronner le tout, je m'étais blessé à la jambe sur des fils barbelés et j'avais peur d'attraper le tétanos. Adèle arriva une heure après le coucher du soleil. De ma vie, je n'avais été aussi heureux de voir quelqu'un. Elle avait passé une rude journée, elle aussi, avec pas moins de trois descentes de soldats qui avaient retourné la ferme de fond en comble. Elle lava ma blessure avec du vin et me fit un pansement avec des morceaux de son jupon. Après, nous avons bu le vin qui restait, mangé et fait l'amour sur le matelas de paille.

« C'est resté pour moi la plus merveilleuse expérience de ma vie — une femme mûre et passionnée et un gamin effrayé, unis dans la même extase, dans un univers rempli de monstres. Par la suite, à chaque fois que j'ai parlé de la charité, de l'amour de Dieu pour l'homme, de l'homme pour Dieu et d'une femme pour un homme, je l'ai toujours fait à la lumière de ce moment unique. Tant comme curé que comme pape, je me suis souvenu d'Adèle, chaque matin, en disant la messe. A chaque fois que je me suis assis dans le confessionnal pour entendre des êtres malheureux parler de leurs péchés et de leur vie amoureuse, j'ai pensé à elle et j'ai essayé d'offrir à mes pénitents ce don de la connaissance qu'elle m'avait offert. »

Il se tut. Roberta Saracini engagea la voiture sur un terre-plein d'où on découvrait un paysage de champs, de cabanes dispersées et de murs de pierre en ruine. Elle baissa la vitre pour contem pler ce paisible panorama. Sans oser regarder Jean-Marie, elle lui demanda avec une singulière humilité :

« Voulez-vous me raconter la suite ? Et Adèle, qu'est-elle devenue ?

— Elle est morte. Elle m'avait quitté avant minuit et quand elle arriva chez elle, les Allemands étaient revenus dans la maison. Ils s'étaient enivrés avec son vin. Ils la violèrent et la clouèrent sur la table avec un couteau de cuisine. C'est ainsi que je l'ai trouvée quand, impatient de reprendre nos ébats de la nuit, enfreignant les consignes, je me suis glissé en bas de la montagne pour aller la retrouver à six heures du matin.

« Ce jour-là, je me suis dit que j'avais une dette à payer. Plus tard, beaucoup plus tard, j'ai pensé que l'exercice total de la prêtrise était le meilleur moyen d'y parvenir. La passion du Christ devint pour moi aussi réelle qu'une tragédie pleine de brutalité, d'amour, de mort et de renaissance. Je n'ai jamais regretté ce choix, de même que malgré l'horreur qui l'a suivi, je n'ai jamais regretté l'émerveillement que j'ai partagé avec Adèle.

« Mon confesseur qui était un homme sage et bon, m'a beaucoup aidé. « Le vrai péché, me « disait-il, c'est d'aimer avec mesquinerie. Don- « ner trop est une faute aisément pardonnable. « Ce que vous avez connu, votre Adèle l'a connu « aussi. Vous avez partagé un moment de grâce « particulière et je suis certain qu'elle y a pensé à « la fin... » Regardez-moi, Roberta ! »

Elle secoua la tête. Elle était assise le menton dans les mains et le regard fixé sur la campagne pommelée par le soleil. D'un geste, il l'obligea à tourner vers lui son visage noyé de larmes. Il la regardait tendrement et sa voix était pleine de compassion. Il se mit à la gronder doucement.

« Je suis assez vieux pour être votre père, si vous voulez, vous pouvez m'adopter comme vieux tonton rabat-joie ! Pour le reste, rappelez-vous ce que je vous ai dit au début. On ne badine pas avec l'amour. C'est trop merveilleux et trop terrible ! »

Il lui donna son mouchoir pour qu'elle s'essuie les yeux. Elle le prit et sans aucun ménagement, elle lui assena une dernière question :

« Après tout ça, comment se fait-il que votre meilleur ami, Carl Mendelius, soit un Allemand ?

— Et comment se fait-il que nous soyons là, vous et moi, alors que votre père a escroqué des millions au Vatican et qu'il a été assassiné dans un couloir de prison ? La plus grosse erreur que nous ayons commise, depuis toujours, c'est d'essayer d'expliquer les voies de Dieu aux hommes. Il ne fallait pas faire ça. Il fallait seulement l'annoncer. Il s'explique très bien Lui-même ! »

La veille de la réunion au Carlton Club, il alla déposer le manuscrit des *Dernières Lettres d'une Petite Planète,* en compagnie d'Adrian Hennessy. Il le posa sur le bureau de Waldo Pearson en lui disant : « Voilà. J'ai terminé. Bon ou mauvais, c'est un cri du cœur. J'espère que quelqu'un l'entendra. »

Waldo Pearson soupesa le paquet et déclara qu'il était certain, oui, absolument certain que ce cri serait entendu. Il remit ensuite à Jean-Marie le texte dactylographié de la version anglaise de son discours au Carlton Club.

« Qu'en pensez-vous ? lui demanda Jean-Marie. Y avez-vous trouvé une signification ?

— Une signification terrifiante. Une signification extraordinaire, mais je ne saurais dire comment votre auditoire la prendra.

— Je l'ai lu, intervint Adrian Hennessy. Je l'ai beaucoup aimé et moi aussi, je suis épouvanté. Nous avons encore le temps de faire quelques changements, si vous y consentez. »

Il lança un bref regard à Jean-Marie qui fit un signe d'assentiment. « Je sais que je m'adresse à un nouveau public dans un langage nouveau. Soyez franc avec moi. Je suis votre invité à ce club. Si j'outrepasse les limites, il faut que je le sache.

— Vous ne portez atteinte ni à la paix, ni aux convenances, dit Waldo Pearson. Tenez-vous en à ce texte.

— Me posera-t-on des questions ensuite ?

— C'est possible. En général, nous les autorisons.

— Pourrez-vous vous assurer que je les ai bien comprises avant d'y répondre ? Je parle bien l'anglais, mais parfois, dans les moments de grande tension, je pense en français ou en italien.

— J'y veillerai. C'est très important.

— Avez-vous la liste des invités ? demanda Jean-Marie.

— Non. Quand l'assistance est nombreuse, comme ce sera le cas, les membres sont obligés de tirer au sort les places d'invités. Toutefois, j'ai demandé à l'ambassadeur soviétique de venir et aussi à Sergei Petrov, s'il se trouve être à Londres. S'il vient, c'est le signe qu'il est encore politiquement viable. J'ai aussi invité Morrow parce que je l'ai eu comme confrère à Washington. Je lui ai proposé d'amener un de ses collaborateurs, ce qui lui laisse la possibilité de choisir Dolman. Quant aux autres, la liste est impressionnante : des membres du gouvernement, des diplomates, des industriels, des barons de la presse. Vous aurez donc là un vaste échantillonnage de religions, de nationalités... et aussi de moralités.

— Veuille le Saint-Esprit vous accorder le don des langues, ajouta ironiquement Hennessy.

— Il m'est arrivé de parler de cette question avec Carl Mendelius. » Jean-Marie avait relevé la plaisanterie et l'améliora un peu. « Il prétendait que c'est certainement le moins utile des dons de l'Esprit. Quand un homme est un sot dans une langue, ce n'est pas le fait d'en parler vingt qui le rendra sage ! »

Ils éclatèrent de rire tous les trois. Waldo Pearson sortit une bouteille de champagne et ils burent au succès des *Dernières Lettres d'une Petite Planète* et à celui d'un ci-devant pape qu'on se préparait à jeter dans la fosse aux lions au Carlton Club.

Jean-Marie Barette empoigna les bords du pupitre et parcourut d'un regard l'assistance entassée dans la grande salle à manger du Carlton Club. Il ne connaissait que très peu de personnes, à part un petit groupe de privilégiés que Pearson avait invité à boire un sherry à la permanence électorale. Il avait pu se rendre compte que Waldo Pearson menait la forteresse du parti conservateur d'une main de fer. Il n'aurait pas permis qu'on malmène et qu'on houspille cet hôte si particulier avec les propos creux habituels dans les cocktails. Il s'était déclaré enchanté du choix vestimentaire de Jean-Marie, une veste noire boutonnée jusqu'au cou, avec un col romain qui dépassait très légèrement et une croix pectorale en argent, toute simple. Sa tenue soulignait la portée de ses paroles d'introduction.

« Je me présente devant vous à titre privé. Je

suis un ecclésiastique de l'Eglise catholique. Cependant, je n'ai aucune mission canonique et par conséquent, ce que je vais vous dire n'est qu'une opinion personnelle qui ne pourra être considérée ni comme l'enseignement officiel de l'Eglise, ni comme une déclaration politique de la part du Vatican. »

Il leur sourit.

« Je suis certain qu'il est inutile de développer ce point. Vous êtes tous des hommes politiques et... comment dit-on en anglais ? Un coup d'œil en dit plus long que tout un discours. »

Des petits rires fusèrent pour le soutenir et aussi pour le tenter. S'il était assez naïf pour faire confiance à son auditoire, personne ne lui prêterait plus attention le lendemain. Les paroles qu'il prononça ensuite les tirèrent tous de leur contentement.

« Etant donné que je suis un homme, j'ai fait l'expérience de la peur, de l'amour et de la mort. Etant donné que j'ai été, comme vous, un homme politique, je connais les utilisations du pouvoir et aussi ses limites ! Etant donné que je suis un ministre de Dieu, je sais que je colporte une idée folle sur la place du marché et que, de ce fait, je risque d'être lapidé. Vous aussi, mes amis, vous colportez des idées folles, des sottises monstrueuses et nous pourrions bien tous en mourir ! »

Un silence mortel s'était installé dans la salle. Il les tint comme hypnotisés pendant un instant. Ils savaient tout de l'art du tribun et ils comprenaient que cet homme était un maître. Toutefois, si la pensée de l'orateur se montrait inférieure à son talent, ils le hueraient comme un charlatan. Jean-Marie poursuivit son argumentation.

« Votre folie, c'est de promettre la possibilité d'une perfection dans les affaires humaines :

répartition équitable des ressources, accès pour tous aux routes maritimes, aériennes et terrestres, bref, un monde où tous les problèmes seraient résolus par d'honnêtes négociateurs, des chefs inspirés et les appareils des partis. Ces promesses constituent une étape nécessaire pour accéder au pouvoir. Vous avez choisi d'ignorer que vous jouez avec de la dynamite.

« Vous soulevez de vains espoirs. Vous suscitez des espérances que vous ne pourrez jamais réaliser. Alors, quand vous voyez que le peuple déçu se retourne contre vous... vite... une nouvelle solution : une guerre purificatrice ! Et tout à coup, vous ne distribuez plus de cadeaux; vous êtes des janissaires imposant les décrets du sultan. Si les gens ne veulent pas obéir aux ordres, vous les y forcerez. Vous les taillerez, membre par membre, comme Procuste, jusqu'à ce qu'ils rentrent dans le lit sur lequel ils se tordent de douleur. Mais jamais, ils n'y rentreront. L'âge d'or que vous leur avez promis, ils ne le connaîtront jamais. Vous le savez très bien ! Vous vous y êtes résignés dans un terrible acte de désespoir. Vous en avez déjà évalué le coût : tant de millions à New York, à Moscou, à Tokyo, en Chine, en Europe. Ce qui se passera ensuite, dans ce désert qu'on appellera la paix, vous avez choisi de l'ignorer, car qui survivra pour s'en soucier ? Que des scélérats réduisent la populace ! Que les victimes périssent ! Une nouvelle ère de ténèbres apparaîtra, une autre Mort noire. Dans un avenir très éloigné, peut-être y aura-t-il une renaissance, mais qui s'en préoccupe, puisque nous ne serons pas là pour voir cette merveille.

« Vous trouvez que j'exagère ? Vous savez bien que non. Si on ne lève pas l'embargo sur les céréales, cet hiver, l'Union soviétique se trouvera au bord de la famine et ses armées se mettront en marche dès le dégel. Même si elles ne le font pas, le moindre mouvement effectué par quelque puissance que ce soit en direction des champs pétrolifères du Moyen et de l'Extrême-Orient précipitera un conflit mondial. Je ne connais pas l'ordre de la bataille, contrairement à certains d'entre vous, mais vous m'accorderez que je serre de très près le cœur du problème. Je ne vous adresse aucune supplique. Si votre bon sens personnel et les sollicitations de votre cœur quand vous regardez vos enfants et vos petits-enfants ne vous incitent pas à agir pour détourner l'holocauste, alors... amen! Ainsi soit-il! *Ruat caelum...* que le ciel tombe!

« J'ai cherché simplement à définir votre folie qui est de croire que l'homme peut se construire pour lui-même un cadre parfait et qu'à chaque fois qu'il échoue, il n'a qu'à détruire ce qu'il a fait pour tout recommencer, comme un château de sable. A la fin, l'élan destructeur prend le pas sur l'élan constructeur et pendant ce temps, la marée monte inexorablement et ensevelit la petite plage de sable sur laquelle nous jouons... »

Il ne savait pas s'ils l'approuvaient ou s'ils le désapprouvaient. Il savait seulement que le silence persistait et que les oreilles sinon les cœurs étaient toujours à l'écoute. Il poursuivit sur un ton plus calme et encore plus persuasif.

« Maintenant, je vais vous parler de ma folie qui est le contraire de la vôtre, mais qui est là uniquement pour la contrebalancer. Le jour où l'on m'a élu pape, je me suis senti à la fois humble et transporté. Je croyais qu'on avait mis le pouvoir entre mes mains, le pouvoir de changer la vie des croyants, de réformer l'Église, d'intervenir, peut-être, dans les querelles des nations pour maintenir la paix précaire dont nous jouissons. Vous connaissez ce sentiment. Vous l'avez éprouvé à votre première élection, votre première ambassade, votre première charge ministérielle, ou encore lorsque vous avez acheté votre premier journal ou votre première chaîne de télévision. C'est un moment exaltant, n'est-ce pas ? Et les migraines sont encore à venir ! »

Des petits rires d'assentiment s'élevèrent de l'assemblée. Ils se sentaient soulagés. L'homme était davantage qu'un rhétoricien. Il possédait le don salvateur de l'humour.

« Evidemment, il y a une embûche, un piège dans lequel nous tombons tous. Ce que nous avons, ce n'est pas le pouvoir, mais l'autorité, un cheval d'une couleur toute différente. Le pouvoir signifie que nous pouvons réaliser nos projets. L'autorité veut simplement dire que nous pouvons donner l'ordre qu'ils le soient. *Fiat !* disons-nous. Qu'il en soit ainsi ! Mais le temps que la consigne descende jusqu'au paysan dans sa rizière, au mineur sur son front de taille, au prêtre des pauvres dans sa *favela,* elle a perdu beaucoup de sa force et de sa signification. Les définitions dans lesquelles nous ensevelissons nos dogmes et nos morales sont les pierres de touche de l'orthodoxie. Que nous soyons papes, ayatollahs ou chefs de parti, nous n'osons pas les abroger, mais leur influence sur les hommes est, en fin de compte, minime. Quels principes théologiques puis-je enseigner à une fille qui est en train de mourir d'une septicémie après un avortement ? Tout ce que je peux lui donner, c'est un peu de pitié, de réconfort et l'absolution. Que dois-je dire à un jeune révolutionnaire du Salvador dont la famille a été massacrée par les soldats sur la place du village ? Je ne peux que lui offrir de l'amour, de la compassion et l'improuvable théorème qu'il existe un Créateur qui transformera cette folie en raison et ce malheur en joie éternelle. Ainsi, voyez-vous, ma folie a été de croire que je pouvais exercer immédiatement l'autorité que j'avais acceptée et l'action bénéfique à laquelle mon cœur m'incitait. C'était impossible, bien sûr, tout comme il est impossible à un ministre des Affaires étrangères de dénoncer les méfaits d'un dictateur qui lui fournit des matières premières essentielles.

« C'est dans ce contexte que je voulais vous expliquer mon abdication que je ne regrette, ni ne conteste, aussi douloureuse qu'elle ait été à l'époque. Dans une expérience survenue sans que je la sollicite, ni que je l'attende, j'ai reçu la révélation des Fins dernières. J'ai également reçu l'ordre d'annoncer leur imminence. J'étais et je suis toujours intimement persuadé de l'authenticité de cette expérience, mais je n'avais aucun moyen d'en faire la preuve. Par conséquent, mes frères évêques ont décidé que je ne pouvais légitimement pas conserver la charge du pontificat, assumer en même temps le rôle de prophète et proclamer une révélation non authentifiée. Je ne vous dirai rien des moyens qu'ils ont employés pour obtenir mon abdication. Ce n'est qu'une note en bas de page dans une histoire qui ne sera peut-être jamais écrite.

« Cependant, je dis ceci : je suis heureux, maintenant, de ne plus avoir aucune autorité. Je suis heureux de ne plus être obligé de défendre des formules, parce que l'autorité est trop limitée et que les formules sont trop étroites pour définir la souffrance de l'humanité dans ses derniers jours et la grandeur de la parousie, l'avènement promis.

« Peut-être en est-il parmi vous qui, comme moi, sont conscients des limites du pouvoir et de la folie de ce meurtre collectif. C'est à eux que je... »

Soudain, il se rendit compte que les mots qu'il prononçait n'étaient plus des mots, mais une seule syllabe enfantine, répétée à l'infini : « Ma... ma... ma... ma. » Il sentit quelque chose qui tapait sur son pantalon et aperçut sa main gauche qui ballottait sans force contre sa cuisse. Sa vue se brouilla. Il ne voyait plus l'assistance. Puis, la salle chavira et il s'effondra sur la table. Après un moment de confusion dans l'espace et dans le temps, il entendit deux voix tout près de lui. L'une d'elles était celle de Waldo Pearson.

« C'est vraiment fantastique. Ça faisait tout à fait penser à la glossolalie. Pas plus tard qu'hier, nous avons parlé du don des langues.

— C'est un symptôme typique d'A.C.V.

— Que veut dire A.C.V. ?

— Accident cérébro-vasculaire. Le malheureux a eu une attaque !... Cette ambulance est affreusement lente !

— Il est midi, il y a beaucoup de circulation, répondit Waldo Pearson. Quelles chances lui donnez-vous ? »

— Vous me demanderez ça dans trois jours. »

A ces mots, Jean-Marie se souvint de la résurrection. Mais au lieu de cela, il sombra dans les ténèbres.

LIVRE TROISIÈME

Ne vous fiez pas à tout esprit, mais éprouvez
les esprits pour voir s'ils sont de Dieu; car
beaucoup de faux prophètes se sont
montrés de par le monde.

Première Épître de saint Jean (IV,1)

13

IL se sentait un autre homme dans un pays inconnu. Ce pays était tout petit. Il avait quatre murs, deux portes et une fenêtre. Il était occupé par un lit sur lequel il était couché, une petite table à son chevet, une chaise, une commode surmontée d'un miroir dans lequel se réfléchissait l'homme étendu sur le lit. Il avait un air bancal, comme ces publicités de pilules pour le foie où l'on voit la même personne avant et après le traitement. Un côté de sa figure était mobile et tourné vers le haut, tandis que l'autre était légèrement tiré vers le bas, dans une expression de douleur ou de dégoût. Une de ses mains gisait, inerte, sur la couverture blanche et l'autre s'agitait sans cesse, explorant les contours, les matières et les distances.

Il y avait au moins une autre personne dans ce pays inconnu : une jeune femme assez ordinaire, en uniforme d'infirmière, qui apparaissait régulièrement pour lui prendre le pouls, la tension et pour écouter sa poitrine. Elle lui posait toujours la même question : « Comment vous sentez-vous ? Comment vous appelez-vous ? Voulez-vous boire ? » Mais, chose étrange, alors qu'il la comprenait parfaitement, elle ne semblait rien percevoir de ce qu'il lui disait. Elle lui donnait tout de même à boire en lui soutenant la tête pour qu'il puisse aspirer le liquide par une paille en plastique. Elle mettait aussi un urinal sous son pénis et lorsqu'il s'exécutait, elle souriait en lui disant : « Bien, très bien. » Comme s'il était un bébé à qui on apprend à être propre. En partant, elle déclarait invariablement : « Le docteur va bientôt venir vous voir. » Il tenta de se rappeler qui était le docteur et à quoi il ressemblait, mais cet effort était si grand qu'il ferma les yeux pour essayer de se reposer.

Il était trop troublé pour dormir; non pas troublé par une chose particulière, mais simplement inquiet, comme s'il avait perdu un objet précis qu'il aurait cherché à tâtons dans le brouillard. Parfois, il avait l'impression qu'il s'en rapprochait et qu'il allait enfin en connaître la nature, mais le moment de la découverte ne venait jamais. Il se sentait alors comme un homme enfermé dans une cave avec la trappe tirée au-dessus de lui. Le docteur arriva enfin. C'était un homme maigre et grisonnant qui lui manifesta un intérêt désinvolte.

« Je suis le docteur Raven. Pouvez-vous répéter ? Raven. »

Jean-Marie fit plusieurs tentatives, mais il ne réussit qu'à dire : « Ra... Ra... Ra...

— Ça ne fait rien, fit le médecin. Bientôt, vous y arriverez. Faites-moi simplement un signe de tête quand vous me comprenez. Je parle anglais. Entendez-vous ce que je vous dis ? »

Jean-Marie hocha la tête.

« Est-ce que vous me voyez ? »

Un autre signe de tête.

« Souriez-moi. Montrez-moi comment vous souriez. »

Jean-Marie fit un essai. Il était bien content de ne pas voir le résultat. Le docteur lui examina les yeux avec un ophtalmoscope, contrôla ses réflexes avec un petit maillet en caoutchouc, lui prit la tension et l'ausculta. Ensuite, il s'assit sur le bord du lit et lui adressa un petit discours qui rappela à Jean-Marie l'allocution par laquelle le recteur de son séminaire accueillait les nouvelles recrues :

« Vous avez eu de la chance. Vous êtes en vie. Vous avez toute votre raison et certaines de vos facultés sont intactes. Il est encore trop tôt pour évaluer l'ampleur des dégâts à l'intérieur de votre cerveau. Il faudra attendre deux ou trois jours avant de savoir si cette attaque n'a été qu'un accident ou si elle risque d'être suivie par d'autres. Vous devez nous faire confiance et essayer d'accepter votre incapacité momentanée. Vous êtes au Charing Cross Hospital. Vos amis et vos parents le savent, mais on leur a dit qu'il ne vous fallait ni visiteur, ni émotion, avant que votre état se soit stabilisé. Avez-vous compris ?

— Tr... Tr... Très bien », dit Jean-Marie en se sentant absurdement fier de lui.

Le docteur lui décerna un sourire et une petite tape approbatrice.

« Bien. C'est bon signe. Je reviendrai vous voir demain. Ce soir, on vous donnera quelque chose pour dormir. »

Jean-Marie aurait voulu le remercier, mais il s'aperçut qu'il avait oublié les mots en anglais. Il ne put qu'articuler en français ; « *mer...* » Il faisait des efforts désespérés et finit par pleurer de frustration. L'infirmière entra pour lui faire une piqûre calmante dans le bras.

Au bout de quatre jours, on pensa que son état s'était suffisamment amélioré pour qu'on puisse l'initier aux jeux de ce pays inconnu. Il fallut d'abord trouver un assistant parlant français pour lui enseigner les règles. Il avait bien assez de difficultés avec son méli-mélo vocal et avec la construction des mots sans qu'on lui complique la vie avec un mélange de langues.

L'assistant était un garçon d'une trentaine d'années, de belle apparence, taillé en athlète, le teint foncé comme celui d'un méditerranéen, mais pourvu d'une chevelure blonde incongrue qu'il semblait avoir héritée d'un lointain ancêtre nordique. Il était originaire d'un pays qu'il qualifia vaguement de moyen oriental. Il avoua parler couramment l'anglais, le français, l'arabe, l'hébreu et le grec. Il s'était taillé une modeste carrière dans les milieux médicaux de Londres en jouant le rôle d'interprète, d'infirmier et de physiothérapeute pour les communautés étrangères qui vivaient dans la grande métropole. Le neurologue le présenta sous le nom de M. Atha. Ensemble, ils commencèrent une série de jeux destinés à établir la carte des dommages causés au sensorium, cette région du cerveau qui reçoit les sensations. Pour un homme qui avait été naguère, par définition, dogmatique, l'interprète infaillible du message de Dieu aux hommes, c'était très éprouvant de constater combien il était faillible, et dans les domaines les plus élémentaires.

Prié de fermer les yeux et de lever les deux bras devant lui à l'horizontale, il fut stupéfait de constater qu'un seul de ses membres lui obéissait totalement, alors que l'autre, telle l'aiguille d'un réveil arrêté, restait obstinément à moins vingt-cinq.

Sommé de dire à quel endroit on l'avait piqué avec les deux pointes d'un compas, il s'aperçut que sa localisation était complètement fausse. Pis encore, il n'arrivait même pas à toucher le bout de son nez avec sa main gauche. Cependant, certains signes étaient encourageants. Quand on lui chatouillait les pieds, ses orteils se refermaient. M. Atha lui expliqua que son reflexe de Babinski fonctionnait. Quand on lui chatouillait l'intérieur de la cuisse, son scrotum se contractait. Cela aussi, lui dit-il, était bon signe : le reflexe cremaster n'était donc pas atteint.

Il vécut ensuite un moment très pénible. M. Atha lui avait demandé de répéter pour le neurologue les paroles d'une vieille chanson : « Sur le pont, sur le pont, sur le pont d'Avignon. » A sa profonde horreur, il se rendit compte qu'il avait la bouche pleine de bouillie et qu'il n'en sortait qu'un gargouillis sonore incompréhensible.

Il se mit à pleurer de nouveau. Le médecin le tança sévèrement. Il avait de la chance d'être en vie. Il avait encore plus de chance de ne pas être trop diminué. Les pronostics étaient encourageants, à condition qu'il se prépare à être patient, coopératif et courageux, vertus qui étaient toutes trois hors de ses possibilités, à l'heure actuelle.

M. Atha traduisit tout cela en un français plus apaisant et proposa de rester avec lui jusqu'à ce qu'il ait retrouvé son calme. Le neurologue approuva l'idée d'un signe de tête, tapota la main valide de Jean-Marie et vaqua à d'autres occupations, c'est-à-dire, lui expliqua M. Atha, des malades dans un état bien plus tragique que le sien.

« Je travaille aussi avec eux, par conséquent, je sais ce que c'est. Vous pouvez avaler. Vous ne voyez pas double. Vous avez le contrôle de vos fonctions naturelles. Pensez un peu à ce que cela signifie ! Votre élocution va s'améliorer, parce que nous allons faire des exercices ensemble. Voyez-vous, avec le docteur, vous avez voulu montrer que vous n'étiez pas atteint. Vous étiez décidé à le lui prouver par un flot oratoire. Comme vous n'y êtes pas parvenu, vous vous êtes découragé. Il faut commencer par admettre le fait que vous êtes handicapé. Nous allons réparer ensemble les effets du traumatisme. »

Non seulement, il était persuasif, mais il possédait un énorme pouvoir apaisant. Jean-Marie sentit sa tête s'alléger du poids qui pesait dessus et le brouillard se dissiper à l'intérieur de son crâne. M. Atha continuait à parler tranquillement. « On m'a dit que vous avez été pape. Vous devez donc vous rappeler les Ecritures : « Si vous n'êtes pas « comme les petits enfants, vous n'entrerez pas « au royaume de Dieu. » Eh bien, en ce moment, vous êtes pareil à un enfant. Vous devrez apprendre les choses les plus simples depuis le début. Vous devrez admettre que vous ne pourrez pas vous attaquer à des problèmes compliqués avant longtemps. Mais, à la fin, vous grandirez, comme le font les enfants. Pour l'instant, vous êtes à l'école maternelle. De semaine en semaine, vous monterez de classe. Vous apprendrez à vous habiller, à faire bouger votre bras et votre jambe handicapés et surtout, vous parlerez. Vous pouvez même le faire maintenant si vous ne vous pressez pas. Prenons quelque chose de simple : « Je m'ap-« pelle Jean-Marie. » Allons-y, un mot après l'autre. »

Parfois, dans les longues heures de la nuit, alors que les seuls bruits étaient les pas de l'infirmière de garde et la seule lumière, la lueur de la lampe électrique qu'elle dirigeait sur lui, il apprenait une autre leçon. Quand il essayait de rassembler ses idées, elles lui échappaient toujours. Par contre, s'il restait calme, sans faire aucun effort, elles se glissaient jusqu'à lui et venaient l'environner, comme des animaux sauvages dans un livre d'images.

Elles ne se présentaient pas toujours dans le bon ordre. Drexel était à côté de la petite mongolienne; Mendelius était mêlé à une conférence épiscopale à Mexico; Roberta Saracini buvait dans la coupe du cosmos et la jeune estropiée vendait des estampes à Alvin Dolman. Mais, au moins, ils étaient tous là. Il ne les avait pas perdus, comme l'aurait fait un amnésique. Ils faisaient partie d'un dessin de kaléidoscope et un jour, ils se remettraient tous en place d'eux-mêmes.

Il y avait aussi autre chose. Comme pour sa vision dans le jardin du monastère, il en était conscient d'une façon qui échappait à toute définition. Quelque part, au plus profond de lui-même, cette pitoyable forteresse assiégée, bombardée et ruinée, se tenait un endroit lumineux où l'Autre demeurait et où, quand il pouvait s'y réfugier, il communiait dans un amour merveilleux, mais trop bref. C'était comme — comme quoi était-ce ? — Beethoven sourd et la tête pleine de splendeurs, comme Einstein privé des mathématiques pour exprimer des mystères qu'il avait enfin compris. Une autre chose l'étonnait aussi. Il ne pouvait pas commander à sa main molle, ni à sa jambe morte et seulement de temps à autre à sa langue hésitante, mais dans ce lieu de lumière et de paix, il avait la maîtrise de lui-même et il faisait librement don de sa personne comme l'amant à sa bien-aimée. C'est là que fut conclu le pacte. « Quoi que vous m'imposiez, je l'accepterai. Sans questions et sans conditions ! Mais, je vous en prie, quand viendra le jour du Rubicon, accordez la lumière et un peu de joie à mon ami Duhamel et à sa femme. C'est un juste. Il ne s'est montré parcimonieux qu'envers lui-même. »

Le neurologue lui apprit que le premier danger était écarté. Touchez du bois et faites une petite prière, l'alerte était passée et il devrait bien se rétablir. Evidemment, il resterait quelques séquelles, des handicaps, des inhibitions, sous une forme ou sous une autre, mais dans l'ensemble, il pouvait espérer retrouver une vie normale. Mais pas encore ! Loin de là ! Il faudrait qu'il s'entraîne encore plus sérieusement qu'un athlète. Non seulement M. Atha lui donnerait des explications, mais il lui ferait faire des exercices, heure après heure et jour après jour. Des visites ? Hum... Ne serait-il pas préférable d'attendre un peu, jusqu'à ce qu'il ait récupéré certaines de ses facultés. Parfois, les visiteurs étaient plus affectés que les malades.

« En outre, vous êtes un personnage important. » M. Atha ajouta ses raisons personnelles. « Je voudrais être fier de vous la première fois que vous vous montrerez. Il faudra que vous vous habilliez bien, que vous parliez bien et que vous bougiez bien... oui, avec panache.

— Panache ! répéta Jean-Marie, et le mot retentit aussi clairement qu'un son de cloche.

— Bravo ! s'exclama M. Atha. On va appeler l'infirmière. La première chose à faire, c'est de vous apprendre à vous asseoir sur le bord du lit, puis à vous lever tout seul. »

Cette chose paraissait si simple qu'il ne pensait pas qu'elle serait l'occasion de tant d'efforts et d'humiliations. Cent fois, il s'écrasa comme une poupée de chiffon dans les bras de l'infirmière et de M. Atha. Cent fois, ils le mirent debout en retirant progressivement leur soutien, jusqu'à ce qu'il puisse rester droit quelques instants. Quand il était fatigué, ils le rasseyaient sur le lit et lui montraient comment se mettre en position allongée en soulageant la pression aux endroits où des escarres risquaient de se développer.

Quand il eut appris l'ouverture, ils commencèrent à lui enseigner la suite de l'opéra : marcher à petits pas traînants, exercer sa main gauche avec une balle de caoutchouc ainsi que toute une série de mouvements qu'il effectuait avec un équipement mécanique dans une grande salle de gymnastique. C'est là qu'il réalisa la chance qu'il avait eue, comme le lui avait dit M. Atha. Il remarqua aussi autre chose : la patience infinie qu'Atha dispensait à son groupe disparate et la façon instantanée dont chacun réagissait à son sourire et à ses paroles d'encouragement.

Atha le fit participer à la petite vie communautaire décousue du gymnase, en envoyant la balle à l'un, en conversant de façon saccadée avec un autre ou en montrant à un troisième un mouvement que lui-même arrivait à exécuter. Aussi courts qu'ils fussent, ces intermèdes sociaux le laissaient épuisé; mais Atha était inflexible. « Vous ne pourrez renouveler vos ressources qu'en les partageant. Il ne faut pas vous imaginer que vous allez passer tout votre temps de guérison dans un monde hermétique et en sortir ensuite comme un animal social. Si vous êtes fatigué de parler, touchez les autres, souriez-leur, partagez avec eux votre expérience des choses... comme ce couple de pigeons qui roucoulent sur le bord de la fenêtre. C'est un problème qui ne vous inquiète peut-être pas, mais la moitié des malades qui sont ici sont épouvantés par l'idée qu'ils ne plairont plus à ceux qui les aiment, qu'ils seront sexuellement impuissants et même qu'ils seront, en fin de compte, un fardeau détestable pour leur famille.

— Excusez-moi. » Jean-Marie avait réussi à articuler ces mots. « Je vais essayer de mieux me conduire.

— Bien! dit Atha en souriant. Maintenant, vous allez pouvoir vous détendre; c'est l'heure du massage! »

Un certain type de jeu lui procurait un véritable plaisir. Le neurologue l'appelait « test de sensibilité gnostique ». En fait, il consistait à reconnaître, par le toucher uniquement, des matières, des poids ou des formes. L'attrait qu'il trouvait à ce jeu provenait du fait que ses sensations s'aiguisaient notablement et que ses réponses s'approchaient de plus en plus des objets qui provoquaient les sensations.

Il arrivait aussi à rester plus longtemps attentif et il put profiter de la masse de lettres et de cartes qui s'étaient entassées dans le tiroir de sa table. Quand sa concentration faiblissait, M. Atha les lui lisait et l'aidait à formuler des réponses simples. Toutefois, il n'écrivait pas. Il ne devait pas le faire lui-même. M. Atha lui soufflait les mots et les expressions qui manquaient momentanément à son vocabulaire ou qui s'étaient embrouillés avec d'autres dans un court-circuit synaptique.

On lui apportait des journaux, anglais et français, et il prenait plaisir à les parcourir, bien qu'il ne retînt presque rien de ce qu'il avait lu. M. Atha le consolait avec son calme habituel.

« Que voudriez-vous retenir? Les mauvaises

nouvelles qui disent que l'homme est en train de démanteler la civilisation, pierre par pierre ? Les bonnes nouvelles sont là, sous votre nez! Les aveugles voient. Les paralytiques marchent. Il arrive même parfois que les morts reviennent à la vie... et si vous écoutez assez attentivement, vous entendrez les échos de la Bonne Nouvelle.

— Vous... êtes un... homme différent ! déclara Jean-Marie d'une voix saccadée.

— Vous voulez dire " étrange ".

— Oui, c'est ça.

— Alors, dites-le.

— Etrange », répéta Jean-Marie avec application. « Vous êtes un homme très étrange.

— J'apporte aussi de bonnes nouvelles. La semaine prochaine, vous pourrez recevoir des visites. Si vous me dites qui vous avez envie de voir, je ferai une liste et je contacterai les personnes de votre part. »

Alain fut le premier à être invité, car Jean-Marie pensait qu'il fallait respecter les liens familiaux et que la jalousie fraternelle n'était plus de saison. Ils s'embrassèrent maladroitement, à cause du bras sans vie de Jean-Marie. Après les premiers échanges de paroles, Jean-Marie fit clairement comprendre à Alain qu'il préférait écouter à parler et celui-ci passa rapidement sur les nouvelles de la famille pour en arriver à la question si chère à son cœur : la bourse, ses transactions, ses rumeurs.

« Nous voici dans un système de troc à grande échelle. Du pétrole contre du blé; du soja contre du charbon; des tanks contre du fer fondu; de la viande contre de l'uranium et de l'or contre n'importe quoi ! Si tu as des marchandises, tu peux toujours trouver un acheteur. Mais pourquoi est-ce que je te parle de ça? Combien de temps penses-tu rester ici?

— On ne me l'a pas dit. » Jean-Marie avait fini par s'apercevoir qu'il s'en sortait mieux avec des déclarations simples et préparées à l'avance. « Je ne demande rien. J'attends.

— Quand tu sortiras, tu seras le bienvenu chez nous.

— Merci, Alain. Il existe des maisons de... » Il cherchait le mot et faillit presque le trouver. « Réé...

— Rééducation?

— C'est ça. M. Atha va m'en trouver une.

— Qui est M. Atha?

— C'est lui qui s'occupe des personnes qui ont eu une attaque.

— Ah! » Il n'était ni insensible, ni indifférent. Il était simplement un étranger dans un pays inconnu. « Roberta te fait ses amitiés. Elle sera là dans quelques jours.

— Très bien. Je serai content de la voir. »

Il ne put pas en dire davantage. De son côté, Alain était heureux de s'en tenir là. Après quelques paroles et plusieurs longs silences, ils s'embrassèrent à nouveau et se quittèrent, chacun se demandant pourquoi ils avaient si peu de chose à se dire.

Le lendemain, ce fut le tour de Waldo Pearson. Il était accompagné d'un domestique chargé de trésors inattendus : six exemplaires d'auteur des *Dernières Lettres d'une Petite Planète,* un volume relié en cuir destiné personnellement à l'auteur, un magnétophone et les deux versions de Jeannot le Bouffon qui avaient le plus de succès, la première par un chanteur et l'autre par une chanteuse célèbre avec des chœurs. Il avait aussi apporté une bouteille de Veuve Clicquot, un seau à glace, des coupes à champagne, un pot de caviar frais, des toasts, du beurre et le texte intégral du discours de Jean-Marie au Carlton Club, également relié en cuir. Waldo était de la meilleure humeur il-faut-prendre-les-choses-comme-elles-sont.

« Mon père a eu deux attaques. A l'époque on ne les appelait pas des accidents cérébro-vasculaires! Par conséquent, je sais ce que c'est. Parlez quand vous en aurez envie. Taisez-vous quand vous voudrez. Est-ce que le livre vous plaît? Il est beau, n'est-ce pas? Les souscriptions pleuvent. C'est la plus grosse affaire que nous ayons vue depuis vingt ans. Nous sommes assurés d'avoir des critiques dithyrambiques, et pas n'importe lesquelles! La seule chose que je regrette, c'est que vous n'ayez pas pu assister à la réception de lancement. Hennessy a téléphoné. Il m'a dit que la réaction aux Amériques et sur le continent était la même qu'ici. Il a dit aussi qu'il passerait vous voir avant de rentrer à New York. Vous avez touché le point sensible. Et puis, tout le monde siffle la chanson. Je la chante dans mon bain. Champagne? Vous pourrez vous débrouiller avec le caviar? C'est très bien! Vous y arrivez parfaitement. Je voulais absolument que vous preniez du champagne et du caviar, même si j'avais dû vous le faire avaler avec un compte-gouttes.

— Merci. Je suis très touché. » Jean-Marie fut surpris de sa propre facilité d'élocution. « Je suis désolé d'avoir provoqué un tel esclandre à votre club.

— C'est très curieux, dit Pearson qui était devenu soudain très grave. Une partie de l'assistance s'est montrée hostile. Beaucoup ont été profondément émus. Personne n'a pu rester indifférent. J'ai envoyé une copie du texte complet de votre allocution à tous les membres et à leurs invités. Les réponses, pour et contre, ont été très éclairantes. Certaines exprimaient de la peur. D'autres parlaient d'impact religieux; d'autres encore soulignaient le contraste entre la force de votre message et la modestie de votre comportement personnel. Au fait, avez-vous eu des nouvelles de Matt Hewlett? Il m'a dit qu'il devait vous écrire. Il pensait que vous pourriez être embarrassé s'il venait vous voir.

— Oui, il m'a écrit. Il m'a dit qu'il avait offert neuf journées de messes pour moi. Le pape m'a envoyé un télégramme ainsi que certains membres de la curie. Drexel m'a écrit une longue... longue... longue... Excusez-moi. Parfois, les mots les plus simples me font défaut.

— Détendez-vous! dit Waldo Pearson. Je vais vous faire entendre la chanson. Je préfère la version de la chanteuse. Voyons ce que vous en pensez.

— Pourrez-vous me donner un exemplaire pour M. Atha?

— Bien sûr. Qui est-ce?

— C'est le théra... thérapeute. Impossible de vous dire tout ce qu'il fait pour nous. C'est un homme... envoyé par Dieu! Il faudra que je lui dédicace le livre. Est-ce que c'est ennuyeux qu'on sache que je suis l'auteur?

— Je ne pense pas que ce soit ennuyeux pour un sou, répondit Waldo Pearson. Les êtres charitables trouveront Dieu dans ce livre. Les bigots seront certains que vous avez été frappé à cause de vos péchés. Ainsi, tout le monde sera content.

— Est-ce que... est-ce que Petrov a pu avoir son blé?

— Un peu, mais pas suffisamment.

— J'ai perdu la notion du temps. Je n'arrive pas à me souvenir des événements.

— Réjouissez-vous-en! Les temps se disloquent. Les événements échappent à notre contrôle. »

Jean-Marie le saisit par la main. Il avait besoin d'être rassuré par un contact physique. L'idée qu'il essayait de capturer depuis des semaines venait subitement de se préciser. Il la formula avec une application désespérée.

« Il m'a montré les fins dernières. Il m'a dit d'annoncer la parousie. J'ai tout abandonné pour Lui obéir. J'ai essayé. J'ai sincèrement essayé mais avant même que j'aie pu ouvrir la bouche, Il m'a réduit au silence... Je suis dans une telle confusion. »

Waldo Pearson garda la frêle main entre les siennes. Il lui dit avec beaucoup de douceur :

« Moi aussi, j'ai connu la confusion. J'étais en colère. Je me suis surpris à Lui montrer le poing en exigeant de savoir, pourquoi, pourquoi? Et puis, j'ai lu *Les Dernières Lettres d'une Petite Planète* et j'ai compris que c'était votre testament. Il était devant moi, écrit noir sur blanc. Tout ce que vous avez dit ou manqué de dire au Carlton Club n'était que du superflu. Je me suis également souvenu d'autre chose. Le premier précurseur, Jean, dit le Baptiste, a connu une fin étrange. Alors que le Messie qu'il avait annoncé circulait toujours librement en Judée, il fut assassiné dans une prison d'Hérode et sa tête offerte sur un plateau à une danseuse du ventre. La seule chose qu'il ait reçue de son Messie fut un éloge qui devint son épitaphe : « De tous les hommes

« nés d'une femme, il n'en est pas de plus grand
« que Jean Baptiste... »

— J'avais oublié ce détail, dit Jean-Ma-
rie Barette. Il est vrai que j'ai oublié tant de choses.

— Encore un peu de champagne, proposa
Waldo Pearson. Et ensuite, nous écouterons les
chansons. »

Le jour suivant, de nouveaux maux s'abattirent
sur lui. Il était assis dans son fauteuil roulant,
parcourant les titres des journaux du matin,
quand M. Atha vint lui dire qu'il allait s'absenter
un certain temps. Il devait partir à l'étranger
pour s'occuper des affaires de son père. Une
femme le remplacerait pour les séances de thérapie.

« Et quand je serai de retour, poursuivit-il, je
veux voir un homme vigoureux et bavard. »

Jean-Marie se sentit envahi par une panique
soudaine.

« Où... où allez-vous ?

— Oh ! dans plusieurs capitales. Mon père a
des intérêts partout. J'emporte votre livre pour le
lire dans l'avion. Allons, allons ! Ne prenez pas un
air aussi triste !

— J'ai peur ! »

Il avait balbutié le mot avant d'avoir eu le
temps de se retenir. M. Atha refusa de se laisser
fléchir.

« Dans ce cas, vous devez faire face à votre
peur. Tout le travail que nous avons fait ensemble
n'avait qu'un seul but : vous permettre de marcher, de parler, de penser, de travailler par vous-
même. Allons, courage ! »

Mais à l'instant où M. Atha franchit le seuil de

498

la chambre, son courage l'abandonna. Un sentiment de dépression, noir comme la nuit, s'empara de lui. L'endroit de lumière, lui-même, s'obscurcit et il ne parvenait pas à le retrouver. Il sombra dans un désespoir de plus en plus profond. Il ne se remettrait pas. Jamais il ne pourrait quitter l'hôpital et même s'il le pouvait, où irait-il? Que ferait-il? A quoi bon tous ces efforts s'ils n'avaient servi qu'à lui permettre d'enfiler une veste tout seul, de dire des niaiseries élémentaires et de marcher à pas traînants, en ligne droite, sur un trottoir?

Pour la première fois, il se mit à envisager la mort, pas seulement comme une délivrance, mais comme un acte individuel, pour mettre fin à une situation insupportable. Cette pensée lui procura un calme extraordinaire et son esprit devint aussi clair que la longue et froide lumière des latitudes polaires. La logique la plus primitive le fit passer de l'idée de l'acte à une réflexion sur les moyens de l'accomplir. Ce ne fut que lorsque l'infirmière arriva qu'il réalisa, avec un profond sentiment de culpabilité, jusqu'où sa morbide rêverie l'avait entraîné.

Cette expérience l'avait suffisamment effrayé pour qu'il en parlât au médecin quand celui-ci vint lui faire sa visite du soir. Le docteur se pencha sur le bord du lit et se mit en devoir de tout lui expliquer.

« Je commençais à croire que vous aviez eu la chance de passer à côté de cette crise particulière. Nous pensions tous que votre formation religieuse vous avait donné des ressources que la plupart des gens ne possèdent pas. Mais il est impossible de dire ni comment, ni quand la dépression va frapper.

— Vous voulez dire que j'ai une autre maladie?

— Je veux dire, expliqua patiemment le neurologue, que vous venez de décrire les symptômes
classiques d'une dépression aiguë. Si on les laisse
se développer sans les soigner, la dépression
s'installera dans un état chronique, constamment
aggravé par votre handicap actuel. Le départ de
M. Atha a simplement déclenché le processus.
Nous allons donc intervenir avant que les choses
n'aillent trop loin. On va essayer des doses modé-
rées d'euphorisants. Si ça marche, tant mieux!
Sinon, il existe d'autres remèdes. Cependant, si
vous parvenez à repousser les diables noirs sans
une intervention psychotrope trop massive, ce
sera préférable. Mais n'essayez pas d'être courageux ou téméraire. Si vous vous sentez malheureux et incapable de vous en sortir, prévenez l'infirmière, prévenez-moi immédiatement. Promettez-le-moi!

— Je vous le promets, répondit Jean-Marie
d'une voix ferme et claire. Mais c'est dur pour
moi de me sentir si dépendant.

— C'est également mon plus grand problème
en tant que médecin. Le malade est en guerre
avec lui-même. » Il hésita un instant, puis il lui
posa une très curieuse question :

« Croyez-vous que l'homme ait un corps et une
âme qui se séparent au moment de la mort? »

Jean-Marie réfléchit un moment, redoutant
qu'une nouvelle vague de brouillard vienne obs-
curcir la réponse qu'il était en train de chercher;
mais — Dieu merci, la lumière persista. Il répondit avec une surprenante facilité :

« Voici comment les Grecs définissaient
l'homme : esprit et matière, double et divisible.
Ce module a très bien fonctionné pendant longtemps, mais après cette expérience, je ne sais
pas... Je n'ai pas conscience d'être composé de

deux éléments : un musicien qui jouerait sur un piano auquel il manque des notes, ou à l'inverse, un gamin qui se servirait très mal d'un Stradivarius. Je suis moi, un et indivisible ! Une partie de moi est à moitié morte; une autre partie est totalement morte et ne marchera plus jamais. Je suis... dé... dé...

— Défectueux, lui souffla le neurologue.

— Oui, dit Jean-Marie. Défectueux. »

Le docteur prit la carte accrochée au pied de son lit et griffonna des prescriptions contre les diables noirs.

Dans un bref éclair de son humour d'antan, Jean-Marie lui demanda : « Vous n'avez pas d'incantations à proposer avec vos remèdes ? »

Contre ce qui lui advint ensuite, aucun médicament et aucune incantation n'auraient pu prévaloir. Deux jours après le départ de M. Atha, une heure avant midi, Waldo Pearson et Adrian Hennessy vinrent le voir. Ils s'enquirent de sa santé avec sollicitude, mais brièveté. Waldo Pearson commença par lui présenter des excuses.

« J'avais espéré vous épargner ceci; mais c'est impossible. Il nous faut obtenir des arrêts de suspension en Grande-Bretagne, aux Etats-Unis, sur le continent et partout où c'est possible. Nous avons besoin de votre signature pour déposer plainte. »

Jean-Marie les regarda l'un après l'autre avec la plus grande perplexité.

« De quoi dois-je me plaindre ? » demanda-t-il.

Adrian Hennessy ouvrit sa serviette. « Préparez-vous à avoir un choc, Monseigneur ! » Il posa sur le lit un grand press-book et un volume relié.

Le titre en était *L'Imposteur,* l'auteur, un certain Luigi Marco. La couverture portait cette mention « Epreuve non corrigée ». L'éditeur était Veritas S.p.a., Panama. Hennessy lui montra le livre.

« Ce petit ouvrage a été distribué à toutes les agences de presse internationales. Il doit être publié dans le monde entier, dans vingt langues, le jour où nous sortirons les *Dernières Lettres* dans chaque pays. Nous voulons obtenir des arrêts pour stopper la parution. Cependant, — et c'est un sale coup! — certains journaux à scandales ont déjà acheté les droits de reproduction et vont publier les passages les plus croustillants de l'histoire. La presse sérieuse et les réseaux de télévision ne peuvent ignorer ce fait. Ils insistent sur leur droit de commenter cette publication. Il faut donc intenter un procès en diffamation avant que le scandale ne se propage davantage.

— Mais de quel scandale s'agit-il ? »

Ce fut au tour de Waldo Pearson de reprendre le fil des explications. « Ce livre, intitulé fort à propos, *L'Imposteur,* prétend raconter la véritable histoire de votre carrière, depuis votre jeunesse jusqu'à maintenant. C'est un habile et soigneux mélange de faits, de fiction et de sous-entendus infamants. Bien entendu, le nom de l'auteur est un pseudonyme. Le livre tout entier est une œuvre de calomnie fabriquée par des professionnels qualifiés, comme c'est le cas pour les prétendus documents sur des espions, des transfuges ou des scandales politiques que les services de propagande rivaux se jettent mutuellement à la tête, pour se discréditer les uns les autres. La maison d'édition est une société véreuse enregistrée à Panama. Le livre a été imprimé à Taiwan par une de ces boîtes qui font couramment ce genre de travail. Des exemplaires reliés ont été ensuite envoyés par avion dans les pays les plus importants. Quelqu'un a donc investi des sommes considérables pour les recherches, la rédaction, les traductions et la fabrication. Certaines photos ont été prises au téléobjectif, ce qui signifie que vous étiez surveillé depuis longtemps.

— Quel genre de photos ? explosa Jean-Marie qui était sorti de ses gonds.

— Montrez-les-lui ! » dit Waldo Pearson.

Avec une répugnance évidente, Hennessy feuilleta les coupures de presse de l'album. Il en tira un cliché de Jean-Marie sur la place du Tertre en compagnie de la jeune estropiée. L'angle de prise de vue était tel que leurs deux visages étaient tout près l'un de l'autre et on pouvait facilement supposer qu'il s'agissait d'un tête-à-tête d'amoureux. Il lui montra aussi plusieurs photos où on le voyait bras dessus, bras dessous avec Roberta Saracini, à Hyde Park, sur un bateau et dans les jardins d'Hampton Court. Il y avait aussi un instantané montrant Alain et Jean-Marie émergeant du restaurant de Sophie avec l'allure de deux vieux pochards. Une fureur noire s'empara de lui et c'est presque en suffoquant qu'il demanda :

« Que... que dit le texte ? »

Waldo Pearson haussa tristement les épaules. « A quoi vous attendez-vous ? Ils ont fait un remarquable travail de recherche. Ce sont de très habiles fouille-merde et vous apparaissez comme un individu foncièrement mauvais et un peu cinglé, par-dessus le marché. Sur ce point, ils ont réussi à mettre la main sur deux des rapports des médecins qui vous ont examiné avant votre abdication. On cite également un certain nombre d'autres détails alléchants.

— Par exemple, poursuivit Hennessy en prenant le livre, ils ont déniché quelqu'un qui était avec vous dans le maquis. Il est question d'une affaire entre vous et la femme d'un fermier qu'on a, par la suite, découverte violée et assassinée. Bien sûr, les gens du pays ont rejeté toute la faute sur les Allemands, mais... Ils sont très forts pour les mais. Votre meilleur ami est Carl Mendelius de Tübingen. Eh bien, l'auteur laisse entendre que vous l'avez aidé à se dégager de son état sacerdotal, à cause d'une relation homosexuelle entre vous. Le fait que vous l'ayez défendu contre des accusations d'hérésie et que vous ayez célébré son mariage ne sert qu'à renforcer l'insinuation. Le plus terrible dans ce genre d'affaire, c'est que le faiseur de scandale n'a aucune preuve à donner. Il se contente de faire germer des idées ignobles. Si vous embrassez votre mère sur le quai d'une gare, ce doit être de l'inceste.

— Que dit-on au sujet de Roberta ? »

Hennessy fit une grimace de dégoût. « Son père a escroqué le Vatican de plusieurs millions. Les fonds n'ont jamais été retrouvés. On sait que vous avez une fortune importante dont Roberta est administrateur. En France, la gérance de biens est une chose de notoriété publique. Quand vous étiez à Paris, vous avez habité chez elle. Ensuite, on vous a photographié en Angleterre, alors que vous la teniez par la main dans un parc, et vous vivez ici sous un nom d'emprunt. Vous faut-il encore autre chose ?

— Non ! Mais qui a pu faire ça ? Qui en a eu l'idée ? Comment se sont-ils procuré tous ces renseignements ? Pourquoi ?

— Raisonnons un peu, dit Waldo Pearson en

essayant de le calmer. Adrian et moi, nous avons parlé avec un grand nombre de personnes bien informées et nous croyons avoir trouvé une explication qui cadre parfaitement avec toutes les informations que nous possédions déjà. Etes-vous certain de pouvoir soutenir le choc ?

— Oui ! » s'écria Jean-Marie. Il était visiblement en proie à un grand trouble, mais il parvint à déclarer : « Ne vous inquiétez pas. Dites-moi tout ! »

Waldo Pearson se mit à parler sur le ton monocorde d'une personne qui annonce des mauvaises nouvelles.

« Depuis l'instant où vous avez déclaré avoir reçu une révélation personnelle des fins dernières et voulu la rendre publique dans une lettre aux fidèles, vous êtes devenu un homme dangereux. Vous savez ce qui s'est passé au sein de l'Eglise et combien les Amis du Silence se sont montrés acerbes. Mais, à l'extérieur, alors que les nations se préparaient activement à une guerre nucléaire, la réaction a été bien pire. Avec vos visions d'horreur et de jugement, vous constituiez une menace immédiate pour les faiseurs de mythes. Ils étaient en train de préparer les peuples à participer à une compétition de destruction atomique, à un jeu, un jeu diabolique, dans lequel chaque camp se livrait à la même boucherie au nom de la même déraison. Votre vision qui vous a fait passer pour un fou, était en fait la seule position sensée. Vous aviez vu l'horreur et vous l'avez décrite ! Il fallait donc vous réduire au silence avant que le public ne comprenne votre idée. Cependant, ce n'était pas si facile. Vous êtes un homme d'action et de combat. En Allemagne, vous avez débusqué le correspondant de la C.I.A., un agent permanent très important. En France, dans votre propre pays, on vous a tout de suite inscrit sur la liste noire et placé sous surveillance A. En Angleterre aussi, on vous avait à l'œil, mais j'ai une certaine influence et je me suis porté garant de vous auprès du gouvernement. Cependant, vous n'avez pas cessé d'être une épine dans le pied des puissants, car au moment où les tambours de guerre allaient se mettre à retentir, vous risquiez de clamer que le roi n'avait plus de couronne et qu'après le grand boum, il pourrait bien ne plus avoir de sujets. Il fut donc question, comme Adrian et moi l'avons découvert par des sources différentes, de vous liquider. Ce souhait était quasiment unanime. Quand on a appris que votre livre était en préparation, la décision a été annulée et un autre plan a été envisagé : vous discréditer totalement. Vous avez vu comment ils s'y sont pris.

— Comment ont-ils fait pour rassembler si rapidement tous ces matériaux ?

— L'argent ! s'exclama vivement Adrian Hennessy. Mettez un personnel nombreux sur une affaire en lui donnant des fonds suffisants et en moins d'un mois, vous découvrirez les secrets de la vie de n'importe qui. Etant donné l'hostilité qui règne contre vous au sein de l'Eglise et la coopération des gouvernements au plus haut niveau, cette tâche a été facile comme bonjour.

— Mais qui l'a organisée ?

— C'est Dolman qui a tout manigancé et il avait une bonne raison pour le faire. Vous saviez qu'il avait tenté d'assassiner Carl Mendelius.

— Tout cela est parfaitement logique.

— Il y a un autre problème.

— Je vous en prie, dit Jean-Marie avec la plus

grande fermeté. Je vous en prie, ne me cachez rien.

— Même si nous obtenons un arrêt de suspension, dit Adrian Hennessy, ce ne sera qu'une mesure provisoire. Il nous faudra plaider toute une série de procès dans les grands pays. Cela va coûter des sommes considérables. Vous allez être obligé d'en payer une grande partie de votre poche et comme nous voici revenus au Moyen Age et que nous allons bientôt être soumis à des lois d'exception, vous n'aurez aucune garantie de bénéficier d'un jugement équitable, tant de la part du jury que des magistrats, même en Angleterre. »

Jean-Marie réfléchit un moment, puis il déclara lentement :

« J'ai de l'argent. Même si je dois y laisser mon dernier sou, nous lutterons contre ces infamies, sur tous les champs de bataille que nous pourrons trouver. Je ne suis pas assez naïf pour croire que nous gagnerons, mais il faut que tout le monde sache que nous nous battons, avec mon argent et celui de personne d'autre. J'espère, Waldo, que tout cela ne mettra pas en jeu la publication des *Dernières Lettres.*

— Oh ! non, s'exclama Waldo Pearson. Nous n'en aurons que plus de colonnes dans la presse et des débats plus animés. En fin de compte, le jugement en sera remis à la conscience personnelle de chaque lecteur : l'auteur des *Lettres* peut-il être l'ignoble individu dépeint dans ces écrits orduriers ?

— En attendant, il faut signer ces papiers. »

Hennessy les tira de son porte-documents. « Sauf si vous avez envie de vous perdre dans un flot de termes juridiques, vous devez nous faire confiance. Ces documents ont été rédigés par les meilleurs spécialistes du droit en Angleterre, en France et aux Etats-Unis.

— Je vous fais confiance. » Jean-Marie avait déjà commencé à signer les premiers feuillets. « Mais enfin ! Pour établir le contexte de ce pamphlet, il a fallu que des gens qui me connaissent bien fournissent des renseignements.

— Sans doute, reconnut Waldo Pearson. Mais le simple fait qu'ils aient répondu à des questions à votre sujet ne veut pas dire qu'ils soient vos ennemis. Vous ne pouvez pas imaginer comment ils s'y sont pris pour les faire parler. Ces personnes ont pu croire qu'elles vous rendaient service et ne révéler que de simples ragots. Le Vatican en est plein. Hennessy et moi, nous sommes vos amis et pourtant, nous parlons de vous ! Je suis certain que nous avons laissé échapper des propos et des opinions qui se sont retournés contre vous !... Le mieux à faire, c'est d'accepter la chose, de vous battre le plus vigoureusement possible et puis de dire à tous ces salauds d'aller au diable. Vous ne pouvez pas vous permettre de sombrer dans la paranoïa.

— Je suis infirme, pas paranoïaque, répondit Jean-Marie. A l'échelle de la catastrophe finale, je ne pèse pas bien lourd. Ce qui m'arrive n'a aucune importance. Je me fais du souci pour ceux qui, comme Roberta, vont souffrir parce que leur nom est lié au mien dans ce pamphlet. Quand j'étais pape, tous ceux que je touchais se sentaient bénis. Aujourd'hui, je suis un vrai porteur de peste et je contamine mes amis les plus chers. »

Cette nuit-là, il demanda pour la première fois un cachet pour dormir. Le matin, il se réveilla plus tard qu'à l'ordinaire, mais reposé et l'esprit dégagé. Pendant la séance de thérapie, il se rendit compte qu'il marchait avec plus d'assurance et que son bras atteint répondait très bien aux messages transmis par les centres moteurs. Son élocution était constamment nette et il avait rarement besoin de chercher ses mots. La monitrice l'encouragea.

« C'est ce qui se passe dans les pronostics favorables. Les progrès sont rapides au début; ensuite l'état semble stagner pendant longtemps et puis survient une amélioration considérable qui, en général, se poursuit régulièrement. Je vais le dire à votre médecin. Il va sans doute vous prescrire une nouvelle série d'exercices. Ensuite... bon, ne précipitons pas les choses! Le tout, maintenant, c'est de profiter de ce mieux sans tenter d'en faire trop. Vous n'êtes pas encore capable de jouer au football! Par contre, on va pouvoir commencer à vous faire nager, vous vous rendez compte! »

Jean-Marie regagna sa chambre tout seul. Il y arriva épuisé mais triomphant. Quelles que soient les horreurs qu'il devrait désormais affronter, il les accueillerait sur ses deux pieds. Il aurait voulu que M. Atha soit là pour partager sa première et véritable victoire. Il s'étendit sur son lit dans l'intention de donner une série de coups de téléphone pour annoncer la bonne nouvelle, mais ce fut une suite de déceptions. Le téléphone de Carl Mendelius était en dérangement. Roberta Saracini était partie en Italie. Hennessy avait repris l'avion pour New York et Pearson était à la campagne pour quelques jours. Son frère Alain était là, mais il était soucieux. Il se réjouissait des progrès de Jean-Marie. Toute la famille en serait heureuse. Je t'en prie, je t'en prie, donne-nous de tes nouvelles !...

Ceci ramena Jean-Marie devant le problème de son avenir personnel. Même si son état s'était amélioré et même s'il n'avait plus qu'une légère incapacité, il n'en était pas moins un homme de soixante-cinq ans, bientôt soixante-six, qui avait été victime d'un accident cérébral et qui courait le risque d'en subir un autre à n'importe quel moment.

Quelle que soit l'issue des procès, il en sortirait discrédité — davantage encore que s'il était vraiment coupable des délits et des écarts qu'on lui imputait. Le public aimait les fripouilles, mais il n'avait aucune indulgence pour les incapables. Par conséquent, Jean-Marie Barette ne serait rien d'autre que ce qui figurait sur son passeport : un pasteur en retraite qui ne pouvait rien espérer de mieux que d'être aumônier dans un hôpital ou de posséder une petite maison à la campagne avec, pour seule distraction, ses livres et son jardin. Le soir, les diables noirs étaient de retour. Le médecin dut lui faire un cours sur les hauts et les bas de la dépression et sur la façon de les surmonter. Sa conférence se termina par une surprise.

« J'ai demandé un encéphalogramme pour après-demain. S'il va dans le sens que j'espère, nous pourrons envisager de vous laisser partir dans quelques jours. Il faudra vous soumettre à des contrôles trimestriels et à des exercices réguliers. Vous aurez aussi besoin de quelqu'un pour vous aider chez vous, au début, du moins. Pensez-y et nous en reparlerons demain, hein ? »

Quand le docteur fut parti, il regarda le calendrier de son agenda. On était le 15 décembre.

510

Dans dix jours, c'était Noël. Il se demanda où il le passerait et combien de fêtes de la Nativité le monde verrait encore. Petrov n'avait pas obtenu son blé et les armées soviétiques pourraient se mettre en marche dès la fonte des neiges.

Il se fit des remontrances. Il n'y avait pas cinq minutes que le médecin lui avait dit de ne pas ressasser des idées noires. C'était presque l'heure des visites. Il s'apprêta avec soin, mit un pyjama propre, histoire de se prouver que ses nouvelles possibilités n'étaient pas une illusion, enfila sa robe de chambre et ses pantoufles, prit sa canne et partit se promener dans les couloirs, prudemment, mais ostensiblement, en saluant du geste ses camarades de rééducation.

Qu'avait dit M. Atha ? Ah oui ! Il faut avoir du panache ! Les Anglais, eux, employaient le mot « style », mais ce terme suggérait plus l'allure que le simple style. Allure ! C'était très bon ! Voilà maintenant qu'il arrivait à coordonner les deux langues. Il faudrait qu'il essaie de s'exercer un peu en allemand avant de revoir Carl Mendelius. La dernière lettre de Lotte — elle était datée de quand ? — que disait-elle de leurs projets et de leurs déplacements ? Il parcourut le couloir dans le sens inverse, répondant aux félicitations de la garde de nuit qui lui disait : « Mais alors, voyez comme il se débrouille bien ! » Et au salut de l'infirmier jamaïquain : un bond, une enjambée, un pas glissé et cette invitation : « Allons, venez danser, mon vieux ! »

Il fourragea dans le tiroir du bureau et y trouva la lettre de Lotte, tout cet enchaînement de petits mouvements ayant été accompli sans le moindre accroc ! Puis il s'assit dans son fauteuil roulant pour la lire. Elle portait la date du 1er décembre.

« ... Notre cher Carl reprend des forces de jour en jour. Il est devenu très adroit avec la prothèse qui remplace sa main gauche et il arrive à faire presque tout par lui-même. Malheureusement, il a perdu un œil et il porte maintenant un bandeau noir. Ceci, joint à la cicatrice qu'il a sur l'autre côté du visage, lui donne l'air d'un redoutable pirate. La famille en a fait une plaisanterie. Quand nous aurons besoin d'argent, nous pourrons faire jouer papa dans un feuilleton télévisé comme *L'Ile au Trésor* ou *La mer des Antilles* !

« Johann, Katrin et quelques-uns de leurs amis sont partis dans la vallée depuis un mois. Ils essaient de restaurer les principaux bâtiments et de faire des réserves de denrées essentielles avant la fin de l'hiver. Carl et moi irons les rejoindre la semaine prochaine. Nous avons vendu notre maison avec tout le mobilier et nous aurons à emporter uniquement les livres de Carl et les quelques objets personnels qui tiennent encore une place dans notre vie. Je pensais que ce serait un déchirement de quitter Tübingen après toutes ces années, mais non. Où que nous allions maintenant — en Bavière ou dans les mers du Sud — cela n'a pas vraiment d'importance.

« Et vous, cher ami, comment allez-vous ? Nous avons gardé toutes vos cartes et nous suivons les progrès de votre écriture. Nous avons également reçu de vos nouvelles par votre ami anglais si dévoué, Waldo Pearson. Nous brûlons d'impatience d'avoir un exemplaire de votre livre. Carl meurt d'envie d'en parler avec vous, mais nous comprenons pourquoi vous n'aimez pas téléphoner. Je suis comme vous, surtout quand j'ai des étrangers au bout du fil. Je bredouille, je bafouille et j'appelle Carl au secours.

« Quand allez-vous sortir de l'hôpital ? Carl veut absolument, et moi aussi, que vous veniez directement chez nous en Bavière. Nous sommes votre famille et Anneliese Meissner pense qu'il est capital que vous soyez tout de suite placé dans un milieu apaisant. Elle viendra peut-être aussi passer une partie des vacances d'hiver en Bavière. Elle est très attachée à Carl. Ils s'entendent très bien tous les deux et j'ai appris à ne pas être jalouse d'elle, comme j'ai appris à ne pas l'être de vous. Dès que vous saurez quand vous pourrez sortir, envoyez un télégramme à l'adresse que nous vous avons indiquée. Prenez un avion pour Munich et nous irons vous chercher à l'aéroport pour vous emmener dans la vallée.

« Carl est parfois inquiet. Il craint qu'on ferme les frontières avant que vous puissiez venir chez nous. La tension est très forte partout. Des troupes anglaises et américaines de plus en plus nombreuses s'installent en Rhénanie. On voit beaucoup de convois militaires. La presse a pris un ton franchement chauvin et il règne à l'université une atmosphère très étrange. On recrute constamment des spécialistes et on a institué cette surveillance qu'Anneliese et Carl redoutaient tant. Le plus extraordinaire, c'est que très peu d'étudiants protestent. Eux aussi, sont touchés par cette fièvre de la guerre d'une façon tout à fait inattendue. Quel choc de réentendre les vieux clichés et les vieux slogans ! Je remercie Dieu tous les jours que Johann et Katrin soient loin. Cette démence nous affecte tous. Carl et moi, nous nous surprenons à répéter des phrases que nous avons entendues à la radio ou à la télévision. On dirait que les antiques et noires divinités teutonnes ont resurgi de leurs cavernes; cependant, je suppose que chaque pays a ses galeries souterraines occupées par les dieux de la guerre... »

Une voix rauque, à l'accent d'outre-Atlantique, l'interrompit dans sa lecture.

« Bonsoir, Très Saint-Père! »

Il leva la tête et vit Alvin Dolman, appuyé contre l'embrasure de la porte et qui lui souriait. Dolman était lui aussi en pyjama et en robe de chambre, et il portait un paquet enveloppé dans du papier brun.

La sardonique insolence de l'homme laissa Jean-Marie interdit pendant un moment. Puis il sentit une fureur sauvage monter en lui. Il la ravala cependant, tout en faisant une prière courte et désespérée pour que sa langue ne la trahisse pas et ne le laisse confondu devant son ennemi. Dolman entra dans la chambre et s'installa sur le bord du lit avec désinvolture. Jean-Marie se taisait. Il avait retrouvé la maîtrise de lui-même. Il attendait que Dolman se déclare.

« Vous avez l'air en forme, remarqua celui-ci aimablement. L'infirmière de service m'a dit que vous alliez bientôt sortir. »

Jean-Marie ne disait toujours rien.

« Je suis venu vous apporter un exemplaire de *L'Imposteur*. Vous trouverez à l'intérieur la liste des personnes qui vous ont vendu de très grand cœur. J'ai pensé que ça vous ferait plaisir. Ça ne vous servira à rien pour le procès, mais dans un cas comme le vôtre, rien ne peut servir. Quel que soit le verdict, la boue vous collera à la peau. » Il déposa le paquet sur la table de chevet, puis il le reprit et commença à le déballer.

« C'est seulement pour vous montrer qu'il n'est pas piégé, contrairement à celui que j'ai envoyé à Mendelius. Ce n'est pas la peine dans votre cas, n'est-ce pas ? Vous êtes hors jeu pour de bon.

— Pourquoi êtes-vous venu ? » La voix de Jean-Marie était froide comme de la glace.

« Pour vous faire part d'une plaisanterie, répondit Dolman. J'ai pensé que vous l'apprécieriez. La vérité, c'est que je vais passer demain sur la table d'opération. C'est le seul hôpital de Londres qui m'ait accepté en urgence. J'ai un cancer du gros intestin. On va donc m'enlever une partie de mes boyaux et me donner un petit sac que je traînerai partout avec moi pour le restant de mes jours. Je suis en train de me demander si le jeu en vaut la chandelle. J'ai tout ce qu'il faut pour faire une sortie rapide et sans douleur. Vous ne trouvez pas ça drôle ?

— Je me demande pourquoi vous hésitez, répondit Jean-Marie. Y a-t-il quelque chose dans votre vie ou en vous-même que vous trouviez si estimable ?

— Non, pas vraiment, dit Dolman en souriant. Mais nous nous acheminons vers une infernale tragédie, un grand boum qui va balayer tout notre passé, et peut-être aussi, tout notre avenir ! Pourquoi ne pas rester encore un peu pour assister au spectacle ? Ensuite, je pourrai toujours abandonner la partie. Vous êtes celui qui l'a prédit. Qu'en pensez-vous ?

— Pour peu que mon opinion ait une valeur quelconque, répondit Jean-Marie, voici ce que j'en pense : vous êtes terrorisé, tellement terrorisé que vous avez besoin de vous livrer à ce stupide persiflage. Vous voudriez que j'aie peur avec vous et de vous ! Mais je n'ai pas peur ! Je suis triste parce que je sais ce que vous éprouvez et je sais combien un homme peut se sentir inutile et combien tout paraît vain! Ce n'est que la deuxième fois que nous nous rencontrons. J'ignore tout du reste de notre vie et de ce que vous avez fait aux autres. Quel sentiment avez-vous au sujet de ce que vous avez fait à Mendelius et à moi-même?

— De l'indifférence! » La réponse avait fusé, rapide et définitive. « Un simple travail de routine; c'est mon métier et je le fais. Je ne remets pas en question les ordres que je reçois; je ne les juge pas; qu'ils soient bons ou mauvais, sensés ou insensés. Sinon, je serais déjà à l'asile. L'humanité est un ramassis de fous. C'est sans espoir. J'ai trouvé une profession où j'ai pu profiter de cette folie. Je travaille pour ce qui existe avec les moyens que j'ai. Je m'acquitte de toutes les missions. Les seules choses qui ne soient pas de mon ressort sont l'amour et la résurrection. Mais en fin de compte, je m'en suis tiré aussi bien que vous. Vous prêchez le salut en Jésus-Christ depuis deux mille ans, et voyez où ça vous a mené!

— Vous aussi, vous en êtes là, dit calmement Jean-Marie. Et vous y êtes venu de votre propre chef. C'est autre chose que de l'indifférence.

— De la curiosité, répliqua Alvin Dolman. Je voulais voir comment vous étiez. Je dois avouer que vous avez bien résisté au choc!

— Pas assez bien, pourtant.

— Bien, nous y voilà! » Dolman inclina la tête de côté comme un oiseau de proie observant sa victime. « Quand toute cette affaire a débuté, c'est moi qui étais partisan de vous éliminer. J'avais mis au point une douzaine de plans. Tout le monde s'est défilé, sauf les Français qui ont tou-

516

jours cru aux solutions rapides et indolores. Mais Duhamel est intervenu. Il vous a procuré un passeport spécial et il a fait savoir qu'il raccourcirait quiconque essaierait de vous raccourcir. Le jour où vous vous êtes installé en Angleterre, votre liquidation est devenue une solution moins intéressante et quand vous avez eu votre attaque, elle s'est avérée complètement inutile. Tout le monde a pensé qu'il vaudrait mieux vous discréditer plutôt que de faire de vous un martyr. Je n'ai jamais été de cet avis. Hier, quand on m'a annoncé qu'il faudrait m'opérer et que je devrais ensuite porter mes excréments dans un sac le reste de ma vie, j'ai pensé : pourquoi ne pas faire d'une pierre deux coups, vous d'abord et moi ensuite. Je me suis souvenu de cette soirée où vous m'avez dit que vous me connaissiez, moi et l'esprit qui m'habitait. Je ne crois pas avoir haï quelqu'un autant que je vous ai haï à cet instant-là. » Il fouilla dans la poche de sa robe de chambre et en sortit un stylo en or qu'il montra à Jean-Marie. « Voici la mort revêtue de ses plus beaux atours. Une capsule de gaz mortel, suffisante pour nous emporter tous les deux, à moins que je ne me bouche le nez, comme ça, pendant que je la dirige sur vous. »

Il se couvrit le nez et la bouche avec son mouchoir et pointa le stylo en avant vers le visage de Jean-Marie qui l'observait sans faire un seul geste.

« Il y a longtemps que j'ai pris mes dispositions avec la mort, lui dit-il très calmement. C'est un service que vous me rendrez, Alvin Dolman.

— Je sais. » Dolman remit son mouchoir et le stylo dans sa poche et fit un geste de résignation comique. « C'est uniquement parce que j'avais besoin de me le prouver à moi-même. » Il ramassa le paquet à moitié défait en disant avec un haussement d'épaules : « De toute façon, c'était une plaisanterie de mauvais goût. Je vais retourner dans ma chambre.

— Attendez! » Jean-Marie se souleva lentement de son fauteuil et se mit debout. « Je vais vous raccompagner jusqu'à l'ascenseur.

— Ne vous donnez pas cette peine. Je connais le chemin.

— Il y a longtemps que vous l'avez perdu, répliqua Jean-Marie d'un air sombre. Vous ne le retrouverez jamais tout seul. »

Le visage de Dolman se couvrit soudain d'un masque de fureur blême. « Je vous ai dit que je connaissais le chemin.

— Pourquoi se mettre en colère pour une simple politesse?

— Vous devriez le savoir! » Dolman souriait maintenant; un rictus de jubilation muette plus effrayant que son rire. « A Tübingen, vous m'avez dit que vous connaissiez le nom de l'esprit qui habitait en moi.

— Oui, je le connais. » Le ton de Jean-Marie était empreint d'une paisible autorité et d'une étrange ironie. « Il s'appelle Légion. Cependant, monsieur Dolman, ne dramatisons pas. Vous n'êtes pas possédé par les démons, vous êtes la demeure des démons, de démons bien trop nombreux pour un homme qui prend de l'âge. »

Le masque sardonique et tendu de Dolman se ratatina en un visage fatigué et vieilli, le visage d'un clochard décrépi qui a gâché toutes ses chances et qui ne sait plus où aller.

« Asseyez-vous, monsieur Dolman, dit gentiment Jean-Marie. Parlons ensemble comme de simples êtres humains.

— Vous n'avez rien compris, rétorqua Dolman

d'un ton las. On bat le rappel de ses propres démons parce qu'on est incapable de vivre avec soi-même.

— Vous êtes toujours en vie. Vous pouvez encore changer et mériter le pardon de Dieu.

— Vous ne m'écoutez pas! » Son sourire crispé était revenu. « Il se peut que j'aie l'air d'être comme tout le monde, mais ce n'est pas vrai. Je suis d'une autre race, celle des chiens d'attaque. Qu'on essaie de nous changer et nous devenons fous; nous taillons tout en pièces. Vous avez eu de la chance que je ne vous aie pas tué ce soir. »

Il sortit sans un mot d'adieu. Jean-Marie alla jusqu'à la porte et le regarda partir en boitillant dans le couloir, avec son paquet sous le bras. Il se rappela ce vieux conte du diable boiteux rôdant dans la ville et soulevant le toit des maisons pour dévoiler le mal qui y demeurait. Pour autant qu'il s'en souvînt, ce diable boiteux ne trouvait jamais de bien nulle part. Jean-Marie se demanda tristement si ce diable avait la vue basse ou si, au contraire, il était trop clairvoyant pour être heureux. A moins de croire en un Créateur bienfaisant et à une sorte de grâce salvatrice, le monde était un lieu d'où il valait mieux s'échapper, surtout pour un tueur d'âge mûr, affligé d'un cancer de l'intestin.

Ce soir-là, il dédia ses complies à Alvin Dolman. Le lendemain, vers midi, il téléphona à l'infirmière du service où était celui-ci pour s'entendre dire que M. Dolman était mort dans la nuit d'un arrêt cardiaque inexpliqué et qu'on allait pratiquer une autopsie afin d'établir la cause du décès. Ses papiers et ses affaires personnelles avaient déjà été retirés par un fonctionnaire de l'ambassade des Etats-Unis.

Mais Jean-Marie ne pouvait pas en finir aussi sommairement avec un homme qui, tout mauvais qu'il fût, n'en faisait pas moins partie de l'économie divine. Des vies s'étaient arrêtées, des vies s'étaient brisées, d'autres, peut-être s'étaient enrichies, ne serait-ce qu'un moment, de la présence de Dolman sur cette planète. Il ne suffisait pas de répéter ce jugement sans amour des puritains : « Le pardon lui a été offert. Il a rejeté le pardon. Il a pris le chemin inévitable qui mène à l'arbre de Judée. »

Jean-Marie Barette, cet ancien pape, avait trop l'expérience du paradoxe pour croire que le Tout-Puissant avait pu établir des frontières dans la justice. Quoi que disent les Ecritures, il était impossible de diviser le monde en chapeaux blancs et chapeaux noirs. Lui-même avait reçu une révélation, puis il en avait été réduit à envisager le suicide d'un œil froid. On lui avait confié la mission d'annoncer les fins dernières et au moment de le faire, il avait été frappé de mutisme. Par conséquent, peut-être n'était-il pas si étrange de considérer le suicide de Dolman comme un acte de repentir, et sa visite comme une victoire sur le tueur qui vivait dans sa chair.

Le vieux grand-père Barette ne racontait-il pas des histoires d'hommes mordus par des chiens enragés ? Ils savaient que leur mort était inévitable, aussi, plutôt que de contaminer leurs proches, ils se faisaient sauter la cervelle avec un fusil de chasse, ou bien ils allaient se terrer dans une cabane de montagne et ils hurlaient jusqu'à ce que mort s'ensuive.

De nouveau, Jean-Marie était plongé dans le sombre et terrifiant mystère de la souffrance et du mal et il se demandait qui serait sauvé, qui ne le serait pas et qui était responsable, en fin de compte, de tout cet effroyable gâchis. Qui avait fait naître l'homme qui dressait les chiens à tuer ? Qui était cet empereur cosmique qui assistait avec une superbe indifférence au massacre d'un bébé par un de ces chiens ?...

Il était à peine midi; mais les ténèbres de minuit l'enveloppaient complètement. Il aurait aimé que M. Atha fût là pour l'emmener dans la salle de gymnastique, pour lui parler, l'aider à sortir des ténèbres et à retrouver le centre de lumière.

14

M. ATHA reparut dans sa vie aussi naturellement qu'il en était sorti. Dans la soirée, alors que Jean-Marie était en train de dîner, il entra, considéra Jean-Marie des pieds à la tête, comme une plante à une exposition florale et lui décerna un sourire d'approbation.

« Je vois que vous avez fait des progrès fantastiques, dit-il en posant un petit paquet sur le plateau. Voici votre récompense.

— Vous m'avez manqué. » Jean-Marie tendit les deux mains pour l'accueillir. « Regardez ! Elles fonctionnent toutes les deux ! Avez-vous fait bon voyage ?

— J'ai été... très occupé. » M. Atha était plus vague que jamais au sujet de lui-même. « Les voyages deviennent difficiles. Il y a des retards dans tous les aéroports et de nombreuses interventions de la police et de l'armée. Les gens sont méfiants et angoissés. Regardez votre cadeau. »

Jean-Marie ouvrit le paquet et y trouva un étui de cuir souple qui renfermait une petite boîte en argent gravée de motifs compliqués.

« Ce dessin est une invocation à Allah, expliqua M. Atha. C'est un vieillard d'Alep qui les faisait, mais il est devenu aveugle. Son fils a exécuté celle-ci. Ouvrez-là. »

Jean-Marie ouvrit la boîte. A l'intérieur, nichée au creux d'un lit de soie blanche, il y avait une bague ancienne. La monture était en or et la pierre une émeraude claire, avec une tête d'homme gravée dessus, à la manière d'un camée. La pierre était usée et rayée comme un galet érodé par la mer. M. Atha lui raconta son histoire.

« Cette bague m'a été donnée par un ami d'Istanbul. Il prétend qu'elle date du début du premier siècle et qu'elle provient sans doute de Macédoine. Sur l'envers de la pièce, il y a une inscription grecque à demi effacée. Il faut des yeux jeunes ou une loupe pour la déchiffrer. Elle dit ceci : " Timothée à Silvain. Paix ! " Mon ami pense qu'elle a peut-être un rapport avec l'apôtre Paul et ses deux compagnons Silvain et Timothée. Qui sait ? Il m'est venu l'idée saugrenue que puisque vous avez renoncé à l'anneau de saint Pierre, vous aimeriez avoir celui-ci à la place. »

Jean-Marie était profondément ému. Derrière « l'idée saugrenue » de M. Atha, se cachait une attention fort délicate. Jean-Marie glissa l'anneau à son doigt. Il lui allait parfaitement. Il l'ôta et le remit dans la boîte d'argent en disant : « Merci, mon ami. Si ma bénédiction a quelque valeur, vous l'avez totalement. » Il partit d'un petit rire mal assuré. « Je pense qu'il faut pour cela une certaine dose de foi, mais ne serait-il pas merveilleux que ce soit vraiment un cadeau de Timothée à Silvain ? Ils étaient ensemble en Macédoine. C'est évident d'après la lettre de saint Paul aux Thessaloniciens. Voyons un peu si je parviens à me la rappeler. " Paul, Silvain et Timothée à l'Eglise des Thessaloniciens, qui est en Dieu le

Père et en Jésus-Christ notre Seigneur. ". Il fronça les sourcils car il n'arrivait pas à trouver la suite. « Excusez-moi, je suis bloqué pour le reste.

— ... " A vous, grâce et paix ! " » M. Atha achevait la citation. « " Nous ne cessons de rendre grâce à Dieu pour vous tous. " »

Jean-Marie le considéra avec une profonde surprise. « Je savais bien que vous étiez croyant, dit-il. Il fallait que vous le soyez. »

Il s'était servi du mot français *croyant.* M. Atha secoua la tête.

« Non, je ne suis pas croyant. Il se trouve que j'ai été élevé dans la tradition juive, mais personnellement, je ne puis faire acte de foi. Quant à ce passage des Thessaloniciens, je l'ai relu quand mon ami m'a parlé de la provenance de cette bague. Il paraissait tellement approprié. " A vous, grâce et paix ! "... Et maintenant, parlons de vous. Vous avez subi tous les tests et les résultats sont bons.

— Oui, Dieu merci ! Les médecins m'ont dit que je pourrais partir immédiatement. Cependant, ils préfèrent que je reste encore deux ou trois jours. Je sortirai le matin et rentrerai le soir. De cette façon, ils pourront surveiller mes premières réactions aux tensions physiques et psychiques.

— Vous serez surpris du résultat dans les deux domaines, remarqua M. Atha.

— Voudriez-vous rester avec moi ? M'emmener dans Londres et même m'accompagner à Munich pour me confier à mes amis ? Je voudrais passer Noël avec eux et je suis sûr qu'ils vous accueilleraient avec joie, vous aussi. Je ne voudrais pas vous enlever à ceux qui ont également besoin de vous, mais j'ai perdu l'habitude de faire les choses les plus simples.

— Assez! s'écria M. Atha. Je viendrai. J'ai toujours eu l'intention de rester avec vous tant que vous ne serez pas complètement rétabli. Vous êtes un client très spécial, malgré votre mauvaise réputation.

— C'est-à-dire que...

— Oui, j'ai lu l'autre livre aussi. Je sais que sa parution a été suspendue dans certains pays, mais là où je me trouvais, il était en vente libre et il se vendait bien! C'est une honteuse caricature.

— Peut-être mais il fera tout de même du mal à beaucoup de monde, dit Jean-Marie. A Roberta, en particulier.

— Pas tant que vous croyez. On l'aura oublié avant la fin de l'année.

— J'aimerais pouvoir être aussi confiant que vous.

— Ce n'est pas une affaire de confiance, mais un simple fait. Avant le jour de l'An, nous serons en guerre. »

Jean-Marie le regarda avec la plus grande stupéfaction. « Comment pouvez-vous dire une chose pareille? Toutes les estimations que j'ai entendues nous donnent jusqu'au printemps, peut-être même, jusqu'à l'été.

— Parce que toutes ces estimations ont été basées sur les évaluations des manuels. Une guerre conventionnelle, sur terre, sur mer et dans les airs, avec une escalade se limitant à un usage modéré des armes nucléaires tactiques, les plus importantes étant gardées en réserve pour pouvoir marchander. La logique de l'Histoire veut qu'on n'entreprenne pas ce type de guerre en hiver, en tout cas, pas entre la Russie et l'Europe ou entre la Russie et la Chine! Mais je crains fort, cher ami, que la logique de l'Histoire soit déjà dépassée. Cette fois, ils vont commencer avec les grosses bombes à feu en se disant que celui qui frappera le premier gagnera et que le dénouement se décidera en moins d'une semaine. Ils en savent bien peu !

— Et vous, vous en savez beaucoup ? » demanda Jean-Marie avec une certaine défiance, puis il lui posa cette question acerbe : « Quelle preuve pouvez-vous en apporter ?

— Aucune, répondit calmement M. Atha. Et vous, quelle preuve avez-vous à proposer pour votre vision, ou même pour ce que vous avez écrit dans les *Dernières Lettres* ? Croyez ce que je vous dis. Cela arrivera... et sans avertissement. Tout ce à quoi nous assistons en ce moment — mouvements de troupes, exercices de protection civile, réunion des ministres — tout cela, c'est de la mise en scène. C'est une tradition; les peuples s'y attendent, aussi les gouvernements le leur donnent. La réalité est bien différente : des hommes dans des cavernes de béton, profondément enterrées sous la terre, des hommes dans des capsules, très loin au-dessus de nous, qui attendent le dernier ordre fatal. Avez-vous écouté les informations ce soir ?

— Non, je les ai ratées.

— Le président français sera ici demain pour des entretiens exceptionnels à Downing street. Votre ami Duhamel l'accompagne. »

Jean-Marie laissa tomber sa fourchette avec un claquement. « Comment savez-vous que Duhamel est mon ami ?

— On parle de lui dans *L'Imposteur*.

— Ah ! s'exclama Jean-Marie, embarrassé. Je ne l'ai pas lu. Je me demande si Duhamel serait d'accord avec votre interprétation des événements mondiaux.

— Je pense que ça n'a guère d'importance.

527

— Cela en a pour moi », répliqua Jean-Marie avec obstination. Il s'excusa immédiatement. « Je suis désolé. J'ai été grossier. Entre Duhamel et moi, c'est une longue histoire et je ne veux pas vous ennuyer.

— Rien ne m'ennuie jamais, répondit M. Atha. Je suis trop amoureux de ce petit monde. Racontez-moi tout. »

Le récit dura longtemps, depuis le moment où Jean-Marie avait téléphoné pour la première fois à Duhamel du bureau de son frère, jusqu'à la décision de son ami d'en finir avec tout le jour du Rubicon et jusqu'à la coupe du cosmos qui symbolisait le lien qui les unissait.

Quand l'histoire fut terminée, M. Atha ajouta un commentaire personnel. « Donc, maintenant, vous aimeriez un petit paquet bien net et ficelé avec un ruban rose : Duhamel et sa femme dans les bras du Pardon éternel. C'est bien ça ?

— Oui ! répondit platement Jean-Marie. Ce serait réconfortant de savoir qu'il existe quelque chose de net dans l'économie du salut.

— Je crains qu'il n'y ait rien de tel. Ces mathématiques sont trop compliquées pour l'esprit humain... Il faut que je vous quitte. Je viendrai vous chercher ici demain à dix heures trente, habillé et avec toute votre raison ! »

A la lumière des prédictions de M. Atha, il était extraordinaire de constater que les plaisirs les plus simples devenaient merveilleusement précieux : des enfants jouant dans un parc, les visages des femmes regardant les vitrines, le cliquetis et le scintillement des décorations de Noël et même la bruine maussade qui les avait forcés à se réfugier dans la chaleur d'un pub anglais.

528

En compagnie de M. Atha, il ressentait la même impression de bien-être qu'il avait connue dans les premiers temps de son amitié avec Carl Mendelius. Cependant, il y avait une différence. Avec Mendelius, les moments d'explosion n'étaient pas rares; colère contre une injustice, excitation devant une idée nouvelle, émotion de découvrir des beautés cachées. Au contraire, M. Atha était d'un calme inébranlable, comme un grand rocher dans un océan tumultueux. Il ne communiquait pas l'émotion, il la comprenait, il l'absorbait et, en retour, il apportait une sensation de paix et de repos, presque physique.

Quand Jean-Marie était surpris, Atha portait cette surprise jusqu'à l'émerveillement et l'émerveillement au niveau d'une sereine illumination. Quand Jean-Marie était triste — comme cela lui arrivait parfois — en voyant un pauvre hère dormir couché par terre, un jeune homme mendiant à un coin de rue, un enfant portant les marques de la cruauté ou de la négligence, M. Atha transformait cette tristesse en une espérance qui, même sous la menace de l'Armageddon, ne semblait pas inconnue.

« Dans les pays plus simples et plus pauvres, on respecte les mendiants et on honore les fous. Les mendiants nous rappellent la chance que nous avons et Dieu accorde aux fous des visions qu'il refuse aux autres. Nous avons l'expérience des catastrophes, mais nous les considérons comme des péripéties et non comme une fin. Il est étrange que les hommes qui ont découvert les secrets de l'atome et de l'hélice se préparent à les utiliser pour se détruire eux-mêmes...

— Qu'y a-t-il en nous qui nous précipite inexorablement vers l'abîme ?

— On vous l'a appris dès l'enfance. L'homme

est fait à l'image de Dieu, c'est-à-dire que c'est une créature dotée de ressources presque incroyables et de possibilités effrayantes.

— Qu'il utilise toujours à mauvais escient.

— Parce qu'il ne peut pas se faire à l'idée qu'il est mortel. Il croit toujours qu'il va pouvoir tricher avec le bourreau.

— Il me semble que vous m'avez dit que vous n'étiez pas croyant.

— C'est exact, répliqua M. Atha. Croire m'est impossible. »

Jean-Marie le taquina avec cette question de théologien : « Dans la relativité ou dans l'absolu ?

— Dans l'absolu, répondit M. Atha. Venez, on va prendre un taxi. Waldo Pearson veut que vous soyez au Carlton Club à douze heures quarante-cinq précises.

— Vous aussi, vous êtes invité.

— Je sais et j'en suis très flatté. Mais je pense que Pearson et Duhamel aimeront vous avoir pour eux tout seuls.

— Duhamel ? J'ignorais qu'il devait venir.

— C'est moi qui l'ai suggéré, dit aimablement M. Atha. Après tout, c'est un repas d'adieu. Je viendrai vous chercher à deux heures trente. »

Il éprouva une étrange sensation en se retrouvant dans le lieu où il avait été terrassé et il fut légèrement embarrassé en échangeant des saluts et des signes de tête avec des hommes qui avaient assisté à sa défaillance. Ce déjeuner constituait un moment de témoignage, voilé, à la manière anglaise, mais clair comme de l'eau de roche pour quiconque connaissait les rites de ce royaume. En somme, Waldo Pearson disait à tout le monde : cet homme est toujours mon ami. Tout ce que vous avez pu lire sur son compte est mensonge. Si l'un d'entre vous pense le contraire, qu'il demande la parole et vienne me le dire.

La présence de Pierre Duhamel était, elle aussi, un puissant garant de sa bonne conduite. Le président de la République déjeunait à Downing street et son conseiller préféré se montrait au Carlton Club, donnant ainsi un démenti au pamphlet sur Jean-Marie Barette. Duhamel balaya le problème avec le potage.

« Bof ! Une nullité ! Des graffitis sur des ruines et plus personne pour les lire. Vous êtes d'accord avec moi, Waldo ?

— Oui, malheureusement, dit Waldo Pearson. Nous allons vers un triste Noël et un nouvel an bien compromis. Vous pouvez vous conduire de façon aussi abjecte que les Borgia, maintenant, Jean et tout le monde s'en fichera éperdument.

— J'ai entendu dire que nous ne verrons peut-être pas le nouvel an, remarqua prudemment Jean-Marie.

— Encore une vision ? demanda Duhamel avec une ironie acide.

— Non, répondit Jean-Marie en faisant un geste de réprobation. Cette fois, c'est M. Atha, le thérapeute.

— Dans ce cas, profitons de notre déjeuner, dit Waldo Pearson avec un soulagement évident. Je vous recommande la selle d'agneau et le bourgogne du Club. C'est moi qui l'ai choisi et vous n'en auriez pas eu de meilleur à la table du président. »

Jean-Marie n'était pas homme à se laisser vaincre si facilement, même par Waldo Pearson. Il se tourna vers Pierre Duhamel et lui posa cette épineuse question :

« Sommes-nous encore loin du jour du Rubicon ?

— Non. Pas très, répondit Duhamel sans hésiter. En Europe, les forces du pacte de Varsovie sont très mobilisées. Les armes soviétiques sont déployées en profondeur sur les frontières avec la Chine, l'Irak, l'Iran et la Turquie. Le nombre des effectifs et leur disposition correspondent à ce que l'on sait de leur ordre de bataille et à la phase n° 2 de l'état d'alerte.

— Quelle est cette phase n°2 ? demanda Jean-Marie.

— En principe, cela veut dire qu'ils sont prêts à faire face à toute attaque pendant l'hiver et qu'ils peuvent recevoir rapidement des renforts pour une offensive au début du printemps. C'est ce à quoi il faut s'attendre.

— Ils suivent les instructions du manuel à la virgule près, observa Waldo Pearson.

— Supposez qu'il existe un autre manuel, objecta calmement Jean-Marie. L'ordre de bataille est inversé et c'est d'abord le grand boum.

— La manière dont les Russes sont disposés montre qu'ils ne le feront pas, répondit Waldo Pearson avec la solide conviction de John Bull.

— Et si c'était nous qui avions un autre manuel ?

— Je ne répondrai pas à cette question », dit Pierre Duhamel.

Le sommelier apporta le vin. Waldo Pearson le renifla, le goûta et déclara qu'il en était toujours aussi fier en donnant l'ordre de remplir les verres. Il leva le sien à la santé de Jean-Marie.

« A votre complet rétablissement et au succès de votre livre !

— Merci.

— Je l'ai lu. » Duhamel se montra ardent dans ses éloges. « Paulette aussi. Elle a ri et pleuré sur votre petit clown. Moi ? D'abord j'ai admiré l'habileté de l'invention et l'élégance du style. Puis, je me suis surpris à argumenter avec votre Jeannot, parfois pour et parfois contre. En définitive... comment vous le dire ?... votre livre ne résout pas les problèmes de ce fichu XXᵉ siècle, mais il m'a laissé un bon goût dans la bouche... comme votre vin, Waldo !

— Merci à tous les deux. » Jean-Marie leva son verre. « J'ai de la chance d'avoir de tels amis.

— Voici l'agneau ! s'exclama Pearson. Nous avons les premières tranches ! C'est pour cela que j'aime bien arriver ici de bonne heure. »

Jean-Marie était pensif. L'insistance de Pearson à propos de bagatelles culinaires paraissait curieuse et déplacée chez un homme aussi fort et aussi intelligent. Mais, quand Pearson eut quitté la table pour donner un coup de fil, Duhamel commenta ce comportement dans un aparté très parisien.

« C'est tellement britannique ! Il a parfaitement conscience que c'est un adieu, mais il ne sait pas comment le dire. Alors, il parle de selle d'agneau. Mon Dieu ! quelle race !

— Je suis un idiot », reconnut Jean-Marie et, pour dissimuler son embarras, il demanda précipitamment : « Avez-vous des nouvelles de Roberta ?

— Non. Elle est toujours en voyage.

— Si vous la voyez, faites-lui mes amitiés.

— Jean, mon cher ami, permettez-moi de vous donner un dernier conseil.

— Allez-y.

— Pensez à vous. Ne vous inquiétez ni pour moi, ni pour Roberta, ni pour Paulette, ni pour personne d'autre. Nous sommes tous en ligne directe avec notre Dieu personnel, quel qu'il soit. S'il existe, Il nous parlera. Sinon, tout ce jeu est une blague. Allons! Encore un peu de vin!... »

« Vous avez fait un bon déjeuner? demanda M. Atha.

— C'était un adieu, dit Jean-Marie Barette. Nous sommes sortis. Nous nous sommes serré la main. Waldo a dit : " J'ai été ravi de vous avoir, mon cher. " Duhamel a déclaré : " Quelle horrible façon de se quitter! " Nous nous sommes mis à rire, tous les trois et nous sommes partis chacun de notre côté.

— C'est exactement ce qu'il fallait faire. J'ai pris les places d'avion et réservé une voiture pour nous emmener à l'aéroport. Le départ est à onze heures. En tenant compte de l'heure de retard traditionnelle, nous devrions être à Munich à deux heures de l'après-midi. Ce soir, quand nous rentrerons, je vous ferai signer des chèques pour les frais hospitaliers et les pourboires au personnel. Ainsi, vous serez tranquille demain matin.

— Et puis, ce sera terminé. Un autre chapitre de ma vie qui s'achève. Comme ça! »

M. Atha haussa les épaules. « Partir, c'est mourir un peu et mourir est très simple. Un proverbe des gens du désert dit ceci : Ne fais pas de signes d'adieu à la caravane, tu la rejoindras bientôt... Maintenant, il faut aller vous acheter des vêtements chauds, sinon, vous gèlerez dans cette vallée des Alpes. »

Il neigeait à gros flocons quand ils atterrirent à

Munich par le dernier vol avant la fermeture de l'aéroport. Il y avait une longue file d'attente devant le contrôle des passeports. La police des frontières examinait méticuleusement les papiers de tous les étrangers. Jean-Marie se demandait si son nom était inscrit sur la liste noire des indésirables mais, enfin, on l'invita à franchir la barrière et il se retrouva dans la salle des douanes où il rejoignit un troupeau de voyageurs épuisés. M. Atha le pilota vers la sortie, puis revint attendre les bagages. Un instant plus tard il se sentit happé par les bras puissants de Johann Mendelius.

« Oncle Jean! Vous voilà! Vous avez une mine superbe! Papa et maman voulaient venir, mais les routes sont très mauvaises. J'ai été obligé de prendre la jeep et de mettre les chaînes pour franchir le col. »

Jean-Marie le prit par les épaules et se recula pour le regarder. Il n'y avait plus trace de l'enfance chez lui. Désormais, c'était un homme, tout en muscles et en nerfs. Il avait un visage hâlé et des mains dures et calleuses. Jean-Marie exprima son approbation d'un hochement de tête.

« Mais oui, on dirait un vrai paysan!

— J'en suis un. Paysan jusqu'au bout des ongles! Nous avons eu bien du fil à retordre pour rendre l'endroit habitable pour l'hiver, mais nous y sommes arrivés! Ne vous attendez pas à trouver le luxe, cependant. Nous vous garantissons seulement de la cuisine du pays et un abri bien chauffé.

— Vous verrez que je ne suis pas difficile à contenter.

— Vos amis sont tous bien arrivés.

— Mes amis?

— Oui, vous savez bien, ceux que vous nous

avez envoyés avec notre mot de passe : le cosmos dans un verre de vin. Il y avait trois groupes, neuf personnes en tout. Ils se sont très bien intégrés. »

Une sorte d'instinct primitif avertit Jean-Marie de ne pas discuter. Le mystère s'expliquerait de lui-même dès qu'ils seraient arrivés dans la vallée. Il se contenta de hocher la tête en disant : « Je suis heureux qu'ils ne vous aient pas causé de dérangement.

— Au contraire.

— Comment vont votre mère, votre père et Katrin ?

— Oh ! très bien. Maman est devenue toute grise, mais ça lui va très bien. Papa arpente le domaine comme un capitaine sur son gaillard d'avant; il inspecte tout avec son œil valide et il s'exerce à manier les outils avec sa main artificielle. Katrin est enceinte de deux mois. Elle et Franz ont décidé de vous attendre pour que vous les mariiez. »

M. Atha émergea de la cohue avec un chariot à bagages. Johann le considéra, bouche bée, puis il éclata de rire.

« Je vous connais ! Vous êtes celui... Oncle Jean, c'est incroyable... cet homme... »

Monsieur Atha l'arrêta. « Ne lui dites rien. Attendez un peu. Les surprises lui font beaucoup de bien.

— Vous avez raison ! » Johann rit de nouveau et prit Jean-Marie par le bras. « Ça vaut vraiment la peine d'attendre. »

Ensemble, ils aidèrent Jean-Marie à sortir de la foule et ils arrivèrent sur l'aire de départ. Johann s'en alla en courant pour aller chercher la jeep. Jean-Marie adressa à M. Atha ce reproche voilé : « Mon cher ami, il me semble que vous me devez un certain nombre d'explications.

— C'est vrai, répliqua M. Atha d'un air dégagé. Mais je pense que nous trouverons un meilleur endroit et un meilleur moment pour le faire... Quel jeune homme sympathique !

— Johann ? Oh ! oui. Il a beaucoup mûri depuis la dernière fois que je l'ai vu. »

Une pensée soudaine vint l'assaillir. Il grommela à voix haute : « C'est la veille de Noël. J'étais tellement préoccupé que j'ai oublié d'acheter des cadeaux pour la famille... et pour vous. C'est très ennuyeux.

— Je n'ai pas besoin de cadeaux et vous me payez pour que j'y pense ! J'ai fait quelques achats avant de partir. Les paquets sont faits. Il ne vous reste plus qu'à écrire les noms sur les cartes. » Il ajouta en souriant : « J'espère avoir bien choisi.

— J'en suis certain, mais cette fois, je préfère ne pas avoir de surprises. Qu'avez-vous acheté ?

— Des foulards et des mouchoirs de dentelle pour Frau Mendelius. Un pull-over de ski pour le jeune homme. Du parfum pour la fille et, pour le professeur, une loupe prismatique pour lire plus facilement. Ai-je bien fait ?

— Magnifique ! Vous aurez droit à ma reconnaissance éternelle. Mais cela ne vous dispensera pas de me donner des explications.

— Je vous promets que vous les aurez et j'espère que vous comprendrez. Voilà Johann. »

Ils aidèrent Jean-Marie à monter dans la jeep, l'enveloppèrent dans une couverture et dans une pelisse en peau de mouton, puis ils prirent l'autoroute en direction de Garmisch. Johann parlait de leur petite communauté de la vallée avec passion.

« Nos projets étaient assez vagues. Papa avait dans l'idée de fonder une académie postuniversitaire. Moi, j'avais pensé que l'endroit pourrait servir à nous cacher, mes amis et moi, si nous avions des ennuis avec les autorités. Souvenez-vous que c'était l'époque où nous achetions des armes à Dolman pour monter un réseau clandestin à l'université. Et puis, tout s'est trouvé bouleversé. Il a fallu aider papa à remonter la pente et cette vallée nous a paru être l'endroit idéal. Nous y sommes venus à huit pour commencer à restaurer les bâtiments. Nous campions dans le pavillon et nous travaillions du lever au coucher du soleil. Comme vous allez le constater, c'est un lieu écarté de toutes les grandes routes et nous ne pensions pas avoir beaucoup de visites. Pourtant, elles se sont mises à pleuvoir, des jeunes surtout, mais aussi des personnes plus âgées. Nous mettions cela sur le fait que la Bavière est remplie de touristes à la fin de l'année. Il y a la fête de la Bière, l'Opéra et toutes les présentations de mode. Nous avons donc eu des visiteurs de toutes les nationalités : des Italiens, des Yougoslaves, des Vietnamiens, des Polonais, des Américains, des Japonais. Ils nous disaient tous qu'ils aimeraient rester pour nous aider. C'était formidable; nous manquions terriblement de main-d'œuvre. Nous avons institué un règlement très simple : travailler et partager. C'est incroyable! Jusqu'à aujourd'hui, nous sommes restés ensemble et vous verrez que notre communauté est très mélangée.

— Ces personnes vous ont-elles donné des raisons spéciales pour se joindre à vous?

— Nous ne leur posons pas de questions. Si les gens veulent parler, on les écoute. Je pense qu'il serait exact de dire que la plupart d'entre eux ont des blessures cachées.

— Et ils aimeraient renaître sans, intervint M. Atha.

— Oui, c'est possible », répondit Johann d'un air pensif.

Quand ils furent arrivés sur les premières hauteurs, Johann obliqua vers le sud et amorça une longue et tortueuse ascension sur une route de campagne ensevelie sous la neige. Juste avant que la route ne s'achève pour devenir une piste de bûcherons pleine d'ornières qui passait au milieu des sapins, ils virent sur le bord du chemin, dans un petit autel, le traditionnel crucifix en bois sculpté surmonté d'un toit à pignon. Johann ralentit.

« C'est là que nous avons rencontré M. Atha quand nous faisions de l'auto-stop pour aller en Autriche. Nous lui avons demandé s'il connaissait un endroit pour camper et il nous a montré la piste que nous allons prendre maintenant. Tenez-vous bien, oncle Jean. Le chemin est très mauvais ! »

Il l'était effectivement et pendant un quart d'heure, ils furent cahotés et secoués à croire qu'ils allaient se rompre les os à tout instant; mais quand ils émergèrent de la forêt, ils découvrirent une grande paroi de roche noire dont les crevasses étaient blanchies par des coulées de neige et, au milieu, un défilé taillé net, comme par la hache d'un géant. Le défilé devait faire une centaine de mètres de longueur. A l'extrémité, il y avait une palissade en planches montée sur d'énormes gonds de fer forgé à la main. Johann descendit de la jeep, poussa la palissade et engagea le véhicule dans une grande dépression en forme de cuvette et entourée d'escarpements rocheux qui laissaient la place, par paliers, à des sapins et à une végétation plus sauvage aux alentours du lac. Johann arrêta la jeep. M. Atha descendit fermer la barrière et Johann leur montra quelque chose à travers les tourbillons de neige.

« On ne voit pas grand-chose avec cette tourmente, mais le lac est plus grand qu'il n'en a l'air d'ici. Les lumières que vous apercevez à travers les arbres viennent du pavillon principal et des cabanes qui l'entourent. La cascade est à l'autre bout et l'entrée de l'ancienne mine se trouve à environ cinquante mètres sur la gauche. Je vais avoir tant de choses à vous montrer ! Mais allons d'abord à la maison. Papa et maman doivent bouillir d'impatience ! »

M. Atha grimpa dans la jeep et ils partirent en cahotant sur le sentier de chasse en direction des lumières jaunes éparpillées.

« Nous allons vous avoir pour nous seuls jusqu'à l'heure du dîner, déclara gaiement Lotte. Carl a imposé la chose comme les lois des Mèdes ou des Perses ! Pas de comité d'accueil ! Pas de visites ! Pas d'interruption tant que nous n'aurons pas eu notre part de notre Jean-Marie, Johann a promis de s'occuper de M. Atha. Les autres sont très affairés à décorer l'arbre de Noël et à préparer le repas de ce soir. Nous avons dû nous accoutumer à avoir moins de place et moins d'intimité, mais à Noël, cette vie tribale a un certain charme. »

Ils étaient assis autour d'un vieux poêle de faïence dans ce qui avait été jadis la pièce des domestiques du pavillon de chasse. Le mobilier consistait en une petite table de pin couverte de hautes piles de livres, un tabouret en bois et trois fauteuils délabrés. Ils buvaient du café arrosé de cognac en grignotant des biscuits tout chauds sortis du four.

Lotte avait beaucoup vieilli pendant ces quelques mois. Les dernières traces de la jeunesse
avaient disparu et c'était désormais une matrone
aux cheveux gris, aux traits doux et maternels,
avec le sourire toujours prêt d'une femme en paix
avec elle-même et avec le monde. Mendelius avait
maigri, mais c'était toujours un homme solide et
vigoureux. Il avait la moitié du visage entièrement ravagée, déchiquetée et trouée par les
minuscules fragments qui avaient rompu les vési-
cules, mais son cache-œil noir lui donnait un air
bravache et son sourire de guingois n'avait rien
perdu de sa malice. Il se déclara très satisfait de
l'état de Jean-Marie.

« Vous ne boitez presque pas, juste assez pour
faire croire que vous êtes un ancien combattant
distingué. La figure ? Eh bien, je n'aurais pas
deviné que vous aviez eu une attaque. Et toi,
Lotte ? De toute façon, comparé à moi, vous êtes
le David de Donatello !... Enfin, nous sommes
encore pleins de vie, mon vieux ! Que pensez-vous
de cet endroit ? Evidemment, vous n'avez rien pu
voir avec cette tempête de neige, mais c'est formidable ! Nous avons ici quarante personnes, y compris quatre enfants. Vous les verrez au dîner. Et
je vous promets que nous allons faire un dîner
succulent ! Johann et ses copains ont charrié près
de cinquante tonnes de vivres le mois dernier.
Les bois sont pleins de cerfs. Nous avons quatre
vaches à lait dans l'étable. Vous sentirez leur
odeur, car votre chambre est juste au-dessus.
Vous direz la messe de minuit, bien sûr. Tout le
monde n'est pas chrétien. Nous pratiquons ce que
nous appelons " une communion des âmes " au
repas du soir. Tous ceux qui se sentent gênés peuvent l'éviter en arrivant en retard. Les autres se
réunissent et se tiennent la main en silence. Si

quelqu'un a envie de dire une prière en public, il la dit. Si quelqu'un veut porter un témoignage ou demander un compte rendu de notre journée commune, c'est à ce moment qu'il le fait. Nous terminons en récitant le Notre Père. Presque tout le monde se joint à cette prière. On dirait que ça marche bien. Il y a autre chose que vous devez savoir. » Son ton s'était fait plus formel et il se redressa sur son siège. « Les actes de propriété de la vallée ont été établis à mon nom et à celui de Lotte, avec reversion sur les enfants. Cependant, étant donné que la plupart des gens de la communauté sont jeunes, nous avons pensé que je ne pouvais plus tenir le rôle de chef et, d'un commun accord, c'est Johann qui a pris la tête.

— Et c'est très bien ainsi, poursuivit Lotte avec chaleur. Il n'y a plus de rivalité entre Carl et Johann. Ils se respectent. Johann nous demande constamment conseil, à Carl et à moi. Il nous écoute attentivement, mais à la fin, c'est lui qui prend les décisions. Pourtant, nous aimerions tous que vous preniez la place d'honneur, que vous vous asseyiez au bout de la table, par exemple.

— Non, ma chère Lotte. » Jean-Marie avança la main pour lui caresser la joue. « Vous n'avez pas compris. Je suis le serviteur des serviteurs de Dieu. Je m'assoirai entre Carl et vous, comme de vieux amis, et nous laisserons les jeunes se faire les griffes sur les fils barbelés. »

Tout à coup, comme si un fusible avait sauté, cette affectueuse conversation s'arrêta. De sa main valide, Mendelius attrapa Jean-Marie par le poignet et il lui dit d'un air sombre :

« Tout cela est bien trop joli, Jean ! Nous le savons tous les deux. J'entends tous les jours ce même genre de rengaine dans notre communauté. Tout est douceur et lumière. Que Dieu nous vienne en aide ! Vous devez penser que nous sommes des jeunes amoureux qui construisent la maison de leurs rêves !

— Carl, ce n'est pas bien ! s'écria Lotte, indignée. Nous discutons de choses simples pour éviter de penser aux terribles problèmes sur lesquels nous n'avons aucun pouvoir. Pourquoi ne devrions-nous pas prendre plaisir à ce que nous faisons ici ? Il a fallu beaucoup de sueur pour bâtir cet endroit... et beaucoup d'amour aussi, mais parfois tu es trop bougon pour t'en rendre compte.

— Excuse-moi, chérie. Je ne suis pas de mauvaise humeur. Mais Jean comprend ce que je veux dire.

— Je vous comprends tous les deux, dit Jean-Marie. La première raison, c'est que les nouvelles sont mauvaises. Dans la meilleure des éventualités, les hostilités ne débuteront pas avant le printemps, mais dans la pire, d'après une prédiction de mon ami M. Atha, confirmée par un " je ne répondrai pas " de Pierre Duhamel, les Américains pourraient tenter une attaque préventive avec des missiles lourds, avant la nouvelle année. »

Un long silence s'établit. Lotte avança la main pour toucher son mari.

« Dans ce cas, Jean, déclara Carl Mendelius, tout va culbuter dans le chaudron des sorcières, gaz paralysants, bactéries, lasers et toutes les effrayantes inventions entreposées dans les arsenaux du monde entier.

— C'est vrai, approuva Jean-Marie. Mais vous pourrez être en sécurité ici pendant très longtemps.

— La question n'est pas là, Jean, n'est-ce pas ? Ce n'était pas le but initial de trouver un simple moyen de survivre. Sinon, je ne crois pas que Lotte et moi, nous serions donné tant de mal. Ni vous non plus, d'ailleurs. Nous sommes devenus tous les deux des familiers de la Mort et elle est loin d'être la dame terrifiante qu'on prétend. Tout a commencé avec votre vision et ce message qu'ils n'ont pas voulu vous laisser annoncer : centres d'espoir et centres de charité pour l'après-guerre. Voyons, maintenant que vous êtes là, qu'allons-nous faire ?

— Carl, il vient à peine d'arriver ! » Manifestement les frustrations de Carl Mendelius étaient une nouveauté pour Lotte. « On devrait plutôt lui raconter ce que nous avons fait. Tu l'as dit toi-même, Carl : on ne peut pas donner de l'eau quand le puits est à sec. C'est pourquoi chacun œuvre dans le domaine qu'il connaît le mieux, aussi modeste soit-il. Anneliese Meissner initie des filles et des garçons à la médecine pratique, en se servant également des remèdes homéopathiques qu'on peut préparer avec les plantes que nous avons sous la main. Elle les a enflammés d'enthousiasme pour les médecins aux pieds nus des campagnes chinoises. L'un des jeunes gens que Johann a amenés ici est ingénieur et il travaille sur un projet pour utiliser la chute d'eau en vue de produire de l'électricité. Moi, j'ai commencé à faire la classe aux enfants et Carl va s'employer à écrire le rapport de tout ce que nous faisons ici et des difficultés que nous rencontrons. Je sais que tout cela est insignifiant, mais on pourra... on pourra le partager. Même si le monde se désintègre, tôt ou tard, nous devrons entrer en contact avec les rescapés qui seront près de nous. A ce moment, il faudra avoir quelque chose à leur offrir, sinon l'espoir est mort et la charité ne veut rien dire ! »

Jamais Jean-Marie ne l'avait entendue tenir un aussi long discours; c'était la plus belle confirmation de tout ce qu'elle avait appris en tant que femme.

« Bravo, Lotte! Carl, vous pouvez être fier de votre femme!

— Je le suis, répondit Carl qui avait retrouvé sa bonne humeur. Je suis tout simplement jaloux parce qu'elle est beaucoup plus utile que moi. C'est vrai! Je suis un type très savant, mais qu'est-ce que c'est comparé à une femme qui sait préparer des médicaments avec des plantes et à un homme qui fait de l'électricité avec une chute d'eau?

— Oh! je suis sûre qu'on te trouvera une utilité. » Lotte se leva et embrassa Mendelius sur le front. « Je vais voir ce qu'il se passe dans la cuisine. »

Quand elle fut partie, Jean-Marie demanda à Mendelius :

« D'où pensez-vous que vienne ce nom d'Atha?

— Atha? » Mendelius répéta le nom plusieurs fois et secoua la tête. « A dire vrai, je n'en ai aucune idée. C'est l'ami qui vous a accompagné?

— Oui. Il est très vague à son propre sujet et au sujet de beaucoup de choses, du reste. Il m'a dit qu'il était originaire du Moyen-Orient. Il a été élevé dans la tradition juive, mais il n'est pas croyant. Mais, Carl, c'est un homme exceptionnel. Comme vous l'avez vu, il est jeune; il ne doit pas avoir plus de trente-cinq ans et pourtant, il a tant de maturité et tant de force intérieure! Quand j'étais au centième dessous, je me suis raccroché à lui comme un homme qui se noie. J'avais l'impression qu'il allait me sauver en m'emportant sur son dos. C'est très étrange, il s'est glissé si facilement dans ma vie que j'ai le sentiment de l'avoir toujours connu. Il semble avoir d'immenses connaissances et une expérience très variée, mais il n'en fait jamais état. Je suis très intéressé de voir ce que vous allez penser de lui.

— Atha.... Atha... » Carl Mendelius continuait à jouer avec ces deux syllabes. « Ce n'est certainement pas un nom hébreu. Ça me rappelle vaguement quelque chose. Je ne sais pas pourquoi, mais depuis que je suis sorti de l'hôpital, ma mémoire n'est plus aussi fidèle qu'autrefois.

— La mienne non plus, remarqua Jean-Marie. La seule consolation, c'est de savoir qu'il y a beaucoup de choses qu'il vaut mieux oublier ! »

Mendelius se leva et tendit la main à Jean-Marie pour l'aider à en faire autant.

« Allons faire un petit tour pour voir les autres. Ainsi, au dîner, vous n'aurez pas devant vous toute une rangée de têtes nouvelles. »

Dans ce qui était autrefois la salle à manger du pavillon, un grand feu de bois crépitait et les bougies de l'Avent, entourées de verdure, étaient disposées devant les fenêtres. Dans un coin, on avait installé la traditionnelle crèche avec les figurines en bois de la Vierge, de Joseph et de l'enfant Jésus, entourés des bergers et des animaux tournés vers la mangeoire. En face, se dressait un grand arbre de Noël décoré de boules et de cheveux d'ange. Le reste de la pièce était occupé par des bancs et des tables à tréteaux qu'une équipe de jeunes affairés était en train de préparer pour le dîner. Hésitant un peu sur les noms, Mendelius fit les présentations sans cérémonie :

« Mes amis, voici le père Jean-Marie Barette. Il pourra vous servir de confesseur, de conseiller... ou, tout simplement, de bonne compagnie ! Vous aurez tout le temps pour faire connaissance avec lui. » Puis en faisant un clin d'œil à Jean-Marie, il ajouta : « Je sais que c'est une déchéance, mais nous n'avons pas les moyens de nous offrir un pape, ni même un évêque et il ne faut pas faire fuir les clients ! »

Jean-Marie acheva à sa place la vieille plaisanterie de curé : « Pas avant d'avoir ramassé les cadeaux de Noël ! »

La cuisine s'enorgueillissait d'un grand four à bois, très ancien, devant lequel une demi-douzaine de cuisinières préparaient activement des volailles, des légumes et des pâtisseries. L'une d'elles était Katrin, couverte de farine jusqu'aux coudes.

Elle lui tendit la joue et plaisanta sur son état.

« Vous vous rendez compte, c'est à moi que ça arrive ? Au début, j'ai été prise de panique, mais maintenant, je suis très heureuse et Franz aussi. Il est en train de scier du bois dans la grange. Vous nous marierez, oncle Jean ?

— Qui d'autre pourrait le faire ?

— Eh bien, si vous n'étiez pas venu, nous aurions célébré une sorte d'engagement devant la communauté.

— C'est la même chose, sauf qu'avec moi, vous aurez la bénédiction de l'Eglise. »

A l'autre bout de la cuisine, Anneliese Meissner était en train de préparer un mélange dans un grand récipient de cuivre. Jean-Marie la salua et trempa son doigt dans le liquide.

« C'est du punch, lui dit-elle. Une recette personnelle. A ne pas servir aux moins de dix-huit ans et aux personnes qui n'ont pas d'assurance-vie. » Elle lui tendit la louche pour qu'il y goûte. « Alors, qu'en pensez-vous ?

— Il est mortel ! s'exclama Jean-Marie.

— Vous aurez droit à un petit verre, pas plus. J'espère que vous faites bien tout ce qu'on vous a dit. » Elle le scruta avec un œil aigu de professionnelle. « Vous avez l'air en bonne forme. A peine une légère trace de paralysie faciale. Donnez-moi votre main gauche. Serrez fort !... Vous y arriverez. Je vous examinerai demain, quand je serai remise de la gueule de bois que j'aurai certainement. Ça fait plaisir de vous voir ! »

Il neigeait toujours, mais Carl Mendelius était impatient de continuer la visite. Il tendit un manteau en peau de mouton et une paire de bottes à Jean-Marie et il l'emmena dehors pour lui donner un bref aperçu de la disposition de la petite colonie. Le lac gelé était couvert de neige et un bateau retourné était échoué sur le bord. La chute d'eau coulait encore, mais elle était festonnée de stalactites. Il lui montra aussi l'entrée de l'ancien tunnel de mine.

« Il s'enfonce très profondément, lui expliquat-il. On y trouve encore des quantités de jaspe sanguin. C'est là que nous entreposons nos réserves, boîtes de conserve, graines, outils. C'est la meilleure protection contre les souffles ou les radiations directes. Les retombées dépendant des vents, bien sûr. Je pense que Munich sera la cible la plus proche. Voulez-vous voir les enfants ? Ils sont dans cette cabane. Des femmes s'occupent d'eux, car nous voudrions leur faire la surprise de l'arbre de Noël. »

Mais quand Mendelius poussa la porte et se mit de côté pour le laisser passer, ce fut Jean-Marie qui eut une grosse surprise. M. Atha était assis, le dos tourné à l'entrée avec un enfant sur les genoux. Trois autres étaient assis par terre devant lui et derrière eux, il y avait quatre femmes entièrement absorbées par l'histoire. L'une d'elles leur fit signe de se taire. Mendelius et Jean-Marie s'avancèrent sur la pointe des pieds, après avoir refermé doucement la porte. M. Atha poursuivait son récit.

« Vous n'y êtes jamais allés, mais moi si. L'endroit où les bergers gardaient leurs brebis est une colline très nue et très froide. Il n'y a pas d'arbres comme ici. Rien que des pierres et de l'herbe dure, tout juste suffisante pour nourrir les moutons. Les bergers sont solitaires. J'ai passé beaucoup de temps dans le désert et je vous assure que la nuit y est très angoissante. Aussi, l'un des bergers s'était mis à chanter et, un peu plus loin, un autre avait repris le chant, puis encore un autre jusqu'à ce que cela fît comme un chœur d'anges. C'est alors qu'ils ont vu l'étoile. Elle était grosse, grosse comme un melon ! Et si basse qu'ils auraient presque pu l'attraper et la décrocher du ciel. Et puis, elle brillait, mais d'un éclat très doux qui ne faisait pas mal aux yeux. Elle était juste au-dessus de la grotte où le bébé venait de naître. Toujours en chantant, les bergers se dirigèrent vers la grotte et ils furent ainsi les premiers visiteurs que la petite famille formée par Jésus, Marie et Joseph eut jamais à Bethléem en Judée. »

Il y eut un instant de silence, puis un grand « oh ! » sortit de la bouche des enfants au moment où le récit se terminait. M. Atha se leva et se retourna pour accueillir les arrivants. L'enfant qu'il portait dans les bras était la petite mongolienne de l'institution de Versailles, une des femmes, la patronne de l'Hostellerie des Chevaliers et une autre encore était Judith, la jeune estropiée qui avait fait la coupe du cosmos.

Jean-Marie était muet de stupeur. Il balbutiait, il bredouillait, comme après son attaque.

« Comment... comment êtes-vous venues ici ?

— C'est vous qui nous l'avez demandé. M. Atha
nous a envoyé un message. »

Jean-Marie se tourna vers M. Atha. « Comment
avez-vous su le mot de passe ? Je ne l'avais donné
à personne, excepté Johann.

— Prenez l'enfant, lui dit M. Atha. Elle vous
réclame. »

Il lui tendit la fillette qui se mit aussitôt à câli-
ner Jean-Marie en gloussant de joie. Il retrouva sa
voix pour lui murmurer : « Alors, c'est ma petite
bouffonne ! » Ensuite seulement, il parvint à dire
bonjour aux autres et il les embrassa comme un
père qui s'est trouvé longtemps séparé des siens.

« Maintenant, madame, dit-il à la patronne,
c'est bien la mule stupide que vous avez devant
vous, et non le pape ! »

La voix de M. Atha vint apaiser le flot de son
émotion.

« Ces personnes sont mes cadeaux de Noël.
J'en ai aussi invité d'autres, de la même façon.
Vous les verrez plus tard, mais vous ne les
connaissez pas. Ce sont des clients qui ont besoin
d'une aide particulière. J'espère que vous ne m'en
voulez pas de ma petite ruse, professeur Mendelius.

— C'est Noël ! » Mendelius riait de l'air décon-
fit et ravi de Jean-Marie. « Ici, la maison est toujours ouverte !

— Merci, professeur.

— Votre nom m'intéresse beaucoup, M. Atha.
Il n'est pas hébreu. D'où vient-il ?

— De Syrie, répondit M. Atha

— Ah ! » fit Carl Mendelius, trop poli pour
poser d'autres questions à un invité si laconique.

Le dîner débuta par une cérémonie pour les enfants. Jean-Marie porta la petite bouffonne dans ses bras pour lui montrer l'arbre de Noël, la crèche et les étincelles qui dansaient dans le feu de bois. Elle refusait absolument de le quitter, aussi on dut placer sa chaise haute à côté de Jean-Marie.

Johann présidait. Il avait sa mère à sa droite et Anneliese Meissner à sa gauche. Carl Mendelius était assis près de Lotte et Jean-Marie à côté d'Anneliese, avec l'enfant. De l'autre côté de la table, en face de lui, était placé M. Atha entouré de Judith et de Katrin Mendelius. Johann ouvrit les solennités par une requête de pure forme.

« Oncle Jean, pourriez-vous nous donner votre bénédiction, s'il vous plaît ? »

Jean-Marie se signa et récita l'action de grâces tout en remarquant que M. Atha n'avait pas fait le signe de croix, contrairement à d'autres. Cependant, il se joignit au reste de l'assemblée pour dire « Amen » à la fin de la prière.

Ensuite, la fête commença, généreuse, gaie et bruyante. Le punch d'Anneliese avait fait démarrer l'ambiance et le vin du Rhin l'entretenait. Johann avait dit à Jean-Marie que le café était prévu pour dix heures et demie, afin que les enfants puissent aller se coucher et que les adultes aient le temps de se dégriser avant la messe de minuit. Vers dix heures, tout le monde était d'humeur sentimentale. Johann Mendelius se leva et tapa sur son verre pour attirer l'attention. Malgré les effets du vin, il avait un air d'assurance et d'autorité.

« Chers amis, chers parents, je ne vais pas vous faire un long discours. Je veux d'abord vous souhaiter à tous les meilleures choses possibles pour Noël et pour votre vie future dans cette vallée. Je vous remercie pour le dur labeur que vous avez accompli afin que tout soit prêt pour l'hiver. Ensuite, je voudrais souhaiter la bienvenue à oncle Jean et lui dire combien nous sommes heureux de l'avoir parmi nous. La dernière fois que je l'ai vu, il y a quelques mois, j'avais fait des réserves sur toutes les idées qu'il défendait. Aujourd'hui, j'aimerais qu'il sache que j'ai beaucoup moins de réserves et beaucoup plus de certitudes sur ce qui fait un homme de bien. Enfin, je voudrais remercier M. Atha qui, d'abord, m'a indiqué le chemin qui mène à cette vallée et qui ensuite, nous a amené notre invité le plus éminent et notre invitée la plus aimée. » Il fit un geste en direction de Jean-Marie et de la fillette assise à côté de lui.

Quelques applaudissements éclatèrent. Il poursuivit : « D'après une remarque qu'il a faite en passant cet après-midi, j'ai cru comprendre que M. Atha faisait partie de ces gens malchanceux dont l'anniversaire tombe le jour de Noël. En principe, il n'a donc droit qu'à un seul cadeau au lieu de deux. Eh bien, cette fois, nous allons faire en sorte qu'il reçoive deux cadeaux. » Il prit une bouteille de vin blanc et une de vin rouge et les fit circuler en disant : « Joyeux anniversaire, monsieur Atha ! »

L'assistance applaudit, poussa des acclamations et réclama un discours. M. Atha se leva. Dans la lueur des chandelles et du feu, il faisait penser à un personnage sorti d'une mosaïque ancienne et révélé dans un éclat soudain de bronze et d'or. Le silence se fit instantanément. Il ne parlait pas fort et pourtant sa voix emplissait toute la pièce. La petite bouffonne, elle-même, restait immobile comme si elle comprenait chacune de ses paroles.

« En premier lieu, j'ai des remerciements à adresser. En effet, demain est le jour de mon anniversaire et je suis heureux de le fêter ici avec vous. J'ai promis des explications à mon ami Jean-Marie et il est bien que vous les entendiez également, parce que vous partagez le même mystère. Il faut d'abord que vous sachiez que vous n'êtes pas venus ici de votre propre initiative. Vous y avez été conduits, pas à pas, par des chemins différents et à la suite d'accidents apparents; mais c'était toujours le doigt de Dieu qui vous guidait.

« Vous n'êtes pas la seule communauté ainsi rassemblée. Il y en a bien d'autres de par le monde : dans les forêts russes, dans les jungles du Brésil et dans des lieux que vous ne pouvez même pas imaginer. Elles sont toutes différentes, car les besoins et les habitudes des hommes sont différents. Pourtant, elles se ressemblent parce qu'elles ont obéi au doigt de Dieu et qu'elles se sont constituées avec le même amour. Elles ne se sont pas formées d'elles-mêmes. Comme dans votre cas, cela n'aurait pas été possible sans l'impulsion particulière de la grâce.

« Voilà pourquoi vous avez été rassemblés : au moment même où je parle, Satan commence à parcourir le monde en hurlant à la destruction ! Aussi, en ces temps de malheur qui nous entourent, vous avez été choisis pour alimenter la petite flamme de l'amour et pour préserver les graines de la bonté dans ce petit coin de terre, jusqu'au jour où l'Esprit vous appellera pour aller allumer d'autres chandelles dans un univers ténébreux et pour jeter de nouvelles semences sur la glèbe noircie.

« Aujourd'hui, je suis parmi vous, mais demain, je partirai. Vous serez seuls et vous aurez peur, mais je vous laisse ma paix et mon amour et vous vous aimerez les uns les autres comme je vous ai aimés.

« Je vous en prie ! » Il les pressait de se réjouir. « Il ne faut pas être triste ! Le don de l'Esprit est la joie du cœur. » Il sourit et la pièce sembla s'illuminer. Il se mit à plaisanter avec eux. « Le professeur Mendelius et mon ami Jean-Marie sont perplexes au sujet de mon nom. Autant pour votre érudition, Professeur et voyez comme les papes eux-mêmes ont vite fait d'oublier les Ecritures ! Vous cherchiez un seul mot ; il y en a deux. Vous allez vous en souvenir quand je vous les aurai dits : *Maran Atha*... Le Seigneur arrive ! »

Jean-Marie s'était levé d'un bond. Il s'écria sur un ton de reproche :

« Vous m'avez menti ! Vous m'avez dit que vous n'étiez pas croyant !

— Je n'ai pas menti. Vous avez oublié. Vous m'avez demandé si j'étais croyant, je vous ai répondu que je ne l'étais pas et une autre fois je vous ai dit qu'il m'était impossible de faire acte de foi. Exact ?

— Exact.

— Et vous ne comprenez toujours pas ?

— Non.

— Arrêtez ! » Carl Mendelius se porta avec colère au secours de Jean-Marie. « Cet homme est fatigué. Il a été très malade. Il n'est pas en état de déchiffrer des énigmes ! » Puis, se tournant vers Jean-Marie : « Ce qu'il veut dire, Jean, c'est qu'il ne peut pas croire parce qu'il sait. On vous l'a appris pendant votre première année de théologie. Dieu ne peut pas croire en lui-même. Il se connaît comme il connaît l'œuvre de ses mains.

— Merci, Professeur », dit M. Atha.

Jean-Marie restait sans mot dire, comme si toute la signification de ces paroles s'imprégnait en lui-même. A nouveau, il apostropha l'homme qui était en face de lui.

« Vous dites que vous vous appelez M. Atha. Quel est votre vrai nom ?

« Vous devez me le dire ! »

Il y eut encore un étrange et brusque silence d'où s'éleva la voix de Jean-Marie.

« Etes-vous celui qui nous a été promis ?

— Oui.

— Comment en être sûr ?

— Asseyez-vous, je vous prie. »

M. Atha s'assit le premier. Sans dire un mot, il prit une tranche de pain et versa du vin dans un verre. Il rompit le pain et l'éleva au-dessus du verre en disant :

« Père, bénissez ce pain, fruit de Votre terre, nourriture par laquelle nous vivons. » Il se tut, puis reprit : « Ceci est mon corps... »

Jean-Marie se leva. Il était calme et respectueux, mais aucunement ébranlé.

« Voyez-vous, monsieur, ce sont des paroles très familières et les plus sacrées qui soient. Vous connaissez suffisamment bien les Ecritures pour savoir que les premiers disciples ont reconnu Jésus quand il a rompu le pain. Vous pouvez très bien vous servir de cette science pour nous tromper.

— Pourquoi le ferais-je ? Pourquoi êtes-vous si méfiant ?

— Parce que Notre Seigneur Jésus-Christ, lui-même, nous a mis en garde : « Il s'élèvera de faux « Christs et de faux prophètes qui feront des mira- « cles et des prodiges au point d'égarer les élus « eux-mêmes. » Je suis prêtre. Les gens me demandent de leur montrer Jésus-Christ. Il faut me donner ce que vous avez donné à vos premiers disciples, un signe de légitimation !

— Cela ne vous suffit pas ? » D'un geste, il engloba la pièce et toute la vallée. « Est-ce que ce n'est pas une légitimation ?

— Non !

— Pourquoi ?

— Parce qu'il existe des communautés qui se réclament de Dieu et qui exploitent les gens et leur inculquent la haine. Nous n'avons pas encore été mis à l'épreuve. Nous ignorons si ce cadeau est authentique ou falsifié. »

Il se fit un long silence, puis l'homme qui disait s'appeler Jésus tendit les bras.

« Donnez-moi l'enfant.

— Non ! » Tout en reculant de terreur, Jean-Marie se souvint qu'il avait déjà vu tout cela dans son rêve.

« Je vous en prie, laissez-la-moi, je ne lui ferai pas de mal. »

Jean-Marie regarda autour de lui. Tous les visages étaient restés impassibles. Il enleva l'enfant de sa chaise haute et la fit passer par-dessus la table. M. Atha l'embrassa et l'assit sur ses genoux. Il trempa une croûte de pain dans le vin et la lui fit manger, morceau par morceau. En même temps, il parlait sur un ton calme et persuasif.

« Je sais ce que vous pensez. Il vous faut un signe. Qu'y aurait-il de mieux que de transformer ce petit être ? Je pourrais le faire, mais je ne le ferai pas. Je suis le Seigneur et non un magicien. J'ai donné à cette enfant un don que je vous ai refusé à tous, l'innocence éternelle. A vos yeux, elle est imparfaite, mais pour moi, elle est sans défaut, comme le bouton qui meurt avant d'éclore ou l'oisillon qui tombe du nid pour être dévoré par les fourmis. Jamais, elle ne m'offensera, comme vous l'avez tous fait. Jamais, elle ne détruira, ni ne pervertira l'œuvre sortie des mains de mon Père. Elle vous est nécessaire. Elle évoquera pour vous la bonté qui vous permettra de rester humains. Son infirmité vous incitera à être reconnaissants de la chance que vous avez. Bien plus ! Elle vous rappellera chaque jour que je suis ce que je suis, que mes voies ne sont pas les vôtres et que le plus minuscule atome de poussière qui tourbillonne dans le coin le plus obscur ne m'échappe pas. Je vous ai choisis et vous m'avez choisi. Cette petite est le signe que je vous donne. Chérissez-la. »

Il prit l'enfant et la tendit à Jean-Marie par-dessus la table. Il déclara doucement :

« Mon ami, il est temps de porter témoignage. Dites-moi ! Qui suis-je ?

— Je n'en suis pas encore certain.

— Et pourquoi ?

— Je suis un imbécile, dit Jean-Marie Barette. Je suis un bouffon à la tête fêlée. C'est vrai ! » Il parcourut du regard la petite assemblée et se frappa le front. « Il y a quelque chose qui ne fonctionne plus là-dedans. Je boite, comme Jacob après son combat avec l'ange. Les objets m'échappent des mains. Parfois, j'ouvre la bouche et rien n'en sort. Je chasse les mots, comme les enfants chassent les pa... pa... » Enfin, il parvint à attraper le mot. « Les papillons ! Par conséquent, il faut me parler très simplement. Dites-moi. Pourriez-vous vraiment changer d'avis ?

— Pourquoi me demandez-vous ça ?

— Abraham a marchandé avec Dieu pour Sodome et Gomorrhe. Il lui a dit : « S'il y a cent, « vingt, ou même dix justes dans ces villes, les

« épargneriez-vous ? » Et d'après les Ecritures, Dieu s'est montré très raisonnable dans toute cette affaire. Notre Jésus qui était de la lignée d'Abraham, nous a dit que quoi que nous demandions, cela nous serait accordé. Il faut frapper à la porte et crier pour être entendu. Mais à quoi bon, s'il n'y a personne dans la maison, ou si celui qui est à l'intérieur est un esprit fou qui jongle imprudemment avec les galaxies ?

— Alors, demandez ! dit M. Atha. Que voulez-vous ?

— Du temps. » Jean-Marie Barette serra l'enfant contre lui et plaida comme il n'avait jamais plaidé de sa vie. « Assez de temps pour espérer, pour travailler, pour prier et pour réfléchir un peu ensemble. Je vous en prie ! Si vous êtes le Seigneur, voulez-vous marcher sur votre univers comme les anciens Barbares sur un tapis de cadavres ? Ce serait un bien indigne triomphe ! Cette enfant est un merveilleux cadeau, mais nous avons besoin de tous les enfants et d'assez de temps pour les mériter. Je vous en prie !

— Et que me proposez-vous en échange ?

— Pas grand-chose, répondit Jean-Marie avec une tragique simplicité. Je suis diminué maintenant. Je vois tout en petit, mais tel que je suis, vous pouvez me prendre.

— J'accepte, dit M. Atha.

— Combien de temps nous donnerez-vous ?

— Très peu.... mais suffisamment.

— Merci. Nous vous remercions tous.

— Vous êtes prêt à témoigner maintenant ?

— Oui, je suis prêt.

— Attendez ! » C'était Carl Mendelius qui venait de lancer cet ultime défi. Malgré toutes les dévastations et les blessures qu'il avait subies, il était resté le vaillant sceptique de Rome et de

Tübingen. « Il n'a rien promis, Jean. Il n'a proféré que des paroles qui nous sont familières depuis des siècles. Je peux vous donner la source de chacune d'elles. Il parle comme si le temps était en son pouvoir. Vous avez abdiqué parce que vous ne pouviez pas justifier votre prophétie. Pourquoi accepter moins de cet homme ? »

Un murmure d'approbation s'éleva de la petite assemblée. Tous les regards se portèrent d'abord sur M. Atha, assis à sa place dans une attitude calme et composée, puis sur Jean-Marie Barette qui serrait l'enfant contre lui en se balançant sur sa chaise. Lotte Mendelius se leva et prit la petite en disant d'une voix si basse que seul Jean-Marie put l'entendre :

« Quoi que vous décidiez, nous vous aimerons. »

Jean-Marie lui tapota la main et lui remit la petite fille. Il adressa à Carl Mendelius un de ces vieux regards obliques qui contenait tout ce qu'ils avaient partagé à Rome dans les temps difficiles, puis il déclara :

« Carl, mon vieil ami, il n'y a jamais assez de preuves. Vous le savez bien. Vous n'avez pas cessé de courir après toute votre vie. Il faut se contenter de ce qu'on a. De cet homme, je n'ai reçu que du bien. Que demander de plus ?

— La réponse, s'il vous plaît, le pressa fermement M. Atha. Qui suis-je ?

— Je crois, dit Jean-Marie Barette en priant pour que sa langue ne le trahisse pas. Je crois que vous êtes l'Oint du Seigneur, le Fils du Dieu vivant !... Mm... mais... » Il se mit à bafouiller et se reprit peu à peu. « Je n'ai aucune mission. Je n'ai aucune autorité. Je ne peux pas parler au nom de mes amis. Il faudra les éduquer comme vous m'avez éduqué.

— Non ! dit M. Atha. Demain, je serai parti pour m'occuper des autres affaires de mon père. C'est toi qui devras les éduquer, Jean !

— Comment... comment pourrai-je le faire avec ma langue défaillante ?

— Tu es un vrai roc ! lui dit M. Atha. Sur toi, je vais pouvoir bâtir une petite assise pour mon peuple ! »

ÉPILOGUE

Pierre Duhamel était debout devant la fenêtre du bureau du président et il regardait la neige tomber sur Paris. Il fouilla dans la poche de sa veste et sa main se referma sur le petit drageoir émaillé qui contenait deux comprimés gélatineux : passeports pour l'oubli pour Paulette et lui-même. Cette présence lui procura une sensation de réconfort. Au moins, Paulette ne souffrirait plus et, quant à lui, le spectacle d'un Paris d'après-guerre lui serait épargné. Il aurait aimé en avoir fini avec cette interminable et désespérante veillée funèbre et rentrer chez lui pour aller se coucher.

L'homme qu'il avait servi pendant vingt ans était derrière lui, assis à un grand bureau, le menton dans les mains, fixant sans les voir les documents posés devant lui.

« Quelle heure avez-vous ? demanda-t-il.

— Minuit moins cinq, répondit Pierre Duhamel. Quelle atroce façon de fêter le réveillon de Noël.

— Le président m'a promis de m'appeler de la Maison Blanche dès qu'il aurait pris une décision.

— A mon avis, il l'a déjà prise. Il vous avertira seulement au moment où ils appuieront sur le dernier bouton.

— On ne peut rien y faire.

— Non, rien », reconnut Pierre Duhamel.

La sonnerie du téléphone déchira le silence qui suivit. L'homme assis au bureau arracha brusquement le récepteur. Duhamel se retourna vers la fenêtre. Il ne voulait pas écouter la sentence de mort. Enfin, il entendit qu'on raccrochait l'appareil, puis le long soupir de soulagement de son maître.

« Ils ont ajourné leur décision! Ils pensent pouvoir trouver un accord avec Moscou.

— Quelle est la prochaine échéance?

— Ils ne l'ont pas encore fixée.

— Dieu soit loué! murmura Pierre Duhamel. Dieu soit loué! » Et quelque part, ces paroles résonnaient comme une prière.

TABLE

DU MÊME AUTEUR

Aux Éditions des Presses de la Cité :

Les Chevaliers du sable.
La Poursuite infernale.
Le Poisson du diable.

Aux Éditions Plon :

Kundu.
La Seconde victoire.
L'Avocat du diable.
La Fille du silence.
Les Souliers de saint Pierre.
L'Ambassadeur.
La Tour de Babel.
Toute la Vérité.

Aux Éditions Fayard :

Le Loup rouge.
La Salamandre.
Arlequin.
Kaloni le Navigateur.
Protée.
Le Mariage et le Divorce,
avec la collaboration de Francis Robert.

À la Librairie Académique Perrin :

L'Hérétique.

IMPRIMÉ EN FRANCE PAR BRODARD ET TAUPIN
7, bd Romain-Rolland - Montrouge - Usine de La Flèche.
LIBRAIRIE GÉNÉRALE FRANÇAISE - 14, rue de l'Ancienne-Comédie - Paris.
ISBN : 2 - 253 - 03070 - 8